레디메이드 인생

레디메이드 인생

채만식 대표작품집 2

애플북스

홀로 걸어가다 문득 돌아서서 이곳을 바라보는 사람

김 이 윤

1. 그를 만났다, 강가에서

누군가를 좋아해본 사람은 압니다. 짝사랑을 해본 사람은 알아요. 그 사람 뒤를 따라가 보고 싶고, 그의 모든 것을 알고 싶지요. 꼭 이성 간의 만남이 아니어도, 뒤따라가 보고 싶은 사람이 있습니다. 일제강점기, 투철한 사회의식을 가진 사실주의 작가 채만식도 그렇습니다. 양복을 단정하게 차려입고 중산모를 쓴 멋쟁이 채만식, 그는 멀리서 많은 것을 바라본 사람이었거든요. 그는 제가 추구하는 눈을 가졌습니다. 하니 저를 따라 그의 뒤를 좇아보실까요?

사람이 세상을 만나는 방법은 저마다 달라서, 어떤 이는 세상이라는 물에 풍덩 몸을 담급니다. 활개를 치고 물장구를 치고 발차기를 거듭하며 자맥질을 겁 없이 잘도 합니다. 어떤 이는, 세상이라는 물가에서 손가락 하나를 물에 대보았다가, 파도가 백사장을 핥듯 세파가 넘실거리며 다가오면 얼른 손을 움츠리고 몸을 뒤로 내뺍니다. 용기를 내어 발을 담갔다가도 얼른 뒷걸음질칩니다.

제가 만난 채만식은, 세상이라는 물에 풍덩 뛰어든 이는 아니었어요. 그는 조금 떨어져 세상을 바라보는 사람이었어요. 이를 테면 외로이 홀로 오솔길을 걸어가다가 문득 돌아서서 멀리 보이는 도시를 굽어보다가, 다시 고개를 돌려 고향을 휘도는 금강을 바라보는 사람입니다. 짓밟는 이와 무너지는 이, 내일을 꿈꾸는 이와 회의하는 이, 현실에 휩쓸려 가는 이와 자신의 발자국을 뚜렷하게 찍는 이 등 온갖 군상을 바라보다 그는 오솔길 너머로 조용히 사라지지요. 그가 사라진 오솔길 너머에서 비쳐오는 저녁 햇살에 눈을 가늘게 떠봅니다. 그의 모습을 더 자세히 보고 싶어서 눈에 힘을 줍니다.

2. 그 남자가 있는 풍경

누군가를 흠모하게 되면, 그의 어린 시절이 궁금해집니다. 사람의 성장 과정은 때로 삶의 태도를 결정하니, 그는 어떤 눈과 어떤 마음을 가진 이였을까, 그를 둘러싼 풍경 속에서 그려보시렵니까?

군산에서 부잣집 아들로 태어난 그는, 집안에 만든 서당에서 글공부를 하고 신식 초등학교에 다녔다고 합니다. 책이 귀했던 1910년대와 1920년대에 동서양의 온갖 동화책, 이야기책을 섭렵했다는데, 그런 호사를 누리다니 보통 행운이 아니지요?

청소년기에는 서울로 와서 중앙고보를 졸업하고 일본 와세다 대학에 유학했는데 축구부에서는 센터포워드를 맡아 뛰었다고 합니다. 축구팀 유니폼을 입고 우승컵을 옆에 두고 활짝 웃으며 찍은 사진도 남겼습니다. 사진 분위기로 보건대, 그는 요즘 대학생들처럼 밝고 활기찬 젊은이였음이 틀림없습니다. 그런데 관동대지진이 일어났고 부친이 미두도박米豆賭博을 하는 바람에 그만 가세가 기울어 학업을 중단하고 돌아올 수밖에 없었답니다. 그러나 그러한 시련은 우리 문학사에는 행운이었는지도 모르겠습니다. 지금 우리가 읽는 그의 소설은 그 고난 덕에 가능했으니까요.

귀국한 그는 기자생활을 하면서 우리 사회의 모순을 날카롭게 직시했습니다. 직업이란 그 직업만의 시각을 제공하는 법, 부친이 했던 미두도박조차 그는 소설과 희곡 속에서 당시 사회상을 고발하는 장치로 사용했습니다.

유복하게 사랑 많이 받으며 자란 사람을 놓고, 두 가지 모습으로 유형화하곤 합니다. 넉넉하게 자란 환경이 너그러운 에너지가 되어 주변 사람들에게 관대하며 난관이 닥쳐도 낙천적으로 잘 견디는 경우, 반대로 온실 속 화초로 유약하게 자랐기 때문에 작은 역경에도 넘어지는 경우. 두 경우 모두 자존심은 몹시 강하게 묘사되지요. 오늘 우리가 만날 이 남자, 채만식은 어느 쪽에 가까웠을까요?

그는 감색 양복저고리에 회색 바지, 중절모까지 단정하게 쓰고 다녀서 '불란서 백작'이라는 별명을 얻습니다. 하도 깔끔해서 남의 집에서 식사할 때는 수저를 깨끗이 씻어 사용했다는 얘기도 전합니다. 내성적이며 "나 가거든 상여는 쓰지 말고, 널에 뉘여 들국화, 산국화로 덮어달라" 했다는 유언도 전합니다.

그는 1930년대에 매우 왕성하게 작품 활동을 했고, 27년 동안 여러 필명으로 소설, 평론, 희곡, 시나리오, 수필 등 다양한 장르를 넘나들며 300여 편의 글을 썼습니다. 다재다능한 그였지만, 생애는 길지 않아 쉰이 채 되지 않은 나이에, 한국전쟁이 일어나기 꼭 두 주 전에 폐결핵으로 세상과 이별했습니다.

그가 남긴 생의 오점으로는 친일 행적을 듭니다. 일본 제국주의가 이 땅에 심은 부조리와 모순을 고발하던 그가 돌연 '일제가 일으킨 전장에 나가라'고 조선의 젊은이들을 독려하는 글을 쓰다니, 그 변절은 어인 일일까요? 연루된 독서회 사건 때문에 핍박을 받자 지쳤을까요, 일제의 식민통치가 길어지자 독립의 꿈을 포기했을까요? 그에게 묻고 싶으나 그는 해방 후 〈민족의 죄인〉이라는 작품으로 사죄하고 더는 말이 없습니다.

달에게 밝은 쪽과 어두운 쪽이 있듯, 하루 안에도 밤낮이 있듯, 그에게도 어두운 면이 있었노라 여길까요? 그러기엔 그의 과오가 너무 클까요? 씻거나 잊을 수 없는 그의 어둠을 우리는 그저 보면 될 듯합니다. 역사의 잣대는 그의 공과 과를 구분하여 평가하고 있고, 누구나 자신의 행로에 책임을 져야 하며, 두고두고 사후까지 책임이 이어진다고, 신중하라고, 어려운 상황이 와도 신념을 함부로 거두지는 말라고 그이가 일러줍니다.

3. 그의 마음결을 만지고 싶다

공무원이나 엔지니어, 영화감독, 요리사, 또는 어떤 일이라도 좋아요.

일을 하고 있는 사람에게 물어보세요, 왜 그 일을 택했는지. 돈을 잘 버니까, 출세하고 싶어서, 명예를 얻고 싶어서, 안정된 생활이 보장되니까, 그 방면으로 재주가 있어서, 어쩌다 보니까, 부모님이 바라시니까, 갖가지 이유가 있을 수 있는데, '그냥 그것이 하고 싶어서'만큼 큰 이유가 있을까요?

채만식, 그이가 그랬답니다. 그냥 소설을 쓰고 싶고 글을 쓰고 싶어서 썼다는군요.

식민통치 아래라 표현상의 자유가 없어서였을까요, 그만의 문학적 시도였을까요, 그는 몇몇 작품에서 두드러지게 비꼬고 뒤집으며 우회로를 보여줍니다. 그리하여 정면으로 치받는 것보다 더 큰 펀치를 날리지요. 펀치를 날리자면 당연히 한 발 거리가 확보되어야 합니다.

이렇게 한 발 떨어져 관찰하는 그의 시선은, 사회의 부조리를 보여준다는 면에서 좌익문단에서 동반자 작가로 받아들여지지만, 그는 그들 가까이 가지는 않습니다. 계속 거리를 유지합니다. 채만식은 그런 사람이었습니다.

4. 시간을 접어 그가 데려온 사람들

한 발 떨어져 멀리서 바라보았기에, 더 넓게 더 많이 관찰할 수 있었던 그의 눈을 통해, 당신은 1930년대와 오늘이 만나는 꽤 넓은 영역을 보실 수 있을 겁니다. 동시에 놀라실 거예요. 팔구십 년이라는 시차가 별로 느껴지지 않아서요.

그의 작품 속 주인공들은 1930년대를 누비는 사람들이라, 지금 우리로서는 상상하기 어려운 시절 언저리를 살아내건만, 오늘 우리 옆에 그들을 세운다 해도 하나도 이상하지 않습니다. 옷차림은 다른 시대에서 왔음을 말해줄지언정 그들의 생각이며 행동은 낯설지 않거든요.

채만식, 그가 소개해준 몇 사람, 만나보시겠습니까?

— 여기 아리따운 여인이 있습니다. 여인은 집안의 맏딸로, 투기꾼인 아버지와 몰락한 집안을 위해 돈 많은 남자와 결혼합니다. 그런데 남편이 바람을 피우다가 세상을 떠나면서 여인은 그이를 탐내는 남자들 품을 전전하게 됩니다. 그이에게 중요한 것은 딸 하나를 잘 키우는 환경일 뿐. "죽자구 해도 죽을 수두 없구…… 살자구 해도 살 수두 없구……" 하고 눈물지으며, 첫사랑 앞에 다시 서고 싶은 그 여인이 낯설지 않습니다. 우리가 이 땅에서 오래도록 보아온, '여자의 일생'입니다.

— 그저 돈과 여인에 몰두하는 한 남자가 있습니다. "아 글씨, 누가 즈더러 부자루 못 살래서 그리여?" 하며 그는 고리대금으로

재산을 불리며 부조리한 식민지 상황이 자신을 지켜주니 '제 것 지니고 앉아서 편안히게 살 태평 세상'이라 여깁니다. 강자에 약하고 약자에 강한 그는 손주들을 군수와 경찰서장으로 만들어 더 많은 것을 누리고자 하며, 손자가 사귈 만한 어린 소녀를 탐하기도 합니다. 그의 모습은 돈과 자녀의 출세와 몸의 환락에 연연하는 오늘날 일부 사람들과 놀랍도록 닮았습니다. 낯설지 않습니다.

— 일본인들에 빌붙지 못하는 고모부를 비웃으며 자신은 일본인 주인에게 잘 보이고 일본 여자와 결혼해서 잘 먹고 잘살아보려는 청년도 있습니다. "아저씨는 아직두 세상물정을 모르시요. 시방이 어느 세상인데 그러시우?" 하는 청년의 말과 돈이 최고의 가치인 혼란스러운 풍경이 새롭지 않습니다.

— 미모의 일본인 여인과 만나 방황을 하는 남자도 있습니다. 나는 결혼한 남자인데, 마음이 통하는 그 여인과 미래를 같이하기로 약속하고 사랑의 도피여행을 꿈꿉니다. 그러나 그 여인은 편지만을 남기고 떠나고, "냉동어冷凍魚의 향수鄕愁는 바다에 있을 테지!" 하며 나는 가정으로 돌아옵니다. 요즘 아침 연속극의 한 장면이 따로 없습니다. 먼 시대로 느껴지지 않아요.

— 식민지 상황에서 가진 땅을 모두 잃고, 해방이 되자 그 땅을 찾을 수 있을까 이리저리 눈치를 보는 한 남자의 모습도 안쓰럽고, 요즘과 다르지 않게 취업이 몹시 어려운 그 시절에, 많이 배운다는 것에 회의하는 식민지 지식인도 있습니다. "내가 학교 공부

를 해본 나머지 그게 못쓰겠으니까 자식은 딴 공부를 시키겠다는 것이지요" 하며, 그는 아들을 학교 대신 인쇄공장에 보냅니다. 그의 좌절도 어디선가 본 듯합니다.

5. 영화를 좋아하는 귀하께 그가 건네는 확대경

어떻습니까, 그가 소개해준 인물들이 지금 우리 주변에도 있을 듯하지요?

주위를 두리번거리면 이렇게 채만식이 창조한 인물을 만날 수 있을 것 같고, 과거의 이야기지만 지금도 충분히 재현되는 상황이라는 것은 그가 모순을 발견하는 데 탁월했다는 뜻입니다. 우리가 채만식, 그이를 우러르게 되는 지점이 바로 그곳입니다.

그는 작품을 통해 식민지 조선에서 자본주의가 왜곡되게 뿌리내리는 과정을 보여주었습니다. 그 속에는 몰락하고 좌절하는 서민과 농민과 여성과 지식인이 있습니다. 그가 보여주는 인물과 그가 묘사하는 세상이 낯설지 않음은 그 모순의 어느 지점이 아직도 연장되고 있다는 뜻이지요. 그와 우리가 보는 세상이 겹쳐 교집합을 만들고, 그 안에서 거의 한 세기를 건너 마주 잡는 우리의 악수. 그가 보여준 모순에 눈 맞추면, 모순을 타파하는 길도 짚어갈 수 있지 않을까요?

우리는 좋은 사람이 웃는 세상을 꿈꿉니다. 거짓의 힘이 줄어들고, 선의 세력이 커지는 세상이죠. 그도 우리와 같은 마음, 탁한 흐름이 지나가기를 바랐습니다. 탁류를 걷어내고 맑은 물이 흐르게 하고 싶은 열망이 있었고, 옛 선비들처럼 체면을 존중하며 고고한 신사로 살고자 했습니다. 그도 우리와 마찬가지였던 거예요.

그는 자기 앞에 강을 보았습니다. 그 강이 눈물을 싣고 흐르는 것을 보았습니다. 우리도 우리 앞에 흐르는 강을 봅니다. 강에 뛰어들든, 강변에서 바라보든, 강물을 떠다가 현미경으로 들여다보든, 강물 안에 있는 누군가의 짠 눈물을 발견해야 한다고, 그것이 우리의 과제라고 그가 일러줍니다. 누군가의 눈물이 바로 나의 눈물임을 깨닫고 공감할 때, 채만식과 우리의 악수는 뜨거워집니다. 그 순간 채만식, 그는 시대를 훌쩍 건너뛰어 우리 옆에 서 있습니다.

살면서 불공정과 부조리, 계층격차, 불평등을 느끼셨나요? "세상이 왜 이런가" 하고 가끔 한숨을 쉬셨습니까? 오늘 우리 사회가 가진 모순이 어떻게 잉태되었는지 헤아려보고 싶은가요? 개인이 대적하기 어려운 시대의 억압을 여성은, 지식인은, 농민은, 도시 빈민은 어떻게 감당했는지 살펴보며 '쉽지 않은 세상을 어떻게 살 것인가' 교훈을 얻고 싶은가요? 그렇다면 채만식이 건네는 확대경을 들여다보십시오. 당신이 드라마와 영화를 좋아하신다면 대사가 많은 그의 작품이 더욱 맘에 드실 거예요. 중고등학교에 다니는 학생이라면 이렇게 적을지도 모르죠. "채만식 쌤, ♥완전 강추!♥"

김이윤 | 2012년 장편소설 《누려움에게 인사하는 법》으로 제5회 창비청소년문학상 당선. 나이 들수록 고마운 사람이 많아지고, 좋아하는 작가와 작품이 늘어난다는 그녀는 현재 MBC 라디오 〈여성시대〉 방송 작가로 활동 중이다.

차례

일러두기

1. 이 책에 수록된 작품은 채만식이 1934년부터 1949년까지 발표한 중·단편소설들로 작품 배열은 발표 연대순으로 했다.
2. 맞춤법, 띄어쓰기는 현대어 표기로 고쳤으나 작가가 의도적으로 표현한 것은 잘못되었더라도 그대로 두었다. 띄어쓰기와 맞춤법은 국립국어원의《표준국어대사전》을 기준으로 삼았다.
3. 한글로 표기된 외래어는 외래어맞춤법에 맞게 고쳤으나 시대 상황을 드러내주는 용어는 원문을 그대로 살렸다.
4. 한자는 한글로 표기하고 의미상 필요한 경우에만 한글 옆에 병기하였다.
5. 생소한 어휘는 독자들의 이해를 돕기 위하여 각주로 설명을 달아두었다.
6. 대화에서의 속어, 방언 등은 최대한 살렸으나 지문은 현대어로 고쳤다.
7. 대화 표시는 " "로 바꾸었고, 대화가 아닌 혼잣말이나 강조의 경우에는 ' '로 바꾸었다. 또한 말줄임표는 모두 '……'로 통일하였다.

레디메이드 인생

1

"머 어데 빈자리가 있어야지."

K 사장은 안락의자에 푹신 파묻힌 몸을 뒤로 벌—떡 제치며 하품을 하듯이 신어붓잖게[1] 대답을 한다. 미상불 그는 두 팔을 쭉— 내뻗고 기지개라도 한 번 쓰고 싶은 것을 겨우 참는 눈치다.

이 K 사장과 둥근 탁자를 사이에 두고 공손히 마주 앉아 얼굴에는 '나는 선배인 선생님을 극히 존경하고 앙모합니다' 하는 비굴한 미소를 띠고 있는 구변 없는 구변을 다하여 직업 동냥의 구걸 문구를 기다랗게 늘어놓던 P…… P는 그러나 취직 운동에 백

---

1 마음에 차지 아니하여 언짢거나 대수롭지 않게 생각하여.

전백패의 노졸인지라 K 씨의 힘 아니 드는 한마디의 거절에도 새삼스럽게 실망도 아니한다. 대답이 그렇게 나왔으니 인제 더 졸라도 별수가 없는 것이지만 허실 삼아 한마디 더 해보는 것이다.

"글쎄올시다, 그러시다면 지금 당장 어떻게 해줍시사고 무리하게 조를 수야 있겠습니까마는…… 그러면 이담에 결원이 있다든지 하면 그때는 꼭……."

이렇게 말하고 P는 지금까지 외면하였던 얼굴을 돌리어 K 사장을 조심성 있게 바라보았다. 그러나 K 사장은 위선 고개를 좌우로 두어 번 흔들고는 여전히 하품 섞인 대답을 한다.

"결원이 그렇게 나나 어데…… 그리고 간혹 가다가 결원이 난다더래도 유력한 후보자가 몇십 명씩 밀려 있어서……."

P는 아무 말도 아니하고 고개를 숙였다. 인제는 영영 틀어진 것이다. 안녕히 계십시오, 하고 일어서는 것밖에는 별수가 없다.

별수가 없이 되었으니 '네 그렇습니까' 하고 선선히 일어서야 할 것이지만 지금까지에의 은근히 모시고 있던 태도에 비하여 그것이 너무 낯이 간지러운 표변임을 알기 때문에 실망이나 하는 체하고 잠시 더 앉아 있는 것이다.

"거참 큰일들 났어."

K 사장은 P가 낙심해하는 것을 보고 별로 밑천이 들지 아니하는 일이라서 알뜰히 걱정을 나누어준다.

"저렇게 좋은 청년들이 일거리가 없어서 저렇게들 애를 쓰니."

P는 속으로 코똥을 '흥' 하고 뀌었으나 아무 대답도 아니하였다. K 사장은 P가 이미 더 조르지 아니하리라고 안심한지라 먼저 하품 섞어 '빈자리가 있어야지' 하던 신어붓잖은 태도는 버리고

그가 늘 흉중에 묻어두었다가 청년들에게 한바탕씩 해 들려주는 훈화를 꺼낸다.

"그렇지만 내가 늘 말하는 것인데…… 저렇게 취직만 하려고 애를 쓸 게 아니야. 도회지에서 월급 생활을 하려고 할 것만이 아니라 농촌으로 돌아가서……."

"농촌으로 돌아가서 무얼 합니까?"

P는 말중동을 갈라 불쑥 반문하였다. 그는 기왕 취직 운동은 글러진 것이니 속 시원하게 시비라도 해보고 싶은 것이다.

"허! 저게 다 모르는 소리야…… 조선은 농업국이요 농민이 전 인구의 팔 할이나 되니까 조선 문제는 즉 농촌 문제라고 볼 수가 있는데, 아 지금 농촌에서 할 일이 오죽이나 많다구?"

"저는 그 말씀 잘 못 알아듣겠는데요. 저희 같은 사람이 농촌에 가서 할 일이 있을 것 같잖습니다."

"그럴 리가 있나! 가령 응…… 저……."

K 사장은 응…… 저…… 하고 더듬으면서 곧 대답을 하지 못한다. 그것은 무리가 아니다.

그가 구직하러 오는 지식청년들에게 농촌으로 돌아가 농촌 사업을 하라는 것과 (다음에 또 꺼내는 일거리를 만들라는 것은) 결코 현실에서 출발한 이론적 근거가 있는 것이 아니었다. 그저 지식 계급의 구직꾼이 넘치는 것을 보고 막연히 '농촌으로 돌아가라', '일을 만들어라'고 해왔을 따름이다. 따라서 거기에 대한 구체적 플랜이 있는 것도 아니었던 것이다. 한편으로는 한 행셋 거리로, 또 한편으로는 구직꾼 격퇴의 수단으로 자룡이 헌 창 쓰듯 썼을 뿐이지—.

그리하여 그동안까지는 대개는 그 막연한 설교를 들은 성 만성하고 물러가는 것이 그들의 행투였는데, 오늘 이 P에게만은 그렇지가 아니하여 불가불 구체적 설명을 해주어야 하게 말머리가 돌아선 것이다. 그래서 그는 떠듬떠듬 생각해가면서 생각나는 대로 주워섬기는 것이다.

"가령 응…… 저…… 문맹 퇴치 운동도 있지. 농민의 구 할은 언문도 모른단 말이야! 그리고 생활 개선 운동도 좋고…… 헌신적으로."

"헌신적으로요?"

"그렇지…… 할 테면 헌신적으로 해야지."

"무얼 먹고 헌신적으로 그런 사업을 합니까? …… 먹을 것이 있어서 그런 농촌 사업이라도 할 신세라면 이렇게 취직을 못해서 애를 쓰겠습니까?"

"허! 그게 안된 생각이야…… 자기가 먹고살 재산이 있으면서 사회를 위해서 일도 아니하고 번들번들 논다는 것은 그것은 타락된 생각이야."

P는 K 사장이 억담을 내세우는 것을 보고 속으로 싱그레 웃었다.

"그렇지만 지금 조선 농촌에서는 문맹 퇴치니 생활 개선이니 합네 하고 손끝이 하―얀 대학이나 전문학교 졸업생들이 몰켜오는 것을 그다지 반겨하기는커녕 머릿살을 앓을 것입니다…… 농민이 우매하다든지 문화가 뒤떨어졌다든지 또 생활이 비참한 것이 근본 원인이 기역 니은을 모른다든가 생활 개선을 할 줄 몰라서 그런 것이 아니니까요. 그리고 조선의 지식청년들이 모두 그런 인도주의자가 되어집니까?"

"되면 되지 안 될 건 무어야?"

"그건 인도주의란 그것이 한개 공상이니까 그렇겠지요."

"허허…… 그러면 P 군은 ××주의잔가?"

"되다가 찌부러진 찌스레깁²니다. 철저한 ××주의자라면 이
렇게 선생님한테 와서 취직 운동도 아니합니다."

"못써! 그렇게 과격한 사상으로 기울어서야 쓰나…… 정 농촌
으로 돌아가기가 싫거든 서울서라도 몇 사람 맘 맞는 사람이 모
여서 무슨 일을―조선에 신문이 모자라니 신문을 하나 경영하든
지, 또 조고맣게 하자면 잡지 같은 것도 좋고, 또 영리사업도 좋
고…… 그러면 취직 운동 하는 것보담 훨씬 낫잖은가?"

"졸 줄이야 압니다마는 누가 돈을 내놉니까?"

"그거야 성의 있게 하면 자연 돈도 생기는 거지."

P는 엉터리없는 수작을 더 하기가 싫어 웬만큼 말을 끊고 일
어섰다.

속에 있는 말을 어느 정도까지 활활 해준 것이 시원은 하나 또
취직이 글렀구나 생각하니 입안에서 쓴침이 고여 나온다.

복도에서 편집국장 C를 만났다. P는 C와 자별히 사이가 가까
운 터였다.

"사장 만나러 왔소?"

C가 묻는 것이다.

"아니."

---

2 쓸 만하거나 값어치가 있는 것을 골라낸 나머지, 찌꺼기.

P는 거짓말을 하였다. 그는 지금 K 사장을 만나 거절당한 이야기를 하기가 어쩐지 창피하기도 할 뿐 아니라 또 전부터 C더러 K 사장에게 자기의 취직 운동을 부탁해왔던 터인데 직접 이렇게 찾아와서 만났다고 하기가 혐의쩍기도 하여 시치미를 뚝 뗀 것이다.

"아주 단념하오."

C 자기에게 부탁한 취직 운동을 단념하란 말이다. 그러면 벌써 C가 K 사장에게 이야기를 하였고 그 결과 일이 틀어진 것을 P는 모르고 와서 헛노릇을 한바탕한 것이다. P는 먼저 C를 만나보지 아니하고 K 사장을 만난 것을 후회하였다. C는 잠깐 멈췄던 말을 계속한다.

"어제 아침에 사장더러 P 군의 사정이 퍽 난처하니 어떻게 생각해봐 주면 좋겠다고 여러 말을 했다가 코 떼었소. 신문사가 구제기관이 아닌데 남의 사정 난처한 것을 어떻게 하라느냐고 그럽디다…… 하기야 그게 옳은 말이지만."

신문사가 구제기관이 아니라고 한다는 그 말이 P의 머리에는 침 끝으로 찌르는 것같이 정신이 들게 울렸다.

"흥! 망할 자식들!"

P는 혼잣말로 이렇게 두덜거리며 C와 작별도 아니하고 밖으로 나와버렸다.

2

P는 광화문 네거리의 기념비각 옆에서 발길을 멈추고 망설였다. 어디로 갈까 하는 것이다.

봄 하늘이 맑게 개었다. 햇볕이 살이 올라 포근히 온몸을 싸고 돈다. 덕석[3] 같은 겨울 외투를 벗어버리고 발쑥말쑥하게 새로 지은 경쾌한 춘추복의 젊은이들이 봄볕처럼 명랑하게 오고 가고 한다.

멋쟁이로 차린 여자들의 목도리가 나비같이 보드랍게 나부낀다. 그 오동보동한 비단 다리를 바라다보노라니 P는 전에 먹던 치킨 커틀렛 까스 생각이 났다.

창을 활활 열어젖힌 전차 속의 봄 사람들을 보니 P도 전차를 잡아타고 교외나 나가고 싶었다. 그러나 크림 맛을 못 본 지 몇 달이 된 낡은 구두, 고기작거린 동복 바지, 양편 포켓이 오뉴월 쇠불알같이 축 처진 양복저고리, 땟국 묻은 와이셔츠와 배배 꼬인 넥타이, 엿장수가 이 전어치 주마던 낡은 모자, 이렇게 아래로부터 훑어 올려보며 생각하니 교외의 산보는커녕 얼핏 돌아가서 차라리 이불을 뒤쓰고 드러눕고만 싶었다.

마침 기념비각 앞에 자동차 하나가 머물더니 서양사람 내외가 내린다. 그들은 사내가 설명을 하고 여자가 듣고 하면서 기념비각을 앞뒤로 구경한다. 여자는 사진까지 찍는다.

대원군이 만일 이 꼴을 본다면…… 이렇게 생각하매 P는 저절

3 추울 때 소의 등을 덮어주는 명석.

로 미소가 입가에 떠올랐다.

3

　대원군은 한말韓末의 '돈키호테'였다. 그는 바가지를 쓰고 벼락을 막으려 하였다. 바가지는 여지없이 부스러졌다. 역사는 조선이라는 조그마한 땅덩이나마 너무 오래 뒤떨어뜨려놓지 아니하였다.
　갑신정변의 싹이 트기 시작하여가지고 일한합방의 급격한 역사적 변천을 거치어 자유주의의 사조는 기미년에 비로소 확실한 걸음을 내디뎠다.
　자유주의의 새로운 깃발을 내건 '시민'의 기세는 등등하였다.
　"양반? 흥! 누구는 발이 하나길래 너희만 양발(반)이라느냐?"
　"법률의 앞에서는 만인이 평등이다."
　"돈…… 돈이 있으면 무어든지 할 수 있다."
　신흥 부르주아지는 민주주의의 간판을 이용하여 노동자 농민의 등을 어루만지고 경제적으로 유력한 봉건 귀족과 악수를 하는 동시에 지식 계급을 대량으로 주문하였다.
　유자천금遺子千金이 불여교자일권서不如教子一券書[4]라는 봉건시대의 진리가 자유주의의 세례를 받아 일단의 더 발전된 얼굴로 민중을 열광시켰다.

---

4 '자식한테 천금의 돈을 남기는 것보다 한 권의 책을 가르치는 게 더 낫다'는 뜻.

"배워라. 글을 배워라······ 지식만 있으면 누구나 양반이 되고 잘살 수가 있다."

이러한 정열의 외침이 방방곡곡에서 소스라쳐 일어났다.

신문과 잡지가 붓이 닳도록 향학열을 고취하고 피가 끓는 지사들이 향촌으로 돌아다니며 삼 촌의 혀를 놀리어 권학을 부르짖었다.

"배워라. 배워야 한다. 상놈도 배우면 양반이 된다."

"가르쳐라. 논밭을 팔고 집을 팔아서라도 가르쳐라. 그나마도 못하면 고학이라도 해야 한다."

"공자 왈 맹자 왈은 이미 시대가 늦었다. 상투를 깎고 신학문을 배워라."

"야학을 설치하여라."

재등齋藤 총독[5]이 문화정치의 간판을 내걸고 골골이 학교를 증설하였다.

보통학교의 교장이 감발을 하고 촌으로 돌아다니며 입학을 권유하였다. 생도에게는 월사금을 받기는커녕 교과서와 학용품을 대어주었다.

민간의 유지는 돈을 걷어 학교를 세웠다. 민립대학도 생기려다가 말았다. 청년회에서 야학을 설시하였다. 갈돕회[6]가 생겨 갈돕만주 외우는 소리[7]가 서울의 신풍경을 이루었고 일반은 고학생을 존경하였다.

---

5 3대 총독 사이토 마코토.
6 1921년 여름 창단된 고학생苦學生들의 자치단체.
7 갈돕회에서 팔던 만주를 사라고 외치는 소리.

여학생이라는 새 숙어가 생기고 신여성이라는 새 여인이 생겨났다.

이와 같이 조선의 관민이 일치되어 민중의 지식 정도를 높이는 데 진력을 하였다. 즉 그들 관민이 일치되어 계획한 조선의 문화 정도는 급속도로 높아갔다.

그리하여 민중의 지식 보급에 애쓴 보람은 나타났다.

면서기를 공급하고 순사를 공급하고 군청 고원을 공급하고 간이농업학교 출신의 농사 개량 기수를 공급하였다.

은행원이 생기고 회사 사원이 생겼다. 학교 교원이 생기고 교회의 목사가 생겼다.

신문기자가 생기고 잡지기자가 생겼다. 민중의 지식 정도가 높았으니 신문 잡지 독자가 부쩍 늘고 의사와 변호사의 벌이가 윤택하여졌다.

소설가가 원고료를 얻어먹고 미술가가 그림을 팔아먹고 음악가가 광대의 천호賤號에서 벗어났다.

인쇄소와 책장사가 세월을 만나고 양복점 구둣방이 늘비하여졌다.

연애결혼에 목사님의 부수입이 생기고 문화주택을 짓느라고 청부업자가 부자가 되었다. 그리하여 부르주아지는 '가보'[8]를 잡고, 공부한 일부의 지식군은 진주(다섯 끗)를 잡았다.

그러나 노동자와 농민은 무대[9]를 잡았다. 그들에게는 조선의 문화의 향상이나 민족적 발전이나가 도리어 무거운 짐을 지워주

8 노름에서 아홉 끗을 이르는 말. 가장 높은 수이다.
9 열 끗이나 스무 끗으로 꽉 차서 쓸 끗수가 없어진 경우를 이르는 말.

었을지언정 덜어주지는 아니하였다. 그들은 배[梨] 주고 속 얻어 먹은 셈이다.

[※원문 20여 자 삭제]

인텔리…… 인텔리 중에도 아무런 손끝의 기술이 없이 대학이나 전문학교의 졸업 증서 한 장을, 또는 조그마한 보통 상식을 가진 직업 없는 인텔리…… 해마다 천여 명씩 늘어가는 인텔리…… 뱀을 본 것은 이들 인텔리다.

부르주아지의 모든 기관이 포화 상태가 되어 더 수요가 아니되니 그들은 결국 꾐을 받아 나무에 올라갔다가 흔들리는 셈이다. 개밥의 도토리다.

인텔리가 아니 되었으면 차라리 [※원문 7~8자 삭제] 노동자가 되었을 것인데 인텔리인지라 그 속에는 들어갔다가도 도로 달아 나오는 것이 구십구 퍼센트다. 그 나머지는 모두 어깨가 축 처진 무직 인텔리요, 무기력한 문화 예비군 속에서 푸른 한숨만 쉬는 초상집의 주인 없는 개들이다. 레디메이드[10] 인생이다.

4

"제—길!"

P는 혼자 두덜거리며 지금까지 섰던 기념비각 옆을 떠났다.

[※원문 80여 자 삭제]

---

10 이미 정해진.

P는 자기 자신이고 세상의 모든 일이고 모두 짜증이 나고 원수스러웠다.

광화문 큰 거리를 총독부 쪽으로 어실어실 걸어가노라니 그의 그림자가 짤막하게 앞에 누워 간다. P는 그 자기의 그림자를 콱 밟고 싶었다. 그러나 발을 내디디면 그림자도 그만큼 앞으로 더 나가곤 한다. 이 그림자와 자기 자신에서, 그리고 그림자를 밟으려는 자기 자신과 앞으로 달아나는 그림자에서 P는 자기의 이중인격의 모순상을 발견하였다.

동십자각 옆에까지 온 P는 그 건너편 담배 가게 앞으로 갔다.

"담배 한 갑 주시오."

하고 돈을 꺼내려니까 담배 가게 주인이

"네, 마콥니까?"

묻는다.

P는 담배 가게 주인을 한번 거듭떠보고 다시 자기의 행색을 내려 훑어보다가 심술이 버쩍 났다. 그래서 잔돈으로 꺼내려던 것을 일부러 일 원짜리로 꺼내 드는데 담배 가게 주인은 벌써 마코 한 갑 위에다 성냥을 받쳐 내민다.

"해태 주어요."

P는 돈을 들이밀면서 볼먹은 소리를 질렀다. 그러나 담배 가게 주인은 그저 무신경하게 "네—" 하고는 마코를 해태로 바꾸어 주고 팔십오 전을 거슬러다 준다.

P는 저편이 무렴해하지 아니하는 것이 더욱 얄미웠다.

그는 해태 한 개를 꺼내어 붙여 물고 다시 전찻길을 건너 개천가로 해서 올라갔다. 인제는 포켓 속에 남은 것이 꼭 삼 원하고 동전 몇 푼이다. 엊그제 겨울 외투를 사 원에 잡혀서 생긴 것이다.

방세와 전깃불 값이 두 달 치나 밀렸다. 삼 원은 방세 한 달 치를 주고 일 원에서 전등 삯 한 달 치를 주고도 싶었으나 그러고 나면 그 나머지로 설렁탕이나 호떡을 사 먹어도 하루밖에는 못 지낸다. 그래 그대로 넣어두고 한 이틀 지내는 동안에 일 원이 거진 달아났던 판인데 공연한 객기를 부리느라고 당치도 아니한 해태를 샀기 때문에 이제는 일 원 돈은 완전히 달아나고 삼 원만 남은 것이다.

P는 포켓 속에 손을 넣고 잔돈과 지폐를 섞어 삼 원 남은 돈을 만지작거렸다. 그러면서 왼편 손으로는 손가락을 꼽아가며 삼 원을 곱쟁이 쳐보았다.

육 원 십이 원 이십사 원 사십팔 원 구십육 원 일백구십이 원. 팔 원 모자라는 이백 원…… 사백 원 팔백 원 일천육백 원 삼천이백 원 육천사백 원 일만 이천팔백 원. 팔백 원은 떼어버리고 이만 사천 원 사만 팔천 원 구만 육천 원 십구만 이천 원 삼십팔만 사천 원 칠십육만 팔천 원 일백오십삼만 육천 원…….

삼 원을 열여덟 번만 곱집으면 일백오십삼만 원이 된다. 일백오십삼만 원 그놈이 있으면…… 이렇게 생각하매 어깨가 으쓱해졌다.

삼 원의 열여덟 곱쟁이가 일백오십만 원이니 퍽 쉬운 일이다…… 그놈만 있으면 백만 원을 들여서 오십 전짜리 십육 페이지 신문을 하나 했으면 위선 K 사장의 엉엉 우는 꼴을 볼 수가 있을 것이다.

그러나 아쉬운 대로 십오만 원만 있어도, 일만 오천 원 아니

일천오백 원만 있어도, 아니 일백오십 원만 있어도, 십오 원만 있어도 위선 방세와 전등 샀을 주고 한 달은 살아가겠다.

P는 한숨을 내쉬었다. 한 달? 한 달만 살고 나면 그담은 어떻게 하나? …… 그래도 몇 백 원은 있어야지, 아니 몇 천 원은, 아니 몇 만 원은…….

P는 늘 하는 버릇으로 이런 터무니없는 공상을 되풀이하였다.

그는 최근 이러한 공상을 하면서부터 취직을 시들하게 여겼다.

취직이 된댔자 사오십 원이나 오륙십 원의 월급이다. 그것을 가지고 빠듯빠듯 살아간들 무슨 아기자기한 재미가 있을 턱도 없는 것이다.

가령 근실히 해서 월쾌저금[11] 같은 것도 하고 집도 장만하고 여편네도 생기고 사장이나 중역들의 눈에 들어 지위도 부장쯤으로는 올라가고, 그리하여 생활의 근거도 안정이 되고 하면 지금 같은 곤란은 당하지 아니하겠지만, 그러나 P에게는 아직도 젊은 때의 야심이 있어 그러한 고식된 안정이나 명색 없는 생활은 도리어 피하고 싶었던 것이다. 좀 더 남의 눈에 띄며 좀 더 재미있고 그리고 자유로운 생활—.

물론 그는 지금이라도 누가 한 달에 삼십 원만 줄 테니 와서 일을 해달라면 마치 주린 개가 고기를 보고 덤비듯이 덮어놓고 덤벼들 것이다. 그러나 속으로는 그와 딴판으로 배포를 부리고 있는 것이다.

P가 삼청동으로 올라가느라고 건춘문 앞까지 이르렀을 때에

11 매월 정해놓고 하는 저금.

저편에서 말쑥하게 봄 치장을 한 여자 하나가 마주 내려왔다.

역시 삼청동 근처에 사는 여자인지 P와는 가끔 마주치는 여자다.

P는 그 여자와 만날 때마다 일부러 눈 익혀 보지 아니하는 체는 하면서도 실상은 고비샅샅 관찰을 하였고, 그리고 속으로는 연애라도 좀 했으면 하던 터였다. 무엇보다도 동그스름한 얼굴에 이목구비가 모두 모지지 아니하고 얼굴의 윤곽이 둥글듯이 모가 나지 아니한 것, 그래서 맘자리도 그렇게 동글려니 하는 것이 P의 마음을 끈 것이다.

그 여자는 자주 만나는 이 협수룩한 양복쟁이—P를 먼빛으로도 알아보았는지 처녀다운 조심스러운 몸매로 길을 가로 비켜 가까이 왔다.

P는 고개를 꼿꼿이 쳐들고 앞만 쳐다보면서도 속으로는

'저 여자가 지금 내 옆으로 다가와서 조그만 소리로 정답게 구애를 한다면? 사뭇 들이안긴다면? …… 어쩔꼬?'

이런 생각을 하면서 히죽이 웃는데 여자는 벌써 지나쳐버렸다.

"흥! 어쩌긴 무얼 어째? …… 이년아, 일없다는데 왜 이래! 하고 발길로 칵 차 내던지지."

하고 P는 어깨를 으쓱하였다.

삼청동 꼭대기에 있는 집—집이 아니라 사글세로 든 행랑방—에 돌아왔다. 객지에 혼자 있으니 웬만하면 하숙에 있을 것이로되 밥값이 밀리고 그것에 졸릴 것이 무서워 P는 방을 얻어가지고 있던 것이다.

먹는 것이야 수중에 돈이 있는 때에 따라 호떡도 설렁탕도 백

화점의 런치도, 그렇잖고 몇 끼씩 굶기도 하여 대중이 없었다.

별 구경을 잘 못해서 겨울에도 곰팡이 슬고 이불을 며칠씩 그 대로 펴두는 방바닥에서는 먼지가 풀씬풀씬 올랐다.

하도 어설퍼 앉으려고도 아니하고 방 가운데 우두커니 서서 있노라니까 안방문 여닫는 소리가 들리며 주인 노파가 나와서 캑 하고 기침을 한다. P는 또 방세 졸릴 일이 아득하였다.

그러나 노파는 방세보다도 우선 편지 한 장을 들이밀어준다. 고향의 형에게서 온 것이다.

편지를 뜯어 읽고 난 P는 말가웃[12]이나 되게 한숨을 푸— 내쉬 었다. 그러고는 편지를 박박 찢어버렸다.

5

편지의 요건은 P의 아들에 관한 것이다.

P에게는 연전에 갈린 아내와 사이에 생긴 창선이라는 아들이 있다. 금년에 아홉 살이다.

아내와 갈릴 때에 저편에서 다만 어린애만이라도 주었으면 그 것을 데리고 길러가는 재미로 혼자 사는 세상에 낙을 붙이겠다 고 사정하였다. 그리고 적어도 중학까지는 마치게 하겠다는 것이 었다.

그렇게 했으면 P도 한짐을 덜었을 것이다. 그러나 그는 듣지

12 한 말 반쯤의 분량.

아니하였다.

　어릴 적부터 소박데기 어미의 손에서 아비의 원망과 푸념을 들어가면서 자란 자식은 자란 뒤에 그 아비에게 호감을 가지지 못한다. P는 자식을 꼭 찾고 싶은 것은 아니나 아무튼 장성하면 아비라고 찾아올 터인데 그때에 P는 이미 늙고 자식은 팔팔하게 젊은 놈이 옛날에 제 어미를 소박한 아비라서 아니꼽게 군다면 그것은 차마 못 당할 노릇이다.

　이러한 생각으로 P는 창선이를 내주지 아니한 것이다. 그러나 빼앗아놓고 보니 이제 겨우 너댓 살밖에 아니 먹은 것을 자기 손으로 어찌할 수가 없다. 그리하여 할 수 없이 어렵사리 지내는 그 형에게 맡기어놓고 다시 서울로 올라온 것이다. 보통학교에 다닐 나이가 되면 서울로 데려오겠다고 해두고.

　P의 형은 작년에 조카를 보통학교에 입학시켰다. 그러나 극빈 축에 드는 집안인지라 몇 푼 아니 되는 월사금과 학비를 대지 못하여 중도에 퇴학시켰다. 애초에 입학시킬 상의로 P에게 편지를 했을 때에 P는 공부 같은 것은 시켰자 소용이 없으니 차라리 뼈가 보드라운 때부터 생일(노동)을 시키라고 하였다. P의 형은 그러나 백부의 도리로나 집안의 체면으로나 창선이를 생일을 시킬 수가 없었다. 차라리 자기 손에 두어 헐벗기고 헐입히면서 공부도 시키지 못하느니 제 아비인 P더러 데려가라고 작년부터 편지를 하던 터이다.

　금년도 입학 시기가 당하매 P의 형은 P에게 누차 편지를 하였다. 금년에 입학을 시키지 못하면 명년에는 학령이 초과되어 들여주지 아니할 것이니 어서 데려다가 공부를 시키라는 것이다.

그 어린것이 굶기를 먹듯 하고 재주는 있으면서 남의 집 아이들이 학교에 다니는 것을 부러워하는 꼴은 차마 애처로워 볼 수가 없다. 차라리 이 꼴 저 꼴 보지 아니하는 것이 속이나 편하겠다.

이번 편지에는 이러한 구절이 있고 끝에 가서

여비가 몇 원 변통되면 차를 태우고 전보를 칠 테니 정거장에 나와 데려가거라. 나도 웬만하면 객지에 혼자 있는 너에게 어린 자식을 떠맡기듯이 보내겠느냐마는 잘못하다가 그것을 굶겨 죽이겠기에 생각다 못해 단행하는 것이다.

이러한 말이 쓰여 있었다.

P는 박박 찢은 편지를 돌돌 뭉쳐 방구석에 내던지고 한숨을 푸— 내쉬었다.

인제는 자식을 데리고 있기가 피할 수 없이 되었는데, 어떻게 했으면 좋을까 하는 것이다. 그는 형이 원망스럽고 아니꼬웠다.

굳이 제 아비를 따라 보낸다는 것이 아니라 부등부등 공부를 시키라는 것 때문이다. 기왕 서울로 보내나 시골서 데리고 있으나 고생시키기는 일반이니 차라리 시골서 일찍부터 생일이나 시켰으면 P에게는 여러 가지로 좋을 것이었다.

"흥! 체면! 공부! 죽여도 인텔리는 만들잖는다."

P는 혼자 이렇게 두덜거렸다.

"집에서 온 편지유? 무슨 걱정이 생겼수?"

말거리를 찾지 못하여 머뭇거리고 섰던 안방 노인이 동정이나 하는 듯이 이렇게 묻는다.

"아니요."

P는 마지못해 코대답을 하였다.

"필경 무슨 걱정이 생긴 게구려!"

노인은 자기의 말거리를 만들려고, 아니라는데도 이렇게 걱정
을 내어놓는다.

"그게 모다 가난한 탓이지…… 저렇게 젊고 똑똑한 이가 저게
모다 가난한 탓이야! 어데 구실(직업) 자리 말한다더니 아직 아
니 됐수?"

"네, 아직……."

"거 큰일 났구려! 어서 돼야 할 텐데…… 나도 꼭 죽겠수……
이 늙은것이! …… 돈 좀 마련되잖았수?"

"네, 아직 좀……."

"저걸 어쩌나! 오늘은 물 값이야 전깃불 값이야 사뭇 받으러
달려들 텐데!"

"메칠만 더 미루십시오. 설마하니 마나님이야 아니 드리겠습
니까……."

"아무렴! 실수야 없을 줄 알지만 내가 하도 옹색하니깐 그러
는 거지……."

P는 노인이 지껄이게 두어두고 혼자 생각하였다. 전에 아는
집에서 셋방을 얻어 들었을 때에는 두 달이고 석 달이고 세가 밀
려야 조르는 법이 없었다.

밀려도 조르지 아니하는 아는 집…… 이것이 P는 도리어 미안
해서 이곳으로 옮겨 온 것이다. 옮겨 와가지고 막상 졸림질을 당

하니 미안해도 졸리지는 아니하던 옛집이 그리워지는 것이다.

노인이 문을 가로막고 서서 수다스러운 소리로 더 지껄이려고 하는데 마침 P의 동무 M과 H가 찾아왔다.

"어데 나가나?"

M이 그렇잖아도 벌씸한 코를 한 번 더 벌씸하고 사이 벌어진 앞니를 내보이며 싱긋 웃는다.

몸집은 M과 같이 통통하지만 키가 작아 M의 뒤에 가려 섰던 H가 옆으로 나서며

"안녕합시요."

하고 인사를 한다.

P는 싱긋이 웃었다. 이 M과 H는 같은 하숙에 있는데 두 사람은 곧잘 같이 돌아다닌다. 같이 가는 것을 나란히 세워놓고 보면 하나는 키가 커서 우뚝하고 하나는 키가 작아서 납작 붙어 가는 것 같다.

얼굴도 M은 우둘부둘한 게 정객 타입으로 생겼고—잘못하면 복싱 링에 내세워도 좋겠고—H는 안존한 게 사무원 타입이다.

일상의 언행을 보아도 H는 무슨 이야기가 자기 전문인 법률에 관한 것에 다다르면 육법전서의 조목을 따르르 외우면서 이러고 저러고 하다고 설명을 하고, M은 동경서 학생 ××에 제휴를 했던 만큼, 그리고 전문이 정경과인 만큼 좌익 진영에서 쓰는 어투가 그대로 나온다.

"여전히 모다 동색冬色이 창연하군!"

P는 두 사람의 특특한 겨울 양복을 보고, 그리고 자기의 행색을 내려 보며 웃었다.

M이 신을 벗고 들어와 먼지 앉은 책상 위에 걸터앉으며

"춘래불사춘일세."

하고 한마디 외운다. H도 따라 들어와 한편에 앉으며 한마디 한다.

"아직 괜찮아…… 거리에서 보니까 동복 입은 사람이 많데……."

"괜찮기는 무어 괜찮아…… 우리가 길로 돌아다니니까 사방에서 아이구 아야! 소리가 들리데."

"왜?"

"봄이 발밑에서 짓밟히느라고."

"하하하하."

세 사람은 소리를 내어 웃었다.

"참 시험 본 것 어떻게 되었소?"

P는 H가 일전에 총독부에서 본 고원 채용 시험을 생각하고 물어보았다.

"말두 마시우…… 인제는 꼭 들어앉아 공부나 해가지고 변호사 시험이나 치겠소."

사람이 별로 변통성도 없고 그렇다고 여기저기 반연[13]도 없어 취직이 여의하게 되지 못하는 것을 볼 때에 P는 가엾은 생각이 늘 들곤 하였다.

"가만있게…… 어서 변호사 시험만 파스하게. 그러면 인제 내가 백만 원짜리 주식회사를 조직해가지고 자네를 법률 고문으로 모셔 옴세."

이것은 M이 늘 농 삼아 하는 농담이다. M도 일 년 동안이나

---

13 무엇에 이르기 위한 연줄.

취직 운동을 하면서 지냈건만 그는 되레 배포가 유하다. 조금 더 재바르게 했으면 M은 벌써 취직이 되었을는지도 모르나 그는 타고난 배포와 그리고 남에게 아유구용[14]을 하기 싫어하는 성질로 말하자면 취직 전선의 낙오자다.

별로 만나야 할 일도 없다. 그러나 제가끔 혼자 있으면 우울해지니까 이렇게 서로 찾으며 자주 만나게 된다.

만나 앉아서 이야기라도 지껄이면 그동안만은 명랑하여진다. 지금 서울 안에 P니 M이니 H니와 매일 만나 하는 일 없이 돌아다니고 주머니 구석에 돈푼 있으면 서로 털어 선술잔이나 먹고 하는 룸펜[15]의 패가 수없이 많다.

무어나 일을 맡겼으면 불이 번쩍 일게 해낼 팔팔한 젊은 사람들이다. 그렇건만 그들은 몸을 비비 꼬고 있다.

아무 데도 용납치 못하는 사람들이다. ××적 ××에서 그들을 불러들이기에는 ××적 ××의 주관적 정세가 너무도 미약하다. 그것은 그들의 몇 부분이 동경서 학생으로 있을 시절에는 그 속에서 활발하게 ××을 계속하던 것이 조선에 나오면서 탈리되는 것으로 보아 그러한 해석을 내리지 아니할 수가 없다.

그렇다고 부르주아의 기성 문화 기관에 들어가자니 그곳에서는 수요를 찾지 아니한다. 레디메이드로 된 존재들이니 아무 때라도 저편에서 필요해야만 몇씩 사들여 간다.

M이 마코를 꺼내놓고 붙여 문다. P는 포켓 속에 들어 있는 해태를 차마 내놓기가 낯이 따가워 M의 마코를 집어 당겼다.

---

14 남의 환심을 사려고 알랑거리며 구차스럽게 행동함.
15 독일어로 '부랑자, 실업자'를 이르는 말.

[※원문 80여 자 삭제]

P는 설명을 시작한다. P 자신 그러한 장난 비슷한 공상은 하면서 일단 해보라고 하면 주저할 것이지만 어쨌거나 그랬으면 통쾌하리라는 것이다.

"먼점 경무국에 들어가서 아주 까놓고 이야기를 한단 말이야. 우리가 지금 대상으로 하는 것은 총독부가 아니라 조선의 소위 민간 칙 유지들이니까 간섭을 말어달라고."

"그러면 관허 메이데이로구만."

"그래 관허도 좋아…… 그래가지고는 기에다가는 무어라고 쓰느냐 하면 '우리에게 향학열을 고취한 놈이 누구냐?'…… 어때?"

"좋―지!"

"인텔리에게 직업을 대라…… 이렇게 노래를 지어 부르거든."

[※원문 10여 자 삭제]

"응…… 유지와 명사의 가면을 박탈시키라고…… 한 몇십 명이 그렇게 데모를 한단 말이야!"

"하하하하."

M은 이렇게 웃고 H는 신어붓잖게 핀잔을 준다.

"드끄럽소, 여보…… 아 글쎄 멀끔멀끔한 양복쟁이들이 종로 네거리로 기를 받고 그렇게 다녀봐! 애들이 와서 나 광고지 한 장 주, 하잖나."

"하하하하."

"허허허허."

창밖에서 냉이 장수가 싸구려 소리를 외치고 지나간다. M이

그에 응하여

"이크! 봄을 떰펑하는구나!"

"흥, 경제학자라 달르군…… 참 우리 하숙에서는 채소를 좀 멕여주어야지!"

"밥값을 잘 내보지."

"그도 그렇지만."

"나는 석 달 치 밀렸네."

"나도 그렇게 될걸."

"그러니까 나처럼 이렇게 아파트 생활을 해요."

이것은 P의 말이다. 아파트라고 말해놓고도 서글퍼서 허허 웃었다.

"조선식 아파트! 그렇지만 우리가 아파트 생활을 했다면 아마 두어 달 전에 굶어 죽었을걸."

"나는 돈을 보면 초면 인사를 해야 되겠네…… 본 지가 하도 오라서 낯을 잊었어."

"여보게."

하고 M이 의젓하게 H를 달군다.

"돈 구경한 지 오래됐다지?"

"응."

"존 수가 있네."

"멋?"

"자네 책 좀 삼사크四 구락부에 보내세."

"싫으이."

"자네 돈 구경하고…… 구경하고 나서 그놈으로 한잔 먹고……."

"한잔 말이 났으니 말이지 요즘 같으면 술이나 실컨 먹고 주정이라도 했으면 속이 시언하겠네."

"그러니까 말이야…… 가세. 가서 다섯 권만 잽혀."

"일없다."

"내가 찾아주지."

"흥."

"정말이야."

"싫여."

6

그날 밤.

P와 M은 H를 졸라 그의 법률책을 잡혀 돈 육 원을 만들어가지고 나섰다.

선술집에 가서 엔간히 취하도록 먹은 뒤에 C라는 카페에 가서 술 두 병을 놓고 자정이 되도록 노닥거렸다.

그곳에서 나올 때는 육 원 돈이 이 원 남았다. 이 원의 처치를 생각하던 세 사람은 일제히 동관으로 가기로 하였다.

세 사람이 모두 다리가 비틀거렸다. 그중에도 P는 더욱 취하였다.

늴리리 가락으로 들어박힌 갈보집.

다 쓰러져가는 초가집을 세 사람이 아는 집 들어서듯이 쑥쑥 들어서니

"들어옵시오."

"어서 옵시오."

라고 머리 땋은 계집애와 배가 북통 같은 애 밴 계집이 마루로
나선다.

P가 무심결에 해태곽을 꺼내어 붙여 무니까 머리 땋은 계집애
가 P의 목을 걸싸 안고 볼에다 입을 쪽 맞추더니

"나도 하나."

하고 손을 벌린다. P는 기가 막혀 담뱃곽을 내미는데 H와 M은
박수를 하며

"부라보!"

하고 굉장하게 큰 소리로 외친다.

건넌방에 들어가 앉으니 마루에서 따그락따그락 소리가 난다.

배부른 계집은 푸대접을 받고 머리 땋은 계집애가 H와 M의
손으로 옮아 다니면서 주물린다. 깩깩 소리를 지르며 엄살을 한
다. 말을 붙이고 대답을 주고받고 하는 것이 H와 M은 전에 한번
와본 집인 듯하다.

술상이 들어왔다.

잔은 사발만 한데 술주전자는 눈알만 하다. 술을 부어놓으니
M이 척 받아놓고는 노래를 투정한다. 계집애는 그보다 더 약아
제가 그 술을 쪽 들이마시고는 빈 잔만 M의 입에 대어준다.

P는 자숫물[16]같이 밍밍한 술을 두어 잔 받아먹는 동안에 비위
가 콱 거슬려서 진정하느라고 드러누웠다.

16 개숫물의 사투리, 설거지물.

H가 계집애를 무릎에 올려놓고 신이 나게 노래를 부른다. 물론 고저도 장단도 맞지 아니하는 노래다.

M이 애 밴 계집을 실컷 시달려주다가 머리 땋은 계집애를 빼앗아 가더니 귀에 대고 무어라고 속삭거린다. 그러면서 둘이서 연해 P를 건너다보며 싱긋벙긋 웃는다.

조금 있다가 계집애가 P에게로 오더니 귀에다 입을 대고 속삭인다.

"저이가 나더러 당신하고 오늘 저녁…… 응 어때?"

"그래라."

P는 불쑥 성난 것처럼 대답했다.

"아이! 승거워!"

계집애는 P를 한 번 꼬집어주고 다시 M에게로 달아났다.

M에게로 가서 또 무어라고 속삭거리더니 재차 와가지고는 귓속말을 한다.

"자고 가, 응."

"그래 글쎄."

"꼭."

"응."

"정말."

"응."

술은 네 주전자가 들어왔는데 세 사람 손님은 두서너 잔씩밖에 아니 먹었다. 그 나머지는 다 저희가 먹었다. 계집애가 술이 곤주가 되게 취해가지고 해롱해롱 까분다.

술값을 치르는 것을 보고 P도 따라 일어섰다. M이 몸뚱이로

슬쩍 밀어서 방 안으로 들여보내고 뒤에서 계집애가 양복 뒷깃을 잡아당긴다.

"그래라, 자고 간다."

P는 방 가운데 벌떡 드러누웠다.

"너희 집이 어데냐?"

계집애가 옆에 와서 앉는 것을 보고 P가 물었다.

"××도 ××."

"언제 왔니?"

"작년에."

P는 몸을 일으켰다. 또 속이 왈칵 뒤집혀 좀 더 진정하려고 하는 생각인데 계집애가 콱 밀어뜨린다.

"나이 몇 살이냐?"

"열여덟."

"부모는?"

"부모가 있으면 여기서 이 짓을 해?"

"왜 이 짓이 나쁘냐?"

"흥…… 나도 사람이야."

"에─꾸! 나는 네가 신선인 줄 알았더니 인제 알고 보니까 사람이로구나!"

"드끄러!"

계집애는 눈을 쪽 흘기고는 갑자기 웃으면서 P의 목을 그러안는다.

"자고 가, 응."

"우리 마누라한테 자볼기 맞고 쫓겨난다."

"그러면 내한테 와서 나하고 살지…… 여기 내 빚 팔십 원만 물어주면…….'

"팔십 원이냐?"

"응."

"가겠다."

P가 또 일어나려는 것을 계집이 껴안고 놓지 아니한다.

"자고 가…… 내가 반했어."

"아서라."

"정말!"

"놓아."

"아니야, 안 놓아. 자고 가요, 응…… 자고…… 나 돈 좀 주어."

"돈? 내가 돈이 있어 보이니?"

"돈 소리가 절렁절렁 나는데?"

미상불 P의 포켓 속에서는 아까부터 잔돈 소리가 가끔 잘랑거렸다.

"자고 나 돈 조—꼼 주고 가, 응."

"얼마나?"

"암만[17]도 좋아…… 오십 전도, 아니 이십 전도."

계집애의 말이 떨어지기도 전에 P는 불에 덴 것같이 벌떡 일어섰다. 일어서면서 그는 포켓 속에 손을 넣어 있는 대로 돈을 움켜쥐어 방바닥에 홱 내던졌다. 일 원짜리 지전 두 장과 백통전이 방바닥에 요란스럽게 흐트러진다.

---

17 밝혀 말할 필요가 없는 값이나 수량을 대신하여 이르는 말.

"아따 돈!"

해 던지고는 P는 뛰어나왔다. 그의 눈에는 눈물이 고였다.

7

P는 정조적으로 순진한 사나이가 아니다. 열네 살 때에 소꿉질 같은 장가를 갔고 그 뒤 동경 가서 있을 동안에 거기 여자와 살림도 하였다.

조선에 돌아와 직업을 가지고 있는 사이에 기생과 사귀어 한동안 죽을 둥 살 둥 모르게 지내기도 하였다.

그 밖에도 정 두어 지낸 여자가 두엇 더 있다. 그러나 삼십이 되도록 지금까지 유곽을 가거나 은근짜 집을 가거나 동관의 색주가 집에 가서 잠자리를 한 일은 없다.

그것은 P의 괴벽이다. 어떠한 여자를 물론하고 그가 정이 들지 아니한 여자이면 절대로 관계를 아니한다는 것이다.

그 대신 한번 P의 눈에 들고 따라서 정이 들면 아무것도 돌아보지 아니하고 심각한 열정에 맡기어 완전히 그 여자를 움켜쥐어 버리며 또한 그 여자에게 전부를 내주어버린다. 그리하여 그는 늘 'All or nothing'을 말한다.

이것이 처세상 퍽 이롭지 못한 것을 P도 잘 안다. 또 공연한 승벽이요 고집인 줄 알건만 그는 그것을 고치지 못한다.

이날 밤에도 그는 그 계집애를 조금도 어떻게 하겠다는 생각은 나지 아니하였다.

술 취한 끝에 속이 괴로우니까 진정을 하자는 판인데 '오십 전 아니 이십 전도 좋아' 하는 소리에 버쩍 흥분이 된 것이다.

너무도 인간이 단작스럽고 악착스러운 것 같았다. P가 노상 보고 듣는 세상이 돈을 중간에 놓고 악착스럽게 으등으등하는 것임을 모르는 바는 아니나 정조 대가로 일금 이십 전을 요구하는 것은 처음 보았다.

P는 그러한 여자가 정조를 파는 데 무신경한 것도 잘 알고 있으며, 따라서 그것이 비도덕이니 어쩌니 하는 것도 아니다.

그의 관점과 해석은 그런 것보다 더 나아간 입장에 있었다.

그러나 '이십 전만 주어도' 소리에는 이것저것 생각하고 헤아릴 나위도 없었다. 더럽고 얄미우면서 그러면서도 눈물이 고였다. 삼 원쯤 되는 전 재산을 털어 내던지고 정신없이 뛰어나온 것이다.

술 취한 P를 혼자 남겨둔 H와 M은 골목에 기다리고 서서 있었다. P가 뛰어나오는 것을 보고 그들은 위선 농을 건넨다.

"한턱하오."

"장가간 턱 하게."

P는 고개를 흔들었다. 그리고 멍하니 서서 생각을 하였다.

다분의 가면 밑에서 꿈틀거리는 인도주의에 몹시 증오를 느끼는 P는 이날 밤 자기의 행동을 어떻게 해석할지 몰라 괴로워하였다.

내일을 굶어야 할 그 돈이지만 돈이 아까운 것이 아니다. 정조 값으로 이십 전을 주어도 좋다는데 왜 정조는 퇴하고 돈만 있는 대로 다 떨어주었는가? 왜 눈에 눈물은 고였는가?

8

P는 머리가 띵하고 속이 뉘엿거리어 정신을 차릴 수가 없었다. 그는 두 친구에게 인사도 변변히 하지 아니하고 코를 베인 듯이 삼청동으로 올라왔다. 어서 바삐 좀 드러눕고만 싶었던 것이다.

아무리 방구들은 차고 지저분하게 늘어놓았어도 제 처소는 반가운 것이다. 더구나 몸이 괴로울 때는!

P는 누더기 양복이나마 벗으려고도 아니하고 그대로 펴두었던 이부자리 속에 몸을 파묻었다. 드러누우니 취기가 새삼스레 더하여 영영 옷 벗을 생각도 잊어버리고 그대로 잠이 들었다.

얼마를 자고 났는지 괴로워 부대끼다 못하여 잠이 깨었을 때는 목이 타는 듯이 말랐다.

물은 없다. 물이 없어 못 먹는다고 생각하니 목은 더 말랐다.

밤은 어느 때나 되었는지 짐작할 수가 없다. 전등은 그대로 켜져 있다. 밖에서는 사람 지나다니는 발소리도 들리지 아니한다. 전차 갈리는 소리도 들리지 아니하고 가끔가다가 자동차의 경적이 딴 세상의 소리같이 감감하게 들려온다.

밤이 깊지 아니했으면 잠긴 안대문을 두드려 주인 노인에게라도 물을 청하겠지만 이 깊은 밤에 그리하기도 미안하다. 그것도 방세나 여일하게 내었을세 말이지 얼굴 대하기를 이편에서 피하는 판에 차마 못할 일이다.

물지게 장수의 삐득거리는 소리가 들리나 하고 귀를 기울였으나 감감히 소리가 없다.

목은 더욱더욱 말라 들어온다. 입술이 바싹 마르고 입안이 침기가 없고 목구멍이 바삭바삭 소리가 날 듯이 마르고, 그러고는 창자 속까지 말라 내려가는 듯하다.

방금 미칠 듯하다.

눈앞에 용용하게 흘러가는 푸른 한강이 어릿어릿하고 쏴― 쏟아시는 수통 꼭지가 보이는 듯하다.

P는 배고픈 고비는 많이 겪어보았으나 이대도록도 목마른 참은 당하기 처음이다.

배는 고프면 기운이 없고 착 가라앉을 뿐이었지만 목이 극도로 마름에는 금시 미치고 후덕후덕 날뛸 것 같다.

일어나서 삼청동 꼭대기로 올라가면 산골짜기의 물도 있고 또 우물도 있기는 하다. 그러나 이 어두운 밤에 어디가 어디인지 보이지 아니할 테고 또 우물에는 두레박도 없을 것이다.

겨우겨우 참아가며 몇 시간을 삐대었다. 실상 한 시간도 못 되는 동안이지만 P에게는 여러 시간인 듯만 싶었다.

그런 뒤에 겨우 물지게 소리를 듣고 그는 수통 있는 곳을 찾아 뛰어나갔다.

사정 이야기도 변변히 하지 아니하고 쏟아지는 수통 꼭지에 매달려 한 동이는 되리시피 냉수를 들이켰다. 물장수가 어이가 없어 멀끔히 쳐다보고만 있다가 P의 꾸벅하고 돌아서는 등 뒤에다 혀를 끌끌 찬다.

밥보다도 더 다급하게 그립던 물을 실컷 들이켜고 나니 찌뿌등하게 엉킨 듯 불쾌하던 취기도 적이 걷히고 정신이 말쑥하여졌다.

P는 새삼스레 양복을 벗어 던지고 다시 자리에 파묻혔다. 인제는 잠이 십 리나 달아나고 눈이 초랑초랑하여진다. 그러면서 어젯밤 일이 머리에 떠오른다.

그것은 마치 못 먹을 것을 먹은 것처럼 께름칙한 기억이다. 아무렇게나 씻어 넘겨버리재도, 그러나 머리 한구석에 박혀가지고 사라지려 하지 아니하는 어룽(반점)과 같다. 어떻게 해서라도 시원스러운 해석을 내리고라야 마음이 놓일 것 같다.

정조 대가로 일금 이십 전을 부르는 여자……

방금 세상에는 한 번 정조를 빼앗긴 것으로 목숨을 버려 자살하는 여자가 있다. 그러는 한편 '이십 전도 좋소' 하는 여자가 있다.

여자의 정조가 그것을 잃었다고 자살을 하도록 그다지도 고귀한 것이라면 '이십 전에도 팔겠소' 하는 여자가 눈을 멀끔멀끔 뜨고 살아 있는 사실은 무엇으로 설명할 것인가?

또 정조를 '이십 전에도 팔겠소' 하는 여자가 있도록 그것이 아무렇지도 아니한 것이라면 그것을 한 번 빼앗긴 때문에 생명을 내버리는 여자가 있는 것은 무엇으로 설명할 것인가?

이 두 여자가 모두 건전한 양심의 소유자라고 볼 수는 없다.

그러나 그 가운데 나무라기로 들면 차라리 정조를 빼앗긴 것으로 자살한 여자를 나무랄 것이지 '이십 전에 팔겠소' 하는 여자는 나무랄 수가 없다.

열여섯 살부터 시작하여 이래 삼 년이나 색주가 집으로 굴러다니는 여자다.

언제 누구에게 귀 떨어진 도덕관념이나 정당한 인생관을 얻어 들은 적이 없을 것이다.

술잔을 들고 앉아 한 잔이라도 오는 손님에게 더 먹여 한 푼어치라도 주인의 수입을 도와주면 칭찬이 오니 그만이다.

"고년 어여뿌다. 나하고 ××."

하고 손님이 말하면 그에 좇아 비록 조발早發일지언정 생리적 만족을 얻는 한편 그야말로 단돈 이십 전이라도 벌면 그만이다.

옆에서 그것을 시키기는 할지언정 그것이 나쁘다고 가르쳐주는 사람이 있을 턱이 없는 것이다. 사실 일반 매춘부가 정조적으로 양심을 가진 듯이 보인다는 것은 그 대부분이 되레 한 가식에 지나지 못하는 것이다.

그것은 그들에게 있어서 일종의 정당성을 가진 노동인 것이다.

그러니까 그것을 보고 불쌍하다고 여기고 동정을 하는 것은 위문이 폐문이다.

지금 세상은 정당한 성도덕이 서서 있는 때도 아니다.

그것은 한 세대에 여러 가지의 시대사조가 얼크러져 있는 때문이다. 그러니까 여자의 정조에 대하여도 일률적으로 선악과 시비를 가릴 수는 없는 것이다.

하룻밤 몸값으로다 '이십 전도 좋소' 하는 여자, 그에게는 다른 사람이 갖는 성도덕도 없고 따라서 자신을 타락이라서 슬퍼하지도 아니한다.

그 여자 자신을 나무랄 필요도 없는 것이요, 동정할 머리[18]도 없는 것이다. 그 여자 자신은 결코 불쌍한 사람이 아니다.

예수의 사랑(?)도 아무리 그 사랑이 크고 넓다 했을지언정 그

---

18 까닭, 필요.

것은 '불쌍한 사람', '죄지은 사람'에게 미칠 수 있는 것이다.

'불쌍하지 아니한', '죄짓지 아니한' 동관의 색주가 계집애에게는 누구의 동정이나 사랑도 일없는 것이다.

'뭣? 관념적이라고?'

그렇다. 관념적이라도 할 수 없다. 그러나 그것은 그 여자의 주관을 객관화한 것이다. 그러니까 그것은 한 엄연한 현실이다.

[※원문 30여 자 삭제]

또 그 병적 현실에 메스를 대는 것은 집단의 역사적 문제이지만 룸펜 인텔리의 결벽과 흥분쯤으로는 문제도 되지 아니한다.

다만 취객이 삼 원 각수[19]를 던져주었음으로 해서 그 여자는 감격 없는 기쁨을 맛보았을 뿐일 것이다.

'이게 웬 떡이냐…… 어제 저녁에 꿈이 갠찮더니 이런 땡을 잡을 영으루 그랬구나…… 웬 얼간망둥이냐.'

그 계집애는 응당 그렇게밖에는 더 생각되지 아니하였을 것이다. 그것이 결코 무리가 없는 당연한 일이다.

P는 여기까지 생각하고 입맛 쓴 고소를 띠었다.

"흥! 되지 못하게…… 장님이 눈병 앓는 사람더러 불쌍하다고 한 셈인가."

P는 돌아누우면서 혀를 끌끌 찼다.

---

19 돈을 원 단위로 셀 때 원 단위 아래에 남은 전을 이르는 말.

9

일천구백삼십사년의 이 세상에도 기적이 있다.

그것은 P가 굶어 죽지 아니한 것이다. 그는 최근 일주일 동안 돈이 생긴 데가 없다. 잡힐 것도 없었고 어디서 벌이한 적도 없다.

그렇다고 남의 집 문 앞에 가서 밥 한술 주시오 하고 구걸한 일도 없고 남의 것을 훔치지도 아니하였다.

그러나 그동안 굶어 죽지 아니하였다. 야위기는 하였지만 그래도 멀쩡하게 살아 있다. P와 같은 인생을 이 세상에 하나도 없이 싹 치운다면 근로하는 사람이 조금은 편해질는지도 모른다.

P가 소부르주아 축에 끼이는 인텔리가 아니요 노동자였더라면 그동안 거지가 되었거나 비상수단을 썼을 것이다. 그러나 그에게는 그러한 용기도 없다. 그러면서도 죽지 아니하고 살아 있다. 그렇지만 죽기보다도 더 귀찮은 일은 그를 잠시도 해방시켜주지 아니한다.

그의 아들 창선이를 올려 보낸다고 어제 편지가 왔고 오늘은 내일 아침에 경성역에 당도한다는 전보까지 왔다.

오정 때 전보를 받은 P는 갑자기 정신이 난 듯이 쩔쩔매고 돌아다니며 돈 마련을 하였다. 최소한도 이십 원은…… 하고 돌아다닌 것이 석양 때 겨우 십오 원이 변통되었다.

종로에서 풍로니 냄비니 양재기니 숟갈이니 무어니 해서 살림나부랭이를 간단하게 장만하여가지고 올라오는 길에 전에 잡지사에 있을 때 안 ××인쇄소의 문선 과장을 찾아갔다.

월급도 일없고 다만 일만 가르쳐주면 그만이니 어린아이 하나를 써달라고 졸라대었다.

　A라는 그 문선[20] 과장은 요리조리 칭탈[21]을 하던 끝에―그는 P가 누구 친한 사람의 집 어린애를 천거하는 줄 알았던 것이다―.

　"보통학교나 마쳤나요?"

하고 물었다.

　"아―니요."

　P는 솔직하게 대답하였다.

　"나이 몇인데?"

　"아홉 살."

　"아홉 살?"

　A는 놀라 반문을 하는 것이다.

　"기왕 일을 배울 테면 아주 어려서부터 배워야지요."

　"그래도 너무 어려서 원…… 뉘 집 애요?"

　"내 자식놈이랍니다."

　P는 그래도 약간 얼굴이 붉어짐을 깨달았다. A는 이 말에 가장 놀라운 일을 보겠다는 듯이 입만 벌리고 한참이나 P를 물끄러미 바라다본다.

　"왜? 내 자식이라고 공장에 못 보내란 법 있답디까?"

　"아―니, 정말 그래요?"

　"정말 아니고?"

　"괜히 실없는 소리! …… 자제라고 해야 들어줄 테니까 그러시지?"

---

20 활자를 골라 뽑는 일.
21 무어라고 핑계를 댐.

54

"아니, 그건 그렇잖애요. 내 자식놈야요."

"그럼 왜 공부를 시키잖구?"

"인쇄소 일 배우는 것도 공부지."

"그건 그렇지만 학교에 보내야지."

"학교에 보낼 처지도 못 되고 또 보낸댔자 사람 구실도 못할 테니까…….."

"거참 모를 일이오…… 우리 같은 놈은 이 짓을 해가면서도 자식을 공부시키느라고 애를 쓰는데 되려 공부시킬 줄 아는 양반이 보통학교도 아니 마친 자제를 공장엘 보내요?"

"내가 학교 공부를 해본 나머지 그게 못쓰겠으니까 자식은 딴 공부를 시키겠다는 것이지요."

"글쎄 정 그러시다면 내가 내 자식 진배없이 잘 데리고 있으면서 일이나 착실히 가르쳐드리리다마는…… 원 너무 어린데 애차랍잖애요?"

"애차라운 거야 애비 된 내가 더하지오만 그것이 제게는 약이니까…….."

P는 당부와 치하를 하고 인쇄소를 나왔다. 한짐 벗어놓은 것 같이 몸이 가뜬하고 마음이 느긋하였다.

그는 집으로 올라가는 길에 싸전에 쌀 한 말을 부탁하고 호배추도 몇 통 사들였다. 그렁저렁 오 원을 썼다.

십 원 남은 중에 주인 노인에게 육 원을 내주니 입이 귀밑까지 째어진다. 그 끝에 P가 사 온 호배추를 내주며 김치를 담가달라고 하니 선선히 응낙한다. 그리고 자식을 데리고 자취를 하겠다니까 깍두기야 간장이야 된장 같은 것을 아까운 줄 모르고 날라다 주곤 한다.

10

이튿날 전에 없이 첫새벽에 일어난 P는 서투른 솜씨로 화로밥을 지어놓고 정거장으로 나갔다.

그의 형에게서 온 편지에 S라는 고향 사람이 서울 올라오는 길에 따라 보낸다고 했으니까 P는 창선이보다도 더 낯이 익은 S를 찾았다.

과연 차가 식식거리고 들어서매 인간을 뱉어 내놓는 찻간에서 S가 창선이를 데리고 두리번거리며 내려왔다.

어디서 생겼는지 새까만 고구라 양복을 입고 이화표 붙은 학생 모자를 쓰고 거기다가 보따리를 하나 지고 무엇 꾸린 것을 손에 들고 차에서 내리는 어린아이…… 저게 내 자식이냐 생각하니 P는 어쩐지 속으로 얼굴이 붉어지며 한편 가엾기도 하였다.

S가 두 손에 짐을 가득 들고 두리번거리다가 가까이 온 P를 보고 반겨 소리를 지른다. 창선이가 모자를 벗고 학교식으로 경례를 한다. 얼굴을 자세히 보니 네댓 살 적에 보던 것보다 더한층 저의 외가를 닮았다. P는 그것이 몹시 불만하였다.

"그새 재미나 좋았나?"

S의 하는 첫인사다.

"멀 그저 그렇지…… 괜한 산 짐을 지고 오느라고 애썼네."

P는 이렇게 인사 겸 치하를 하였다.

"원 천만에! …… 그 애가 나이는 어려도 어떻게 속이 찼는지…… 너 늬 아버지 알어보겠니?"

S는 창선이를 돌아보며 웃는다. 창선이는 고개를 숙이고 수줍은지 아무 대답도 아니한다.

P는 S와 창선이를 데리고 구름다리로 올라왔다.

"저의 외할머니가 저 양복이야 떡이야 모다 해가지고 자네 댁에까지 오셨더라네…… 오서서 어제 떠나는데 정거장까지 나오셨는데 여러 가지 신신당부를 하시데…… 자네에게 전하라고."

S는 P가 그다지 듣고 싶지도 아니한 이야기를 뒤따라오며 늘어놓는다. 그의 가슴에는 옛날의 반감이 솟쳐 올랐다.

"별걱정 다 하든 게로군…… 내 자식 내가 어련히 할까 버 쫓아다니며 그래!"

"그래도 노인들이라 어데 그런가…… 객지에서 혼자 있는데 데리고 있기 정 불편하거든 당신에게로 도루 보내게 하라고 그러시데……."

"그 집에 내 자식이 무슨 상관이 있어서 보내라는 거야? …… 보낼 테면 그때 데려왔을라구……."

P는 그것이 모두 그와 갈린 아내의 조종인 줄 알기 때문에 더구나 심정이 났다. 화가 나는 대로 하면 어린아이가 입고 온 양복도 벗겨 내던지고 싶었으나 꿀걱 참았다.

11

일찍 맛보아보지 못한 새살림을 P는 시작하였다.

창선이가 도착한 날 밤.

창선이는 아랫목에서 색색 잠을 자고 있다. 외롭게 꿈을 꾸고 있으려니 생각하매 전에 없던 애정이 솟아오르는 듯하였다.

이튿날 아침 일찍 창선이를 데리고 ××인쇄소에 가서 A에게 맡기고 안 내키는 발길을 돌이켜 나오는 P는 혼자 중얼거렸다.

"레디메이드 인생이 비로소 겨우 임자를 만나 팔리었구나."

— 〈신동아〉, 1934. 5~7.

치숙痴叔[1]

우리 아저씨 말이지요? 아따 저 거시키, 한참 당년에 무엇이
냐 그놈의 것, 사회주의라더냐 막덕[2]이라더냐, 그걸 하다 징역 살
고 나와서 폐병으로 시방 앓고 누웠는 우리 오촌 고모부 그 양
반······.

머, 말도 마시오. 대체 사람이 어쩌면 글쎄······ 내 원!

신세 간데없지요.

자, 십 년 적공, 대학교까지 공부한 것 풀어먹지도 못했지요.
좋은 청춘 어영부영 다 보냈지요. 신분에는 전과자라는 붉은 도
장 찍혔지요. 몸에는 몹쓸 병까지 들었지요.

이 신세를 해가지굴랑은 굴속 같은 오두막집 단칸 셋방 구석

---

1 한자 뜻풀이는 '어리석은 아저씨'란 뜻.
2 마르크스주의를 믿는 사람이나 행위를 낮추어 부르는 말.

에서 사시장철 밤이나 낮이나 눈 따악 감고 드러누웠군요.

재산이 어디 집 터전인들 있을 턱이 있나요. 서발막대[3] 내저어야 짚 검불 하나 걸리는 것 없는 철빈인데.

우리 아주머니가, 그래도 그 아주머니가, 어질고 양전해서 그 알량한 남편 양반 받드느라 삯바느질이야 남의 집 품빨래야 화장품 장사야, 그 칙살스러운 벌이를 해다가 겨우겨우 목구멍에 풀칠을 하지요.

어디루 대나 그 양반은 죽는 게 두루 좋은 일인데 죽지도 아니해요.

우리 아주머니가 불쌍해요. 아, 진작 한 나이라도 젊어서 팔자를 고치는 게 아니라, 무슨 놈의 우난[4] 후분[5]을 바라고 있다가 끝끝내 고생을 하는지.

근 이십 년 소박을 당했지요.

이십 년을 설운 청춘 한숨으로 보내고서 다 늦게야 송장 여대치게[6] 생긴 그 양반을 그래도 남편이라고 모셔다가는 병수발 들랴, 먹고살랴, 애자진하고[7] 다니는 걸 보면 참말 가없어요.

그게 무슨 죄다짐이람? 팔자 팔자 하지만 왜 팔자를 고치지를 못하고서 그래요. 우리 죄선 구식 부인네들은 다 문명을 못하고 깨지를 못해서 그러지.

그 양반이 한시바삐 죽기나 했으면 우리 아주머니는 차라리

3 서 발이나 되는 긴 막대, 장대.
4 유별난.
5 늙은 뒤의 운수.
6 능가하게.
7 자진하여 애를 쓰고.

60

신세 편하리다.

심덕 좋겠다 솜씨 얌전하겠다 하니, 어디 가선들 자기 일신 몸 가누고 편안히 못 지내요?

가만있자, 열여섯 살에 아저씨네 집으로 시집을 갔다니깐, 그게 내가 세 살 적이니 꼬박 열여덟 해로군. 열여덟 해면 이십 년 아니오.

그때 우리 아저씨 양반은 나이 어리기도 했지만, 공부를 한답시고 서울로 동경으로 십여 년이나 돌아다녔고, 조금 자라서 색시 재미를 알 만하니까는 누가 이쁘달까 봐 이혼하자고 아주머니를 친정으로 쫓고는 통히 불고[8]를 하고…….

공부를 다 마치고 오더니만, 그담에는 그놈의 짓에 들입다 발광해 다니면서 명색 학생 출신이라는 딴 여편네를 얻어 살았지요. 그 여편네는 나도 몇 번 보았지만 쌍판대기라고 별반 출 수도 없이 생겼습디다. 그 인물로 남의 첩이야? 일색 소박은 있어도 박색 소박은 없다더니, 사실 소박맞은 우리 아주머니가 그 여편네게다 대면 월등 이뻤다우.

그래 그 뒤에, 그 양반은 필경 붙들려가서 오 년이나 전중이[9]를 살았지요. 그동안에 아주머니는 시집이고 친정이고 모두 폭 망해서 의지가지없이 됐지요.

그러니 어떻게 해요? 자칫하면 굶어 죽을 판인데.

할 수 없이 얻어먹고 살기도 해야 하려니와, 또 아저씨 나오는 것도 기다려야 한다고 나를 반연 삼아 서울로 올라왔더군요. 그

---

8 돌보지 않음.
9 징역살이.

게 그러니까 아저씨가 나오던 그 전해로군.

그때 내가 나이는 어려도 두루 날뛴 보람이 있어서 이내 구라다상네 식모로 들어갔지요.

그 무렵에 참 내가 아주머니더러 여러 번 권면을 했지요. 그러지 말고 개가를 가라고. 글쎄 어린 소견에도 보기에 퍽 딱하고 민망합디다.

계제에 마침 또 좋은 자리가 있었고요. 미네상이라고 미쓰꼬시[10] 앞에서 바나나 다다끼우리[11]를 하는 인데 사람이 퍽 좋아요.

우리 집 다이쇼(주인)도 잘 알고 하는데, 그이가 늘 나더러 죄선 오깜상[12]하고 살았으면 좋겠다고, 중매 서달라고 그래쌌어요.

돈은 모아둔 게 없어도 다 벌어먹고 살 만하니까 그런 사람 만나서 살면 아주머니도 신세 편할 게 아니라구요.

그런 걸 글쎄 몇 번 말해도 숭헌 소리 말라고 듣질 않는 걸 어떡하나요.

아무튼 그런 것 말고라도 참, 흰 말이 아니라 이날 이때까지 내가 그 아주머니 뒤도 많이 보아주었다우. 또 나도 그럴 만한 은공이 없잖아 있구요.

내가 일곱 살에 부모를 잃었지요. 그러고 나서 의탁할 곳이 없이 됐는데 그때 마침 소박을 맞고 친정살이를 하는 그 아주머니가 나를 데려다가 길러주었지요.

그때만 해도 그 집이 그다지 군색하게 지내진 않았으니깐요.

---

10 지금의 신세계백화점.
11 투매, 싸구려 팔기.
12 '여자'의 일본어.

아주머니도 아주머니지만 증조할머니며 할아버지도 슬하에 딴 자손이 없어서 나를 퍽 귀애하겠지요.

열두 살까지 그 집에서 자랐군요.

사 년이나마 보통학교도 다녔고.

아마 모르면 몰라도 그 집안이 그렇게 치패[13]하지만 안 했으면 나도 그냥 붙어 있어서 시방쯤은 전문학교까지는 다녔으리다.

이런 은공이 있으니까 나도 그걸 저버리지 않고 그래서 내 깜냥에는 갚을 만치 갚노라고 갚은 셈이지요.

하기야 요새도 간혹 아주머니가 찾아와서 양식 없다는 사정을 더러 하곤 하는데 실토정[14] 말이지 좀 성가시기는 해요.

그러는 족족 그 수응을 하자면 내 일을 못하겠는걸. 그래 대개 잘라 떼기는 하지요.

그렇지만 그 밖에, 가령 양 명절 때면 고깃근이라도 사 보낸다든지, 또 오면가면 들러 이야기 낱이라도 한다든지 그런 건 결단코 범연히 하진 않으니까요.

아무튼 그래서 아주머니는 꼬박 일 년 동안 구라다상네 집 오마니로 있으면서 월급 오 원씩 받는 걸 그대로 고스란히 저금을 하고, 또 틈틈이 삯바느질을 맡아다가 조금씩 벌어 보태고 또 나올 무렵에 구라다상네 양주[15]가 퍽 기특하다고 돈 칠 원을 상급으로 주고 그런 게 이럭저럭 돈 백 원이나 존존히 됐지요.

그 돈으로 방 한 칸 얻고 살림 나부랭이도 조금 장만하고 그래

13 살림이 결딴남.
14 솔직하게 말함.
15 부부.

놓고서 마침 그 알랑꼴랑한 서방님이 놓여나오니까 그리로 모셔 들였지요.

놓여나오는 날 나도 가서 보았지만 가막소 문 앞에 막 나서자 아주머니가 기다리고 있으니까 그래도 눈물이 핑― 돌던데요.

전에 그렇게도 죽을 동 살 동 모르고 좋아하던 첩년은 꼴도 안 뵈구요. 남의 첩년이란 건 다 그런 거지요 뭐.

우리 아저씨 양반은 혹시 그 여편네가 오지 않았나 하고 사방을 휘휘 둘러보던데요. 속이 그렇게 없다니까. 여편네는커녕 아주머니하고 나하고 그 외는 어리친[16] 개새끼 한 마리 없더라.

그래 막 자동차에 올라타려다가 피를 토했지요. 나중에 들었지만 가막소 안에서 달포 전부터 토혈을 했다나 봐요.

그래 다 죽어가는 반송장을 업어 오다시피 해다가 뉘어놓고 그날부터 아주머니는 불철주야로 할 짓 못할 짓 다 해가면서 부스대고 날뛴 덕에 병도 차차로 차도가 있고 그러더니 인제는 완구히 살아는 났지요. 뭐 참 시방은 용 꼴인걸요, 용 꼴.

부인네 정성이 무서운 겝디다.

꼬박 삼 년이군. 나 같으면 돌아가신 부모가 살아오신대도 그 짓 못해요.

자, 그러니 말이지요. 우리 아저씨라는 양반이 작히나 양심이 있고 다 그럴 양이면, 어허 내가 어서 바삐 몸이 충실해져서, 어서 바삐 돈을 벌어다가 저 아내를 편안히 거느리고 이 은공과 전날의 죄를 갚아야 하겠구나…… 이런 맘을 먹어야 할 게 아니라

16 심한 자극으로 정신이 흐릿한.

구요?

아주머니의 은공을 갚자면 발에 흙이 묻을세라 업고 다녀도
참 못다 갚지요.

그러고저러고 간에 자기도 인제는 속 차려야지요. 하기야 속
을 차려서 무얼 하재도 전과자니까 관리나 또 회사 같은 데는 들
어가지 못하겠지만, 그야 자기가 저지른 일인 걸 누구를 원망할
일도 아니고, 그러니 막 벗어부치고 노동이라도 해야지요.

대학교 출신이 막벌이 노동이란 게 꼴 가관이지만 그래도 할
수 없지, 뭐.

그런 걸 보고 가만히 나를 생각하면, 만약 우리 종조할아버지
네 집안이 그렇게 치패를 안 해서 나도 전문학교를 졸업을 했으
면, 혹시 우리 아저씨 모양이 됐을지도 모를 테니 차라리 공부 많
이 않고서 이 길로 들어선 게 다행이다…… 이런 생각이 들어요.

사실 우리 아저씨 양반은 대학교까지 졸업하고도 인제는 기껏
해먹을 거란 막벌이 노동밖에 없는데, 보통학교 사 년 겨우 다니
고서도 시방 앞길이 환히 트인 내게다 대변 고쓰까이[17]만도 못하
지요.

아, 그런데 글쎄 막벌이 노동을 하고 어쩌고 하기는커녕 조금
바시시 살아날 만하니까 이 주책꾸러기 양반이 무슨 맘보를 먹
는고 하니, 내 참 기가 막혀!

아니, 그놈의 것하고는 무슨 대천지원수가 졌단 말인지, 어쨌
다고 그걸 끝끝내 하지 못해서 그 발광인고?

17 '심부름하는 사람, 사환'의 일본어.

그러나마 그게 밥이 생기는 노릇이란 말인지? 명예를 얻는 노릇이란 말인지. 필경은 붙잡혀 가서 징역 사는 놀음?

아마 그놈의 것이 아편하고 꼭 같은가 봐요. 그렇기에 한번 맛을 들이면 끊지를 못하지요?

그렇지만 실상 알고 보면 그게 그다지 재미가 난다거나 맛이 있다거나 그런 것도 아니더군 그래요. 부랑당패[18]던데요. 하릴없이 부랑당팹디다.

저— 서양 어디선가, 일하기 싫어하는 게으름뱅이 몇 놈이 양지쪽에 모여 앉아서 놀고먹을 궁리를 했더라나요. 우리 집 다이쇼가 다 자상하게 이야기를 해줍디다.

게, 그 녀석들이 서로 구누[19]를 하기를, 자 이 세상에는 부자가 있고 가난한 사람이 있고 하니 그건 도무지 공평한 일이 아니다. 사람이란 건 이목구비하며 사지육신을 꼭 같이 타고났는데, 누구는 부자로 잘살고 누구는 가난하다니 그게 될 말이냐. 그러니 부자가 가진 것을 우리 가난한 사람들하고 다 같이 고르게 노나 먹어야 경우가 옳다.

야— 그거 옳은 말이다. 야— 그 말 좋다. 자— 노나 먹자.

아, 이렇게 설도를 해가지고 우 하니 들고일어났다는군요.

아—니, 그러니 그게 생 날부랑당놈의 짓이 아니고 무어요?

사람이란 것은 제가끔 분지복[20]이 있어서 기수를 잘 타고나든지 부지런하면 부자가 되는 법이요. 복록을 못 타고나든지 게으

18 '불한당패'를 일컫는 듯함.
19 짜고 입을 맞춤.
20 타고난 복.

른 놈은 가난하게 사는 법이요, 다 이렇게 마련인데, 그거야말로 공평한 천리인 것을, 됩다 불공평하다니 될 말이오? 그러고서 억지로 남의 것을 뺏어먹자고 들다니 그놈들이 부랑당이지 무어요.

짓이 부랑당 짓일 뿐 아니라, 또 만약에 그러기로 들면 게으른 놈은 점점 더 게으름만 부리고 쫓아다니면서 부자 사람네가 가진 것만 뺏어먹을 테니 이 세상은 통으로 도적놈의 판이 될 게 아니오? 그나마, 부자 사람네가 모아둔 걸 다 뺏기고 더는 못 먹여내는 날이면 그때는 이 세상 망하는 날이 아니오?

저마다 남이 농사지어놓으면 그걸 뺏어먹으려고 일 않고 번둥번둥 놀 것이고 남이 옷감 짜놓으면 그걸 뺏어다가 입으려고 번둥번둥 놀 것이고 그럴 테니 대체 곡식이며 옷감이며 그런 것이 다 어디서 나올 데가 있어야지요. 세상 망할밖에!

글쎄 그놈의 짓이 그렇게 세상 망쳐놀 장본인 줄은 모르고서 가난한 놈들, 그중에도 일하기 싫은 게으름뱅이들이 위선 당장 부자 사람네 것을 뺏어먹는다니까 거기 혹해가지굴랑 너도나도 와하니 참섭을 했다는구려.

바로 저 아라사[21]가 그랬대요.

그래서 아니나 다를까 농군들이 곡식을 안 만들기 때문에 사람이 수만 명씩 굶어 죽는다는구려. 빠안한 이치지 뭐.

위선 먹기는 곶감이 달다고 그 지랄들을 했다가 잘코사니[22]야!

아 그런데 그 못된 놈의 풍습이 삽시간에 동서양 각국 안 간데 없이 퍼져가지굴랑 한동안 내지에도 마구 굉장히 드세게 돌

---

21 러시아.
22 고소하게 여겨지는 일.

아다녔고 내지가 그러니까 멋도 모르는 죄선 영감상들도 덩달아
서 그 숭내를 냈다나요.

그렇지만 시방은 그새 나라에서 엄하게 밝히고 금하고 한 덕
에 많이 너끔해졌고 그런 마음 먹는 사람은 별반 없다나 봐요.

그럴 게지 글쎄. 아 해서 좋을 양이면야 나라에선들 왜 금하며
무슨 원수가 졌다고 붙잡아다가 징역을 살리나요.

좋고 유익한 것이면 나라에서 도리어 장려하고, 잘할라치면
상급도 주고 그러잖아요.

활동사진이며 스모며 만자이[23]며 또 왓쇼왓쇼[24]랄지 세이레이
낭아시[25]랄지 라디오 체조랄지 그런 건 다 유익한 일이니까 나라
에서 설도도 하고 그러잖아요.

나라라는 게 무언데? 그런 걸 다 잘 분간해서 이럴 건 이러고
저럴 건 저러라고 지시하고, 그 덕에 백성들은 제각기 제 분수대
로 편안히 살도록 애써주는 게 나라 아니오?

그놈의 것 사회주의만 하더라도 나라에서 금하질 않고 저희가
하는 대로 뒤두었어보아? 시방쯤 세상이 무엇이 됐을지…….

다른 사람들도 낭패 본 사람이 많았겠지만, 위선 나만 하더라
도 글쎄 어쩔 뻔했어! 아무 일도 다 틀리고 뒤죽박죽이지.

내 이상과 계획은 이렇거든요.

우리 집 다이쇼가 나를 자별히 귀애하고 신용을 하니깐 인제
한 십 년만 더 있으면 한밑천 들여서 따로 장사를 시켜줄 그런

23 만담.
24 '영차영차' 같은 일본어 의태어.
25 7월에 있는 일본의 불교 행사.

68

눈치거든요.

그러거들랑 그것을 언덕 삼아가지고 나는 삼십 년 동안 예순 살 환갑까지만 장사를 해서 꼭 십만 원을 모을 작정이지요. 십만 원이면 죄선 부자로 쳐도 천석꾼이니, 뭐 떵떵거리고 살 게 아니라구요?

그리고 우리 다이쇼도 한 말이 있고 하니까, 나는 내지인 규수한테로 장가를 들래요. 다이쇼가 다 알아서 얌전한 자리를 골라 중매까지 서준다고 그랬어요.

내지 여자가 참 좋지요.

나는 죄선 여자는 거저 주어도 싫어요.

구식 여자는 얌전은 해도 무식해서 내지인하고 교제하는 데 안됐고, 신식 여자는 식자나 들었다는 게 건방져서 못쓰고, 도무지 그래서 죄선 여자는 신식이고 구식이고 다 제바리[26]여요.

내지 여자가 참 좋지 뭐. 인물이 개개 일자로 이쁘겠다, 얌전하겠다, 상냥하겠다, 지식이 있어도 건방지지 않겠다, 좀이나 좋아!

그리고 내지 여자한테 장가만 드는 게 아니라 성명도 내지인 성명으로 갈고 집도 내지인 집에서 살고 옷도 내지 옷을 입고 밥도 내지식으로 먹고 아이들도 내지인 이름을 지어서 내지인 학교에 보내고…….

내지인 학교라야지 죄선 학교는 너절해서 아이들 버려놓기나 꼭 알맞지요.

그리고 나도 죄선말은 싹 걷어치우고 국어만 쓰고요.

26 온전치 못한 사람.

이렇게 다 생활 법식부터도 내지인처럼 해야만 돈도 내지인처럼 잘 모으게 되거든요.

내 이상이며 계획은 이래서, 그 십만 원짜리 큰 부자가 바로 내다뵈고 그리로 난 길이 환하게 트이고 해서 나는 시방 열심으로 길을 가고 있는데, 글쎄 그 미쳐살미 든 놈들이 세상 망쳐버릴 사회주의를 하려드니, 내가 소름이 끼칠 게 아니라구요? 말만 들어도 끔찍하지!

세상이 망해서 뒤집히면 그래 나는 어쩌란 말인고? 아무것도 다 허사가 될 테니 그런 억울할 데가 있더람?

머 참, 우리 집 다이쇼 말이 일일이 지당해요.

여느 절도나 강도나 사기나 그런 죄는 도적이면 도적을 해 가는 그 당장, 그 돈만 축을 내니까 오히려 죄가 가볍지만, 그놈의 것 사회주의인지 지랄인지는 온 세상을 뒤죽박죽을 만들어놓고 나라를 통째로 소란하게 하니까 도저히 용서할 수가 없대요.

용서라니! 나 같으면 그런 놈들은 모조리 쓸어다가 마구 그저 그냥……

그런 일을 생각하면 털어놓고 말이지 우리 아저씬가 그 양반도 여간 불측스러 뵈질 안 해요. 사실 아주머니만 아니면 내가 무슨 천주학이라고, 나쁜 병까지 앓는 그 양반을 찾아다니나요. 죽는대도 코도 안 풀어 붙일걸.

그러나마 전자의 죄상을 다 회개를 하고 못된 마음을 씻어버렸을 새 말이지, 머 흰 개 꼬리 삼 년[27]이라더냐, 종시 그 모양일걸요.

---

27 '흰 개 꼬리 삼 년 두어도 황모 못 된다', 본성은 바뀌지 않는다는 말.

그러니깐 그게 밉살머리스러워서, 더러 들렀다가 혹시 마주 앉아도 위정 뼈끝 저린 소리나 내쏘아주고, 말을 따잡아가지굴랑 꼼짝 못하게시리 몰아세주곤 하지요.

저번에도 한번 혼을 단단히 내주었지요. 아, 그랬더니 아주머니더러 한다는 소리가 그 녀석 사람 버렸더라고, 아무짝에도 못쓰게 길이 들었더라고 그러더라나요.

내 원, 그 소리를 듣고 하도 어처구니가 없어서!

대체 사람도 유만부동이지, 그 아저씨가 나더러 사람 버렸느니 아무짝에도 못쓰게 길이 들었느니 하더라니, 원 입이 몇 개나 되면 그런 소리가 나오는 구멍도 있누?

죄선 벙어리가 다 말을 해도 나 같으면 할 말 없겠더구먼서도, 하면 다 말인 줄 아나 봐?

이를테면 그게 명색 훈계 비슷한 거렷다? 내게다가 맞대놓고 그런 소리를 하다가는 되잡혀서 혼이 날 테니까 슬며시 아주머니더러 이르란 요량이든 게지?

기가 막혀서…… 하느님이 사람의 콧구멍 두 개로 마련하기 참 다행이야.

글쎄 아무려면 내가 자기처럼 다 공부는 못하고 남의 집 고조[小僧][28] 노릇으로, 반또[番頭][29] 노릇으로, 이렇게 굴러먹을값이 이래 보여도 표창을 두 번이나 받은 모범 점원이요, 남들이 똑똑하고 재주 있고 얌전하다고 칭찬이 놀랍고 앞길이 환히 트인 유망한 청년인데, 그래 자기 눈에는 내가 버린 놈이고 아무짝에도 못쓰

28 나이 어린 사환.
29 가게의 지배인.

게 길이 든 놈으로 보였단 말이지?

하하, 오옳지! 거참 그렇겠군. 자기는 자기 하는 짓이 옳으니까, 남이 하는 짓은 다 글렀단 말이렷다?

그러니까 나도 자기처럼 그놈의 것 사회주의 인지 급살 맞을 것인지나 하다가 징역이나 살고 전과자나 되고 폐병이나 앓고 다 그랬더라면 사람 버리지도 않고 아무짝에도 못 쓰게 길든 놈도 아니고 그럴 뻔했군그래!

흥! 참…….

제 밑 구린 줄 모르고서 남더러 어쩌구저쩌구한다는 게 꼭 우리 아저씨 그 양반을 두고 이른 말인가 봐.

그날도 실상 이랬더라우. 혼을 내주었더니 아주머니더러 그런 소리를 하더란 그날 말이오.

그날이 마침 내가 쉬는 날이길래 아주머니더러 할 이야기도 있고 해서 아침결에 좀 들렀더니, 아주머니는 남의 혼인집으로 바느질을 해주러 갔다고 없고, 아저씨 양반만 여전히 아랫목에 가서 드러누웠어요.

그런데 보니깐 어디서 모두 뒤져냈는지, 머리맡에다가 헌 언문 잡지를 수북이 쌓아놓고는 그걸 뒤져요.

그래 나도 심심 삼아 한 권 집어 들고 뗘들어 보았더니, 머 읽을 맛이 나야지요.

대체 죄선 사람들은 잡지 하나를 해도 어찌 모두 그 꼬락서니로 해놓는지.

사진도 없지요, 망가(만화)도 없지요.

그러고는 맨판 까탈스러운 한문 글자로다가 처박아놓으니 그걸 누구더러 보란 말인고?

더구나 우리 같은 놈은 언문도 그런대로 뜯어보기는 보아도 읽기에 여간만 폐롭지가 않아요.

그러니 어려운 언문하고 까다로운 한문하고를 섞어서 쓴 글은 뜻을 몰라 못 보지요. 언문으로만 쓴 것은 소설 나부랭인데, 읽기가 힘이 들 뿐 아니라 또 죄선 사람이 쓴 소설이란 건 재미가 있어야죠. 나는 죄선 신문이나 죄선 잡지하구는 담쌓고 남 된 지 오랜걸요.

잡지야 뭐 〈낑구〉[30]나 〈쇼넹구라부〉[31] 덮어먹을 잡지가 있나요. 참 좋아요.

한문 글자마다 가나[32]를 달아놓았으니 어떤 대문을 척 펴 들어도 술술 내리읽고 뜻을 횅하니 알 수가 있지요.

그리고 어떤 대문을 읽어도 유익한 교훈이나 재미나는 소설이지요.

소설 참 재미있어요. 그중에도 기꾸지깡 소설! …… 어쩌면 그렇게도 아기자기하고도 달콤하고도 재미가 있는지. 그리고 요시까와 에이찌, 그의 소설은 진쩐바라바라[33] 하는 지다이모노(시대물)인데 마구 어깻바람이 나구요.

소설이 모두 그렇게 재미가 있지요. 망가가 많지요. 사진이 많지요. 그러고도 값은 좀 헐하나요. 십오 전이면 바로 그 전달 치를 사 볼 수 있고 보고 나서는 오 전에 도로 파는데요.

---

30 영어 king의 일본어 발음으로 일본에서 발행된 종합잡지.
31 '소년 그룹'이라는 뜻으로 일본 강담사에서 발행한 잡지.
32 한자의 일부를 따서 만든 일본 특유의 음절 문자.
33 칼날이 부딪치는 소리의 일본어.

잡지도 기왕 하려거든 그렇게나 해야지, 죄선 사람들은 제엔장 큰소리는 곧잘 하더구먼서도 잡지 하나 반반한 거 못 만들어내니!

그날도 글쎄 잡지가 그 꼴이라, 아예 글은 볼 멋도 없고 해서 혹시 망가나 사진이라도 있을까 하고 책장을 후르르 넘기노라니깐 마침 아저씨 이름이 있겠나요! 하도 신통해서 쓰윽 펴 들고 보았더니 제목이 첫 줄은 경제, 사회…… 무엇 어쩌구 잔주[34]를 달아났겠지요.

그것만 보아도 벌써 그럴듯해요. 경제는 아저씨가 대학교에서 경제를 배웠다니까 경제 속은 잘 알 것이고 또 사회는, 그것 역시 사회주의를 했으니까 그 속도 잘 알 것이고 그러니까 경제하고 사회주의하고 어떻게 서로 관계가 되는 것이며 어느 편이 옳다는 것이며 그런 소리를 썼을 게 분명해요.

머, 보나 안 보나 속이야 빠안하지요. 대학교까지 가설랑 경제를 배우고도 돈 모을 생각은 않고서 사회주의만 하고 다닌 양반이라 경제가 그르고 사회주의가 옳다고 우겨댔을 거니까요.

아무렇든 아저씨가 쓴 글이라는 게 신기해서 좀 보아볼 양으로 쓰윽 훑어봤지요. 그러나 웬걸 읽어먹을 재주가 있나요.

글자는 아주 어려운 자만 아니면 대강 알기는 알겠는데, 붙여 보아야 대체 무슨 뜻인지를 알 수가 있어야지요.

속이 상하기에 읽어보자던 건 작파하고서 아저씨를 좀 따잡고 몰아셀 양으로 그 대목을 차악 펴놨지요.

"아저씨?"

---

34 큰 주석 아래 더 자세히 단 주석.

"왜 그러니?"

"아저씨가 여기다가 경제 무어라구 쓰구 또, 사회 무어라구 썼
는데, 그러면 그게 경제를 하란 뜻이오? 사회주의를 하란 뜻이오?"

"뭐?"

못 알아듣고 뚜렛뚜렛해요. 자기가 쓰고도 오래돼서 다 잊어
버렸거나, 혹시 내가 말을 너무 까다롭게 내기 때문에 섬뻑 대답
이 안 나왔거나 그랬겠지요. 그래 다시 조곤조곤 따졌지요.

"아저씨…… 경제란 것은 돈 모아서 부자 되라는 것 아니요?
그런데, 사회주의란 것은 모아둔 부자 사람의 돈을 뺏어 쓰는 거
아니요?"

"이 애가 시방!"

"아―니, 들어보세요."

"너, 그런 경제학, 그런 사회주의 어디서 배웠니?"

"배우나마나, 경제란 건 돈 많이 벌어서 애껴 쓰구, 나머지 모
아두는 게 경제 아니요?"

"그건 보통, 경제한다는 뜻으루 쓰는 경제고, 경제학이니 경제
적이니 하는 건 또 다르다."

"다를 게 무어요? 경제는 돈 모으는 것이고, 그러니까 경제학
이면 돈 모으는 학문이지요."

"아니란다. 혹시 이재학理財學이라면 돈 모으는 학문이라고 해
도 근리할지 모르지만 경제학은 그런 게 아니란다."

"아―니, 그렇다면 아저씨 대학교 잘못 다녔소. 경제 못하는
경제학 공부를 오 년이나 했으니 그게 무어란 말이오? 아저씨가
대학교까지 다니면서 경제 공부를 하구두 왜 돈을 못 모으나 했

더니, 인제 보니깐 공부를 잘못해서 그랬군요!"

"공부를 잘못했다? 허허, 그랬을는지도 모르겠다. 옳다, 네 말이 옳아!"

이거 봐요 글쎄. 단박 꼼짝 못하잖나. 암만 대학교를 다니고, 속에는 육조를 배포했어도 그렇다니깐 글쎄…….

"아저씨?"

"왜 그러니?"

"그러면 아저씨는 대학교를 다니면서 돈 모아 부자 되는 경제 공부를 한 게 아니라 모아둔 부자 사람의 돈 뺏어 쓰는 사회주의 공부를 했으니 말이지요……."

"너는 사회주의가 무얼루 알구서 그러니?"

"내가 그까짓 걸 몰라요?"

한바탕 주욱 설명을 했지요.

내 얼굴만 물끄러미 올려다보고 누웠더니 피쓱 한번 웃어요. 그러고는 그 양반이 하는 소리겠다요.

"그게 사회주의냐? 부랑당이지."

"아―니, 그럼 아저씨두 사회주의가 부랑당인 줄은 아시는구려?"

"내가 언제 사회주의가 부랑당이랬니?"

"방금 그리잖었어요?"

"글쎄, 그건 사회주의가 아니라 부랑당이란 그 말이다."

"거 보시우! 사회주의란 것은 그렇게 날부랑당이어요. 아저씨두 그렇다구 하면서 아니래시요?"

"이 애가 시방 입심 겨룸을 하자나!"

이거 봐요. 또 꼼짝 못하지요? 다아 이래요 글쎄…….

"아저씨?"

"왜 그러니?"

"아저씨두 맘 달리 잡수시요."

"건 어떻게 하는 말이냐?"

"걱정 안 되시우?"

"날 같은 사람이 걱정이 무슨 걱정이냐? 나는 네가 걱정이더라."

"나는 뭐 버젓하게 요량이 있는걸요."

"어떻게?"

"이만저만한가요!"

또 한바탕 주욱 설명을 했지요. 이야기를 다 듣더니 그 양반 한다는 소리 좀 보아요.

"너두 딱한 사람이다!"

"왜요?"

"……."

"아―니, 어째서 딱하다구 그러시우?"

"……."

"네? 아저씨?"

"……."

"아저씨?"

"왜 그래?"

"내가 딱하다구 그러셨지요?"

"아니다, 나 혼자 한 말이다."

"그래두……."

"이 애?"

"네?"

"사람이란 것은 누구를 물론허구 말이다, 아첨하는 것같이 더러운 게 없느니라."

"아첨이요?"

"저— 위로는 제왕, 밑으로는 걸인, 그 모든 사람이 위선 시방 이 제도의 이 세상에서 말이다, 제가끔 제 분수대루 살아가는 데 있어서 말이다, 제 개성을 속여가면서꺼정 생활에다가 아첨하는 것같이 더러운 것이 없고, 그런 사람같이 가련한 사람은 없느니라. 사람이란 건 밥 두 그릇이 하필 밥 한 그릇보다 더 배가 부른 건 아니니까."

"그건 무슨 뜻인데요?"

"네가 일본인 여자와 결혼을 해서 성명까지 갈고 모든 생활 법도를 일본화하겠다는 것이 말이다."

"네, 그게 좋잖아요?"

"그것이 말이다, 진실로 깊은 교양이나 어진 지혜의 판단에서 우러나온 것이라면 그도 모를 노릇이겠지. 그렇지만 나는 보매, 네가 그런다는 것은 다른 뜻으로 그러는 것 같다."

"다른 뜻이라니요?"

"네 주인의 비위를 맞추고, 이웃의 비위를 맞추고 하자고……."

"그야 물론이지요! 다이쇼의 신용을 받아야 하고, 이웃 내지 인들하구도 좋게 지내야지요. 그래야 할 게 아니겠어요?"

"……."

"아저씨는 아직두 세상 물정을 모르시요. 나이는 나보담 많구 대학교 공부까지 했어도 일찌감치 고생살이를 한 나만큼 세상 물정은 모릅니다. 시방이 어느 세상인데 그러시우?"

"이 애?"

"네?"

"네가 방금 세상 물정이랬지?"

"네."

"앞길이 환하니 트였다구 그랬지?"

"네."

"환갑까지 십만 원 모은다구 그랬지?"

"네."

"네가 말하는 세상 물정하구 내가 말하려는 세상 물정하구 내용이 다르기도 하지만, 세상 물정이란 건 그야말로 그리 만만한 게 아니다."

"네?"

"사람이란 건 제아무리 날구 뛰어도 이 세상에 형적 없이 그러나 세차게 주욱 흘러가는 힘, 그게 말하자면 세상 물정이겠는데, 결국 그것의 지배하에서 그것을 따러가지 별수가 없는 거다."

"네?"

"쉽게 말하면 계획이나 기회를 아무리 억지루 만들어놓아도 결과가 뜻대루는 안 된단 말이다."

"젠장, 아저씨두…… 요전 〈낑구〉라는 잡지에두 보니까, 나뽀 레옹이라는 서양 영웅이 그랬답디다. 기회는 제가 만든다구. 그리고 불가능이란 말은 바보의 사전에서나 찾을 글자라구요. 아

자꾸자꾸 계획하구 기회를 만들구 해서 분투 노력해나가면 이 세상일 안 되는 일이 어디 있나요? 한번 실패하거든 갑절 용기를 내가지구 다시 일어서지요. 칠전팔기 모르시요?"

"나폴레옹도 세상 물정에 순응할 때는 성공했어도, 그것에 거슬리다가 실패를 했더란다. 너는 칠전팔기해서 성공한 몇 사람만 보았지, 여덟 번 일어섰다가 아홉 번째 가서 영영 쓰러지구는 다시 일지 못한 숱한 사람이 있는 건 모르는구나?"

"그래두 두구 보시우. 나는 천하 없어두 성공하구 말 테니…… 아저씨는 그래서 더구나 못써요? 일해보기두 전에 안 될 줄로 낙심 먼저 하구……."

"하늘은 꼭 올라가 보구래야만 높은 줄 아니?"

원 마지막 가서는 할 소리가 없으니 동에도 닿지 않는[35] 비유를 가져다 둘러대는 걸 보아. 그게 어디 당한 말인구? 안 올라가 보면 뭐 하늘 높은 줄 모를 천하 멍텅구리도 있을까? 그만 해두려다가 심심하기에 또 말을 시켰지요.

"아저씨?"

"왜 그래?"

"아저씨는 인제 몸 다아 충실해지면 어떡허실려우?"

"무얼?"

"장차……."

"장차?"

"어떡허실 작정이세요?"

---

35 조리에 맞지 않는.

"작정이 새삼스럽게 무슨 작정이냐?"

"그럼 아저씨는 아무 작정 없이 살어가시우?"

"없기는?"

"있어요?"

"있잖구?"

"무언데요?"

"그새 지내오던 대루……."

"그러면 저 거시키 무엇이냐 도루 또 그걸?……"

"그렇겠지."

"아저씨?"

"……."

"아저씨?"

"왜 그래?"

"인젠 그만두시우."

"그만두라구?"

"네."

"누가 심심소일루 그리는 줄 아느냐?"

"그렇잖구요?"

"……."

"아저씨?"

"……."

"아저씨?"

"왜 그래?"

"아저씨 올에 몇이지요?"

"서른셋."

"그러니 인제는 그만큼 해두고 맘 잡어서 집안일 할 나이두 아니오?"

"집안일은 해서 무얼 하나?"

"그렇기루 들면 그 짓은 해서 또 무얼 하나요?"

"무얼 하려구 하는 게 아니란다."

"그럼, 아무 희망이나 목적이 없으면서 그래요?"

"목적? 희망?"

"네."

"개인의 목적이나 희망은 문제가 다르니까…… 문제가 안 되니까……."

"원, 그런 법도 있나요?"

"법?"

"그럼요!"

"법이라!……"

"아저씨?"

"……."

"아저씨?"

"왜 그래?"

"아주머니가 고맙잖습디까?"

"고맙지."

"불쌍하지요?"

"불쌍? 그렇지 불쌍하다면 불쌍한 사람이지!"

"그런 줄은 아시느만?"

"알지."

"알면서 그러시우."

"고생을 낙으로, 그놈 쓰라린 맛을 씹고 씹고 하면서 그것에서 단맛을 알아내는 사람도 있느니라. 사람도 있는 게 아니라, 사람마다 무슨 일에고 진정과 정신을 꼬박 거기다가만 쓰면 그렇게 되는 법이니라. 그러니까 그쯤 되면 그때는 고생이 낙이지. 너의 아주머니만 두고 보더래도 고생이 고생이면서 고생이 아니고 고생하는 게 낙이란다."

"그렇다고 아저씨는 그걸 다행히만 여기시우?"

"아―니."

"그러거들랑 아저씨두 아주머니한테 그 은공을 더러는 갚어야 옳을 게 아니오?"

"글쎄, 은공을 모르는 건 아니지만……."

"그러니 인제 병이나 확실히 다아 나신 뒤엘라컨……."

"바뻐서 원……."

글쎄 이 한다는 소리 좀 보지요? 시치미 뚜욱 따고 누워서 바쁘다는군요!

사람 속 차릴 여망 없어요. 그저 어디로 대나 손톱만치도 쓸모는 없고 남한데 사폐만 끼치고, 세상에 해독만 끼칠 사람이니, 머 하루바뻐 죽어야 해요. 죽어야 하고 또 죽어서 마땅해요. 그런데 글쎄 죽지를 않고 꼼지락꼼지락, 도로 살아나니 성화라구는, 내…….

— 〈동아일보〉, 1938. 3.

두 순정純情

1

산중이라 그렇기도 하겠지만 절간의 밤은 초저녁이 벌써 삼경인 듯 깊다.

윗목 한편 구석으로 꼬부리고 누워 자는 상좌[1]의 조용하고 사이 고른 숨소리가 마침 더 밤의 조촐함을 돕는다.

바깥은 산비탈의 참나무 숲, 솨아 때때로 이는 바람이 한참 제철 진 낙엽을 우수수 날려 흩뜨린다.

바람이 지나가고 나면 이어 어디선지 모르게 싸늘한 찬 기운이 방 안으로 스며들어 등잔의 들기름 불을 위태로이 흔들어놓

---

1 행자, 스승의 대를 이을 여럿 가운데 높은 사람.

는다. 가느다란 등잔불이 흔들릴 때마다 아랫목 벽에는 노장의 검은 그림자가 커다랗게 얼씬거린다.

이야기를 시초만 내다가 말고서 합장을 하고 눈을 감고 앉았는 노장은 언제까지고 움직일 줄을 모른다.

머리는 곱게 밀어 맨살같이 연하다. 수굿이 숙인 그 머릿길 없는 머리와 이마 위로는 무엇인지 모를 슬픔이 흐르는 듯 드리워 있다.

하얗게 센 눈썹이 갖다 붙인 것 같다. 길기도 길어 한 치는 넉넉되는 성부르다.

은실을 심은 듯 고운 수염이 그리 터북하지 않아서 더욱 해맑다.

얼굴은 가는 주름살이 골고루 덮이고 티끌 하나 없이 몹시도 청아하다. 그 청아한 품이 지나치게 잘 그린 그림같이 방금 숨을 쉬는 산 사람의 얼굴인가 싶질 않다.

그렇거니 하고 보노라면 어쩌면 숨도 하마 쉬지 않느니라 싶어진다. 숙인 이마, 감은 눈, 합장한 손, 모두 저 오랜 옛적부터 이렇게 그리고 앞으로 영겁永劫까지 이렇게 이마를 숙이고 눈을 감고 손을 합장하고 앉았을 한 폭의 슬픈 그림이 아니던가 하는 환각幻覺을 일으킬 듯 정적의 한동안이 계속되고 있다. 나는 혼자 어떤 내력 모를 비극의 전설을 눈으로 보는 것 같은 이 노승의 그렇듯 비애가 흐르는 정적의 풍모에만 온갖 정신이 쏠려, 그가 꺼내다가 만 이야기 끝을 기다리기도 잊어버렸다.

얼마를 그러고 있었는지 모른다.

이윽고 노장의 입술이 가느다랗게 움직이면서 소리도 들릴락 말락,

"나아무아미타아불, 관세음보살!"

말은 염불이나 음성은 탄식하듯 하염없다.

"어서 지무실걸!"

노장은 합장했던 손을 내리고 조용히 눈을 뜨다가 나를 보고 혼잣말하듯 중얼거린다. 주인 된 인삿상이겠지, 눈초리와 입가로 미소가 드러난다.

"네, 아직 졸리지두 않구. 그리구……."

나는 아닌 변명을 하면서 아주 웃는 걸로 무료함을 껐다.

"……또 하시던 이야기두 마저 듣구 싶어서……."

"허허, 그만 이야기가 무어 그리 들음직한 게 있다구……."

"아니, 재미있습니다. 어디 그다음을 마저 좀……."

"허허, 재미가 무슨……. 저엉 듣고자 하시면 하기는 하리다마는, 나두 원 들은 지가 하두 오래서……."

노장은 아까 맨 처음에 하던 변명을 또 하고 있다. 이야기가 자기의 소경사가 아닌 양으로 하자 함이다.

실상 오늘 우연히 유산遊山을 나왔던 길인데, 다른 일행은 아래 절에서 유하고 있고, 나는 전부터 이곳에 이상한 노승이 있다는 말을 들었던 터라 위정 혼자만이 암자를 찾아 올라와서 시방 그로 더불어 하룻밤을 지내게 된 것이다.

"게, 그래서…… 가만있자, 내가 어디까지 이야기를 했던가! 아, 오옳지, 응응…….."

노장은 잊었던 이야기 끝을 찾아냈대서, 머리 없는 머리를 끄덕끄덕한다.

"게, 그래서…… 색시는 밤이 이스윽하두룩 졸린 것을 참고 앉어서 바느질을 하다가…… 그러자니 촌 농갓집 며누리로 새벽 어둑어둑하면 일어나서 소물을 쑨다, 세 때 끼니를 해 치른다, 빨래질 다듬질을 한다 하느라고 겨울이라 다른 일은 없다지만 온종일 오죽이나 몸이 고되며 그러니 밤이면 오죽이나 졸립겠소? 그런 걸 눈을 쥐어 뜨구 참어가면서, 꾸벅꾸벅 졸아가면서…….”

이렇게 이야기를 하고 앉았는 노장은 눈앞에 그 이야기의 환영을 보는 듯, 고개를 들어 우두커니 한눈을 팔면서 하는 말소리는 꿈같이 고요하다.

이어서 이야기는 다음과 같이 풀려나간다.

2

색시가 그렇게 밤이 깊도록 기다리고 있노라면 이슥해서야 겨우겨우 이웃집 글방에서 글 읽는 소리가 그친다.

색시는 얼른 방문 소리, 기침 소리를 연달아 내면서 사립문께로 나간다. 그때면 벌써 사립문 밖으로 쿵쿵쿵 어린 새시방 봉수가 급하게 뛰어오다가,

“어머니!”

하고 외쳐 부른다.

언제고 이렇게 부르는 것이지만 실상 모친이나 부친을 찾는 것이 아니요, 거기에 제네 색시가 기다리고 있는 줄 알면서 부를 수 없는 색시 대신 어머니라고 부르는 것이다.

부르는 소리에 대답하듯 색시가 기침을 하면서 지친 사립문을

열라치면 봉수는 반갑다고 한걸음에 뛰어들어 색시 앞에 가 우뚝 어둠 속에서도 배슥히 웃는다. 색시도 웃는다.

색시가 사립문을 잠글 동안 봉수는 기다리고 섰다가 둘이 같이서 앞서거니 뒤서거니 제네들 방으로 들어온다.

이렇게 비둘기 한 자웅처럼 쌍 지어 노는 색시와 새서방이라고는 하지만 색시는 스물한 살, 새서방은 열두 살, 그러니 모자간이라면 좀 무엇하겠고 그저 헴[2] 든 누이와 어린 오랍동생[3] 같은 사이다.

색시는 새서방 봉수를 꼬옥 오랍동생한테 하듯 귀애하고 새서방 봉수는 어머니를 제쳐놓고 어머니한테 따르듯 색시를 따른다. 봉수는 밖에 나갔다가 돌아와서 모친은 눈에 안 띄어도 그만이지만 색시가 없든지 하면 단박 시무룩해가지고 찾는다.

이렇게 둘이는 부부간의 정이 들기 전에 그것을 건너뛰어 의좋은 동무, 정다운 오누이가 되었던 것이다.

방으로 들어서기가 바쁘게 봉수는 노오랑 초립과 빨강 두루마기를 홀러덩홀러덩 벗어 내던진다.

색시는 그것을 일일이 집어서 갓집과 횃대[4]에다가 넣고 걸고 한다.

"망건은 안 벗구?"

색시는 벌써 눈에 졸음이 가득한 새서방을 갸웃이 들여다보면서 웃는다.

---

2 헤아림, 생각의 옛말.
3 남동생.
4 두 끝에 끈을 달아 벽 같은 데 매달아 옷을 걸게 한 막대.

"응…… 참, 아이 졸려!"

새서방은 눈을 시일실 감으면서 커다란 상투가 올라앉았는 머리로 조그마한 손이 올라간다.

"내가 벳겨주오?"

"응."

좋아라고 새서방은 색시의 무릎에 엎드린다. 색시는 망건을 사알살 벗기기 시작한다.

"이애기…… 응?"

새서방은 색시의 무릎에 엎드려 망건을 벗기우면서 고담을 조른다.

"아이! 졸려서 곤드레만드레허믄서 이애기를 해달래."

"그래두…… 이애기해주어예지 머…….''

"가만있어, 그럼 내 망건 갖다가 걸구, 잘 누워서 이애기해주께, 응?"

"응."

색시는 벗긴 망건을 걸고 와서 새서방을 아랫목으로 뉘고 이불을 덮어주고, 저도 한 가닥으로 허리를 가리고 그 옆에 가 드러눕는다.

새서방은 모로 돌아누워 이야기를 기다린다.

"저어 옛날에에에, 저어…….''

"응."

"아이! 하두 해쌌서 인전 힐 이애기가 있이예지, 어떻거나?"

"호랭이 이애기…….''

"호랭이 이애기는 백 번두 더 한걸!"

"그래두……."

"가만있어, 그럼 내 호랭이 이애기는 아니라두 재미있는 이애기 하나 허께, 응?"

"응."

"저어 옛날에 쬐꼬만한 새서방허구 커어다란 색시허구……."

"이잉 싫다, 이잉……."

새서방은 저를 빗대놓고 무슨 이야기를 지어서 하려는 줄 알고 지레 방색[5]을 한다.

"하하하, 아이 참, 쬐꼬만한 새서방이라믄 왜 그렇게 질색을 허꼬!"

"해해……."

"하하."

"아, 가만있어! 요게 무어야?"

새서방은 색시가 웃는 볼로 옴폭하니 패는 보조개를 손가락으로 꼭 누른다. 오늘밤 처음 본 것은 아니지만 오늘밤에야말로 그것이 퍽 좋아 보였던 것이다.

"인전 그만 불 끄구 자, 응?"

"이애기는?"

"내일 저녁에 해주께."

"시방……."

"어쩌나…… 그럼 저어 옛날에……."

색시는 아무거나 되는 대로 둘러대서 호랑이 이야기를 한다.

---

5 받아들이지 않고 막는 것.

새서방은 동화를 들으면서 미처 다아 듣지도 않고 스르르 잠이 든다. 색시는 이불을 여며주고 다독거려주고 하면서 무심코 새서방의 자는 얼굴을 들여다본다.

눈에 익은 나무 같아 안 자라는 성불러도 이태지간에 퍽 자라기는 자란 셈이다. 키도 자랐거니와 헴도 들고…….

재작년 섣달에 시집을 왔으니까 꼬박 이태다. 그때는 새서방의 나이 열 살, 정말로 애기여서 밤이면 자다가 엄마를 부르고 울기도 가끔 했고 오줌도 쌌었다.

조금만 제 비위를 맞추어주지 않으면 울고 안방으로 달려가서 일러바치고 그 끝에는 으레 시어머니한테 걱정을 듣게 하고……. 그러던 것이 시방은 따르는 것도 따르는 것이거니와 도리어 제네 어머니를 가지고 색시한테 이르게끔 되었으니 그만 해도 철이 났다고 할는지.

3

역시 그해 그 겨울 섣달 대목이 임박해서다.

시부모는 겨울이라 농삿일도 별반 바쁠 게 없고 하니 봄이 되기 전에 며느리를 친가로 보내기로 했다.

재작년에 혼인을 했으니 햇수로는 삼 년이요, 삼 년이면 근친도 보낼 때다. 그러니 기왕 보낼 바이면 명절도 제네 친가에 가서 쉬게 할 겸 그믐 전으로 보내는 게 좋겠다고, 그래 모레 글피로 아주 날을 받고 부랴부랴 서두르기를 시작했다.

새며느리의 첫 근친이라면 하기야 혼인 못지않게 이바지를 차려야 하는 것이지만 가난한 촌 농가에서 어디 그런 격식을 갖게 차릴 수는 없는 노릇, 그저 흰 떡이나 한 말 하고, 인절미나 한 말 하고, 도야지 다리에 닭이나 한 마리하고, 엿이나 좀 고고, 술이나 한 병 하고 이것이다.

이래서 집 안이 갑자기 바짝 바빴는데 새서방 봉수는 대목이니까 설차림인 줄 심상히 알았다. 바로 그날 저녁.

여느 때처럼 글방에서 늦게 돌아와 자리에 누운 새서방 봉수는 역시 여느 날 밤처럼 옆에 나란히 누운 색시더러 이야기를 조른다.

색시는 요새로는 저녁마다 그 이야기를 대기에 밑천이 달려 적잖은 걱정거리다.

"저어, 옛날에에에……."

색시는 그렇게 시초만 내놓고 까막까막 생각하다가 언뜻 좋은 이야깃거리가 생각이 났다.

"아이 참, 나 말이여, 응?"

"응?"

"저어 모레 글피, 응? 저어 우리 집에 갔다 오께, 응?"

"우리 집? 저어기 재 넘어 쇠꼴? 이잉 싫다, 잉."

"흐흐흐, 어쩌나…… 그래두 꼭 가야 하는 법인걸? 어머니 아버지가 갔다 오라구 해서 가는걸?"

"그래두 난 몰라…… 머."

"그리지 말구, 응! 내 가서 꼬옥 한 달만 있다가 오께……. 이야기두 많이 배워가지구 오구……."

"싫다 잉…… . 한 달, 머 서른 밤이나 머 자구 와?"

색시는 아닌 게 아니라 속으로 딱하기는 했다.

시집을 왔으면 이태고 삼 년 만에 내남없이 의례건 한 번씩은 근친을 가는 법, 그래서 시부모도 시키는 노릇이고, 시키는 노릇이어서 마지못해 하는 게 아니라 시켜주기를 까맣게 기다리던 즐거운 한때다.

그러니까 즐거운 마음으로 가기는 가는 것이지만 그대도록 따르던 새서방을 비록 한두 달일망정 떼어놓고 혼자 가서 있자니 두루 안된 게 한두 가지가 아니다. 밤으로 글방에서 돌아올 때면 누가 나서서 맞아주며 그 밖에 아침저녁의 잔시중은 누가 들어준단 말이냐.

어머니가 없는 것이 아니나 암만해야 그새처럼 색시 제가 해주듯이 마음에 들도록 살뜰히 해줄까 싶질 않다.

이렇게 생각을 하면 근친이고 무엇이고 다아 그만두었으면 싶기도 하다.

그러나 맘대로 그만둘 수도 없는 일이거니와 가령 저 혼자는 그만두자고 한다 하더라도 시부모한테 버젓이 내세울 말이 없다.

그렁저렁 색시는 마음이 민망하여 속을 결정하지 못한 채 새서방 봉수는 그날 밤부터 이집[6]이 나가지구 뿌루퉁한 채 근친 떠나는 날이 되었다.

새서방은 필경 고집이 터져 글방에도 안 가고 울어대다가 저의 부친한테 매를 맞았다.

---

6 어긋난 것을 굳이 고집하여 움직이지 않는 것.

매는 맞았어도 속에 맺힌 노염이야 풀릴 이치가 없어 종시 시무룩하고 한편 구석으로 비켜서서 색시가 떠나는 눈치만 본다.

색시는 마음에 걸려 몇 번이고 뒤를 돌아보면서 내키지 않는 길을 떠났다. 떠나기 전에 아무도 안 보는 조용한 틈을 타서 인제 글방이 파접[7]하거든 설에 어머니 아버지더러 말씀하고 꼬마둥이나 앞세우고서 오라고 달래기는 했으나 새서방은 움먹움먹 대답도 안 했다.

색시의 뒷그림자가 멀어지자 새서방은 사립문 밖으로 나서서 손가락을 입에 물고 바라다본다. 이바지 고리짝을 진 꼬마둥이가 앞을 서고 뒤에는 색시와 또 하나 안동[8]해 보내는 동리의 일갓집 아주머니가 나란히 들판을 건너가고 있다. 분홍 저고리에 갈매 옥색 치마를 입고 시방 저리로 까맣게 멀리 가는 색시 얼굴이 눈 앞에 어른어른한다.

해죽이 웃고 웃으니까 볼에 옴폭 보조개가 팬다.

방금 떠나갔는데 자꾸만 보고 싶다. 보고 싶은데 자꾸만 멀어 간다. 멀어 가는 그것이 어쩌면 색시가 영영 가버리는 것이나 아닌가 싶어진다.

그 생각을 하니 그만 안타까워 몸부림이라도 치고 울었으면 시원할 것 같다.

저 벌판을 다 건너 다시 그 앞을 막고 섰는 산을 넘어서 또 조금만 가면 처갓집인 줄은 안다.

그러나 그것은 제가 장가를 갈 때와 또 그 뒤에 한 번 가본 제

---

7 글 짓고 책 읽는 모임을 마치는 것.
8 사람을 데리고 가거나 물건을 지니고 감.

기억이 아니라 색시가 노상 손을 들어 가리켜주던 말일 뿐이다. 그러니까 색시가 한 그 말대로 그렇거니 하기만 했지, 어디로 어떻게 가는 게 그 길인 줄은 모른다.

가든 안 가든 가는 길도 모르는 것이 봉수는 더욱 안타까웠다.

시방이면 아직은 보이니까 쫓아가면 갈 것도 같다.

부르면서…… 무어라고? 어머니라고 부르면 알아들을걸…….

어머니, 어머니 부르면서 쫓아가면 서서 기다려줄걸.

곧 뛰어가고 싶다. 다리가 움칫거린다. 저어기 시방 가고 있는, 분홍 저고리에 갈매 옥색 치마를 입은 색시가 돌아서서 웃고 기다리고 그럴라치면 얼른 집으로 가자고 데리고 오고…….

어느 결에 눈물이 흐르는 것도 몰랐다.

4

사흘 뒤에 봉수의 부모는 할 수 없이 봉수를 아내가 가서 있는 처가로 보내기로 했다.

울고 이집을 부리고 할 때는 매질을 해서 다스렸지만 그저 시무룩하니 풀이 죽어가지고 있는 것은 애처로워 볼 수가 없다.

그러나마 자식이라고는 그것 하나밖에 없는 외아들.

외아들이기 때문에 농투성이[9]의 터수[10]에 그래도 장차 생일이야 해 먹을값에 제 성명 석 자나마 알아보고 쓰고 하라고 글방에

9 '농부'를 낮잡아 이르는 말.
10 살림살이의 형편이나 정도.

도 보내어 《통감通鑑》권이라도 읽히던 것이고.

그러나 그렇기 때문에 글방이 내일 모레면 파접이 될 것도 상관 않고 하루 이틀 덜 다닌다고 무슨 그리 우난 공부래서 밑질게 있을까 부냐고 생각난 길에 그날로 보내기로 한 것이다.

봉수는 처가에—처가가 무엇인지는 몰라도 색시한테로 가라는 말만 듣고도 기운이 나서 날뛰었다.

사실 그는 색시가 없고 나니 아무 재미도 없고 모두 불편하기만 했다.

밤에 글방에서 돌아오면서 두 번 세 번 어머니를 불러야만 겨우 대답하고 그거나마 사립문께까지 나온 것도 아니요, 겨우 방에서 그런다.

이래저래 짜증이 나서 소리소리 어머니를 쳐부르면 아버지가 저놈은 다 자란 놈이 장가를 가서 남 같으면 아이를 낳을 놈이 생얼뚱 애기로 응석만 한다고 나무람을 한다.

마지못해 어머니 옆으로 가야 옷도 받아서 걸어주지 않고 이야기는 물론 해주지도 않는다.

자다가 요강을 찾아야 얼른 대주지도 않는다. 그래서 자다가 깼을 때는 옆에 색시가 없는 것이 더 섭섭하고 방금 울고 싶다.

잠도 재미있게 자지질 않고 밥도 먹히지 않는다. 그러고서 자꾸만 색시가 옆에 있으면 하는 그 생각만 난다.

사흘 낮 사흘 밤을 이렇게 풀죽어 지내다가 인제는 어쩌면 영영 색시를 만나지 못하는 것이 아닌가 하는 낙망까지 하던 끝에 갑자기 처가에 가라는 말이 나오니 신이 나지 않을 수가 없던 것이다.

하기야 기왕이면 색시가 집으로 온 이만은 못했다. 그래서 속으로 가거든 단박에 색시를 데리고 같이 집으로 오려니 하는 엉뚱한 꾀를 내었다.

색시가 설빔으로 해서 농 속에 재곡재곡 넣어둔 새 옷을 갈아입었다. 부모는 간 길에 아주 설까지 쇠고 있다가 제네 아내와 같이 오라는 뜻으로 이렇게 차려 보내는 것이다.

처가에 설 세찬으로 달걀 세 꾸러미와 장닭 한 마리를 꼬마둥이가 지게에 얹어 지고 길잡이삼아 앞을 섰다. 봉수는 노랑 초립에 빨강 두루마기에 인제 갈아 신을 새 버선을 보따리에 싸 짊어지고 뒤를 따라섰다―우쭐거리면서⋯⋯. 촌집의 이른 조반을 먹고 나섰어도 이십 리 들판을 건너 오르기 오 리, 내리기 오 리의 소잡한 재를 넘어 다시 십 리를 걸어 겨우 쇠말의 처가에 당도했을 때는 쪼작거리는 어린애 걸음이라 오午때[11]가 겨웠었다.

새서방이 찰락거리고 들어서는 걸 본 색시는 고꾸라질 듯이 마당으로 뛰어 내려온다. 꼬마둥이며 또 뒤미처 나서는 친정어머니며 동생이 보는 데가 아니면 반가움에 겨워 그대로 얼싸안을 듯하다. 새서방은 배슥이 웃고 섰다.

장모도 반겨 하고, 마침 앓고 누웠는 장인도 방문으로 고개를 내민다.

"어서 방으로 들어가세⋯⋯. 잘 오기는 왔네마는 치운데 오느라구 고생했네."

장모가 이런 소리를 하면서 방으로 인도하재도 새서방은 그대

11 오전 열한시부터 오후 한시까지의 때.

로 서서 있다.

"어서 방으로 들어가요, 응?"

색시가 들여다보면서 애기 어르듯 하니까 새서방은 차차로 볼 때기가 나오더니,

"집에 가!"

한다.

여섯 살배기의 처제까지 모두 웃는다. 색시도 웃기는 웃으나 그의 고집을 알기 때문에 단단히 속으로는 걱정이 된다.

"어쩌나……. 그러지 말구, 자아 어서 방으로 들어가요! 치워서 말두 잘 못허든서……."

"집에 가!"

"호호호오, 아 나두 오래오래간만에 우리 어머니 아버지한테 왔으니깐 좀 편안히 있다가 가예지, 응! 그렇잖어?"

"집에 가!"

"글쎄, 가던 안 가던……."

장모가 보기에 하도 답답해서 달래는 말이다.

"방으루나 들어가서 이애기를 해야지 원, 우리 착한 새서방님이 이럴디가 있더람! 자아 어서."

"어서 일러서 들어오너라……. 그 자식이 고집두 유난하구나! 칩다, 어서 들어오너라."

장인도 내다보고 있다 못해 말을 거든다.

그래도 꼼짝 않는 것을 색시가 할 수 없이 '아무튼 그러면 가기는 갈 테니 우선 방으로 들어가자'고 짐짓 조르니까 겨우 마음이 조금 풀리는지 비실비실 방으로 따라 들어온다.

5

이튿날 오때가 훨씬 겨웁고 거진 새때나 됨직해서 색시는 새 서방을 앞세우고 친정집을 나섰다.

도무지 장인이고 장모고 색시고 천하없어도 그의 고집을 당해 낼 수가 없었다. 어제 당도하던 길로 그렇게 고집을 부리면서 점 심을 주어야 먹지도 않고 저녁도 안 먹고 엉파듯이 앉아 조르기 만 했었다.

졸리다가 못해 되는 대로 그러면 오늘은 날이 기왕 저물었으 니 내일 아침에 일찍 가자고 졸랐다. 그 말에 또 한 번 솔깃해서 저녁밥을 먹는 시늉, 그 밤을 지냈다.

날이 훤히 밝자 일어나 앉아서 가자고 졸라댄다.

조반도 안 먹고 점심때가 되니까는 필경 울음을 내놓는다.

인제는 아무렇게도 도리는 없고 다만 한 가지 색시가 같어서 시집으로 오는 것뿐이다. 사맥[12]이 이렇게 다급했던 것이다. 색시 는 참말 딱했다.

새서방이 이쯤 따르고 하는 걸 여겨 가령 근친을 와서 오래 편 안히 있지 못하고 닷새 만에 도로 가는 것이야 글로 메울 수도 없는 것은 아니다.

실상 말이지 근친이라고 왔대야 생각하더니보다는 그다지 즐 거움도 모르겠고, 흡사히 남의 집에 온 것 같아 하루바삐 시집으 로 돌아가고 싶은 생각이 오던 그 이튿날부터 나지 않은 것도 아

12 일의 내력과 갈피.

니었다. 더욱이 저를 잃어버리고 풀죽어 있을 새서방의 양자[13]가 눈에 암암 밟히어 밤으로도 편안한 잠을 이룰 수가 없었다. 하니 어떻게 생각하면 무지금코 일찌감치 돌아가는 것이 일변 좋지 않은 것도 아니다.

그러나 시집에 대한 인사를 못 차려서 일이 아니다. 명색 근친이라고 왔던 길이니 시부모의 버선 한 켤레, 주머니 엽낭 하나씩이라도 해 가지고 돌아가야 할 것이고, 다만 인절미 한 고리짝이라도 지워가지고 갔어야 할 것이다. 그런데 이처럼 맨손이다. 민망하여 어떻게 얼굴을 들고 시부모를 보랴 싶다.

겨우 술 한 병에 마침 동리 사람이 꿩 사냥을 해둔 게 있어서 그놈 한 자웅을 구해가지고 나서는 수밖에 없었다.

꿩은 새서방이 보따리에 꾸려 짊어지고 술은 색시가 손에 들었다.

부친은 앓고 누워 기동을 못하고 그렇다고 누구 마음 맞게 배웅해줄 사람도 없어 모친이 겨우 오 리가량 따라나와 주었다.

이럴 줄 알았으면 어저께 데리고 온 꼬마둥이라도 잡아두었을 것을 하고 후회될 따름이다.

그러나 해는 좀 기울었지만 아는 길이니 저물기 전에 재만 넘어서면 그다음에는 평탄한 들판인, 즉 좀 저물더라도 그리 상관은 없으리라는 안심으로 그것도 묻뜨리고 나선 것이다.

아침부터 잔뜩 흐렸던 하늘에서는 금시로 눈이 쏟아질 것 같다. 바람이 또한 여간만 차고 거세게 불지를 않는다. 오 리 바탕

---

13 겉으로 나타난 모양.

이나 바래주러 따라나왔던 모친이 딸이 근친이라고 왔다가 느닷없이 이렇게 쫓겨가고 있는 양이 새삼스럽게 어이가 없어 뻔히 보고 섰을 무렵부터 눈발이 하나씩 둘씩 포올폴 날리기 시작했다. 바람도 차차 더 거칠어 걸음 걷는 앞으로 채어든다.

그러던 것이 필경 재 밑까지 당도했을 때는 이미 사나운 눈보라로 변하고 말았다.

바람은 사정없이 앞을 채이는데 눈발이 미친 듯 휘날리어 걸음도 걸을 수가 없거니와 가는 길이 어떻게 되었는지 분간할 수가 없다.

색시는 겁이 더럭 나고 어쩐지 마음이 내키질 않았다. 새서방은 보니 입술이 새파랗게 얼어가지고 달래달래 떤다. 어떻게도 애처로운지 차마 볼 수가 없다. 그럴수록 자꾸만 더 뒤가 돌아뵌다. 시방이면 한 십 리 길밖에 오지 않았으니 친정집으로 돌아가도 그리 어려울 것은 없을 듯싶다. 그래 새서방더러 그렇게 했다가 내일 날이 들거든 오자고 달래니까 그건 죽이라고 도리질을 한다. 색시는 할 수 없이 새서방이 짊어진 보따리를 벗겨 제가 한편 어깨에 걸치고 한 손으로 새서방의 손을 잡아 이끌면서 재를 오르기 시작했다.

비탈은 험한데 길이래야 겨우 발이나 붙임직한 소로다. 그 위에다가 눈이 벌써 허옇게 덮였으니 어느 것이 길이고 아닌지 알아보기가 어렵다. 우환 중에 바람이 앞을 채이고 자욱한 눈발이 시야를 가로막으니 짐작삼아 더듬고 간다는 것도 대중을 할 수가 없다.

드디어 길을 잃고 말았다. 하마 마루턱까지 올라왔으려니 싶은데 그대로 올라가는 길이다. 그런가 하고 한참 올라가노라면 갑자기 내려 쏠리는 비탈이 앞으로 기울어졌다. 비탈을 겨우겨우 내려가면 도로 또 올라가는 언덕바지다.

색시는 옳게 겁이 나고 마음이 다뿍 급해서 허둥지둥한다. 새서방은 손목을 잡혀 매달려 오면서 세 걸음에 한 번씩 고꾸라진다. 와들와들 떨면서 얼굴이 사색이다. 참다못해 새서방을 들쳐업었다. 업고 나서니 새서방은 편할지 몰라도 색시는 더 어렵다. 꿩을 싼 보따리는 띠 삼아 동쳐 맸다지만 손에 든 술병이 여간만 주체스럽질 않다.

새서방을 들쳐업고 다시 얼마를 헤매는 동안에 길은 종시 찾지 못했는데 날이 깜박 저물었다. 눈보라는 더욱 사나워 세 걸음 앞이 보이질 않고 바람은 앞뒤로 치어 픽픽 고꾸라뜨린다.

등에 업힌 새서방은 어엉엉 울어댄다. 춥고 배가 고프다는 것이다. 그도 그럴 것이 어제부터 고집을 쓰느라고 끼니를 변변히 먹지 않았으니 묻지 않아도 배는 고플 것이다. 속이 비었으니 춥기도 한결 더할 것이고.

그러나 춥고 배가 고프기는 새서방만 아니다. 색시도 새서방이 밥을 안 먹고 하는 운김에 어제 점심부터 오늘 점심까지 줄곧 설쳤기 때문에 시방 여간만 속이 허한 게 아니요, 따라서 추위도 더 심하다.

등에 업힌 새서방의 우는 소리에 애가 녹다 못해 색시는 치마를 벗어서 덤쑥 무릅씌운다.[14] 그러나 그것 한 껍데기 벗어버린 색

14 '뒤집어씌우다'의 옛말.

시는 갑절이나 더 추웠어도 새서방이 그만큼 갑절 따스운 것은 아니다. 다시 얼마를 헤맸는지 모른다. 눈보라도 눈보라려니와 인제는 날이 아주 어두워서 지척을 분간할 수가 없다. 앞으로 옆으로 허방을 딛고는 쓰러진다.

그렇게 쓰러지기까지 하노라고 더욱 기운이 빠져 아주 기진맥진 한 걸음도 옮겨놓기가 어렵게 되었다. 기운이 없을 뿐만 아니라 정신도 아득하니 횡총망총해진다.

그러한 중에도 한 가지 등에서 우는 새서방을 생각하여 이래서는 안 되겠다고 정신을 가다듬고 기운을 차려가면서 구르듯 기어가듯 하는 참인데, 그럴 무렵에 어쩌다가 한 번 앞으로 푹 고꾸라지는 손에 잡혀지는 것이 있었다.

어떻게도 반가운지.

그것은 논바닥의 벼포기였다.

벼포긴 줄 알자, 인제는 산중을 벗어져 나왔구나 하는 안심에 그대로 펄신 주저앉아 버렸다.

다시 일어날 기력이 없기도 하려니와 그는 시진한 정신에 시방 좀 쉬어 가자는 생각이 든 것이다. 이 눈보라 속에서 쉬어 가자고 주저앉아 있는 것이 벌써 정신을 차리지 못한 것인 것은 말할 것도 없다. 그러나 그러한 중에도 등에 업었던 새서방을 내려서 제 품안에 담쏙 안고 치마로 싸주고 하기를 잊지 않았다.

하는 동안에 정신이 차차로 더 오리소리하고 그러자 새서방의 우는 울음소리가 차차로 차차로 멀어감을 알았다.

'혼자 먼점 가나 보다. 그렇다면 다행이지!'

여기까지 생각하다가 깜박 정신을 놓아버렸다.

새서방은 그대로 울고 있고…….

6

그날 밤, 그리 깊든 안 해선데, 동리 사람 몇이 마침 재를 넘어
오다가 길옆 논바닥에서 사람 우는 소리를 들었다. 그들은 처음
귀신 우는 소린 줄 알고 모두 머리끝이 쭈뼛했으나 일행이 여럿
이기 때문에 대체 그놈의 귀신이 어떻게 생긴 것인지 좀 본다고
쫓아와서 횃불을 비추어 보니 봉수네 내외였었다.

꽁꽁 얼어서 오그라붙은 색시와 다 죽어가는 새서방을 동리
사람들이 업어 오기는 했으나 색시는 영영 소생하지 못했고, 새
서방만 무사히 살아났다.

7

봉수는 죽은 색시를 잊지 못했다. 언제고 분홍 저고리에 갈매
옥색 치마를 입고 해죽 웃는 얼굴에 이쁜 보조개가 옴폭하니 패
는 색시가 눈에 밟혔다. 봉수는 이렇게 색시의 얼굴을 생각해보
는 것이 슬프면서 그게 기쁨이었다. 그러는 동안에 그의 나이 열
셋, 열넷, 열일곱, 스물 더해가고 사람도 자라 철이 들어갔다. 그
러나 분홍 저고리에 갈매 옥색 치마를 입고 보조개가 옴폭 패게
웃는 색시의 환영은 그대로 가슴속에서 사라지지 않았다. 도리어

점점 더 뚜렷해갔다.

스무 살 때에 그의 부모가 다시 장가를 들이려고 했으나 봉수는 막무가내로 듣지를 않았다.

스물다섯 살까지에 양친이 다 돌아가자 봉수는 집과 살림과 밭뙈기와 논 몇 마지기를 모조리 팔아가지고 동리를 떠났다.

누구의 말에는 어느 산중에 들어가서 중이 되었다고도 한다.

8

"누구의 말에는 산중에 들어가서 중이 되었다고 한답니다."

이 말로 노장의 이야기는 끝이 났다. 나는 비로소 이 노장의— 아주 속세의 인정사와 인연이 없는 성불러도 기실 지극히 슬픈 인정비화의 주인공인— 이 노장의 내력을 안 것 같아서 혼자 고개를 끄덕거렸다.

"그래, 노장! 올해 연치가 어떻게 되셨나요?"

"내 나이요? 허! 여든둘이랍니다."

"여든둘…… 그러니 칠십 년이군! 칠십 년이군, 칠십 년. 일 세기 가까운 순정!"

나는 혼잣말로 이렇게 중얼거리다가 다시 물어보았다.

"그래, 시방두 그 분홍 저고리에 갈매 옥색 치마를 입고 볼에 보조개가 옴폭 패는 색시가 늘 보입니까?"

"실없는 말씀을!"

노장은 나를 나무라면서 눈을 감고 고개를 숙이고 합장을 한다.

머리 없는 머리와 숙인 이마로 흔적 없이 드리운 비애, 흰 눈썹에 은실 같은 수염, 그림같이 청아한 얼굴, 숨도 쉬지 않는 듯한 정적……. 이런 것이 모두 아까와 같았으나 대하는 나에게는 새로이 인상이 핍절했다.[15]

윗목에서는 상좌가 여전히 꼬부리고 누워 숨소리 고르게 자고 있다. 잊었다가 생각이 난 듯 솨아 하니 밖에서 바람이 일어 낙엽을 흩뜨린다.

찬 기운이 방 안으로 스며들면서 등잔의 들기름 불이 가느다랗게 춤을 춘다. 아랫목 벽에 어린 노장의 꼼짝도 않는 그림자가 호올로 얼씬거린다.

— 〈농업조선〉, 1938. 6.

---

15 진실하고 절실하다.

쑥국새

1

   왼편은 나무 한 그루 없이 보이느니 무덤들만 다닥다닥 박혀 있는 잔디 벌판이, 빗밋이[1] 산발을 타고 올라간 공동묘지. 바른편은 누르붉은 사석이 흉하게 드러난 못생긴 왜송이 듬성듬성 눌어붙은 산비탈. 이 사이를 좁다란 산협 소로가 고불고불 깔끄막져서 높다랗게 고개를 넘어갔다.

   소복이 자란 길옆의 풀숲으로 입하立夏 지난 햇빛이 맑게 드리웠다.

   풀포기 군데군데 간드러진 제비꽃이 고개를 들고 섰다. 제비

---

1 비스듬히.

꽃은 자주빛, 눈곱만씩 한 괭이밥꽃은 노랗다. 하얀 무릇꽃도 한 창이다. 대황도 꽃만은 곱다.

할미꽃은 다 늙게야 허리를 펴고 흰 머리털을 날린다.

구름이 지나가느라고 그늘이 한때 덮였다가 도로 밝아진다. 솔푸덕[2]에서 놀란 꿩이 잘겁하게 울고 날아간다.

미력쇠는 이 경사 급한 깔끄막길을 무거운 나뭇짐에 눌려, 끙 끙 어렵사리 올라가고 있다.

꾀는 없고 욕심만 많아, 마침 또 지난 장에 새로 벼려온 곡괭이가 알심[3] 있이 손에 맞겠다, 한데 산림 간수한테 오기는 있어, 들키면 경을 치기는 매일반이라서 들이닥치는 대로 철쭉 등걸이야 진달래 등걸이야 소나무 등걸이야 더러는 멀쩡한 옹근 솔까지 마구 작살을 낸 것이, 해놓고 보니 필경 짐에 넘치는 것을 제 기운만 믿고 짊어진 것까지는 좋았으나, 산에서 내려오면서는 몇 번이고 앞으로 꼬꾸라질 뻔했고 시방 이 길을 올라가는 데도 여간만 된 게 아니다.

게다가 사월의 긴긴 해에 한낮이 훨씬 겨워 거진 새때나 되었으니 안 먹은 점심이 시장하기까지 하다.

끙끙 힘을 쓰는 소리에 지게가 삐이득삐이득, 지게 밑에 매달린 밥 바구니가 다그락다그락 서로 궁상맞게 대답을 한다.

중간에 한 번이나 두 번은 쉬었어야 할 것이지만, 고집이 그대로 떠받고 올라간다. 지게 밑으로 통통하니 알이 밴 새까만 두 다리가 퇴육살[4]이 불끈불끈 터지기라도 할 것 같다.

---

2 솔포기.
3 보기보다 야무진 힘.

고개 마루턱에 겨우겨우 올라서자 휘유 획 쟁그랍게 숨을 몰아 내쉬면서 한옆으로 나뭇지게를 받쳐놓고 일어선다.

"작것이! 나는 저 때문에 이렇기……."

미럭쇠는 공동묘지께를 힐끔 돌려다 보고는 두런두런, 허리의 수건을 뽑아 땀 흐르는 얼굴을 쓱쓱 씻는다.

"……존 질루(길로) 편허게 갈 것두 이렇기 고생허는디……
작것이!"

시원한 바람이 한 아름 고개 너머로 몰려든다. 바라다 보이는 고개 밑은 또 하나 산이 가렸고 그놈을 넘어서 오릿길을 가야 집이다.

미럭쇠는 웬만큼 땀을 들인 뒤에 지게 밑에서 밥 바구니를 떼어, 뒷짐 져 들고 어슬렁어슬렁 공동묘지로 걸어간다. 할미꽃 터럭이 눈 날리듯 허옇게 덮여 날린다.

공동묘지는 풀도 바스락 소리 않고 대낮이 밤처럼 조용하다.

여새겨 찾지 않아도 저편 산 밑으로 치우쳐 외따로 있는 게 아내의 무덤이다. 아직 잔디가 뿌리를 못 잡아 까칠하고, 뗏장과 뗏장 사이로는 검붉은 황토가 비죽비죽 비어져 나온다.

무덤 한옆으로 먹 자죽이 선명하게

> 密陽 朴氏之墓

라고 쓴 말뚝이 섰다. 한편 짝에는 다시

> 戊寅 四月二日

이라는 날짜를 썼다.

---

4 사람의 몸에서 힘을 쓸 때 근육이 불거져 나오는 부분.

미럭쇠는 읽을 줄도 모르면서 말뚝을 한참이나 들여다보다가 그담에는 무덤을 한 바퀴 돈다.

뗏장도 벗겨진 데는 없고 구멍도 나지 않고 별일 없다.

한 바퀴 둘러보고 나서는 무덤 앞에다가 밥 바구니를 열고 숟갈을 꽂아 고여놓는다. 밥이래야 뉘와 피가 절반이나 섞인 현미 싸라기밥, 한옆으로 짠무김치를 몇 쪽 덧들인 것뿐이다.

"처먹어라…… 너 생각허구서 배고푼 것두 안 먹구 애꼈다가 갖구 왔다!"

마치 산 사람한테 이야기하듯 중얼거린다.

밥 바구니를 고여 놓아주고, 운감하기를 기다리면서 멀거니 앞을 바라보고 앉아 한눈을 판다.

앞은 산 밑에서부터 훤하니 퍼져나간 들판, 들판이 다다른 곳에는 암암한 먼 산이 그림 같다. 들 가운데 조그마한 산모퉁이를 지나 기차가 장난감같이 아물아물 기어간다.

미럭쇠는 넋을 잃은 듯 손으로 잔디풀을 똑똑 뜯고 앉았는 동안 어느 결에 눈에는 눈물이 글썽글썽한다.

"작것이 왜 죽어삐렀어! …… 가만히 있으면 갠찮얼 턴디…… 방정맞게 왜 죽어삐리여! …… 작것이!"

목멘 소리로 두런두런, 주먹을 들어다가 눈물을 씻는다.

2

바로 지나간 삼월 초생이었다.

미럭쇠가 논에 두엄을 져내다가 점심을 먹으러 오는 길인데, 동리 우물의 동청나무 울타리 뒤에서 점례가 해뜩해뜩, 무슨 말을 하고 싶은 눈치로 웃고 섰다.

"너 이 가시내, 왜 날 보구 웃냐?"

"망할 년의 자식이네! 이년의 자식아, 내 이름이 가시내냐?"

"너 이 가시내, 날만 보머넌 중둥이 시어서 해룽해룽허지?"

"애개개! 참 내 별꼴 다 보겄네!……"

말로는 시뻐해도 속으로는 분명 아픈 자리를 건드렸던 것이다.

"……이년의 자식아. 내가 저 화상이 그리 좋아서? …… 아나 옜다!"

"이 가시내야. 너 암만 그리두 네까짓 건 일읋단다!"

"흥! 누구는 일 있다는디? 아이구 귀역질이 마구 나오네! …… 저 꼴에 그리두 새말 납순이한티 반히였다지? 참 똥싼 주제에 매화타령허네!"

"이년의 가시내, 주둥이를 찢어놀라! 내가 납순이한티 반했으니 네게 무슨 상관이여? 이년의 가시내!"

미럭쇠는 슬그머니 골이 나서 커다란 눈방울을 부라린다. 그러나 점례는 조금도 무서워하질 않는다.

"이년의 자식아, 누가 상관헌다냐? …… 그렇지만 되렌님! 속 좀 채리세유! 납순이한티는 암만 반히서 침을 지일질 흘리구 댕겨두 헛다방입니다요."

"걱정 말어, 이 가시내야……."

"닭 쫓던 강아지는 지붕이나 치어다보지! 종수허구 죽자 사자 허는 납순이한티 저 혼자 반헌 저 화상은 무얼 치어다볼랑고?"

"이 가시내야, 그짓말허면 호랭이가 물어간다!"

"미안허시겄네! 오널두 납순이는 취 뜯으러 간다구 건너와서 뒷산으루 올라가구, 종수는 나무허러 가는 체 어실렁어실렁 뒤따러갔답니다요…… 어떠냐? 헤쩍허지? 미이."

"참말이냐?"

"흥! 인제는 아숩지? …… 몰라 몰라!"

점례는 싹 돌아서서 두레박질을 시이시한다.[5]

"빌어먹을 놈의 가시내! 샘에나 퐁당 빠져 죽어라!"

미럭쇠는 내뱉으면서 흐느적흐느적 걸어간다. 걸어가면서 생각이다.

점례 가시내가 노상 거짓말은 아니구 종수 자식이 워너니[6] 눈치가 수상하기는 수상했어!

그러니 그놈의 새끼한테 납순이를 뺏기구 만담?

내가 요만할 적부터 내 걸로 맡아두었는데 다 자란 뒤에 뺏겨!

사람이 화가 나서 살 수가 있나!

하기는 종수 자식이 나보다 얼굴이 밴조고롬하니 이쁘기는 이쁘겠다?

그거 원 참!……

미럭쇠는 귀주머니에서 동강난 거울 조각을 꺼내 들고 제 얼굴을 들여다본다.

넉가래[7]로 푹 찌른 것처럼 가로 째진 입, 길바닥에 떨어진 쇠똥

---

5 서두르지 않고 가만가만 움직이다.
6 워낙, 본래.
7 곡식이나 눈 등을 한 곳에 밀어 모으는 데 쓰는 기구.

같이 지질펀펀한 코, 왕방울 같은 눈, 좁디좁은 이마, 부룩송아지[8]
대가리처럼 노란 머리터럭이 곱슬곱슬 자지러 붙은 대가리……
등속.

미상불 제가 보아도 그다지 출 수는 없는 인물이다.

제엔장맞을! 워너니 이 화상을 누가 좋아한담! 눈깔이 삔 점
례 가시내나 진짜로 반해서 그 지랄이지.

원 어쩌면 요렇게 빌어먹게 갖다가 만들어놓더람!

가만있자. 이게 우리 어머니 아버지 잘못이겠다? 옳아! 아버
지는 죽었으니 할 수 없고, 어머니를 졸라야지.

아 그래도 내가 기운은 세고, 또 사내자식이 머 인물 뜯어먹고
사나?

빌어먹을 것, 들이대본다…… 눈 멀뚱멀뚱 뜨고서 뺏겨?……

미럭쇠는 허둥지둥 집으로 달려들더니 저의 모친더러, 시방
얼른 새말 납순네 집에 건너가서 혼인하자는 말을 하라고, 만일
납순이한테 장가를 못 가는 날이면 목을 매달고 죽는다고, 어머
니가 나를 이렇게 못나게 낳아놓았으니까 그 대신 꼭 납순이한
테 장가를 들여주어야 한다고, 마치 미친놈 날뛰듯 주워섬기고서
는 도로 부리나케 뒷산으로 올라간다.

온 산을 다 매고 다니던 끝에 으슥한 골짜구니의 양지바른 언
덕 밑에서 둘이 나란히 누워 있는 종수와 납순이를 찾아냈다.

납순이는 질겁하게 놀라 달아나고, 그러나 저만치 가 서서 거
취를 보고 있고, 종수는 여느 때 같으면 눈만 부릅떠도 비실비실

8 아직 길들지 않은 송아지.

피하던 것이, 오늘은 눈살이 팽팽해가지고 아기똥하니[9] 버티고 서서 있다. 미럭쇠는 그놈에 비위가 더 상했다.

"너 이놈의 새끼!"

미럭쇠는 눈을 불근불근 그 잘난 코를 벌씸벌씸, 내리 으깨어 버릴 듯이 바싹 다가선다.

"그리서?"

말소리며 몸은 떨려도 종수의 대답은 다구지다.[10]

"아, 요것 보게!"

"왜? 어찌서 그리여? 늬가 무슨 상관이여?"

"왜 상관이 읎어? 내가 맡어논 지집애를 늬가 왜 건디려? 그리두 상관이 읎어?"

"머 밭두덕의 개똥참외더냐? 맡어놓구 어쩌구 허게? 그녀러 자식, 생긴 것허구 넉살두 좋네!"

"아, 요년의 새끼가!……"

말로는 암만해야 달리고, 미럭쇠는 종수의 멱살을 움켜쥔다. 실상 진작에 그럴 것이었다.

종수도 마주 멱살을 잡는다.

"그리여? 어찌여?"

"요, 싹둥머리 읎는 놈의 새끼! 사알살 돌아댕기면서 남의 집 지집애나 바람맞히구! …… 죽어봐!"

와락 잡아낚는데 종수는 휘둘리면서도

"웬 상관이여? 내가 늬미를 후려냈더냐? 늬 할미를 후려냈더

---

9 말이나 행동 따위가 매우 거만하고 앙큼한 데가 있게.
10 '다부지다'의 사투리.

냐?"

고 입은 끄은히[11] 놀린다.

　그러나 그 말이 떨어지기 전에 둘이는 어우러져 뒹군다.

　말은 없고 잠시 동안 식식거리면서 엎치락뒤치락했지만, 악으로 덤빈 종수는 다 같은 스물한 살배기 장정이라도 미럭쇠의 황소 같은 힘을 당해내는 수가 없었다.

　미럭쇠는 종수의 배를 타고 앉아서 주먹으로 가슴패기를 짓쪟는다.

　"요놈의 새끼, 다시두?"

　"오냐, 헐 대루 히여라!"

　"요것이 그리두 산소리[12]여!"

　미럭쇠는 종수의 목을 내리누른다. 종수는 캑캑, 눈을 헤번덕헤번덕 얼굴에 푸른 핏대가 선다.

　그러자 마침 그때다. 등 뒤에서 작대기가 딱 하더니 미럭쇠의 정수리를 보기 좋게 후려갈긴다.

　"아이쿠!"

　미럭쇠는 정신이 아쩔해서 앞으로 넙치려고 하는데 재우쳐 한 번 더 딱 내리갈긴다.

　미럭쇠는 그대로 정신을 놓고 쓰러지고 납순이는 달려들어 종수의 손목을 잡아 일으켜가지고 달아난다.

11　끈질기게.
12　어려운 가운데서도 속은 살아서 남에게 굽히지 않으려고 하는 말.

3

납순네는 계집애가 못된 종수 녀석과 좋잖은 소문을 퍼뜨리고 다니는 참이라 걱정을 하던 판에, 청혼을 하니까 마침 좋다고 납채[13] 삼십 원에 선뜻 혼인을 승낙했다.

미럭쇠네는 작년에 저의 부친이 제 장가 밑천으로 장만해놓고 죽은 송아지가 중소나 된 것을 오십 원에 팔고, 또 양 돼지 새끼 여섯 마리를 삼십 원에 팔고 해서 납채 삼십 원을 보내고 나머지 오십 원으로 혼인을 치렀다.

그게 바로 미럭쇠가 납순이한테 작대기를 맞던 날부터 겨우 열흘 만이다.

혼인을 한 첫날밤.

미럭쇠는 달리느라고 맞은 발바닥이 아파 절름절름 신방으로 들어온다.

생전 처음으로 촛불이 환하니 켜져 있는 신방에는 불보다 더 환하게 연지 찍고 곤지 찍고 분단장한 신부 납순이가 소곳하니 앉아 있다.

미럭쇠는 가뜩이나 큰 입이 귀밑까지 째져, 느긋해라고 한참이나 웃고 섰다가 신부 앞에 가서 털썩 주저앉는다.

"히히, 작것, 늬가 작대기루 날 때렸지?"

납순이는 마치 눈이 오려는 겨울날처럼 새촘해서 눈을 아래로 내리깔고 눈썹 한 개도 까딱 않는다.

---

13 신랑 집에서 신부 집에 혼인을 구하는 의례.

"그때 혼났다 야! …… 원 그렇기두 사정없이 때린단 말이냐? 히히."

"……."

"그리두 나는 늬가 이뻐서 이렇기 네한티루 장개를 가잖었냐? 그렇지? 히히히히."

"……."

"그러닝개루……."

미럭쇠는 납순이의 두 손을 덥석 쥔다.

그 손은 얼음같이 찼다.

"……너두 그전 일을 죄다 잊어뻬리구서 인제버텀은 우리 각시닝개루, 응? 내 말 잘 듣구 그리라, 응?"

이렇게 첫날밤은 지냈다.

미럭쇠는 노염이 다 풀려서 이제는 종수를 죽이지 않는다고 말을 냈고, 그래서 종수는 며칠 만에 노로 동네로 돌아왔고, 납순이는 그대로 까딱없이 눈 오려는 겨울날처럼 새촘한 채 그날그날을 보내고.

그리한 지 보름이 되는 어느 날 석양.

미럭쇠가 등 너머 봄보리밭에 소매[小便肥料]를 쳐내고 있노라니까, 난데없이 점례가 미럭쇠, 미럭쇠, 불러대면서 헐레벌떡 달려오고 있었다.

미럭쇠는 웬일인지 가슴이 서늘해서 밭두둑으로 나오는데 점례는 가빠하는 체하고 쓰러질 듯 팔에 가 매달린다.

"저어……."

"왜 그리여?"

"저어, 시방 오다가 어머니더러두 일러주었어……."

"무얼?"

"저어, 납순이가아……."

"납순이가……."

"내가 망을 보닝개루우……."

"그리서?"

"종수가아……?"

"종수가!……"

"응, 종수허구우, 납순이허구우, 방으루우……."

"멋?"

미럭쇠는 점례를 떠다박지르고 소처럼 내리뛴다.

등을 넘어서자 이녀언 이년, 모친의 게목 지르는 소리가 들린다.

단걸음에 사립문 안으로 들어서는데, 모친은 납순이의 머리채를 감아쥐고 마당 가운데서 이리저리 개 끌듯 끌어 동댕이를 치고 있다. 조그마한 보따리가 한편으로 굴러져 있다.

"어서 오니라……."

노파는 더욱 기광이 나서 허덕허덕 들렌다.[14]

"……이년이, 이년이 대낮에 응…… 대낮에 그러구서…… 그러구서두 그놈허구 도망을 갈라구 보따리를 싸구…… 이년! 이 찢어 죽일 년!"

미럭쇠는 잡아먹을 듯 험한 얼굴을 휘휘 두르다가 토방으로 우르르, 절굿공이를 집어 들고 납순이에게로 달려든다.

---

14 야단스럽게 떠들다.

"이년을!"

방아 찧듯 절굿공이를 번쩍 쳐들어, 단번에 골통을 칵 내리 바수려는 순간, 납순이와 딱 눈이 마주친다. 그것은 미럭쇠 제가 이뻐하는 납순이의 얼굴, 마주 말끄러미 올려다보는 그 눈이 어떻게도 액색한지[15] 그만 눈물이 날 것 같았다.

"픽."

내리치는 절굿공이에 애매하게시리 군은 마당 바닥이 움푹 팬다.

"이년을 이렇게 쳐 죽일 참인디…… 가만있자……."

미럭쇠는 절굿공이를 내던지고 허둥지둥 둘러본다.

"이놈은? 이놈허구 한티다가 묶어놓구서 한꺼번에 놈년을 쳐 죽여야 헐 틴디이…… 놈을 잡어와야지, 이놈을…… 어머니! 그년 놓치지 말구 꼭 붙들구 있수…… 내 이놈마저 잡어갖구 올 티닝개루……."

이르고는 쭈르르 사립문께로 달려 나간다. 사립문 밖에서는 동리 아이들이 진을 치고 구경을 하다가 양편으로 좍 길을 터준다.

점례가 마침 배슥이 웃고 서서 눈을 찌긋찌긋한다.

미럭쇠는 짐짓 제 몸뚱이로 점례를 칵 떠받아―그것은 방금 납순이를 절굿공이로 내리찧으려던 그 옹심과 꼭같았다―그렇게 죽어라고 떠받아 나동그라뜨리고서 휭하니 뛰어간다.

종수를 잡는다고 선불 맞은 범처럼 뛰어나간 미럭쇠는 그길로 용머리의 술집으로 가서 밤이 늦도록 술을 먹고, 그대로 쓰러져

15 운수가 막혀 행색 따위가 군색한지.

잤다.

이튿날 새벽에야 철럭거리고 집으로 돌아온 미럭쇠는, 납순이가 부엌 서까래에 목을 매고 늘어진 시체를 제 손으로 풀어 내려 놓아야 했다.

노파가 밤새도록 붙들고 지키다가 새벽녘에 잠깐 잠이 든 사이에 납순이는 빠져나가서 그 거조[16]를 냈던 것이다.

서방 미럭쇠가 돌아오는 날이면 맞아 죽고 말 것. 가령 죽지 않는다고 하더라도 병신이 될 만치 얻어맞을 것(아까 내리치던 그 무서운 절굿공이!), 그러고서도 평생을 맘 없이 매달려 살아야 할 테니 차라리 진작 죽는 것만 못하다고, 그래 자결을 하고 만 것이다.

"그년을 꼭 내 손으루 쳐 죽일랬더니. 에잉 분히여!"

미럭쇠는 동리 사람들이 모여 섰는 데서 이렇게 장담을 하고 못내 분해하는 체했다.

눈물까지 쏟아졌다. 모두들 분해서 그러는 줄만 알았지, 미럭쇠의 정말 슬픈 심정은 알아채지 못했다.

4

아내 납순이의 무덤 옆에 넋을 놓고 앉았던 미럭쇠는 이윽고 정신이 들어 무덤으로 고개를 돌린다.

---

16 어떤 일을 꾸미거나 하기 위한 조치.

숟갈을 꽂아 고여놓은 밥 바구니에는 어디서 날아왔는지 파리
가 서너 마리나 엉기었다.

"쪼께 먹었냐?"

미럭쇠는 중얼거리면서 밥 바구니를 집어 든다.

"물이 없는디. 목 마처서 어쩌꺼나!"

마디지게 한숨을 내쉰다.

"작것이 왜 죽어삐리여! …… 가만히 있으면 갠찮얼 틴디……
방정맞게 왜 죽어삐리여! …… 작것이!"

두런두런, 눈물을 찔끔찔끔, 밥 바구니를 차고 앉아서 숟갈을
뽑아 든다.

"꼬시레."

조금 떠서 앞으로 던지고, 또 한 번은 뒤로 던지면서

"꼬시레."

양편 옆으로 한 번씩

"꼬시레."

"꼬시레."

골고루 고사를 한다.

할 때에 마침 등 뒤의 산허리께서

"쑥꾸욱."

"쑥꾸욱."

쑥국새(뻐꾹새) 우는 소리가 들린다.

미럭쇠는 막 밥을 먹으려던 숟갈을 멈추고 끌리듯 고개를 돌
린다.

"쑥꾸욱."

"쑥꾸욱."

형체는 안 보이고 울음소리만 들린다.

"쑥꾸욱."

"쑥 쑥꾸욱."

산을 돌아 넘어가는지 소리가 감감하니 멀어간다.

미럭쇠는 옛이야기가 생각이 났다.

며느리가 해산을 했는데 야속한 시어미가 미역국을 안 끓여주고 쑥국만 끓여주었다.

며느리는 피가 걷히지 않고 속이 쓰리다 못해 삼칠일 만에 그만 죽었다.

그 며느리가 죽어 혼이 새가 되었는데 쑥국에 원한이 잦아져 그래서 밤낮 쑥꾸욱 쑥꾸욱 운다고 한다.

"우리 납순이는 죽어서 무엇이 되었으꼬? …… 쑥국새가 되었으머는 우는 소리나 듣지!"

미럭쇠는 우두커니 쑥국새 우는 곳을 바라보다가 소스라쳐 한숨을 내쉰다.

"쑥꾸욱."

"쑥 쑥꾸욱."

마지막 소리가 아스란히 들리더니 그다음은 잠잠하다.

미럭쇠는 밥 먹기도 잊고 도로 넋이 나가서 우두커니 앉아 있다.

— 〈여성〉, 1938. 7.

소망少妄

남아男兒여든 모름지기 말복末伏날 동복冬服을 떨쳐입고서 종로
鐘路 네거리 한복판에 가 뻗치고 서서 볼지니……. 외상 진 싸전가
게 앞을 활보闊步해볼지니…….

아이, 저녁이구 뭣이구 하도 맘이 뒤숭숭해서, 밥 생각도 없
구…….

괜찮아요, 시방 더위 같은 건 약관걸.

응. 글쎄, 그 애 아버지 말이우, 대체 어떡하면 좋아! 생각하면
고만.

냉면? 싫어, 나는 아직 아무것도 먹고 싶잖어. 그만두고서 뭣
과일즙[果實汁]이나 시원하게 한 대접 타주. 언니는 저녁 잡셨수?
이 집 저녁하구는 꽤 일렀구려.

아저씨는 왕진 나가셨나 보지? 인력거가 없구, 들어오면서 들여다보니깐 진찰실에도 안 기실 제는…….

옳아, 영락없어. 그 아저씨가 진찰실에두 왕진두 안 나가시구서 언니하고 마주 안 붙어 앉았을 때가 있다가는 큰일 나라구?

원 눈도 삐뚤어졌지. 우리 언니, 저 아씨가 어디가 이쁜 디가 있다구 그래애! 시굴뜨기는 헐 수 없어. 아따 저 누구냐 '쇠알?' 읽은 지가 하두 오래 돼서 다아 잊었네. 뭣이냐 '보바리 부인' 남편 말이야…….

하는 소리 좀 봐요. 늙어가는 동생더러 망할 년이 뭐야? 하하하.

내가 웃기는 웃는다마는 남의 정신이지, 내 정신은 하나두 아니야.

양복장 새루 맞췄다더니 벌써 들여왔구려. 아담스럽게 이쁘우.

제엔장! 나는 더러워서 언니네가 모두 이렇게 재미나게 사는 걸 본다 치면 새샘이 나구 속이 상해 죽겠어.

무얼? 양복장을 하나 사주겠다구? 언니두 참! 누가 그까짓 양복장 말이우?

그런 건 백날 없어두 좋아. 낡으나따나 한 개 있으면 고만이지 머.

가난해서 좀 고생허구 그리는 건 아무렇지두 않아요.

글쎄 다 같은 한아버지 딸에 한어머니 태 속에서 생겨나가지굴랑 똑같이 자라구, 똑같이 공부허구, 그랬으면서두 언니는 이렇게 안존하게 아무 근심 없이 사는데, 나는 하필 그이 때문에 육장 애가 밭구, 맘이 불안하니, 그런 고루잖을 디가 어디며, 생각하면 화가 더럭더럭 난다니깐.

구식 여자들이 걸핏하면 팔자니 사주니 하는 게 아마 그런 소린가 봐.

아닌 게 아니라 미신이라두 좋으니 오늘 같아서는 어디 못구리라두 가서 해보구 싶습디다.

그러나마 참 사람이라두 변변치 못했을 세 말이지. 아 유식하것다, 기개 좋것다. 무엇 굽힐 게 있수? 부모 유산 넉넉히 못 타구 난 거야 어디 그이 탓이오? 돈이야 부자질 안 할 바에 기를 쓰구 모아서는 무얼 해.

애개개!

그이는 이 집 아저씨더러 하등 동물이란다. 병자 고름 긁어서 돈이나 모을 줄 알지, 세상이 곤두서건 인간이 돼지가 되건 감각두 못허구 그저 맛있는 음식에 좋은 옷, 편안헌 집에서 호박 같은 마나님이나 이뻐허구, 그런 것밖에는 아무것두 모른다구. 하하하, 언니두 그런 줄은 잘 아는구려?

참, 결혼을 하면 남편 성질을 닮는다는데, 그게 정말인가 봐? 우리가 어려서는 언니가 되려 신경질루 감정이 섬세허구, 잔 결벽이 유난스럽구 했는데, 그리고 나는 덜렁이구. 안 그랬수? 그랬는데 시방은 꼭 반대니.

아무튼 나두 언니처럼 의사허구 결혼이나 했더라면 시방쯤 언니 부러워 않구서 엄벙덤벙 아무 근심 걱정 없이 살아갔을 거야.

네에, 옳습니다. 이번에는 내가 언니한테 졌습니다. 가치價值는 어디루 갔든지 간에 당장 언니가 나보담 팔자가 좋구. 그걸 내가 한편으루 부러워하는 게 사실은 사실이니깐요.

그러나저러나 대체 어떡허면 좋수? 이 일을······.

나 혼자서 두루두루 생각다 못해 이 집 아저씨허구나 상의를 좀 해볼까 허구서 부르르 오기는 왔어두, 상의를 하자면 그새 통히 토설을 않던 속사정을 다아 자상하게 언니한테랑 설파를 해야 하겠구. 그랬다가 그런 줄을 그이가 알든지 헐 양이면, 성미에 생벼락이 내릴 테구. 멀쩡한 사람 가져다가 미친 놈 만들려구 헌다구.

그래서 섬뻑 엄두가 나든 않지만, 그래두 어떡하우. 증세가 좀처럼 심상털 않어 뵈구, 그러니깐 무슨 도리를 좀 차리기는 차려야지만 할 것 같은데.

이 집 아저씨 동창이든지 친구든지 누구 신경과神經科 전문하는 이 없나 모르겠어.

신경쇠약이냐구?

그렇지, 신경쇠약은 신경쇠약이지, 머. 그런데 시방은, 오늘버텀은 암만해두 여늬 우리가 생각하는 신경쇠약에서 한 고패¹를 넘을 기미야.

언니네는 시굴서 올라온 지 얼마 안 되구, 또 내가 이것저것 털어놓구 설파를 안 했구 해서 모르기두 했겠지만, 실상 나두 그새까지는 좀 심한 신경쇠약이거니, 신경쇠약으루 저만큼 심하니깐 더 도질 리야 없구 차차 나어가겠거니 일변 걱정은 하면서두 한편으로는 낙관을 허구 있었더라우.

아, 그랬는데, 글쎄 오늘은 아까 점심나절이야. 사람이 사뭇 십년감수를 했구려. 시방두 가끔 이렇게 가슴이 울렁거리군 하는

1 새끼나 줄 따위를 사리어놓은 돌림을 세는 단위.

걸. 내온 참, 어떻게 생각하면 어처구니가 없기두 허구.

아까 그게 그러니까 두시가 조꼼 못 돼서야. 부엌에서 무얼 좀 허구 있는 참인데, 뚜벅뚜벅 구두 소리가 나요.

무심결에 돌려다 봤지. 봤더니, 웬 시꺼먼 양복쟁이야. 첨에는 몰라봤어. 그래 웬 사람인가 허구 자세히 보니깐 그이겠지!

그이는 쇠통 글쎄 겨울 양복을 꺼내 입었어요. 이 삼복중에 겨울 양복을.

저를 어쩌니가 아니라, 머 정신이 아찔하더라니깐.

그게 제정신 지닌 사람이 할 짓이우? 하얀 아사 양복을 싹 빨아 대려서 양복장에다가 걸어준 걸 두어두고는 이 삼복염천에 생판 겨울 양복허구두 그나마 머 홈스펀[2]이라든지, 그 손구락같이 올 굵구 시꺼무레한 거. 게다가 맥고모자며 흰 구두까지 멀쩡한 걸 놓아두구서 겨울 모자에 검정 구두에 넥타이, 와이셔츠꺼정 언뜻 봐두 죄다 겨울 거구려.

그러니 그렇잖어두 늘 맘이 조마조마하던 참인데, 문뜩 그 광경을 당허니 얼마나 놀랬겠수, 내가 말이야.

그냥 가슴이 더럭 내려앉구, 어쩔 줄을 모르겠어. 팔다리허며 입술이 사시나무 떨리듯 떨리구.

아이머니, 저이가아! 이 소리 한마디를 죽어가는 소리루 겨우 입술만 달싹거리구는 넋이 나간 년매니루 멍하니 섰느라니깐, 그이 좀 보구려! 마당에 우뚝 선 채 나를 마주 뻬언히 바라보더니 아 혼자서 벌심허구 웃겠지! 웃어요, 글쎄.

2 거친 양털로 만든 직물.

작년 가을 이짝 도무지 웃는 일이라구는 없던 사람이 근 일 년
만에 웃는구려. 전에 혹시 무슨 유쾌한 일이 있든지 허면, 벌심허
구 웃던 꼭 그런 웃음째야.

일변 반갑기두 허구, 그리면서두 가슴이 더 두근거려쌌는군.

그럴 게 아니우? 일 년짝이나 웃질 않던 사람이 갑자기 웃으
니. 여편네 된 맘에 웃는 그것만은 반가워두 저이가 영영 상성이
된 게 아닌가 해서 말이야.

어떻다구 맘을 진정헐 수가 없구, 눈물이 좌르르 쏟아지는 것
을. 그제서야 힝낳게 마당으루 쫓아 나가서 두 팔은 덥쑥 잡았대
지만, 목이 미어 말이 나오우? 그이는 내가 사색이 질려가지구
는—반 얼굴이 다아 죽었을 게 아니겠수! 그래 가지구서 당황해
하다가 끝내 울구 달려나오니깐, 첨에는 성가신 듯이 이맛살을
찌푸리더니 용히 제가 채림새가 생각이 나던가 봐. 실끔 아랫도
리를 한번 내려다보더니, 좀 점직하다³는 속인지 피쓱 웃어요. 그
웃는데 사람의 애가 더 밭더라니까.

"왜 그래? 여름에 동복을 입었기루서니, 왜 죽는시늉이야?"

혀를 끌끄을 차면서 얼굴 기색하며 말 소리허며 아주 천연스
럽구 전대루지, 죄끔두 공허空虛한 데가 없어요. 사람이 실성을 하
면은 어덴지 말하는 음성이며 태도허며 건숭이구 공허해 보이
잖우?

"천민! 속물! 세상이 곤두서는 데는 태평이면서, 옷 좀 거꾸로
입은 건 저대지 야단이야."

---

3 부끄럽고 미안한 느낌이 있다.

속물이란 소리는 노상 듣는 독설毒舌이구. 나는 그이 눈을 주의해 보느라구 경황 중에두 정신이 없지. 저 뭣이냐, 사람이 영 미치구 나면 눈자위가 틀린다구 않수?

그런데 암만 찬찬히 파구 보아야 전대루 정기가 돈구 맑지 머, 아무렇지두 않어.

그래두 그걸루 어디 안심이 되우?

그래 팔을 흔들면서, 아이 여보오 부르니까.

"왜 그래, 글쎄!"

하면서, 보풀스럽게 톡 쏘아붙이는 것까지도 여전해요.

"대체 이 모양을 허시구 어디를 나갔다가 오시우?"

분명 어디를 나갔다가 오는 참이야. 얼굴이 버얼겋게 익구, 땀을 흠뻑 흘리는 게. 탈은 거기가 붙었어, 탈은.

아아니, 그이가 글쎄 갑작스리 의관을—동복은 동복이라두—단정하게 채리구서는 출입을 허다께 그게 사람이 기색을 헐 노릇이 아니우? 이건 천지가 개벽을 했다면 모르지만.

그이가 작년 초가을에 신문사를 그만두던 그날버틈서 인해 일 년짝을 굴 속 같은 그 건넌방에만 처박혀 누워서는 통히 출입이라구 하는 법이 없구. 산보가 다 뭐야. 기껏해야 화동花洞 사는 서徐 씨라는 친구나 닷새에 한 번큼, 열흘에 찾아가는 게 고작이더라우.

그리구는 허는 일이라는 게 책 디리파기, 신문 잡지 뒤지기, 그렇잖으면 끄윽 드러누워서 웃지두 않구 이야기두 않구 입 따악 봉허구서는 맘 내켜야 겨우 마지못해 묻는 말대답이나 허구. 그리다가는 더럭 짜증이 나가지굴랑 날 몰아세기나 허구. 그럴

때만은 여전한 웅변이지. 그러니 나만 죽어날 밖에.

아, 아무 데두 맨 데가 없는 몸이것다. 조옴 좋수? 집 뒤 바루 중앙학교 후원으루 해서 조금만 가면은 삼청동이요, 푸울이 있것다, 마침 태호 녀석이 유치원두 쉬는 때라, 동무가 없어서 어린것이 심심해 못 견디기두 허구허니 기직[4]이나 한 닢 들구 그 애 손목이나 잡구 매일 거기라두 가서 물에두 들어가 놀구, 물에 지치거든 그늘 좋은 솔밭으루 나와 누워서 독서두 허구 그러느라면 몸에두 좋구, 더우두 잊구, 또 아는 사람두 만나구, 새루 사구는 사람두 생기구 해서 어우렁더우렁 만사 다아 잊구 지낼 게 아니겠수? 그런 걸 글쎄, 내가 혀가 닳두룩 말을 해두 안 들어요. 뎁다 날더러 신경이 둔한 속물이 돼서 자꾸만 보기 싫은 인간들허구 섭쓸려 돼지처럼 엄벙덤벙 지내란다구 독설이나 뱉구.

그뿐인가 머. 언니두 알 테지만, 집에서 어머니가 지난 첫여름버텀 벌써 네 번째나 편지를 하셨다우. 아이 아범이 올해는 아무 데두 맨 데가 없다면서 예가 바루 해변이것다, 넉넉진 못하지만 느이들이 서울서 지내느니보담야 다만 생선 한 토막을 먹어두 나을 테니 집일란컨 예서 서울 속재 잘 알구 착실한 여인네 하나가 마침 있으니깐 올려 보내서 한여름 동안 집을 봐주게 하께시니 부디 어린놈 데리구 세 식구 다 내려와서 이 여름 더웁잖게 지나라구, 제일에 내가 어린놈이 보구 싶어 못하겠다구, 그리구 요전번 네 번째 하신 편지에는 혹시 여비라두 없어서 못 내려가는 줄 아시구서 내려오겠다면 집 보아줄 사람 올려보내는 편

4 왕골 껍질이나 부들 잎으로 짚을 싸서 엮은 돗자리.

에 돈을 얼마간 보낼 테니 곧 기별허라구까지 하셨구려.

사우 이뻐할사 장모라구, 그게 다아 딸이나 외손주놈보담두 실상 알구 보면 그 알뜰한 사우 양반 생각허시구 그리시는 거 아니우?

그러니 말이우. 그렇게 살뜰스럽게 오래지 않는다구 하더래두, 딴 비발[5] 써가면서 남들은 위정 피서두 갈라더냐. 거 봐요! 언니네는 갈 맘이 꿀 안 같어두 못 가잖수. 그러니 글쎄 선뜻 내려갔으면 오죽 좋수?

그러나마 처가래야 처남인들 하나나 있으니, 어려운 생각이며 편안찮은 맘이 나겠수? 장인 장모 단 두 분이것다. 참말이지 제가 본갓집보담두 더 임의롭구 호강바디루 지낼 건데.

내가 얼마를 졸랐다구. 그래두 영 도래질이야. 그러구는 헌닷소리가 나를 목을 베어봐라, 단 한 발이라두 서울서 물러서나, 이러는구려!

대체 무엇이 그대지 서울이 탐탐해서 죽어두 안 떠날 테냐구 캘라치면, 네까짓 것 하등동물이 동앗줄 신경이 설명을 해준다구 알아들으면 제법이게? 설명해서 알 테면 설명해주기 전에 알아챌 일이지, 이리면서 몰아세요.

그리구두 졸리다 졸리다 못하면 임자나 태호 데리구 가겠거든 가래는 거야. 웬만하거든 아주 영영 가버리라구. 시방 세상이 통째루 사개[6]가 벙그러지는 판인데 부부구 자식이구 가정이구 그런 건 다아 가버리라구. 시방, 세상이 고담古談 같대나. 내 어디서 온.

---

5 비용.
6 상자 따위의 네 모퉁이를 요철형으로 만들어 끼워 맞추게 해놓은 부분.

왜 혼자라두 안 가느냐구 말이지? 언니두 그런 말 마시우. 허기야 참, 몇 번 벼르기두 했더라우.

그래두 차마 훌쩍 못 떠나겠습디다. 그런 사람을 여기다가 떼어 놔두구서 나 혼자 가다께 될 말이우? 것두 신경이 노말한 사람이면 몰라. 그렇지만 병인인걸. 병인을 혼자 남의 손에 맡겨두구서야 어디.

에구 무척! 언니는 아저씨라면 들입다 깨질 똥단지 위하듯 위하면서. 하하하, 내가 그이 물이 들어서 자꾸만 이렇게 입이 걸쭉해가나 봐.

신문사 나온 거? 머, 누구 동료나 손윗사람허구 다투거나 의견 충돌이 생겼던 것두 아니구, 그저 불시루 그날 그 자리서 사직원을 써서는 편집국장 앞에다가 내놓구 나왔다는걸. 그게 벌써 신경이 심상찮어진 표적이 아니우?

신문사서두 어디루 보고, 어떻게 생각했던지 첨에는 편지가 오구 둘째 번은 정치부장이 오구, 셋째 번에는 사장의 전갈이라구 편집국장이 명함을 적어 보내구, 도루 사에 나오라는 권면이야. 그래두 번번이 몸이 건강털 못해서 일 감당을 못하겠다는 핑계만 대지, 종시 움쩍을 안 했더라우.

남들은 다같이 대학을 마치구 나와서두 삼사 년씩 취직을 못해 쩔쩔매는 세상에 그해 동경서 나오던 멀루 신문사에 들어갔구. 인해 오 년이나 말썽 없이 있어왔으니깐 그만하면 신문사 인심두 얻구 또 사장두 자별하게 대접을 했답니다. 그런 것을 헌신짝 벗어 내던지듯 내던지구는 사람마저 저 지경이 됐으니……. 허기는 눈동자가 옳게 박힌 놈은 이 짓 못해 먹겠다구, 그 무렵에 바싹 더 침울해허기는 했었지만서두.

생활비?

머 그저, 작년 가을 겨울 두 철은 신문사서 나온 퇴직금 한 삼백 원 되는 걸루 그럭저럭 지냈구. 올 봄으루 첫여름은 시댁에서 두 번인가 백 원씩 보낸 걸루 지내는 시늉을 했지만.

시댁두 별수는 없구. 막내 시아재가 작년버텀 금광을 해요.

그리 우난 건 아니지만, 동기간이 객지서 어려히 지낸다구 가끔 돈 백 원씩 그렇게 띄워 보내군 했는데, 그 뒤에 광이 팔리기루 됐다나 봐. 팔리기만 하면은 몇만 원 생길 텐데 매매에 걸려가지구는 두 달 장간이나 오늘 내일 밀려 나려오기만 허구 돈이 들어오덜 않는대나 봐. 그걸 바라고 있다가 우리두 고슴도치 오이지듯 빚을 다뿍 젊어진걸.

그렇지만 괜찮아요. 영 몰리면 집은 우리 것이니깐 팔아서 빚두 가리구 한동안 먹구살 거리만 냉기구서 시외루 오막살이나 한 채 얻어 나앉지. 그런 것은 나두 뱃심 유해졌다우. 의식주 같은 건 근심하지 말구서 돼가는 대루 살아가기루.

정말이지 그런 건 죄꼼두 걱정두 안 되구 위협두 느끼잖어요.

그저 그이만 몸을 도루 일으켜가지구 생화[7]야 있든지 없든지 남처럼 활달하게 나돌아 다니구 허기만 해주었으면. 머, 내가 어디 가서 빨래품을 팔아다가 사흘에 한 끼씩 먹구살아두 좋아요.

흰 말이 아니라우, 진정이야. 그런데 글쎄. 아유 답답해! 아, 밖에 나가서 돌아다니구, 머 삼청동 푸울에를 다니구 그런 것두 외

---

7 먹고사는 데 도움이 되는 벌이나 직업.

려 열두째야. 내 참!

언니두 와서 봤으니까 알 테지만 우리 집 건넌방이라는 게 그게 방이우? 여름 한철은 도무지 사람이 거처를 못해요. 앞문이 정서향으로 나놔서 오정만 지나면 그 더운 불볕이 쨍쨍 들이쬐지요. 게다가 처마 끝에 함석 채양에서는 후끈후끈 더운 기운이 숨이 막히게 우리지요. 북창 하나 없구 겨우 마루루 샛문이 한쪽 났다는 게 바람 한 점 드나들덜 않지요. 머 방 속이 아니라 영락없는 한징 가마 속이야. 날더러는 단 십 분을 들앉어 있으래두 죽으면 죽었지 못해. 어느 쟁이녀석이 고따우루 소견머리 없이두 집을 지어놨는지.

그런 걸 글쎄 그이는 꼬박 그 속에서 배겨내는군. 가을이나 겨울이나 또 봄철은 외려 괜찮아요. 아 이건 이 삼복중에 그 뜸가마 속에서 끄윽 들박혀 있으니 더웁긴들 오죽허며 여늬 사람두 더위에 너무 부대끼면은 신경이 약해져서 못쓰는 법인데. 이건 가뜩이나 뭣한 사람이 그 지경을 있다께. 멀쩡한 자살이 아니우?

제발 마루루라두 나와서 누웠으라구, 경을 읽어두 안 들어요. 마룬들 그대지 신통할꼬만서두, 그래두 건넌방보담은 더얼 허구. 또 안방은 앞뒷문으루 맞바람이 쳐서 제법 시원하다우. 단 두 내외에 어린놈 하나것다, 남의 식구라구는 없으니 아녈 말루 활씬 벗구는 여기저기 시원한 자리루 골라 눕던 못허우?

성가시구 다아 힘이나 드는 노릇이라면 그두 몰라. 누웠던 자리에서 몸 한 번만 뒤치면 마루루 나와지구. 또 한 번만 뒤치면구 안방 뒷문치루 옮아 누워지구 하는 걸 웬 고집이며 무슨 도섭[8]으루다가 고걸 꼼지락거릴랴구 않구서, 생판 뜸가마 속에만 늘어붙어설랑 육성으루 그 고생이우?

가슴이 지레 터지구, 내가 얼마나 폭폭하겠수? 사뭇 살이 내려요.

허기야 사람이 전에두 고집이 세구 신경질이 돼서 편성[9]이구 허기는 했지만. 시방 저러는 건 고집두 편성두 아니구서, 그저 나무 토막이구 돌덩어리라니깐. 그러니 병이 아닌 담에야 어디 그럴 법이 있수.

병원? 진찰?

흥! 그런 말만 내보우. 생사람 하나 죽구 말지 안 돼요, 안 되구. 아까 이야기하다가 말았지만, 여기 아저씨가 누구 잘 아는 이루 신경과 전문 의사가 있으면 미리 짜구서 그런 눈치 저런 눈치 뵐 게 아니라, 놀러 온 양으로 어물쩌억허구 좀 보아달래야지, 내 억칙으루는 천하없어두 병원에 데리구 가는 장사는 없어요.

이거 봐요. 글쎄, 오늘은 이런 재주를 다아 부려보잖었겠수?

오정이 조꼼 못 돼서야. 태호 벙어리를 털으니깐, 제법 일 원짜리루 두 장이나 나오구, 죄다 해서 한 오륙 원은 돼요. 옳다구나 태호허구두 그누[10]를 해가지구서는 모자가 건넌방으루―그 양반이 농성籠城을 허구 있는 그 한징 가마 속이었다―글러루 처억 쳐들어갔구려.

들어가설랑, 아 날두 이렇게 몹시 더웁구 이 애두 벌써 며칠째 어디를 가자구 조르구 허니깐 우리 가서 수박두 먹을 겸 물에두

8 주책없이 능청맞고 수선스럽게 변덕을 부리는 일.
9 한쪽으로 치우친 성질.
10 '구누', 짜고 입을 맞춤.

들어갈 겸 안양安養이나 잠깐 갔다가 오자구. 듣자니 사람두 그리 많지두 않구, 조용한 자리두 얼마든지 있다더라구.

머 있는 소리 없는 소리 주워 보태가면서 은근히 추스르지를 안 했다구요. 태호는 태호대루 내가 외어준 말을 강 한다는 게 '안양' 먹으러 '수박' 가자구 앉았구.

첨에는 대답두 안 해요. 그래두 자꾸만 앉아서 조르니깐, 겨우 한닷 소리가 태호 데리구 갔다 오구려, 이리는군! 그리면서 슬며시 돌아눕는데, 글쎄 잠방이만 입구 알몸으루 누웠던 등허리가 땀이 어떻게두 지독으루 났는지 방바닥이 흔그은해요.

오죽해서 내가 걸레를 집어다가 닦았으니 천주학이라구는!

일 글른 줄 알면서두 그리지 말구 같이 갑시다. 당신두 같이 가서 소풍두 허구 그래야 좋지. 우리 둘만 무슨 재미루다가 가겠수. 자, 어서 일어나서 우선 냉수루 저 땀두 좀 씻구 그리라구 비선헌 듯, 애기 달래듯 하니깐,

"재미?"

암 말두 않구 한참 있다가 따잡듯 시빗조야.

"재미라……? 게 임자네 재미보자구 나는 고통을 받아야 하나?"

"그런 억짓소릴랑커언 내지두 마시우!"

나두 그제서는 속에서 부아가 치밀다 못해 쏠밖에.

"원, 놀러가는 게 어쩌니 고통이며, 당신 말대루 고통이 된다고 합시다. 당신 좀 고통받구서, 머 나는 둘째야. 저 어린것 하루 실컷 즐겁게 해주면, 그게 못할 일이우?"

"그것두 천하사를 도모하는 노릇이라면……."

"에구! 그저……."

"……."

"당신 이러다가 아닐 말루 죽거나 하면 어떻거자구 그러시우?"

"헐 수 없겠지. 인간 목숨이 소중하다는 것두 요새는 전설 같아서 까마득허이!"

"듣그리워요! 내가 어디 가서 기두 맥두 없이 죽어버려야 당신이 정신을 좀 채릴려나 보우."

"야몽거지 않는 여편네는 넉넉 만큼값이 있어. 아닌 게 아니라 아씨의 그 다변은 좀 성가셔!"

"그렇다면은 아무래두 나는 죽어야 하겠구려? 당신 성가시지 않게, 또 정신을 버쩍 좀 차리게. 소원이라면 죽어드리리다."

"나를 위해서…… 죽는다?"

"빈말이 아니라 두구 봐요."

"남을 위해서 내가 죽는 것두 개죽음일 경우가 많아. 제일차 세계대전 후에 아메리카 녀석들이 무얼루 오늘날 번영을 횡재했게! 귀곡성鬼哭聲이 이천만의 합창을 하잖나! 억울하다구. 생때같던 장정 이천만 명!"

"아이구 답답이야! 이 답답. 제에발 덕분하느라구 저기 마루나 안방으루라두 좀 나가서 누워요, 제에발."

"그만 입 다물지 못해! 이 하등동물 같으니라고."

소리를 버럭 지르면서 도사리구 일어나 앉어요, 화가 나설랑.

"이 동물아! 내가 이렇게 꼼짝 않구서 처박혀만 있으니깐, 아무 내력 없이 그리는 줄 알아? 나는 이게 싸움이야. 이래 봬두 더위가 나를 볶으니까, 누가 못 견디나 보자구 맞겨누는 싸움이야

싸움!"

내 원, 어처구니가 없어서. 더 옥신각신해야 되려 그이 신경에
만 해롭겠어서 벌떡 일어나 나와버렸지. 속두 상허구 허는 깐으
루는 제가 말대루 태호나 데리구 안양이라두 곧 가겠어. 그렇지
만 어디 그럴 수가 있어야지. 내가 애를 푹신 삭히구 말았지.

그러자 마침 생각하니깐 오늘이 말복이야. 그래, 온 여름 내내
그 생지옥에 처박혀 있으면서 연계 한 마리두 못 얻어 먹구 꼬치
꼬치 야윈 게 애처롭기두 허구. 또 태호두 며칠 설사 끝에 눈이
빠아꼼하구. 에라 남대문 장에 나가서 연계를 두어 마리 사다가
삶어주리라구, 태호를 앞세우구 나섰지.

그이더러는 장에 가서 닭 사 가지구 오마구, 좋은 말루 말을
허구 나가려니깐 되부르더니 내려가는 길에 싸전 가게 주인더러
재갸[11]가 엊그제 시굴서 올라오기는 했는데 일이 여의치 못했다
구 미안한 대루 이달 팔월 그믐꺼정만 더 참아달라구 일르라는
군. 그런 걸 봐두 정신 말짱하잖수?

대놓구 먹던 아랫거리 싸전에 묵은 외상값이 한 이십 원 돼요.
지난봄부터 몇 번 밀어오다가 유월 그믐껜가는 재갸가 돈을 마
련하러 시굴을 내려가니 수히 올라와서 셈을 막어주마구 그랬다
는군. 그래 놓구는 칠월 그믐을 문뜨름히 넹겼는데 그이 하는 짓
을 좀 봐요. 시굴 내려갈 줄루 거짓말을 하구서는 그담부텀은 그
앞으루 지내 다니기가 안됐으니깐, 화동 서 씨네 집을 갈 때면은
곧장 내려와서 가회동으루 넘어가딜 못하구서는 위정 중앙학교

---

11 자기.

뒤루 길을 피해 비잉빙 돌아다니는구려! 애초에 시굴이니 뭣이니 할 게 아니라, 그대루 이럭저럭 한동안 밀어가다가 생기는 날 갚어줄 것이지. 또 그래 놓구서 그 앞을 얼찐 못할 건 무엇이며, 사람이 고렇게 소심하다구는! 그런 걸 보면 천하 졸장부야.

그래 아무려나 시키는 대루 싸전엘 들러서 말을 그대루 일르구는 전차를 타구 남대문 장까지 가서 연계를 세 마리를 털 뜯고 속낸 걸루 사 가지구 그리구 돌아오니깐 한시가 조꼼 못 돼더군. 아마 한 시간 남짓 했나 봐. 그런데 집에를 당도하니깐, 그이가 어디루 가고 없어요. 집은 텅 비워놓구 대문만 지쳐두구서.

그저 짐작에 화동 서 씨네 집에 나갔나 보다구 심상하게 여기구서 별 치의두 안 했지. 늘 동저고리[12] 바람으루 시간 대중없이 주르르 가군 하니깐.

그랬지, 누가 글쎄 동복을 지성으루 꺼내 입구, 그 야단을 떨었을 줄야 꿈엔들 생각했수?

그랬는데, 그래 시방 부랴부랴 닭은 삶는다, 또 그이가 칼국수를 좋아허길래 밀가루를 반죽해가지구 늘여서 썰어서 삶어 건져 놓는다, 양념을 장만한다, 거진 다아 돼가는 판에 마침 들어오기는 때맞추어 잘 들어왔다는 게 쇠통 그 모양을 해가지구 처억 들어서지를 않는다구요?

하마 조꼼 뭣했으면 내가 미칠 뻔했다우. 허겁이 아니라 시댁두 시댁이지만 집에서 만약 어머니가 아시면 기절을 하셨지.

그래 겨우 정신을 채려가지구 그 얼뚱애기를 데려다가 마룻전

---

12 남자 저고리.

에 걸터앉히구서 모자를 벗기구, 저구리를 벗기구, 조끼를 벗기구, 부채질을 하면서 대체 어디를 갔다가 오느냐구 재쳐 물으니깐 종로!

종로를 갔다 온대요, 자그만치 종로를.

나는 기가 막혀서 울다가 웃었구려.

젊은이 망령은 참나무 몽둥이루 고친다는데, 이건 몽둥이질을 하잔 말두 안 나구. 아닌 게 아니라 국수를 늘이느라구 거기 마루에 놓아둔 방망이가 돌려다 보입디다!

"아아니 여보, 말쑥한 여름 양복은 두어두고서 무슨 내력으루 이걸 꺼내 입구, 종로는 또 무엇하러 가셨단 말이오?"

"속 모르는 소리 말아. 이걸 떠억 입구, 이걸 푸욱 눌러 쓰구, 저 이글이글한 불볕에 어때? 온갖 인간들이 더위에 항복하는 백기 대신 최저 한도루다가 엷구 시원한 옷을 입구서 그리구서 허어덕허덕 쩔쩔매고 다니는 종로 한복판에 가 당당하게 겨울옷을 입구서 처억 버티구 섰는 맛이라니! 그게 어떻게 통쾌했는데!"

연설조루 팔을 내저으면서 마구 기염을 토하겠지.

"남들이 보구 웃잖습디까?"

"그까짓 속충俗蟲들이 뭘 알아서? 어허허, 그 친구 토옹쾌허다! 이 소리 한 번 치는 놈 없구, 모두 피쓱피쓱 웃기 아니면 넋 나간 놈처럼 멍허니 입을 벌리구는 치어다보구 섰지."

보니깐 그 두꺼운 양복 밖으루 땀이 뱄겠지. 얼마나 더워서!

"그리구 참, 내 올라오면서 싸전 가게 앞으루 지내와 봤는데……."

"무어랍디까?"

"그저, 안녕히 다녀오셨느냐구. 그런데 말이야, 그 앞을 지내 오면서 가만히 생각하니까 썩 유쾌하겠지."

사뭇 우쭐거리는데 얼굴을 보니깐 그새처럼 침울하기는 침울 해두 말소리는 애기같이 명랑하겠지!

제가 말대루 통쾌하구 유쾌하구 한 덕분인지 모르겠어두 닭국 에다가 국수를 말어주니깐 큰 바리루 하나를 다 먹구 또 주발루 반이나 먹더군.

그러니 말이우, 그게 요행 병을 돌려서 그리는 거라면 오죽 기쁠 일이우. 그렇지만 불행히 병이 도져가는 징조라면 그 일을 장차 어떡헌단 말이우?

혈통? 없어요. 시방 당대구 선대구 그런 일은 없어요. 아니야, 내가 글쎄, 그이허구 결혼한 지가 칠 년인데. 그이 학부 마칠 동안 삼 년허구 취직한 뒤에 살림 시작하기 전 이 년허구, 오 년이나 시댁에서 지냈는걸. 아무런들 그이 집안에 정신병 혈통이 있는지 없는지 몰랐겠수?

옳아, 언니 시방 하는 말이 맞았어. 나두 실상 그렇게 짐작은 했다우. 그러니 말이지. 사내 대장부가 어찌 그대지 못났수? 이건 과천果川서 뺨 맞구 서울 와서 눈 흘기기 아니우? 제엔장맞을, 차라리 뛰쳐 나서서 냅다 한바탕…… 응? 그럴 것이지, 그렇잖수?

그러구저러구 간에 시방 나루서는 병 시초나 또 뿌렁구나 그게 문제가 아니야. 다만 그이가 정말루 못쓰게 신경 고장이 생겼느냐, 요행 일시적이냐. 만약에 중한 고장이라면은 어떻게 해야만 그걸 낫우어주겠느냐 이것뿐이지. 그 밖에는 아무것두 내가 참견할 게 아니야. 날더러 그이를 이해를 못한다구 딴전을 보구 있네! 그게 어디 이해를 못하는 거유?

마침맞게 아저씨가 들어오시는군.

내친걸음이니 아무러나 같이 앉아서 상의를 좀 해보구…….

— 〈조광〉, 1938. 10.

패배자敗北者의 무덤

오라비 경호는 어느새 고개를 넘어가고 보이지 않는다.

경순은 바람이 치밀세라 뭉뚱거린 어린것을 벅차게 앞으로 안고 허덕지덕, 느슨해진 소복치마 뒷자락을 치렁거리면서 고개 마루턱까지 겨우 올라선다.

산이라기보다도 나지막한 구릉丘陵이요, 경사가 완만하여 별로 험한 길이랄 것도 없다. 그런 것을 이다지 힘이 드는고 하면, 산후라야 벌써 일곱 달인 걸 여태 몸이 소성되지 않았을 리는 없고 혹시 남편의 그 참변을 만났을 때 그때에 원기가 축가고 만 것이나 아닌가 싶기도 하다.

사람이 죽는다는 것도 아무리 애석한 소죽음일값에 가령 병이 들어 한동안 신고를 하든지 했다면야 주위의 사람도 최악의 경우를 신경의 단련이라고 할까, 여유라고 할까, 아무튼 일시에 큰

격동을 받지 않고 종용[1] 자약하게[2] 임할 수가 있는 것이지만 이는 전연 상상도 못할 불의지변이어서, 무심코 앉았다가 별안간 당한 일이고 보니 사망 그것에 대한 애통은 다음에 할 말이요, 먼점 심장이 받은 심리적 타격이 대단했던 것이다.

쇠뿔을 바로잡다가 본즉 소가(죽은 게 아니라) 말승냥이가 되더라는 둥, 불합리와 간접 교사를 하고 있을 수가 없다는 둥, 언뜻 암호문자暗號文字처럼 생긴 이유를 찾아가지고 남편 종택이 제법 그때는 녹록치 않은 소장 논객으로서 어떤 잡지의 전임 필자이던 직책을 내던진 후 집 안에 칩거한 것이 작년 이직 초승⋯⋯ 잡지사를 그만둔 이유는 그러한 것이었으나 그를 단행한 직접 동기는 부친에게서 온 한 장의 서신이었다.

아침에 마악 잡지사에 출근을 하려는 참인데 편지가 배달이 되었다. 이맛살을 잔뜩 찡그리고 읽어 내려가던 종택은 귀인성 있는 늙은이들 죽지도 않는다고 불측한 소리를 두런거리면서 방바닥에다 편지를 내동댕이치더니, 그대로 주저앉아 그 손으로 잡지사에 사직원을 썼던 것이다.

잡지사의 사직이야 시일 문제인들 경순도 알던 터이지만 시아버지의 편지와 무슨 관련이 있을 줄은 뜻밖이라 궁금한 대로 편지를 걷어 가지고 읽어보니 강 진사의 예의 한문에 토를 달아가면서(아들이 순한문을 잘 몰라본대서 언제고 그 투다) 한 발이 넘게 달필의 붓글씨로 휘갈긴 사연이 우습기도 하고 솔직하기도 하나, 결국 함축 있는 반박이었다.

---

1 성격이나 태도가 차분하고 침착함.
2 큰일을 당하여도 놀라지 않고 침착하게.

―너는 그것이 심히 불가한 양으로 이 아비를 책망하였음이나 진실로 그렇지 않을 연유가 있는 배로다. 하고 뇨하면, 천하의 목탁이라 칭시하는 일보日報야며 너도 간여를 하고 있는 잡지야며를 상고할진댄 신문지사新聞之士와 잡지지사雜誌之士 그를 극구 칭양하여 솔신 고무하니 의義임을 가히 알지로다. 우황 거세擧世 그를 따름이리요. 유차관지컨대 유의지사有意之士와 유산지민有産之民이 모름지기 숭상할 대도大道인지라, 내 빈재貧財를 나누어 혼연히 행한 바이로다―.

말없이 싸서 주는 사직원을 받아가지고 나가서, 속달 등기로 부치도록 사환 계집아이를 분별시킨 후에 건넌방으로 도로 들어와 보니, 남편은 외투까지 입은 채 출입하려던 차림 그대로 방 한 가운데 가서 버얼떡 드러누워 눈을 감고 침음[3]에 잠겨 있었다.

"예는 찬데!"

경순은 남편의 머리 옆으로 조용히 앉으면서 손바닥으로 방바닥을 짚어보면서 그의 얼굴을 가만히 들여다본다. 진작부터도 남편이 침울하게 지내왔고, 하다가 오늘은 또 그러한 서신이야, 사직원이야 해서 가뜩이나 저렇게 마음이 편안치 않아 하고 하는 것을 경순은 잘 이해할 줄도 알고 그러므로 근심도 되고 하여 자연 얼굴에 흐린 그늘이 지지 않는 것은 아니나 그러나 그것이 곤곤히 드러만나는 애정과 명랑한 빛을 통째로 지우지는 못한다.

종택은 천천히 눈을 뜨고 아내를 올려다본다. 근심은 그대로

3 속으로 깊이 생각함.

가득한 얼굴이나 금세 아내의 등이라도 다독다독해줄 그러한 눈이다.

결혼을 하여 겨우 일 년 남짓하니 연애적 기분도 미처 가시지 않았을 무렵이기야 하지만, 시방 종택 자신이 정신생활의 중대한 난면을 만났고, 경순은 그의 고민을 제 살로써 충분히 느끼고 하는 절박한 시기에 처하여서도 그들의 도타운 애정은 결코 전면에 나타나기를 주저하지 않는다.

"옷 갈아입구 절러루 누우세예지, 여기는 차아!"

"응!"

종택은 머리를 고였던 한편 팔을 뽑아다가 이마를 뒤로 씻으면서 입을 꾸욱 다물고 응! 한다. 길쭉한 아래턱이 쑤욱 더 나오고 넓다란 이마가 씻는 대로 더 넓어진다.

"그리구우 인전 아침 불 때예지요? 낮에두 집에 기실 테니깐…… 네?"

"응? 응."

"그리구, 자요오! 옷 갈아입구……."

"응."

"아이 참! 애긴가 뭐, 응, 응만 허구."

"으응, 내가 그랬나!"

종택은 푸시시 일어나 앉은 채로 외투며 양복을 벗고, 아무렇게나 바지와 저고리를 뀌고 걸치고 한다.

경순은 벗어 내놓은 것을 걷어다가 양복장을 열고 차례로 걸면서 밖으로 대고 안잠이⁴를 불러 이 방에 군불을 지피라고 이른다.

종택은 내키잖은 손으로 담배 하나를 피워 물더니 아랫목 보료 위에 가서 잔뜩 쪼그리고 앉는다.

마지막 양복장 문을 닫으려고 할 때다. 무엇을 까막까막 생각하느라고 건성으로 손을 놀리던 경순은 별안간 웃음을 하나 가득 달뜬 음성으로,

"아이! 차음!"

하면서 급하게 들어서다가, 그러다 남편이 하고 앉았는 양을 보고는 그만,

"……오온! 쫓겨 가시나……. 치워요?"

종택은 버럭 웃으면서, 제 자세를 내려다보더니 혼자서 또 고소를 한다.

"방바닥두 뜨듯한데……. 그래두 안방으루 건너가시든지……."

종택은 고개를 흔들고 경순은 보료 밑을 짚어보다가 그대로 주저앉는다.

"……저어, 전에─전에에, 우리 결혼하기 전두 말구, 또 그전……."

"응."

"그때, 양행허구 싶다구 그리셨지요? 불란서 같은 데루……."

"부울란서? 글쎄……."

"아따 저 거시기 누구냐, 뿔룸? 응 뿔룸 내각이 생기구 그럴 땐데, 그날 일요일날 내가 하숙으로 찾아가니깐 사진서껀 나구헌 신문을 읽으시다가 한 번 휘익 다녀왔으믄 좋겠다구, 인제 결혼허구 나서 둘이서 같이 갈 거라구……."

4 남의 집에서 자며 일하는 사람.

"글쎄…… 혹시 그랬을지도 모르지……. 그런데 그런 옛말은 별안간 왜? 가구 싶수?"

"아아니. 그리구 나는 가구 싶어두……."

경순은 제 아랫배를 내려다보다가 바룩 웃는다.

배가 아직 겉으로 드러나게 보이든 않아도, 삼 개월이라고 며칠 전에 산과 의사의 확진까지 났던 것이다.

종택은 아내를 마주 보고 웃던 눈을 재처 가슴 아래로 흘리다가 이윽고 다시 젖가슴께서 잠깐 멈추더니 도로 아내의 눈을 찾는다.

인간은 오랜 옛적 동물로서 많이 취각臭覺으로 살던 본능이 아직도 혈관 속에 처져 있어서 그러한지는 몰라도 임신 삼 개월 마침 그때가 아나이 사랑스러 보인다고 한다. 그리고 아낙 역시 그때가 남편에게 느끼는 사랑이 가장 고조에 오른다고.

"아이, 숭업게 왜 자꾸만 보셔!"

경순은 수삽하여5 부질없이 치맛자락으로 배를 싼다.

종택은 그새 벌써 다른 생각에 눈을 까막까막 주의가 아내에게서 딴 데로 번진다.

경순은 먼점에 하다가 만 이야기가 다시 생각이 나서,

"시방 글쎄여…… 양복을 걸믄서 양보옥 양복자앙 하다가 괜히 양행이란 말이 생각이 나겠지요. 그리군 전에 그 이야기두 생각이 나구……. 어떠세요? 마침 이렇게 수서언허기두 허구, 그러니깐 바람두 쐬실 겸 이번에……."

---

5 어찌해야 좋을지 모를 정도로 수줍고 부끄러워.

"글쎄……."

"휘얼휠, 좀…… 뭐 해필 불란서로만 가신다는 게 아니라, 천천히 구라파루 아메리카루 일주를 하셔두 좋구."

"쯧! 좋겠지."

"인전 아무래도 한동안 시굴루 내려가서 지내는 게 좋잖아요? 괜히 분잡허구, 또오…….”

"글쎄……."

"그러니깐 이왕 서울 살림은 헤치구 일어서는 길에 아주."

"간다구 허더래두 여권두 문제라!"

"좀 다잡아서 운동을 해보지? 널리 대구……. 되다가 못 되래두."

"글쎄……."

"여비는 아버님 안 주시거들랑, 뭐 그래 주실 여유도 없으시대지만 이 집 이거 팔구 아무래두 시굴루 내려가자믄 팔아야 할 테니깐……. 한 오천 원은 받지요?"

"받겠지."

"그리고 모자라는 건 내 논 따루 몫 지어주신 거 아버지더러 돈으로 주시라구 허지. 그렇지만 아버지가 그건 안 들으실 거구. 오빠더러 이야기를 해예지, 뭐. 오빠는 우리 일이라믄 돈이나 한 몇천 원은 얼른 해주실 건데……. 그러니깐 여비두 걱정 없잖아요?"

"글쎄……."

"그리구 나는 그동안 시굴서 집에 가서 있든지, 모처럼 시집살이라두 좀 허든지, 또오 오면 가면 허든지 그리구우, 네? 나느은……."

경순은 그다음이 아주 재미있는 대목인데 남편을 보니 제가 이야기하고 있는 것을 보고 앉았기는 앉았으면서 실상은 딴생각으로 주의가 산만하고 그리고 그래서 여태까지 말대꾸하던 것도 건성이었고 한 것을 비로소 알고는 그만 헤먹어서,[6] 응석하듯 그의 무릎을 잡아 흔든다. 재미나는 대목이란 건 인제 한 이태고 후에 당신이 고베나 요코하마에서 배에서 내리는 날 나는 이쁘디 이쁜 애기를 안고 부두에서 서서 마중을 하구요, 이 말을 하겠던 것이다.

그러나 종택은 아내가 개두를 한 그 이야기를 결코 잊어버린 것이 아니다. 오히려 여자답게 재치 있게 궁리를 해낸 양행이라는 그것이 일변 마음에 당겨 두루 생각을 하고 있었다.

그는 언뜻 양행이면 소극적이기는 할값에, 지금의 이 거추장스런 자기분열에 대한 준열한 자책이 어느 만큼 완화될 수가 있을 성불렀다.

후일의 에너지를 삼을 겸, 견문도 넓히고 미흡한 학문도 닦고 하면서 한 이태고 삼 년이고 외국에서 지내다가 서서히 돌아와서 차차 다시…….

이렇게 생각을 했을 때는 당장 오늘이라도 뛰쳐나가서 여권도 주선을 해보고, 여비도 마련을 하고 부리나케 서둘러 하루바삐 떠나고 싶기도 했다.

그러나 그것은 처음의 한순간이요, 마침내 속은 후련하게끔

6 일이나 행동이 기대나 상황과 맞지 않아 어색하여.

그리고 경도가 되어버리질 않고서 차차로 짜뿌둥하니 싫었다.

작금의 종택은 강풍을 만나 파선을 하고 난 뱃사람과 흡사하다 하겠다.

본시 바람이란 것은 제 풀로 두어두면 부질없이 파괴나 일삼는 해로운 물건이다. 그러나 사람은 파괴나 하고 마는 자의 힘을 갖다가 역으로 인도하며 나에게 순응하도록 이용을 하는 총명함을 타고 났다. 돛[帆]을 만들어 바람을 받아서 물 위로 배를 달리고 풍차를 세워 물레를 돌려서 동력을 얻고 하는 것이다.

바람은 그런데 사시 봄바람이나 산들바람만 부는 것은 아니다. 그는 제 성격과 제 이유로 해서 가다가는 성난 폭풍일 수도 있다. 그러므로 그러한 강풍을 어거하자면,[7] 보다 더 실한 돛과 정정한 풍차가 있어야 할 것이다.

종택은 일찍이 바람 거칠지 않을 절기에 조그마한 돛을 만들어 달고 바다로 나왔다. 했다가 그는 힘에 부치는 강풍을 만났다.

돛은 여지없이 찢어졌다. 그리고 배는 낯선 섬에 표착이 되었다. 종택은 지금에, 참혹한 파선의 형태를 바라보면서 해안을 두루 배회하고 있었다.

다시금 든든한 돛을 만들어 달고 강풍이 불어치는 바다로 달릴 의욕은 불타오르나 그에게는 그러한 돛을 만들 힘─체력이 없었다. 천지에 바다와 맞붙어 단판씨름을 않고는 살 수가 없는 판박이 뱃사람이 아니라 거기 어디 되는 대로 주저앉아도 넉넉한 팔자, 이것이 그의 타고난 불리한 약점이었던 것이다.

---

7 바른길로 나가게 하자면.

그리하여 마음은 한갓 풍랑 거친 바다로 쏠리는 것이나, 몸뚱이는 생리적 고통을 지레 겁을 내어 의욕을 뒤받쳐주지 않고는 가재걸음을 치고 해서, 어찌하자는 말도 나오지 않던 차인데 공교로이 양행이라는 아내의 훈수다.

얼씨구나 좋다고 몸뚱이는 들이 프랑스로, 아메리카로, 발칸으로, 지중해로, 모스크바로, 로마로 세계지도를 제멋대로 뛰어다니고 있다. 겁이 담뿍 났는데 마차운 샛길이 나오니까 냉큼 그리루 도망을 빼는 꼴새다. 온갖 조조曹操는 그자인 것이다.

이렇듯 한낱 도비[8]에 지나지 않는 것이고 보니, 처음에 양행이란 말이 나자 언뜻 자기분열의 가책을 면하려니 싶었던 것은 결국 착각에 불과했던 것이다.

결단코 견문이 좁거나 학문이 미흡해서 오늘 당장에 할 노릇을 못하는 일일 세 말이지, 오히려 지금 정도로도 족할 지경이다.

그러니 가사 양행을 한다고 했자 산을 뽑아 짊어지고 올 바 아니며, 요술 둔갑을 익혀가지고 올 바 아니며, 무기력한 인간이기는 오나가나 일반이 아닐 것이냐.

그러나마 시방 역사는 백 년의 경륜을 하고 있지는 않느냐. 그는 바야흐로 세계로 하여금 어떤 사실에 뿌리를 박고서 독자한 시대적 성격을 창조시키고 있는 중이니, 그의 연령을 세기世紀로서 따져야 할 것이 아니냐.

그 사실이 불합리하고, 그 성격이 나의 생리生理에 맞지 않는 것은 딴이야기다. 이번에는 갈릴레오가 도리어 그레고리 십삼 세

8 보람 없이 헛되이 씀.

의 초사를 받다가,

　"……그래도 지구는 돌지 않는다!"

는 폭담을 들어야 할 차례인 데야…….

　그러니 양행이나 하여 견문이며 학문쯤 조그만치 더 얻어가지고, 한 이삼 년 만에 돌아온댔자 백 년을 가고도 남을 풍랑인걸, 종시 무위무능無爲無能하기는 일반일 게 아니냐.

　결국 그러므로 거추장스런 자기분열은 오늘 여기서도 짊어지고 있어야 하고, 내일 양행(―을 한다면) 거기서도 짊어지고 다녀야 하고, 그리고 모레 돌아와서도 짊어지고 살아야 할 것이 아니냐.

　종택은 한숨을 몰아 내쉬다가 어느새 세계지도를 펴놓고 앉아서 손가락으로 세계일주를 하고 있는 아내의 프로필을 삭막한 얼굴로 건너다본다.

　그 뒤로도 부부는 저무나 새나 앉아서 하는 이야기란 양행과 거기에 대한 여러 가지 두서 없는 한담이었다. 그러나 일이 첫째 종택 제 자신이 와락 서둘지 않는 탓도 있기는 하지만 막상 눈썹이 당장 타들어오도록 시각이 급한 무엇도 없고 하여 자연 청처짐한 채 어떤 진척이나 곱해진 결정은 된 것이 없었다.

　그러구러 두 주일쯤 지나서 예기하지 못했던―그러나 당하고 보니 당연한―일이 한 가지 뒤집혀지고 말았다. 종택이 마호메트의 초청을 받아 아라비아 땅에를 갔던 것이다.

　아침에 떠났던 남편을 근신으로 기다리던 중 오정만하여 무사히 돌아오는 것을 맞는 경순의 안심은 그러나 단지 그 순간의 것이요, 역시 짐작한 대로 일은 크고 절박했었다.

마호메트는 매우 친절하게,《코란》과 또 한 가지 다른 명물을 내보이면서 어느 것이 마음에 드느냐고 종택더러 물었다.

종택은 둘 다 일없으니 좋은 낙타나 한 마리 주었으면 그놈을 타고 끄으덱끄으덱 세상 구경이나 다니겠노라고 대답을 했다.

마호메트는 무얼 그다지 겸사를 하느냐고 정으로 주는 것이니 물리치지 말고 제발 둘 중에 한 가지를 골라 가져달라고 간곡히 권을 했다.

종택은 그래도 사양을 하니까 마호메트는 필경 울면서 세 번째 졸랐다.

종택은 그러면 며칠 말미를 주면 집에 돌아가서 자알 생각해 본 뒤에 작정을 하겠노라고 수유[9]를 타가지고 돌아왔던 것이다.

무서운 진통의 사흘이 저물어올 때, 오후에는 어떤 낯모를 신사의 방문을 받았다. 그리고 그날 밤 늦어서, 불시로 출입을 한 종택은 영영 돌아오지 않고 말았다.

그러나 그 밤의 정밤중에 그가 아현阿峴 터널 앞에서, 막 진해 나오는 제이호 급행열차를 정면으로—진기한 자살이래서 당시 신문에 게재된 그 기관차 운전수의 말이라는 것에 의하면 하릴 없이 성난 짐승처럼—제 몸뚱이를 기관차에 갖다가 똑바로 들이받아 산산 박살을 만들어버렸을 줄이야. 경순이 집에서 밤새도록 기다리기나 했을 따름이지 꿈엔들 생각을 했을까 보냐.

진실로 경순은 밝은 날 아침, 첫 편으로 배달된 봉함엽서의 유서가 아니었으면 그리고 병원에서 경찰서의 사람이 보여주는 양

9 말미를 받음.

복저고리며 외투며의 조각에 남은 성명이 아니었으면 그 면상이 형적도 없이 으깨어진 머리와 팔 하나만 붙은 동체胴體와 떨어져 나간 팔과 두어 번이나 동강난 다리와 이런 것들을 가까스로 집어다가 그럴 듯이 맞추어만 놓은 피투성의 끔찍스런 육괴, 그를 겨우 열두어 시간 전에 자기 발로 저영 정히 집을 나가던 나의 중난한[10] 남편이라고는 믿지 않았을 것이다.

—무위와 무능에서 다시 나아가 나의 육체는 나를 망신되게 하는 것으로밖에는 쓰일 곳이 없는 게 되고 말았다. 프로메테우스의 후손은 불초하여 약행弱行할지언정 불을 도로 빼앗지 않기 위하여서는 육체를 처분할 장단조차 없지는 않다. 그대에게 미안하다. 그러나 그대의 총명이 결코 그대의 전정을 어리석게 인도하지 않을 것만은 자못 안심이다. 새로이 탄생되는 생명은 그대의 의사에 있는 것이지 나의 간섭할 바가 아니다. 다만 참고로 그 생명에서 새로운 진리를 하나 창조할 적극적 의욕이라면 모르거니와 맹목적인 모성애로 쓰잘 데 없는 육괴나 보육하느라고는 청춘의 재건을 묵살할 필요가 없으리라는 말은 해두고 싶다. 이 지편紙片은 욕과 조소를 하겠거든 하라고 경호 군에게만 한 번 보여줌이 좋겠다.

유서의 내용은 대강 이러했다.
태동胎動도 유산도 안 된 것이 도리어 이상할 만큼 경순의 심

10 매우 소중한.

장에 울린 격동은 대단했고, 그러나 시계의 바늘까지 설 리는 없어서, 시집이야 친가의 가족들이 울고불고 쫓아 올라오고 그 알뜰한 시체를(화장이라니 될 법이나 한 말이냐고) 떠싣고 고향으로 내려가서 한동네인지라 시집과 친정을 오면 가면 하는 동안에, 배가 불러오는 속도의 비례로 뱃속의 생명도 자랐고, 팔월 달에는 여승 종택의 모형模型 같은 조그만 놈이 세상을 나왔고, 이제는 그럭저럭 일 년…… 심신은 술렁거렸던 파동으로부터 다 같이 가라앉았다. 하지만 그러나 격심했던 타격이 타격인만치 그로 인하여 몸이 축갔으려니 하는 것도 노상히 엄살은 아닌 것이다.

고개 마루턱에서 경순은 잠깐 숨을 돌리는 성하다가 이어 다시 길을 내려간다.

몇 걸음 더 안 가서 고팽이[11]를 돌아나서자 안개가 타악 트이고서—아래 움푹한 분지의 한복판으로 얼른 남편의 무덤이 내려다보인다. 공동묘지와 달라 가족묘지요 해서, 마침 그 근처로는 다른 무덤도 없고, 또 묘비가 섰고 하여 호젓은 해도 눈에 잘 뜨인다. 묘비는 장사 때에는 아직 없었어도 그 뒤에 해 세운 줄은 알아 낯에 설지 않다.

애통은, 망극하던 초참과 달라 시방은 하나의 생리生理와도 같이 살 속으로 훨씬 침착된 때라 새삼스럽기보다 차라리 장사를 지낸 지 일 년 만에야 비로소 찾아오는 남편의 무덤은 반가움이 앞을 선다.

반가움이란 참으로 뜻밖이었다. 경순은 무덤을 보던 눈을 내

11 굽은 길의 모퉁이.

려 걸음을 주춤주춤, 포대기를 헤치고 들여다본다. 세상에 나와서 오늘이야 저의 부친이라는 사람과 겨우 무덤하고나마 상면을 하는 것이다. 어린것은 무얼 가만 좀 있으라는 듯이 잠이 한참 고부라졌다.

경순은 가만히 웃고 포대기를 도로 여며준다. 그러나 만일 그 언젠가 남편과 마주 앉아 인제 양행을 하고 돌아오는 날 고베나 요코하마 부두에서 이쁘디이쁜 애기를 안고 마중을 하마고 하려다가만 그때의 일이 생각이 났다면, 오늘 이 자리가 노상히 그렇게 심성이 편안하지는 못했을 것이다.

또 그도 그러하려니와 경순이가 남편을 여의고 나서 이 일 년 동안에 지금 보는 바와 같은 무던한 성장成長이 없었다고 하면, 저기 반갑게 누워 있는 남편의 무덤을 망지소조[12] 울고 부르짖고 하기에 좀처럼 낭자함을 가누지 못했을 것이다.

종택이 그러한 거조를 내기 전 그 당시…… 경순은 아직 그저 가여운 아가씨였을값에, 자리 잡힌 부인이랄 수는 없었다.

몸가지는 태와 기분이 많이 여학생 그대로요, 그래서 결혼은 했다지만 가정이라고 하느니보다 연애에 더 가까웠다. 남편에게 대한 애정의 형용이 그러하고, 쓰는 버캐뷸러리가 그러하고, 말의 억양까지도 그러했다.

일변, 고이 자라 학창으로부터 이내 가정으로 옮아앉았을 뿐이라, 생활 의식이라는 것도 단지 남편을 사랑하면서 그의 사랑에 고스란히 파묻히는 것, 그것 하나가 주장이요, 그것이 절대絶對

---

12 어찌할 바를 모르고 갈팡질팡함.

요 했었다.

이렇게, 말하자면 인생으로써는 미완성인 채(미완성이 완성이 되려면) 그가 일 년이 될락 말락 하여, 나이래야 또 과부라는 이름조차 잔인한 스물두셋에 더럭 삼십도 넘은 중년 여인만치나 노성을 했고, 한 것은 자못 흥미 있는 일이 아닐 수 없었다.

남편의 변상을 치르고 나서 적이 마음이 가라앉기 시작할 무렵이었다. 경순이 처음으로 주의가 가기는 제 자신의 한 경이로운 변천이었다.

"내 자신의 나, 어디로 대고 보나 단지 나라는 사람. 나……."

일찍이 생각도 못했던 제 자신의 새로워진 발견이었다.

하기야 그것이 큰 손실과 슬픔의 대상인가 하면 허망하고 서글픈 노릇이긴 하지만 사실 그것만을 따로 떼어놓고 보느라면 일변 신통하기 다시없어 미소라도 떠오를 것 같았다.

"내 자신의 나…… 새로운 내 자신……."

볼수록, 그다음에는 가만히 자랑스럽기도 했다. 그러나 뒤미처 그는 어떤 긴장을 느끼고 다시금 정신이 들었다. 그 새로운 내 자신의 나는 결코 장롱 속에 건사해둘 노리개나 앨범에 붙여두고 시시로 떠들어볼 사진이나처럼 순리純理의 인식의 대상에만 언제까지고 멈춰 있을 것이 아님을 그는 깨달았던 것이다.

내 자신의 나인만큼 그러므로 이제부터서는 하나의 엄연한 실제 문제로 나를 '생활'해야 한다.

생활해야 하고, 그러나 되는 대로 아무렇게나 하는 것이 아니라 잘해야 한다. 잘 생활해야 망정이지 어리석은 짓이나 하고, 추태나 부리고, 부질없는 고통이나 사서 하고 해서는(다른 아무 데의 나도 아닌) 내 자신의 나를 욕되게 하고, 내가 불행하게 하고 마는 것이다. 결단코 잘해야 한다.

그때에 경순은 새 정신이 번쩍 들었다. 그러면서 그 '잘'이란 소리를 몇 번이고 입으로 뇌었다.

물론 막연한 말이었다. 그러나 아직은 실제 생활의 많은 체험이 없는 그녀로서는 어떠한 기준을 세울 토대가 없는 만큼 제 자신의 총명이랄까, 영리함이랄까, 아무튼지 그러한 것을 믿고 장차 일에 임하면, 잘하려니 하는 수밖에 없었던 것이다.

남이 보기에는 지나친 전도부인적傳道婦人的인 조심이면서, 그러나 그러면서도 일변 위태로워 보일 무엇이 없지 않으나 경순 자신은 그걸로 우선 안심이 되었다. 따라서 갈피 없이 헤뜨러지던 여러 가지 상념이며 센티멘털로 차차로 가라앉을 것은 가라앉고, 스러질 것은 스러지고 하여 심신心神은 비로소 한결되게 자리가 잡히기 시작했다.

침착과 노성은 일찍이 이때로부터 가다오다 남의 눈에도 띄었거니와 경순 자신도 어디라 없이 제 마음이며 몸가짐의 태도가 무긋무긋함을 느꼈다.

그러구러 예측된 대로 제 시기에 해산을 하고 별탈이 없이 몇 이레가 지나고 다시 두석 달, 반년, 이렇게 언뜻언뜻 지나가는 동안 경순은 온갖 정성과 생활이 고스란히 어린것에게로 쏠리고 말았다. 그것은 이제 내 자식이거니, 항차 외로운 홀어머니의 소중한 자식이거니, 하는 타산으로 하여 위정 그리하고 싶어서 하는 것도 아니요, 옆에서 누가 그걸 시킬 며리도 없던 것이요, 단지 샘솟듯 끝없이 절로 솟는 애정으로부터 우러나는 노릇이었다.

이 주관을 한 번 객관했을 때 경순은 다시 새로운 만족과 안심을 얻었다.

그녀는 일찍이 잘 생활하리라 했었다. 그런데 본즉 저는 잘 이상으로 잘 생활하고 있던 것이다.

무엇 한 가지고 아무리 사소한 일이라도 소중치 않는 것이 없었다. 가령 요놈이 재주가 한 가지 또 늘어가지고 혼자 뉘어놀라치면 빠드웃하고 몸을 뒤친다. 들여다보면 깔린 팔을 뽑으려고 노력을 하는 게 아주 대단하다. 조금만 그대로 두었다가 지쳐서 고개에 힘이 없을 무렵에 팔을 뽑아준다. 편안하다고 한숨까지 내쉰다.

세상의 어떠한 잘하는 생활을 갖다가 놓아도 경순에게는 갓난이의 팔 하나 뽑아 놓아주는 이 생활을 감히 따를 자가 없는 것이 있었다.

경순의 생활의 기준과 코스는 그리하여 스스로 결정이 되었고, 제 풀로 벌써 잘 진행을 하고 있었다.

그 밖에 다른 생활은 하나의 예외도 없이 이 기준의 코스를 따라야 하고, 따르는 자라야만 경순에게는 용납이 될 터이었다.

하기야 다른 생활이라고 해도 실상은 지극히 단순하여 무슨 이렇다고 할 말썽거리도 아직 같아서는 생길 게 없다.

다만 한 가지, 동강이 난 채로 남아 있는 한 토막의 청춘의 처리 문제가 중대하다면 매우 중대하달 수도 있고, 난관이라면 성가신 난관이랄 수도 있고, 하기는 하나, 내부적으로는(어느새 말라비틀어져 가는 줄은 모르고서) 수면 상태에 있고, 외부적으로는 누가 도끼를 둘러메고서 열 번 찍자고 달려드는 일도 없고, 겸하여 이런 시골이니 좀처럼(가령 기다려본댔자) 그러한 맹랑한 한량이 있을 며리도 없고 해서 시방 짐작키에는 별반 위험이 있을 것 같지도 않다.

그렇거니 하면 문득 섭섭하여 제 자신이 반감스럽고 연달아 남편의 유서의…… 맹목적인 모성애로 쓰잘 데 없이…… 운운한 구절이 솔깃하면서 어떤 모험심이 비밀히 손을 까불기도 한다.

경순은 그러나 이러한 때에도 스스로 야속할 만치 결코 당황할 필요가 없다. 그녀는 시방 거기 마당에서 노느라고 빼착빼착 우물 두던[13] 가까이로 가고 있는 애기가 절대로 우물에 빠지도록은 안 될 것을 잘 아는 어머니와 같아, 그리고 만약이라도 위험해 보일 경우에는 미리서 얼른 안아 올 여유와 자신을 두고 앉아 안심하는 것과 같아, 조금도 덤비거나 불안해할 거리가 되지 않던 것이다.

시어머니는 본시 편성이요, 또 여자의 좁은 소견이라 하겠지만 언뜻 장자의 유유한 풍토가 있어 보이는 시아버지 강 진사까지도(물론 드러내놓고 내색을 하는 것은 아니나 눈치가) 저 새파랗게 젊은것이 신식 바람도 쏘이고 한 터에 저대로 수절을 할 이치가 없을 것, 상필 팔자를 고쳐갈 테니 아무리 개명이요, 말세이기론 양반의 가문에 욕됨이 클지요, 항차 내 집안을 이을 저 어린것이 남의 의붓자식이 되어 간대서야 당치 않은 일, 그렇잔 즉 아비 없는 자식이 어미마저 놓쳐야 한단 말이냐, 해서 매우 울적하고 불안스런 모양이었다.

13 언덕, 두둑.

경순은 불쾌하기보다도, 그 근천스런 초조가 어쩌면 걸인이 연상되어 무심코 미소를 하곤 한다.

친정 부모는 친정 부모대로 저 어린것이 말이라도 민망하지 수절 과부로 평생을 늙히다니 차마 애처로워 볼까 보냐고, 신식 공부도 넉넉히 했고 한 터에 자식은 젖이나 떨어지거들랑 제 조부모한테 내주고선 진작 팔자를 고쳤으면 작하나 좋겠느냐고 은근히 상심을 하면서 한숨을 곧잘 쉰다.

경순은 다친 게 살은 내 살이라도 나는 짜장 아픈 줄을 모르는데 옆에서들 엄살엄살하는 것이 육친의 살뜰한 정인 줄이야 이해를 못하는 바 아니지만 하마 코웃음이 나곤 한다.

바로 며칠 전, 오라비 경호도 앉았고 한 자리에서다.

경순은 한담을 하던 끝에 짐짓 친정 모친더러 대체 그 과부라는 것이 어쩌니 그렇게 여자한테 찔끔이요, 상서롭지 못한 것이냐고, 또 과부면 과부지 제마다 남편이 아쉬워서 미치라는 법은 어디 있다더냐고 웃음말 섞어 공박을 주었다.

모친은 그러나 대꾸을 않고 웃기만 하고 있는데 경호가,

"그런 게 아니라 어머니는 시방두 과부가 시집을 가면 못쓰는 걸루 아신단다. 그러면서두 딸, 너는 시집을 갔으면 허구 바래신단다. 우리 어머니 휴머니즘이야."

하고 꺼얼걸 웃었다.

경순도 같이 웃다가,

"가만히 기시오. 어머니, 내 시집 열 번 더 간 것보다 더 보람이 있게끔, 요놈 요 조그만 놈을(어린것을 추스르고 어르고 해싸면서) 요놈을 어쨌든지 저기 저 햇덩어리만한 대장부를 만들어

놓을 테니, 할머닐라컨 오래 사시다가 재미나 보시오. 보쌈이나
못 들어오게들 하시오."

하면서 제 결심을 내비쳐보았다.

"너, 그 말 잘했다! 헴 헴……."

경호가 또다시 그 말을 받아 무릎을 탁 치면서 내닫다가 그게
몸짓이 너무 과했는지 기침을 한바탕 출렁거린 뒤에,

"……내, 너한테 헴 헴, 첩지를 한 장 내리마. 헴 헴……."

하고 연신 밭은기침을 하던 것이다.

모친은 정렬부인 가자란 소린 줄 알고서 말미암아 좋아서 혼
자 웃고, 경순은 모르는 어휘라 뚜렛뚜렛,

"무슨, 지요?"

"첩지……. 아버지두 참봉 첩지를 받구서 참봉을 했구. 헴 헴,
느이 시아버지 강 진사가 쓰구 있는 그 위대한 삼각산三角山[=冠]두
첩지 값이란다. 실상 모두 인찌끼¹⁴댔지만……."

"사령장 같군?"

"오올치 맞았어! 헴 헴, 그래 나는 너한테 무슨 첩지를 내리는
고 하면…… 이 애 이건 쾌앤히 아버지 참봉 첩지나 강 진사 진
사 첩지처럼 인찌끼는 아니렸다!"

"네에, 어서 첩지나 내리시우. 그렇지만 나는 한문은 모르니
첩지는 받아두 인찌끼 참봉, 인찌끼 진사게."

"아마 너는 오라비 덕에 정렬부인 가자나 타나 보다!"

모친이 새에서 한 마디 거드는 것을 경호는 커다랗게 손을 내

14 '협잡, 부정, 속임, 가짜'라는 뜻의 일본어.

저으면서,

"에— 천만에! 괘앤히 정렬부인 가자 탔다가는 어머니 저 애 영영 시집 못 가우. 헴헴…… 그런 게 아니구 이 애? 너 시방 고놈을 햇덩어리만한 대장부를 만든댔지? 응, 됐어, 헴 헴. 태양은 광염이렷다, 비타민 씨두 있지만 그런 건 나 같은 폐병쟁이나 배추장수한테 공덕이고, 헴 헴……."

"인전 그마안해두시우. 기침 나오리다! 참봉 진사는 이담에 허지요."

"뭣이냐, 태양은 광명이요, 응? 광명은 진리眞理렷다. 그러니 너는 처억 진리의 어머니란 벼슬을 주는 거란 말이야. 진리의 어머니, 어떠냐? 맘에 드냐?"

"하하하, 것두 해롭진 않지요! 하하하, 요게요게 진리는 진리야!"

경순은 어린것을 들여다보면서 재미있어 한다. 농담 좋아하는 오라비의 한날 농담에서 나온 말이기는 하지만, 그러므로 진리의 어머니라는 경순 제 자신에 대한 형용은 귀 밖으로 듣고 말 것이지만, 이 어린것이 진리라는 데는 마음에 차악 앵기던 것이다.

"그렇지만 이 애 너, 그런 벼슬했다구 가구 싶은 시집 못 갈 건 없다! 괘앤히 헴 헴, 어머니가 날 청원하실라!"

그 뒤로부터 경호는 곧잘 누이를 이 애 경순아 하는 대신 여보 진리의 어머니니 하면서 유쾌한 애정을 농담으로 표현하곤 했다. 그러나 그 진리의 어머니 대신 진리의 자당님이라고도 부르는데 이러한 때는 누이가 차차로 염기艷氣[15] 없어져가는 노성에 전도 부인과 같은 일종의 경멸을 느끼고서 조소를 해주는 조롱이던 것이다.

고개 마루턱에서 고팽이를 돌아 내려서니 오라비 경호는 오래간만에 넓은 대기 속에서 훠얼훨 이렇게 걷는 것이 대단히 유쾌한가 본지 벌써 저만침 멀찍이, 모자는 빼뚜룸, 단장을 홰이홰, 길도 안 난 산비탈 잔디밭으로 비어져서 가분가분 걸어 내려가고 있다.

당자 자신은 방금 휘파람이라도 불듯 매우 신이 나 하는 모양이나 라글란 봄 외투 밑으로 가뜩이나 쿠렁쿠렁 쌔지 않고 따로 노는 앙상한 어깨가 눈에 띄는 게 새삼스럽게 애처로워 경순은 마음이 언짢았다.

무덤이 있는 분지께로 거진 당도해서야 경호는 뒤를 돌려다보고 단장을 쳐든다.

경순이 오라비가 기다리고 섰는 곳까지 가까이 따라갔을 무렵해서 마침 저편 짝으로(지름길이 있었던 모양이지) 등 너머 산지기네 아낙인 듯, 돗자리 말은 것을 안고 젊은 촌색시 하나가 부리나케 무덤 옆으로 가고 있다.

"이 애, 저기 봐라……."

경호는 누이가 제 옆에까지 당도하기를 기다려 무덤 앞에다가 어느새 돗자리를 펴놓고는 도로 달아나듯 물러가고 있는 산지기네 아낙을 턱으로 가리키면서,

"……산지기네 아낙이 철두 아닌데 헴 헴, 쥔네 과수 아씨가 성묘 나온 걸 보구서 알심[16]을 부리는 거로다. 됐어!"

---

15 요염한 기운.
16 은근히 동정하는 마음, '보기보다 야무진 힘'이라는 의미도 있다.

경순은 그저 그런가 보다고 심상히 웃으면서 나란히 걷기 시작하는데 경호는 빈들빈들 분명 누이를 무어라고 또 놀려줄 입초리다.

"거 뭣이야. 술을 한 병 차구 나오는 걸 깜박 잊었지! 돗자리를 펴놓은 걸 보니 생각이 나는군!"

"술은 해 무얼 허시우?"

"뭘 허다니, 그래? 정든 님 무덤을 찾아왔으면서 너두 뭣이냐……."

"오온!"

"허허허허. 그래 뭣이야, 술을 한 잔 부어놓굴랑 헴 헴, 저 자리에 가서 엎디려설랑 애고오 애고 한바탕 울어야 않나! 응? 어허허허."

"내, 오온!"

"어허허허 허허허허."

"오라버니 분배에 울음이 나오려다가두 도루 들어가구 말겠수."

"허허허 어허허허, 그런데 뭣이야. 달리 그런 게 아니라, 내 인제 그릴 게 하나 있어서 한 말이다. 인제 한 백 호짜리루다가 하나를 그리는데 헴 헴, 그걸 쓰윽 만화루 그리거든, 만화루……. 네가 무덤 앞에다가 술을 부어놓굴랑 엎드려서 애고오 애고 우는 걸 만화루 그려요."

"왜 인제는 어머니 말씀마따나 눈방울만 생긴 대장쟁이 때 그건 영 안 그리시우? 방향 전환인가? 만화루."

"것두 인제 시절이 오면야 다시 그리지. 그리지만 헴 헴, 시방 그 만화를 그렇게 하나 그리는데……. 그려가지굴랑 찬讚[17]은 갖다가 무어라구 쓰느냐 하면 헴 헴, 이날에 진리의 자당이 패배자의 무덤 앞에서 크게 울도다! 이렇게 쓴단 말이렷다. 응? 어떠냐? 그리구 화제는 불합리구. 어떠냐?"

"불합린지 악취민지……."

"돈키호테의 후일담後日譚이라구 허는 게 좋겠군, 헴 헴. 옳아! 저 녀석 돈키호테……."

경호는 단장을 들어 무덤을 가리킨다. 경순도 아까부터 생각 많던 얼굴로 어느덧 남편의 무덤을 바라보다가 도로 고개를 숙이고 잠잠히 걷는다.

"돈키호테란 말은 잘하셨지?"

이윽고 경순은 너무도 짧았던 행복한 시절의 추억이 다하고, 끝이 남편의 그 참변에 이르자 꿈에서 깨어난 것처럼 혼잣말을 하듯 뇌이면서 눈은 다시 무덤으로 옮는다.

"하! 갈 데 있나! 돈키호테 아니구야……."

경호도 명상에서 깨어나서 눈 가는 대로 무덤을 바라보다가 문득,

"……그래두, 그래두는 말이지……. 돈키호테는 돈키호테라두 그 녀석이 가만히 생각을 해보니, 거 거 토옹쾌 통쾌헌 일이 있구나! 응? 허허허허, 됐단 말이야!"

경호는 연신 고개를 끄덕거리면서,

"……통쾌한 것이…… 뭣이냐, 헴 헴. 저 녀석이 글쎄, 아 저걸

17 인물이나 사물을 기리어 칭찬하는 글.

좀 보지? 저럭허구서 무덤 속으루 도망을 뺐으니 헴 헴. 아, 도망
을 빼설랑 저럭허구 있으니 뭣이냐. 글쎄 마호메트는 새벽에 아
라 영감이 와설랑 기관총을 들이대구서, 너 이 녀석《코란》을 읽
을 테냐, 안 읽을 테냐 헌들 어떡허냐? 죽은 놈을 뉘 재주루? 허
허허허, 거 통쾌허잖아. 허허허허."

"통쾌헌 건지, 원……."

경순은 비난의 음성인 것이 아니라 곰곰 찬탄을 하듯,

"바우가 밉다구 발길루 걷어찼는지!"

"됐단 말이야……. 써억 통쾌하단 말이야……. 대가리루다 급
행열차를 정면으로 들이받은 것보다 그놈이 되려 걸작이렷다 걸
작. 허허허허…… 크크크."

말끝이 별안간 기침으로 변한다. 경호의 건강으로는 말이 좀
과했고, 걸음도 졸지에 너무 속했을는지도 모른다.

겨울이 물러가면서 금년 들어 처음 보게 날이 따사하고 좋아
삼동의 지리하던 요양 생활 끝이라 모처럼 농사 근처고 어디고
산보라도 나가볼까 하던 차인데 그러자 마침 오정만하여 누이가
생질놈을 안고 오더니 인제 일 주기周忌도 임박했고, 이놈도 그 전
에 제 도리를 치르도록 해줄 겸 잠깐 산소에를 다녀오고 싶다고.
그러나 시댁에서는 노인들이 나서서 어린것한테 아직도 첫봄머
리의 쌀쌀한 바람에 해로울까 하여 마땅찮아 할까 봐서, 또는 교
군[18]을 채린다, 하인을 안동해준다, 오히려 단출함이 좋을 나들이
를 긴찮이 분배를 놓을까 봐서, 그대로 잠자코 나왔으나 이십 리

---

18 가마를 메는 사람.

상거[19]를 도보로 왕복하잘 수는 없으니 인력거가 됐든지 자동차가 됐든지 무어나 탈것을 좀 분별시켜달라고 하는 청이었다.

경순은 명색이나마 시부모 앞에서 얼씬거리고 있는 몸이니 또한 상청[20]과도 다를 뿐 아니라 대체 무덤이란 그다지 자주 나다니게 되는 것은 아니기야 하다지만, 일변 생각하면 생전에 서로 자별했던 정으로 보든지 생판 촌며느리와는 달리 출입이 구속이 없는 처지로 보든지 장사를 하고 나서 우금[21] 일 년이나 그대로 문두름이 있었다는 것은 좀 박절했다고 할는지 매몰스럽다고 할는지…….

물론 작년 이보다 며칠 늦어서 저 자리에다가 저렇게 무덤을 묻고는 손에 묻은 흙도 씻는 둥 마는 둥 바로 살림을 가다구니 하느라고[22] 서울로 올라갔었고, 두 달 만에 도로 내려왔을 때는 삼백여 리의 기차 여행이 위험이 느껴질 만침 배가 불렀고, 그리자 팔월에 해산을 하고서는 몸이 소성될 무렵이라는 게 늦은 가을과 인해 삼동이고 보니, 첫째 어린것을 안고 나오잔 말도, 떼어놓고 나오잔 말도 나지 않았고 해서 이래저래 마차운 계제가 없었던 것은 사실이다.

그러나 만약에(만약에라도) 저기 있는 저 무덤이 백골이나 묻혀 있는 뿐 말도 없는 한 줌의 흙이 아니고 방금 살아 있는 사람이었다면 결단코 경순은(하필 경순이리요, 누가 당했든지) 수화[23]를

19 떨어져 있는 두 곳의 거리.
20 죽은 사람의 위패 등을 차려놓은 곳.
21 지금까지.
22 일을 알뜰하게 처리하느라고.
23 물불.

가리지 않았을지언정 그대도록 번연하지는[24] 가령 하고 싶어도 못했을 것이다. 그런 걸로 미루어보면 사람은 죽은 이를 무정하다고 하지만 오히려 살아남은 인간이 무정한 게 아닌가 싶으다.

아무튼지 그래서 경순은 오늘 나가보았으면 하는 마음이야 없는 것이 아니로되 내일 나가도 무던할 노릇이라 그러한 오늘과 오늘이 일 년 내내 저물군 하다가 오늘이란 오늘에야 마침 날씨도 반갑고 하여 그러면 다녀오는 거라고 작정을 하고 나니 미상불 그제서야 너무 소원했구나 하는 민망한 생각이 들고 한 다음에는 누가 붙잡고 말릴까 무섭게 부랴사랴 달려나온 길이었다. 그러나 병중이라 조심이 되는 오라비와 동행을 하자던 요량은 아니었는데, 경호는 말이 떨어지자마자 예라 오늘은 내가 진리의 어머니의 시종 무관이렷다고 성큼 차리고 따라나섰던 것이다.

경호는 오늘 기위[25] 산보는 하고 싶던 차요, 해서 누이의 너무 호젓한 길동무도 해주려니와 저 역시 매제일뿐더러 생전의 삼십 년 가까운 다정한 친구의 무덤을 장사 때에 회정[26]을 나왔을 뿐 여태껏 찾지 못했던 터라 겸사겸사 나섰던 걸음이다. 그리고 아닌 게 아니라 자동차를 내려 두 킬로 남짓한 촌락과 구릉을 오르내리기가 생각하던 바와 같이 매우 유쾌했었다. 그러나 그놈 유쾌한 놈에 겨워 무심코 겅중거린 것이 약간 무리랄 수도 있었다.

경호는 단장을 놓고 유유하게 잔디 위에 가서 주저앉아 쿨룩쿨룩 기침을 치르고 있고, 경순은 애가 씌어 잔뜩 찡그린 얼굴로

24 여기서는 '걱정거리 등이 뜸해지는'의 뜻으로 쓰였다. '어떤 일의 결과나 상태가 훤히 들여다보이듯 분명하다'의 의미도 있다.
25 이미.
26 돌아오는 길이나 과정.

오라비의 괴로워하는 양을 들여다보고 섰다.

이윽고 경호는 그득 넘어온 담을 출입할 때의 소용인 종이타구에 배앝아 집어넣다가 너무 다붙어 섰는 누이를 힐끔 올려다보더니,

"어린놈꺼정 안구서 좀 조심해라! 괜히 겁두 안 나나 보구나!"
하면서 웃음말같이 나무란다.

경순은 듣고 보니 그렇기는 하나 그렇다고 사뭇 질겁을 해서 물러서기도 박절한 짓이라 어린것만 한옆으로 비켜 안는데 마침 잠이 깼는지 포대기 속이 꼼풀꼼풀한다.

"다아 지무셨군, 우리 대장이."

경순은 둘러보다가, 저만침 무덤 앞에 편 돗자리가 눈에 띄었으나 무얼 그러겠느냐고 넌지시 북덕잔디 위로 가서 퍼근히 앉아, 포대기를 헤치고 들여다본다.

간드러지게 생긴 얼굴이, 눈을 아직 그대로 지그려 감고 콧등을 찡긋찡긋하다가, 고 육중한 입을 하― 벌리고 하품을 늘어지게 배앝는다. 그러고는 젖꼭지를 찾느라고 입술을 오물오물하더니 새까만 두 눈을 반짝…….

"깨꾸우―. 자아 젖 먹어야지……."

경순은 가슴을 헤치고 젖통을 들어 내다가 물려주면서,

"자아아, 젖 먹구우."

아직도 잠이 더얼 깨어 눈을 시일실 감으면서도 주먹은 가져다 커다란 젖통을 움켜쥐며 잡당기며 꿀꺽꿀꺽 빨아 넘긴다. 경호가 앉은 채로 돌려다 보다가,

"고놈이 아범한테 올 줄 알구서 때맞춰 깬 거로다!"

"하하 그랬나? 이 사람…… 그렇지만 가만히 기시우. 그까짓 미운 아빠는 내가 젖 배불리 먹구서 이따가 천천히 만나보겠습니다."

경호는 몸의 피로를 쉬면서 앉아, 가냘픈 대로 봄빛을 즐기기에 정신이 팔린다.

이월 보름께라 아직은 일러 바람 끝이 쌀쌀한 기운이 채 가시지 않은 철이지만, 여기는 북쪽으로 언덕이 막히고 움푹 패인 분지가 되어서 바람은 없고 한갓 다양만 하다. 맑기도 하려니와 햇빛은 따사한 걸 지나쳐 정이 들게 포근하다.

주위는 깜박 잊어버린 듯 조용하다. 묘지와 같이 괴괴한 게 아니라 잠자는 애기와 같이 한가하게 조용하다. 조용하고 볕이 봄스러운 품이 금세 어디서 꿀벌이라도 한 마리 왱— 가늘게 울고 날아드는 성싶으다.

잔디풀은 여태 그냥 시들어 있다. 그러나 속대를 뽑으면 벌써 물이 올라 촉촉할 것 같다.

앞으로 느릿하니 미끄러져 내려가던 구릉이 다하면 아래서는 보리밭이 다랑다랑 기어 올라왔다. 먼빛에 보아도 가지런히 골을 타고 자란 보리풀이 제법 탐스럽다.

밭에는 연달아 넓은 들판이 자꾸자꾸 퍼져 나간다. 볕 그늘이 가물가물 들판을 퍼져 나가다 못해 끝이 희미해진 거기서야 겨우 아스라한 산들과 만난다.

들판에는 가까이 거기도 하나, 또 저기도 하나, 그리고 저어기도…… 네 패 다섯 패 군데군데서 쟁기를 멘 소가 뒤에 선 사람으로 더불어 늘어지게 움직이는지 마는지 어쩌면 아구를 내는 입이 보이는 것도 같으다. 완구히 봄을 장만하고 있다. 제각기 들판도 밭도 잔디풀도 부지런히 그러나 얌전스럽게들 봄을 장만하느라 여념이 없다.

얼마를 그럭허고 넋없이 앉았었던지, 경호는 이윽고 제정신이 들자 후― 거친 소리를 내어,

"봄! 봄은 봄이렸다!"

하면서 앞에 놓았던 단장을 집는다. 그때다. 무심코 내려다보던 눈인데 뜻밖에도 거기에는,

'네에, 봄이올시다, 안녕합쇼?'

하는 듯이 정말로 봄이 한 놈 고개를 뾰죽이 내놓고 있는 것이다. 털이 송알송알 갓 돋은 할미꽃 엄이다. 어떻게도 신통한지 고놈을 쏘옥 손가락으로 잡아 뽑아 가지고 싶은 것을 겨우 참고 허리가 고부라져서 들여다보고 있다. 얼굴에는 어린아이같이 무심한 희열이 넘친다.

처음에는 그것도 봄을 찾아냈다는 단순한 기쁨이었다. 그러나 그는 이 그다지 아름다울 것도 없는 한 포기의 할미꽃의 엄에서, 일찍이 다른 생활에서는 맛보아보지 못한 어떤 새로운 희열을 지금에 비로소 느끼고 있던 것이다. 생명의 창조를 보았다는 즐거움인데 그러나 그는 실상 돌이켜, 자류自流의 비판을 가질 겨를은 미처 나지 않았었다.

"생명의 창조! 생명의 창조!"

경호는 불현듯이 누이와 누이의 품에 거기 있을 그 어린것이 보고 싶어 꿈으로부터 깨어난 사람처럼 중얼중얼 중얼거리면서 경순이 앉았는 곳으로 휘적휘적 발걸음을 옮겨놓는다. 미상불 거

기에는 예기했던 바보다도 그 이상으로 훨씬 더 황홀한 정경이 벌어져 있었다.

가느다란 미소를 드리우고, 품에 안긴 어린것을 들여다보느라 약간 소곳한 머리의 하이얀 가르마 밑으로 곱게 빗어진 누이의 얼굴, 그녀는 개개의 모습이며 전체의 선이며 윤곽이며, 분명코 누이의 얼굴임에는 다름이 없으나 이토록 아름다운 표정은 일찍 이 한 번도 본 적이 없는 것이었다.

경호는 그것이 대단히 아름다운 줄은 알았으나 달리 생각을 해볼 사이는 없고, 단지 한 여인으로서의 아름다운 것으로만 여겨, 내심에 저 애가 아무래도 시집을 가야 할까 보다고, 이런 실 없는 걱정을 하면서 무심코 한 발자국만 더 떼어놓다가, 그제서 야 활연히 그 아름다움의 소이를 깨닫고 한꺼번에 숨을 들여쉰 채 주춤 그 자리에 멈춰 선다.

경순은 그때 마침, 어린놈이(배가 불러 해찰을 하느라고 그랬 는지) 빨간 젖꼭지를 입술 밖으로 물리고서 말끄러미 어머니를 올려다보다가 그대로 벙싯 웃는 그 입…… 그 입으로 어머니는 마악 입술을 가지고 가려는 바로 그 순간이었다.

"야아하!……"

경호가 커다랗게 감탄을 할 때는 경순은 쪼옥 입 맞추는 소리 를 내면서 도로 고개를 쳐들고 웃는다.

"왜요?……"

경순은 어린놈을 추슬러 올려 볼비빔을 하면서,

"……자아 뭐라구 또 혐구를 하실려구. 그렇지만 큰아버지 자 아, 암만 나를 혐구를 해보시우? 내가 뭐 꼼짝이나 하나, 자아."

174

"하하하, 그건 명담이렷다. 헴 헴, 그런데…… 그런 게 아니구 내 오늘 소득이 많구나."

"소득은 웬……."

"일왈 헴 헴, 조곰 아까 느이 모자가 허구 있던 포즈를 말이다. 헴 헴, 그대로 살려만 놓으면 뭐 아주 〈모나리자〉가 왔다가 울구 가겠더라! 내 인제 그릴 테니 보렴."

"〈모나리자〉 따위는 미술 축에두 못 든다더니!"

"허허허허. 그렇지만 헴 헴, 이놈 지구가 눈에 뵈는 사실대루만 사는 세상이니, 개체두 그럴밖에 더 있느냐! 춘향이두 시방 세상에 났었다면 카페나 빠에 가서 헴 헴!"

경순은 어린놈을 안고 일어서서 무덤께로 천천히 걸어간다. 경호는 나란히 단장을 휘젓고 걸으면서,

"그리구 헴 헴, 거 이제 보니 생명의 창조라는 게 재미가 그럴 듯 헌 것 같더라! …… 네 재미를 비로소 짐작한 배로다!"

"아이구, 주정허시우! 아, 요거 말이지요?"

경순은 어린놈을 오라비께로 보여주면서 볼을 대고 비비면서,

"……요거, 요게 재미만? 천하를 다아 주어두 안 바꿀 텐데……. 그렇지이? 내 새끼, 내 강아지."

"강아지?"

경호는 괜한 음성을 지르면서 주춤 멈춰 설 듯, 누이의 어린놈에게로 고개를 돌린다.

"그러믄요! 내 강아지, 내 새끼……. 요게 내 강아지 아니우?"

"흐음, 강아지라!"

경호는 즐겁던 얼굴이 삽시간에 불쾌한 주름살이 좌악 퍼진

다. 퍼뜩, 강아지라는 말 그것에서 명색 없는 생명, 쓰잘 데 없는 생명이라는 것을 연상했던 것이다. 그는 제 감격이라는 것이 생각하고 보니 쑥스러울 만치 허망했다. 환상은 순간도 더 머무를 필요가 없었다.

"흥!"

경호는 연해 코방귀를 뀌면서 입을 삐쭉한다. 명색 없는 생명을, 쓰잘 데 없는 생명을, 그따위 생명의 창조가 뭐느니 기쁠 것이 무엇이야. 기뻐한다는 것은 결국 삐뚤어진 주관의 착각! 애당초 창조부터가 무의미하지 않느냐.

발밑에 짓밟히기나 할 명색 없는 풀, 도야지나 개나 마소같이 만만한 생명이 지구 위에서 하루에도 몇만 명씩이나 새로이 창조되는 인간들이 그중에 단 몇몇이 과연 쓰잘 데 없는 생명일 것이냐. 악당의 창조를 어째서 축하해야 하느냐.

창기를, 노예를, 불의한 실상의 도구를, 결핵균이나 퍼뜨리는 폐병쟁이를 그것들의 무수한 탄생이 어째서 생명의 창조의 기쁨 값이 나갈 것이냐.

강아지라는 말에서 암시를 받지 않았다고 하더라도 경호로서는 오래지 않아 스스로 그러한 부정이 우러나고야 말기는 할 것이었으나 그것이 너무 급했던 만큼 환멸의 반동이 가외로 컸던 것이다.

"허허, 허허허허……."

경호는 이번에는 갈려들었던 불쾌한 주름살도 마저 없어지고 오히려 유쾌하게 웃어대며,

"……내가 착각이로다……. 여보 진리의 자당님?"

"네에, 또 무어라구 시방…….."

"허허허허, 뭣이냐 헴 헴, 시방 내가 생명의 창조가 기쁘다고 한 건 내 취소로다."

"자랑해서 허시우. 언제래야 뭐…….."

"그러구 너두 뭣이냐 헴 헴, 차라리 시집이나 일찌감치 한 번 더 가구, 응? 이건 내 유언이다."

"내가 또 귀 아플 일이 또 한 가지 생겼군!"

"나는 그리구 뭣이냐, 폐병 들기 전이라두 결혼 않기 잘했 어……. 헴 헴, 그깐 놈의 명색 없는 생명, 그걸…….."

"네에, 네?"

경순은 가벼운 반발을 느끼면서 얼른 건질러,

"……그렇지만 아무 염려두 마시우. 마시시구 인제 다아…….."
하다가, 남편의 유서에 씌어 있던, 맹목적인 모성애로 쓰잘 데 없 는 육괴…… 운운한 구절도(이번에는 다른 의미로) 생각이 나고 해서,

"……두구 보시우들, 인제…… 요놈, 요 쪼고만 놈을 가져다 버젓한 대장부를, 진리에 사는 버젓한 대장부를 만들어 내세울 테니, 보기만 허시우…….."

어린놈은 어머니의 옴죽거리는 입술을 만지고 놀기에 재미가 쏟아진다. 경순은 앞니 앞에서 꼬물거리는 연한 손가락을 야긋야 긋 물어주면서,

"……정말 그렇지이? 응? 저 외갓집 큰아버지처럼 몸두 비트 을비틀, 사상두 비틀비틀 그런 이두 마알구…….. 또오…… 괴롭 다구우 괴롭다구 몸부림을 치다가 애꿎인 기관차나 들이받구 그

야단을 낸 느이 아버지처럼 그렇게 사상에 잡쳐서 죽구마는 이두 마알구…… . 응? 아주 버저엇허게 진리에 사는 대장부…… 응, 그렇지?"

반발 끝에 공박삼아 말을 하는 동안 그러나 회포는 도리어 반대로 그와 같이 돌아간 남편에게 새로워지는 측은한 정에 뭔가 흔히 구할 수 없는 절망에, 빠진 동기간에게 대한 연민憐憫의 정에, 어느덧 고요한 애수가 가슴으로 서리어 들고 있었다.

그뿐만 아니라(때와 자리가 마침 그럼직한 소치도 있겠지만) 남편은 그리하여 가고서 오지 못하고 그런 대로 믿음이요, 위안이요, 해야 할 오라비는 저렇듯 건강과 기개가 부실하여 저무는 해와 같이 한심하고 한 것을 생각하면 나의 외로움이 새삼스럽게 몸에 사무치는 것 같았다.

경순은 그리하여 마음이(평정을 놓칠 것까지야 없지만) 적이 산란한 대로 오는 줄 모르게 무덤 옆을 당도하자 인해 어린놈을 훨씬 추슬러 올려,

"자아 좀 보소!"

하면서 얼굴을 나란히 무덤을 향해 머물러 선다.

"……예가 아버지 산소라네. 그 알뜰헌 아버지! 아빠 소리두 한 번두 못허게 도망을 해버린, 밉디미운 아버지! 글쎄 요걸 요렇게두 이쁘구 재롱스런 걸 가져다 보지두 못허구서 쯧쯧! 그대로 가셨으며 오죽이나, 오죽이나 이걸……."

경순은 어느덧 목이 잠기고 눈에는 눈물이 글썽거린다. 울려니야 심외心外이었으나 비희가 서리던 차에 막상 새사리고 있는 내 말이 더럭 더 슬픔을 자아내고 말았던 것이다.

178

경순은 두 볼에 눈물이 한 줄기 흐르는 대로 구태여 억제할 것
도 없이 마음 가는 데 맡겨 슬픔에 잠기느라 어린놈을 안은 채
조용히 몸을 흔들고 섰다.

어린놈은 손에 만져지는 대로 어머니의 입술이며 젖은 뺨을
가지고 놀기에 세계가 새롭다.

경호는 누이의 거동을 보았는지 혼자서 저편으로 돌아가더니
묘비의 각자를 들여다보면서 인제 해 세울 제 비명碑銘을 생각하
고 있다.

조용하고 다양한 오후의 햇빛은 아직도 늙을 날이 먼 듯 무덤
위에 한가로이 드리워 있다.

— 〈문장〉, 1939. 4.

순공巡公 있는 일요일

일요일이래서 그 쩜만 믿고 열시가 가깝도록 늦잠을 자다가 어린놈과 아내의 성화에 견디다 못해 필경 꺼들려 일어나다시피 일어나서는 소세를 마친 후 막 조반상을 물린 참이었다.

다섯 살배기 어린놈은 새로 장만한 모자야 구두야 양복 등속을 죄다 벌써 떨쳐입고는 물병까지 둘러메고, 문간으로 마당으로 우쭐우쭐 뛰어다니면서 날더러도 어서 얼른 차비를 차리고 나서라고 재촉을 하는 것이었다.

아내는 또 아내대로 부엌에서 마지막 내가 물린 밥상을 대강 치우느라고 재빠르게 서두르는 모양이더니, 이윽고 행주치마에 손을 씻으면서 나오는데 입은 연방 다물어지지를 않았다.

어쩐지, 그리고 아까부터 신수가 화안하더라니, 자세히 보니 모처럼 화장을 얄풋이 다스린 얼굴이요, 머리엔 아이론 자국까지 곧잘 했다.

명색이 주부에 식모·보모를 겸해, 일신 삼역을 맡아 하자매 문 앞 반찬가게와 목간 출입이 고작이요, 게다가 또 나라는 사람이 무던히는 범연하여 유진장 술이나 먹고 놀러 다니기에 음악회하며 영화 구경 한 번인들 데리고 가주는 법 없고 하는 터이라, 저로서는 오늘 같은 일가 단란의 향락이 십 년 득인 양 즐거움직도 한 노릇이었고, 해서 아무려나 근경이 일요일을 당한 샐러리맨의 단가살림 가정답게 명랑한 아침인 법하기도 했다.

그러나 나만은 실상인즉 그와 정히 반대이어서, 요새로 바싹 더 연일 밤늦게까지 술을 먹고 돌아다니던 끝이라 사족이 무겁고 머리가 텁텁한 게 인제 목욕이나 푸근히 한탕 하고서, 얼큰한 국물에다가 서너 잔 속이나 푼 뒤에 그대로 다시 자리에 누워 푹신 한잠 자고 났으면 거뜬 피로가 다 씻겨 내려갈 것 같고, 꼭 그랬으면 세상 좋겠었다.

그런데 그 연일 밤늦게까지 술을 먹고 돌아다닌 것이 일면의 결과로는 가정에 등한하고 가족에게 불안을 끼쳐주고 하여, 그들은 정당한 소득을 소득하는 대신 억울한 부담을 부담하지 않지 못하게 했다는 것이었다. 그래 간밤엔 아내란 자가 어린놈까지 꼬사를 시켜 필경 나로 하여금, 오늘 일찌감치 창경원에를 데리고 갔다가 점심을 화신에서 내고, 다시 오후엘랑은 영화를 보여주고 하마는 언질을 두게 했었던 것이다.

아내는 안방에서 의걸이를 한참 여닫고 하더니, 미닫이를 지치는 소리가 들리는 게 마침내 옷을 갈아입는 모양이었다.

이왕 면하기는 그른 노릇이니 고이 차리고 나서는 것이 옳겠다고 생각을 하면서도, 가을이라 어느새 햇살이 제법 기어오른 마룻전에 가 쪼글뜨리고 앉은 채 손끝 하나 꼼지락하기조차 싫었다.

"옷 안 입으시우?"

아내의 재촉이었다.

"입지이!"

이 다뿍 늘어진 대답이 듣기에도 딱했던지 아내는 혀를 끌끌 차다가…….

"그렇게도 쓴 약 먹기같이 싫으시우?"

"여보?"

"창식이 게 있어요?"

"저어 밖에서 소리나는구면……. 그런데 여보?"

"네에?"

"큰 딜레마가 생겼구려!"

"으옹!"

"여러 날 밤늦게까지 술을 먹구 돌아다닌 그 사실 한 가지가…….'

"이런, 죄다짐이라?"

"아아니, 가만있어……. 그래, 내 생리가 많이 피로하질 않았소?"

"그러니 나가기가 싫다…….'

"아 그런데 결과엔 아주 상극된 두 가지의 행동을 요구한단 말이지?"

"그만하면 알았어요!"

"피로를 나누어야 할 행동, 그러니깐 휴식 그놈 하나하구⋯⋯.
그러구 또 하나는 피로를 되려 더하게 할 행동, 즉 시종 무관이
렷다!"

"시종 무관이면 나꺼정 영광이게요?"

"내 생리는 개인 문제구. 가정두 집안이란 의미루다가 사회래
서 조직 세포를 소모시켜가면서라두 사회 봉살해야 한단 말이
었다?"

"그만큼 각올 하셨거들랑 진작 일어서실 게지!"

"그런데 말이지⋯⋯. 내가 이렇게 자꾸만 피로를 회복 못한 채
생리를 소모만 시키다가는 얼른 휘딱 늙어버릴 테니 당신은 손
실 아니오?"

"내가 늙은 푼수하면 당신은 더얼 늙은 편이니깐 어서 좀 더
늙으시우!"

"저 여편네, 입 참 고약해가네!"

"하하하하하!"

"저런 게 다아 시어머니 밑에서 톡톡히 시집살이 못한, 요새
여편네들의 무엄이야!"

"늙기가 그렇게 원통하시우!"

"그런데 늙긴 정녕 늙었나 봐?"

"으응!"

"연애가 안 되지!"

"저를 어찌우!"

"꼬옥 연앨 갖다가 그놈 멋들어지게 한 번만 더 했으며 꼬옥
좋겠는데, 허어! 도무지 안 돼진단 말야! 으응? ⋯⋯ 정녕 늙은

표적이지?"

"아따, 저 뭐시냐……. 있잖우? …… 에미꼬라더냐? 에비꼬라
더냐……."

"에미꼬, 에비꼬, 머어 수두룩한데, 글쎄 연애가 돼지질 않는
다니깐!"

"여급은 여급이래두, 아마 날보다도 다아들 영리한 모양이지
요?"

열시를 치는 소리가 들려 게으른 기지개를 뻗치면서 겨우 마
룻전에서 일어서는데, 마침 철그럭철그럭 순사 하나가 환히 열린
일각대문 밖으로 언뜻 지나가다가 일단 지나쳐놓고는 그제서야
(생각이 났던지) 고개만 끼웃하더니,

"안녕합시오?"

하고 알은체한다. 보니 그 순사다. 호구 조사도 오고, 청결 검사
도 오고, 또 무엇무엇 분별도 시키러 오고 하여 낯은 잘 알아도,
성명은 알 기회가 없었기 때문에 단지 '그 순사'일 뿐이었다.

"안녕합시오……. 좀 들르십시오그려?"

내가 마룻전에 일어섰던 채 인사말로 절을 하는 대로,

"오늘 참, 일요일이라 한가하시군요?"

하면서 마당으로 걸어 들어온다.

나이 지긋해 서른댓이나 되었음직하고, 얼굴도 끔찍이 순량하
게 생겼고, 그런 값을 하느라고 거들먹거린다든지 딱딱거리거나
까다롭게 굴지도 않고 하는 데에 자연 호감이 가고 무관한 생각
이 드는 호인 타입의 인물이었다.

"좀, 걸터앉으십시오!"

"네, 좋습니다……. 순을 돌던 길이라……."

"담배래두 한 대……."

옆에 놓았던 미도리갑을 집어 내미니까,

"고맙습니다! 있습니다……."

하고 사양하면서 같은 미도리를 꺼내더니 성냥만 받아 한 개 피워 문다.

막 그러자 잠깐 보이지 않던 어린놈이 대문 안으로 뛰어들면서,

"엄마, 가아!"

하고 부르다가 순사가 있는 걸 보고는 주춤한다.

순사는 웃음이 가득 흩어지는 얼굴로 비실비실 낯가림을 하는 어린놈한테 몸 구부리고 들여다보면서,

"어허허, 그놈 자알 생겼어!"

하는 양이 제 부모더러 들으라는 인사성이라기보다도 진정 아기가 귀여워 그러는 태도였다.

"그래, 어딜 가나?"

"도옹물원……."

"도옹물원! 으응……."

순사는 마당 가운데서 그대로 쪼그리고 앉으면서 커다란 손을 까분다.

"……일루 온!"

어린놈은 낯가림하던 것은 어디로 가고 안심을 하고서 척 순사한테로 가 안긴다.

이런 게 다 아내의 설명에 의하면 아비 낯을 닮아 아이가 숫기가 좋고 번잡스러워서 아무하고도 잘 친하고 몸을 붙여주고 하

던 것이었다.

"그래 어머니하구 아버지하구 널 데리고 동물원 가신다?"

"응."

"아, 저 자식…… 응이 뭐야?…… 네에 않구서……."

내가 한마디 탄하는 소리에 순사는 껄껄 웃으면서,

"거 아버지가 괘앤히 꾸지람을 하시는구나! 아직은 그래야 하는 법인데, 허허허허허…… 그런데 참, 승이 뭐라?"

"김가."

"으음…… 그리구우, 이름은?"

"창식이……."

"으음 창식이! …… 그리구우 본관은?"

"김해……."

"어이꾸! 본관을 벌써 다아 알구……. 양반이로구나, 아주! 허허허허허…… 그리구 나인?"

"다섯 살……."

"으음, 다섯 살! …… 숙성한데!"

순사는 어린놈을 내려놓고도 못 잊어운 듯 머리를 다시금 쓸어주면서 내게로 돌아선다.

"자제 아주 자알 두셨습니다!"

"웬걸요! 놈이 장난이 어찌도 심한지……."

"아 어려서는 장난두 해야지요! 아아주 실팍하구, 머어 대장감인데요? 허허허허허!"

순사는 한 번 더 안아주고 싶은지 그동안 토방으로 와서 있는 어린놈을 바라다보고 한다.

그래 내가,

"댁에선 자녀간에 몇이나 두셨습니까?"

하고 물었더니 쓸쓸히 웃으며 고개를 흔들면서,

"없답니다! 한 개두……."

"네에! …… 건 참 적적하시겠군!"

"그래, 남의 댁 애길 보면 죄다 귀엽구 그래요! 허허…… 자아, 그럼……."

순사는 두 발을 모으고 거수경례로 내 작별 인사를 받고는 돌아서서 철그럭철그럭 대문 밖으로 나간다.

나는 차차로 멀어가는 그 순사의 발소리에 귀를 기울이면서 그를 두구서 다시(아직은 모를) 어떤 판단엘 도달하느라고 잠깐 기둥에 기대어 있는 채 우두커니 잠심[1]해서 있었던가 본데, 그동안 아내는 준비를 다 마치고 나오는 참이던지 미닫이 여는 소리가 들리면서 연달아,

"옷두 여태 안 갈아입으시구! …… 아마 당신은 사람 하나 잘 친하기룬 둘째가라문 설워하겠습니다!"

하고 오금을 박는다.

그때 나는 나대로 마침 그 어떤 판단에로 진행되고 있던 생각이 비로소 도달점엘 도달했다.

문오 선생…….

이 문오 선생이 생각나느라고 방금까지 나는 그랬던 것이고, 과연 그 순사와 문오 선생은 많이 비슷한 데가 있었다.

---

1 어떤 일에 마음을 두어 깊이 생각함.

하기야 순사 그의 걸걸하니 일변 무주꾼으로 생긴 것 같은 것은 차라리 색시처럼 수가 좁고 얌전하기만 하던 문오 선생에다 대면 오히려 정반대랄 수도 있기는 했었다.

그러나 한편으로는 어딘지 그 촌학장 샌님같이 괴타분해 보이는 수석이라든지, 좀 만만할 만큼 사람이 순해 보이는 것이라든지, 또 점잔하기는 점잔한데 그 점잔이 신체의 '신사적'인 점잔인 게 아니라, 석양 무렵에 크막한 삼각관을 쓰고서 낡은 비각碑閣 앞이라도 오락가락 하염직하게 하향 양반째의 고취를 풍기는 점잔인 것이라든지, 이러한 점들은 엔간히 문오 선생인 듯 역력스러움이 있었다.

문오 선생과 그 순사…….

역시 불방했다.

허나 그렇지만 만약에 순사 그가 순사가 아니요, 항용 여느 사람이라고 한다면, 그의 풍모하며 성명하며가 비록 문오 선생과 근사함이 있다손치더라도 나는 거저 무심히 보고 말았기가 십상이지 궁벽스럽게 옛글방 선생님이었던 한 촌샌님이라 구태여 생각까지 나진 않았을는지도 몰랐을 것이다.

그러므로 매양 결정적인 동기는 그 사람(즉 그 순사)의 단지 비슷한 풍모 때문이었던 것이 아니라, 우선 무엇보다도 순사요, 순사인데 그러자 또 생김새까지 방자한 데가 있고 하여, 그래 마침내,

'옳아! 참…….'

하고 문오 선생의 생각이 생각나기까지에 이르렀음일 것이다.

그러고 그렇듯이 순사라고 하는 특징한 조건이 따랐을 경우라

야만 용이히 그를 생각하게 될 만큼 문오 선생에게는 순사 그것에 관련하여 조련치 않은 한 도막의 에피소드가 있었던 것이다.

시방으로부터 삼십 년 전, 즉 내가 낳던 해라니까 경술년이겠다.

그해에 처음 우리 할아버지의 청을 받아 동촌에서 읍내邑內 우리 집 독서당獨書堂의 글방 선생님으로 들어온 문오 선생은 나이 그때가 갓 스물다섯이었더란다.

새파란 청년이었고, 그 한참 좋았을 청춘이던 무렵을 고대로, 오십까지의 반생 동안인 이십오 년간을(하니, 온꼿 사 반세기를) 두고서 그는, 시방은 남지도 않은 우리 고향 집 사랑의 저편 옆채에 딸린 서당방 아랫목에 가 자리를 잡고 앉아, 우리 할아버지의 나를 맨끝으로 한 여섯 손자와 그보다 많은 십여 명의 동네 아이들에게, 그리고 그다음 대代인 그보다 많은 여러 수십 명의 동네 아이들에게 하늘천 따지의 《천자》를 비롯하여 《사자 소학》이며, 《동몽선습》·《통감》·《맹자》·《논어》·《시전》·《서전》에 이르기까지, 뿐만 아니라 미구에는 보통학교의 교과서 복습까지, 그 밖에도 글씨 쓰기와 풍월 짓기까지, 이런 것들을 맡아 그 춘풍 추우 이십오 년을 하루같이 밤이면 밤으로, 낮이면 낮으로 정성껏 가르쳐왔었다.

하노라니 첫째 왈 먼지와 욕과 방귀와 이석섬도 착실히 많이 먹었고, 속은 썩을 대로 썩었고, 치질은 평생 고질이 되었고, 그러나 백 명 가까운 제자를 길러내었으며 공로야 물론 큼이 있다 하겠고, 일변 월량月糧 외의 도지 물지 않은 우리 집 논을 가족들이 손으로 짓게 하여 한 오십 석 추수를 할 전장²도 장만을 했고, 또 그리고 자녀도 과히 섭섭지는 않게 셋을 두어 다 장성을 해서 남혼여가를 시켰고…… 하는 동안에 나이 어언간 오십을 맞아, 세계는 하나도 변함없는 우리 집 서당방인, 여덟 자에 열두 자의 장방형으로 된 그 방인데 인생은 놀랍게 변하여 머리엔 백발이 하얗게 세었고…….

한편 그러자 우리 집이 몰락에 몰락의 한길을 밟아오다가 지금으로부터 다섯 해 전까지엔 마침내 완전히 치패를 하여 글방 하나의 차 지탱을 할 여력이 없을 지경에 이르렀었고(사실 또 초등교육이 이미 그 내용이며 제도가 서당의 필요를 십중팔구까지 해소시킨 지 오래이어서 한낱 복습소에 지나지 못하기도 했던 터이라) 그래저래 글방은 문을 닫고 말았고…….

한 것을 기회삼아 문오 선생은 영년의 훈장업을 하직하고 이내 본집으로 물러가 촌살림으로 조금도 군색함이 없는 가계家計²에 농사를 전업하는 맏아들과 면서긴지를 부업으로 다니는 작은 아들의 봉양을 받으면서, 손자들의 재롱이나 보면서 한가한 여생을 보내는 팔자 편한 영감님이 되었고, 그리고 시방 오늘날까지도 그렇게 지내되 아직 건재할 것이고…….

이와 같이 무섭게 단순하고 일종 자랑스럽기에 족할 만큼 평탄한 문오 선생의 후반생이었는데, 그런데 그중에 꼭 한 번 자못 엉뚱하고 폭탄적인 사건이 한 가지 있었으니, 가령 입 험한 우리 할아버지의 형용을 빌면,

"선비가 머리를 깎고(혹시 홧김에 중노릇을 갔다면 용혹무괴이어니와) 도무지 어디 당한 것이라고, 망측하게스리 순검, 도둑

---

2 개인이 소유하는 논밭.

놈 잡는 포리捕吏를 다닌……."

즉 순사를 다닌(보다도 다니다가 못 다닌) 그 사건이었다.

물론 그것을 일률로 순사라는 그 자체가 무슨 나쁜 것이라거나 족히 다닐 게 못 된다거나 해서가 아니라, 근본이 처지하며 인물하며 성격하며가 무릇 순사와는 인연이 먼 문오 선생이었기 때문에 그 거조가 놀라웠던 것이고, 따라서 그의 그렇듯이 평범한 생애 가운데 단 하나의 요란스런 탈선으로서 형적이 영구히 뚜렷하게 남아 있지를 못했던 것이다.

내 나이 아홉 살 되던 그해 가을, 추석 명절이 갓 지나고 난 초가을부터서야 우리는 오랜만에 문오 선생을 도로 맞아 여러 날 동안 폐했던 글방 공부를 다시 시작했었다.

문오 선생은 그해 섣달, 대목 임시에 항례대로 정월 파접이 되자 설 흥정을 한 것이며, 세찬 받은 것이며, 이것저것 한 짐을 꽁꽁 우리 집 머슴에게 지워가지고 동촌의 자기 본집으로 나가더니 그러고는 감감 소식이 없고 말았다.

정초가 지나도록 우리한테 세배를 받으러(실상은 우리 할아버지한테 세배를 하러) 들어오지도 않고, 보름 명절에도 역시 들어오지 않고 하다가 필경 스무 날이 넘어 그믐이 지나 글방을 다시 차릴 때가 많이 늦었어도 종시 그는 싹을 보이지 않았다.

우리 집에서는 두루 궁금히 여기다 못해 하루는 할아버지가 기별을 주어 사람을 내보내보았다.

했더니, 문오 선생은 바로 정초에 볼일이 있노라면서 타관엘, 어느 타관인지는 모르나 아무튼 타관엘 나가고 집에는 있지 않더라는 것이었다.

　그 뒤에 며칠 안 있다가, 재차 또 사람을 내보냈으나 역시 같은 소리요, 아직도 돌아오지를 않아서 집안에서들도 근심으로 지낸다는 전달이었다.

　우리 할아버지는 대체 그 숙맥이 타관에 볼일이 있다니, 또 그렇기로손 한 달이 넘도록 나가서 소식이 없다니, 필시 이것은 병이 났든지 호식이 되었든지, 좌우간 무슨 탈이 단단히 붙은 거라고 걱정이 이만저만찮았다.

　그러나 우리 글방축들은 걱정은새레 그 싫은 글 읽기를 면하고 맘대로 노는 게 다행스러워서 문오 선생이 제발 더 더디 돌아옵시사고 은근히들 축수를 했었다.

　사실, 어렸을 적 일로 글방 공부같이 세상 싫고 귀찮을 노릇이라고는 없었을 것이다.

　내가 처음 비로소 글방 도령이 되기는 그 전전해, 즉 일곱 살 적이요 정월인데 하루는 아침에 할아버지가 나를 데리고(―가 아니라 붙들어가지고) 글방으로 나가시더니, 문오 선생 앞에다 앉히더니,

　"너, 영섭이 이놈, 인제는 한 살 더 먹었으니, 오늘부텀 글 배워!"

하시면서, 다시 문오 선생더러,

　"접장, 이놈이 천하 별종이요, 고집불통이요, 장난 괴순 줄 알지? …… 그렇지만 인제부터는 말을 잘 안 듣든지 공부를 잘 못하든지 하거들랑, 응! …… 그저 걷어 세워놓고서 피가 족족 나도록 종아리를 때려줘……."

하고 일껏 엄포를 한번 하신다는 게, 마지막 가서는 그만 허허허 웃으시면서 내 머리를 쓸어주시는 것이었다.

별명이 (많은 중에도) 호랑이 영감님이요, 집안사람에게나 나에게나 정말 호랑이같이 사납고 무섭게 굴곤 하기는 했지만, 한갓 재롱스런 막내손자 나한테만은 둘도 없이 순하고 착한 할아버지시었다.

나도 첫째 왈 할아버지가 누가 큰소리 한 번이라도 할세라 위하고 떠받아주시어, 할머니 역시 그러하시어, 아버지 또한 만득의 막내둥이라고 귀여워하시어, 이래 놓니 시방은 다 일찍 세파에 찌들려 속도 있는 대로 썩고 해서 어렸을 적의 소갈머리는 죄다 없어지고 거진 농판이 되다시피 했지만, 그때쯤이야 집안에 무서운 사람이 없고, 밖에 나가면 망나니에 후레자식이요, 할아버지의 이른바 천하 별종이니, 고집불통이니, 장난 괴수니 하던 소리는 오히려 칭찬으로 들어야 했었다.

그러한 애망나니였으며, 글방의 명색 없는 문오 선생 따위가 하나도 무섭거나 어려울 리가 없던 것이고, 그래 그날부터 소위 글공부라고 하늘천 따지를 읽기 시작은 했으나 애초에 그게 장난인 요량이어서 아무 때고 싫증이 나면 뛰어나와 내 멋대로 딴 장난을 하고 놀고, 선생이 무어 좀 수틀리는 소리를 하면 냅다 욕을 내깔기고는 안으로 달려 들어가서 할머니한테 역성이나 청하고…….

이렇게 공부하라느니보다는 흉내내기요, 놀기 삼아 첫해 일년은 그럭저럭 넘겼고, 그러나 그러면서도 《천자》와 《동몽선습》과 또 한 가지 무엇이던가를 떼기는 뗐었다.

그러고는 이듬해 봄이자,《통감》을 시작하면서 일변 보통학교에 입학을 했는데, 이 그때부터서 비로소 공부의 압력과 선생 및 어른들의 단속이 차차로 무겁고 엄하여 곧잘 나의 응석으로는 배겨내기가 어려워갔었다.

　또다시 일 년이 지나자, 그때엔 정말 글공부가 싫어서 견딜 수가 없었다.

　새벽 어둑어둑해 일어나서는 학교에 갈 조반 시간이 될 때까지 글을 읽어야 하고, 학교엘 갔다가 돌아오면 잠시도 놀 겨를이 없이 이내 글방에 들어박혀 앉아 글을 읽는다, 글씨를 쓴다 하기를 해가 질 때까지 해야 하고, 겨우 저녁을 먹고 나서는 밤이 이슥해, 어느 때는 닭이 울 때까지 역시 그 짓을 해야 하고……. 그 졸려서, 졸려서 눈이 슬슬 감기고 하는 깐으로는 꼭 그대로 쓰러져 잤으면 사뭇 꿀맛 같겠는 것을 감히 못하는 안타까움이더라고야!

　날마다 날마다 끝없는 날을 끝없이 그 짓을 되풀이하되 일요일이나 축제일도 없고, 없는 게 아니라 있기는 있는데 학교엘 안 가기 때문에 온종일 글을 읽어야 하니 차라리 더 우울하고, 추석과 정월 두 때의 과정 이외는 방학도 없고, 일 년 열두 달을 다달이 보름과 그믐이면 강을 해야 하고, 하다가 잘 못하는 날이면 종아리를 맞아야 하고…….

　해서, 도무지 기운을 펴지 못할 만큼 중압을 느껴 줄곧 기분이 뜨악한 게 괜히 걱정스럽고 하던 그 글방 공부이고 본즉, 선생이 더디 와주어서 단 하루라도 더 마음 놓고 놀게 되는 것이 기뻤을 거야 지극히 당연한 노릇이었을 것이다.

그래 아무튼지 정월은 즐거운 채 무사히(진실로 무사히) 넘겼고, 그러고는 바로 이월 초승이자 어디서 우러난 소리인지,

"문오 선생이 전주로 순검 시험을 보러 갔다더라."

하는 소문이 좌악 퍼졌다.

우리는 모두들 놀랐고, 한편으로는 곧이들리지를 않았다.

원, 하고 많은 사람에 하필 그 문오 선생이 순검을 다니러 가며, 대체 그이가 어떻게 순검을 다니냐는 것이었다.

그러나 좌우간 그랬다면 우리는 앞으로 다른 선생이 올 때까지는 마음을 놓고 놀 터이어서 다행이요, 제발 그게 사실이기를 바랐다. 했더니, 뒤미처 연해 새 소식이 들리는데…….

"문오 선생이 순검 시험을 쳐서 합격이 됐다더라."

"문오 선생이 교습소에서 순검 복장을 입고 환도를 차고 총을 메고 게를 하고 있다더라."

"누구는 전주엘 갔다가 문오 선생이 순검 복장을 입고 환도를 차고 길로 지나가는 것을 보았더라."

드디어 사실은 사실인 듯싶었다.

그러고 그제서야 생각을 하니 문오 선생이 얼마 전부터 《무선생 일어자통》이라는 책을 구해다 놓고서 'アイウエオ'를 비롯하여 'コンニチワ', 'コンバンワ'[3]를 열심히 공부하던 것도 다 딴속이 있었거니 하는 짐작이 갔다.

그것을 우리 할아버지 이하 우리들이며 또 다른 사람들은 다 같이 문오 선생이 글방 아이들 가운데 학교엘 다니는 아이들의

---

3 '아이우에오', '곤니찌와', '곰방와' 등의 일본어.

학교 과정을 보살펴주자면 자기가 깜깜속이어서는 안 되겠으므로 그러한 필요를 느껴 국어의 만학을 시작했거니 했을 뿐이지, 설마 그와 같은 의뭉스런 궁량이 있었던 줄이야 눈치인들 채었을 턱이 없었던 것이다.

물론 거의 한 일 년 동안 자습을 한, 국어의 학력이란 자못 민망한 바 있을 만큼 빈약한 것이었다.

가령, 할아버지의 서사로 있는 김 서방이 더러,

"아, 여보 접장? …… 밥 먹었냐구, 그 인사를 일어루는 무어라구 허넝구라이우?"

하고, 지성으로 물을라치면 문오 선생은 소처럼 씨익 웃으면서,

"メシタベマシタカ, 그럴 테지……."

하고, 대답을 하고…….

또 어느 때는,

"잘 잤느냐는 인사는 일어루 무어라구 허넝구라이우?"

한다 치면,

"ヨクネマシタカ, 그럴 테지……."

하고, 대답을 하고…….

이렇게 시방 생각하면 매우 딱한 국어의 학력은 학력이었으나, 그러나 그때 당시만 해도 속에 한문장이나 들고 한 사람으로 그만 정도의 국어면 순사로 뽑히기에 또 다니기에 그다지 부족은 없을 시절이었다.

그 후 다시 얼마나 지나 이월 보름 그 무렵인데, 하루는 우리 할아버지가 드디어 적실한 사실을 아시었던지,

"허! 그런 변괴라니! …… 원 제가 순검이 다아 어디 당한 것

이라고……. 선비란 자이 포리가 어디 당한 것이어! 미쳤어?
…… 미쳐……. 안 미치고서야 그럴 리가 있나? …… 미쳤어! 아
까운 사람 버렸어!"
하고, 미운 소리 고운 소리 험구에 걱정해싸시는 걸 듣고서야 우
리도 마침내 그를 사실인 줄로 믿게 되었다.

삼월에는 바로 초정에 문오 선생의 대거리로 역시 동촌에서
새 선생이 들어와 우리는 다시 글을 읽어야 했다.

그러나 선생이라는 그 영감이 어떤고 하니 나인 칠십에 귀는
절벽이요, 정기라고는 다 빠지고 없고, 게다가 우리가 학교의 과
정을 복습할라치면, 그런 글은 아예 들여다보지도 마라고 꾸중꾸
중이고, 모든 것이 문오 선생에게다 대면 이건 아무것도 아니었다.

그러한 몰골이니, 가뜩이나 성미 유난스런 우리 할아버지의
눈에 괴었을 리가 없는 노릇이어서, 필경 한 달이 다 못하여 도로
쫓겨가고야 말았다.

그 며칠 동안을 우리는 글방 부엌 아궁이에다가 헌 빗자루 몽
당이를 거꾸로 세워놓고 절을 하면서,

"늙은 백여수, 어서 나갑시사! 늙은 백여수, 어서 나갑시사! 늙
은 백여수, 어서 나갑시사!"
하고 세 번씩 부작을 외어 선생 쫓는 '뱅에'를 하루라도 몇 차례
씩 서로 번갈아가면서 하곤 했는데, 마침 일이 그렇게 되니까 이
건 정녕 '뱅에'의 영감이 난 것이라고 좋아들 했었다.

할아버지는 또다시 선생을 물색하기는 하는가 본데 선뜻 마땅
한 재비가 없었던지 우리는 사월부터 눌러 오월 유월 칠월 팔월
추석까지 넉 달 넘겨 다섯 달 가까이를 선생이 또 생기나, 매일같

이 마음은 조마조마하였어도 성가신 글을 읽지 않고 그날그날을 놀며 지낼 수가 있었다.

그리고 어쩌면 이럭저럭해서 글방 공부의 고역을 영 아주 면하게 되지나 않나 싶어 후련한 안심이 들기도 했었다.

하는 동안에 추석을 당했고, 추석이매 한결 더 즐겁게 놀았고, 하다가 송편도 엔간히 동이 날 무렵인 스무닷새 그 어림이었는데…… 누가 꿈에라도 그 생각인들 했을세 말이지!

천만뜻밖에 문오 선생이 돌아오지를 않았느냐 말이었다.

이웃골 곰개라는 포구에서 척 흰 테 두른 모자에 복장을 떨쳐 입고, 환도 차고, 구두 신고 철그럭투드럭 뽐내고 돌아다니면서 도둑놈이 있으면 예끼놈! 붙잡아 포승으로 꽁꽁 묶어 가막소로 보내고, 이렇게 한참 거드럭거리고 순검을 다니며 있을, 그 문오 선생이 아니더냐 말이었다.

그런데 글쎄, 깎은 머리에다가 탕건 받쳐 갓만 썼을 뿐, 전과 다름없는 문오 선생인 채로 별안간 아무 소리도 없이, 하물며 다시 우리들의 글방 선생님으로다가 땅에서 솟은 듯이 불쑥 나타나지를 않았더냐 말이었다.

깜짝 놀랐고, 이마에 가서 하얀 망건 자국만 남고는 박박 깎은 머리 위에 상투가 없어져버린 그 풍모는 보기에 자못 기물스럽이 있었고, 선뜻은 죄끔 반가웠으나 글 읽을 일이 아득하여 정이 떨어지는 것 같았고, 일변 어째 순사를 그만두었는지, 그 속이 수월찮이 궁금했고……. 우리는 누구 할 것 없이 죄다 이러한 마음 자리였다.

그중에도 특별히 글방의 문제 인물이었던, 내 끝에 삼촌 태규

(씨) 같은 군은, 그만 낙담 실망이 되어 퉁퉁 부어가지고는,

"대체 무슨 일이여! …… 왜 고이 댕기던 순검이나 댕겨 먹덜 랑 않고서 어쩌자구 으실렁으실렁 도루 와? 오기를……. 내 참, 폭폭할 노릇 다 보겠당게!"

하고, 혼자 두런거려쌌기를 마지않았다.

이 폭폭할 노릇이란 소리가 우리 다른 축들도 축들이려니와 당자인 그에게는 진실로 적절한 심경의 표백이 아닐 수 없었다.

서당꾼은 나이 알량한 끝엣삼촌 태규, 그가 오직 하나의 대가리 굵은 군이요, 그다음이 내 바로 손위의 다섯째 형에, 마침 고 또래의 열너덧 살배기 동네 아이가 둘, 그리고 나…… 이렇게 도합 다섯인데, 그중에서도 글 읽기가 제일 고역인 것이—특히 밤 깊도록 글 읽기가 큰 고통인 것이 누구냐 하면 태규 삼촌이었던 것이다.

본디 학문이라는 것에 뜻이 없고, 재주는 소 이상으로 둔하여 여덟 살부터 열아홉 살까지 보통학교도 다니지 않은 온꼿 열두 해를 전혀 한문만 읽었다는 양이, 인제 빠듯이 맹자 양해 왕장을 들여놀 만큼 더딘 진보이었고 보매, 제발 다시는 모면을 했으면 싶었던 그 지긋지긋한 글방 공부를, 웬걸! 도로 또 시작하는가 할진대, 작히 가슴을 쾅쾅 찧고 싶도록 폭폭하기는 폭폭할 근경이었다.

그는 그렇다고, 한편 가만히 생각을 하면 문오 선생이 돌아옴이 우리들한테나 돌연이요, 의외이지 적어도 우리 할아버지하고는 단 이삼 일만이라도 앞당겨 사전에 서로 연락과 타협이 있었던 게 분명하고 사실 또 그러했어야 당연한 순서일 것이다.

한 것을, 짐짓 암말도 않고 있다가 느닷없이 변(진실로 변)을 만나게 하여 선생이 없더라도 그새 배운 것이나 잊어버리지 않도록 하루 한 차례씩 글들을 좀 읽어라 읽어라 해싸시는 걸 막무가내로 펀펀 놀아먹기만 했던 그 버력[4]인 듯이 한바탕 착실히 우리를 갖다가 골탕을 먹인 할아버지 영감님의 심술도 꽤 어지간한 것이었다.

하여튼 아무리 싫고 불평이어도 절대로 피하는 도리는 없는 것……. 하릴없이 우리는 당장 그날로 문오 선생 앞에서 그동안 여러 날 중단을 했던 글방 공부를 다시금 시작했다.

시작한 지 그리고 한 사오 일가량 지난 어느 날 밤인데, 계제가 우연하여 우리는 우리들의 궁금거리이었던 것으로 문오 선생이 어째 무엇 때문에 순사를 그만둔 그 내력을 비로소 이야기 들을 기회를 가질 수가 있었다.

초가을이라지만 아직은 늦은 여름이요, 길지 못한 밤이라 저녁 후의 마지막 참으로 읽는 셋째 번의 참이 거의 거의 끝나갈 무렵엔 벌써 오래잖아 첫닭이 울게 밤은 으슥하니 깊었다.

그러노라니 모두들 졸음이 쏟아져 눈은 슬슬 감기고 안개 속 같이 몽롱한 정신에 끄덕거리는 몸은 맥 하나도 없이 시들부들, 이 모양들을 하고 앉아서 마지못해 다뿍 갈린 음성으로 히잉히잉 읽는 시늉만 하는 글소리하며……. 남이 본다면 작히 민망스런 꼴이 아닐 수 없었다. 단 한 마디,

"고만들 읽어라!"

---

4 하늘이나 신령이 사람의 죄악을 징계하려고 내린다는 벌.

하는 영이 뚝 떨어졌으면 단박 퍼뜩퍼뜩들 살아날 것 같은데, 보아야 문오 선생은 말마다 정신 차리란 소리만 지르곤 하는 것이었다.

그러다가 문뜩 청을 돋우어,

"맹자대왈하필왈이孟子對曰何必曰利니꼬, 지유인의의기이只有仁義矣리펴이다."[5]

하고, 태규 삼촌의 얼림글을 읽어주는 것이었다.

문오 선생은 청이 맑고 보드라워 글소리 좋고 잘 읽기로 이름난 선생이었고, 해서 그이가 얼림글을 내면 우리는(제 글이 아니라도) 저절로 흥이 나서 운김에 글이 잘 읽어지곤 했었다.

그래, 그때도(요샛말로 하자면) 소위 '라스트 헤비'랄까, 우리는 새로 기운을 내어 얼마 동안 보암직하게 한바탕 글을 읽었고, 그러자 이윽고 문오 선생은 자기가 먼저 읽기를 그치더니,

"그마안들 읽어라!"

하는 영이 내렸다.

영이 떨어지자마자들 한꺼번에 글소리를 뚝 그치고는 없던 정신이 번쩍 들어 책을 덮다가 치운다, 물러갈 차비를 차린다 한참 부산했다.

하는데, 그때 마침 밖에서 인기척이 나더니 할아버지가 앞마루에서 빙그레하니 방 안을 들여다보고 서서 있었다.

노인이라 초저녁에 슬풋 한잠을 들르고 나서는 잠이 안 올라치면 더러 글방으로 내려와 글 읽는 것도 보고, 우리들과 얼려 퐁

---

5 '맹자가 대꾸하데 어찌 이익만을 말하는가, 다만 인의가 있을 뿐이다'라는 뜻.

월도 짓고, 문오 선생과 이야기도 하고, 하던 끝엔 밤참도 나오게 하고, 하는 걸로 적잖이 심심파적을 삼아오던 터이었다.

해서, 그날 밤에도 진작부터 내려와 문오 선생의 글 읽는 소리를 듣고 계셨던지 천천히 방으로 걸어 들어오면서,

"아 접장, 거 글을 너머 멋지게 읽어서 못쓰겠네……. 동네 어디 과부가 있으까 무서!"

하고 실없는 소리를 하며 그를 구슬려주는 것이었다.

문오 선생은 부끄럼을 타 외면을 하고 벙긋벙긋 웃으면서 아랫목 자리를 피해 이편짝 뒤곁으로 비껴 앉고……. 할아버지는 아랫목으로 가 앉더니,

"……응…… 그렇게 글두 잘 읽구 다아 저렇게 얌전한 선비가……."

하시다가, 마침 동네 아이 둘이 문오 선생과 할아버지한테,

"선생님 알량이 주무세요!"

"알량이 주무세요!"

하고, 돌아갈 인사를 하는 것을,

"느덜, 게 있거라, 게 있어……."

하면서 불러 앉히고는 태규 삼촌더러 안에 들어가서 무어나 밤참을 좀 하고 마른안주에 술을 몇 잔 내오게 하라고 시키는 것이었다.

우리는 도로들 무릎을 꿇고 주욱 앉았다.

할아버지는 빙긋이 한참이나 문오 선생의 그 망건 자국만 하얀 중대가리를 건너다보다가,

"저게 무슨 망신이람! 으응? 저 중대가리 좀 보아……."

문오 선생은 자꾸만 더 고개를 돌리고 우리는 웃음이 나오지
못하게 입술을 다물어야 했다.

"……선비가, 선비허구두 점잖구, 다아 저렇게 얌전한 선비
가 으응? …… 머리 깎구…… 깊숙한 산중으로 중노릇이나 갔다
면 혹시 몰라두 생판 순검을 댕겨? …… 포리? 그걸 댕겨? 으응?
…… 허허허허허. 여보게, 접장!"

"……"

"사서삼경 어디 가서 그런 대문이 있지? 선비는 머리를 깎구
포리를 댕겨야 허느니라……. 이런 대문이 어디 가서 있지?"

"……"

"허허허허허…… 그런디 참…… 여보게, 접장?"

"……"

"아아니 날 좀 보아?"

"예에!"

문오 선생은 외면을 한 채 겨우 대답이었다.

"내가 꼬옥 한 가지 궁금헌 일이 있는데 날 속 좀 시원하라구
그 대답 좀 하여보소 응?"

"……"

"대체 기왕 한 번 댕겨보자구 시작한 노릇을 그만두기는 어찌
서 그만두었넝고? …… 어찌서 제에우 보름인가 스무 날인가 댕
기구는 그만두었넝고?"

"……"

"뭣이야 거 자네가 내게 헌 관찰 사연대루, 거 원, 젊은 놈이
평생 고리타분하게 훈장질이나 하여 먹을 일을 생각허닝게 답답

허구 한심하여서, 그래서 한때 미친 맘에 그걸 다 댕겼다구…….
그러면 말이지 응…… 여섯 달이나 그렇게 고생을 하여가면서
순검 공부를 하여 갖구서니, 옳게 순검이 되었거던 아 왜 좀 한
일 년이구 몇 해구 눌러 댕기는 것이 아니라…… 응? 어찌서 이
만 그만두었어?"

"……."

"응? 어찌서 그리 쉽게 작파를 하였어?"

"당하여보닝게 못 댕기것더만이오!"

졸리다 못해 문오 선생은 겨우 입이 떨어져 한마디 대답이었다.

"허허허허허!……"

할아버지는 한바탕 유쾌하게 웃고 나서…….

"……그래, 못 댕기것덩가?"

"예에!"

"도둑놈 못 잡아보았넝가?"

"예에!"

"못 잡았어! 그럼…… 누구 뺨사대기(따귀)라구 더러 때려보
았넝가?"

"어떻게 때려요!"

"아, 저런 놈의 알량헌 순검 좀 보소! 순검허구는 참 데데허네
만……. 뺨사대기두 못 때렸어!"

"……."

"도둑놈두 못 잡아보구, 어떤 놈 뺨사대기두 한번 못 때려보
구…… 그러구서 무얼루 순검 댕겼다구 허녕고? 응…… 단 보름
이라두 명색이 순검은 순검인디……. 복장 입고 환도 차고 말이

지……. 그런디 통히 아무것두 못히여? 참말인가? …… 뺨사대기
한 번두 못 때려보구……. 도둑놈두 못 잡구……. 응?"

"……."

"나는 자네 믿구서 밤인다치면 대문 단속두 잘 않구 그렸더니
인제 보닝게 큰일 날 뻔히였구만그리여! 으응…… 그런 놈의 알
량헌 순검이 어디가 있어……. 아아니…… 허다못해 눈먼 노름꾼
이라도 한 놈 잡아보았어야지? …… 참 순검허구넌!"

노름꾼이란 소리에 문오 선생은 웬일인지 혼자서 자꾸만 피씩
웃어쌌는 게 눈치가 좀 달라 보였다.

할아버지는 그 낌새를 채고서,

"그럼, 노름꾼은 잡았던가?"

하고 딱지를 떼듯 묻는 것이었다.

문오 선생은 그러나 더 웃기만 하지 대답을 못하는 것을 할아
버지는 바싹,

"노름꾼은 그러두 잡아보았지?"

"……."

"응?"

"……."

"잡아보았넝가?"

"……."

"잡아보았지? 응?"

질지이심스럽게 캐고 드는 것을 문오 선생은 드디어 나가 드
러눕듯이,

"잡다가 말았답니다!"

"뭣이! 잡다가 말다니……."

할아버지의 그 놀라면서 허겁을 떠는 엄살이라니,

"그럼, 꽁지만 잡았던가?"

우리는 고만 참을 수가 없어서 손으로 입을 가리고들 킥킥 웃어야 했다.

"……대체 원 어떻게 하였길래 그놈을 꽁지만 잡구 말었단 말인가? 응?"

"……."

"허어허허허 어허허허…… 그래, 여엉 못하여본 것보다는 그리두 더얼 잡아보았으닝게…… 허어허허?"

할아버지는 여태까지 참고만 있던 웃음을 한꺼번에 실컷 다아 웃고 나서는 다시 또,

"그래 그런디이…… 원 어떻게 허다가 잡을 뻔은 하였으며, 어떻게 하다가 놓치기는 하였던가?"

"……."

"응? …… 그 이얘기나 좀 하여보소?"

"……."

"그 이얘기를 좀 히여보라닝게? 어찌다가 그랬어?"

"아실 것 없어요……. 괘앤히 그저……."

"아아니 자네가 암만히여두 눈치가 노름꾼을 잡다가 놓치구서 그얼루 순검을 못 댕기구 쫓겨 왔넝개비네……. 그렇지? 매양……."

"쫓겨 오던 안 하였어두……."

"그럼?"

"지가 내놓구 왔어요."

"노름꾼 잡다가 놓친 것이 무렴이어서?"

"그런 게 아니라……."

"그럼?"

"한 놈을 잡아서 묶어놓았더니……."

"잡았어? 묶었어?"

"그놈이……."

"도망을 갔어?"

"도망을 간 게 아니라……."

문오 선생은 마침내 할아버지의 유도誘導에 넘어가 부처님같이 어렵던 입이 겨우 조끔 떨어져가지고는 뜨문뜨문 이야기 대답을 하고 있었다.

우리는 잠은 죄다 달아나고 모두들 글로루 귀가 바싹 기울어져 있었다.

그러나 마침 밤참이 나와 막 재미있으려는 대목에서 잠깐 이야기는 중단이 있었다.

속이 한참 출출했던 판이라 찐 송편이며 밤·풋대추·감 등속의 과실이며가 수북수북 쟁반에 담겨 두 쟁반이나 앞에 와 놓였을 때는 얼른 손을 내밀고 싶게 구미가 당기었다. 할아버지 앞에는 조그마한 술반에다가 차린 조촐한 술상이 따로 놓이고…….

"어서들 먹어라!"

할아버지는 우리를 건너다보면서 그러시고는 또,

"……잘 자리니 과식을랑 허지를 말구……."

하고 신칙[6]까지 하신 뒤에,

"⋯⋯접장은 일러루 오소⋯⋯. 나허구 두어 잔씩만⋯⋯."

하면서 태규 삼촌이 붓는 잔을 당신이 먼저 주욱 마시더니 손수 한 잔을 쳐 문오 선생을 권하던 말씀이,

"이게 무슨 술인고 허니, 점잖은 선비사 머리 깎구서 순검 댕긴 벌주닝게 그리 알구서 먹소오!"

술상 모으로 나앉은 문오 선생은 싱그레 웃으면서 잔을 받아 훨씬 외면을 하고는 쓴 약 먹듯 가까스로 술을 마시는 것이었다.

우리는 떡이야 과실이야 직닥직닥 째금째금 맛있게들 먹으면서도 아랫목의 동정을 살피기에 정신은 한가닥 가서 깔려 있었다.

할아버지는 문오 선생이 되부어 드리는 잔을 받아 드시면서 환갑에 아직도 정정한 이로 일변 문어발을 기운 좋게 씹으면서,

"게 그리서⋯⋯ 묶어놓았더니 도망을 간 게 아니라⋯⋯ 어쨌다? 그 이야기 좀 마자 듣세?"

"건 머얼 들으실 것이 있다구⋯⋯."

"자아⋯⋯ 아까 그 잔은 벌주요, 시방 이 잔은 상주네! 꽁지만 잡았어두 아무튼지 노름꾼 하나 잡을 뻔헌 그 상주네!"

"저는 인제 더 못허겠습니다!"

"잘 자리닝게 두어 잔 히여두 괜찮네⋯⋯. 어서 마시구⋯⋯. 그래, 그래서 어쨌다?"

문오 선생은 쓴 술맛에 오만상을 찡그렸다가 도로 펴고는 잔에 술을 또 부으면서,

"아 하루는 밤이 늦어서 비가 치얼철 오는데⋯⋯."

---

6 타일러 단단히 경계함.

"으응 그리서?"

"순을 둘러 나갔더니?"

"순행을! …… 그리서?"

"외딴 주막집에서 불이 반짜악 반짝허길래……."

"안 무섭던가?"

"가까이 가보닝게 돈소리가 나구 우세두세……."

"노름들을 하더라아?"

"쫓아 들어갔더니……."

"그리서?"

"죄다 풍겨버리구는……."

"한 놈만 잡혔단 말이지이?"

문오 선생은 싱긋이 웃고 대답을 못하는 것을 할아버지는 재촉하듯,

"그리서?"

"묶어 잡았더니……."

"도망 갈라구 안 부수대구 가만히 있던가?"

"묶어놓고 보닝게루……."

"그놈 참 못난 놈이던개비네! 눈먼 쇠경(장님)이든지……."

"앉은뱅이어요!"

"뭣이! 앉은뱅?"

문오 선생은 대답 대신 뒤통수로 손이 올라가고, 할아버지는 몸을 커다랗게 흔들면서,

"허어 허허허! 허허허허허! 게 그리서? 학장님 순검이 앉은뱅이 노름꾼을 묶어놓던디이…… 그리구는?"

"살려달라구 빌어쌌는데……."

"빌더라? …… 그리서?"

"가만히 서서 제 몰골허며 신세를 생각하닝게……."

"앉은뱅이 노름꾼을 붙잡아서 처억 묶어놓구 섰던 순검 자네 몰골허며 신세를 한번 생각하여보았단 말이지? 거 그럴듯한 말이구만! 그래 생각을 허닝게?"

"기가 맥히구……."

"그렇기두 히였을 티지! …… 그리서?"

"허허허 웃어버리구서……."

"허허허 웃었다? …… 허어허…… 어허허허허! 게, 그리구서?"

"풀어 놓아주구서 그질루 바루……."

"작파를 허구 말았다? 허어허허허! 어허허허!"

나는 마루의 기둥에 가 기대선 채 그때 그날 밤 할아버지의 술상 머리에 앉아서 단 두 잔 술로 홍당무같이 빠알간 얼굴에 웃지도 못하고 빙그레 하니, 말이래야 뜨문뜨문,

"풀어 놓아주구서 그질루 바루……."

순사를 작파했노란 대답을 하고 있던 문오 선생의 그 모습과 더불어 한편 어떤 봉놋방에서 앉은뱅이 노름꾼 하나를 꽁꽁 포승으로 묶어놓고는 놈이 제발 살려달라고 비는 것을 정복 정모에 칼을 차고 순사로 차린 문오 선생이 물끄러미 내려다보고 섰다가 그만 기가 막혀—'허허허!' 하고(울지 못해) 웃으면서 놈을 도로 풀어 놓아주는 그 장면이 마치 필름의 이중 노출처럼 눈에 어리어 입가로 절로 미소가 드러남을 깨닫지 못했다.

토방에서 구두를 제해 내해 늘어놓고 손질을 하느라 분주하던

아내가 재촉삼아 고개를 쳐들다가 문득 내가 혼자서 웃고 있는
것을 보았던 모양으로,

"순사 친구 하나 또 사귄 게 퍽이나 재미는 나시나 보군요?
…… 워낙이 그 사람두 술을 좋아허게 생겼습디다!"
하면서 끈이 오금을 박는다.

하는 소리에 나는 방금 문오 선생에게 대한 그 이중 노출 위에
가서 또다시 아까 그 순사의 영상이 한 개 더 곁들여 삼중 노출
로 얼씬거리면서, 그러면서 한 재미스러운 한 개의 구상이……
그 순사도 저어 시골(가령 충청도) 어디 촌학장 샌님네 집안 태
생으로 삼십이 가깝도록 상투나 탄탄 짜고 지내다 요행 국어 마
디나 아는 덕에 하루아침 뛰쳐나와 순사를 다니는 참이고, 맨 처
음 누구를 포박했을 때는 역시(그만두던 안 했어도) 기가 막혀서
허허허 한바탕 웃었을 것이고……. 이렇게 영락없이 문오 선생과
죄다 꼭 같은 경력이요, 인물이거니 하는 사상을 고의로다가 구
상하기가 웬일인지 무척 재미스럽다.

그래 나는 한 번 더 빙긋이 웃으면서,
"그 순사가 꼭 우리 문오 선생님 같다……."
하고 혼잣말을 하다가 겨우 기둥으로부터 물러났다.
하는 것을 아내가 별안간,
"아이 참! 내 정신머리 좀 봐……."
하면서 문간으로 부산히 나가더니 그러다가 잠깐 들여다보면서,
"그…… 문오 선생님이라는 글방 선생이 정 씨우? 정문오라
구?"
하고 묻는다.

"그래서? 왜?"

"아아니 그이가 돌아갔다구 부고가 온 걸 고만……."

"머어?"

내 스스로도 의외일 만큼 나의 놀람은 호들갑스럽다. 결코 여느 다른 날 문오 선생의 부음을 들었다면 나는 그저,

'아, 돌아가셨나!'

'그렇지만 육십도 아직 못 됐을 텐데?'

'오랜 훈장길로 모진 치질이 생겨 늘 고생을 하더니…….'

'아무려나 몇 해 더 편안히 사시다가 환갑이나 지난 뒤에 천천히 돌아가시들랑 않구서…….'

이런 태연한 가운데 좀 섭섭해하기나 했을 따름일 것이다. 그러므로 놀란 것은 항상 문오 선생이라는 옛 글방 선생이 굳김에 무슨 나에게 아플 무엇이 있었던 때문이 아니요, 계제에 우연히 나의 정신이 시공을 떠나 그의 생애의 회상에 가서 마침 집중이 되어 있었던 차라, 별안간 들리는 현실의 음향, 즉 부고란 소리가 방심한 신경을 그렇듯 푼수 이상으로 놀라게끔 확대되어 들린 것이었다.

그러나 경위가 그런 줄은 알았으면서도 그래도 한편으로는, 자아 때마침 공교로이 문오 선생 그와 비슷한 어떤 안면 있는 순사 하나가 집 문 앞을 지나다가 잠깐 들어와서 그 순사를 두고서 문오 선생이 '순사 있는 에피소드'를 생각해하던 참인데 그러자 또 그의 부고가 와서 있다고 해! 했으니 암만해도 이건 무엇이 씌어댄 노릇인 성만 싶어 도무지 어떻다고 형용할 수가 없이 마음이 섬뜩하지 않을 수가 없었다.

아내는 대문 밖으로 나갔다가 이내 검은 테가 둘렸어 보이는 엽서 한 장을 들고 왔다.

그는 명색이 신교육을 적당히 받노라고 받았으면서 자라기를 내내 낡은 집안에서 자란 탓인지 부고라면 기어이 집 안에다가 들여다 두지 않는 미신이랄까, 결벽이랄까 대단했었다.

"아 어제 오후에 온 걸 그만……. 허긴 당신이 너무 늦어서 들어오시기두 했지만……."

이런 발명을 하면서 주는 엽서를 받아들고 보니…….

'학생정공문오이숙환어금월 × 일별세자이계고學生丁公文五以宿患於今月 × 日別世玆而訃告.'

갈 데 없는 문오 선생의 부고요, 어제로 벌써 장례는 지나갔었다.

"거참 별일두 가다간 있는 걸다!"

결국 한 개의 우연한 일치일 따름인 것을 끝끝내 거기에 신경을 쓰잘머리가 없는 것이어서 웬만큼 불과심에로 처리를 하느라 혼자 한마디 뇌고는 돌아서는데,

"왜애? 무엇이 어쨌수?"

하고 아내가 등 뒤에서 딸 듯이 묻는다.

"아아니 글쎄, 그이 비슷헌 순사가 마침 오구……. 와이셔츠 빤 거 하나 주구려! …… 아, 그래서 방금 그이 생각을 허구 있는데, 돌아갔다는 부고가 와서 있었으니……."

"제자라구 혼백이 부고에 묻어 왔던 게지요?"

"글쎄에…… 그렇지만 이 제자가 머어 그대지 알뜰헌 제자라구!"

"와이셔츠가 모두 칼라가 헤지구 헌 걸 미처 손을 못 댔는데
에……."

아내는 방 안에서 장롱을 여닫다가 맨손으로 나온다.

"……오늘이나 그거 그대루 입으시우!"

"새까맸는데?"

"여엉 더러워요? …… 어디……."

아내는 들여다보면서,

"……아직 괜찮구면 그러시우?"

"내야 괜찮지만 아씨가……."

"내가 어때서요?"

"드런 와이셔츨 입구서 양주같이 나가면 남들이 보구서 저 여
편네 저는 말쑥허게 빼때리구서두 사낸 저 꼴을 시켰단 말이냐
구 욕헐 게 아니오?"

"것두, 당신 밤낮 떠받구 나오는 춘추 필법이라더냐 그 논법이
시우?"

"방불허지!"

돌아서서 넥타이를 매느라니까 문지방을 짚고 섰는 아내의 얼
굴이 거울 속의 어깨 너머로 내다보인다.

"노파가 이뻐졌네……."

빈말이 아니고 나는 그것을 오랫동안 잊어버렸던 모양이다.

"……새루 연앨 해야 헐까 봐……."

"당신허구?"

"그럴 수밖에 없을 테지!"

"또 결혼해야 허게? 당신허구……."

"걱정스러?"

"하마, 오정 불어요!"

"훠얼씬 자정이랬으면 더 좋겠다!"

이런 아무 쓰잘 데 없는 소리를 지껄이는 동안에 나는 어느덧 문오 선생과 그에 대한 일은 다아 잊어버리고 말았다.

— 〈문장〉, 1940. 4.

당랑蟷螂의 전설

(3막)

인물

박朴 진사: 자작 영농을 겸한 소지주, 육십 세가량
고高 씨: 박 진사의 처
원석元錫: 장자, 사십 세가량
최崔 씨: 원석의 처
인원仁源: 원석의 소생, 십팔 세가량
윤원允源: 원석의 소생, 십오 세가량
옥순玉順: 원석의 소생, 십이 세가량
형석亨錫: 차자, 삼십오 세가량
김金 씨: 형석의 처
대원大源: 형석의 소생, 십육 세가량
재원在源: 형석의 소생, 십일 세가량
정석貞錫: 삼자, 이십칠 세가량
오吳 씨: 정석의 처
내원來源: 정석의 소생, 팔 세가량
은순銀順: 정석의 소생, 삼 세가량
소저小姐: 딸, 십구 세가량, 처녀
꼬마둥이, 머슴, 마부
집달리, 집달리를 따라다니는 형식상의 경매인(고물상) 갑·을, 인부 이삼 인
미두취인중매점米豆取引仲買店 마루상의 사무원 갑·을, 동同 바다지, 동 미두 손님 갑·을
다수한 미두꾼, 하바꾼, 옥관玉觀, 바다지, 구경꾼 등으로 된 미두장 중심의 군중

연대

지금으로부터 약 이십 년 전, 즉 대정大正 십 년대(1921) 팔월 하순.

장소

남방의 어느 원벽遠僻한 작은 농읍農邑과 인천

216

제1막

무대

초가로되, 칸살이 넓고 드높아 원래는 중후한 느낌이 났어야
할 것이었으나, 너무도 낡고 그을고 추녀 등 군데군데 퇴락이 되
고 해서, 그 창연蒼然한 황량荒凉으로 하여 오히려 음울한 기운이
떠도는 박 진사 집의 안채. 상수上手로부터 부엌, 안방, 대청마루,
건넌방의 순서로 되었고, 앞에는 툇마루가 죽 연해서 달렸다. 환
히 죄다 열린 위아래 앞문으로는 안방과 건넌방이 다 같이 거뭇
한 장롱이며 추닫이 등속이 들여다보이고.

대청마루에는 길쌈을 하던 모시베틀이, 짠 베가 꽤 많이 감기
고도 북이 그대로 걸린 채, 특히 눈에 뜨이도록 가운데 한복판으
로 놓여 있고, 한편 구석엔 커다란 뒤주가 한 개. 뒤주 위와 시렁
에는 소반, 병풍 그 밖에 여러 가지 세간이 얹혀 있고, 열린 뒷문
으로 해서는 널따란 뒷마당과 뒤채의 일부분이 내다보인다.

하수下手는 종縱으로, 전면에 광과 후면에 아랫방이 달린 옆채.
이 옆채와 안채와의 사이에는 약간의 간격이 있어서, 뒤채가 있
는 뒤울안으로의 통로가 된다.

상수의 최전면으로 다가서는 이엉으로 엮어 세운 차면이 있
어, 사랑채와 사랑채에 달린 대문이 그 앞에 가서 있음을 의미한
다. 그리고 무대의 용적이 허하는 껏, 되도록이면 상수에다가 다
시 종으로, 전면에 외양간이 딸린 헛간 한 채를 두고, 절구와 확¹과
토매,² 절굿대, 멍석 등이며 쟁기, 써레, 홀태,³ 기타 몇 가지의 농
구를 적당히 배치한다.

헛간이 만일 부득이한 경우면 그 대신 광 앞과 마루 밑창 기타 알맞은 자리에 그럴듯한 농구를 한두 가지씩 채워 놓아두어, 그것으로써 농가다운 기분이 나게 한다.

석양은 아직 멀었고 새때가 넌지시 겨운 오후. 막이 열리면, 손녀 은순을 등에 업은 고 씨, 실심하니 만사에 경황이 없는 얼굴로 오락가락 토방을 거닌다. 본바탕은 그러나 유복하고 덕스러우며 겸해서 고생에 찌들지 않고 곱게 늙어, 그의 특특한 광당포廣唐布 치마 적삼이 보기조차 민망할 만큼, 귀골태를 숨기지 못한다.

대청 앞마루에서는 만삭 가까운 형석의 아낙 김 씨와 정석의 아낙 오 씨 두 동서가 마주 앉아서 모시 올을 째고 있다. 김 씨는 시어머니 비슷하니 복성스런 모습이나 오 씨는 날렵한 몸피와 강파른 얼굴이 완구히 히스테리를 지니어 보인다. 동서가 꼭같이 삼베 적삼에 껌정 물감을 들인, 매한가지 삼베 치마를 입었고.

건넌방 마루에서는 원석의 아낙 최 씨와 소저가 누런 삼베로 크막한 고의와 적삼을 한 가지씩 차고 앉아서 바느질을 하고 있다. 최 씨는 부대한 몸집하며 여럿 중에서 누구보다도 유덕한 얼굴이나 약간 우둔한 편이고, 소저는 얄따란 바탕에 좁은 이마 등 성미가 몹시 박절스런 모습이다. 분홍 항라 적삼에 치마는 역시 껌정 삼베치마를 입었고, 최 씨는 위아래가 제 빛깔의 삼베다.

넷이는 생김새는 그렇듯 다 각각이라도(그리고 고 씨토록은 아니나) 한결같이 걱정 있는 표정을 하고서, 깜박 잊은 듯 한동

---

1 돌절구 모양으로 우묵하게 판 돌.
2 맷돌 모양의 농기구.
3 벼훑이의 사투리.

안 말들이 없이 저마다 일에만 잠착한다.

오 씨 (모시 한 올을 송곳니에 물고 한참이나 성화를 먹다가 겨우
　　째고 나서, 퍼뜩 불평스럽게, 방백) 이건 쪼개선 다아 무얼 하
　　자구!

김 씨 (언뜻 대청마루의 베틀만 돌려다 보고는, 무언)

오 씨 집행 딱진지 개화장 딱진지 붙여논 년의 베를!

　　(소저와 최 씨, 따로이)

소저 (바느질하던 삼베 적삼을 문득 푸석하니 치켜들고는 곰곰이
　　바라다보다가, 방백) 머슴 줬으믄 마침이겠네!

최 씨 (고개를 숙인 채, 빙긋) 나두 허너니 시방 그 말이지!

소저 어느새 노망두 아니시구 (도로 바늘을 잡으면서) 시상의 이
　　걸 글씨 어떻게 입으신다구!

　　(고 씨, 따로이)

고 씨 (이윽고 딴 정신이 번져, 무심결에 하늘을 올려다보다가,
　　방백) 빈 또 머얼리 갔구나!

　　(오 씨와 김 씨, 따로이 계속하여)

오 씨 낼모리믄 뭇놈들을 끌구 와서 죄다 모두 팔아넹긴다믄서!

김 씨 쯧! 인제 또 장만하믄 그만 아닌가?

오 씨 성님두! 장만했다가 또 남 존 일 시키라구?

김 씨 오온! 집행을 또 맞어서 어떡허자구!

　　(소저와 최 씨, 따로이 계속하여)

최 씨 허기사 살림은 나날이 이렇게 쪼들려가구 (간(間))[4] 자손들
　　보는데 당신이 몸소 쥬모를 내시자구 하시는 노릇이지만.

소저 그날두 글씨 (오 씨를 힐끗 돌려다 보고는 소곤소곤) 막내
오빠가 군산 갔다가 심부름하란 돈에서 이백 냥이나 주구 새
루 양복을 해 입구 온 걸 보시구서, 그만 화증이 나서서 그리
섰다우! 다락에서 이 벨 끄내가지구 들오시더니 어머니더러,
당장 이걸루 내 고의적삼 만들어노라구.

(오 씨와 김 씨, 따로이 계속하여)

오 씨 말두 마시우! 인제 두구 보시우만 (고 씨가 들을까 봐, 돌려
다 보고는 소곤소곤) 인제 한 달이 머다 허구 연해 집행 난릴
맞일 테니 두구 보시래두!

김 씨 쯧! 그래두 헐 수 없는 노릇이구! 다아 집안 운수소관인걸.

(고 씨, 따로이 한참 만에)

고 씨 하느님마저 야숙두 하시지! 이왕이니 심은 것이나 걷어 먹
게 해주시들랑 않구서! (마당으로 내려가서 상수의 차면께로
걸어 나가면서) 이 사람한테서는 어쩌자구 오늘두 여태 가암
감 소식이 없는구! (간) 찾으러 나가신 으런두, 가시더니 소식
이 없구!

(소저와 최 씨, 따로이 계속하여)

최 씨 (곰곰이 방백) 집안이 이 꼴이 되기 전에 진작 애기씨가 시
집을 갔어야 할 것을! 쯧쯧!

소저 (고개를 숙이고서 말은 없어도, 누가 아니라느냔 듯이, 불평
한 빛이 알아보게 얼굴로 드러난다)

최 씨 둘두 없는 양념딸애기니, 다아 참, 고루기두 골라야 할 테지

---

4 이하 '(간)'으로 통일.

만 (간) 집안이 그만, 이 지경이 되었으니!

(오 씨와 김 씨, 따로이 계속하여)

오 씨 전답은 버얼써 다아 남의 것이 되구, 집두 잽혔는데 기한이

넘었댑디다! 인전 머, 집두 터두 없구, 죄다 굶어 죽게만 생겼

대나 봐요!

김 씨 설마 산 사람 입에 낙거미줄이야 칠라던가?

오 씨 성님두! 아, 우선 지끔만 보시우? 오늘 저녁은 보리만 곱삶

어야 안 해요? 보리나 또 많으믄?

김 씨 (깜박 생각이 나서) 참! 내 정신머리 좀 바라! (대견히 최

씨를 돌려다 보면서) 성니임?

최 씨 (마주 건너다보면서) 으응?

김 씨 저어, 오늘 저녁 (고 씨가 들을까 봐 돌려다 본다)

고 씨 (상수의 차면 밖으로 천천히 퇴장)

김 씨 오늘 저녁 양식은 어떡헌대요?

최 씨 나두 허너니 시방 그 걱정이네!

김 씨 머슴허구 꼬마둥이두 그렇지만, 어머님이 그 노인이 보리

곱삶일 어떻게 잡수시우!

최 씨 즘심에 두주는 닥닥 다아 긁었던가?

김 씨 그리구서두 쌀이 모자라서 들에 나가는 밥이 그렇게 반섞

이가 더 되잖었어요?

최 씨 쯧! 광에 있는 독에 치라두 조금만 퍼다가 먹었으믄 좋겠다!

오 씨 큰일 나라구요?

최 씨 허기사 그렇다데만서두. 그러니 그게 무슨 놈의 법이 그럴

꼬? 다 같이 집행 딱지는 붙었으믄서두, 두주 치는 먹으라구

허구, 광에다 둔 독에 치는 손두 못 대게 허구.

오 씨 두주는 두줄 집행했으니깐 쌀은 먹어두 상관없지만, 독에 친 쌀을 집행했으니깐 안 된대나 바요.

소저 (입을 삐쭉) 벨 까달스런 법두 다 많지!

최 씨 가만히, 집행 딱지를 떼구서 한 말만 덜어내구, 도루 제대루 붙이믄 안 될까?

김 씨 그랬다가 말썽이나 생기믄 어떡허게요?

정석 (무대 뒤에서 머언 소리로) 은순아?

오 씨 네에?

정석 냉수 한 그릇 떠와!

오 씨 (부엌으로 해서 퇴장)

　(최 씨와 김 씨, 따로이 계속하여)

최 씨 밀이나 좀 갈아두었드라믄, 이런 때 더러 칼제비나 해서.

김 씨 머슴은 가루것두 그리 질겨 하잖나 봅디다!

　(상수의 차면 밖으로부터 윤원, 옥순, 재원, 내원의 네 아이가 빈 벤또 그릇을 달그락거리면서 요란하니 등장. 사나이 셋은 하얀 일개ㅂ盖를 씌운 보통학교의 학모를 쓰고 윤원과 재원은 두루마기까지 입고 일제히 버선에다가 편리화를 신었다. 옥순은 편리화 대신 갖신을 신었고. 모두들 얼굴이 벌겋게 익고 땀이 흐르나, 저마다 씩씩하니 원기가 있다.)

최 씨 오는구나, 들! 오온, 이 더운데 저것들이!

　(재원과 김 씨, 따로이)

재원 (김 씨의 앞으로 달려가서) 어머니 어머니!

김 씨 오늘두 학교 논, 김들 맸니?

재원 나, 수박 사먹게 돈!

  (윤원과 최 씨, 따로이)

윤원 (두루마기와 모자를 벗어 내던지면서) 할아버지 안 오셨수?

최 씨 안 오셨다!

윤원 어머니, 나 밥 좀 주?

  (내원, 혼자서 따로이)

내원 엄마아? (오 씨를 찾느라고 둘러보다가, 하수의 옆채 사이로
  해서 뒤울안으로 달음질을 쳐서 퇴장)

  (재원과 김 씨, 따로이 계속하여)

김 씨 도온? 넌 돈 이름을 다아 아나 보다?

재원 흐웅! 저기 수박 많이 난 거!

김 씨 재주 좋거들랑, 좀 사다가 나두 좀 주구, 느이두 먹구 하겠지?

  (윤원과 최 씨, 따로이 계속하여)

최 씨 밥 먹기두 급하다! 더운데 어서들 벗어붙이구, 휘얼훨 찬
  물루 씻기나 하려므나!

윤원 배고파 죽겠구먼!

김 씨 넌 그게, 수박 고푸닷 소릴 테지?

윤원 (히죽 웃으면서) 좀 사주우!

김 씨 그래라! 날 어따가 갖다 팔구서, 수박들 사먹어라.

재원 어머닐 누가 사나, 머!

최 씨 오온! 자식두!

김 씨 큰일들 났다! 느일 모두 먹구퍼 하는 대루 자알 멕이구, 공
  부두 다아, 대학교꺼정 졸업을 시키구 하자믄 돈이 집채만침
  있어두 모자랄 텐데! (가볍게 한숨) 이건 되려! (대견히 무릎

을 짚고 일어선다)

(소저와 최 씨와 옥순, 따로이)

소저 (기둥을 안고 섰는 옥순을 건너다보면서) 옥순인 어쩨 저리
　두 얌전했을까?

최 씨 얼굴에다가 시방, 수박 좀 사주우 허구, 쓴 게 아주 선연하
　구먼서두!

옥순 (배시시 웃으면서) 수박이 저어, 물동이마안씩 하겠지!

소저 (문득, 방백) 올 여름은 참, 수박 한 번두 실컷 못 먹어봤다!

　(김 씨, 따로이)

김 씨 밥이나 먹어라! 들. 보리밥에다가 고추장허구, 기름허구, 드
　뿍 마안히 치구, 열무김치 넣구 해설랑 착착 비벼논다 치믄,
　참, 꿀맛이지! (토방으로 내려서면서) 수박이 어딜! (간) 자아,
　시어언한 뒷마루루 가자들. 꿀밥 비벼주께시니. (토방을 지나
　상수의 부엌으로 퇴장)

　(아이들, 대청마루의 뒷문으로 해서, 혹은 하수의 옆채 사이로
　해서, 뒤울안으로 퇴장)

　(소저와 최 씨, 따로이)

최 씨 뒤채서는 내원이놈이 수박 사달라구, 단단히 시방 성화를
　멕히나 보다!

소저 아이라구 하두 어디서, 응석만 부려쌌구, 소갈찌가 사나서!

최 씨 쯧! 한참 그럴 나이라!

　(형석, 상수의 차면 밖으로부터 총총히 등장. 삿갓을 들고 살
　포를 집고 탈망 바람에 발목만 조금 걷은 채, 버선에다가 대님을
　묶고, 헌 마른신을 신었다. 삼베 고의에, 적삼만은 해어지고 등을

받고 했으나마 모시것은 모시것이고. 호인 타입으로, 모계의 두 투룸한 바탕이기는 하나 사람이 좀 우둔해 보이고 겸하여 빈상이 진 얼굴이다. 최 씨와 소저, 돌려다 보고는, 몸을 조금씩 고쳐 앉는다.)

형석 (누군지를 찾느라고 휘휘 둘러보다가, 최 씨더러) 형님 안 오셨어요?

최 씨 (약간 뚜렷거리면서) 아니요!

형석 전보두 안 오구요?

최 씨 전보요?

형석 허, 참! 웬일이여! (살포를 주체 못해하다가 삿갓만 토방에다 놓고 올라서면서) 편지두 안 왔어요?

최 씨 편지(더듬는다)두, 아마 안 왔지이? (소저를 건너다본다)

소저 안 왔어요!

형석 허, 참! (마룻전에 털썩 걸터앉아 잠시 우두커니 먼 산을 바라다보다가 방백) 아버님두 안 오시구!

일동 (침묵)

소저 (마침 생각이 나서) 작은오라버니 참, 저녁 양식이 하나두 없대요! 쌀이.

형석 (버럭 걷질러) 모른다! 쌀이구 막덱이구.

소저 (무춤했다가 그다음 뽀로통해서 눈을 내리간다)

형석 (두런두런) 남 속상하는 근경은들 모르구!

일동 (침묵)

형석 (이윽고) 두주 쌀을 그래, 벌써 다 먹었단 말이냐?

소저 (입술만 뚜우 더 나오고, 무언)

최 씨 쌀이, 두주에 남은 쌀이, 한 거저, 서 말 푼수나 되었을까? (간) 그래두 애껴서 먹느라구 먹었어두, (간) 원체 식구가.

(고 씨, 상수의 차면 밖으로부터, 아까 나갈 때처럼 은순을 등에 업고 거니는 걸음으로 등장)

형석 형 안 왔어요?

고 씨 쯧! 안 왔나 보구나? (간) 넌 왜. 즘심 내간 것두 두어 술이나 뜨다가 말었느냐? (간) 속이 편찮은가 보구나?

형석 전보두 안 오구요?

고 씨 (토방으로 올라선다) 전본지 원 무언지!

형석 허, 참! (간) 편지두 없구!

고 씨 (최 씨와 소저더러) 이년을 좀, 받아서 게 어디 뉘던지 제에밀 갖다가 주던지 해라. 선잠이 깨서, 생뗼 써쌌더니.

형석 아버님은 또, 웬일이시구!

고 씨 그리게 말이지!

최 씨 (내려와서 은순을 받는다) 떼재기년이 코가 비틀어졌구먼!

고 씨 (마루로 올라가 앉아서 장죽에 담배를 붙인다)

형석 이 앤 드러눠서 또 낮잠인가?

고 씨 뒤채에 있나 보더라!

형석 (은순을 안고 하수의 옆채 사이로 퇴장하는 최 씨더러) 정석이 좀, 나오라구 일르시우!

최 씨 예에. (퇴장)

형석 (우두커니, 방백) 참, 딱한 노릇이더라! 집안은 사뭇 이 지경이 됐어두 그저 모른 척하구서, 빙 나돌아댕기기 아니면, 밤이나 낮이나 저러구 누어서 낮잠 자기! (간) 천핫일을 도모하자면 가사를 돌아보잖는다지만, 그런 주변에 천하사가 어디 당한 거여! 성현의 말씀에두 수신, 제가, 치국, 평천하라구 하셨는데! 제 몸 하나 감장 못허구, 제 집안 하나 바루잡을 줄을 모르는 사람이 천하사를 무슨 재주루 해나가더람! 내, 원!

고 씨 젠들 무슨, 속두 없을라더냐!

형석 말씀두 마시우! 속은 무슨 속이 있어요? (간) 아, 형편이 이렇게 각다분할수록 눈을 쥐어뜯어가면서, 같이 좀 납뛰기나 해줘야 답답하기나 더얼하지요! 내가 무슨, 절 갖다가 부려먹자는 노릇은 아니지만, 아, 오늘 같은 날만 하더래두, 번두웅 번둥 놀면서 낮잠이나 자느니, 아, 들에라두 소풍 삼아서 나와서 서두리⁵라두 좀 해줄 일이 아니요? (간) 간신히 볼[洑] 트긴 텄다는 게 겨우 그저, 참새 눈물만치 내리는 물을, 사방 뭇 놈들허구 싸워가면서, 네 군데 다섯 군데 물을 대느라구, 이리 갔다 저리 갔다, 목이 터지두룩 악다구니를 허구, 그러니 그런 때 등신이라두 하나 손대⁶가 있어주면 오죽 힘겨웁구 좋아요? (한숨) 허기야 참, 그 짓을 해서 겨우 일 년 치 더 농사라구 지여놓으면 또 그리 우난 무엇이 있으꼬마는, (간) 그러구우, 암만 납뛴대두 흉년은 들어둔 흉년이구. 아마 반타작두 어려우리다! 내남직 할 것 없이 그 넓운 들이 벼포기란 벼포기는 죄다 뇌랗게 말러배틀어진걸! 시방 한참 자라구 새낄 치구 할 무렵인데, 세상에 물맛을 얻어보아야 말이지요! (한숨) 그러니, 꼼짝없이 흉년은 흉년인데, 그렇다구 글쎄, 두 손목 묶어논

5 일을 거두어주는 사람.
6 일을 할 사람.

배 아니구, 우두커니 바라다보구만 있어요? 싸우구 뜯구 하면 서라두 내려오는 물은 내 논으루 대서 단 얼마라두 농사를 건져야 안 해요? 그렇게 해서, 막이 내일날 남의 것이 될망정이라두 우리가 물역을 들인 올 농사는 지여 먹어야 안 해요? 내년은 내년이라구, 올 세안[7]을 무얼 먹구 살어요? 그거나마 가꾸잖구서. 아, 우선 당장 오늘 저녁 양식이 없답디다? 당장 오늘 저녁! (간) 그러나마 식구나 적어서요? 이십 명이나 되는 권솔 아니여요?

(꼬마둥이, 바지게에다가 밥보자기를 덮은 광주리를 짊어지고 상수의 차면 밖으로부터 등장)

형석 머슴 물 잘 보더냐? 논두덕에 가 드러눠서 낮잠 안 자구?

꼬마둥이 예에, 잘 보아요!

형석 널랑은, 그것 내려놓구서, 인전 가서 꼬올 해와야겠다?

꼬마둥이 예에. (마당 가운데쯤 지게를 받쳐놓고, 광주리를 마루로 들여온다)

형석 아홉 말지기 논에 물 많이 잽혔더냐?

꼬마둥이 아직두 멀었어요!

형석 꼬올 좀 나우 해! 까치집만치 해서 짊어지구 오지 말구서?

꼬마둥이 예에. (지게를 도로 지고 돌아선다)

형석 참! 내가 깜박 잊었구나! 옹퉁[8]이나 무엇, 하나 좀 지게다가 놓아가지구 대문간에 나가서 기대리구 있거라. 싸전에 가서 혀 짧운 소리를 해서라두 쌀을 좀 얻어와야 할까 보다!

7 한 해가 끝나기 이전.
8 작은 질그릇.

고 씨 싸전일랑 내라두 좀 가볼거나? 넌 들에 또 나갈 테면서.

형석 어딜 다 가신다구! 지가 글러루 들러서 나가요!

고 씨 내 것을 내 집에다가 두어두구서두 번연히 못 먹구!

(꼬마둥이, 헛간 혹은 광에서 옹동이를 찾아다가 바지게 위에 올려놓아 지고는 상수의 차면 밖으로 퇴장. 동시에 하수의 옆채 사이로부터 정석 등장. 풀대님한 모시 고의와 적삼에, 기른 머리가 터부룩하고, 낮잠을 자다가 깬 표적으로 얼굴이 부석부석하다. 모습은 형석과 한모습이라도 우둔하지가 않고 지적이요, 특히 눈에는 남을 위압하는 정채精彩가 들어 있다. 표정은 그러나, 정열과 타기惰氣의 두 상극 진 그림자가 미묘하게 서로 교착되어 가지고, 언뜻 포착하기 어려운 불안한 흔적이 없지 못하다)

형석 (잠시 정석의 얼굴을 여새겨 보다가, 부드럽게) 웬 낮잠을 그리 자쌌느냐? (간) 여름 사람이 낮잠을 너무 자면 병이 생기는 법인데!

(정석, 하품을 삼키면서 마룻전으로 넌지시 걸터앉는다. 일동, 한동안 침묵)

형석 (이윽고, 걱정 삼아) 오늘두 형님한테서는 여태 아무 소식두 없으니, 어떡허면 좋단 말이냐?

정석 (덤덤하니, 무언)

형석 허, 참! (간) 아버님은 또, 웬일이시며!

정석 (덤덤하니, 무언)

형석 전보라두, 또 좀, 쳐볼거나?

정석 글쎄요!

형석 한 장 좀, 치려므나?

정석 네에.

형석 큰일 났다! 큰일 났어! (간) 형님이 이번이나 일이 잘 여의
　　 해가지구 오시기만 하눌같이 믿구 있는데, 만약에, 만약이라
　　 두 참, 삐끗허구 보면!

정석 (돌려다 보면서) 소저, 뒤채 가서 담배곽 좀 가지구 오느라.

소저 (바느질을 내려놓고, 하수의 옆채 사이로 해서 퇴장)

형석 (곰곰이) 너두 다아 알다시피, 논이래야 죄다 해서 닷 섬지
　　 기, (간) 그게 말끔 다아 저당에 들어갔다가, 넉 섬지기는 벌써
　　 다아 남의 것이 되구! (한숨) 나머지 한 섬지기는 새말 강전이
　　 한테 잽힌 것이, 양력으루 새달 그믐이 기한이라는구나! 그러
　　 니 한 달 며칠밖에 더 남었느냐?

고 씨 그 논 한 섬지기는 참, 떼답으루 논두 좋으려니와 느이 징
　　 조할아버님 대버틈 물려 내려오는 논이란다!

형석 이번에 요행 돈이 다아 돼서, 도루 찾게 되면야 더할 것 없
　　 이 좋구, 그렇지 못하면 이자라두 주구서 한 일 년 더 연기라
　　 두 하는 것이구, 또오, 영영 그두 저두 안 되겠으면, 아주 뚜드
　　 려 팔어서 다만 얼마라두 건질 도리를 하구, (간) 아, 그래야
　　 망정이지, 동동 그대루 떠내려보내다께 될 말이냐? 우리는 새
　　 려, 또오, 아버님이 당신 손수 장만하신 것두 아니요, 지끔 어
　　 머니 말씀대루, 저어 징조할아버지 적버틈 벌써 사대째나 물
　　 려 내려오는 전장을 갖다가!

　　 (내원, 가죽으로 만든 담배 케이스를 손에 쥐고, 하수의 옆채
　　 사이로 해서 등장)

정석 (버럭) 성냥은?

고 씨 (성냥을 던져주면서) 옜다!

내원 (담배 케이스를 정석에게 주면서, 손가락을 입에 물고) 수
　박!

정석 저 손꾸락! (담배를 붙여 물고) 뒤껼으루 가서 놀지 못해?

고 씨 지천[9]해쌌지 마라! 어린것이 먹구 싶어서 그리는걸.

형석 (내원더러) 수박 내가 이따가 사주마! 응?

내원 큰 거!

형석 오냐, 큰 걸루.

내원 큰 거, 지끔!

형석 이따가! 이따가 사줘!

정석 가아, 인전!

내원 (말끗말끗, 하수의 옆채 사이로 해서 퇴장)

일동 (잠시 침묵)

형석 집은 일 년 안이면 언제든지 도루 물려준다니깐, 원 종차 서
　서히 어떡허든지 한다지만, (간) 허! 인전 내일 하루 더 지나
　서 모린다 치면 벼락같이 (얼굴로 좌우를 가리키면서) 저걸
　모두 경매하러 달려들지! (간) 허기야 집안이 툇검불 하나 없
　이 폭 망하는 판에 세간 나부랭이가 그리 대수냐마는, 세상에
　그런 망신이 어딨단 말이냐? 돈이나 아니나, 많지두 않구 겨우
　이백 원에! (간) 돈 겨우 이백 원에 그래, 경매꾼놈들이 내 집
　내정을 둘와서, 세간을 모두 끌어내다가 놓구, 이건 암만이요
　오, 이건 암만이요오, 하는 꼴을 당해야 옳단 말이냐?

9 지청구, 꾸지람.

고 씨 막말이지, 느이 아버님은 사뭇 자결을 하시려 드시리라!

형석 그러니, 그러니 말이루구나! 요행 참, 내일 해전까지만 형님
이 무슨 도리를 해가지구 내려오서서, 천하 못 당할 그 창피두
끄구, 논 일사두 우선이나마 무사하게 규정을 짓구 하게 된다
면 모르거니, 만약 그렇지 못하는 날이면? 응? 만약 그렇지
못하는 날이면? (길게 한숨) 어떡허면 좋으냐? 어떡허면!

정석 (덤덤하니 담배 연기만 뿜으면서, 무언)

형석 얘야! 정석아?

정석 (마주 볼 뿐, 무언)

형석 어떡허면 좋으냐? 응?

정석 글쎄요!

형석 글쎄요라니! (간) 이십 명 권솔이 장차 목숨을 들었어야 할
논 그것마저 떠내려가! 세간은 경매를 당해! 집두 터두 없이,
우리 집이란 건 폭 망해! 그렇게 돼두 넌 괜찮으냐? 상관도
없구?

정석 상관이 있구 없구가 아니라, 걸 지가 어떡허나요?

형석 그야 넨들 별수가 없지! 없지만서두, 난 이렇게 애가 밭구
간이 타는데, 넌 본다 치면 아무 걱정두 없는 것처럼 그저 태
연하니, 그래서 하는 말이다!

정석 쯧! 그런 게 형님허구 저허군 다른 점이 아네요?

형석 다른 점이라니?

정석 (무언)

형석 (노여워서) 넌 속에 신학문두 들구, 사람이 다아 참, 도저해
서 그러나 보다마는, 못생기구 어리석은 형놈이라구 그렇게

괄시하질랑 마라!

정석 괄시가 아녜요!

형석 내가 이렇게 농투산이루, 꿍꿍 소처럼 일이나 하구 기우는
　　집안을 붙들구 싶어서 앨 써쌌구 하는 것이 무슨 내 한 몸뚱이
　　나 내게 딸린 인간들만 위하자는 노릇이더냐? (간) 어떻게 해
　　서든지 우리 집안을.

정석 또오, 형님 공로나 정성을 모르는 것두 아녜요! 아니구, 형
　　님허구 저허구 다르다는 건, 형님은 인생의 목적을 갖다가 한
　　낱 가족에다가 두구서, 그 가족의 행복만을 최선이요 궁극의
　　이상으루 삼구, (간) 그러자니깐 자연 온갖 정성이며 노력이
　　글러루만 쏠리는 것이구, (간) 전 그런데, 가족이나 집안일에
　　대해선 도무지 경황이라는 게 없구, 해서 말하자면 등한하달
　　까, (간) 그게 그러니깐 형님허구 저허군, 다아 참, 동태동기간
　　이로되 서루 다르다는 그 말씀예요! 속담에두, 한날한시에 한
　　어머니 뱃속에서 나온 손꾸락두 길구 짧구 하다구 안 해요?
　　그렇다구서 무슨, 형님의 그런 가족 본위 이상이, 그런 포부가
　　구태라 나쁘다는 것두 아니구, (간) 그러니깐 우열이나 장단
　　은 둘째 문제루 치구서 말씀예요!

형석 수신, 제가, 연후에 치국, 평천하란다!

정석 위천하자는 불고가사니라구두 이르잖었어요?

형석 그렇다구 글쎄, 집안이 당장 눈앞에서 망하는 걸 번연히 보
　　구 있으면서두, 태평으루 눠서, 걱정 한번 하는 법 없구! (간)
　　그래야 옳아?

정석 걱정을 해서 면할 도리가 있다면야, 기왕 보기두 딱한 노릇

이구 허니, 같이서 걱정두 해드리구 하겠지만서두, 어디, 걱정
으루 일이 피나요? 차라리, 당하는 일은 당하구, 그다음 일이
나 잘 조처할 도릴 궁리하는 게, 훨씬.

형석 그래? 막말루, 일을 당한다구. (간) 그다음? (간) 아니, 일을
당하구 나면 집안은 영영 망하구 마는걸, 다시 도린 무슨 도리
란 말이냐?

정석 집안이 망하면 재산이나 없어졌지, 사람까지 없어지나요?

형석 그러니 말이여!

정석 그러니 말씀예요! 사람은 없어진 게 아니구서 죄다 그대루
처졌으니깐, 그다음버틈 다시 살아나갈 도릴 마련해야 않겠
어요?

형석 그래 글쎄! (간) 집안은 한 푼 껀지 없이 망했는데 우쿠를
하니 이십여 명 식구가 무얼 먹구 살아가느냔 말이여?

정석 헤쳐예죠! 집안을.

고 씨 집안을 헤치다니 그야 어디 될 말이냐!

정석 알구 보면, 아버님 고집으루 집안이 이 지경투룩 됐습넨다!
(간) 진작에 집안을 세 포기면 세 포기, 네 포기면 네 포기를
뚜욱뚝 갈라서 헤쳐놨만 보시우? 그랬으면야, 그중에서 한
포기나 두 포긴 망했을값이라두 성한 포긴 성졌지! 어디가 요
렇게 물루 씻은 듯 말끔히 망해버리구 말아요?

고 씨 느이 아버님, 노상 말씀하시는 용머리 윤 선달네 집안, 못
보느냐? 그 사람네 집안은 우리 집 전장만두 못하믄서 식구는
더 많어두, 전답 잽혔다가 떠내려보내네, 집행을 맞네 한닷 소
리 없더라! 외려 해마다 성세가 늘어간다는 소문은 들려두!

234

정석 어머니? (간) 용머리 윤 선달네가 우리 살듯 한답디까? (간)
거긴 두메 골짝이구, 옌 명색이 읍이에요. 그 사람네야 들기름
이나 쇠기름으루 불을 켜지, 우리처럼 남포등에다가 석유불
컨답디까? 그 사람네 여섯 부자가 누구 하나라두 우리들처럼,
양복 입구 구두 신구 다닌답디까? 서울루 군산으루 대처大處
출입하는 사람이 있으며, 권연 피우는 사람은 있답디까? 자질
들을 둘셋씩 서울루 유학 보냈답디까? (간) 그 사람넨 명지허
구 모시허굴랑은 짜서 값 많이 받구 팔구서 미명허구 삼베만
입지요? 봄버틈 가을까진 보리밥으루만 욱이지요? 식구라군
있는 대루 죄다 생일을 하지요? 논이라군 있는 대루 죄다 즈
이네 손으루 농살 짓지요? 번연하잖아요? 쓰는 덴 없는데, 이
리저리해서 생기는 건 있으니깐, 되려 밀려서 성세가 늘어갈
밖에요!

형석 우리두, (간) 이런 말은 지금 다아 소용없는 소리지만서두,
형님이 그렇게 담이 크지만 않었어두, 이 지경투룩은 되질 않
었더란다!

정석 허기야 것두, 큰형님이 무슨, 물상객줄[10] 하시구퍼서 시작했
으며, 어장이니 금광이니, 필경은 막가는 길루다가 미두니, 그
런 걸 하시구퍼서 호사거리나 심심소일루 시작하셨나요?

형석 나두 머, 그 으런을 원망하는 건 아니란다!

정석 세태가 전과 달라서, 농살 짓구 도질 받구 하는 것만 가지군
일 년 가용이 모자라질 않었어요? 석율 사서 써야 허구, 삼 전

---

10 장사치를 집에 머물러 묵게 하거나 그들의 물품을 소개하는 일 또는 흥정을 붙이는 일.

이나 오 전짜리 권연을 사면 하루밖엔 피우질 못허구, 구두 한 켤레면 팔구 원이요, 양복 한 벌이면 삼사십 원이구, 아이들 학빈 다달이 사십 원씩이구 (간) 그렇게 디리 물 쓰듯 쓰는 용을 무얼루 충당했는데요? 큰형님이 군에서 받는 월급 고까짓 것 삼십 원으루? 어디 어림이나 있나요! 헐 수 없이 빚을 질밖에요! 다달이 빚이요, 해마다 늘어가느니 빚 아니겠어요? 몇 해지간 그리구 나서 보니 빚이 겁나게 앞에 와서 쳤지요? 이건 이래선 안 되겠다구, 담은 큰 으런이겠다. 한몫 큰 이문을 볼 영으루 물상객줄 시작했지요? 실팰 하구서 그다음엔 어장을 했지요? 또 실팰 하구서 금광을 했지요? 것두 실팰 하구서 마주막엔 미두! (간) 그렇지만 미둔 더 허황한 노름? (간) 그동안 줄곧 손만 보잖었어요? 그 사품에 논, 밭, 산장, 집 모두 저당에 들어갔지요? 들어가선 이자만 연해 늘어갔지요? 그리다간 기한이 지난다 치면 떠내려가구, 떠내려가구!

형석, 고 씨 (길게 한숨)

일동 (잠시 침묵)

정석 (이윽고) 소위 대가족주의라구, 많은 권솔이 한 울안에서 살기라는 게, 마치 여럿이 한 상에 둘러앉아서 밥 먹기 같습녠다! 혼자서 먹는다 치면, 가령 반 그릇밖엔 안 먹히던 밥이라두, 여럿이 같이서 먹는다 치면 훨씬 더 멕히질 않어요? (간) 삼 형제나 사 형제가 한집에서 살면 혹시 밥 짓는 남구나 더얼 들까? 괜헌 용, 무책임한 용 그게 은근히 여간만 나는 게 아녜요! 가령, 우리 집 토지가 논만 닷 섬지긴가 그랬대지요? 그걸 그런데, 분젤 하자면 큰형님은 어머니 아버질 모서야 하구 장자니깐 절반 이상 타시겠지. 그 나머지 두 섬지기쯤 가지구서 형님허구 저허구 나누겠지. 한다 치면 우선 저만 하더래두, 내 재산이란 건 도통 한 섬지기 요것뿐이다, 하게 되거던요? 그러니깐 그놈 한 섬지기 재산을 한도로 삼아가지구서 생활 표준을 세울 게 아니겠다구요? 그 수입, 그 범위 안에서 옷두 해 입구, 담배두 오 전째릴 사서 피울 데 삼 전째리루 낮추구. (간) 그런데 분젤 하질 않구서 함께들 산다 치면 우리 집 재산이 닷 섬지기니라 하거던요! 닷 섬지기. (간) 닷 섬지기 재산이거니 생각을 하구 있으니깐, 제 앞으루 한 섬지기 재산을 타가지구 나앉으니보담 맘이 우선 풍더분한 것 같구, 눈두 자연이 높을 게 아녜요? 식구가 그만침 많으니깐 용두 그만침 더 쓰인다는 건 요량을 대개 않구서 말이지요! 그게, 삼 형제면 삼 형제 죄다가 다아 그렇거던요! 허니깐 결국 가선, 삼 오 십오, 일백오 십석지기 재산 정도로 실 가용은 쓰이게 되질 않겠어요?

형석 내야, 머, 요 몇 해지간 정말이지, 권연 한 곽이라두 사 피운 일이라군 없다!

정석 일테면 말이지, 해필 형님더러 낭빌 하셨대나요!

형석 작년 봄버틈, 대원이놈 학비 이십 원씩은 다달이 대오지만서두.

정석 애당초에 그러니깐, 저어 외국 사람들이 하는 법식으루, 어머니 아버지 두 분일랑 그 두 분 따루, 큰형님일랑 큰형님 따루, 형님일랑 형님 따루, 죄다 따루따루 포길 갈랐더라면 설마 오늘날 이 지경투룩은 이르질 않았으리란 그 뜻으루다가 하는 말이에요! (간) 누구보담두 형님은 성했으리다? 어머니 아버

지께서두 단 얼마간이래두 띠어서 당신들이 지니구 기셨으면
십상 무사하셨을 테지만. (간) 그러니, 지금 요 모양으루 몽땅
치펠 당하느니보담 한 포기나 두 포기만 성했더래두 그게 어
디요?

일동 (침묵)

정석 (일어서서 뒷짐을 지고, 토방으로 오락가락하다가) 헤쳐야
지요! (간) 지끔이래두 헤쳐야지요! 우선 정릴 해가지구, 단
한 푼이 남더래두 그런 대루 정릴 해가지구서 따루따루 헤쳐
야지요! 그 밖엔 아마 별도리가 없으리다.

형석 허기야 나두 느을 허느니 그 말이지만, 아버님이 무가내하
루 안 들으시구, (간) 생각하면 또, 그게 어디 일조일석으루 쉔
일이냐?

고 씨 내 밥술이나 먹구 지낼 때두 그렇지 못했는걸, 시방 더구나
이 지경이 돼가지구서 뿔뿔이 흩어지다니, 차마 할 노릇이냐!
(간) 굶어두 같이 앉아서 굶구, 죽어두 같이 앉아서 죽는 것이
구, 허지!

정석 전 그래서, 이렇게 아주 작정을 했어요! (간) 전, 전 떠나구
요. (간) 워너니가 영영 집에 붙어 있자던 요량이 아니었으니
깐요. 그리구 진작버틈 다시 일어서자구 벼루던 참이니깐요.
(간) 그러니깐 이번 계제에 낼이구 모레구, 아주 떠나구 마는
것이구요.

고 씨 전답이 없어지거나 집안이 망하거나, 그런 건 다아 열두째
니, 제발 이 늙은 에미애비 가슴 좀 고마안 피워주려므나! 어
쩌자구 또 뛰쳐나가려굴 든단 말이냐? 어쩌자구!

정석 허! 궁리가 본디 그렇게 뚫린걸, 지끔 와서 어떡허는 수가
　　있나요! 팔자라께 다른 것 없습넨다!

고 씨 시상의, 불효 불효 해두, 너 같은 불효가 있을라더냐? (간)
　　우환 중에 인제는, 전처럼 잘 먹구 잘 입구 편안히 살 적허구
　　두 다르구, 집안은 망해, 부모 형제간은 굶어 죽기 아니믄 남
　　의 집 문전걸식을 하게 된 이 정상을 번연히 네 눈으루 보구서
　　두, 다시 또 가슴을 피워주자구 드니, 너두 목석이 아닌 바에
　　야! (눈물을 씻고, 간) 삼순구식[11]을 하더래두 마음이나 편해야
　　며칠 남지두 않은 여생을 명대루나 살들 않느냐!

정석 자식 된 도리라든지 인정이라는 걸 생각하면 저두 그야 송
　　구스럽기두 허구, 차마 못할 노릇이지요! 그렇지만, 그렇다구
　　서 어디.

고 씨 이 천지에 사람이 너 하나뿐이길래, 해필.

정석 이 천지에 저 같은 자손을 두구서 가슴을 태우는 부모네가
　　유독 우리 부모뿐이겠어요!

형석 좌우간 어서 전보나 좀 치게 하려므나?

정석 네에. (간, 여전히) 그리구, 전 떠나구요. (간) 내원이놈 즈이
　　세 모잘라컨 즈이 외가루 보내겠어요!

고 씨 점점, 헌다는 소리가!

정석 기집자식을 친정살이 외가살이루 보낸다는 게 치사스럽기
　　두 허구, 즈이루두 못할 노릇이구 하긴 하지만, 지끔 이 지경
　　이 된 집안에다가 떼쳐두구서 저만 홀 떠나버리기두 무책임한

11 '삼십 일 동안 아홉 끼니밖에 먹지 못한다'는 뜻.

짓. (간) 전과두 달러서, 늙으신 부모 델 심 없이 된 형님네가 어떻게 그 부담까지 하시우? (간) 요행, 끼니는 굶잖는 모양이니깐, 가서 눈칫밥 좀 얻어먹구 살래지요!

고 씨 (강경하게) 넌 네 자식이래서 그렇게 다아, 함부루 거천을 해두 고만인 줄 알어두, 난 소중한 내 손자자식을, 참, 데리구 앉어서 굶길망정 천하 없어두 외가살인 안 보낼 테니, 그리 알어라!

정석 건 또, 자량해서 하세요! 구태라 그렇게만 한다는 건 아니니깐요. 전 머, 이래두 고만 저래두 고만, 불필히 참견하잘 것두 없는 노릇이니깐요! 실상은. (하수의 옆채 사이께로 천천히 걸어간다)

형석 지끔 곧 좀 치게 해여!

정석 네에. (퇴장)

형석 (우두커니 먼 산을 바라다보면서, 방백) 날이 이렇게 가물든지 해서 그해 농사가 잘되구 못되구 하게 되는 고팬다 치면 미두가 세월이 좋아서 더러 큰 수를 잡는 수두 있다드구먼서두! (한숨) 요행, 이 으런이.

(인원과 대원, 상수의 차면 밖으로부터 총총히, 그러나 원기 없이 등장. 둘이 다 같이 경성 어느 관립 고등보통학교의 제복 제모로 차렸고, 손에는 바스켓 하나씩 들었다. 형석과 고 씨, 깜짝 놀라면서 벌떡벌떡 일어선다)

형석, 고 씨 (동시) 웬일들이냐? 온, 저것들이!

(형석과 고 씨, 다음 순간, 놀란 기색이 물 씌듯 쓰이고 흐린 얼굴로 갈리면서, 인원과 대원이 시무룩하니 말없이 가까이 걸어

들어오고 있는 양을 바라다만 본다. 인원과 대원, 토방 앞에서 잠깐 주춤거리다가 이내 마루로 올라가, 고 씨한테 우선 절을 한 자리씩 하고, 그 통에 고 씨는 도로 자리에 앉고. 형석, 관객석을 향해 선 채 한 손은 허리를 짚고서 넋을 놓고. 인원과 대원은 형석에게 절을 하지 못해, 서서 잠깐 망설이다가 그대로 관객석을 향해 나란히 앉고. 일동, 한동안 침묵)

고 씨 (손 바로 앉았는 대원의 머리를 어루만지면서) 쯧쯧! 시상의.

형석 (이윽고 돌아서서는, 또다시 한참이나 두 아이를 건너다보다가, 고개를 끄덕끄덕) 게?

인원, 대원 (고개를 숙이고 앉아, 무언)

형석 그래서?

인원, 대원 (저희끼리 서로 돌아보다가 도로 고개를 숙이고, 무언)

형석 응?

인원 하숙집 쥔이.

형석 못하겠다구?

인원 한 달 치두 아니구, 석 달 치썩이나 밀린걸, 가을꺼정 기대리는 게 다아 머냐구.

형석 (한숨, 돌아선다. 침통한 얼굴)

고 씨 쯧쯧! 가엾어라! 이것들이 공불 갔다가 밥값을 못 내서 도루 이렇게 쫓겨 오다니! (목이 멘다) 에구 가엾어라! (눈물)

인원 (입술을 야긋이 씹고 있다가, 번뜻이 고개를 쳐들고는) 작은 아버지!

형석 (그대로) 오냐!

인원 (잠깐 벼르다가) 전 이따가 밤차루 도루 올라가겠어요!

대원 난두 따라갈걸! 머.

인원 대원인, 저 혼잔 안 내려올 영으루 해서, 데리구 왔으니깐, 얼마 동안 집에서 자습이나 하믄서 기대리구 있게 하세요!

대원 왜 그래? 난두 같이 가서, 고학할걸!

형석 (돌아서면서) 무슨 소리들이냐?

인원 전 앞으루 일 년두 다아 못 남었으니깐, 고학이래두 해서 마저 마치겠어요!

대원 난 고학하믄 못쓰나? 머. (갑자기 주먹으로 눈물을 씻는다) 형허구 같이할래! 난두.

인원 넌 안직 못해요! 넌, 내 인제 졸업하구 나서 취직해서, 학비 대주께시니 그동안 기두르구 있는 거야!

대원 싫여! 난두 같이 가서.

고 씨 건 무슨 소리들이다냐?

형석 (길게 한숨을 내쉬면서 돌아선다. 눈엔 눈물이 글썽글썽)

고 씨 으응? 무얼 어떡헌다구?

대원 난 떼놓구, 형만 도루 가서 고학한대애!

고 씨 고학?

대원 약두 팔구, 호야만주두 팔구, 그렇게 해설랑 돈 벌어가믄서 공부하는 거 말유! 인력거두 끌구.

고 씨 오온! 느이가 어디라구 그 짓을 하느냐? 오온! 게 어디 당한.

(머슴, 상수의 차면 밖으로부터 헐헐 숨이 차 가빠하면서 급한 걸음으로 등장)

머슴 (서로) 작은서방님!

형석 (서로) 웬일이여?

머슴 얼른 좀!

형석 응! (마당으로 쫓아 내려가면서) 왜?

머슴 물 다아 뺏겨유!

형석 어느 놈이? (두 주먹을 불끈, 상수의 차면께로 급히 나가면
　　서) 하, 이놈들! 살인 나구 싶은가 보다?

　　(고 씨, 인원, 대원 당황하여 토방으로 내려서고)

고 씨 얘야! 남허구 시비할세라!

인원 할머니! 나, 나가볼래여?

고 씨 그래라! 어서, 좀.

대원 난두?

고 씨 너두! 에여 남허구 시빌랑은 마라아?

　　(인원과 대원, 구두를 재빨리 집어 꿰고는, 상수의 차면 밖으
　로 막 퇴장하는 형석과 머슴의 뒤를 쫓아 마당을 달려 나가고. 불
　의의 요란한 동요에 놀란 여인들과 아이들, 대청마루와 안방의
　뒷문 혹은 옆채 사이로 해서 우우하니 몰려나오고. 급히 막)

제2막

제1장

무대

포치[12]를 중심으로, 아래층 중앙 정면의 일부분만 보이는 큰 목재 양옥. 포치의 앞 기둥엔 '인천미두취인소仁川米豆取引所'라는 간판이 붙었다. 포치에서 좌우로는, 넓은 간격을 두고 장방형의 상하식 좁은 유리창이 각각 두 개씩.

오전 열한시 반, 즉 전장지前場止의 바로 전각前刻, 막이 열리면 미두장 안으로부터는

"생고꾸[千石] 야로오!"

"산겡고햐꾸[三千五百石] 돗다!"[13]

"핫셍[八錢] 야로오!"

"고셍[五錢] 돗다!"

이러한 몇 가지의 드높은 아우성을 중심으로, 그러나 그 규성들이 실상 무슨 소린지 언뜻 분간을 할 수가 없을 만큼, 다수한 군중이 와글와글 흥분하여 떠들고 부르짖고 하고 요란스런 둔소음鈍騷音이, 정신 아득하게 들려나오고.

포치 안의 활짝 열린 정문으로는, 의표儀表가 비교적 깨끗한 미두꾼들이, 더위와 잔뜩 긴장한 얼굴에 겸하여 바쁜 걸음으로 연락 부절 들고 나고 하고. 일변 무대에는 양복짜리, 모자 쓴 두루

---

12 건물의 입구에 지붕을 갖추어 차를 대도록 한 곳.
13 야로오, 앗다는 '됐다'의 일본어. '돗다'는 '잡았다'의 일본어.

마기짜리, 깎은 머리에 탕건 받쳐 쓴 갓짜리. 상투 꽂은 마른신짜리, 맨머리의 동저고리짜리, 감발에 짚신 신은 패랭이짜리, 게다[14] 신은 유까다[15]짜리, 이렇게 모두 형형색색이로되 그 죄다가 협수룩하니 의복은 땟국과 땀으로 휘감기고 얼굴엔 윤기가 없고 한데에 완전히 일치가 되는 하바꾼,[16] 돈 떨어진 마바라(소자본미두小資本米豆꾼), 옥관玉觀, 구경꾼의 한 떼 군중이 미리서 등장해서 있어가지고, 서로들 분주히 날뛰고 지껄이며 떠들고 하는 중에도 하바꾼들은 이 구석 저 구석, 둘씩 셋씩 모여 서서 고개를 처박고 쑥덕쑥덕하면서 간혹 돈을 서로 주고받고 하고.

돈 떨어진 미두꾼들은, 혼자서 혹은 무더기로, 넋을 놓고 우두커니 미두장을 바라다보고 섰고. 옥관은 점잖스럽게 부채질을 하면서 오락가락. 구경꾼들은 무표정하게, 어칠비칠하면서 과연 구경을 하고 있고. 그리고 다시, 치열린 네 개의 유리창에는, 창마다 하바꾼이며 돈 떨어진 미두꾼 혹은 구경꾼이 삼사 인씩 사오 인씩, 죽자꾸나 매달려서 장내를 들여다보고 있고. 그들의 머리 너머로는, 장내의 한참 복작거리는 데후리[17]의 입회 광경이 약간 얼찐얼찐 보이고.

이상, 약 일 분 동안 소란이 계속이 된다.

그 일 분 동안이 지나고 나면 장내로부터 별안간 딱따기 소리가 모질게 울리면서, 씻은 듯 '얏다' '돗다'의 아우성은 뚝 그치고, 군중의 웅성거리며 떠드는 둔소음만 한결 더하다가, 다음 순

---

14 '나막신'을 뜻하는 일본어.
15 '목욕 후, 또는 여름철에 입는 홑옷'을 뜻하는 일본어.
16 밑천이 떨어져 푼돈이나 걸어보는 투자자를 속되게 이르는 말.
17 손으로 금액 표시하는 사람.

간 일군의 초라스럽지 않은 미두꾼들과, 간간이 손에 '금절표金切票'를 쥔 바다지[18]들이며 조쓰께[19]들이 흥분과 더위에 헉헉 숨차하면서, 포치의 정문으로 미어질 듯 와하니 몰려나온다. 하되, 그 많은 얼굴들이 만족 아니면 실망, 이 두 가지 표정으로 판연하게 갈려서 통일이 되어 있다.

뒤로 뒤로 연해 쏟아져 나오는 장내의 군중은 다시 장외에 있던 군중과 한데 합쳐가지고, 혹은 헤어져가면서 혹은 그대로 서성거리면서, 입입이 떠들고 지껄이고 불러대고 하느라고 무대는 발끈 뒤집히는 가운데

"오천 석 방放했네!"

"통 몇 정丁야?"

"긴상, 즘심 한탁 써요!"

"대판大阪은 팔 전 도메!"[20]

"전장[21]에 도통 오백사십 정이 뗐어!"

"돼지꿈두 별수 없군!"

"전라도가 김만경金萬頃 뻘이 적지赤地래!"

"이건, 어따 대구 도활 불러?"

"제엔장! 인생이 참으로 여반장이로군!"

"옥관이 제가 실상 알긴 쥐뿔이나 무얼 알어?"

등의 소리가 선후 없이, 그리고 유난히 높다.

이상, 약 이십 초 이내로 무대 급히 암전.

---

18 '증권업자의 대리인으로 거래소에 나와 거래하는 점원'을 뜻하는 일본어.
19 '보조원'을 뜻하는 일본어.
20 '끝, 마지막'의 일본어.
21 오전 장.

제2장

무대

미두취인점 '마루상'의 사무실. 바닥은 시멘트, 후면은 벽, 상
수는 유리 반창半窓, 유리창의 외면에는 나무 창살. 나무 창살에는
발을 쳤다. 하수는 전면으로다가, 출입하는 문. 문지방에는 염창簾
窓, 문을 들어서면 후면을 향해 이층으로 급하게 올라간 좁다란
층계. 후면의 벽 앞으로는 관객석을 향해 중앙쯤에 사무용 탁자
가 한둘, 그 좌우로는 대형의 금고를 비롯하여 문서고가 두어 개
적당히 놓였다. 탁자엔 잉크, 필갑 등 문방구가 간단하고 안락의
자가 딸린 걸로 보아 주인의 소용임을 알 수가 있다. 상수의 유리
반창 앞으로는 하수를 향하여 다시, 사무용 탁자가 제각기 문서
고와 장부궤帳簿櫃를 등지고서 나란히 두 틀. 탁자 위에는 저마다
탁상전화와, 머리가 파묻힐 만큼 장부가 그득히 꽂힌 장부대와,
기타 잡다한 문방구.

전면으로 치우쳐 중앙쯤엔 내객용의 원탁. 의자를 서너 틀 둘
러놓고, 탁자 위엔 신문과 찻종들. 후면 벽에는 미두 시세의 등락
을 그린 괘선罫線이 전면에 빈틈없이 붙고, 한가운데 기둥으로 높
직이, 둥근 괘종이 걸렸고. 층계 아랫바닥에는 구두, 편리화, 그리
고 혹간 짚신과 게다와 마른신도 섞인 다수한 신발이 잡연히 놓
여 있다.

무대 급히 밝아지면서, 시계는 열한시 사십분을 가리키고.

겉저고리와 와이셔츠까지 벗어부친 사무원 갑·을, 갑은 펼쳐
놓은 장부 위에 고개를 숙이고 한참 기입을 하고 있고, 을은 손에

펜을 쥔 채 전화를 받는다.

사무원 을 네에네! 오천 석이요! 알겠습니다! (빙글빙글) 간밤엔
참, 좋으시던데요? (간) 네? 아아, 아하하하! 거 참, 피차일반
이드랬군요! 하하하! (간) 네에네, 그럼. (전화를 끊고 펜을 놀
리면서, 방백) 먹는 사람은 이렇게 듬쑥듬쑥 먹는데, 맨 그저
망했단 소리지, 부자 났단 소문은 없으니 어떻게 된 셈이야!
대체.

사무원 갑 영 먹질 못하구서, 그댐에 가서 도루 토하구래야 마니
깐 그럴밖에! (전화벨 소리. 통화기를 집어 대고) 네에. (간)
아아! 젠상이십니까? (간) 전장 도메 삼 전입니다, 삼십사 원
오십삼 전 (간, 주인의 탁자를 돌려다 보고) 방금 아까 나가셨
는데요! (간) 네에네, 그럼 안녕히. (전화를 끊고, 도로 일을
한다)

(미두 손님 갑, 사무원 갑이 전화를 받기 시작할 때 등장, 이내
이층으로 올라가려고 층계 밑에서 신발을 벗는다. 깨끗한 신수에
만족스러워하는 표정)

사무원 을 (마침 고개를 쳐들고 반겨) 여보, 김 주사?

미두 손님 갑 (돌려다 보고, 의미 있이 싱글벙글 웃으면서, 무언)

사무원 을 (같이 웃으면서 눈을 흘긴다) 왜 지끔, 이층으루 실끔
올라가버릴 영으루 이래요?

미두 손님 갑 그럴 리가 있나!

사무원 을 어떡허실 테야? 이따가 저녁에.

미두 손님 갑 아므렴! 장부일언이 중천금인데! 허허허.

(바다지, 손에 금절표를 쥐고, 염창을 밀치며 들어오다가 미두
손님 갑에게 가로막혀서 그대로 멈춰 선다)

사무원 을 어디 봅시다!

바다지 (미두 손님 갑의 어깨를 떠밀면서) 비켜나요! 이건.

미두 손님 갑 (고꾸라질 뻔하다가) 여보 이, 약질 괄시 너무허구려!

바다지 (상수로 걸어오면서) 김 주산지 미역 주산지, 수 잡는 꼴
　　보기 싫여, 난 이놈의 바다지 고만 해먹을 테야!

미두 손님 갑 (층계를 딛고 올라서면서) 그리지 말구, 좀 친합시다
　　그려!

바다지 말루만?

미두 손님 갑 그리게 이따가 저녁에, 다아, 응?

바다지 혹시 그렇다면 모르거니와.

미두 손님 갑 (뒤통수에다가 주먹질을 하면서) 에구우 이 마마손
　　님! (이층으로 퇴장)

바다지 (중앙의 원탁으로 가서 걸터앉으면서) 이, 박원석일 어떡
　　헌다? 아신[22]데! (담배를 붙여 문다)

사무원 을 그 사람 참, 딱해 못 보겠어!

사무원 갑 사정이야 딱하지만.

사무원 을 이번이 아마 최후 결단인 모양이지이!

사무원 갑 (전화를 받는다) 네에. (간) 아아, 강 참봉이세요? 네에
　　네! (간) 삼천 석이요! 네에네, 그럼. (전화를 마치고) 최후 결
　　단이나마나, 끊어야지!

22　수량이 다한 상태.

사무원 을 끊긴 끊어야지!

바다지 그리구 또오, 멋이냐 이, 전라도 광주서 왔다는 상투쟁이. (간) 거진거진 돼가는데!

사무원 을 거 참, 왜 안 와? (간) 추증금을 더 넣으라구 하던지, 끊어버리던지 해야 할 텐데!

바다지 웬 게 돈이 남었을라구? (간) 흥! 샌님이 들어단짝[23] 이천 원 돈을 홀라당 불어먹었으니이!

사무원 을 축현 정거장 연못에 물이 몇 방울 또 부웃는다?

바다지 국으루 자빠져서 농사나 지여 먹구 사는 게 아니라 끙! 백제 글쎄, 귀두 여태 안 뺀 샌님네들이, 버얼써 대가릴 깎은 놈의 돈을 먹어보자구 덤벼드니! 미두가 아무리 투기사업이요 재수노름이기루손.

사무원 을 시굴놈이 서울놈 사흘을 안 속혀 먹으면 배탈이 난다네!

바다지 미두가 속혀 먹는 게 왕이란다면, 그 제길, 석 달 안에 한 백만 원 잡겠네!

사무원 을 기껏해야, 남 잘 속혀 먹을 줄 안다는 자랑이군.

　(원석, 하수의 염창을 밀고 조용히 등장. 흰 리넨의 쓰메에리 양복에 맥고모자를 쓰고 검정 아사고무 구두를 신었다. 모습은 형석·정석 들과 역시 같은 모습이나, 살이 없고 강파르고 몸집과 키도 자못 단소하다. 그의 기상은 그러나, 방금 그 초췌하고 추렷한[24] 신색이며 드레고[25] 휘감기는 양복하며, 매우 초라한 행색은

---

23 들이대고 다짜고짜.

250

행색이라도, 뚜렷하니 트인 얼굴의 윤곽, 광채 나는 안정眼精, 꽉 다문 입초리 등 전체로 언뜻 침노하기 어려운 품격과 위엄을 갖추고 있다)

사무원 을 (바라다보고) 얼마나 더우세요? 박 주사.

사무원 갑 (뒤미처, 같이) 날이 대단합니다!

원석 (원탁 앞으로 가면서, 천천히) 거 웬, 늦더위가!

바다지 남도 절러루[26] 농형이 말이 아닌 모양이죠?

원석 아마 그런 모양이죠! (의자에 앉아, 모자를 벗어놓고 부채질을 한다) 쿼장은 어디 가셨나요?

사무원 갑 네에. 손님허구 함께 나가셨는데, 아주 즘심을 잡숫구 들어오실려는지이?

원석 (시계를 올려다보고 나서, 방백) 열한시 사십분이라! 으음 (간) 새루 한시 차가 있겠다?

사무원 갑 어딜 가시나요?

원석 (이윽고) 네에.

바다지 (게으르게) 때가 돼오니 속은 잊어버리잖구서 허추울하구나![27]

사무원 을 즘심 좀 사겠지?

바다지 자네두 거, 꼬랑지 없어질려거든 더러 즘심이래두 사구, 다아 좀 그래 보게?

사무원 을 누가 할 말인데? (전화를 건다) 네에네. (간) 아아, '분

---

24 옷차림이나 겉모양이 허술하여 보잘것없고 궁상스러운.
25 더럽고.
26 저리로, 저쪽으로.
27 허기가 지고 출출하다.

상'이세요? (간) 전장 도메 삼 전입니다, 삼십사 원 오십삼 전. (간) 네에네, 오천 석이요? 네에네. (간) 네에네, 그럼. (전화를 끊으면서, 방백) 문뚱뚱이가 담보 늘었다!

원석 (사무원 갑더러) 그러면, 으음 (간) 쥔장은 언제 들어오실는 지 조만이 없군요?

사무원 갑 글쎄요! 수이 들어오실 겝니다마는. (간) 술을 시작하면, 영영 세월이 없는 양반이 돼서, 혹시 또.

원석 그러면, 으음 (간) 내 것이 아시가 적잖이 났는데, 으음 (간) 걸, 끊어버리시구.

사무원 갑 (이윽고) 네에! (간) 미안합니다! 다아 참, 박 주사루 말하면 일 년 넹겨, 단골루 기시던 손님이구 하니깐, 가개서두 어떡해서던지 좀 더 편의를 보안 드려얀 하겠는데.

사무원 을 거 참, 박 주사 웬일이십니까? 네에? (간) 번번이 이렇게 손만 보시구! (간) 어떡허세요?

원석 허! 천지망아요, 비전지 죄올시다! (간, 사무원 갑더러) 그리구, 내가 좌우간 고향을 좀 다녀와야겠는데, 돈두 마련을 해야하련과 집안에 여러 가지루 각다분한 일이 생겨가지굴랑, 누누이 기별이 오구 전보가 들어닿구 해서.

바다지 진소위 화불단행[28]이란 격이시군?

원석 참 그래요! (간) 불가불 그래서 시급히 다녀는 와야겠는데 (사무원 갑더러) 허! 부끄런 말씀으루, 내가 시방 수중에 푼전이 없습니다그려 ! (간) 염치는 없지만, 날 삼십 원만 좀 취해

28 재앙은 겹쳐 옴.

주십시오!

사무원 갑 (난처해서, 모호하게) 네에! (간) 허!

원석 쥔장이 마침 기섰드라면 좋았을 것을, 공교히 출입을 하시 구서 기시질 않어서.

사무원 을 좀 기둘러보시죠? 이따가 늦더래두 들르시긴 들르실 테 니깐.

원석 한시 차루 떠나야겠어서. (간) 모레 오전 안으루 불가불 집 엔 당도해야 할 사정인데, 중로에 또, 서울허구 어디허구 두어 군델 들러서 긴히 볼일을 보구 나서, 집으루 가긴 해야 하겠 구, 그래.

바다지 (사무원 갑더러) 어떻게, 그렇게 좀 해드리슈그려? 참, 박 주사야 오란 단골손님이겠다, 쥔장이 안 기시더래두 가개에서 고만껏쯤야. (간) 그렇잖어요? 외려 쥔장이 기섰으면, 말씀하 시는 것 외에, 하다못해 애기들 모치떡이래두 사다가 주시라 구, 따루이 참! 돈 십 환이래두.

사무원 갑 (생각하다가 원석더러) 그럼 이럭허시지요? 찻시간까 지 기둘러보시다가, 쥔장이 그 안에 둘오시면 더욱 좋구. 그렇 지 못하면 그땔랑은 내라두, 가개서 처릴 하는 걸루다가.

원석 건 좋두룩 하세요! 난 아무렇게 해서던지 한시 차루 떠나기 만 하면 그만이니깐요. (간) 하여간 염치가 없습니다! 대다 못 해서 말을 내긴 냈어두.

사무원 갑 천만에! (간) 으음, 그러면 (간) 으음, 혹시 어디 볼일 이래두 기시거들랑 그동안에 잠깐 다녀오시지요? 앉어서 기 대리기두 갑갑허구 하실 테니.

원석 무어 별루 볼일두 없습니다.

사무원 갑 아아, 그러시면 머. 난 또, 행구 같은 거래두 가지구 떠나시자면 사관[29]에두 들러오서야 할 것 같구 해서.

원석 사관에선 벌써 어제 아침에 떠나는 양으루 하구 나왔지요! (곰곰이) 것두 참, 세태 인심이라, 전에 있던 사관은 일 년이나 눌러서 유하구 있었으니깐 설마 그렇던 안 했겠지만, 아, 지난번에 새루 든 집은 두어 달밖엔 안 된대서, 식대가 한 달가량 밀리니깐, 좀 좋잖은 내색을 하더군요! 허허! (간) 그래, 오늘 내일 간에 아무래두 떠나기는 떠나야 하겠구 하기에, 어제 아침엔 주인자를 청해서, 며칠 고향엘 다녀오겠으니 그동안 행구나 맡아 가지구 있으라구 일르구서.

(원석의 이야기가 끝나기 조금 전, 망건 쓰고 갓 쓰고, 솜버선에 마른신에 춘포春布 두루마기를 떨쳐입은 미두 손님 을, 하수의 염창을 밀고 끼웃이 등장. 삼십이 넘었을까 말까, 얼굴엔 어떤 건사할 수 없는 기쁨으로 하여, 흐물흐물 웃음이 절로 자꾸만 흐물거린다)

바다지 (먼저 알아보고서, 방백) 흠! 광주 활량[30] 행차하셨군. (문득 짯짯이 바라다보다가, 미웁스럽게) 아니, 저 샌님이!

사무원 을 어서 오십시오!

바다지 (진정으로, 방백) 심상찮어 ! 한나절 만에 이천 원을 홀딱 날리더니!

미두 손님 을 예에! (잠깐 어릿거리다가 헤벌쭉 웃으면서, 가까이

29 하숙, 값싼 여관.
30 '한량'을 말하는 듯함.

온다) 즘심 요구나덜 허러 나간 게라우?

바다지 (더욱) 저거 보겠지! 정말 실성했나바!

(사무원 갑·을과 원석, 미상불 그렇다는 듯이, 차차로 의아스러워하는 눈으로 미두 손님 을의 거동을 유심히 여새겨 보아쌌는다)

사무원 을 마침 잘 오셨습니다! 그렇잖어두 시방.

미두 손님 을 예에! 저두 마침.

사무원 을 (바다지와 눈이 마주쳐, 빙긋 웃으면서) 저어, 훗장버틈은 증금을 더 넣어주서야겠습니다?

미두 손님 을 예에? (곧이를 안 듣고, 빈들빈들) 보징금을 느으라우?

사무원 을 네에.

미두 손님 을 괜히 시방, 날 놀려먹을라고! 혜혜혜!

일동 (확신한 얼굴로, 면면상고)[31]

미두 손님 을 어서덜, 즘심 요구나 허러 나가게라우! 아 미두를 히여서 당장의 돈을 근 이천 원이나 땄넌디, 즘심 한턱 안 내서사 쓰겄어라우? 건 참, 인사불성이지!

사무원 을 (뻔히) 이천 원을 따다뇨?

미두 손님 을 (희떱게) 그럼 안 땄어라우? 이천 원 징금 내고서나 쌀 삼백 석을 팔었넌디, 오 원 사십 전이 올랐으닝께로, 삼 오 십오 천오백 원허고.

사무원 을 팔었으니깐 손을 했지, 어떻게 땁니까?

---

31 아무 말 없이 얼굴만 물끄러미 바라봄.

미두 손님 을 (비로소 일말의 불안한 빛이 드러나면서도, 자신 있이) 팔었응께로 땄지라우?

사무원 을 하, 이런 답답한!

바다지 오오! (고개를 *끄덕끄덕*) 인제야 알았어! (미두 손님 을더러) 여보, 이 노형?

미두 손님 을 예에?

바다지 노형네 고장에선, 돈 가지구 싸전에 가서 쌀 사오는 걸, 쌀 팔어온다구, 그리지요?

미두 손님 을 그러먼이라우! 그게 왜, 돈 갖고 싸전으 가서 쌀 사오넝 것이간디라우? 쌀 팔어오넝 것이지!

바다지 그래, 그 셈만 대구설랑 여기 와서두, 돈 이천 원 내놓으면서 쌀 삼백 석 팔아주시우, 했겠다요?

미두 손님 을 그러먼이라우! 그랬응께로 내가 시방 쌀 삼백 석을 갖고 있는 심이지라우!

바다지 (버럭) 갖고 있긴 쥐뿔을 갖고 있어?

미두 손님 을 왜라우?

바다지 팔어달랬으니깐 방할밖에!

미두 손님 을 방허다니라우?

바다지 팔었어! 정말 팔었어! 팔맷자[賣字]루 팔었어! 논 팔구 밭 팔구, 집 팔구 기집 팔구, 선영 뼉다구까지 팔구 하듯기, 팔었어! 팔아!

미두 손님 을 (사색이 질려오다가) 참말이라우? 참말루, 파(더듬는다) 파.

바다지 한 이삼백 원 남은 것 도루 찾아가지구서, 얼른 봇짐 싸요!

싸가지구 내려가서 타구난 팔자대루 농사나 지여 먹구 살어요! 괜히, 어름어름하다간, 논 팔구 밭 팔구, 집 팔구 기집 팔구, 선영 뼉다구까지 팔어먹군, 바가지 하나 뽄새 있게 차구 나설 테니.

미두 손님 을 (퍼르르하여) 아니, 그런 경오 읎지라우! 그런 경오 읎어! 암만 그리두, 나는 쌀 삼백 석 팔었응께로, 돈 내누와라우! 돈. (어쩔 줄을 모른다) 돈 내누와라우! 보징금 이천 원허고, 내가 딴 놈 천육백 원 각수허고, 당장 내누와라우! (와들와들 떨면서) 어서 돈 삼천칠백 원 내누와라우! (이 사람한테로, 저 사람한테로) 어서 돈 내누와라우! 어서, 당장! (간) 권연시리[32] 돈을 안 내누왔다가넌, 참, 큰일 나지라우! 내가 안 받고 가만있을 종 알어라우? 안 되야라우! 어서 당장 내누와라우! 그게 어떤 돈이간디라우? 당신네 말짝으로, 논 팔고 밭 팔고 히여갖고 온 돈이라우! 왜 이리여라우? 시방 날 쫑애로 알어라우?

원석 (무연히) 허! 노형이나 내나!

바다지 인제야 옳게 미치는군!

미두 손님 을 (그대로 계속해서) 돈 내누와라우! 돈. (차차로 정신없이 날뛴다) 날 죽는 꼴 안 볼라걸랑, 당장 내누와라우! 논 팔고 밭 팔고 헌 돈이여라우! 당장 어서 내누와라우! 내 돈, 내누와라우! 내 돈!

(서서히 내리고 있던 막, 한꺼번에 급히 다 내린다)

---

32 괜스레, 아무 까닭 없이.

제3막

제1장

무대

　시골 철도 연변의 간이역. 전면은 선로, 후면은 좁다란 장방형의 낡은 간이역사, 배경은 늦은 여름의 전야와 먼 산. 무대 뒤에서는 간간이 말방울 흔드는 소리와 마부의 말 달래는 소리.

　아침나절이 훨씬 겨워서, 막이 열리면, 제2막 제2장 적과 같되 양복은 드렌 품이 훨씬 더한 원석이 역사 안의 쪽마루에 가서 관객석을 향해 걸터앉았고. 상수의 역사 앞 기둥엔, 수수하니 의관을 차린 형석이, 하수를 향하여 등을 기대고 섰고.

　형제가 다 같이 더할 수 없이 어둡고 심각한 표정이고, 우두커니 한동안 서로 말이 없다.

원석 (이윽고 깍짓손으로, 안았던 무릎을 바꾸어 안으면서 퍼뜩) 아버님은 그래서? 어제 저물게 당도하셨어?

형석 (한눈을 파는 채) 네에.

원석 (방백) 노인이 괜히 고생을 하시구! (간) 사관에다가 말은 그렇게 하구 나왔어두, 그날두 종일 인천 있었구, 그 이튿날두 점심때가 지나서, 한시 차루 떠난 걸 갔다가!

형석 (무언)

원석 (잠시 무언) 새말 강전이게는 갔더니, 무어라구?

형석 형님을 만나겠대요. 형님이 오서서 말씀을 하시면, 지가 돈을 더 주마구, 이번 저당일랑 할라 말라구. (간) 놈이 단단히 시방, 그 논이 욕심이 나가지구서!

원석 욕심두 날 만하지! 사천 평에서 백이삼십 석이 항용 나는 논이니. (간) 어떻게 은행에다가 밀어넣구서 강전이게선 물러가지구, 한 이십 년이구 연부루 갚어나가게 했으면 좋으련만서두! (간) 은행에서 그걸 이천오백 원투룩 주덜 않을 테니!

형석 (한숨, 무언)

원석 (담배를 붙여 문다)

형석 가서요! 인전 어서. 시장두 하실 텐데.

원석 괜찮다! 아직.

형석 가시면서는 말씀 못하세요? (무대 뒤로 대고) 장 서방?

마부 (소리만) 예에!

원석 아직 가만 좀 있으래두!

마부 (하수로 등장, 굽실) 예에?

원석 아냐! 가서 잠깐 더 좀 기대리게!

마부 예에. (퇴장)

원석 (침음하다가) 나는 이길루 그대루 군산으루 갈 테니, 네나 집으로 가거라! (한숨)

형석 네에?

원석 (무언)

형석 일껀 내려오셨다가, 그대루.

원석 (침통히) 무면도강[33]이란다더니, 차마 얼굴을 들구 집엘 들

---

33 '무면도강동'의 준말, '일에 실패하여 고향에 돌아갈 면목이 없음'을 이르는 말.

어갈 면목이 없구나! (간) 그저끼 인천서 떠나가지구, 적이나 하면 단돈 일이백 원이라두 변통이 될까 하구서, 서울루, 전주루 휘익 들러본 것이 다아 그만 낭패를 해, 그래두 집엔 와보아야겠단 맘으루 미리서 전보두 쳐, 오늘은 예까지 와서 차를 내려, 너를 또 만나! (간) 막상 앉아서 고옴곰 생각을 하자니, (한숨) 도시에 머리를 두르구 집 문전을 들어설 염치가 없구나!

형석 쯧! 남인가요!

원석 막이, 부모 제형간이며 처자식들한테야 허물이 없으니 불고 염치를 한다구, 인근 동네 동네 사람들 앞에서야, 남한테야, 진정이지 무슨 면목이며 무슨 염치란 말이냐? (간) 동네서들두, 내가 오기만 오는 날이면 일 다아 무사히 모면하는 줄루 알구 있을 테지? 보나마나.

형석 (무언)

원석 또오, 내 면목두 면목이려니와, (한숨) 당장 집에서는 그 못 당할 일을 당허구들 있지를 않느냐? 세간을 끌어내 가! 경매를 불러! (간) 까아맣게들 날만 바라구 기대리지를 않느냐? 돈을 해가지구 와서 떳떳이 일을 피여놓으려니 하구서! (간) 그런데, 번연히 빈손을 쥐구서 불쑥 들어서는구나? 빈손을 쥐구서!

형석 (한숨, 무언)

원석 태산같이 믿구 있다가, 오죽이나들 낙망이 되며, 그러니, 차마 애차라서 그 낙담 실망하는 정상을 어떻게 본단 말이냐? (간) 제일, 아버님께 죄송스런 말이야, 이루 다아 이를 것두 없는 노릇이지만.

형석 (무언)

원석 (한숨) 어채피 집안사람들루 하더래두, 이왕 당하는 바엔 차
    라리 내가 있구서 당하기보담 우선 낙심이 더얼 돼두 더얼 될
    것이요, 또오, 남이 보매두 내가 오딜 안 해서 부득이 저렇거
    니 여길 텐즉, 은연중 허물이 제풀에 다아 내한테루 밀려서,
    역시 더얼 창피두 한 것이요, (간, 한숨) 폐일언하구서, (몸을
    일으키면서) 말, 네가 타구서, 들어가거라!

형석 (무언, 한숨)

원석 나는 예서 그대루 기대리다가 군산으루 가서, 쯧! 볼일두 있
    구 허니, 이삼 일 있다가, (간) 모리나 글피쯤 집으루 가마!

형석 (넋을 놓고 서서, 무언)

원석 어서, 널랑은 (문득 아우의 얼굴을 돌려다 보고는, 하도 그
    절망적으로 침통한 데 차마 말을 잇지 못하고, 외면을 하면서
    한숨)

형석 (훨씬 있다가, 그대로 한눈을 파는 채, 퍼뜩퍼뜩 혼잣말로
    조용히 탄식) 어떻게나 하면 좋아요! 어떻게나 하면 좋아요!
    집안을 장차 어떻게나 하면 좋아요! (눈물이 어린다)

원석 (한숨, 무언)

형석 (무언)

    (두 사람, 제각기 넋을 잃은 듯 우두커니 먼 산을 바라다만 보
고 섰고, 무대 고요히 암전)

제2장

무대

제1막과 동일.

시각은 제1장과 거진 같은 시각으로, 사건이 진행 중인 채 급히 무대가 밝아지면. 정면으로 안채의 토방에는 고 씨가 인원과 대원을 데리고 섰고. 하수의 옆채 사이에는 최 씨와 김 씨와 은순을 업은 오 씨와 소저가 모여 섰고. 상수의 차면 앞으로는 경매인 갑·을과 이삼 인의 인부가, 혹은 섰고 혹은 앉아서, 담배를 피우고 하고. 마당 가운데로는 박 진사가, 가방을 멘 집달리를 데리고 섰고. 박 진사는 장자 원석과 비슷하니 왜소한 몸집이나, 딸 소저가 많이 닮았듯이, 성미 괄괄하고 괴팍스러워 보이는 얼굴이다. 차림새는, 커다란 삼각관에, 모시 적삼과 도리사 고의에, 흰 마른 신을 신었고, 앞과 옆에서 털럭거리는 큰 귀주머니와 풍안風眼집이 유표하다. 약간 주기酒氣를 띠었고.

박 진사 (집달리를 달래느라고) 자아, 여보시우? 이 양반?

집달리 (지르퉁하니 딴 데를 보고 서서) 말씀하세요.

박 진사 예서 이럴 게 아니라, 자아, 절러루, 사랑으루, 나갑시다!
　이왕 채려 내간 술상이요, 허니.

집달리 술은 글쎄, 먹을 줄 몰라요! 술대접 받으러 온 사람두 아니
　구요!

박 진사 허어, 사람이 어디 그렇두룩 빡빡해서야 쓰우! 젊은 친
　구가.

집달리 (버럭) 내가 왜 빡빡해요? 댁에서 답답하게 굴지.

박 진사 거, 기왕 참던 길이니 죄끔만 더 참어주면 될 게 아니요?

집달리 아침 여덟시버틈 오정이 돼오두룩 여태 기대려드렸으면
　　　고만이지, 그 위에 다시 더 어떡허란 말씀예요?

박 진사 지끔 곧 와요! 하마 당도해요! (방백) 거 워너니, 무얼들
　　　하느라구 여태들 안 온단 말이냐? (둘레둘레) 거, 누구 없느
　　　냐? 머슴 어디 갔느냐? 머슴.

고 씨 머슴 들에 나갔지요!

박 진사 이놈은? 이놈, 꼬마둥이는?

고 씨 그 애두 같이 들에 나가구요.

박 진사 거 원, 오늘 같은 날은 하나나 집에 있는 게 아니라 (마침,
　　　인원·대원을 보고서) 오오! 느이라두 뻐언히 그러구 섰지만
　　　말구서, 저어 동구 밖으루 좀 나가보렴? 응?

인원 (선뜻) 네에! (마당으로 내려서면서 상수의 차면을 향해 급
　　　히 걸어 나간다)

박 진사 저어 동구 밖까지 나가보아라? 응?

인원 네에!

박 진사 애비가 말 타구 올 테니, 얼른 오라구 일러라? 손님이 시
　　　방 기대리신다구? 응?

인원 네에! (퇴장)

집달리 (박 진사의 하는 양을 물끄러미 바라다보고 섰다가, 방백)
　　　내 온!

박 진사 인전 곧 오게 됐소이다. 저놈을 내보냈으니깐, 인제 오라
　　　잖어서.

집달리 누굴 어린애루 아나베!

박 진사 곧 당도해요! 얼른 데리구 오라구 일렀으니깐 머 인전.

집달리 (걷질러) 여보시우 그, 정신 빠진 수작 고만저만 해두시우!

박 진사 (뻣했다가, 더럭 성이 나려다가, 얼른 눅이면서) 오온 천
만에! 내가 늙은 사람이 멋허러 젊은 친굴 데리구 실없은 말
을 하겠소? 적실히 오기에 온다구 하는 거지! 노형두 아까 그
전보, 보지 않았소? 전보. (둘레둘레) 전보 어떡했느냐? 일러
루 가저오느라! (역정스럽게) 전보 일러루 가저와!

고 씨 (둘러보다가) 전보, 여기 없는걸!

박 진사 없다니? 어디루 가구 없어?

고 씨 아까 참, 당신이 쥐구 사랑으루 나가셨지요?

박 진사 오오, 참! 게, 누구 없느냐? 저, 사랑에 나가서.

대원 (마당으로 내려가면서) 전보 가져와요?

박 진사 전보 가져오느라! 전보.

대원 (달음질을 쳐서 상수의 차면 밖으로 퇴장)

박 진사 어제 전주서 친 전본데, 오늘 적실히 온다는 거야. 오늘,
적실히! (간) 그래 아까 첫새벽에, 내 작은자식을, 말 안동시켜
서 정거장으루 내보내잖았겠소! 말 안동시켜서. 삼십 릿길을 보
행이 어렵기두 하련과, 속히, 한시바삐 당도하게 하느라구, 응?

대원 (편 전보를 손에 들고, 상수의 차면 밖으로 해서 급히 등장.
박 진사한테 두 손 받쳐 전보를 주면서) 할아버지?

박 진사 건 무엇이냐?

대원 전보 가져왔어요!

박 진사 오오, 참! (전보를 받아가지고) 자아 (펴서 집달리의 얼굴

바투 대주면서) 이게 아니요? 응? 전보가 이렇게 왔거든. 온단 전보가! 응?

집달리 (거들떠보지도 않는다)

박 진사 문맥은 무언고오 하면, (풍안을 꺼내 쓰고는 전보를 멀찍이 내대고 보면서) 문맥이 무언고오 하면, (읽는다) 명일, 오전, 귀가! (고개를 도로 돌리면서) 응? 그 뜻 알지요? 명일 오전 귀가! 이게 오늘 집으루 온다는 그 말이여든! 명일 오전 귀가! (간) 그 애가 거 과히 무식턴 않것만서두, 귀성이라구 살필성자를 쓰던지이, 귀근이라구 보일근자를 쓰던지 하는 게 아니라, 돌아갈귀자 귀가라구 했군그래! 시하에 있는 사람은 귀근이라구 하던지, 귀성이라구 하던지 해야 호릇스럽잖은 법인데! (간) 이게 분명 아마 거, 무식한 우체사령자가 잘못 알아듣구서 이렇게 귀가루 써서 보냈어!

집달리 (방백) 내 온, 기가 맥혀서! 집달리 오 년에 별별 구경 다 했어두, 츰이네! 츰이여! (지성으로) 여보시우 영감님! 인전 내가 되려 제발 사정 좀 합시다?

박 진사 온다구, 이렇게 전보가 오질 않았소?

집달리 전보가 왔으니, 글쎄 어떡헌단 말씀예요?

박 진사 지끔 곧 와요! 내 큰자식, 박원석이가, 저기 와요!

집달리 오건 말건, 내겐 아랑곳없어요!

박 진사 돈을 가지구 와서, 이걸, 이 집행 맞인 걸, 도루 다아 물른 단 말이요!

집달리 누가 물르지 말래요? 물르세요! 그렇지만 물를 때 물를값이라두 인전 제발 저리 좀 비껴나세요! (기색이 강경해진다)

던 지체할 수가 없어요! 단 일각두. 여기 말구두, 오늘 해전으로 세 군데나 가야 해요! 진정 말이지, 내가 받을 빚이라면 얼른 이 자리서 탕감해드리구 말겠소! (가방을 들먹거린다)

박 진사 그러니 잠깐만 더 기둘러달란 말이구려!

집달리 (인부들더러) 나서! 들.

박 진사 (집달리의 팔을 부여잡으면서) 여보시우!

집달리 (뿌리치면서) 못해요! (주춤주춤하는 인부들더러) 무얼들 꾸물거리구 있는 거야?

인부 1 예에, 헴.

(인부들, 슬금슬금 마당 가운데로 나서고, 경매인 갑·을도 천천히 몸을 꿈지럭거린다. 옆채 옆으로 모여 섰는 여인들, 새로이 당황하여, 가벼운 동요가 일고)

박 진사 (화가 치미는 것을 누르고) 아, 여보시유!

집달리 (가방에서 서류를 꺼내다가, 볼품사납게 지청구를) 못한 대두 이래요! (서류를 홀홀 넘긴다)

박 진사 (서류에 손을 얹을 듯) 잠깐만 더!

집달리 (떠밀면서) 왜 이 모양야, 이건!

박 진사 (떠밀려나서는, 무춤했다가 그다음 얼굴이 붉으락푸르락, 이윽고 결기 있이) 여보!

집달리 (힐끗 고개를 쳐들었다가 도로 서류를 보면서 무언)

박 진사 (한 걸음 다가서면서) 그래, 진정이요?

집달리 따잡구 대들면 어쩔 심예요?

박 진사 (잔뜩 노리다가) 진정이여?

집달리 그렇단밖으!

박 진사 에라끼!

집달리 멋이?

박 진사 고현 손 같으니! (휙 몸을 돌이켜, 차면 밖을 향해 쿵쿵 걸어가면서) 전 세상 같었으면, 널 이놈.

집달리 (쫓을 듯) 머야?

박 진사 도척이 같은 놈!

집달리 아니, 저 늙은이가 눈에 뵈는 게 없나?

박 진사 이놈, (돌아서서) 네가 이놈, 자식을 기르나 보아라! (퇴장)

집달리 (씨근씨근, 한참이나 차면을 대고 눈을 흘기다가, 천천히 돌아서서는 괄괄스럽게 손짓 얼러, 인부들더러) 저 대청마루에 있는 두주허구 베틀 먼점 들어내왓!

(인부들, 비실비실 대청마루로 향해 가고, 최 씨 눈물을 씻고, 소저 발을 동동 구르고, 김 씨와 오 씨는 보다 못해 뒤울안으로 퇴장하고 고 씨, 집달리 앞으로 내려오고)

집달리 (인부들더러) 빨리빨릿!

고 씨 여보시오! 이 양반?

집달리 몰라요!

고 씨 (한숨) 그까짓 것 세간이 무슨 아까서 그리는 게 아니요! 그보다두 더한 전장두 죄다 떠내려갔을라더냐! 세간 나부랭이가 값으루야 몇 푼어치나 되우? 그렇지만서두, 이걸 모두 끌어내가구, 남의 앞에다 벌려놓구서 네가 사랴, 내가 사랴, 암만에 팔아라, 암만에 사거라, 그 짓을 하구, 조옴 창피허며 망신스러우? (간) 쬐끔만 더 참어주시오! 존 일 허느라구.

집달리 (조금 부드럽게) 내가 빚을 받을 사람이라면 죄다 탕감이
　　래두 해드리구 싶어요! 나두 그렇지만 이게 다아 윗사람 영으
　　루 하는 노릇이구, 남의 심부림이지, 하나두 머. 내겐 이해 상
　　관없는 일예요!

　　(인부들, 영치기 영치기 베틀을 마당으로 떠메고 내려오고, 대
원 울면서 상수의 차면 밖으로 쫓아 나가고, 고 씨 치마 고름으로
눈물을 씻는다. 마당 가운데다가 베틀을 내려놓고는 다시 대청
마루로 올라가고, 경매인 갑·을 베틀을 끼웃끼웃 들여다본다. 박
진사, 대원을 데리고 두 주먹을 불끈, 노기등등하여 상수의 차면
밖으로 급히 등장)

박 진사 (차면 앞으로 우뚝 멈춰 서면서 노기가 와락 더 치밀어
　　몸을 푸르르, 고함 소리로) 그래 이놈들! 느이가 이놈들, 정녕코
　　이 행패를 할 테냐? 언감히 내 집에 내정돌입[34]을 해가지구, 이
　　거조를 할 테냐?

　　(집달리 이외의 일동, 놀라서 박 진사를 바라다보고 침을 삼키
고. 막 뒤주를 떠메고 나오던 인부들, 얼른 도로 내려놓고는 어쩔
줄을 몰라 하고)

집달리 (인부들더러) 머야? 이건!

박 진사 (눈을 부릅뜨고) 못한다! (쫓아오면서) 어딜! (문득 사방
　　을 초급히 둘러보면서 무엇인지를 찾다가, 선뜻 하수의 광을
　　향해 허둥지둥 달려간다) 어딜, 감히! 천하 없어두 못한다!

　　(고 씨, 최 씨, 소저, 무얼 어쩌느라고 저러나 싶어 걱정스럽게

---

34 남의 집에 허락도 없이 불쑥 들어감.

박 진사의 뒤를 몇 걸음 따르고, 김 씨와 오 씨, 옆채 사이로 등장하고. 박 진사, 광문을 벼락 치듯 열어젖히고 쫓아 들어갔다간 순간 후에 다시 도끼를 움켜쥐고 뛰쳐나와, 마당 가운데로 베틀을 향해 맥진. 얼굴엔 가득한 살기. 일동 아연, 여인들의 비명.

집달리, 베틀에서 물씬물씬 뒤로 물러서면서, 눈살이 팽팽하여 아랫입술을 깨물고. 인부들과 경매인 갑·을, 우우하니 상수의 차면 밖으로 몰려 달아나고.

여인들의 저마다

"여보오!"

혹은

"아버님!"

하고 부르짖는 비명이 요란한 가운데, 고 씨는 박 진사의 앞을 가로막다가 떠밀려서 나가동그라지고. 최 씨와 소저는 부여잡으려다가 미급하고서 뒤를 쫓고. 김 씨와 오 씨와 대원은 마당으로 달려 나오고)

박 진사 (입가엔 게거품, 눈은 뒤집히고, 미친 듯 베틀을 향해 내달으면서) 어딜 이놈들! 어딜 감히! (베틀 앞에 다다르자, 이를 부드득, 도끼를 번쩍 쳐들어 힘껏 내리찍는다) 이래도!

(가족들 주춤 멈춰 서서는 불의에, 안도 그러고는 통쾌한 얼굴들이고. 경매인 갑·을과 인부들, 차면 밖에서 끼웃이 들여다보다가 슬금슬금 들어서고)

박 진사 (계속하여 베틀을 함부로 찍으면서) 이래도! 이래도 느이가! 이래도 이놈들!

집달리 (고개를 끄덕끄덕하다가, 경매인을 돌려다 보고) 주재소!

순사, 좀!

(경매인 갑, 꾸벅하면서, 상수의 차면 밖으로 급히 퇴장하고)

집달리 (물끄러미, 방백) 박적을 쓰구 베락을 바우겠지?[35] (간) 흥! 사람꺼정 못 성하느라구!

박 진사 (자폭적으로 더욱 베틀을 내리찍는다) 이래도! 자, 옜다! 자, 옜다! 자, 옜다! 자아, 옜다! (마지막 모질게 한 번 내리찍고는, 도끼를 건 채 얼굴을 번쩍 쳐들면서, 기세등등하여 집달리더러 호통을) 이래도? 이놈! 경매해갈 테거든 경매해가거라. 이놈! 해가아, 이놈!

(서서히 내리고 있던 막, 급히 다 닫힌다)

작자 부기

반드시 희곡을 쓰고 싶었다느니보다는, 제재가 마침 소설로는 불편한 점이 있기로, 전험前驗에 따라 역시 이 형식을 빌린 것이다.

― 〈인문평론〉, 1940. 10.

---

35 바가지를 쓰고 벼락을 이겨내다, 견디다.

해후 邂逅

1

마지막으로 라디오의 지하선을 비끄러매 놓고 나니 그럭저럭 대강 다 정돈은 된 것 같았다.

책장과 책상과 이불 봇짐에 트렁크니 행담 등속을 말고도, 양복장이야 사진틀이야 족자야 라디오 세트야 하숙 홀아비의 세간치고는 꽤 부푼 세간이었다. 그것을 주게주게 뒤범벅으로 떠신고 와서는 전대로 다시 챙긴다, 적당히 벌여놓는다 하느라니, 언제나 이사를 할 적이면 그러하듯이 한동안 매달려서 골몰해야 했다.

잠착하여 시간과 더불어 오래도록 잊었던 담배를 비로소 푸욱신 붙여 물고 맛있어 내뿜으면서, 방 한가운데에 가 우뚝 선 채 휘휘 한 바퀴 돌아보았다. 칸반이라지만 집칸살이 커서 웬만한

두 칸보다도 낫다. 윗목으로 책장과 양복장을 들여세우고, 머리
맡으로는 책상을 놓고, 뒷벽 중간쯤에다가 행담과 트렁크를 포개
서 이부자리를 올려놓고 했어도, 홀몸 거처엔 별반 옹색치 않을
만큼 방은 넓었다.

반자 도배장판 일습이 집주름[1] 영감과 주인집 마나님 말따나
파리똥 한 점 앉지 않고 정갈했다. 여름을 치른 벽이라도 빈대피
는 물론, 곰팡이 슨 자국도 없었다.

십상 잘되었다고 다시금 혼자서 고개를 끄덕거리는데, 그러
자 방 안이 별안간 화안히 밝아졌다. 돌려다 보니 서향인 듯싶은
앞 쌍창으로 마침 끄무리던 구름이 벗어진 모양, 햇볕이 가득 들
이 쬐었다. 장차 명년이나 가면 더울는지는 몰라도, 당장 이 가을
과 겨울 동안 해가 잘 들겠어서 또한 신통하고 반가웠다. 해는 잘
들고, 방은 넓고 깨끗하고, 보매 집안도 안팎이 정사하고, 겸해서
조용하고, 아무러나 모처럼(그도 우연한 기회에) 좋은 하숙을 얻
은 것이 새삼 만족했다.

그새까지 유하고 있던 원동의 하숙을 불시로 옮아야 할 사정
이 생겨서 두루 물색을 했으나, 우환 중에 방이 귀한 이 당철이
라 조만하여 마차운 자리가 눈에 뜨이질 않았다. 그러다가 이제
는 저 앞 큰 거리를 지나던 길에 허심삼아 복덕방 영감더러 문의
를 했더니 선뜻 데리고 와서 보여준 것이 이 집, 이 방이었다. 마
침 한동네 이웃간이요 해서 내정을 익히 아는데, 서른두엇은 된
젊은 여인과 육십 넘은 친정어머니와 모녀 단둘이 살고, 영감은

1 집을 사고 팔거나 빌리는 일을 전문으로 하는 사람.

그 여자를 첩으로 얻어두고서 며칠만큼씩 밤이면 다녀가군 하여, 참 절간같이 조용하니라고. 또 방 널찍하고 사람들 쌍패스럽지 않고, 음식 솜씨 좋고, 무어 점잖은 하숙으로는 깎아 췄느니라고. 한갓 흠이, 시가[2]를 오십 원씩이나 내라고 해서 좀 안 되었지만, 그 대신 그 값이 거기 있으니라고.

앞을 서서 어기죽거리고 걸어가면서 집주름 영감이 연해 이렇게 주워섬기며 하던 것이었다.

아직 송진 냄새 가시지 않는 새 집이었다.

대문 기둥에는 김영애라고, 거기 어디 아무데서도 흔히 볼 수 있는 여자 이름으로 여자의 문패가 붙었고, 그 밖에로 번지 패를 비롯하여 애국부인증이며, 라디오·전기·전용수로 따위의 금속 패쪽이 좌우 기둥으로 군데군데 불규칙하게 박혀 있고 했다. 외등도 있고.

대문을 지나 유리창으로 한 안대문을 들어서자 좁다란 마당 그들막하게 차지한 장독대가, 바른편으로 이웃집과 사이를 막은 벽돌담 밑에 가서 건넌방 바로 놓여 있고, 건넌방 다음이 (왼편으로) 마루, 고패 저편서 안방과 부엌과 아랫방, 그리고는 다시 바른편으로 고패가 져서 광과 대문간이고, 이런 ㄷ자 집이었다. 앞은 건넌방 퇴까지 싸잡아서 분합을 둘렀고, 마루에는 뒤주와 찬장이 크고, 마루 밑으로는 지하실 찬광이 보이고, 장독대는 벽돌과 시멘트로 쌓였고, 기둥에는 주련,[3] 문 머리맡에는 사슴이 불로초를 먹는 채색 그림이 붙고, 역시 거기 어디서 흔히 볼 수 있

<hr />

2 상품의 가격, 여기서는 하숙비를 말함.
3 기둥이나 벽 따위에 장식으로 써서 붙이는 글귀.

는 종류 그 어림의 집 차림새였다.

집 안은 우선 그만하면 무던했다.

며느리를 여럿째 얻은 시어머니 같아서, 근 이십 년 하숙 생활만 하고 다닌 버릇이라 새로 방을 구하게 되면 부지중 그렇게 집을 비롯하여 방이며 주인집 사람 등 범백에 세심한 관찰을 가지고 하던 것이다.

집주름 영감이 찾는 소리에 응하여, 주인 여자의 친정어머니라는 노인인 듯싶은 마나님이 건넌방에서 툇마루로 나섰다. 수수하니 시골 태가 벗지 않고 선량해 보이는 노인이었다.

집주름 영감이 온 뜻을 말하자, 노인은 흔연히 그러냐면서 혼잣말같이,

"우리 아인 시굴을 다니러 가구 없는데……."

하고 잠깐 망설일 듯하다가,

"쯧! 그 애야 있으나 없으나……."

그러고는 토방으로 내려오더니, 이 방이라면서 아랫방 쌍창을 좌악 열어 보여주었다.

훤하니 넓고 정하게 수리를 해놓은 방이 첫눈에 마음에 들었다.

"그럼, 저어……."

나는 방문을 도로 닫고 돌아서면서 노인더러 말을 했다.

"……절 좀, 와서 있두룩 해주시지요?"

"그렇게 허시유. 우리야 누가 됐든, 손님을 두잔 노릇이니……."

"그럼…… 으음…… 낼 점심때쯤 해서 짐을 가지구 오겠습니다. 그리구 저어……."

"좋두룩 허시유만…… 계, 출입은 어디 출입을 허시우?"

"별루 다니는 덴 없습니다. 없구, 거저 집에 조용히 들앉어서……."

호구 조사를 나온 순사도 더러 본다 치면, 저술업이니 소설 쓰는 사람이니 하는 것을 외국어처럼 이상히 여기거든 항차 이런 노인이 그런 어휘를 알아들으며, 더욱이 직업으로 인정을 해줄 이치가 없는 것이었다. 또 가난한 것이 제일가는 특색인 조선 문단이었지만, 다행인지 불행인지 다른 문우들과는 달리 여지껏 원고료 하나로 생활을 도모하지는 않아도 무방할 호강스런 팔자가 되어, 그러므로 수입을 의미하는 직업을 구태라 저술업이나 작가 등속으로 내세울 필요는 없었다. 그리하기 때문에 항용 나는 순사 앞에서 지주地主로 버티고, 하숙집에다는 무직으로 행세를 한다.

하숙집에서는 그러나 무직이라면 아주 찔끔이다. 그래서 이 집 노인만 하더라도 내가 별로 다니는 데가 없노란 대답에 벌써,

"네에, 그래요!"

하고 약간의 난색을 보이는 것이었다.

한두 번 당하는 일이 아닌지라, 나는 거기 대한 충분한 대책이 항상 준비되어 있었다.

"무어, 글랑은 아무 염려 마셔두 좋습니다. 월급으루 생화가 없다구, 사관 시가 낼 돈두 없으란 법은 없으니깐요. 허허……."

"그야 무슨……."

"그러니깐 정히 뭣하시면 석 달치든 넉 달치든, 시갈 미리서 넉넉히 받으시구?"

"걸 어디, 박절하게사리 그런 법이야 있수? 하루를 같이 지나두 주객은 주객이요, 피차에 점잖은 이면에…… 거저 남하는 일

례루, 날 한 달치나 미리 좀 주시우, 쯧!"

"점잖으신 말씀입니다……."

치하를 하면서, 십 원짜리 다섯 장을 노인에게 내주었다.

노인은 손끝에 침을 묻혀가면서, 눈을 지그리고 두 번이나 돈을 세어보더니,

"이천오백 냥, 맞소……."

그리고는 치마를 걷고 귀주머니를 더듬으면서,

"이천오백 냥이면 좀 과한 듯해두, 요새 백사가 모두 비싸서……. 그렇다구 손님을 치믄서 찬을 어설프게 대접할 순 없구."

"괜찮습니다! 독방이면 요새 항용 그 가량은 내야 하니깐요."

"우리 아인 것두 즈이 영감이 마땅찮어할까 봐서 못하게 하는 걸, 그 양반이 날 담뱃값이래두 뜯어 쓰라구, 기왕 비어두는 방이구 허니…… 첨엔 사글셀 내줄까 했지만서두, 그래놓으면 집 안이 구질구질하구 번잡해서…… 쯧, 손님 치기야 전에 시굴서두 내 손으로 해보던 노릇이것다……."

이렇게 해서 작정이 되어, 오늘 아까 오정만 하여 짐을 옮겨 온 참이었다.

원주인이라는 젊은 여인과는 아직도 대면을 못했다. 며칠만큼씩 밤이면 다녀가곤 한다는 주인 영감도 물론 만났을 턱이 없었다. 한갓 노인만은 살뜰스런 것 같았고 첫인상이 좋았으나, 그 한 가지로 이 집의 전체 인심을 판단할 자료는 되지 못했다. 또 음식 범절도 미처 한 번도 식사를 하기 전이니, 역시 어떻다고 할 말이 없고, 그뿐더러 오십 원이라는 시가가 노상 태과하지[4] 않음도 아니었다.

그러나 그런 것은 오히려 둘째 문제고, 제일 안된 것이 '늙은 영감의 젊은 첩과 독신의 하숙 손님……'이라는 사실이었다.

처음부터 이 컨디션이 나의 결백을 불쾌하게 했다. 번연히 사람이 정갈스럽지가 못한 것 같은, 산뜻하지가 못한 것 같은, 향그럽지가 못한 것 같은, 그래서 애여 마음에 떳떳하지가 못한 것 같은 컨디션이었다.

이것이 가장 흠이었다.

그렇지만 그러면서도 방 그것만은 역시 좋았다. 이만치 마차운 방을 얻어 만나기란 그리 쉬운 일이 아니고, 근년에 드문 행운이었다.

따라서 한편 생각하면 그만한 흠은 옥에 티로 여겨도 상관이 없었다. 사실 또 괘념할 나름이지 대범히 보기로 든다면 막상 흠이 아닐 수도 없는 게 아니었다.

그리고 그 밖에 주인집 사람들의 인심이랄지, 음식 솜씨랄지, 또는 시가가 좀 과한 것이랄지 이런 것은 어느 한도까지는 참고 견딜 수 있는 불편이었다.

2

팔목의 시계를 들여다보니 마침 네시.

정돈은 다아 되었것다, 이제는 나가서 목간이나 우선 포근히

---

4 매우 지나치지.

한탕하고. 그리고 들어와서 오늘 저녁부터는 오래간만에 조용히 앉아 그동안 방 때문에 여러 날 번졌던 집필을 다시 계속하고 하느니라고, 그래 마악 목간 주머니를 챙기다가, 마침 밖에서 대문 소리에 연달아 젊은 여자의 음성이 들려서 무심코 귀를 기울였다.

"어머니."

이렇게 부르고, 건넌방에서는 노인이,

"오오냐, 인제 오느냐."

하면서 문을 열고 나서는 기척이고. 시골 다니러 갔다던 이 집의 안주인일시 분명했고, 그녀가 지금 돌아오는 길인 듯싶었다.

"계, 혼산 어떻게나 지내드냐?"

"네에, 그럭저럭, 다아…….""

"신랑은 어떻게 생기구?"

"무어, 시골 농사꾼이 그렇죠…….""

그러다가 비로소 토방에 놓인 내 신발을 보았는지,

"저 방에 손님 들었어요?"

"응…… 그러잖어두 시방…….""

"언제?"

"아까, 방금…….""

그다음부터서는 이야기 소리가 소곤소곤 적어졌다.

나는 처음, 주인 여자의 음성이 어덴지 귀에 익은 것 같았으나, 깊이 유념은 않고 방문을 열고 나섰다.

호릿한 몸매에 하얀 옥양목 두루마기를 입고, 은비녀 등으로 쪽을 짓고, 이런 뒷맵시를 하고 토방에 가 섰다가 해끗 돌려다보는 얼굴과 마주쳤다. 그 얼굴이 그런데 방 안에서 듣던 음성과 한

가지로 퍽도 낯이 익었다. 갸름하니 하관이 빨고, 코허리가 높고
도 크고, 눈썹이 짙고, 어데선가 보던 얼굴이었다. 보아도 범연히
본 것이 아니고, 어느 기회엔지 심상치 않은 사건적인 관련이 있
었던 듯싶은 인상이었다.

저편에서는 그녀도 역시 나를 아리송하여 하는 얼굴이더니 순
간 후,

"난 누구시라구우!"

하고 반겨 웃으면서 조르르 가까이 오는 것이었다.

종시 나는 깨우치지 못하고, 서서 뚜렛뚜렛했고,

"절 모르시겠어요?"

재끄르르 웃으려는 것을 잠깐 참고, 방긋방긋하면서, 조금도
낯설어하지 않는 표정이었으나, 볼수록 그녀의 약간 아래로 눈초
리가 처지는 눈웃음이 더욱 알듯 알듯 하기는 하는 것이나, 그래
도 생각은 나지 않았다.

"박상근 씨 아니세요? 그러시죠?"

"네에, 지가……."

"저, 김영애예요."

"글쎄올시다, 문패서두 보긴 했는데……."

말을 해놓고 생각하니, 내가 생각해도 싱거운 수작이어서 뒤
통수가 절로 만져졌다.

"호호호호……."

여자는 필경 이렇게 자지러지게 웃고 나서는,

"……허긴 여자 이름이니깐, 이름으룬 더 모르실 테지만…….
저어, 송필훈……."

"아아……."

송필훈의 필자 훈자까지 다아 듣기 전에, 송자 하나로 선뜻 나는 깨달을 수가 있었다.

나는 너풋 절이라도 해야 할 것 같아 그만 당황했다.

송필훈 씨…… 그는 나의 고향 선배였었다. 선배로되 정분이 자별한 사이였다. 이 여인은 그의 미망인이었다.

그러나 지금 이 자리에서는 사이가 자별하던 고향 선배의 미망인을 못 알아보았다든가, 그녀를 만나서 반갑다든가, 또는 어떤 돈냥이나 있는 영감쟁이의 첩데기가 된 그녀를 대하기가 점직하다든가, 그런데다가 우연히 그녀의 집에 하숙을 하게 된 인연이 기이하다든가, 이런 것 말고도 달리 한 가지 얼굴이 화틋함을 느끼지 않을 수 없는 기억이 솟아올랐고, 내가 당황해함도 일변 그 때문이었다.

정녕코 내 얼굴은 화틋했었다.

저편은 그러나 천연스럽다.

"인제 아시겠어요! 호호호호!"

"이거 원, 너무 참…… 그렇게 몰라 뵈었담!"

"무얼요! 어떡허다 그러시기두 예사지. 그러나저러나 이렇게 우리 집 손님으루 뵙게 될 줄은……."

"글쎄올시다, 저두 참……."

당연히는 내가 먼점, 그리고 다른 말보다도 먼저, 송필훈 씨에 대한 인사를 먼점 했어야 할 것이었다. 그러나 나는 이미 이 여인의 현재의 처지를 알고 있는 터라 혹시 어찌 여길까 싶어 불쑥 열기가 주저스러웠다.

잠깐 그리하여 어색한 침묵이 있은 뒤에 요행 여자가 먼점,

"그인 참 돌아가셨죠!"

하고 개두를 해서, 나도 그제서야,

"그때 참 부곤 받구서두, 내려가서 문상두 못 드리구, 이내……."

"생전에 가끔 말씀을 하시구 했어요. 만나구 싶다구……."

"병환은 그래 무슨 병환으루?"

"골병이죠……. 그때두 왜 참 보시잖었어요?"

이 그때도…… 소리에 나는 다시금 얼굴이 화끈 달았다.

"사람이 그 지경으루 골병이 들어가지구서야 어디 오래 지탱을 하나요? 밤낮 거저 고올골 하다가 그예 그만……."

"……."

나는 여러 장면에서 여러 가지로 머릿속에 두서없이 떠오르는 송필훈 씨의 가지가지 면모를 푸뜩푸뜩 회상하면서 무연히 한눈을 팔았다.

괄괄스런 얼굴, 장대한 기골로 단상에 올라서서는 주먹을 부르쥐고 탁자를 땅 땅, 그 큰 눈망울을 끊일 새 없이 굴리며, 불을 뿜는 듯 열변을 토하던 양은 하엿거나 일면 거물다운 늠름함이 없지 않았다.

한낱 자유주의자로서, 순전한 학문적인 욕망으로 좌익 서적을 보고 있었을 뿐인 나는 그러므로 그의 사상에 공명을 하거나, 거기에 따르는 존경은 아니었다.

또 그의 그 사상에 대한 학문적 역량이랄지 이론적 근거란 심히 빈약한 것이었다. 더러 강연이나 좌담을 들을라치면 참으로 분발할 무지와 탈선이 많았다. 그러한 부족을 그는 정열과 뱃심과

타고난 웅변의 힘으로 곧잘 덮어 나가고 버티며 지나고 했었다.

나를 만나기만 하면, 그 빈약한 이론을 가지고서 토론을 하자고 대들었다. 나는 사양치 않고 대응을 했다. 일껏 그렇게 싸우고 나서 볼라치면 나는 그의 억지와 웅변을 당해내지 못하고, 그는 나의 학문을 당해내지 못하고, 결국 싸움은 피장파장이 되고 말곤 했었다.

또 어떤 때는 지성으로 나더러,

"상근아, 그 잉여가치 학설, 걸 썩 요령 있구 알어듣기 쉽게 날 좀 가르쳐줘, 응?"

하고 청을 한 적도 있었다.

그럴라치면 나는,

"××주의자가 ××주의 학설을 반 ××주의자한테 물으세요?"

"허어허허허…… 아, 넌 알구 난 모르니, 널더러 묻는 거 아니냐?"

"모르는 ××주월 뭣허러 하세요? 생 엉터리 아녜요? 그런 걸 무어라고 하는지 아세요? 사상 브로커……."

"너 인석, 이럴 테냐?"

"그런다구 저 큰 눈에다가 절 잡아넣으시겠어요?"

"허어허허허…… 자아, 그리지 말구, 좀 가르쳐주렴? 학불염이 교불권 아니냐? 학문을 가지구 인색한 건 돈에 인색한 거보다두 더 못쓰는 법야!"

적절히 나에게는 아픈 한마디였다.

"자아 것보다두 어떠세요, 한잔?"

"좋지! 하, 내 언제 술을 마대드냐? 술 먹자! 술 먹으면서, 또 우겨보자구나!"

그는 젊어서부터도 입 걸고, 번죽 좋고, 상하와 귀천 구별 없이 아무허구나 섭슬려 놀고 술타령하고, 이렇게 사람 털털하기로 고향에서도 아주 호가 난 특수한 인물이었다. 일부에서는 그래서 천하 잡놈이라고 그를 돌려놓기까지 했다. 말하자면 그는 사람됨이 그만침 소탈하고 야성적이었다. 그리고 그러한 송필훈 씨를 나는 좋아했다. 김 삿갓을 상상케 하는 파격적인 인간미.

그 송필훈 씨를 마지막 대한 것이 지금으로부터 십 년 전 ××온천의 어떤 여관이었다. 그때에 나는 심히 거북하고도 마음 꺼림칙한 기억을 남긴 채, 작별도 없이 갈려버린 것이 그와의 영결이었다.

3

시방이나 그때나 쓸쓸히 즐기기는 온천과 여행이었다. 또 시방이나 그때나 가정적인 계루[5]가 없이 객지에서(서울서) 독신으로 지나던 터.

적적한 설을 이왕이니 온천에서라도 쇠는 게 차라리 적적함을 더하는 한 흥일까 싶어, 불시로 간단한 행구를 차려가지고 ××온천엘 내려간 것이 바로 섣달 그믐날이었다.

5 다른 일이나 사물에 얽매임, 딸린 식구.

오정이 조금 지나서 단골 여관인 B관에 당도하여, 우선 단쟁
[丹前]을 갈아입고는 탕엘 다녀 나오다가, 복도에서 주적 송필훈
씨를 만났다.

깜박 서로 반가웠다. 그해 봄, 그가 만 일 년 만에 사파에 나오
던 날, 서대문 형무소 앞에서 잠깐 만나고는 처음이었다. 그는 그
뒤로 고향으로 내려갔었고, 그 뒤부터 건강이 더럭 좋지 못하다
는 것이며, 그러면서도 무슨 망령에 새파란 젊은 여자와 결혼을
했다는 것이며, 풍편에 소식은 종종 들었으나 만나기는 처음이
었다.

"아, 상근이가 이게 웬일인고?"

방긋이 웃으면서 마주 악수를 하는 나더러 건네는 인사였다.

"저야 부르주아니깐 온천 여행쯤 당연하지만, 장 씨야말루 웬
일이세요!"

"허어허허허! 여전하구나, 인석."

전과 다름없이 걸걸히 웃고 쾌활하기는 하던 것이나, 그 홀쭉
깎인 볼과 앙상한 손길이 들던 바와 일반으로 건강은 지난봄 그
때보다도 말이 아니게 쇠한 것 같았다.

"신관이 많이 못되셨군요?"

"늙어놓으니, 늙어놓으니 속절없더구나. 오십이 넘은걸. 게다
가 병이 있어. 또오……."

"참! 신혼하신 재민? 축하가 늦었습니다."

"허어허허허! 건 우리 막설하자꾸나. 허어허허허!"

이렇게 웃는 그의 얼굴에서 나는 숨길 수 없는 일말의 암영이
어른거림을 느끼지 않지 못했다.

"아무려나 반갑다! 며칠 예서 유하렷다?"

"설이나 조용히 쇨까 했더니, 생철통한테 들켜놔서 뜨윽합니
다."

"워너니 모초롬 좀 닦이어봐라."

우리는 앞서거니 뒤서거니, 약속이나 한 것처럼 내 방으로 들
어갔다.

장비는 만나면 싸우더라고, 술상을 청해다 놓고는 권커니 잣거
니 연방 잔을 기울이면서 이야기도 하고, 서로 공박도 하고 했다.

그러고는 이야기도 우김질도 한풀이 지나고, 술이 차차로 거
나했을 무렵이었다.

"너 인석, 상근아?"

하면서 새 채비로 나를 따집는 것이었다.

"응? 상근아?"

"말씀하세요?"

"너 인석, 날 숭보지?"

그러면서 마시려던 술을 멈추고, 잔 너머로 빙그레 나를 눈 흘
기듯 건너다보더니 다시,

"날 잔뜩 시방 숭보지? 속으루……."

"속으루……."

"그래."

"무엇이 겁할 게 있다구 속으루 숭을 보아요?"

"아아니, 그럴 일이 있어!"

"비밀한 죌 지신 게죠?"

"내가 젊은 색시허구 결혼한 거 속으루 웃잖어?"

"대관절 참, 무슨 생각으루다 결혼을 하셨나요? 다아 늦게……. 노망으룬 일르구."

"허어허허허! 노망일는지두 모르지……. 무슨 생각으루다 결혼을 했느냐고?"

"……."

"거야말루, 네 영역이렷다."

"?"

"인간을 연구하구 인간을 발견한다는 게, 네 전문 아니냐?"

"그런데요?"

"그 잔 마시구, 내 이야기 들어."

내가 비는 잔에다가 술을 쳐주더니 이윽고 그는 목을 가다듬어 곰곰이,

"일 년 동안 내가 제서 지났것다."

"……."

"그 일 년 동안의 제일 핍절하게 느낀 것이 무언고오 하면 말이지이."

"……."

"제일 그리운 게 무어더냐 하면 말야 사파의 자유보다두, 응?"

"……."

"또오, 일이나 자식새끼보다두……."

"……."

"술이나 담배나 맛있는 음식이나 그런 것보다두, 응?"

"섹스 그것이더라?"

"응!"

"그래서 나오시던 멀루 결혼을 하셨단 말씀이죠?"

"응! 결심을 했더니라. 나가면 우선 무엇보담두 결혼을 하려니……."

"그래, 결혼을 했것다……."

"……."

"그런데 말이다……. 허어! 진리는 항상 그와 반대되는 걸 낳는다더니 과연 옳은 말이더구나?"

"……."

"내 발견이 진리는 진리것다? 응?"

"예사지요!"

"흐응!"

"새삼스럽게……."

"진리는 행동을 요구하것다?"

"……."

"결혼을 했지! 했더니이 모순과 갈등이 생기더구나."

"……."

"내가 너무 늙었더란 말야! 늙은 영감에 새파랗게 젊은 마누라?"

"……."

"상근아?"

"……."

"내가 무어 그리 팔자가 두드러졌다구 온천으루 휴양을 다닐 사람이듸? 마누랄 데리구 왔다."

"……."

"늙은 영감에 젊은 마누라한텐 온천이 약이라더구나."

"장 씨!"

"불쌍하더라! 인제 젊으나 젊은 것이 낙이란 걸 모르구!"

"회심이 드셨군요?"

"내가 결혼한 보람은 났지. 그야…… 그렇지만 그 사람은 시집을 온 것이 하나두 의의가 없으니."

진작부터 농은 없어지고 말과 표정은 자못 침통함이 있었다. 그것이 동정스럽기도 했지만, 일변 밉광머리스럽기도 했다.

"그러니깐 말씀예요, 장 씨."

"오오냐."

"어서어서, 황천으루 가세요."

"날더러, 어서 죽으라구?"

"왜, 살아 기셔가지굴랑 그 온갖 주접이세요?"

"아, 너 인석, 이럴 테냐?"

"살아 기셔서 무얼 하시겠어요? 그 소위 투쟁두 못하시구. 그러군 주접이나 피우시면서……."

"이노옴! 인전 날 맞대놓구 죽으라구까지 하는구나. 허어허허허!"

"제에발, 돌아가세요!"

"안 죽지! 내 비록 늙구 병은 들었다마는, 팔십까진 살구래야 죽을걸, 허어허허허…… 자아, 우리 마누랄 소개하지."

송필훈 씨는 그러면서 시중드는 하녀에게 전갈을 주어 보낸 후,

"면추는 했느니라. 방년 이십삼 세에, 응? 쯧! 보통학곤 마쳤

구……."

"그러나저러나 어디서 그렇게 용히 젊은 부인을."

"첩경이지! 동지 한 사람더러 불가불 내가 결혼을 해야 하겠
노라구 했더니 제 누일 선뜻 주더구나."

"장하십니다들! 인백정이 달리 있는 게 아냐!"

"너 그렇게 동정해쌌다가 우리 마누라허구 연애 얼릴라?"

"어름어름하다가 뺏기십니다, 참."

"아따 대수냐? 난 얼마든지 또 있자면 있단다!"

머리를 틀고, 통치마에 긴 양말을 신은 송필훈 씨의 부인이(김
영애 여사가) 데릴러 갔던 하녀의 뒤를 따라 문지방에 나타났다.

"이어, 우리 마누라!"

송필훈 씨는 너스레를 떨면서 쫓아가더니, 머뭇거리고 섰는
부인의 손목을 끌어다가 옆에 앉히고는,

"자아, 박 군, 이 사람이 우리 마누랄세. 그리고 저 사람은 내
가 늘 이야기하던 우리 박상근 군……. 한 고향 친구에 원수지간
이요, 아삼륙[6]이요 한 그 박 군……."

나는 가볍게 허리를 굽히면서 내 성명을 말했다.

저편에서도 입안엣소리로 인사를 하는 것이나 들리지는 않았다.

얼굴은 송필훈 씨가 말하던 면추 정도가 아니라 잘하면 미인
축에라도 들 만했다. 그러나 그녀의 기색은 쓸쓸하니 풀기가 없
고 한껏 수심 겨워 보였다. 혹시 지나친 선입주견의 소치인지는
모르나, 낯선 남자의 앞이래서 젊은 여자답게 항용 수줍어하는

6 마작에서 나온 말로 '서로 꼭 맞는 짝'을 일컫는다.

그것 말고도, 정녕 그는 경황과 즐거움을 잃어버린 마음 같아 보였다.

"술을 좀 권해야 않나?"

송필훈 씨가 술병을 집어 손에 들려주어서야, 부인은 마지못해 내 잔에다가 서투른 솜씨로 술을 붓는 시늉을 했다.

나는 답례로 잔을 보낼까 하다가 그만두었다.

"자아, 나두 한 잔……."

송필훈 씨는 내미는 잔에 종시 마지못해 붓는 술을 주욱 마시고는, 부인의 등을 뚝뚜욱 치면서,

"나이 늙으면, 젊은 마누라가 다아 이렇게 귀여운 법야. 허어 허허허허!"

"……."

"그렇잖으냐, 상근아?"

"걸 제가 어떻게 아나요?"

"그러니깐 너두 어서 장갈 들란 말야. 이쁘구 얌전하구 그런 색시한테루, 응?"

그 말에 부인은 곁눈으로 언뜻 나를 보다가, 마침 나와 시선이 마주쳤다. 그 눈이 어쩐지 이상히 맑고 은근하게 빛남을 나는 보지 아니치 못했다. 얼른 외면을 했으나, 애여 그 순간의 눈매는 머릿속에서 스러지질 않았다.

이윽고 부인이 몸을 일으키려고 하는 것을 송필훈 씨는 붙잡아 앉혔다. 그러면서 연신 재미의 흥을 돋우려고 수선을 피우고 하는 것이나, 세 사람에서 둘이가 조심을 하는 데야 좌석이 용이히 어울릴 수가 없었다.

송필훈 씨는 부인을 술을 먹이려고 갖은 소리를 다아 해도 소용이 없었다. 나는 나대로 그녀를 위하여 과실을 가져오게 했으나, 그것도 잘 손을 대려고 하지 않았다.

얼마를 그러다가 송필훈 씨가 변소에 가느라고 잠깐 자리를 비웠다. 그동안 이삼 차나 일어서려다가 도로 붙잡히고 붙잡히고 했으니 마침 좋은 기회이건만, 부인은 아무런 동정이 없이 곱다시 앉아 있었다.

이내 송필훈 씨는 좌석으로 돌아왔다.

"어어 우리 마누라 착한지구! 그새 만일 뺑소닐 쳤으면 내 당장 불러다가 크게 한바탕 꾸중을 할랬더니, 허어허허허!"

그러면서 부인의 옆에 가 주저앉으려다가 말고, 문득 무엇을,

"아! 가만있자!"

엉거주춤하고 서서 고개를 끼웃, 잠깐 생각을 하더니 부리나케 되짚어 나가고 있었다.

한 오 분은 지나서, 쿵쾅거리고 다시 방으로 들어서는 송필훈 씨는 여태 걸쳤던 단쟁 대신 양복에, 외투에, 모자를, 이렇게 출입할 채비를 차렸다.

나는 앉은 채 부인은 일어서면서 다같이 뻐언히 바라다보는 둘이더러 송필훈 씨는 침착치 못한 말씨로 황망히 이르는 것이었다.

"내가 그만 깜박 잊구 있었어……. 내 지금, 서울 좀 다녀올게."

"……."

"……."

"가면 아무래두 낼, 으음 모오레 , 모오레 낮이나 회정을 할 테니깐."

"아아니, 별안간 무슨 일이세요?"

그제서야 내가 탓하듯이 묻는 것을 송필훈 씨는 어물쩍하면서,

"응! 저 거시기, 긴히 저어, 볼일이."

"그렇더래두 원, 이런 법이 어뎠어요?"

"법이라? 허어허허허…… 우리 마누란 자네가 그동안 잘 좀 보홀 하게. 시종무관일세! 허어허허허!"

그리고는 부인의 어깨를 다독다독,

"내 곧 다녀오께, 응?"

"전 그럼, 집으루."

"아암! 예서 기두루구 있어요."

가기는 가려면서도 차마 난감한 눈치 같았다(좀 더 내가 유심히 관찰을 했더라면, 그의 얼굴에서 어떤 절대의 암투와 고민의 흔적을 발견했을 것이었다).

"박 군이 있는 이상 금강력사가 보호하는 것보다두 더 드은든하니깐. 허어허허허! 자아, 그럼……."

그러면서 돌아서려다가 말고 다시,

"그리구 참, 혼자서 심심할 테니깐 박 군한테두 와서 같이 놀구. 응?"

"자아 그럼…… 박 군, 내 다녀오믄세. 부탁하네. 모오레 오믄세."

정신 차릴 겨를도 없이 이렇게 설레발이를 떨고는, 마침내 휑

하니 밖으로 나가버리는 것이었다.

배웅을 하려 하고, 부인도 그 뒤를 따라 나가고.

하릴없이 나는 우두커니 앉았다가, 이윽고 '영감이 늙어갈수록 느는 거라곤 수선뿐이네'라고 피식 고소를 하면서 그러나 당장껏은,

"쯧, 자기 말대루 갑재기 잊었던 소관이 생각이 났던 게지!"

이쯤 치지하고서 별로이 괘념을 하지 않았다.

오후 세시. 저물기 쉬운 겨울날이라 거진 석양이었다. 나는 낭자한 배반을 치우게 한 후, 술이 취해 오르는 대로 자리에 비긴 것이 내처 잠이 들었던 모양, 갈증에 못 이겨 다시 깼을 때는 밤이 벌써 여덟시가 지났다.

하녀가 길어다 주는 냉수를 몇 컵 거듭 들이키고는 탕엘 다녀 나올 테니 그동안 준비를 해달라고 저녁식사를 분별시켰다. 그 말끝에 하녀가 저도 마침 생각이 나서 걱정삼아 귀띔을 한다는 것이,

참, 아까 그 부인네 손님은 저녁도 자시지 않고, 혼자서 실심해서 있더라고, 자꾸만 아마 우나 보더라고, 민망해 어떡하느냐고, 손님은 그이 사랑어른허구 친구끼리시고 허니 가서 위로라도 좀 해드려야 않냐고. 그런데 참, 그이네 양주분은 어쩌면 나이 그렇게도 층이 지느냐고. 그래서 그런지는 몰라도 사랑어른은 아씨를 무척 귀여워하시는데, 아씨는 그렇질 않나 보더라고. 밤이나 낮이나 새치름하고 있고 아무 흥도 없어 보이더라고.

이렇게 객쩍은 소리까지 씨부렁대는 것이었다.

나는 새수빠진 소리를 한다고 하녀더러 지청구는 하였으나,

그들 송필훈 씨네 부부의 너무 늙은 남편에 대한 너무 젊은 아내의 그 소위 모순과 갈등이라는 게 의외로 심각하고도 핍절한 바가 있음을 깨닫지 아니치 못하였다.

그러나저러나, 이 억지엣 시종무관의 입장이 자못 난처했다. 위로를 한다고서 친숙하지도 안 한 터에 젊은 여자가 혼자 있는 처소엘 불쑥 찾아간다는 것은, 비록 의사가 결백하고 일변 친지를 위한 노릇이라고 할지라도 심히 온당치 못한 일이 아닐 수 없었다.

차라리 내 처소로 그녀를 청해 온다면 좀은 덜 혐의스럽다 하겠지만, 그역 일반이었다.

그러나 그렇다고 모른 척하고 그대로 문두름히 있는 대서야 너무도 능통스럽고 범연한 짓이었다.

"그럼, 어떡헌다?"

나는 탕에 들어가자던 것도 잊고 앉아서 두루 궁리와 생각이었다.

벽창호가 아닌 다음에야 역시 그냥 내버려두고 말 수는 없는 것, 마음에 흐린 구석이 없는 것이니 그럼 가보기루 할까. 하녀를 보내서 이리로 청해 올까.

옳아. 송필훈 씨가 이르기까지 했것다. 내 방으로 와서 같이 놀고 하라고. 그 말에 좇아 내가 청하지 않아도 제풀에 오는지도 몰라. 그래, 아무튼 그녀가 와서든지 내가 가서든지 저녁도 먹지 않았다니 밥상을 같이 가져오게 해서 함께 먹도록 권을 해. 병이 아니거든 구태여 식사를 궐하려들 며리는 없을 테니.

식사가 끝나거들랑 과실이라도 벗겨가면서 이런 이야기, 저런 이야기 이야기하고 앉아서 놀아. 그녀도 자연 기분이 섭슬려 말문이 터지진 않진 않을 것. 어울려서 담화가 오고 가고 해. 그러는 동안에 수심과 번뇌를 잊어버리고 즐거운 시간이 지나가.

밤이 이윽하니 깊어, 밤이 깊어.

깊은 겨울 밤 온천 여관의 단출한 방, 방 하나가 각기 한 세계식인 그 온천 여관의 방. 젊은 두 남녀, 나이 늙은 남편으로 하여 오뇌와 수심에 잦아진 젊은 여인. 밉지 않게 생긴 젊은 여인. 추파에 가깝던 아까의 그 눈. 건드리기가 무섭게 꼭지가 떨어지듯 무르익은 한 덩이의 과실. 그리고 불구자 아닌, 심상한 젊은 사나이.

"아뿔싸!"

나는 가슴이 제풀에 연해 두근거려오다가, 마침내 생각이 거기까지 미치자 별안간 소스라치게 놀래어 벌떡 일어서면서 부지중 소리가 커졌다.

"짐짓 그런 기회가 생기게 해주라느라고, 늙은 남편은 잠시 피신을 한 것이 아닌가?"

다음 순간 이 생각이 번개같이 머리를 스치면서 등골이 서늘했다.

나는 일각도 지체함이 없이, 그대로 단쟁을 벗어 던지고는 허둥지둥 양복을 갈아입기 시작하였다.

그러면서 퍼득퍼득 깨우쳤다. 송필훈 씨가 실상은 지금 와서는 완전한 한인閑人이라는 것, 따라서 결코 그와 같이 바삐 날뛸 소관이 있을 내력이 없다는 것. 그러므로 일은 적실코 그 순간에, 이 목적을 위해 고안한 연극이었다는 것.

마지막, 트렁크를 집어 들고서야 나는 약간 침착을 회복해서 스스로에게 반문할 정신이 났다.

"그러기로소니 내가 이다지도 질겁을 하여 날뛸 까닭이야 없지 않은가?"

그러나 뒤미처 손을 대기가 무섭게 꼭지가 떨어질 듯 무르익은 한 덩이의 과실을 짯짯이 바라보고 섰는 나 자신의 환영이 눈앞에 얼씬하면서 다시금 나는 한축을 느꼈다.

트렁크를 들고 마악 문치로 나가는데 뜻밖에도 그때,

"계세요?"

하고 찾는 여인의 음성이 들렸다.

얼결에 그만,

"네에."

하고 대답이 나와졌고, 몸 둘 곳을 몰라 쩔쩔매겠는데, 문은 방싯이 열렸다. 송필훈 씨의 부인임은 물론이었다.

생후에, 그렇게도 무렴한 경우를 당해본 적이라곤 없었다. 참으로 쥐구멍이 있으면 숨든지, 보자기로 얼굴을 덮든지 하고 싶었다.

무심코 수줍어하는 미소를 드리우고 문을 열다가 깜짝 놀래는 그 얼굴.

대담히 그녀는 내색을 숨기려고도 않고, 정면하여 나를 바라다보는 것이었다.

다음 순간 그녀의 눈은 함빡 원망스러워하면서 가볍게 떨리는 목소리로,

"떠나세요?"

기다렸던 것처럼 얼른 받아서,

"네에."

그리고는 부둥부둥 그가 막아 섰는 문을 향해 걸어 나갔다.

진땀에 등을 적시면서 복도로 나와서야 고개를 돌려,

"저어, 장 씨 오시거든 제가 졸지에 급한 볼일 있어서 이내 바루 떠났습니다구, 그 말씀이나 좀."

하고, 부탁이랄까 변명이랄까, 인사를 남기기를 가까스로 잊어버리지 않았다.

층계를 내려가면서 생각했다. 늙은이는 늙었다고 도망을 빼고, 젊은 놈은 젊었다고 도망을 빼고. 세상엔 싱겁게 서글픈 웃음 거리도 있는 거라고.

송필훈 씨의 부고를 받기는 그러고서 그다음 해 가을 '공교로이도' 만주사변이 인 직후였었다. 나는 눈물이 한 줄기 흐름을 어찌하지 못하였다.

"무어 찬이 있어예죠!"

"온, 별말씀……."

오히려 지나친 성찬이었다. 그 지나친 성찬이 나는 불안했다.

"솜씨가 없어놔서, 음식이 아무 맛도 없답니다."

"이렇게 와서 펠 끼쳐 어떡합니까?"

"괜히 자꾸만 그리셔! 자아, 드세요."

4

십 년이 지나서 우연히 그녀의 집 하숙 손님으로서의 나를 환
대하기 위하여 밥상머리에 앉아서 한 잔의 반주를 권하는 김영
애 여사는 십 년 전 송필훈 씨의 젊고 수심 겨운 아낙이던 그 김
영애 여사와는 많이 같으면서도 일변 많이 다른 바가 있었다.

목간을 하고 돌아오자 미구하여 노인이 저녁 밥상을 내왔고.

그 뒤를 따라 김영애 여사가 쟁반에 주전자와 잔을 받쳐 들고
나오고.

서슴지 않고 방으로 들어오면서 혼잣말같이,

"시방두 약줄 질겨 하시나?"

이런 소리를 하고는 밥상머리에 앉아 손수 마악 복개를 벗겨
주는 참이었다.

며칠만큼씩 밤이면 다녀가곤 한다는 이 집 영감님이, 그 며칠
만큼씩 밤이면 와서는 자시곤 하는 비장의 술인 모양, 빛깔이 벌
써 이 당철에 얻어 보기 어려운 상품의 일본주였다.

"이렇게 글쎄, 혼자 객지루만 다니셔서 어떡하세요?"

두 잔째 술을 부어주면서, 아까 처음 만나서도 그런 의미의 말
이 오고 가고 하던 객정을 다시금 내는 것이었다.

"오죽 불편허구 고생이세요."

"편해 좋던데요."

"어쩌나아! 영 그래, 장간 안 드실 작정이세요?"

"꼭이 작정투룩은 없지요만."

"아마 여잘 싫어하시나 보죠."

"그런 것두 아니지만, 난 아내니 가정이니 살림살이니 하는 게 무서워요. 몸이 그런데다 남이 꼼짝을 못하구 사는 걸 보면, 그만 무서워요!"

"어찌믄! 그래, 한평생 두구 혼자 사실 테예요?"

"모르죠."

"그러지 마시구, 장갈 가세요. 시방 세상에 좋은 색시가 조옴 많아요? 내라두 중맬 서드리겠으니."

"고맙습니다."

"사람 사람이 다아 남녀가 만나서 살구, 자손 낳아서 기르구, 살림살이하구, 그러는 게 한세상 낙인데."

"인전 그런 재밀 볼 때도 늦었답니다. 서른다섯인데……. 낼 모레가 마흔."

"남자 서른다섯이 무어 많은가요? 시방 한참이신데."

이야기를 하는 동안 김영애 여사의 태도는 오랫동안 사귀어 온 친지 이상으로, 정도 이상으로 스스럼이 없고 곡진했다. 그리고 거기 섭슬려 나도 천연히 응대를 하기는 하던 것이나 마음은 차차로 불안하고 꺼림해하지 아니치 못했다.

늙은 영감의 젊은 첩과 독신의 하숙 손님……. 그런데 일찍이 어떤 고패에서 잠깐일망정 그 여자의 마음을 설레어준 그 남자.

몇 잔을 혼자만 받아 마시고, 마시고 하다가 생각하니 대접이 아닌 것 같아서 한 잔을 부어 여자에게 권했다.

"술을 어디 먹을 줄 아나요?"

그러면서도 잔을 받아서 쪽 다 마시고는,

"숭보시겠네, 여편네가 술 먹는다구. 호호호."

잔이 내게로 돌아왔다.

"과한데요."

"머얼! 잡수시믄서."

"질견 해두 전처럼 많인 못한답니다."

"그래두, 고거 몇 잔야……."

나는 두 잔째 그에게 권해보았다. 그는 사양치 않고 받아 마시면서,

"취하믄 어떡하구! 통이 먹을 줄 몰라요. 먹지두 않구……. 참, 이런 반간 으런이나 만났으니깐 맘이 괜히 질거서……."

먼점의 한 잔에 그새 벌써 얼굴로 불그레니 오르는 것이, 지금 하던 발명이 노상 빈말은 아닌 것 같았다.

"여자가 나 지경이 되믄, 다아 본 신세예요……."

술을 부어서 주면서 한숨이 흐르르, 푸뜩 나오는 탄식이었다. 그리고는 한참이나 잠잠하고 있다가 다시,

"내 신센 우리 오라버니허구 송 씨허구 둘이 들어서 망쳐줬지! 쯧! 돌아간 이들을 탓하니 무슨 소용일꼬만."

나는 덤덤히 잔을 마실 뿐, 막상 무어라고 대껄을 할 바를 몰랐다.

"글쎄, 그이가 딱 죽구 나니 어떡허겠습니까? 재산이 있어요, 오? 내게 딸린 장성한 자식이 있어요?"

"……."

"먹군 살아야 하겠구. 또 막말이지, 젊은 것이 혼자 어떻게 늙어요? 남편이나마 무슨 그리 정이 도탑던 남편이라구!"

"……."

"할 수 없이 돈냥 있는 사람의 작은집으루 들어갔죠, 시굴
서……. 맘이야 그렇잖지만 헌 여편넬 누가 정실루 모셔 가자구
하나요!"

주는 잔을 아무 소리 없이 연방 마시면서 하소연은 이윽고 짙
어갔다.

속절없이 나는 그것을 받고 앉았어야 했다.

"이태 만에 갈렸죠! 큰여편네 강짜 등쌀에 못 살구서 쫓겨난
셈이지요."

"……."

"한 일 년가량 혼자 다니다가 어떤 영감쟁이 막지기루 들어갔
더니 그전 자식들이 시길 하는군요. 재산이나 빼돌리려구 간 줄
알구서……."

"……."

"넉 달 만에 털구 나와선, 에이 인전 죽어두 혼자 산다구 맘을
독하게 먹었더니만……. 꼬박 삼 년 동안 혼자 살긴 살었군요. 그
러니 고생이 조옴 했겠어요? 견디다 견디다 못해서 마침 누가 권
두 하구 하길래, 에에라, 내가 무얼 열녀문을 바라구서 뒤늦게야
홀몸으로 굶주리구 살까 보냐구. 또 한 번 팔잘 곤쳐서, 시방 이
영감을!"

"……."

"마음은 끔찍 착해요. 날 위해줄 줄 알구, 살림 과히 군색잖구.
그것 한 가지가 다행이지 참 남편이래야 어디 남편인가요? 환갑
진갑 다아 지난 송장인데."

"……."

"글쎄, 그러니 말예요! 인제 겨우 서른두 살 먹은 계집이 십 년지간에 네 번째 아녜요?"

"……."

"그야 네 번은 말구 열 번이래두 남처럼 호강이나 했다면 몰라요. 남편이 넷인데 그중 셋이 다 늙어빠진 영감쟁이로군요. 그리구서 송 씨만 말군, 첩데기 아니면 막지기."

"……."

"세상, 팔자 팔자 해두 날 같은 팔자가 어딨어요."

"……."

"……."

이야기가 엔간치 끝이 난 모양, 길게 한숨을 내쉬고는 깜박 말이 없이 앉아서 상심스런 얼굴로 한눈만 팔고 있는 것이었다.

훨씬 그러다가 얼마 만에야 겨우 정신이 들어가지고는,

"아이, 날 좀 봐. 아무래두 내가 매쳤어! 진지두 못 잡수시게……."

이렇게 반색을 하면서,

"어여 인전 진질 좀 뜨세요. 절 어째! 국물서껀 찌개서껀 죄다 식었어!"

내가 말리는 것도 듣지 않고 모친을 불러내어, 데워서 들여오라고, 국과 찌개 그릇을 내보내더니,

"그럼 국물서껀 더울 동안, 한 잔만 더 드시지?"

그리고는 술을 부어주면서 신신당부가,

"그리구우 우리 집에 오래두우룩, 오래두룩 계세요, 네?"

"……."

나는 속으로 이건 정말 큰일이 나질 않았더냐고, 뜨윽 걱정스러워 술을 마시는 척하면서 짐짓 대답을 하지 않았다. 약간의 취기를 띤 얼굴로, 깨끗하고 바로 들여다보면서 오래두룩 오래두룩 있으란 말을 하던 그녀의 눈, 그 눈.

은근함이 가득 어리운 그 눈이 아니었더라면, 아무 다른 뜻이 없고 단지 외로움에 겨운 담담한 마음이요, 따라서 영혼의 깨끗한 의탁으로 받아들여도 좋을 것이었다. 미상불 또 한 가드락 그러한 무엇이 나타나 보이지 않는 것은 아니었다. 그러나 그보다도 주장은 간곡하기는 젊은 생리다운 애욕인 그것이었다.

그렇다고서 그것이 십 년 전 그때 그 밤엔 눈의 재생이요, 그 발전이더냐 하면 물론 그럴 리가 없었다. 지금 이 여자에게는 하필 박상근이란 인간이 필요한 것이 아니라 오직 젊은 남자가 필요한 것이었다. 늙은 영감쟁이가 아닌 젊은 사람, 씩씩한 청춘.

지극히 자연스런(인간이기 때문에) 요구일 것이다. 조금도 나는 그것을 탓하거나 나무랄 이유도 권리도 없었다. 나는 다만 내일부터 또다시 하숙을 구해야 할 일을 생각하고 입맛이 썼다. 하숙은 그러나 정 다급하거든 임시로 당분간 여관이라도 잡아들면 그만이었다. 또 그렇게라도 해서 아무튼지 한시바삐 이 집을 뜨기는 뜨는 것이었다.

그렇지만 이 집을 뜨는 그 마당이 차마 박절하겠으니 그게 난관이었다.

십 년 전 그날 밤, ××온천서 트렁크 하나를 집어 들고 도망을 빼던 그때와도 달랐다.

떳떳이 이유가 있어야 할 것이었다. 그러나 아무리 떳떳한 이유를 백이나 갖다가 대더라도 이유는 되질 않을 것이었다.

자청해서 왔어. 피차에 한동안 있으려니 한 것. 오고 보니 괄시 못할 주객잔이어. 대접이 융숭해 오래도록 있어달란 부탁까지 받아. 한 것을, 무엇 때문에 단 사흘이 못 되어서 짐짝을 도로 꾸려가지고 나가다니 그런 실없는, 그런 싱거운, 그런 박절한 도리라곤 없었다.

'어떡헌다!'

궁리를 해도 묘책이 없고, 망신은 당해둔 망신이었다. 속도 모르고 여자는 데워 온 국물과 찌개를 받아놓으면서 살뜰히 식사를 권하기에 여념이 없었다. 울고 싶게, 차차로 죄스러워 못하겠었다.

— 발표지 미상, 1941. 3. 탈고

맹 순사

맹孟 순사巡査가 동양의 대현이라는 맹자님과 어떤 혈통의 관계
가 있는지 없는지, 또 우리나라 명재상 맹고불이 맹 정승과는 제
몇 대손이나 되는지, 혹은 아무것도 안 되는지, 그런 것은 상고하
여보지 못하였다.

"칼자루 십 년에, 집안 여편네 뉴똥치마 하나 못해준 주변에,
혈 말이 무슨 혈 말이우?"

증왕[1]의 순사 아낙에 세 가지 특색이 있으니, 가로되 언변 좋
은 것, 가로되 건방진 것, 가로되 옷 호사 잘하는 것이라고. 실로
이 계집의 허영으로 인하여, 순사들이 얼마나 더 악착히 '순사질'

---

1 이미 지나가 버린 그때.

을 하였음인고. 맹 순사의 아낙 서분이도 미상불 언변 좋고, 똑똑하고(즉 객관적으로 바꾸어 치면 건방지고) 하기로는 좀처럼 남에게 질 생각이 없으나, 오직 옷 호사 한 가지만은 어엿이 고개를 들 자신이 와락 없었다. 천하에 순사의 아낙 되어 옷 호사를 못하다니, 유감이 깊을지매, 자못 동정스런 노릇이었다.

그러나 서분이가 순사의 아낙으로 옷 호사에 자신이 없다는 것이 결단코 서분이 스스로의 무능한 소치거나 과실이거나 한 것은 아니었다. 그 소위 칼자루 십 년에―실상은 팔 년이었다―팔 년 순사에, 집안 여편네 뉴똥치마 한 벌도 해주지 못할 지경으로, 남편 맹 순사란 위인이 지지리 주변머리가 없었기 때문이었다.

팔일오 바로 후에 칼을 풀어놓았고, 그래서 시방은 순사 적이라는 것이 이미 옛말같이 된 터이었지만, 그러니 놓친 찬스를 두고두고, 심하여는 임종하는 자리에까지 내내 미련겨워하기를 마지아니하는 것이 항용 아녀자의 넓지 못한 속……. 해서 오늘 아침만 하여도 하찮은 일로 시초가 되어, 쫑쫑대고 쌩동거리고 하던 끝에 필경은 나오는 것이 그 뉴똥치마의 푸념이요 주변 없음의 공박이요 하였던 것이었다.

"거, 옷은 그대지 많이씩 장만해 무얼 하는구? 입구 벗을 거면 고만 아냐? 난 참, 여자들 그러는 속 모르겠드라."

부드럽고 조용한 말씨다. 이와 정반대로 서분이의 음성은 높고 가시 같다.

"입구 벗을 옷이 어딨어? 날 언제 옷 해줬기에, 옷 많이씩이냐는 건구?"

"아―니, 해필 임자가 옷이 많다는 게 아니라, 보통 여자들이 말야."

"넉살두 좋으이. 날 같으믄 입이 꽝우리 구멍이래두 헐 말 없 겠네. 바보, 빈충이, 천치."

"못난 남편 싫여?"

"졸 게 어딨어?"

"그럼, 갈릴까?"

"제—발 좀."

"허!"

"아주 신물이 나요."

"그러든지, 순살 도루 댕기든지."

"집안 여편네 옷 한 가지 어엿이 못 채려 내놓는 사내가 무슨 사내 값에 가는고."

"그러니깐 도루 순사 댕겨서, 뉴똥치마 해주구, 깜장 낙타 두루 마기두 해주구 양단저구리두 해주구, 백금시계두 사주구……."

"그따위 주변에 순살 두 번 아냐 골백번 댕겨보지. 뉴똥치마커 녕 거지치마 한 감 얻어 들이나."

"허허허허 , 나물 먹고 물 마시고, 팔을 베고 누웠으니, 대장부 살림살이 이만하면 넉넉하고나, 이런 노래 들어보지 못했어?"

"정신 차려요, 괘—니. 인전 돈두 몇 푼 남은 거 없구, 무얼 가 지구 살림은 해나가랄 텐구? 넬모레믄 쌀, 남구 들여와야 해요."

"나두 걱정야말루 그 걱정이로세."

그러면서 맹 순사는 식후에 피워 물었던 담배를 재떨이에 비 비고는 출입할 채비를 차리려고 푸시시 일어선다.

흐렸던 하늘이 부실부실 가을비가 내리기 시작한다.

서분이는 올에 스물다섯, 새파란 젊은 색시였다. 열일곱에, 서른 살 난 맹 순사의 후취로 시집을 왔었다. 맹 순사는 그 전해에 상처를 하였다.

서분이는 그의 호릿하고 가냘픈 외형대로 성질도 날카로웠다. 이른바 신경질이요, 요망스런 부류의 여자였다.

성질은 그러한데다 겸하여 나이 많은 남편의 항차 후취요 하니, 응석을 삼아서도 남편한테 포달을 떨고, 볶아대고, 버르장머리 없이 굴고 하염직은 한 노릇이었다. 맹 순사는 그것을 잘 받아주고. 맹 순사는 나이 서른여덟이었다. 열세 살이나 어린 아낙이, 딸자식 같아서 더욱 귀여웠다. 자식이고 계집이고 간에 귀여우면, 흉이 흉이 아니요, 흉도 이쁜 법이었다.

맹 순사는 내일 모레가 사십이다. 사람이 나이 사십이 되노라면, 속이 대개는 썩을 대로 썩고, 모나던 성질이 둥그러지고 하여, 감정 생활이 누그러지는 것이 보통이었다. 이 나이가 시키는 외에 맹 순사는 타고난 천품이 본시도 유한 인물이었다. 웬만한 일에는 성 같은 것이 나지를 아니하였다. 남에게다 나의 의견이나 고집을 굳이 세우려들 줄을 몰랐다. 그러고 싶지도 않고, 그래지지도 않거니와, 그럴 필요를 느끼지도 아니하였다. 그렇기 때문에 남과 시비와 갈등 같은 것이 생기는 일이 드물었다. 좋게 말하면 원만이요, 사실대로 말하면 반편스럽고 지조 없고 무능이요 하였다.

아무튼 그런 성질의 그런 남편이고 보매, 아낙이 아무리 포달을 떨고 볶아대고 구박을 하고 하여도, 좀처럼 맞서서 언성을 높여 탄하고 싸우고 하는 법이 없었다. 아낙은 기를 쓰고 싸우자고 대들어도, 시종 여일하게 한 목소리 한 낯으로 순순히 대꾸을 하고 할 따름이었다.

"좌우간, 내가 그만침이나 청백했기 망정이지, 다른 동간들 당했단 소리 들었지? 누구는 맞아 죽구, 누구는 집에다 불을 지르구, 누구는 팔대리가 부러지구."

푸시시 일어서다가, 비 오는 뜰을 이윽히 내다보면서, 맹 순사는 곰곰이 그렇게 아낙을 타이르듯 한다. 서분이에게는 그러나, 그런 소리가 다 말 같지도 아니한 소리요 억지엣 발명이었다.

"흥, 가네모도상은 그렇게 들이 긁어 먹구두, 되려 승찰 해서 부장이 된 건 어떡하구?"

"며칠 가나."

"그렇게만 생각허믄 뱃속은 무척 편하겠수. 여주루 내려갔든 기노시다상넨, 이살 해오는데, 재봉틀이 인장표루다 손틀 발틀 두 개에, 방 안 짐이 여덟 개에, 옷이 옥상옷만 도랑꾸루 열다섯 도랑꾸드래요. 그리구두 서울루 뻐젓이 와서 기계방아 사놓구 돈벌이만 잘허믄서, 활개 펴구 삽디다. 죽길 어째 죽으며, 팔대리가 부러질 팔대린 어딨어?"

"그런 게 글쎄 다 불한당 질루 장만한 거 아냐?"

"뱃속에서 꼬록 소리가 나두, 만날 청백야?"

"아무렴, 사람이 청백하면, 가난해두 두려울 게 없는 법야, 헴."

맹 순사는 마침내 양복장 문을 연다. 연방 청백을 뇌던 끝에, 이 양복장을 보자니 얼굴이 간지러웠다. 유치장 간수로 있을 때에, 가구 장수 하나가 경제범으로 들어와 있었는데, 서분이가 쪽지 한 장을 그에게다 주어달라고 졸랐다. 못 이기는 체하고 전해주었다. 그런지 이틀 만에 이 양복장이 방 윗목에 가 처억 놓여진 것을 보았으나, 그는 내력을 물으려고 아니하였다.

양복점 안에서 떼어 입은 대마직 국민복은 양복장보다도 조금 더 청백 순사를 얼굴 간지럽게 하였다.

작년 초가을, 좋지 못한 풍문이 들리는 파출소 건너편의 양복 점에서 맞추어 입은 것이었다. 공정 가격 삼십이 원 각순데, 양복 을 찾아 들고는 지갑을 꺼내는 체하면서,

"얼마죠?"

하고 물었다. 지갑에는 돈이라야 삼 원밖에 없었다.

양복점 주인은, 온 천만에 말씀을 다 하신다면서, 어서 가시라 고 등을 밀어내었다.

이 양복장이나 양복은 한 예에 불과하고, 팔 년 동안 순사를 다니면서, 그중에서도 통제 경제가 강화된 이삼 년, 육십 몇 원이 라는 월급으로는 도저히 지탱해 나갈 수 없는 생활을 뇌물 받는 것으로써 보태어 나왔다. 몇십 원씩, 돈 백 원씩 쥐어주는 것을, 사양하다가 못 이기는 체 받아 넣기 얼말는지 모른다. 자청해 주 는 것을 따담기만 한 것이 아니라, 아쉴 때면 그럴싸한 사람을 찾 아가서,

"수히 갚을 테니 백 원만……."

하고 가져다 쓰기도 여러 번이었다.

술대접을 받기는 실로 부지기수였다. 쌀, 나무, 고기, 생선, 술 모두 다 그립지는 아니할 만큼 들어도 오고, 청해다 먹기도 하고 하였다. 못해주었네 못해주었네 하여도, 아낙의 옷감도 여러 번 얻어다 준 것이었다. 공교로이 그 뉴똥치마만은 기회가 없고서

팔일오가 덜컥 달려들고 말았지만.

　이렇게 그는 작은 것이나마 뇌물을 먹지 아니한 것이 아니면서도, 스스로 청백하였노라고 팔분의 자신이 있었다. 맹 순사의 생각엔 양복 벌이나 빼앗아 입고, 돈이나 몇 십 원, 돈 백 원 받아 쓰고, 쌀 나무며 찬거리나 조금씩 얻어먹고, 술대접이나 받고 하는 것은, 아무나 예사로 하는 일이요, 하여도 죄 될 것이 없고, 따라서 독직이 되거나 죄가 되는 것이 아니었다. 그것이 적어도 독직이나 죄가 되자면, 몇 만 원 집어먹고서 소위 팔자를 고친다는 둥, 허리띠를 푼다는 둥의 수준에 올라야 비로소 문제가 되는 것이었다. 맹 순사는 몇 만 원은커녕, 한 번에 백 원 이상을 얻어먹어본 적이 없었다. 그런고로 맹 순사는 스스로 청백타 하던 것이었다.

　주위의 동간들은 가만히 눈치를 보면, 열에 아홉은 들뭇들뭇한 한몫을 보고 늘어져 만 원짜리 집을 사느니, 오십 석 추수의 땅을 양주에다 사놓았느니, 상사회사를 꾸며가지고 대주주가 되어 사직하고 나가느니 하였다. 맹 순사는, 나도 제발 그런 거리가 하나 걸렸으면…… 하다못해 집 한 채 살 거리라도 좀 걸렸으면…… 하고 초조와 더불어 연방 그런 구멍을 여새겨 보았다. 그러나 어인 일인지, 한 번도 걸리는 적이 없었다. 그래서 끝내야 쓰레기판만 뒤지다가, 소위 청백한 채로 칼을 풀어놓고 말았다.

　큰 덩치를 먹을 욕심과 기대가 있기는 하였으나, 그 의사는 문제가 아니었다. 아무튼지 큰 것을 먹지 아니하였으니, 따라서 부자가 되지를 아니하였으니, 나는 청백하였노라, 이것이 맹 순사의 청백관이었다.

부슬비를 우산으로 가리면서, 맹 순사는 군정청 경찰학교로 향하였다. 품에는 진작부터 써 가지고 다니던 지원서와 이력서가 들어 있었다.

팔일오 직후, 줄곧 누가 몽둥이로 후려갈기는 것만 같아서, 으슥한 골목을 지나노라면 시퍼런 단도가 옆구리를 푹 찌르는 것만 같아서, 예라 사람 감수하겠다고 칼을 풀어놓기는 하였었다. 그러나 그것이나마 직업을 잃고 나니, 하루하루 다가든다는 것이 반갑지 아니한 생활난이었다. 아까 아낙이 하던 말이 아니라도, 수중에 돈냥 있는 것은 거진 밑바닥이 보이고, 비로소 쌀 나무 들일 길이 막연할 판에 이르렀다.

세상은 돈도 흔하고, 일거리도 많고, 퍽이나 풍성풍성한 것 같았다. 그러나 순사밖에 다닐 줄 모르는 전 순사 맹 아무에게는 그리 수월히 딴 직업이 천신되어지지를 아니하였다.

'배운 도적질이 그뿐이니 무가내하로다. 쯧, 세상도 새 세상이니, 설마 어떠리.'

마침내 이렇게 단념 같은 결심을 하기에 이르렀던 것이었다.

모자도 정복도 패검도 다 옛것이요, 완장 한 벌로써 해방조선의 새 순사가 된 맹 순사는 ××파출소로 가기 위하여 종로를 동쪽으로 걸었다. 팔 년이나 다닌 경험자라서, 그 경험을 증명할 만한 몇 마디 테스트를 하더니, 그 당장 채용을 하였고 ××경찰서로 배속을 시켰다. 그리고 이튿날 출근을 하였더니, ××파출소에 근무를 하라는 영이어서 시방 그리로 가고 있는 참이었다.

옛날의 순사와 꼭 같이 차리고 하였건만 맹 순사는 웬일인지

우선 스스로가 위엄도 없고, 신도 나는 줄을 모르겠고 하였다. 만
나거나 지나치는 행인들의 동정이, 전처럼 조심하는 것 같은, 무
서워하는 것 같은 기색이 없고, 그저 본숭만숭이었다. 더러는 다
뿍 적의와 경멸의 눈초리로 흘겨보기까지 하였다.

함부로 체포도 아니하고, 위협도 아니하고, 뺨 같은 것은 물론
때리지 못하게 되어있고 하니, 전보다 친근스러하고 안심한 얼굴로
대하고 하여야 할 것인데, 대체 웬일인지를 모르겠었다.

걸으면서 곰곰 생각하여보았다.

'전에 많이들 행악을 했대서?'

정녕 그것인 성싶었다.

'애먼 사람, 불쌍한 사람한테 못할 짓도 많이 했지.'

'쯧, 지금 와서 푸대접받아도 한무내하지.'

'화무십일홍이요, 달도 차면 기우는 법인데, 한때 잘들 해먹었
으니 인제는 그 대갚음도 받아야겠지.'

무엇인지 모를 한숨이 절로 내쉬어졌다.

마침내 ××파출소에 당도하였다. 여기서 맹 순사는, 백성들
이 순사를 멸시하는 눈으로 보는 연유를 또 한 가지 발견하여야
하였다.

뚜벅뚜벅 파출소 안으로 들어서는 소리에, 테이블에 엎드려
졸고 있다가 놀라 깨어 고개를 번쩍 드는 동안…….

맹 순사는 무심결에,

"아니, 네가 웬일이냐?"

하면서 다시금 짯짯이 그를 바라다보았다.

노마.

볼때기에 있는 붉은 점이 아니더라면, 얼굴 같은 딴사람인가 하였을 것이었다.

행랑아들 노마였다.

맹 순사는 금년 봄, 시방 사는 홍파동으로 이사해 오기까지 여섯 해를 눌러, 사직동 그 집에서 살았다. 그 행랑에 노마네가 전 주인 때부터 들어 있었고, 왼편 볼때기에 붉은 점이 박힌 노마는 열두 살이었다. 근처의 삼 년짜리 학원을 일 년에 작파하고서, 저무나 새나 우미관 앞에 가 놀다간, 깃대도 받아주고 삐라도 뿌려 주고 하는 것이 일이요, 집에 들어와서는 어멈 아범한테 매 맞기가 일이요 하였다. 조금 더 자라더니, 우미관 패에 들어가지고, 밤거리로 행패를 하고 다녔고 사람을 치다 붙잡혀 간 것을 몇 차례 놓이게 하여주기도 하였다.

노마는 겸연쩍은 듯, 그러나 일변 반갑기도 한 듯 싱글싱글 웃으면서,

"이렇게 됐습니다, 나리. 많이 점 가르쳐줍쇼, 나리."

"동간끼리두 나린가, 이 사람."

나이가 시킴이리라. 맹 순사는 내색을 아니하고 소탈히 그러면서 같이 웃었다.

그러나 속으로는,

'저런 것이 다 순사니, 수모도 받아 싸지.'

하였다.

무식하여서, 기록 같은 것을 죄다 대신하여주기가 성가시기는 하였으나, 그 대신 순 같은 것도 제가 다 돌고, 사사 심부름도 시원시원 하여주고 하여서, 옛 노마를 부리는 양 실없이 해롭잖았다.

한 일주일 노마 순사를 하인 삼아, 맹 순사는 편안한 영감 노릇을 하였다. 그러자 노마 순사가 다른 파출소로 옮아가고서, 새로 뽑힌 후임자가 오게 되었다.

'대체 누굴꼬?'

노마 때에 겪음이 있는지라, 이런 궁금한 생각을 하면서 신문을 보고 앉았는데, 철그럭하더니,

"안녕헙쇼."

하는 소리와 더불어 한 장한이 척 들어섰다.

무심코 고개를 드는 순간 맹 순사는,

"억!"

하고 놀라면서 하마 뒤로 나가자빠질 뻔하였다. 머리가 있는 대로 곤두서는 것 같고 등에서는 식은땀이 흘렀다,

새 동간은 맹 순사를 더 잘 알아보았다. 그는 그 흉악한 상호를 싱긋 웃으면서,

"외나무대리서 만났구려?"

"……."

"금세 상성을 했나? 얼음판에 자빠진 황소 눈깔처럼, 눈만 끄머억 허구 앉어서…… 남이 인살 하면 대답을 해야 아니해? 적어두 새 조선의 경관으루."

"평안허슈?"

"아무튼 지질힌 오래 댕기는구려."

강봉세…… 살인강도, 무기징역수 강봉세였다.

재작년 맹 순사가 ××경찰서에서 유치장 간수를 볼 때에, 이 강봉세가 살인강도질을 하고 붙잡혀 들어왔었다. 맹 순사는 반년

이나 그를 간수하였다. 그러느라고 아주 숙면이 되었다.

한번은 이런 일이 있었다.

유치장 안에서 담배를 달라고 야료를 하여서, 낮번을 하던 간수가 점심과 저녁을 굶겼다.

강봉세는 밤번으로 들어온 맹 순사더러 밥을 달라고 졸랐다.

조르다조르다 성이 나가지고는 이를 북북 갈면서,

"오냐, 두구 보자. 사형을 아니 받구서 무기증역이래두 살다가 요행 다시 세상 구경을 하게만 돼봐라. 네놈의 배때갠 칼루 푹 찌르면 뀌여지지 말란 법 있대드냐?"

하고 저주를 하는 것이었다.

그러던 살인강도 강봉세였다.

맹 순사는, 동간 강봉세가,

'봐라, 인석아.'

하면서 패검을 뽑아 배를 푹 찌르는 것만, 푹 찌르는 것만 같아, 하루 종일 간이 콩만 하였다. 다시 순사 된 것을 못내 후회하면서, 어서 시간이 되기만 기다렸다. 그 몇 시간이 하마 십년감수는 되는 것 같았다.

오후에 헐떡거리며 집으로 돌아온 맹 순사는, 정복 정모와 패검을 보따리에 싸놓고 사직원을 썼다.

"그새 벌써 사직예요?"

아낙 서분이가 구박이었다.

"괘―니, 과부 아니 된 것만 천행으루 알아요."

"……?"

"사상범, 정치범만 석방을 하라니깐, 살인강도꺼정 말끔 다 풀어났으니, 그놈들이 그래, 심청이 그래야 옳담? 심청머리가 그러구서야 전쟁에 아니 져?"

"살인강도가 났어요."

"난 게 아니라, 들어왔드라우."

"뉘 집엘?"

"파출소루…… 칼 차구, 정복 정모 잡숫구."

"에구머니! 가짜 순사 말이죠?"

"흥, 뻐젓이 사령장꺼정 받은 진짜 순사드랍니다요. 당당헌 경찰학교 졸업생이시구."

"절 으찌우? 그럼 인전 순사헌테두 맘 못 놓겠구려?"

"허기야 예전 순사라는 게 살인강도허구 다를 게 있었나! 남의 재물 강제루 뺏어 먹구, 생사람 죽이구 하긴 매일반였지."

— 〈백민〉, 1946. 3.

미스터 방

　주인과 나그네가 한가지로 술이 거나하니 취하였다. 주인은 미스터 방方, 나그네는 주인의 고향 사람 백白 주사.

　주인 미스터 방은 술이 거나하여감을 따라, 그러지 않아도 이즈음 의기 자못 양양한 참인데 거기다 술까지 들어간 판이고 보니, 가뜩이나 기운이 불끈불끈 솟고 하늘이 바로 돈짝만 한 것 같은 모양이었다.

　"내 참, 머, 흰 말이 아니라 참, 거칠 것 없어, 거칠 것. 흥, 어느 눔이 아, 어느 눔이 날 뭐라구 허며, 날 괄시헐 눔이 어딨어, 지끔이 천지에. 흥 참, 어림없지, 어림없어."

　누가 옆에서 저를 무어라고를 하며 괄시를 한단 말인지, 공연히 연방 그 툭 나온 눈방울을 부리부리 왼편으로 삼십 도는 넉넉 삐뚤어진 코를 벌씸벌씸해가면서 그래쌌는 것이었다.

"내 참, 이래 봬두, 응, 동양 삼국 물 다 먹어본 방삼ヵ三복이우. 청얼[淸語] 뭇허나, 일얼 뭇허나, 영어야 뭐 말할 것두 없구⋯⋯."

하다가, 생각난 듯이 맥주컵을 들어 벌컥벌컥 단숨에 다 마신다. 그러고는 시꺼먼 손등으로 입술을 쓱, 손가락으로 김치 쪽을 늘름 한 점, 그러던 버릇이, 미스터 방이요, 신사요, 방 선생으로도 불리어지는 시방도, 무심중 절로 나와, 손등으로 입술의 맥주 거품을 쓱 씻고, 손가락으로 라조기 한 점을 집어다 으득으득 씹는다.

"술은 참, 맥주가 술입넨다⋯⋯."

어느 놈이 만일 무어라고 시비를 하거나 괄시를 한다면 당장 그 라조기를 씹듯이 으득으득 잡아 씹기라도 할 듯이 괄괄하던 결기가, 그러다 별안간 어디로 가고서 이번엔 맥주 추앙이 나오던 것이다.

"술두 미국 사람네가 문명했죠. 죄선 사람은 안직두 멀었어."

"멀구말구. 아직두 멀었지."

쥐 상호의 대추씨만 한 얼굴에 앙상한 노랑 수염 백 주사가, 병을 들어 주인의 빈 컵에다 따르면서 그렇게 맞장구를 쳐 보비위[1]를 한다.

"아, 백상두 좀 드슈."

"난 과해."

"괜히 그리셔. 백상 주량을 다아 아는데. 만난 진 오랐어두."

"다아 젊었을 적 말이지, 지금은⋯⋯."

"올에 참 몇이시지?"

---

1 남의 비위를 맞춤.

"갑술생 마흔여덟 아닌가!"

"그럼 나버담 열한 살 위시군. 그래두 백상은 안 늙으신 심야. 허허허허."

"안 늙는 게 다 무언가. 머리 신 걸 보게!"

"건 조백이시지."

백 주사는 흔연히 수작을 하면서 내색은 아니하나, 어심엔 미스터 방이 괘씸하기 짝이 없었다.

향리의 예법으로, 십 년 장이면 절하고 뵈어야 한다. 무릇 꿇고 앉아야 하고, 말은 깍듯이 공대를 해야 한다. 그 앞에서 주초酒草가 당치 않고, 막부득이한 경우면 모로 앉아 잔을 마셔야 한다. 그런 것을, 마치 제 연갑 친구나 타관 나그네게나 하는 것처럼, 백상이니, 술 드슈, 조백이시지 하고 말버릇이 고약해, 발 개키고 앉아서 정면하고 술을 먹어, 담배 뻐끔뻐끔 피워, 이런 괘씸할 도리가 없었다.

또 나이도 나이려니와, 문벌이나 지체를 가지고 논한다면, 이건 도저히 용서할 수 없는 일이었다.

이래 보여도 나는 삼대조가 진사를 하였고(그 첩지가 시방도 버젓이 있다) 오대조가 호조판서를 지냈고(족보에 그렇게 분명히 올라 있다) 칠대조가 영의정을 지냈고(역시 족보에 그렇게 분명히 올라 있다) 이런 명문거족의 집안이었다. 또 내 십이촌이 ××군수요, 그 십이촌의 아들이 만주국 ××현 ××촌 촌장이요 하였다. 또 그리고, 시방은 원수의 독립인지 막덕인지 때문에 다 그렇게 되었다지만, 아무튼 두 달 전까지도 어느 놈 그 앞에서 기침 한번 크게 못하던 백부장―훈팔 등에, ××경찰서 경

제계 주임이던 백부장의 어르신네 이 백 주사가 아닌가. 두 달 전 그때만 같았어도

　'이놈!'

하고 호통을 하여 당장 물고를 내련만, 그 좋은 세상이 어디로 가고 이 지경이란 말인지 몰랐다.

　하여튼 그만치나 혼란스러운 백 주사에다 대면 미스터 방의 근지야 아주 보잘 것이 없었다.

　미스터 방의 증조가 타관에서 떠들어온 명색 없는 사람이었다. 그 조부가 고을의 아전을 다녔다. 그 아비가 짚신 장수였다. 칠십에, 고로롱고로롱 아직도 살아 있지만, 시방도 짚신 곱게 삼기로 고을에서 첫째가는 방 첨지가 바로 그였다. 그리고 이 방삼복이는…….

　먹고 자고 꿍꿍 일하고, 자식새끼 만들고 할 줄밖에는 모르는 상일꾼(농부)이었다. 그러나마 삼십을 바라보도록 남의 집 머슴살이로, 이 집 저 집 살고 다니는 코삐뚤이 삼복이었다. 물론 낫 놓고 기역자도 못 그리는 판무식이었다.

　상일꾼일 바엔 남의 세토(소작) 마지기라도 얻어 제 농사를 짓는 것이 아니라, 삼십을 바라보도록 남의 집 머슴살이만 하고 다니던 코삐뚤이 삼복이가 하루아침 무슨 생각이 났던지, 돈벌이를 간답시고, 조석이 간데없는 부모에게다 처자식 떠맡기고는 훌쩍 일본으로 떠나버렸다. 그것이 열두 해 전.

　떠난 지 칠팔 년을 별반 신통한 벌이도 못하는지, 돈 한 푼 보내는 싹도 없더니, 하루는 느닷없이 중국 상해에 와 있노라 기별이 전해져 왔다. 그러고는 감감 소식이 없다가 삼 년 만에 퍼뜩

고향엘 돌아왔다. 십여 년을, 저의 말마따나 동양 삼국 물 골고루 먹고 다녔으면서, 별로이 때가 벗은 것도 없어 보이고, 행색은 해어진 양복 누더기에 볼 꿰어진 구두짝을 꿰고 들어서는 모양이, 군데군데 김질은 하였으나 빨아 다린 무명 고의적삼을 입고 고향을 떠날 적보다 차라리 초라한 것 같았다.

늙은 어미 아비와 젊은 가속이 뼈품으로 버는 것을 얻어먹으며 굶으며 하면서 한 일 년 빈둥거리고 놀더니, 적이 회심이 들었는지, 이번엔 처자식 데리고 서울로 올라왔다.

서울로 올라와서는 현저동 비탈의 다 찌부러진 행랑방을 얻어 살면서, 처음 일 년은 용산 있는 연합군 포로수용소엘 다니며 입에 풀칠을 하였고—이동안 그는 상해에서 귀로 익힌 토막 영어가 조금 더 진보되었고.

다시 일 년이나는, 그것 역시 상해에서 익힌 것을 밑천 삼아 구두 직공으로 구둣방엘 다니며 그럭저럭 살았고. 그러다 일본이 싸움에 지느라고 구두를 너무 해트려 가죽이 동이 나서 구둣방이 너나없이 문을 닫는 바람에, 할 수 없이 이번엔 궤짝 한 개 걸머지고 신기료장수로 나서고 말았다.

골목골목 돌아다니며 혹은 종로 복판의 한길에 가 앉아 신기료장수를 하자니, 자연 서울 온 고향 사람의 눈에 종종 뜨일밖에. 소식이 고향에 퍼지자, 누구 한 사람 칭찬은 없고 저마다 빈정거리는 소리뿐이었다.

"일본으로, 청국으로, 십여 년 타국 바람 쏘이고 온 놈이 겨우 고거야?"

"부전자전이로구먼. 아범은 짚신 장수, 자식은 구두 깁는 장수."

"아마 신발 명당에다 무덤을 썼든감."

이렇듯 근지는 미천하고 속에 든 것 없고, 가랑이가 찢어지게 가난하고, 생화生貨라는 것이 고작 거리에 앉아 오는 사람 가는 사람 해어지고 고린내 나는 구두짝 꿰매어주고 징 박아주고 닦아주고 하는 천업이고 하던, 그 코빼뚤이 삼복이었다.

'흥, 개구리가 올챙이 적을 못 생각한다더니. 발칙한 놈. 고얀 놈.'

백 주사는 생각하자니 속으로 이렇게 분개스럽지 않을 수가 없었다.

그러나 일변으로는, 그러던 코빼뚤이 삼복이가 그야말로 선영이 명당엘 들었단 말인지, 무슨 조화를 지녔단 말인지, 불과 몇 달지간에 이렇게 훌륭히 되고, 부자가 되고, 미씨다 방인지 구리다 방인지가 되고 하여가지고는 갖은 호강 다 하며 천하에 무서울 것이 없고, 기광이 나서 막 이러니, 한편 생각하면 신기하기도 하고 부럽기도 하고 또한 안타깝기도 하였다.

'사람의 운수란 참 모를 일이야.'

백 주사는 속으로 절절히 이렇게 탄복도 아니치 못하였다.

코빼뚤이 삼복의 이 눈부신 발신은, 그러나 백 주사가 희한히 여기는 것처럼 무슨 명당바람이 났다거나 조화를 지녔다거나 그런 신기한 곡절이 있는 바가 아니요, 지극히 간단하고도 수월한 것이었다. 다못 몸에 지닌 재주 가운데 총기가 좀 좋아서 일찍이 영어 마디나 익힌 것을 잊어버리지 아니하였다는 일종의 특수 조건이 없던 바는 아니지만.

천구백사십오년 팔월 십오일, 역사적인 날.

이날도 신기료장수 방삼복은 종로의 공원 건너편 응달에 앉아서 구두 징을 박으면서 해방의 날을 맞이하였다. 그러나 삼복은 감격한 줄도 기쁜 줄도 모르겠었다. 지나가는 행인이 서로 모르던 사람끼리면서 덤쑥 서로 껴안고 기뻐하고 눈물을 흘리고 하는 것이 삼복은 속을 모르겠고 차라리 쑥스러 보일 따름이었다. 몰려 닫는 군중이 오히려 성가시고, 만세 소리가 귀가 아파 이맛살이 찌푸려질 지경이었다.

몰려다니고 만세를 부르고 하기에 미쳐 날뛰느라고 정신이 없어, 손님이 없어, 손님이 부쩍 줄었다.

"우랄질! 독립이 배부른가?"

이렇게 그는 두런거리면서 반감이 솟았다.

이삼 일 지나면서부터야 삼복에게도 삼복에게다운 해방의 혜택이 나누어졌다.

십 전이나 십오 전에 박아주던 징을, 오십 전을 받아도 눈을 부라리는 순사를 볼 수가 없었다. 순사가 없어졌다면야 활개를 쳐가면서 무슨 짓을 하여도 상관이 없고 무서울 것이 없던 것이었다.

'옳아, 그렇다면 독립도 할 만한 건가 보다.'

삼복은 징 열 개를 박아주고 오 원을 받아 넣으면서 이렇게 속으로 중얼거리기까지 하였다.

그러나 며칠이 못 가서 삼복은 다시금 해방을 저주하여야 하였다. 삼복이 저 혼자만 돈을 더 받으며, 더 받아 상관이 없는 것이 아니라, 첫째 도가都家들이 제 맘대로 재료값을 올리던 것이었다. 징, 가죽, 고무, 실 모두가 오 곱 십 곱 비싸졌다. 그러니 신기료장수는 손님한테 아무리 비싸게 받는댔자 재료를 비싼 값으로 사야 하니, 결국 도가만 살찌울 뿐이지 소득은 전과 크게 다를 것이 없었다.

"이런 옘병헐! 그눔에 경제겐 다 어디루 가 뒈졌어. 독립은 우라진다구 독립을 헌담."

석양 때 신기료 궤짝 어깨에 멘 채 홧김에 막걸리청으로 들어가, 서너 사발 들이켜고는 그는 이렇게 게걸거렸다.

그럭저럭 구월도 열흘이 되고, 서울 거리에는 미국 병정이 꼬마차와 함께 그득히 퍼졌다.

그 미국 병정들이, 거리를 구경하면서 혹은 물건을 사려면서 말이 서로 통하지를 못하여 답답해하는 양을 보고 삼복은 무릎을 탁 쳤다.

그러나 슬플진저, 땟국과 땀에 찌든 이 누더기를 걸치고는 가망이 없을 말이었다.

'무슨 도리가 없을까?'

반일을 궁리를 하다가 정오 때에야 한 줄기 서광을 얻었다.

총총히 집으로 돌아가, 마누라를 시켜 구두 고치는 연장 일습과 재료 남은 것에다 이불이며 헌 옷가지해서 한 짐을 동네 아는 가게에다 맡기고는 한 달 기한으로 돈 백 원을 서푼 변으로 취해오게 하였다.

그 돈 백 원을 가지고 삼복은 흔한 넝마전으로 가서, 백 원 돈이 꼭 차는 한도까지에 양복이란 명색 한 벌과 모자를 샀다. 신발은 부득이 안방 사람의 병정구두 사 신은 것을 이다음 창갈이를 거저 해주겠다는 조건으로 닷새만 제 것과 바꾸어 신기로 하였다.

이튿날 아침 느지감치, 새로 장만한 헌 양복 헌 모자에 헌 구두로써 궤짝 멘 신기료장수보다는 제법 말쑥하여진 차림을 차리고 마악 나서려는데, 간밤부터 통통 부어가지고는 시중도 말대꾸도 잘 아니하던 애꾸쟁이 마누라가 와락 양복 뒷자락을 움켜쥐고 늘어진다.

"바른 대루 대요."

"이게 별안간 미쳤나?"

"요 망난아, 반해가지군 이력허구 찾아가는 고년이 어떤 년야? 응?"

"속을 모르거든 밥값을 내지 말랬어, 요 맹추야."

"날 죽이구 가지, 거전 못 가."

"이년아, 너 이랬단, 내 인제 둔 벌문, 증말 첩 얻는다."

"오냐 잘한다. 날 죽여라, 날……."

"아, 이 우라 주리땔 앵길 년이……."

한주먹 보기 좋게 갈겨 넘어뜨리고는, 찌부러진 오두막집을 나서 종로로 향을 잡았다.

노예도 노예 이전이면 상전을 선택할 자유를 가지는 수도 있다고.

삼복은 종로서 전차를 내려 동쪽으로 천천히 걸으면서 물색을 하였다. 생김새가 맘씨 좋아 보이고, 여느 병정이 아니라 장교쯤 가는 이라야 할 것이었다.

청년회관 앞에서 담뱃대를 사고 있는 하나가, 몸집이 부대하고 여느 병정은 아닌 듯하고, 얼굴이 자못 선량하여 보이는 게 선뜻 마음에 들었다. 구경하는 체하고 넌지시 그 옆으로 가 섰다.

미국 장교는 담뱃대를 집어 들고 기물[2]스러워하면서 연방 들여다보다가 값이 얼마냐고

"하우 머춰? 하우 머춰?"

하고 묻는다.

담뱃대장수 영감은, 삼십 원이라고 소래기[3]만 지른다.

알아들을 턱이 없어 고개를 깨웃거리면서 다시금 하우 머춰만 찾는 것을, 기회 좋을시고라고, 삼복이가 나직이

"더티 원."

하여주었다.

홱 돌려다보더니

"오, 캔 유 스피크?"

하면서 사뭇 그러안을 듯이 반가워하는 양이라니. 아스러지도록 손을 잡고 흔드는 데는 질색할 뻔하였다.

직업이 있느냐고 물었다. 방금 실직하였노라고 대답하였다.

그럼, 내 통역이 되어주겠느냐고 물었다. 그러겠노라고 대답하였다.

이 자리에서 신기료장수 코삐뚤이 삼복이 미스터 방으로 승차를 하여, S라는 미국 주둔군 소위의 통역이 되었다. 주급 십오 불(이백사십 원)가량의.

거진 매일같이 미스터 방은 S 소위를, 낮에는 거리의 구경으로, 밤이면 계집 있는 술집으로 인도하였다.

2 기이한 물건.
3 소리.

한번은 탑골공원의 사리탑을 구경하면서, 얼마나 오랜 것이냐고 S 소위가 물었다. 미스터 방은 언젠가, 수천 년 된 것이란 말을 들었기 때문에, 투 따우샌드 이얼스라고 대답하였다.

또 한 번은, 경회루를 구경하면서 무엇 하던 건물이냐고 물었다. 미스터 방은 서슴지 않고

"킹 듀링크 와인 앤드 딴쓰 앤드 씽, 위드 땐써."

라고 대답하였다. 임금이 기생 데리고 술 마시고, 춤추고 노래 부르고 하던 집이란 뜻이었다.

내가 보기엔, 조선 여자의 옷이 퍽 아름답고 점잖스럽던데, 어째서 양장들을 하는지 모르겠다고 S 소위가 물었다. 미스터 방은 여자들이 서양 사람한테로 시집을 가고파서 그런다고 대답하였다.

서울역을 비롯하여 거리에 분뇨가 범람한 것을 보고, 혹시 조선 가옥에는 변소가 없느냐고 S 소위가 물었다. 미스터 방은, 있기야 집집마다 다 있느니라고 대답하였다.

썩 좋은 조선 그림을 한 장 사고 싶다고 하여서, 문지방 위에다 흔히들 붙이는 사슴이 불로초를 물고, 신선이 앉았고 한 것을 오 원에 한 장 사주었다.

제일 재미있고 유명한 소설이 무엇이냐고 물어서, 《추월색》이라고 대답하였고, 그럼 그것을 한 권 사고 싶다고 하여서, 여러 날 사러 다니다 못해 동네 노마네 집에 치를 이 원에 사주었다. 이 밖에도 미스터 방은 S 소위에게 조선을 소개한 공로가 여러 가지로 많으나 대강은 그러하였다.

그 공로에 정비례해서, 미스터 방은 나날이 훌륭하여져갔다. 팔일오 이전에 어떤 은행의 중역의 사택이라던 지금의 이 집으

로, 현저동 그 집에서 옮아오기는 S 소위의 통역이 되는 사흘 후였다. 위아래층을 다 양식 절반 일본식 절반으로 꾸민 호화스러운 저택이었다. 정원엔 때마침 단풍과 가을 화초가 아름다웠고, 연못에선 잉어가 뛰놀고 하였다.

시방 주객이 앉아 술을 마시는 방은, 앞은 노대[4]가 딸리고 햇볕 잘 들고 밝아서, 여러 방 가운데 제일 좋은 방이었다. 그러나 방 안에는 벽에 그림 한 장 붙어 있는 바 아니요, 방에 알맞은 가구 한 벌 놓여 있는 바 아니요, 단지 방일 따름이어서, 싱겁게 넓기만 하였다. 그렇지만 미스터 방은 실내의 장식 같은 것쯤 그다지 관심할 줄을 아직은 몰랐다.

처음엔 식모를 두었다. 그다음엔 침모를 두었다. 그다음엔 손심부름할 계집아이를 두었다.

하루에도 방 선생을 찾는 이가 여러 패씩 있었다. 그들의 대개는 자동차를 타고 오고, 인력거짜리도 흔치 않았다. 그렇게 찾아오는 그들은 결단코 빈손으로 오는 법이 드물었다. 좋은 양과자 상자 밑바닥에는 으레껏 따로이 뿌듯한 봉투가 들었곤 하였다.

미스터 방의, 신기료장수 코뻬뚤이 삼복이로부터의 발신 경로란 이렇듯 심히 간단하고 순조로운 것이었다.

주인 미스터 방이 백 주사의 컵에다 술을 따르려고 병을 집어 들다가

"오이, 기미꼬."

4 발코니.

하고 아래층으로 대고 부른다.

"심부럼 갔어요."

애꾸쟁이 마누라의 꼬챙이 같은 대답.

"안주 어떻게 됐어?"

"글쎄, 안주 시키러 갔어요."

"증종 있지?"

"⋯⋯."

층계 밟는 소리가 나더니, 퍼머넌트한 머리가 나오고, 좁디좁은 이마에 이어서 애꾸눈이 나오고, 분 바른 얼굴이 나오고, 원피스 입은 커다란 젖통의 가슴이 나오고, 마지막 비단 양말 신은 두 리기둥 같은 두 다리가 나오고 한다.

"서 주사가 이거 두구 갑디다."

들고 올라온 각봉투 한 장을 남편에게 건네준다.

"어디?"

그러면서 받아 봉을 뜯는다. 소절수[5] 한 장이 나온다. 액면 만 원짜리다.

미스터 방은 성을 벌컥 내면서

"겨우 둔 만 원야?"

하고 소절수를 다다미 바닥에다 홱 내던진다.

"내가 알우?"

"우랄질 자식, 어디 보자. 그래 전, 걸 십만 원에 불하 맡아다 백만 원 하난 냉겨먹을 테문서, 그래 겨우 둔 만 원야? 엠병헐 자

5 수표.

식, 내가 엠피MP헌테 말 한마디문, 전 어느 지경 갈지 모를 줄 모르구서."

"정종으루 가져와요?"

"내 말 한마디에 죽을 눔이 살아나구, 살 눔이 죽구 허는 줄을 모르구서. 흥, 이 자식 경 좀 쳐봐라…… 증종 따근허게 데 와. 날 두 산산허구 허니."

새로이 안주가 오고, 따끈한 정종으로 술이 몇 잔 더 오락가락하고 나서였다.

백 주사는 마침내 진작부터 벼르던 이야기를 꺼내었다.

백 주사의 아들 백선봉은, 순사 임명장을 받아 쥐면서부터 시작하여 팔일오 그 전날까지 칠 년 동안, 세 곳 주재소와 두 곳 경찰서를 전근하여 다니면서, 이백 석 추수의 토지와, 만 원짜리 저금통장과, 만 원어치가 넘는 옷이며 비단과, 역시 만 원어치가 넘는 여편네의 패물과를 장만하였다.

남들은 주린 창자를 졸라맬 때 그의 광에는 옥 같은 정백미가 몇 가마니씩 쌓였고, 반년 일 년을 남들은 구경도 못하는 고기와 생선이 끼니마다 상에 오르지 않는 날이 없었다.

××경찰서의 경제계 주임으로 있던 마지막 이 년 동안은 더욱더 호화판이었다. 팔일오 그날 밤, 군중이 그의 집을 습격하였을 때에 쏟아져 나온 물건이 쌀 말고도

광목 여섯 통

고무신 스물세 켤레

지까다비 여덟 켤레

빨랫비누 세 궤짝

양말 오십 타

정종 열세 병

설탕 한 부대

이렇게 있었더란다. 만 원어치 여편네의 패물과, 만 원어치의 옷감이며 비단과 만 원짜리 저금통장은 고만두고 말이었다.

물건 하나 없이 죄다 빼앗기고, 집과 세간은 조각도 못 쓰게 산산 다 부서지고, 백선봉은 팔이 부러지고, 첩은 머리가 절반이나 뽑히고, 겨우겨우 목숨만 살아 본집으로 도망해 왔다.

일변 고을에서는 백 주사가 자식이 그런 짓을 해서 산 토지를 가지고 동네 사람한테 거만히 굴고, 작인들한테 팔 할 가까운 도지를 받고, 고리대금을 하고 하였대서, 백선봉이 도망해 와 눕는 그날 밤, 그의 본집인 백 주사의 집을 습격하였다.

집과 세간 죄다 부수고, 백선봉이 보낸 통제배급물자 숱한 것 죄다 빼앗기고, 가족들은 죽을 매를 맞고, 백선봉은 처가로, 백 주사는 서울로 각기 피신하여 목숨만 우선 보전하였다.

백 주사는 비싼 여관밥을 사 먹으면서, 울적히 거리를 오락가락, 어떻게 하면 이 분풀이를 할까, 어떻게 하면 빼앗긴 돈과 물건을 도로 다 찾을까 하고 궁리를 하던 것이나, 아무런 묘책도 없었다.

그러자 오늘은 우연히 이 미스터 방을 만났다. 종로를 지향 없이 거니는데, 지나가던 자동차가 스르르 멈추면서, 서양 사람과 같이 탔던 신사 양반 하나가 내려서더니, 어쩌다 눈이 마주치자

"아, 백 주사 아니신가요?"

하고 반기는 것이었다.

자세히 보니, 무어 길바닥에서 신기료장수를 한다던 코삐뚤이 삼복이가 분명하였다.

"자네가, 저, 저, 방, 방……."

"네, 삼복입니다."

"아, 건데, 자네가……."

"허, 살 때가 됐답니다."

그러고는 내 집으루 갑시다 하고 잡아끄는 대로 끌리어 온 것이었다.

의표하며, 집하며, 식모에 침모에 계집 하인까지 부리면서 사는 것하며, 신수가 훤히 트여가지고 말도 제법 의젓하여진 것 같은 것이며, 진소위[6] 개천에서 용이 났다고 할 것인지.

옛날의 영화가 꿈이 되고, 일조에 몰락하여 가뜩이나 초상집 개처럼 초라한 자기가 또 한 번 어깨가 옴츠러듦을 느끼지 아니치 못하였다. 그런데다 이 녀석이, 언제 적 저라고 무엄스럽게 굴어 심히 불쾌하였고, 그래서 엔간히 자리를 털고 일어설 생각이 몇 번이나 나지 아니한 것도 아니었다. 그러나 참았다.

보아하니 큰 세도를 부리는 것이 분명하였다. 잘만 하면 그 힘을 빌려 분풀이와 빼앗긴 재물을 도로 찾을 여망이 있을 듯싶었다. 분풀이를 하고, 더구나 재물을 도로 찾고 하는 것이라면야, 코삐뚤이 삼복이는 말고, 그보다 더한 놈한테라도 머리 숙이는 것쯤 상관할 바 아니었다.

6 그야말로.

"그러니, 여보게 미씨다 방……."

있는 말 없는 말 보태가며 일장 경과 설명을 한 후에 백 주사는 끝을 맺기를,

"어쨌든지 그놈들을 말이네. 그놈들을 한 놈 냉기지 말구섬 죄다 붙잡아다가 말이네. 괴수놈들일랑 목을 썰어 죽이구, 다른 놈들일랑 뼉다구가 부러지두룩 두들겨주구. 꿇어앉히구 항복받구. 그리구 빼앗긴 것 일일이 도루 다 찾구. 집허구 세간 처부신 것 말끔 다 물리구…… 그렇게만 해준다면, 내, 내, 재산 절반 노나주문세, 절반. 응, 여보게 미씨다 방."

"염려 마슈."

미스터 방은 선뜻 쾌한 대답이었다.

"진정인가?"

"머, 지끔 당장이래두, 내 입 한 번만 떨어진다 치면, 기관총 들멘 엠피가 백 명이구 천 명이구 들끓어 내려가서, 들이 쑥밭을 만들어놉니다, 쑥밭을."

"고마우이!"

백 주사는 복수하여지는 광경을 서언히 연상하면서, 미스터 방의 손목을 덤쑥 잡는다.

"백골난망이겠네."

"놈들을 깡그리 죽여놀 테니, 보슈."

"자네라면야 어련하겠나."

"흰 말이 아니라 참 이승만 박사두 내 말 한마디면, 고만 다 제바리유."

미스터 방은 그러고는 냉수 그릇을 집어 한 모금 물고 꿀쩍꿀

쩍 양치를 한다. 웬 버릇인지, 하여간 그는 미스터 방이 된 뒤로, 술을 먹으면서 양치하는 버릇이 생겼다.

양치한 물을 처치하려고 휘휘 둘러보다, 일어서서 노대로 성큼성큼 나간다. 노대는 현관 정통 위였다.

미스터 방이 그 걸쭉한 양칫물을 노대 아래로 아낌없이 좍 배알는 바로 그 순간이었다. 그 순간이 공교롭게도, 마침 그를 찾으러 온 S 소위가 현관으로 일단 들어서려다 말고(미스터 방이 노대로 나오는 기척이 들렸기 때문에) 뒤로 서너 걸음 도로 물러나

"헬로."

부르면서 웃는 얼굴을 쳐드는 순간과 그만 일치가 되었다.

"에구머니!"

놀라 질겁을 하였으나 이미 배알아진 양칫물은 퀴퀴한 냄새와 더불어 백절폭포로 내리쏟아져 웃으면서 쳐드는 S 소위의 얼굴 정통에 가 좌르르.

"유 데빌!"

이 기급할 자식이라고 S 소위는 주먹질을 하면서 고함을 질렀고. 그 주먹이 쳐든 채 그대로 있다가, 일변 허둥지둥 버선발로 뛰쳐나와 손바닥을 싹싹 비비는 미스터 방의 턱을

"상놈의 자식!"

하면서 철컥 어퍼컷으로 한 대 갈겼더라고.

― 〈대조〉, 1946. 7.

논 이야기

1

    일인들이 토지와 그 밖에 온갖 재산을 죄다 그대로 내놓고 보따리 하나에 몸만 쫓겨 가게 되었다는 이야기를 듣는 한 생원은 어깨가 우쭐하였다.

    "거 보슈 송 생원, 인전들, 내 생각나시지?"

    한 생원은 허연 탑삭부리에 묻힌 쪼글쪼글한 얼굴이 위아래 다섯 대밖에 안 남은 누—런 이빨과 함께 흐물흐물 웃는다.

    "그러면 그렇지, 글쎄 놈들이 제아무리 영악하기로소니 논에다 네 귀탱이 말뚝 박구섬 인도깨비처럼, 어여차 어여차, 땅을 떠가지구 갈 재주야 있을 이치가 있나요?"

    한 생원은 참으로 일본이 항복을 하였고, 조선은 독립이 되었

다는 그날―팔월 십오일 적보다도 신이 나는 소식이었다. 자기
가 한 말(예언)이 꿈결같이도 이렇게 와 들어맞다니…… 그리고
자기가 한 말대로, 자기가 일인에게 팔아넘긴 땅이 꿈결같이도
도로 자기의 것이 되게 되었다니…… 이런 세상에 신기하고 희
한할 도리라고는 없었다.

조선이 독립이 되었다는 팔월 십오일, 그때는 한 생원은 섬뻑
만세를 부르고 싶은 생각이 나지 않았어도, 이번에는 저절로 만
세 소리가 나와지려고 하였다.

팔월 십오일 적에 마을에서는 젊은 사람들이 설도[1]를 하여 태
극기를 만들고, 닭을 추렴하고, 술을 사고 하여놓고 조촐히 만세
를 불렀다.

한 생원은 그 자리에 참례를 하지 아니하였다. 남들이 가서 같
이 만세를 부르자고 하였으나 한 생원은 조선이 독립이 되었다
는 것이 별양 반가운 줄을 모르겠었다. 그저 덤덤할 뿐이었다.

물론 일본이 항복을 하였으니 전쟁은 끝이 난 것이요, 전쟁이
끝이 났으니 벼 공출을 비롯하여 솔뿌리 공출이야, 마초 공출이
야, 채소 공출이야, 가지가지의 그 억울하고 성가신 공출이 없어
지고 말 것이었다.

또, 열여덟 살배기 손자놈 용길이가 징용에 뽑혀 나갈 염려
가 없을 터이었다. 얼마나 한 생원은, 일찍이 아비를 여의고, 늙
은 손으로 여태껏 길러온 외톨 손자놈 용길이가 징용에 뽑히지
말게 하려고, 구장과 면의 노무계 직원과, 부락 담당 직원에게 굽

1 도리를 설명함.

은 허리를 굽실거리며 건사를 물고 하였던고. 굶는 끼니를 더 굶어가면서 그들에게 쌀을 보내어주기, 그들이 마을에 얼찐하면 부랴부랴 청해다 씨암탉 잡고 술대접하기, 한참 농사일이 몰릴 때라도, 내 농사는 손이 늦어도 용길이를 시켜 그들의 논에 모 심고 김매어주고 하기. 이 노릇에 흰머리가 도로 검어질 지경이요, 빚은 고패가 넘도록 지고 하였다.

하던 것이 인제는 전쟁이 끝이 났으니, 징용 이자는 싹 씻은 듯 없어질 것. 마음 턱 놓고 두 발 쭉 뻗고 잠을 자도 좋았다.

이런 일을 생각하면 한 생원도 미상불 다행스럽지 아니한 것은 아니었다. 그러나 오직 그뿐이었다.

독립?

신통할 것이 없었다.

독립이 되기로서니, 가난뱅이 농투성이가 별안간 나으리 주사 될 리 만무하였다. 가난뱅이 농투성이가 남의 세토(소작) 얻어 비지땀 흘려가면서 일 년 농사지어 절반도 넘는 도지(소작료) 물고 나머지로 굶으며 먹으며 연명이나 하여가기는 독립이 되거나 말거나 매양 일반일 터이었다.

공출이야 징용이야 하여서 살기가 더럭 어려워지기는 전쟁이 나면서부터였다. 전쟁이 나기 전에는 일 년 농사지어 작정한 도지 실수 않고 물면 모자라나따나 아무 시비와 성가심 없이 내 것 삼아 놓고 먹을 수가 있었다.

징용도 전쟁이 나기 전에는 없던 풍도였다. 마음 놓고 일을 하였고, 그것으로써 그만이었지, 달리는 근심 걱정 될 것이 없었다.

전쟁 사품에 생겨난 공출이니 징용이니 하는 것이 전쟁이 끝이 남으로써 없어진 다음에야 독립이 되기 전 일본 정치 밑에서도 남의 세토 얻어 도지 물고 나머지나 천신하는 가난뱅이 농투성이에서 벗어날 것이 없을진대, 한갓 전쟁이 끝이 나서 공출과 징용이 없어진 것이 다행일 따름이지, 독립이 되었다고 만세를 부르며 날뛰고 할 흥이 한 생원으로는 나는 것이 없었다.

일인에게 빼앗겼던 나라를 도로 찾고, 그래서 우리도 다시 나라가 있게 되었다는 이 잔주도, 역시 한 생원에게는 시쁘듬한 것이었다. 한 생원은 나라를 도로 찾는다는 것은 구한국 시절로 다시 돌아가는 것으로밖에는 달리는 생각할 수가 없었다.

한 생원네는 한 생원의 아버지의 부지런으로 장만한 열서 마지기와 일곱 마지기의 두 자리 논이 있었다. 선대의 유업도 아니요, 공문서空文書(무등기) 땅을 거저주운 것도 아니요, 뼈젓이 값을 내고 산 것이었다. 하되 그 돈은 체계나 돈놀이(고리대금업)로 모은 돈이 아니요, 품삯 받아 푼푼이 모으고 악의악식하면서 모은 돈이었다. 피와 땀이 어린 땅이었다.

그 피땀 어린 논 두 자리에서, 열서 마지기를 한 생원네는 산 지 겨우 오 년 만에 고을 원(군수)에게 빼앗겨버렸다.

지금으로부터 오십 년 전, 갑오 을미 병신 하는 병신년, 한 생원의 나이 스물한 살 적이었다.

그 안해 을미년 늦은 가을에 김아무라는 원이 동학란에 도망뺀 원 대신으로 새로이 도임을 해 와서, 동학의 잔당을 비질하듯 잡아 죽였다.

피비린내 나는 살육이 이듬해 병신년 봄까지 계속되었고, 그리고 여름…… 인제는 다 지났거니 하여 겨우 안도를 한 참인데,

한태수(한 생원의 아버지)가 원두막에서 동헌으로 붙잡혀 가 옥에 간히었다. 혐의는 동학에 가담하였다는 것이었다.

한태수는 전혀 동학에 가담한 일이 없었다. 그의 말대로 하면, 동학 근처에도 가보지 아니한 사람이었다.

옥에 가두어놓고는 매일 끌어내다 실토를 하라고, 동류의 성명을 불라고, 주리를 틀면서 문초를 하였다. 육십이 넘은 늙은 정강이가 살이 으깨어지고 뼈가 아스러졌다.

나중 가서야 어찌될값에 당장의 아픔을 견디다 못하여 동학에 가담하였노라고 자복을 하였다. 입에서 나오는 대로 아는 사람의 이름을 불렀다.

불린 일곱 사람이 잡혀 들어와 같은 문초를 받았다. 처음에는 들 내뻗었으나 원체 아픔을 이기지 못하여 자복을 하였다.

남은 것은 처형을 하는 것뿐이었다.

하루는 이방이, 한태수의 아내와 아들(한 생원)을 조용히 불렀다.

이방은 모자더러, 좌우간 살려낼 도리를 하여야 않느냐고 하였다.

모자는 엎드려 빌면서, 제발 이방님 덕택에 목숨만 살려지이다고 하였다.

"꼭 한 가지 묘책이 있기는 있는데…… 그럼 내가 시키는 대로 할 테냐?"

"불속이라도 뛰어 들어가겠습니다."

"논문서를 가져오느라. 사또께다 바쳐라."

"논문서를요?"

"아까우냐?"

"……."

"가장이나 애비의 목숨보다 논이 더 소중하냐?"

"그 땅이 다른 땅과도 달라서……."

"정히 그렇게 아깝거던 고만두는 것이고."

"논문서만 가져다 바치면 정녕 모면을 할까요?"

"아니 될 노릇을 시킬까?"

"그럼 이길로 나가서 가지고 오겠습니다."

"밤에 조용히 내아(관사)로 오도록 하여라. 나도 와서 있을 테니. 그러고 네 논이 두 자리가 있겠다?"

"네."

"열서 마지기와 일곱 마지기."

"네."

"그 열서 마지기를 가지고 오느라."

"열서 마지기를요?"

"아까우냐?"

"……."

"아깝거들랑 고만두려무나."

"그걸 바치고 나면 소인네는 논 겨우 일곱 마지기를 가지고 수다한 권솔에 살아갈 방도가……."

"당장 가장이나 애비의 목숨은 어데로 갔던지?"

"……."

"땅이야 다시 장만도 할 수가 있는 것이 아니냐?"

모자는 서로 돌아보면서 말하였다.

"바칩시다."

"바치자."

사흘 만에 한태수는 놓여나왔다. 다른 일곱 명도 이방이 각기 사이에 들어, 각기 얼마씩의 땅을 바치고 놓여나왔다.

그 뒤 경술년에 일본이 조선을 합방하여 나라는 망하였다.

사람들이 나라 망한 것을 원통히 여길 때, 한 생원은

"그깐 놈의 나라, 시언히 잘 망했지."

하였다. 한 생원 같은 사람으로는 나라란 백성에게 고통이지, 하나도 고마운 것이 아니었다. 또 꼭 있어야 할 요긴한 것도 아니었다.

그런 나라라는 것을 도로 찾았다고 하여 섬뻑 감격이 일지 아니한 것도 일변 의당한 노릇이라 할 것이었다.

논 스무 마지기에서 열서 마지기를 빼앗기고 나니, 원통한 것도 원통한 것이지만, 앞으로 일이 딱하였다. 논이나 겨우 일곱 마지기를 가지고는 어림도 없었다.

하릴없이 남의 세토를 얻어 그 보충을 하여야 하였다. 그러나 남의 세토는 도지를 물어야 하는 것이라, 힘은 내 논을 지을 때와 마찬가지로 들면서도 가을에 가서 차지를 하기는 절반이 못 되는 것이었다. 그렇지만 그렇다고 남의 세토를 소작 아니할 수는 없었다.

이리하여 한 생원네는 나라 명색이 망하지 않고 내 나라로 있을 적부터 가난한 소작농이었다.

경술년 나라가 망하고, 삼십육 년 동안 일본의 다스림 밑에서도 같은 가난한 소작농이었다.

그리고 속담에 남의 불에 게 잡기로, 남의 덕에 나라를 도로 찾기는 하였다지만 한국 말년의 나라꼴을 여겨 그 나라가 오죽할 리 없고, 여전히 남의 세토나 지어 먹는 가난한 소작농이기는 일반일 것이라고 한 생원은 생각하던 것이었다.

일본이 항복을 하던 바로 전의 삼사 년에, 공출이야 징용이야 하면서 별안간 군색함과 불안이 생겼던 것이지, 그 밖에는 나라가 망하여 없어지고서 일본의 속국 백성으로 사는 것이 경술년 이전 나라가 있어가지고 조선 백성으로 살 적보다 별양 못할 것이 한 생원에게는 없었다. 여전히 남의 세토를 지어, 절반 이상이나 도지를 물고 그 나머지를 천신²하는 가난한 소작인이요, 순사나 일인이나 면서기들의 교만과 압박보다 못할 것도 없거니와 더할 것도 없었다.

독립이 된 이 앞으로도, 그것이 천지개벽이 아닌 이상 가난한 농투성이가 느닷없이 부자 장자 될 이치가 없는 것이요, 원·아전·토반³이나 일본놈 대신에, 만만하고 가난한 농투성이를 핍박하는 '권세 있는 양반들'이 생겨날 것이요 할 것이매, 빼앗겼던 나라를 도로 찾아 다시금 조선 백성이 되었다는 것이 조금도 신통하거나 반가울 것이 없었다.

원과 토반과 아전이 있어, 토색질⁴이나 하고 붙잡아다 때리기나 하고 교만이나 피우고, 하되 세미稅米(납세)는 국가의 이름으로 꼬박꼬박 받아가면서 백성은 죽어야 모른 체를 하고 하는 나

---

2 '차지'의 사투리.
3 여러 대 한 지방에 산 양반.
4 돈이나 물건 따위를 억지로 달라고 하는 것.

라의 백성으로도 살아보았다.

천하 오랑캐, 아비와 자식이 맞담배질을 하고, 남매간에 혼인을 하고, 뱀을 먹고 하는 왜인들이, 저희가 주인이랍시고서 교만을 부리고 순사와 헌병은 칼바람에 조선 사람을 개 돼지 대접을 하고, 공출을 내어라 징용을 나가거라 야미5를 하지 마라 하면서 볶아대고, 또 일본이 우리나라다, 나는 일본 백성이다, 이런 도무지 그럴 마음이 우러나지를 않는 억지 춘향이 노릇을 시키고 하는 나라의 백성으로도 살아보았다.

결국 그러고 보니 나라라고 하는 것은 내 나라였건 남의 나라였건 있었댔자 백성에게 고통이나 주자는 것이지, 유익하고 고마울 것은 조금도 없는 물건이었다. 따라서 앞으로도 새 나라는 말고 더한 것이라도, 있어서 요긴할 것도 없어서 아쉬울 일도 없을 것이었다.

2

신해년…… 경술합방 바로 이듬해였다. 한 생원—때의 젊은 한덕문—은 빼앗기고 남은 논 일곱 마지기를 불가불 팔아야 할 형편에 이르렀다.

칠팔 명이나 되는 권솔인데, 내 논 일곱 마지기에다 남의 논이나 몇 마지기를 소작하여가지고는 여간한 규모와 악의악식이 아

5 뒷거래.

니고서는 도저히 현상 유지를 하기가 어려웠다.

한덕문은 그 부친과는 달라 살림 규모가 없었다. 사람이 좀 허황하고 헤픈 편이었다.

부친 한태수가 죽고, 대신 당가산當家産을 한 지 불과 오륙 년에 한덕문은 힘에 넘치는 빚을 졌다.

이 빚은 단순히 살림에 보태느라고만 진 빚은 아니었다.

한덕문은 허황하고 헤픈 값을 하느라고, 술과 노름을 쑬쑬히 좋아하였다.

일 년 농사를 지어야 일 년 가계가 번연히 모자라는데, 거기다 술을 먹고 노름을 하니, 늘어가느니 빚밖에는 있을 것이 없었다.

빚은 갚아야 되었다.

팔 것이라고는 논 일곱 마지기 그것뿐이었다.

한덕문이 빚을 이리 틀어막고 저리 틀어막고, 오늘로 밀고 내일로 밀고 하여오던 끝에, 마침내는 더 꼼짝을 할 도리가 없어 논을 팔기로 작정을 대었을 무렵에, 그러자 용말[龍田] 사는 일인 길천吉川이가 요새로 바싹 땅을 많이 사들인다는 소문이 들리었다. 그리고 값으로 말하여도, 썩 좋은 상답이면 한 마지기(이백 평)에 스무 냥으로 스물닷 냥(이십 냥 이상 이십오 냥=사 원 이상 오 원)까지 내고, 아주 박토라도 열 냥(이 원) 안짝은 없다고 하였다.

땅마지기나 가진 인근의 다른 농민들도 다들 그러하였지만, 한덕문은 그중에서도 귀가 반짝 뜨였다.

시세의 갑절이었다.

고래실논[6]으로, 개똥배미 상지상답이라야 한 마지기에 열 냥으로 열두어 냥(이 원에서 이 원 사오십 전)이요, 땅 나쁜 것은 기지개 써야 닷 냥(일 원)이었다.

'팔자!'

한덕문은 작정을 하였다.

일곱 마지기 논이 상지상답은 못 되어도 상답은 되니, 잘하면 열 냥(이 원)은 받을 것. 열 냥이면 이 칠 십사 일백마흔 냥(이십 팔 원).

빚이 이럭저럭 한 오십 냥(십 원) 되니, 그것을 갚고 나면 아흔 냥(십팔 원)이 남아. 아흔 냥을 가지고 도로 논을 장만해. 판 일곱 마지기만 한 토리[7]의 논을 사더라도 아홉 마지기를 살 수가 있어.

결국 논 한번 팔고 사고 하는 노름에, 빚 오십 냥 거저 갚고도, 논은 두 마지기가 늘어 아홉 마지기가 생기는 판이 아니냐.

이런 어수룩한 노름을 아니하잘 며리가 없는 것이었다.

양친은 이미 다 없은 때요, 한덕문 그가 대주(호주)였으므로, 혼자서 일을 결단하여도 간섭을 받을 일은 없었다.

곡우 머리의 어느 날 한덕문은 맨발 짚신 풀상투에 삿갓 쓰고 곰방대 물고, 마을에서 십 리 상거의 용말 출입을 나갔다. 일인 길천이가 적실히 그렇게 후한 값으로 논을 사는지 진가를 알아보자 함이었다.

금강 어구의 항구 군산에서 시작되어, 동북간방東北間方으로 임피읍을 지나 용말로 나온 한길이, 용말 동쪽 변두리에서 솜리[裡

---

6 바닥이 깊고 물길이 좋아 기름진 논.
7 흙의 성질.

미]로 가는 길과 황등장터(황등시)로 가는 길의 두 갈래 길로 갈
리는, 그 샅에 가 전주집이라는 주모가 업을 하고 있는 주막이 오
도카니 호올로 놓여 있었다.

한덕문은 전주집과는 생소치 아니한 사이였다.

마당이자 바로 한길인, 그 마당 앞에 섰는 한 그루의 실버들이
한창 푸르른 전주집네 주막, 살진 봄볕이 드리운 마루에 나란히
걸터앉아 세상 물정 이야기, 피차간 살아가는 이야기, 훨씬 한담
을 하던 끝에 한덕문이 지날말처럼 넌지시 물었다.

"참, 저, 일인 길천이가 요새 땅을 많이 산다구?"

"많일게 아니라, 그 녀석이 아마, 이 근처 일판을, 땅이라구 생
긴 건 깡그리 쓸어 사자는 배폰가 봅디다!"

"헷소문은 아니루구면?"

"달리 큰 배포가 있던지, 그렇잖으면 그 녀석이 상성(발광)을
했던지."

"……?"

"한 서방 으런두 속내 아는배, 이 근처 논이 물 걱정 가뭄 걱정
없구, 한 마지기에 넉 섬은 먹는 논이라야 열 냥(이 원)이 상값
아니우? 그런 걸 글쎄, 녀석은 스무 냥 스물댓 냥을 퍼 주구 사는
구랴. 제 마석(한 두락에 한 석)두 못 먹는 자갈 바탕의 박토라
두, 논 명색이면 열 냥 안짝 잽히는 건 없구."

"허긴 값이나 그렇게 월등히 많이 내야 일인한테 논을 팔지,
그렇잖구서야 누가."

"제엔장, 나두 진작에 논이나 시늉만 생긴 거라두 몇 섬지기
장만해두었드라면, 이런 판에 큰 횡잴 했지."

"그래, 많이들 와 파나?"

"대가릴 싸구 덤벼든답디다. 한 서방 으런두 논 좀 파시구랴? 이런 때 안 팔구, 언제 팔우?"

"팔 논이 있나!"

이유와 조건의 어떠함을 물론하고 농민이 논을 판다는 것은 남의 앞에 심히 떳떳스럽지 못한 일이었다. 번연히 내일모레면 다 알게 될값이라도, 되도록 그런 기색을 숨기려고 드는 것이 통정이었다.

뚜벅뚜벅 말굽 소리가 나더니, 말 탄 길천이가 주막 앞을 지난다. 언제나 그러하듯이, 깜장 뒷박모자(중산모자)에 깜장 복장(양복: 쓰메에리)을 입고, 깜장 목 깊은 구두를 신고 허리에는 육혈포를 차고 하였다.

한덕문은 길에서 몇 차례 본 적이 있어 그가 길천인 줄을 안다.

"어디 갔다 와요?"

전주집이 웃으면서 알은체를 하는 것을, 길천은 웃지도 않으면서

"응, 조―기. 우리, 나쁜 사레미 자바리 갔소 왔소."

길천의 차인꾼[8]이요 통역꾼이요 한 백남술이가 밧줄로 결박을 지은 촌 젊은 사람 하나를 앞참 세우고 뒤미처 나타났다.

죄수(?)는 상투가 풀어지고 발기발기 찢긴 옷과 면상으로 피가 묻고 한 것으로 보아, 한바탕 늘씬 두들겨 맞은 것이 역력하였다.

---

8 심부름꾼.

"어디 갔다 오시우?"

전주집이 이번에는 백남술더러 인사로 묻는다.

백남술은 분연히

"남의 돈 집어먹구 도망 댕기는 놈은 죽어 싸지."

하면서 죄수에게 잔뜩 눈을 흘긴다.

그러고 나서 전주집더러

"댕겨오께시니 닭이나 한 마리 잡구 해놓게나. 놈을 붙잡느라구 한 승강 했더니 목이 컬컬허이."

그러느라고 잠깐 한눈을 파는 순간이었다. 죄수가 밧줄 한끝 붙잡힌 것을 홱 뿌리치면서 몸을 날려 쏜살같이 오던 길로 내뺀다.

"엇!"

백남술이 병신처럼 놀라다 이내 죄수의 뒤를 쫓는다.

길천의 탄 말이 두 앞발을 번쩍 들어 머리를 돌리면서 땅을 차고 달린다. 그러면서 길천의 손에서 육혈포가 땅…… 풀씬 연기가 나면서 재우쳐 땅…….

죄수는 그러나 첫 한 방에 그대로 길바닥에 가 동그라진다. 같은 순간 버선발로 뛰어 내려간 전주집이 에구머니 비명을 지른다.

죄수는 백남술에게 박승 한끝을 다시 붙잡히어 일어난다. 길천은 피스톨 사격의 명인은 아니었다.

일인에게 빚을 쓰는 것을 왜채라고 하고, 이 젊은 친구는 왜채를 쓰고서 갚지 아니하고, 몸을 피해 다니다가 붙잡힌 사람이었다.

길천은 백남술이가

"이 사람은 논이 몇 마지기가 있소."

하고 조사 보고를 하면, 서슴지 아니하고 왜채를 주곤 한다. 이자도 항용 체계나 장변⁹보다 헐하였다.

빚을 주는 데는 무른 것 같아도, 받는 데는 무서웠다.

기한이 지나기를 기다려, 채무자를 제 집으로 데려다 감금을 하고, 사형私刑으로써 빚 채근을 하였다.

부형이나 처자가 돈을 가지고 와서 빚을 갚는 날까지 감금과 사형을 늦추지 아니하였다.

논문서를 가지고 오는 자리는 '우대'를 하였다. 이자를 탕감하고 본전만 쳐서 논으로 받는 것이었다. 논이 있는 사람은, 돈을 두어두고도 즐기어 논으로 갚고 하였다.

한덕문은 다시 끌려가고 있는 죄수의 뒷모양을 우두커니 바라다보면서

'제엔장, 양반 호랑이도 지질한데, 우환 중에 왜놈 호랑이까지 들어와서 이 등쌀이니, 갈수록 죽어나는 건 만만한 백성뿐이로구나!'

'쯧, 번연히 알면서 왜채를 쓰는 사람이 잘못이지, 누구를 원망하나.'

'참새가 방앗간을 거저 지날까. 이왕 외상술이라도 한잔 먹고 일어설까, 어떡헐까?'

이런 생각을 하고 앉았는 차에, 생각잖이, 외가 편으로 아저씨뻘 되는 윤 첨지가 퍼뜩 거기에 당도하였다. 윤 첨지는 황등장터에서 제 논 섬지기나 지니고 탁신히 사는 농민이었다.

아저씨 웬일이시냐고. 조카 잘 있었더냐고. 항용 하는 인사가

─────

9 장에서 꾸는 돈의 이자.

끝난 후에, 이 동네 사는 길천이라는 일인이 값을 후히 내고 땅을 사들인다는 소문이 있으니 적실하냐고 아까 한덕문이 전주집더러 묻던 말을 윤 첨지가 한덕문더러 물었다.

그렇단다는 한덕문의 대답에, 윤 첨지는 이윽고 생각을 하고 있더니 혼잣말같이

"그럼 나두 이왕 궐厥한테다 팔아야 하겠군."

하다가 한덕문더러

"황등이까지 가서두 살까? 예서 이십 리나 되는데."

하고 묻는다.

"글쎄요…… 건데 논은 어째 파실 영으루?"

"허, 그거 온 참…… 저어 공주 한밭(대전)서 무안 목포루 철로(철도)가 새루 나는데, 그것이 계룡산 앞을 지나 연산·팥거리(두계)루 해서 논메(논산)·강경으루 나와가지구, 황등장터를 지나게 된다네그려."

"그런데요?"

"그런데 철로가 난다 치면 그 십 리 안짝은 논을 죄 버리게 된다는 거야."

"어째서요?"

"차가 댕기는 바람에 땅이 울려가지구 모를 심어두 뿌릴 제대루 잡지 못하구 해서, 벼가 자라질 못한다네그려!"

"무슨 그럴 리가…….."

"건 조카가 속을 몰라 하는 소리지. 속을 몰라 하는 소린 것이, 나두 작년 정월에 공주 한밭엘 갔다, 그놈 차가 철로 위루 달리는 걸 구경했지만, 아 그 쇳덩이루 만든 집채 더미 같은 시꺼먼 수레

가 찻길 위루 벼락 치듯 달리는데, 땅바닥이 사뭇 움죽움죽하드라니깐! 여승 지동(지진)이야…… 그러니, 땅이 그렇게 지동하듯 사철 들이울리니, 근처 논이 모가 뿌리를 잡을 것이며, 자라기를 할 것인가?"

"……."

듣고 보니 미상불 근리한 말이었다.

"몰랐으면이어니와, 알구두 그대루 있겠던가? 그래 좀 덜 받더래두 팔아넘길 영으루 하구 있는데, 소문을 들으니 길천이라는 손이 요새 값을 시세보담 갑절씩이나 내구 논을 산다데나그려. 정녕 그렇다면 철로 조간이 아니라두 팔아가지구 딴 데루 가서 판 논 갑절 되는 논을 장만함직두 한 노릇인데, 항차……."

"철로가 그렇게 난다는 건 아주 적실한가요?"

"말끔 다 칙량을 하구, 말뚝을 박아놓구 한걸…… 황등장터 그 일판은 그래, 논들을 못 팔아 난리가 났다니까."

3

일인 길천이에게 일곱 마지기 논을 일백마흔 냥(이십팔 원)에 판 것과, 그중 쉰 냥(십 원)은 빚을 갚은 것, 이것까지는 한덕문의 예산대로 되었다.

그러나 나머지 아흔 냥(십팔 원)으로 판 논 일곱 마지기보다 토리가 못하지 아니한 논으로 두 마지기가 더한 아홉 마지기를 삼으로써 빚 쉰 냥은 공으로 갚고, 그러고도 논이 두 마지기가 붇

게 된다던 것은 완전히 허사가 되고 말았다.

아무도 한덕문에게 상답 한 마지기를 열 냥씩에 팔려는 사람은 없었다. 이왕 일인 길천이에게 팔면 그 갑절 스무 냥씩을 받는 고로 말이었다.

필경 돈 아흔 냥은 한덕문의 수중에서 한 반년 동안 구르는 동안 스실사실 다 없어지고 말았다.

이리하여 한덕문은 논 일곱 마지기로 겨우 빚 쉰 냥을 갚고는, 아무것도 남은 것이 없이 손 싹싹 털고 나선 셈이었다.

친구가 있어 한덕문을 책하면서 물었다.

"어떡허자구 논을 판단 말인가?"

"인제 두구 보게나."

"무얼 두구 보아?"

"일인들이 다 쫓겨 가면, 그 땅 도로 내 것 되지 갈 데 있던가?"

"쫓겨 갈 놈이 논을 사겠나?"

"저이놈들이 천지 운수를 안다든가?"

"자네는 아나?"

"두구 보래두 그래."

한덕문은 혼자 속으로는 아뿔싸, 논이라야 단지 그것뿐인 것을 팔고서, 인제는 송곳 꽂을 땅도 없으니 이 노릇을 어찌한단 말이냐고, 심히 후회하여 마지아니하였다.

그러면서도 남더러는 그렇게 배포 있이 장담을 탕탕 하였다.

한덕문은 장차에 일인들이 쫓겨 가리라는 것을 확언할 아무런 근거도 가진 것이 없었다. 따라서 자신도 없었다. 오직 그는 논을 판 명예롭지 못함과 어리석음을 싸기 위하여, 그런 희떠운 소리를 한 것일 따름이었다.

한덕문이, 일인들이 다 쫓겨 가면 그 논이 도로 제 것이 될 터이라서 논을 팔았다고 한다더라, 이 소문이 한 입 두 입 퍼지자, 듣는 사람마다 그의 희떠움을, 혹은 실없음을 웃었다.

하는 양을 보느라고 위정

"자네 논 팔았다면서?"

한다 치면

"팔았지."

"어째서?"

"돈이 좀 아쉬어서."

"돈이 아쉽다구 논을 팔구서 어떡하자구?"

"일인들이 다 쫓겨 가면 그 논 도루 내 것 되지 갈 데 있나?"

"일인들이 쫓겨 간다든가?"

"그럼 백년 살까?"

또 누구는 수작을 바꾸어

"일인들이 쫓겨 간다지?"

한다 치면

"그럼!"

"언제쯤 쫓겨 가는구?"

"건 쫓겨 가는 때 보아야 알지."

"에구 요 맹추야, 요 허풍선이야. 우리나라 상감님을 쫓어내구 저이가 왕 노릇을 하는데 쫓겨 가?"

"자넨 그럼 일인들이 안 쫓겨 가구 영영 그대루 있으면 좋을 건 무언가?"

"좋기루 할 말이야 일러 무얼 하겠냐만, 우리 좋구푼 대루 세상일이 돼준다던가?"

"그래두 인제 내 말을 일를 때가 오너니."

"괘―니, 논 팔구섬 할 말 없거들랑, 국으루 잠자꾸 가만히나 있어요."

"체에. 내 논 내가 팔아먹는데, 죄 될 일 있니?"

"걸 누가 죄라니?"

"길천이한테 논 팔아먹은 놈이 한덕문이 하나뿐인감?"

"누가 논 판 걸 나무래? 희떤 장담을 하니깐 그리는 거지."

"희떤 장담인지 아닌지 두구 보잔 말야."

이로부터 한덕문은 그 말로 인하여 마을과 인근에서 아주 호가 났고, 어느 겨를인지 그것이 한 속담까지 되었다.

가령 어떤 엉뚱한 계획을 세운다든지 허랑한 일을 시작하여놓고서는, 천연스럽게 성공을 자신한다든지, 결과를 기다린다든지 하는 사람이 있다 치면

"흥, 한덕문이 길천이게다 논 팔아먹던 대 났구나."

하고 비웃곤 하는 것이었다.

그 후 그 속담은, 삼십오 년을 두고 전하여 내려왔다. 전하여 내려올 뿐만이 아니었다. 일본 제국주의의 조선에 있어서의 지반이 해가 갈수록 완구한 것이 되어감을 따라, 더욱이 만주사변 때부터 시작하여 중일전쟁을 거쳐 태평양전쟁으로 일이 거창하게 벌어진 결과, 전쟁 수단으로서 조선의 가치는 안으로 밖으로, 적극적으로 소극적으로, 나날이 더 커감을 좇아, 일본이 조선에다 박은 뿌리는 더욱 깊이 뻗어 들어가고, 가지와 잎은 더욱 무성하

여서, 일본이 조선으로부터 물러간다는 것은 독립과 한가지로 나날이 더 잠꼬대 같은 생각이던 것처럼 되어버려감을 따라, 그래서 한덕문의 장담하던 '일인들이 다 쫓겨 가면……' 이 말이, 해가 가고 날이 갈수록 속절없이 무색하여감을 따라, 그와 반비례하여, 그 말의 속담으로서의 가치와 효과만이 멸하지 않고 찬란히 빛을 내었다.

바로 팔월 십사일까지도 그러하였다. 팔월 십사일까지도

'흥, 한덕문이 길천이한테 논 팔아먹던 대 났구나.'

는 당당히 행세를 하였다.

그랬던 것이, 팔월 십오일에 일본이 항복을 하고, 조선은 독립(실상은 우선 해방)이 되고 하였다. 그리고 며칠 아니하여 '일인들이 토지와 그 밖 온갖 재산을 죄다 그대로 내어놓고 보따리 하나에 몸만 쫓겨 가게 되었다'는 데까지 이르렀다.

한 생원(한덕문)의

'일인들이 다 쫓겨 가면…….'

은 이리하여 부득불 빛이 화안하여지고 반대로

'한덕문이 길천이한테 논 팔아먹던 대 났구나.'

는 그만 얼굴이 벌게서 납작하고 말 수밖에 없었다.

4

"여보슈 송 생원?"

한 생원이 허연 탑삭부리에 묻힌 쪼글쪼글한 얼굴이 위아래

다섯 대밖에 안 남은 누런 이빨과 함께 흐물흐물 자꾸만 웃어지는 웃음을 언제까지고 거두지 못하면서, 그러다 별안간 송 생원의 팔을 잡아 흔들면서 아주 긴하게

"우리 독립 만세 한번 부르실까?"

"남 다아 부르구 난 댐에, 건 불러 무얼 허우?"

송 생원은 한 생원과 달라 길천이한테 팔아먹은 논도 없으려니와, 따라서 일인들이 쫓겨 가더라도 도로 찾을 논도 없었다.

"송 생원, 접때 마을에서 만세를 부를 제, 나가 부르셨던가?"

"난 그날, 허리가 아파 꼼짝 못하구 누웠었는걸."

"나두 그날 고만 못 불렀어."

"아따 못 불렀으면 못 불렀지, 늙은것들이 만세 좀 아니 불렀기루 귀양살이 보내겠수?"

"난 그래두 좀 섭섭해 그랬지요…… 그럼 송 생원 우리 술 한잔 자실까?"

"술이나 한잔 사주신다면."

"주막으루 나갑시다."

두 늙은이가 지팡이를 짚고 마을에 단 한 집밖에 없는 주막으로 나갔다.

"에구머니, 독립두 되구 볼 거야. 영감님들이 술을 다 자시러 오시구."

이십 년이나 여기서 주막을 하느라고 인제는 중늙은이가 된 주모 판쇠네가, 손님을 환영이라기보다 다뿍 걱정스러워한다.

"미리서 외상인 줄이나 알구, 술 좀 주게나."

한 생원이 그러면서 술청으로 들어가 앉는 것을, 송 생원도 따

라 들어가 앉으면서 주모더러

"외상 두둑히 드리게. 수가 나섰다네."

"독립되는 운덤에 어느 고을 원님이나 한자리 해 가시는감?"

"원님을 걸 누가 성가시게, 흐흐……."

한 생원은 그러다 다시

"거, 안주가 무어 좀 있나?"

"안주두 벤벤찮구 술두 막걸린 없구, 소주뿐인걸, 노인네들이 소주 잡숫구 어떡허시게."

"아따 오줌은 우리가 아니 싸리."

젊었을 적에는 동이술을 사양치 아니하던 영감들이었다. 그러나 둘이가 다 내일모레가 칠십. 더구나 자주자주는 술을 입에 대지 않던 차에, 싱겁다고는 하지만 소주를 칠팔 잔씩이나 하였으니 과음일 수밖에 없었다.

송 생원은 그대로 술청에 쓰러져 과연 소변을 지리기까지 하였다.

한 생원은 송 생원보다는 아직 기운이 조금은 좋은 덕에, 정신을 놓거나 몸을 가누지 못할 지경은 아니었다.

"우리 논을 좀 보러 가야지, 우리 논을. 서른다섯 해 만에 우리 논을 보러 간단 말야, 흐흐흐."

비틀거리면서 한 생원은 술청으로부터 나온다.

주모 판쇠네가 성화가 나서

"방으루 들어가 누섰다, 술 깨신 댐에 가세요. 노인네들 술 드렸다구 날 또 욕허게 됐구면."

"논 보러 가, 논. 길천이게다 판 우리 논. 흐흐흐, 서른다섯 해

만에 도루 찾은, 우리 일곱 마지기 논, 흐흐흐."

"글쎄 논은 이댐에 보러 가시면 어디루 가요?"

"날, 희떤 소리 한다구들 웃었지. 미친놈이라구 웃었지, 들. 흐흐, 서른다섯 해 만에 내 말이 들어맞일 줄을 누가 알았어? 흐흐흐."

말은 혀 꼬부라진 소리로, 몸은 위태로이 비틀거리면서, 한 생원은 지팡이를 휘젓고 밖으로 나간다. 나가다 동네 젊은 사람과 마주쳤다.

"아, 한 생원 웬일이세요?"

"논 보러 간다, 논. 흐흐흐, 너두 이 녀석, 한덕문이 길천이한테 논 팔아먹던 대 났구나, 그런 소리 더러 했었지? 인제두 그런 소리가 나오까?"

"취하셨군요."

"나, 외상술 먹었지. 논 찾았은깐 또 팔아서 술값 갚으면 고만이지. 그럼 한 서른다섯 해 만에 또 내 것 되겠지, 흐흐흐. 그렇지만 인전 안 팔지, 안 팔아. 우리 용길이놈 물려줘여지, 우리 용길이놈."

"참, 용길이 요새 있죠?"

"있지. 길천이한테 팔아먹었을까?"

"저, 읍내 사는 영남이가 산판 하날 사서 벌목을 하는데, 이 동네 사람들더러 와 남구 비어주구, 그 대신 우죽(지엽枝葉)¹⁰ 가져가라구 하니, 용길이두 며칠 보내서 땔나무나 좀 장만하시죠."

---

10 나무나 대나무의 우두머리에 있는 가지.

"걸 누가…… 논을 도루 찾았는데."

"논만 찾으면 땔나문 없어두 사시나요?"

"논두 없어두 서른다섯 해나 살지 않었느냐?"

"허허 참. 그러지 마시구 며칠 보내세요. 어서서 다 비어버려야 할 텐데, 도무지 사람을 못 구해 그러니, 절더러 부디 그럭허두룩 서둘러달라구, 영남이가 여간만 부탁을 해싸여죠. 아, 바루 동네서 가찹겠다, 저 나르기 수얼허구…… 요 위 가잿골 있는 길천농장 멧갓이래요."

"무어?"

한 생원은 별안간 정신이 번쩍 나면서 대어든다.

"가잿골 있는 길천농장 멧갓이라구?"

"네."

"네라니? 그 멧갓이…… 가마안자, 아니, 그 멧갓이 뉘 멧갓이길래?"

"길천농장 멧갓 아녜요? 걸, 영남이가 일인들이 이번에 거들이 나는 바람에 농장 산림 감독하던 강 서방한테 샀대요."

"하, 이런 도적놈들, 이런 천하 불한당놈들. 그래, 지끔두 벌목을 하구 있더냐?"

"오늘버틈 시작했다나 봐요."

"하, 이런 천하 날불한당놈들이."

한 생원은 천방지축으로 가잿골을 향하여 비틀걸음을 친다.

솔은 잘 자라지 않고, 개간하여 밭을 만들자 하니 힘이 부치고 하여, 이름만 멧갓이지, 있으나 마나 한 멧갓 한 자리가 있었다. 한 삼천 평 될까 말까, 그다지 크지도 못한 것이었다.

이 멧갓을 한 생원은 길천이에게다 논을 팔던 이듬해지 그 이듬해지, 돈은 아쉽고 한 판에 또한 어수룩이 비싼 값으로 팔아넘겼다.

길천은 그 멧갓에다 낙엽송을 심어, 삼십여 년이 지난 지금 와서는 아주 한다하는 산림이 되었다.

늙은이의 총기요, 논을 도로 찾게 되었다는 것에만 정신이 팔려, 깜빡 멧갓 생각은 미처 아직 못하였던 모양이었다.

마침 전신줏감의 쪽쪽 곧은 낙엽송이 총총들이 섰다. 베기에 아까워 보이는 나무였다.

한 서넛이나가 한편에서부터 깡그리 베어 눕히고, 일변 우죽을 치고 한다.

"이놈, 이 불한당놈들. 이 멧갓 벌목한다는 놈이 어떤 놈이냐?"

비틀거리면서 고함을 치고 쫓아오는 한 생원을, 사람들은 영문을 몰라 일하던 손을 멈추고 뻐언히 바라다보고 섰다.

"이놈 너루구나?"

한 생원은 영남이라는 읍내 사람 벌목 주인 앞으로 달려들면서, 한 대 갈길 듯이 지팡이를 둘러멘다.

명색이 읍 사람이라서, 촌 농투성이에게 무단히 해거[11]를 당하면서 공수하거나 늙은이 대접을 하려고는 않는다.

"아니, 이 늙은이가 환장을 했나? 왜 그러는 거야, 왜."

"이놈, 네가 왜, 이 멧갓을 손을 대느냐?"

"무슨 상관여?"

---

11 괴상하고 얄궂은 짓.

"어째 이놈아 상관이 없느냐?"

"뉘 멧갓이길래?"

"내 멧갓이다. 한덕문이 멧갓이다, 이놈아."

"허허, 내 별꼴 다 보니. 괜시리 술잔 든질렀거들랑, 고히 삭히진 아녀구서, 나이 깨 먹은 것이, 왜 남 일하는 데 와서 이 행학야 행학이. 늙은인 다리 뼉다구 부러지지 말란 법 있나?"

"오냐, 이놈, 날 죽여라. 너구 나구 죽자."

"대체 내력을 말을 해요. 무엇 때문에 이 야론지, 내력을 말을 해요."

"이 멧갓이 그새까진 길천이 것이라두, 조선이 독립됐은깐 인전 내 것이란 말야, 이놈아."

"조선이 독립이 됐는데, 어째 길천이 멧갓이 한덕문이 것이 되는구?"

"길천인, 일인들은, 땅을 죄다 내놓구 간깐, 그전 임자가 도루 차지하는 게 옳지, 무슨 말이냐?"

"오오, 이녁이 이 멧갓을 전에 길천이한테다 팔았다?"

"그래서."

"그랬으니깐, 일인들이 땅을 다 내놓구 가니깐, 이녁은 팔았던 땅을 공짜루 도루 차지하겠다?"

"그래서."

"그 개 뭣 같은 소리 인전 엔간치 해두구, 어서 없어져버려요. 난 뻐젓이 길천농장 산림관리인 강태식한테 시퍼런 돈 이천 환 주구서 계약서 받구 샀어요. 강태식인 길천이가 해준 위임장 가지구 팔구. 돈 내구 산 사람이 임자지, 저 옛날 돈 받구 팔아먹은 사람이 임잘까?"

팔일오 직후, 낡은 법이 없어지고 새로운 영이 서기 전, 혼란한 틈을 타서, 잇속에 눈이 밝은 무리들이 일본인 농장이나 회사의 관리자와 부동이 되어가지고, 일인의 재산을 부당 처분하여 배를 불린 일이 허다하였다. 이 산판 사건도 그런 것의 하나였다.

5

그 뒤 훨씬 지나서.

일인의 재산을 조선 사람에게 판다, 이런 소문이 들렸다.

사실이라고 한다면 한 생원은 그 논 일곱 마지기를 돈을 내고 사지 않고서는 도로 차지할 수가 없을 판이었다. 물론 한 생원에게는 그런 재력이 없거니와, 도대체 전의 임자가 있는데, 그것을 아무나에게 판다는 것이 한 생원으로 보기에는 불합리한 처사였다.

한 생원은 분이 나서 두 주먹을 쥐고 구장에게로 쫓아갔다.

"그래 일인들이 죄다 내놓구 가는 것을, 백성들더러 돈을 내구 사라구 마련을 했다면서?"

"아직 자세힌 모르겠어두, 아마 그렇게 되기가 쉬우리라구들 하드군요."

해방 후에 새로 난 구장의 대답이었다.

"그런 놈의 법이 어딨단 말인가? 그래, 누가 그렇게 마련을 했는구?"

"나라에서 그랬을 테죠."

"나라?"

"우리 조선 나라요."

"나라가 다 무어 말라비틀어진 거야? 나라 명색이 내게 무얼 해준 게 있길래, 이번엔 일인이 내놓구 가는 내 땅을 저이가 팔아 먹으려구 들어? 그게 나라야?"

"일인의 재산이 우리 조선 나라 재산이 되는 거야 당연한 일 이죠."

"당연?"

"그렇죠."

"흥, 가만 둬두면 저절루 백성의 것이 될 걸 나라 명색은 가만 히 앉었다 어디서 툭 튀어나와가지구, 걸 뺏어서 팔아먹어? 그따 위 행사가 어딨다든가?"

"한 생원은 그 논이랑 멧갓이랑 길천이한테 돈을 받구 파셨으 니깐 임자로 말하면 길천이지 한 생원인가요?"

"암만 팔았어두, 길천이가 내놓구 쫓겨 갔은깐, 도루 내 것이 돼야 옳지, 무슨 말야. 걸, 무슨 탁에 나라가 뺏을 영으루 들어?"

"한 생원한테 뺏는 게 아니라, 길천이한테 뺏는 거랍니다."

"흥, 둘러다 대긴 잘들 허이. 공동묘지 가보게나. 핑계 없는 무 덤 있던가? 저, 병신년에 원(군수)놈 김가가 우리 논 열두 마지기 뺏을 제두 핑겐 다 있었드라네."

"좌우간, 아직 그렇게 지레 염렬 하실 게 아니라, 기대리구 있 느라면 나라에서 다 억울치 않두룩 처단을 하겠죠."

"일없네. 난 오늘버틈 도루 나라 없는 백성이네. 제길 삼십육

넌두 나라 없이 살아왔을려드냐. 아—니 글쎄, 나라가 있으면 백
성한테 무얼 좀 고마운 노릇을 해주어야, 백성두 나라를 믿구, 나
라에다 마음을 붙이구 살지. 독립이 됐다면서 고작 그래, 백성이
차지할 땅 뺏어서 팔아먹는 게 나라 명색야?"

그러고는 털고 일어서면서 혼잣말로

"독립됐다구 했을 제, 내, 만세 안 부르기, 잘했지."

—《해방문학선집》, 1946.

처자 2

군데군데 딴 헝겊으로 기운 자리가 있고 빛은 낡아 희끄름하고 하였으나, 아내가 깨끗이 빨아 풀해 다린 군대복[日軍隊服] 저고리에, 같은 당코즈봉을 단정히 입고, 이것 역시 깁고 꿰매고 한 낡은 지카다비를 신고 박박 깎은 머리엔 도리우치 모자를 가만히 얹고 갈아입을 속옷이며 수건 나부랭이를 꾸려 조그맣게 괴나리봇짐을 해 지고, 참대로 지팡이를 만들어 짚고, 그리고 강아지를 한 마리 안고…… 이 누가 보아도 가난하고 고타분한 시골 샌님이 누구 일갓집이라도 찾아 나들이를 가고 있는 행색이었지 외수없는[1] 차림차리를 차리고, 박 선생은 표연히 다시 집을 나갔다.

낯선 손님이 다녀간 바로 이튿날―천구백사십팔년 칠월 초열

---

1 틀림없거나 예외 없는.

흩날이었다.

달포 전 유월 보름께 박 선생은 꼬박 일 년 만에 집에 돌아왔었다.

작년 유월 그만때 박 선생은 집을 나가, 서울서 팔월의 팔일오 때에 붙들려 일 년 체형을 받고 구월 달부터 복역을 하다 지나간 유월, 아홉 달 만에 놓여 집으로 돌아온 것이었다. 말썽을 안 부리고 하라는 대로 하고 한 모범수라고 하여 석 달 감형을 받아 지레 출옥이었기 때문에, 다만 가족에게라도 알릴 겨를이 없었고, 따라서 가족이나 가까운 친구 한 사람 맞이하는 이 없이, 혼자 호젓이 마을로 향하였다.

정거장에서 마을 ××까지는 중간에 조그마한 고개를 가진 십 리 길…….

초여름 오후의 날씨가 더웁고 몸도 많이 쇠약한 몸이었으나 모처럼 자유로운 몸으로 바람 청신한 대기를 마시면서, 때마침 푸르름이 마음껏 풍부하여가는 들과 산을 눈 즐기면서 천천히 걷기란 실없이 상쾌한 노릇이었다.

들에서는 일찍 심은 논은 초벌을 매고 있고, 그러는가 하면 엊그제의 비에 비로소 모를 심고 있는 논도 있고 하였다.

지나간 무자년이 가물고 흉년이 들었대서 올 무자년도 물이 귀하고 흉년이 드느니라 하여 위협을 느끼는 농민들도, 이것으로 우선 마음을 놓을 수가 있었다.

뻐꾹새가 울고.

푸른 산을 감돌아 아스라이 멀어가는 뻐꾹새 소리는 여운이 정취가 자별한 것이 있었다.

고개를 넘어 조금 가면 마을 가운데로 흐르는 시내가 시작되고 시내 두던에는 축동버들.

고향은 아니라도 작년 봄까지 십오 년을 보통학교의 교원을 하면서 살아온 마을이요, 고향이나 진배없는 고장이었다.

모든 것이 새삼스럽게 반갑고, 그중에도 눈에 익고 반갑기는 이 시내 언덕을 두루 거닐면서, 혹은 이 시냇물에 발을 담그고 이 축동버들 그늘에 앉아 사색하고 명상하고, 혹은 탄식도 하고 하기 무릇 몇몇 번일는지 모른다.

시내에서는 아이들이 한 떼 놀고 있었다.

벌거숭이가 태반이요, 잠방이를 입은 채 물에 들어서서 철벅거리는 놈도 있고, 모두가 아직 학령 미만의 대여섯 살배기들이었다.

박 선생은 아들 철이 그중에 섞였거니 하고 유심히 보았다. 미상불 있었다. 철은 그러나 물에 들어서서 장난질을 치며 활발스럽게 놀고 있는 여러 아이들 사이에 끼었지 않고, 홀로 시내 두던에 가 오도카니 앉아 남이 노는 양을 추레하니 바라다보고만 있었다.

아버지 박 선생을 닮아 아이가 본시부터 숫기가 없고, 아이들과 휩쓸려 함부로 놀기를 싫어하고 하기는 하였으나, 그렇다고 무슨 추레한 구석이 있었던 것은 아니었다. 하던 아이가 지금은 저렇듯 추레하였다.

그 추레함과 아울러, 머리를 겨우 지탱하고 있는 듯싶은 가느다라한 목, 노오라니 영양 좋지 못한 혈색…… 이런 것이 박 선생이 집을 떠난 지나간 일 년 동안의 가족들의 정신상으로나 물질

적으로나 생활이 무릇 어떠하였더라는 것을 실지로 보여주는 것 같아, 박 선생은 문득 가슴이 메임을 억제하지 못하였다.

박 선생은 한참이나 서서 한눈을 팔고 앉았는 철을 바라다보다가, 이윽고 그 옆으로 가까이 가 서면서,

"철아."

하고 불렀다.

"……?"

철은 고개를 돌려 들고 처음엔 미심스레 짯짯이 보다가 비로소 아버지임을 알아보고는, 눈에 눈물이 핑 돌더니 그대로 와락 아버지의 아랫도리를 안고 울음이 터지면서 얼굴을 파묻는다.

물에서 놀던 아이들이 박 선생이 온 것을 알아보고 모두들 쭝긋쭝긋, 부자의 만남을 이상스레 구경을 하였다.

박 선생은 철의 머리를 어루만져주다가, 손목을 잡고 이끌었다. 철은 주먹으로 눈물을 닦으면서 따라 걸었다.

"엄마 집이 있지?"

걸으면서 박 선생이 묻는 말에, 철은 고개를 저으면서,

"용만네 집으로 보리방아 찌러 갔어. 용만에 돌절구가 잘 찧어진다구."

"……"

"맨 보리밥만 먹었다우. 보리 없을 땐 죽만 쑤어 먹구."

"보린, 사서?"

"외갓집에서 외할아버지가 주었다우. 한 가마니."

그 집이 해방 후에 야미장사[2]를 하여 큰돈을 잡았다더니. 하여커나 고마운 노릇이라 하였다.

소위 관공리라고 하여서 여느 무농가보다는 후하게 준다는 배급이었지만, 그래도 반달을 먹기가 어려웠고, 모자라는 것은 쌀을 사 보태어 먹곤 하였다. 하던 것을 배급만 가지고 제 동을 대느라고 죽을 쑤어 먹었고, 요행 보리가 생기어 그것으로 모자라는 벌충을 하는 모양인 듯싶었다.

부자는 말없이 한동안 걸었다.

"아버지?"

"오냐."

"왜, 응, 왜 아니 왔수?"

"아버진 고만 볼일이 많아서 이렇게 늦었단다."

박 선생은 집을 떠나면서 열 밤만 자면 돌아오마고 하였었다.

"아따, 아버지, 아이들이, 느이 아버진 나쁜 짓 허구 가막소 갔다구, 날 막 놀려 먹고 그랬다우."

"……."

"그리구 엄마더러 욕허구 때려주구 그랬다우. 병식이 자식 형이랑 모두 여럿이 와서."

"……."

박 선생은 이 겨우 일곱 살배기인 어린 사람에게 무어라고 대답을 할 말이 없었다. 열다섯 살만 먹었어도 알아들을 수 있도록 말하여줄 말이 있는 것이었지만…….

"철아?"

"네?"

2 허가 없이 하는 장사를 속되게 이르는 말.

"철은 무어가 먹구푼가?"

그러면서 박 선생은 웃는 얼굴로 철의 그 하도 먹구푼 것이 많이 보이는 얼굴을 내려다보았다.

철은 그만 좋아서, 그러나 섬뻑 무엇이 먹고픈 것인지가 생각이 아니 나 아버지의 얼굴을 마주 올려다보면서 더듬기만 한다. 그러다가 겨우,

"오이."

"으음, 그리구 또?"

"으음, 고기."

"음, 고기. 또?"

"으음, 으음, 과자. 눈깔사탕이랑."

"과자랑 눈깔사탕이랑 그거뿐?"

"으음, 껌."

"껌?"

"응, 껌."

"그래라, 과자허구 눈깔사탕허군 아버지가 지금 사가지구 왔으니깐 집이 가서 먹구, 껌이랑 오이랑은 아버지가 인제 사주마."

"엄마가 욕허게? 군것질헌다구."

"엄만 아버지두 없구 해서 철이 군것질 사줄 돈두 없구 한데, 철이 자꾸만 무얼 사달라구 조르구 울구 하니깐, 그래 욕을 했든 게지."

집은 지붕이 구렁이 나고, 울타리는 쓰러지고 주저앉고 하여 볼썽이 아니었다. 조그마한 오막살이집은 오막살이집이었어도, 해마다 가을이면 이엉을 새로 덮고, 울타리도 울지렁을 썩은 것

을 갈아가면서 이엉과 섶을 두르고 하여 이대도록 볼썽이 아니지는 않았었다.

집으로 가서, 사가지고 온 과자와 눈깔사탕을 봉지째 내맡겨 철을 즐겁게 하여주고, 그리고는 찬물로 몸을 씻고, 그리고 나서도 훨씬 있어서야 아내는 돌아왔다. 보리옹통이를 머리에 이고, 잠든 젖먹이 석을 등에 업었다기보다도 허리에 디룽디룽 매달고, 어깨 나간 삼베 적삼을 걸치고, 휘감기는 역시 삼베 치마를 두르고, 새까맣고 기미가 솟고 볕에 그을고 한 얼굴은 땀으로 흥건히 젖고, 머리도 푸석, 발에는 뒤축 없는 짚신을 끌고…… 이런 꼴을 하여가지고 아내는 사립문 안으로 들어섰다.

아직 스물여섯. 한창 필 때의 젊은 나이였다. 두드러지게 어여쁜 구석은 없어도 도렴직하니 귀염성 있고 번화한 얼굴이었다. 성격도 침울할 줄 모르고 명랑한 편이었다.

그렇던 사람이 불과 일 년의 고생으로 옛 모습을 하마 알아볼 길이 없을 만큼 참혹하게 늙고 바스러졌다.

앙상한 광대뼈 밑으로 볼은 홀쭉 패었다. 눈, 코를 분간하기 어렵게시리 새까맣게 낀 기미.

눈과 얼굴에는 박은 듯 어둔 절망이 드리웠다. 전신은 쓰러질 듯 피로한 거동이고, 몸에 걸친 옷하며, 그 매무시하며, 며칠씩 손질을 아니한 머리하며, 더욱이 어린아이를 허리에 매단 모양하며…….

생각지 아니한 남편이 마루에 앉았는 것을 보는 순간, 아내는 착각이 아닌가 싶어 하는 듯 놀라면서 입은 웃는다.

박 선생은 고개를 끄덕끄덕하면서 이윽히 아내의 얼굴을 바라다본다.

'일 년, 겨우 일 년을 돌아보지 못하여 이 꼴이 되다니!'

이렇게 생각할 때 박 선생은 절로 한숨이 나오지 아니치 못하였다.

박 선생이 나이 서른 살, 아내가 열여덟 살 때에 둘이는 만났다. 박 선생은 어려서 장가를 들었으나 손목 한번 잡아본 적이 없이 갈렸었다. 그렇지만 호적에는 그 부인이 박 선생의 처로 그대로 올라 있었다. 지금의 아내는 박 선생이 기식을 하고 있던 바로 이웃집의 순이라는 딸이요, 한 이 년 동안 급 담임으로 가르치기도 한 제자였다.

순이는 학교를 마치고 들어앉았다가, 열일곱 살에 시집을 갔다. 그러나 석 달 만에 소박을 맞고 친가로 돌아왔고, 다시 여섯 달 만에는 소박한 그 남편이 죽음으로써 과부가 되었다.

해가 바뀌면서, 순이는 남쪽의 어떤 돈 있는 영감의 첩으로 가리라는 소문이 퍼졌다.

순이네 집안은 워낙 넉넉지 못한 것도 있었지만, 대체가 딸자식을—제아무리 흠집이 난 딸자식일망정—딸자식을, 그러한 길로 들여보내기를 부끄러이 여길 품위를 지닌 사람들이 아니었다.

순이의 아버지는 제법 활량이요 처신이 쌍스럽지는 아니한 사람이었으나, 순이의 어머니는 본디 술장수를 하던 논다니[遊女]로, 순이의 아버지의 첩으로 들어갔다 본마누라가 죽는 바람에 본실이 된 셈이었으니, 사람이 오죽할 리가 없는 것이었다. 집안의 실권은 그런데 마누라가 쥐고 있었다. 데리고 온 아들(순이의 씨 다른 오라비)과 함께 농사도 짓고, 가다 오다 장사도 하고 하면서 집안의 살림을 맡아 하였고, 영감은 우두커니 놀면서 그것을 얻어나 먹는 신세였다. 그렇기 때문에 집안의 모든 일을 마누라의 주장대로 하여 나갔고, 영감은 강경하게 자기의 주장을 세울 힘이 없는 터이었다.

늦은 가을인데, 하루는 밤에 순이가 조용히 박 선생을 찾아왔다.

어머니는 돈 있는 영감의 첩으로 가라고 조르고, 오라비는 이왕이면 술집으로 가라고 우기고, 순이의 편역을 들어주던 아버지는 어머니와 오라버니에게 몰려 아무 소리도 못하고 뒷방에 가 들어앉았고, 그러니 일을 어떻게 하였으면 좋겠느냐는 원정이었다.

박 선생은 물었다.

"순이는 그럼 그중에서두 어느 편을 골르구 싶은가?"

"싫여요, 다아."

순이는 몸을 쌀쌀 내둘렀다.

"두 가지가 다 싫다? 그럼 어떡헐 영으루?"

"그러니깐, 선생님한테 온 게 아녜요? 잘 인도해주실 줄 알구."

"딱한 사람두! 순이 어머니 아버지가 서두는 노릇을 내가 막을 힘이 있어야 말이지."

"그래두 선생님이 어떡허시든지, 절 구원해주세요. 전 참 싫여요. 누가 그 늙은이한테루…… 차라리 양잿물이래두 먹구 죽어버리지. 더구나 술집으룬……."

"순이?"

박 선생은 한참이나 곰곰이 무엇을 생각하다가 음성을 고쳐

하여 불렀다.

"네?"

"그런 늙은이한테나 술집으루 가긴 싫여두, 장차 아무래도 웬
만한 사람을 만나, 가 살 생각은 있겠지? 혼자 살자는 게 아니라."

"그거야 그렇지만서두, 시방 당장 집에서 그렇게······."

"그럼 나 어떤가? 그 늙은 영감이나 술집으루 가기보담은 낫
다구 생각하거들랑, 나한테루 와. 죽느니 까물치기가 그래두 낫
다는 속담대루 말야."

"······."

순이는 고개를 푹 숙이고, 귀밑때기가 새빨개져, 치마 고름만
만지고 있었다. 그러나 박 선생은 순이가 고개를 숙이던 순간, 그
눈이 몹시 빛남을 역력히 보았었다.

박 선생은 일찍이 순이에게 남자로서의 어떤 흥미를 느낀 것
이 있던 바도 아니었다. 또 스승으로서 제자 순이를 극진히 귀애
한 것도 없었다. 항차 그 자리에서 무슨 센티멘털한 깊은 감동을
받아 자기희생의 비장한 결단 따위를 내었던 것도 아니었다. 오
직 몇 해 전부터 홀아비살이가 하도 삭막하고 불편스러, 아무나
여자 시늉으로 생긴 걸 하나 얻어 살림이란 것을 차려보았으면
싶은 생각이 있어 오던 계제일 따름이었다.

'쯧 나한테로 와 사는 것이, 늙은 영감이나 술집으로 가기보다
는 조금은 나을 수 있다면 그도 무방하겠지.'

'아무래도 헌 지어머니에, 헌 지아비······ 헌것들 둘이 되는 대
로 만나 되는 대로 살기로소니, 역적도모한 바 아니요, 그닥 큰
죄 될 며리야 없겠지.'

'호적 문제쯤 상관있나.'

'내가 이 처지 이 나이에, 버젓한 처녀장가 들기를 바랄 팔자도 아니요, 쯧, 실없이 잘되었지.'

이렇게 박 선생은 지극히 담담한 마음이요 초탈스런 생각일 따름이었다.

무릇 박 선생은 독서, 그리고 독서에서 진리를 체득하는 것이 제일 의적인 생활이지, 결혼이나 가정 같은 것은 그 종속들에 지나지 못하는 것으로 여기는 사람이었다.

이튿날 박 선생은 순이네 집을 찾아가 그때 현재로 천 원가량의 저금이 있는 것에서, 둘이가 세간을 차리기에 최소한도로 필요한 삼백 원을 젖혀놓고, 칠백 원을 주고서 순이를 데려왔다. 늙은 영감한테는 삼백 원, 술집에서는 오백 원을 받기로 하였던 것인데, 순이네 집에서는 사백 원 또는 그래서 이백 원을 더 이문을 본 셈이었다.

만나서 살아보니 순이란, 저의 이름대로 유순하기나 하고, 박 선생을 하늘만큼 존경하고—그야말로 죽으라면 죽는 시늉이라도 하고 하는 것 외에는, 아무 데도 취할 것이라고는 없는 여자임을 알겠었다.

도무지 개성이라는 것이 없었다.

무엇 한 가지 제가 의사를 내어 계획하고, 그 계획대로 처리를 하여 나가고 할 줄을 몰랐다.

쌀을 사다주면, 그 쌀로 밥을 짓는 것이 고작이었다. 반찬거리는 사다주어야만 조리를 하여서 밥상에 올려놓고, 돈을 주어도 이것저것 제 손으로 적당한 반찬거리를 사들여 올 줄을 몰랐다.

제가 입는 의복의 색깔이나 무늬에 대하여 전혀 선택이라는 것을 할 능력이 없었다. 박 선생이 알아서 옷감을 골라 끊어다 주면 그것이 최상이거니 믿고 옷을 해 입을 따름이었다. 결국 한 개의 기계였다. 조종하는 사람이 없으면 언제까지고 움직일 줄을 모르고 가만히 있는 기계였다.

박 선생은 아내의 이 무능이 그렇다고 환멸스럽거나 불평일 것도 없고, 또 괴로운 것도 없었다. 박 선생이 본디 다심하고 자상한 사람이었다. 그는 밥을 짓고, 옷을 꿰매고, 빨래를 하고, 아이를 낳아서 젖을 물리고 하는 것 외에는 모든 살림 범절을 자기가 손수 다 하여 나갔다.

뒤주 속을 살펴 양식을 사들이고, 땔나무를 사들이고 하였다.

김장 때가 되면 무, 배추와 소금을 사들였다. 봄에는 조기젓을, 가을이면 가을 옷감을 끊어 들였다.

아낙이 무능하고 주변이 없는 대신 남편이 자상하고 세심한 덕에, 이 부부의 가정은 아무런 파탈과 착오가 없이 잘 어울리어 나갔다.

이것은 그러나 박 선생이 보통학교의 교원이라는 직업을 가지고, 가정에 매어 있어 가정의 일을 돌볼 수 있다는 컨디션에서의 말이었다.

박 선생은 아내가 남편의 지휘와 간섭이 없이 홀로 생활을 세워 나갈 주변과 능력이 없는 사람인 줄을 잘 알고 있었다. 그렇기 때문에 박 선생은 지나간 일 년을 그렇게 집을 나가서 있으면서 남달리 집안 걱정을 놓지를 못하였다.

박 선생은 집을 나갈 때에 저금과 빚을 내고 하여 그럭저럭 이만 원 가까운 돈을 집안에 끼쳐두고 나갔었다. 그러나 그 이만 원을 가지고 양식과 땔나무를 사는 데만 쓴다고 하여도, 반년을 지탱할까 말까 한 것이었다.

반년은 하여커나 그것으로 지낸다고 하더라도 그다음은?

어린 자식을 데리고 앉아 굶어 죽으면 죽었지, 남처럼 하다못해 야미 보따리라도 짊어지고 나서서 좌우간 입에 풀칠을 하여 나갈 강단과 주변과 비윗살이 있는 사람이 되지 못하였다. 고작 오막살이 이 집이나 팔아 우선 연명을 할까.

과연 돌아와서 보니 상상터니와 별양 다를 바가 없었다.

'저런 처자를 두어두고…… 내 죄도 일변 크다면 무척 크겠구나.'

혼자 속으로 이렇게 중얼거리면서 박 선생은 거듭 한숨을 내쉬었다.

아내는 마루로 올라와 마침 잠이 깬 어린것을 젖을 물린다. 큰놈 철보다도 더 야위고 혈색이 좋지 못하였다. 그래도 백일이 잡히지 못한 것을 보고 떠났는데, 그동안 자랐기는 역시 자랐어 보였다.

"그래, 그동안 어떻게 지냈소?"

지나 온 일을 알고자 묻는다기보다 차라리 위로의 말이었다.

아내는 고개를 떨어뜨리고 이윽히 말이 없다가,

"산 게 산 거예요? 죽지 못해 살았지요."

그리고는 또 한참 있다,

"이번엔 꼭 굶어 죽는 줄만 알았드니, 아버지가 오셨다가, 저

애 철이 밥을 달라구 보채는 걸 보시구 당신두 울구 가시드니, 보
릴 한 가미허구 쌀두 한 말허구……."
하다가 목이 멘다.

그럭저럭 달포가 지났고, 그러나 칠월 초아흐렛날, 웬 낯선 손
님이 박 선생을 찾아왔다.
　주인과 손님은 오래도록 조용한 이야기를 하였다.
　점심 후에 손님을 배웅하고 돌아온 박 선생은, 내일 일찌감치
타관엘 가겠노라고 아내더러 일렀다.
　아내는 밤새도록 암루를 흘리면서 혼자 울었다.
　이튿날 이른 아침.
　"저 참, 동네서 혹시 강아질 한 마리 살 수 없을까 모르겠소?"
　길 떠날 채비를 다 차리고 나선 박 선생이 그제야 문득 생각이
나 아내에게 의논이었다.
　아내는 의아하여,
　"강아질 무엇에 쓰시우? 누굴 가져다 주실 영으루요?"
　"내야 무엇에 쓰든 마땅히 없겠소?"
　"글쎄……."
　아내는 깜작깜작 생각을 하다가,
　"보리방아 찧으러 다니는 용만에 강아지가 마악 젖이 떨어지
겐 생겼습디다만서두…… 씨두 좋구."
　"씨야 좋으나마나."
　박 선생은 그러면서 품으로부터 백 원짜리 지전 뭉치를 꺼내
더니 그중 열 장을 세어 아내의 손에 들려주면서,

"얼른 가 한 마리 사가지구 오우."

"……."

아내는 그 지전뭉치가 만 원도 더 되어 보였다. 그렇게 만 원도 더 되는 돈을 가지고 집을 떠나면서 쌀이라도 한 됫박 사라고 단돈 백 원을 내놓지 않는 남편이 적이 야속스럽다.

박 선생에게 돈이 없는 줄을 아내도 알고 있었다. 지나간 유월 돌아오던 그날, 호주머니를 털어 팔백 몇 원인가를 내놓으면서 옥중에서 번 돈이라고, 닭이라도 사서 철이도 먹이고 하라고 한 것이 있을 뿐이었다. 그러니 지금 품에 지닌 돈뭉치는 어제 다녀간 낯선 손님에게서 받은 남의 재물임이 분명하였다.

그렇지만 아무리 남의 돈을 받은 것이라도, 당장 처자가 끼니가 간데없는 줄을 번연히 눈으로 보아 알면서, 단돈 백 원을 내놓지 않다니…….

얼마 만에 아내는 강아지 한 마리를 안고 돌아왔다. 그리고 가지고 갔던 돈 천 원을 도로 내놓으면서, 동네지간에 강아지 값을 다 받고 하겠느냐고, 거저 가져가라고 하더라고 하였다.

"거 미안한 노릇이로군."

박 선생은 그러면서 돈을 받아 넣은 후 강아지를 받아 안고,

"고생스럽지만 어떡허겠소. 어젯밤에두 한 말대루, 거저 죽구 없는 심만 치구려."

하고는 돌아섰다.

아내는 펄썩 그 자리에 가 주저앉아 울고 싶도록, 진정 이번엔 남편이 야속하였다. 웬만하면 강아지 값으로 내놓았던 돈만은 나를 주어도 상관이 없을 것이 아닌가 싶었다.

박 선생은 서너 걸음이나 걸어 나가다가 그대로 멈춰 서서 곰곰 무엇을 생각하더니 아내를 가까이 불러 말을 이르는 것이었다.

"내가 지금 가면서 군산엘 들러, ×××라는 친구에게다 서점하는 사람을 안동해 보낼게시니 책을 죄다 팔도록 허우. 무슨 일이 있든지 책만은 팔질 않을 영으루 했더니……! 책인 배 이짐은 구하자 해두 구하기 어려운 책일걸. 아무튼 한 칠백 권 되니깐 한 권 백 원 씩만 쳐 받아두 칠만 원은 잡힐 게요. 걸 받아가지구 살아가는 대루 얼마 동안……."

이렇게 이른 후에 박 선생은 그, 군데군데 딴 헝겊으로 기운 자리가 있고 빛은 낡아 희끄름하였으나 아내가 깨끗이 빨아 풀해 다린 군대복 저고리에 당코즈봉을 단정히 입고, 이것 역시 깁고 꿰매고 한 낡은 지카다비를 신고, 박박 깎은 머리엔 도리우치 모자를 가만히 얹고, 갈아입을 속옷이며 수건 나부랭이를 꾸려 조그맣게 괴나리봇짐을 해 지고, 참대로 지팡이를 만들어 짚고, 그리고 강아지 한 마리를 안고…… 이 누가 보아도 가난하고 고타분한 시골 샌님이 누구 일갓집이라도 찾아 나들이를 가고 있는 형색이었지 외수없는 차림차리를 차리고, 박 선생은 돌연히 다시 집을 나갔다. 철의 머리를 쏠어주면서 열 밤만 자고 돌아오마 달래는 말을 하고.

— 〈주간서울〉, 1948.

낙조 落照

1

　모처럼 별식으로 닭 국물에 칼국수를 해서 식구가 땀을 흘려가며 먹고 있는 참이었다.

　"이런 때 느이 황주 아주머니나 오셨다 한 그릇 훌훌 자셨드라면 좋았을걸 그랬구나…… 맘이야 없겠느냐마는, 그 마나님두 인저 전과 달라 여름 삼복에 병아리라두 몇 마리 삶아 소복이라두 하구 할 엄두를 낼 사세가 되들 못하구. …… 내남적없이 모두 살기가 이렇게 하루하루 쪼들려만 가니……."

　어머니가 생각이 나 걸려 해 하는 말이었다.

　어머니는 의가 좋고 해서 그러던 것이지마는 아버지는 어머니와 달라, 황주 아주머니가 별반 직성이 맞지를 않는 편이었다.

"그래두 그 마나님넨 느는 게 있어 좋습디다."

"온 영감두. 지금 사는 그 일본 집두 삼십만 환에 내놨다는데 그래요? 한 삼십만 환 받아, 사글세 집을 얻든지, 문밖으루다 조그만 한 걸 한 채 장만하든지 하구서, 남겨진 가지구 얼마 동안 가용이라두 쓰구 할 영으루다……."

"느는 게 조음 많으우? …… 자아, 몸집이 늘지. 희떠운 거 늘지. 시끄런 거 늘지. 말 능란한 거 늘지. 따님 양개화洋開化 늘지. 아마 그 마나님은, 한때 그 국회의원이라드냐 하는 걸 선거하는 데 내세우구서, 누굴 추천하는 연설 같은 걸 시켰으면 아주 일등 으루 잘했을 거야."

"난 또 무슨 말씀이라구……."

어머니는 그만 웃고 만다.

아버지도 따라 웃으면서

"난 정말이지, 그 생철동이, 하두 시끄러 골치가 아파 못하겠 습디다."

"아따, 생철동인 생철동이루 씨어먹게스리 마련 아니우? 세상 사람이나 세상일이 다 그렇게 제제끔이요, 제 긇이 있는 법 아니우?"

어머니는 이렇게 원만하였다.

어머니가 만일 원만치 못한 어른이었다면 그런 대답이 나오는 대신

'영감두 말씀 마시우. 황주 마나님더러 느느니 몸집이네, 희떰 이네, 시끄럼이네, 말 능란해가는 거네 하시지만 영감은 느느니 괴벽과 편성입디다. 난 영감, 그 남 비꼬아대기 잘하는 거, 미운

소리 잘하는 거, 하두 박절해 골치가 아파 못하겠습디다.'

하고 오금을 박았을 것이었다. 그리고 그 끝에, 말이 오고 가고,

티격태격하다 필경 싸움이 되고. 결과는 불화가 일고.

생각하면 어머니의 그렇듯 원만함은 우리 집의 고마운 보배였

다. 솔성이 심히 박절하고 옹색한 아버지를 모시어 규각[1]이 나지

않고, 잘 평화가 지탱되어 나가기는, 오로지 어머니의 그렇듯 남

의 흠점이나 과실을 탄하지 않고 너그러이 보는 원만함의 덕이

었다.

아버지는 나를 가리켜 어머니의 성정을 닮아 세상만사를 좋도

록만 보려 들고, 그래서 사나이 자식이 소견이(시야가) 좁고 진

취성(적극성)이 적으니라고 하였다.

미상불 나는 내가 생각하여도, 아버지의 편협하고 박절한 성

품보다 어머니의 너그럽고 원만한 성품을 물려받은 것 같고, 따

라서 모든 사물을 호의적으로만 보며, 인하여 시야가 좁고 진취

성이 적음도 사실인 성싶었다. 그러나 나는 아버지보다는 차라리

어머니를 닮았음을 복되게 여기기를 꺼려 하지 않는다.

아버지의 편협하고 박절함은 유난한 것이 있었다.

아무 이해 상관이 없는 일이건만, 당신의 비위에 맞지 않는다

든가 눈에 거슬린다든가 한다는 것으로, 미운 소리를 하고 비꼬

아대고 하여 남에게 실인심을 하고 경원을 당하고 하였다.

아버지는 크고 작은 일에 있어, 당신이 보기에 그른 것에 대하

여 둘러 생각을 한다거나 관용이라는 것이 전혀 없었다.

1 귀퉁이의 뾰족한 곳.

그르다…… 혹은 보기 싫다…… 여기까지는 그래도 상관이
없었다.

아버지는 그른 것을 그르다고 단정하는 데 그치고 말거나, 보
기 싫은 것을 보기 싫어하는 데 그치고 말거나 하는 것이 아니라,
반드시 미운 소리를 하고 비꼬아대고 하기를 좋아하였다. 일종의
악취미랄 것이 있었다.

해방까지는 아무려나 그것이 타고난 천품에서 오는 단순한 성
격적인 것이요 악취미나마 취미적인 것이요 함에 불과하였으나,
해방을 고패로, 아버지의 그 비꼬는 솔성은 경제적인 이해관계에
서 우러나는 바로 육체적인 것으로 변하게 되었다.

삼백 석 추수거리와 계동桂洞 복판에 있던 터전 넓고 고래등같
이 큰 상하채의 기와집과 이것이 해방 전의 우리 집의 재산이었다.

이 집을 지니고 삼백 석 추수를 받아 식량을 하고, 가용을 쓰
고 하면서 우리는 넉넉지는 못하나마 남에게 옹색한 거동을 보
이거나 황차 빚 같은 것은 통히 모르고 편안하고도 만족한 세상
을 살아왔다.

별안간 해방이 되었다.

소작료를 전 수확의 삼분지 일만 받도록 마련이 나, 삼백 석
추수가 이백 석으로 줄었다. 기본 수입이 삼분지 이로 줄어, 우리
집에서는 이백 석 추수를 가지고 일 년 가계를 삼아야 하였다.

추수는 삼분지 이, 이백 석으로 줄었는데 다른 물가는 다락같
이 올라만 갔다. 삼분지 이로 준 이백 석의 추수를 가지고, 옛 가
용의 삼분지 이조차 대기가 까마득하게 어려웠다. 추수한 벼 이

백 석은 소위 공정 가격으로 고스란히 공출을 하고서, 그 대금을 받아가지고, 용은 소위 야미 값으로 사 대어야 하기 때문이었다.

하기야 일제 말기에도 소작료 받는 벼를 죄다 공출에 바치고, 한 섬 십 원씩의 공정 가격으로 받지 아니한 바는 아니었으나, 그 때의 야미 시세는 시방처럼은 공정 가격과 사이에 엄청난 차이가 없었기 때문에, 겨우겨우 제 털 뽑아 제 구멍을 메울 수가 있었다.

해방 후에는 그러나 도저히 안 될 말이었다.

지난해 가을에 이백 석에서 소작료 공출 대금으로 도합 이십오만 몇 천 원인가를 받았다. 그중에서 토지 그것에 따르는 지세니 무어니를 까고 나면, 이십만 원 남짓이 옹근 수입이었다.

식량 그 밖에 모든 비용을 줄이고 줄여도 천구백사십팔년 현재의 화폐로 매달 사만 원의 가용이 든다. 이십만 원이다 치면 다섯 달 치 가용이었다.

그 나머지 일곱 달은?……

내가 국민학교의 교원으로, 다달이 받는 월급이 한 칠, 팔천 원은 된다. 그러나 그 월급을 가지고 나의 일신에 관한 용, 가령 담배를 사 피운다든가, 책을 산다든가, 술은 먹지 않아서 그 방면엔 낭비는 없다지만, 가다 오다 친구 만나 점심 낮 먹고 찻잔 마시고 양말 켤레 사 신고 한다든가 하노라면 오히려 부족이 나서 옹색한 일을 당하는 적이 있을 지경이니, 단돈 백 원이라도 집안에 들여놓질 못하는 형편이었다.

아버지는 드러내놓고 말을 아니하나, 이왕 월급벌이를 할 바이면, 아무 변통성 없는 국민학교의 교원질보다도 종종 가다 뒷길로 딴 수입이 있고, 배급 물자 같은 것도 동떨어지게 후하고, 그리고 권도權力도 부릴 수가 있고, 그 권도를 묘리 있이 잘 부리거들면 큰 수를 잡아 일조에 팔자를 고치는 수가 있고…… 이런 관리 방면으로 터를 바꾸어 앉았으면 하는 눈치가 없지 않았다.

나는 그러나 아버지의 그런 뜻을 받들 생각이 없었다.

관리 그것이 나쁠 며리는 없었다. 그렇지만 관리를 다니면서, 사를 써주고서 뒷길로 딴 수입을 보고 하는 것은 마땅히 군자의 할 도리가 아니었다.

더욱이 지체를 이용하여 아닌 권세를 부린다든가, 황차 권세를 부리어 불의한 재물을 긁어들인다는 것은, 남이야 어떠했든 나로서는 감히 범하고 싶지 아니한 불의였다.

의 아닌 부와 귀는 나에게 뜬구름과 같으니라…… 이 공자님의 말씀은 정히 나의 변할 수 없는 심경이요 태도였다.

관리가 됨으로써 그러한 불의를 범하고 하기가 뜻에 없을 뿐만 아니라, 반면 나는 현재의 교원이라는 직업을 천직으로 여기고 있는 자였다.

천진난만한 어린이들을 데리고 그들을 가르치며 잘 지도한다는 것, 이것은 내가 사람으로서 할 바의 다시없는 사명이었다.

지금은 나라를 새로이 세우는 아침이었다. 앞으로 새로운 우리나라를 두 어깨에 메고 나갈 사람은, 시방 내가 가르치고 지도하는 어린 사람들인 것이었다. 그런 새로운 우리나라의 일꾼을 가르치고 지도하고 한다는 것은 한결이나 기쁘고 자랑스러운 노릇이었다.

나는 장차에 우리 집안이 더욱더 몰락이 되어, 가사 조석이 어려운 지경에 이른다고 하더라도, 나는 끼니를 주리고 누더기를 걸치면서라도 이 천직을 지키되 버리지 아니할 터였다.

우리 집은 빚을 지기 시작하였다. 천구백사십육년 봄부터 천구백사십팔년(금년) 봄까지 만 이 년 동안에 진 빚이 삼십만 원이 넘었다.

토지는 팔자 하니, 작인들이 장차에 토지 분배가 있을 것을 생각하고서 값만 잔뜩 깎고 앉아 사려고를 아니하였다. 작인들로는 당연한 타산이었다.

할 수 없이 계동 집을 팔아, 지금 사는 가회동의 이 방 세 개의 단채 집을 사고 빚을 대강 갈무리하였다.

큰 집을 팔아먹고 작은 집으로 옮아앉아, 빚을 갚고 하였다고 그것으로써 전과 같이 수지의 균형이 도로 맞고, 생활이 안정이 되었느냐 하면 아니었다.

수입보다 지출은 여전히 컸다. 금년 일 년을 지나고 나면, 또 다시 몇십만 원의 빚이 앞채일 참이었다.

다시 집을 팔거나 아주 헐값으로 토지를 팔거나 하는 수밖에 없었다. 우리 집은 앞으로 삼 년이 못하여, 토지는 물론이요 집도 터도 없는 철빈이 되고 말 번연한 운명의 선 위에 당시랗게[2] 놓여 있는 것이었다.

일반 가용은 말할 것도 없거니와 아버지는 당신의 모든 씀씀이를 줄이고 갈기었다.

2 덩그렇게.

봄과 가을 두 철, 친구들과 작반하여 승지로 유람 다니는 것을
뚝 끊어버렸다.

다달이 한 번씩 모여 놀고 하는 시회詩會를 한 달 혹은 두 달씩
거르곤 하였다.

정월과 팔월의 양 명절 때를 비롯하여 한식, 단오, 구월 구일,
동지, 그리고 시월 초사흗날인 당신의 생신날, 이렇게 일 년이면
대여섯 차례를 좋은 술과 안주 많이 장만하여 더러는 기생까지
곁들여 친한 친구 청하여다 대접하면서 풍월(시詩) 읊어가며 흥
그롭게 놀던 것을 처음에는 양 때 명절과 시월 초사흗날의 당신
생신날과의 세 차례로, 그다음엔 당신 생신날의 한 차례로 줄였
다. 그러나마 음식 차림새도 극히 간소하게 하고 기생은 일체로
부르지 아니하였다.

간구한 친구가 출출해서 찾아왔을 때, 석양배 한잔 내기에도
두루 주저를 하지 아니치 못하였다.

친구와 술과 풍월과 승지 찾아 유람 다니기와, 이것이 아버지
에게서 일시에 전부 혹은 태반이 없어진 셈이었다.

친구와 술과 풍월과 승지 찾아 유람 다니기와, 이것이 있음으
로 해서 아버지는 노래老來의 인생이 즐거웠다. 그리고 그것이 없
어짐으로 해서 아버지는 위안과 낙을 잃어버리고 만 것이었다.

집안 살림은 나날이 졸아들어, 끝장이 눈앞에 내다보이고……
친구도 술도 풍월도, 승지 찾아 유람도 죄다 잃어버린, 그래서 세
상 살아가는 재미라고는 하나도 없이 다 없어진 만년…… 아버
지는 이른바 앙앙불락怏怏不樂이었다.

아버지는 세상의 크고 작은 모든 일이 당신에게 직접 이해 상

관이 있는 일이고 없는 일이고 간에 하나도 정당하거나 당연한 것이 없고, 모두가 옳지 못한 일이요, 사리에 어그러지는 일이요 하였다.

아는 사람이고 모르는 사람이고 간에 남이 하는 일, 하는 말치고 하나도 마음에 맞거나 비위에 거슬리지 않는 것이 없었다.

아버지는 그래서 불평이요 불만인 것이었다.

이 앙앙한 심사라든지 불평과 불만은, 그러나 어디다 대고 어떻게 부르댈 바가 없는 울분이요 불평과 불만이었다.

천품으로 이미 좁고 비꼬인 것이 있는 아버지였다. 가뜩이나 거기에 당신의 허물이라고 생각되지 않는 외부적인 원인으로 하여 당하는 몰락과, 불여의不如意에서 오는 울분과 불평불만이—그러나마 풀 길도, 부르댈 대상도 마땅히 없는 울분과 불평불만이, 앞채이고 보매, 비꼬인 솔성이 더욱 심각하여질 것은 차라리 당연한 노릇이었다.

친한 여러 친구 중에서도 유난히 더 친하고, 아버지를 잘 알고 하는 윤 씨라는 이가 있었다.

"용 못 된 이무기가 심술만 남드라구…… 가사 세상이 좀 불여의하기로소니, 장부가 마음을 좀 활달히 가지는 게 아니라 복닥복닥 속을 고이구, 사람이 그 웨 그렇드람? 그리군 무단히 남더러 미운 소리나 하구…… 그게 그대지 쾌할 건 무어람."

그 윤 씨라는 이가 핀잔 삼아 권고 삼아 아버지더러 한 말이었다.

아무튼 아버지가 그런 어른이고 보매, 황주 아주머니만 하더라도 도무지 여자답지 못하게 시끄럽고 실속 없이 말이 많고도

능하고, 그리고 번잡스럽고 한 것이 작히 아버지의 눈에 벗음직
도 하기는 한 것이었다.

2

호랑이도 제 말을 하면 오더라고, 막 그렇게 이야기를 하고 있
는데, 당자 황주 아주머니가 거기에 당도를 하였다.

"아유, 아우님은 그래, 어쩌면 그렇게두 꼼짝두 아녀신단 말씀
요? …… 난 하두우 고만 궁금해서……."

일본 씨름꾼이 생각날 만큼 거창한 몸집으로 대문 안을 들어
서면서, 그 동네가 울리도록 큰 목소리로 우선 인사가 이쯤 요란
하였다.

황주 아주머니는 한 달이면 적어도 세 번 좋은 우리 집엘 오곤
하였다. 반드시 와야 할 볼일이 있어서 온다느니보다도, 황주 아
주머니의 말대로, 그 아우님이 보고가 싶어서 자주 그렇게 다니
곤 하던 것이었다.

어머니가 출입이 없네 없네 하여도, 한 달에 한 번 좋은 역시
황주 아주먼네 집을 가곤 하였다.

두 분은 그래서, 멀어야 열흘, 잦으면 대엿새에 한 번은 으레
만나는 터였다. 그 대엿새에 한 번, 열흘에 한 번이 황주 아주머
니는 하도 그만 궁금하였고, 그것을 아버지의 말을 빌리면, 황주
아주머니는 그쯤 엄살이 대단한 것이 있는 마나님이었다.

"형님 어서 오시요, 그리 않아두 지끔 형님 이야길 하든 참이

드라우."

어머니가 반겨 일어서면서 이렇게 맞이를 하고.

황주 아주머니는 뒤우뚱거리고 마당을 걸어 들어오면서 일변 분주히

"온 어쩐지, 귀가 가렵드라니. …… 아재두 마침 기시군. 아잰 요새 이 더위에 어떻게나 지나시죠? 날두 하두우 극성으루 더우니깐…… 오오, 조카님두 집에 나와 있군. 참, 요새 방학을 해서 한가하겠군. …… 오냐, 새아기, 잘 있었드냐? 난 널 보면 꼭 귀여 죽겠드라! …… 뫼시구, 더위에 얼마나 앨 쓰느냐? …… 어멈은 여전히 부지런하군. 아무렴, 나야 늘 태평이지. …… 그래, 아우님 은…… 아니, 신관이 좀 못하셨구려? 사람들이 너나없이 더위에 부대껴 그래."

식구라는 식구는 있는 대로 깡그리 흠선하고도[3] 붙임성 있이 인사를 건네고 받고 하면서 황주 아주머니는 마루로 올라왔다.

어머니와는 두 분이 연방 아우님, 형님 해쌌는데, 남이 듣기엔 퍽 가까운 집안 간인 듯도 하겠으나, 실상 촌수를 따진다면 훨씬 먼 일가끼리였다.

어머니와 열두 촌인가, 열네 촌인가 된다고 하였다. 나와는 그래서 외가로 열세 촌이나 열다섯 촌뻘의 아주머니였다. 그러니 일가를 내어도 그만 아니 내어도 그만일 일가요, 혼인도 하여 무방한 집안끼리였다.

일가란 그러나 대체가 촌수야 좀 멀고 하더라도, 가까이 살면

---

3 우러러 공경하고 부러워하고도.

서 상종이 서로 잦고, 일변 뜻이 맞는 데가 있고 하거드면, 사이도 자연 가까워지고 하는 것이어서, 이 황주 아주먼네와 우리가 정히 그러하였다.

황주 아주머니가 지나간 기사년己巳年(천구백이십구년) 아이들을 데리고 서울로 올라와 살다, 맏아들 박朴 부장部長 재춘在春을 뒤쫓아 황해도 황주로 내려가던 경진년庚辰年(천구백사십년)까지의 열두 해 동안과, 그리고 황주에서 살기 칠 년 만인 병술년丙戌年(천구백사십육년), 그 전해의 팔일오 해방으로 생겨진 방해선妨害線 삼팔선을 넘어 서울로 다시 온 이후 오늘날까지, 우리 두 집안은 한 서울 안에서 살면서, 남의 사촌이나 친숙질 부럽지 않게, 서로 왕래가 잦고 가까이 지냈다.

황주 아주머니는 황주로 내려가 사는 동안에도 일 년에 두세 차례는 아우님―우리 어머니가 보고 싶어서(더 많이는 서울서 출가하여 서울서 살고 있는 맏딸 송자가 보고 싶어서) 이름난 황주 사과를 몇 상자씩 가지고 서울을 다니러 오기를 즐겨서 하였다. 출입이 어려운 어머니도, 두 번인가 세 번인가 황주로 그 형님을 찾아갔었고.

어머니와 황주 아주머니는 성품으로나 외양 생김새로나 전연 딴판으로, 두 분이 서로 공통된 점이라곤 별로 없었다.

황주 아주머니는 몸이 크고 뚱뚱하고 얼굴도 우툴두툴한 것이 수염만 났다면 여자보다도 남자에 더 가까운 양반이었다.

어머니는 몸이 가냘프고 여자답게 곱살한 얼굴이었다. 올에 쉰두 살인데 아직도 젊었을 적의 고운 태가 가시지 않고 많이 그대로 남아 있었다.

생김새가 그러한 것과 같이 성질도 하나는 남성적으로 괄괄하고, 적극적이요 활동적이요 하고, 하나는 여성적으로 차분하고 소극적이요 내면적이요 하였다.

이렇게 서로 공통된 점이 없고 상극진 성격과 생김새의 두 분 마나님이었으면서, 그러나 잘 직성이 맞고 의가 좋고 하였다.

두 분이 의가 좋은 것에는 단순히 직성이 서로 맞는다는 것 외에, 어머니가 성품이 너그러워 남을 잘 포용을 한다는 것과, 황주 아주머니가 우리 집—특히 어머니에게서 받은 바 조그마한 경제상의 원조에 대하여 은혜를 저버리지 않는 의리와, 이것의 영향이 일변 작지가 아니하였다.

황주 아주머니가 서른네 살의 늙도 젊도 못한 나이에 남편을 여의고, 열여섯 살을 맨 맏이로, 열한 살, 여섯 살, 갓에 첫돌이 지난 젖먹이, 이렇게 바구니에 주워 담게 생긴 네 아이를 데리고, 아이들을 잘 기르고 교육하고 하겠다는 열망은 크나, 당장 살아갈 길은 막연하고 하여, 시집[媤家] 황주로 좇아 서울로, 그 네 어린아이를 올망졸망 거느리고 올라왔을 때에, 만일 어머니의 알뜰한 돌봄이 아니었더라면 황주 아주머니는 각다분한 중에도 더욱 각다분한 경우를 겪게 되었을는지를 몰랐다.

황주 아주머니는 아버지의 편[便]이 아니라도, 그야 흠이 없는 바가 아니었다. 무단히 시끄럽고 희떱고 번접스럽고 다변하고…….

그러나 그런 반면 족히 취할 점도 없는 것이 아니었다.

여장부라는 말이 있거니와, 가사 여장부토록은 몰라도 대단히 씩씩하고 용감한 것이 있었다.

좋은 조건 밑에서건 절박한 조건 밑에서건 생활과 맞겯고 서서 굽힐 줄을 모르고, 퇴각이라는 걸 모르는 황주 아주머니였다.

소도 언덕이 있어야 비빈다고 하거니와, 그러나 아무리 언덕이 있기로니, 소가 대들어서 비비지 않는다면 언덕은 소용이 없는 것이었다.

어머니가 아버지의 양해를 얻어 계동 복판의 우리 집 가까이, 방이 안방 말고 다섯 개가 있는 집 한 채를 전세로 얻어준 것이 기사년, 그해 봄에 상부[4]를 하고 이어서 가을에 젖먹이를 등에 업고 세 아이를 손목 잡고 서울로 올라온 황주 아주머니를 위하여 우선 조그마한 언덕이었다.

황주 아주머니는 당신이 꽁꽁 허리춤에 매어 가지고 온 이백 원을 풀어, 그릇과 밥상과 수저를 장만하여가지고 학생 하숙을 시작하였다.

방이 다섯이면 다 제대로 차야 열 명의 학생을 쳐, 너덧 식구가 겨우 목구멍을 얻어먹을까 말까 한, 영세한 벌이었다.

황주 아주머니는 겨우 목구멍이나 얻어먹자는 데에 만족하려고 아니하였다. 목구멍을 얻어먹어가면서 한옆으로 자녀를 교육시켜야 한다는 더 큰 대망이랄 것이 있었다. 황주 아주머니는 허리띠 졸라매고 대들었다.

학생들이 먹다 남기는 찬밥덩이를 마다 아니하였다.

옷은 겨우 살을 가릴 정도로써 만족을 하였다.

물 한 지게 일 전 하는 물을, 물장사를 대지 않고 손수 머리로

---

4 남편의 죽음을 당함.

여 날랐다.

젖먹이 영춘을 밤이나 낮이나 등에 매달고 밥 짓고, 밥상 나르고, 설거지하고, 다섯 아궁이에 군불 지피고, 물 긷고 빨래하고 하였다.

세탁장이를 거절하고, 열 명 학생의 빨래를 죄다 맡아 빨아줌으로써 아이들의 월사금이며 학자를 벌었다.

기사년(천구백이십구년)으로부터 경진년(천구백사십년), 시집 고향 황주로 다시 내려가기까지, 열두 해 동안을 그렇게 약삭빠르고도 부라퀴로 날뛰었고, 날뛴 보람이 역력히 있었다.

갑술년甲戌年(천구백삼십사년)에는 맏아들 재춘이 좋은 성적으로 중학을 졸업하였다.

재춘은 재주도 있고 영리하기도 하였고, 겸해서 모친의 격려와 열성에 감동이 되고 하여 부지런히 공부를 하였다.

스물한 살에 중학을 마친 재춘은 이어서 전문학교로 올라갈 수가 있기는 있었으나, 모친이 그런 희망이요, 그럴 각오였으며, 재춘 자신도 마음이 당기지 아니함은 아니었으나, 영리한 그는 집안의 형편이며 모친의 고생을 생각하여 일찌감치 실생활 방면으로 나아가기로 하였다.

졸업하던 그해 바로 순사 시험을 보아 교습을 마친 후 서울 본정경찰서에 근무를 하였고, 다음다음해 병자년丙子年(천구백삼십육년)에는 백 주株짜리 사과밭이 딸린 고향의 황주 규수와 결혼을 하였다.

무인년戊寅年(천구백삼십팔년)에는 마침 재춘의 칠촌숙七寸叔 되는 사람이 해주海州에서 경부를 다니며 서둘러준 덕에 재춘은 고향 황주로 전근이 되어 젊은 내외가 우선 환고향을 하였고. 재주가 있고 영리하고, 그리고 뒷줄 좋은 칠촌숙이 있고 하여, 이듬해 기묘년己卯年(천구백삼십구년)에는 부장으로 승차를 하여 이웃 고을 중화中和경찰서에서 근무를 하였다.

황주 아주머니의 맏딸 송자松子는 오라비 재춘이 황주로 내려가던 무인년(천구백삼십팔년)에 고등여학교를 마쳤고, 이듬해 기묘년(천구백삼십구년)에는 은행에 다니는 전문학교 출신과 결혼을 하여 지금까지 서울서 잘 살고 있고.

황주 아주머니가 맏아들 재춘을 뒤따라 황주로 내려가던 경진년(천구백사십년) 현재로 둘째딸 춘자春子는 고등여학교 이년급이요, 막내둥이―젖 먹으면서 어머니의 등에 업혀 고달프게 서울로 올라오던 그 막내둥이 영춘은 나이 이미 열세 살에 국민학교 오년급이었고.

이만하면 황주 아주머니는 거의 맨손이다시피, 올망졸망 동서불변의 사 남매를 데리고, 막막히 서울로 올라와 그 먹지 않고 입지 않고 자지 않고 쉬지 않고 그러면서 부라퀴로 날뛰며, 열두 해 동안 고생을 한 보람은 넉넉히 났다.

동시에 혼자옛 남의 어머니로서 인생으로서, 팔구 분 성공이었다고 하여도 무방하였다.

오로지 황주 아주머니의 그 생활과 맞부딪쳐 굽히지 않고 씩씩하게 싸워 마지않는 기개의 덕이었다.

3

몸집이 부대한 사람은 추위를 덜 타는 혜택이 있는 반면, 여름이면 남달리 더위를 타고 땀을 많이 흘리는 대갚음을 치르게 마련이어서, 황주 아주머니도 아버지와 나만 아니더면 적삼 치마 단속곳 다 벗어던지고, 속곳 바람으로 앉았고 싶어 할 만큼 더위 하면서 부채질이 바빴다.

아내가 칼국수를 한 대접, 딴 상에 김치 등속과 함께 놓아 올리는 것을 어머니가 받아 황주 아주머니의 앞으로 놓으면서 권을 한다.

"형님 어여 좀 드시우…… 혼자 먹으려니깐 걸려, 뫼시러래두 보낼까 하든 참인데."

"발이 효자야, 허어허허허."

황주 아주머니는 웃음 웃는 것도 남자처럼 걸걸하고 너털스러웠다.

한바탕 너털웃음을 웃고는 수저를 들면서

"여름엔 이게 젤이지…… 더운 국물 해서 먹구 난다 치면, 먹을 땐 더워두 속이 후련하구 더위가 가시구."

"자시구 더 자시우, 형님. 많이 있으니."

"양대루 먹죠. 내가 언제 이 댁에 와 먹는 거 사양합디까?"

마침 아버지가 수저를 놓고 상을 물렀다.

황주 아주머니가 건너다보면서

"아재는 벌써 다 자셨수?"

한다.

혹시 당신이 와 자시기 때문에 식구의 차지가 덜린 것이나 아
닌가 싶어 하는 말이었다.

아버지는 트림을 길게 하고 나서

"내야 이걸 어디 질겨 하나요? 전엔 젓갈두 아니 댄걸…… 지
끔은 마참, 궁졸해지니깐, 입두 궁기가 들어 그런지 이런 것두 곧
잘 걸어들이군 하지만서두."

"아따 가만 기시우. 아재네두 인전 도루 옛날처럼 기 펴구 힘
펴구 사실 날이 가차웠으니."

황주 아주머니는 자신 있이 그러다 문득 기쁨이 얼굴에 넘치
면서

"참 이승만 박사루 대통령 난 거들 아시죠?"

"?……"

"아, 이승만 박사가 대통령으루 올라앉으셨다구, 나지오루 곧
장 방송두 하구, 신문사선 호월 들입다 박아 돌리구 했는데, 여태
들 모르구 기셨어? 알뜰두 하시지들."

오늘 국회에서 대통령 선거를 한다는 것은 미리서 알았으나,
라디오의 스위치를 꽂지 않고 있었다는 것은, 미상불 책망을 들
어 싼 일이었다.

아버지야 범연한 어른이라지만 적어도 나만은 적지 아니한 등
한이 아닐 수 없었다.

"아무튼 그러면, 아주머니의 그 예언이 영락없이 들어맞인 심
이군요?"

이윽고 아버지가 하는 말이었다.

빈정대는 말씨가 역력하였으나, 황주 아주머니는 그런 눈치를

채기보다는 신이 나서

"아, 영락없이 들어맞구말구요. 내가 그날두 무어랍디까?"

유래가 있는 말이었다.

한참 선거로 사람이 둘만 모여도 그 이야기로 판을 짜던, 지나간 사월 그믐께의 어느 날이었다.

석양 때, 그날도 역시 아버지도 계시고 나도 학교로부터 돌아왔고 한 자린데, 그 자리에 황주 아주머니가 와 참석을 하여 역시 선거 이야기가 벌어졌다.

"거저, 덮어놓구 이승만 박사한테 투표해야 합넨다. 이승만 박사한테 투표해서, 그 으런을 대통령으루 뫼셔 앉혀야 우리 죄선 사람 살길 나서지, 그렇잖구는……."

그러면서, 황주 아주머니는 그야말로 덮어놓고 이승만 박사에게 대통령 투표를 해야만 한다는 것이었다.

아버지는 어처구니가 없어서 물끄러미 앉아 듣다가

"난, 이번 선거가 국회의원을 뽑는 선거루 알았드니, 이승만 박사 대통령 뽑는 선거로군요?"

"글쎄, 인제 두구 보시우. 한 열흘 남았으니 두구 보시우마는, 삼팔 이남의 죄선 사람은, 열에 아홉까지는 이승만 박사한테루 투표 해서, 당장 그 자리서 대통령으루 뽑힐 테니 두구 보세요."

그날 저녁, 황주 아주머니가 저녁을 자시고 돌아간 뒤에 아버지는 혼잣말처럼

"허! 반식자 우환이라드니, 섣불리 조끔 아는 게 탈야. …… 그런 우김 속, 그런 떡심, 그런 어거지. …… 병중에 만일 그 마나님 같은 사자 귀신을 만났단, 한 시간 못 배겨나구, 끌려가구 말

게야."

하고 짐짓 고개를 내저었다.

삼팔 이남의 조선 사람이, 열에 아홉까지가 오월 십일의 선거에 이승만 박사에게 대통령 투표를 하였거나, 그런 것이 아니요, 그 뒤에 국회에서 국회의원끼리 이승만 박사로 대통령을 선거하였거나, 아무렇든 이승만 박사가 대통령으로 뽑히기는 뽑혔은즉, 황주 아주머니는 장담을 쳐도 좋은 것이었다.

황주 아주머니는 땀을 물 쏟듯 흘려가며 후루룩후루룩 먹성 좋게 칼국수를 자시면서 어깨가 으쓱하였고, 아버지는 담뱃대에 담배를 붙여 물고 앉아

"그래 이승만 박사가 아주머니 예언대루 대통령이 되구 했으니깐, 인전 그럼 우리 조선 사람이 살길두 생기겠군요?"

"살길이 생기구말구요."

"아주머니, 오시는 길에 싸전이랑 나뭇장이랑 들러보셨습디까?"

"싸전엘요? 나뭇장엘요?"

"쌀 금새[5]가 천 원 넘든 것이 한 오백 원으루 떨어지구, 남구두 한 마차 한 이천 원으루 떨어지구, 광목두 한 자 오, 육십 원으루 떨어지구, 다 그랬어야 할 게 아녜요?"

"무슨 물건 금새가 별안간 그렇게 떨어지구 합니까?"

"이런 답답한. …… 이 박사가 대통령으루 뽑혀야만 조선 사람은 살게 되느니라구 접때두 그리셨죠? 오늘두 방금 이 박사가 대

5 물건의 값 또는 물건 값의 비싸고 싼 정도.

통령으루 뽑혔으니깐, 인전 살길이 생겼느니라구 하시구."

"그야 그렇죠."

"그동안 백성이 못살구 죽을 지경을 한 것이 달리 그랬나요? 쌀은 한 말 천 원이 넘구, 남군 한 마차 육, 칠천 원이죠. 광목 한 자에 사백 원이요, 설렁탕 한 그릇이 백 원이요, 다 이래, 백성들이 살기가 어려웠든 게여든요. 그러니깐 아주머니 말씀대루, 이 박사가 대통령으루 뽑혀 백성이 살길이 나서자면, 제일 첫째 백반 물가가 뚝뚝 떨어져야 할 게 아니겠다구요?"

"오온 우물에 가서 숭늉 달래시겠수. 오늘 겨우 대통령이 났는데, 오늘루 당장 물건 금새가 떨어지는 수야 있나요?"

"들은다치면 외국선 나라가 어지럽구, 물가가 비싸 백성들이 살기가 어렵다가두, 훌륭한 사람이 임금이든 대통령이든 될다치면, 그 시각 그 당장에 물가가 떨어진다구 하길래 하는 말이죠."

"정부나 생기구 그래야죠. 지끔은 아직두 미국 사람이 자기네 맘대루 이럭저럭하는 군정 아녜요."

"옳아, 정부가 생기면이라…… 정부만 생기면 그땐 쌀 금새두 내리구, 장작이랑 광목두 금새가 내리구 해서 백성들이 살게 되는 판이군요?"

"그러믄요."

"작히나 고마운 노릇이겠소…… 저 거시키, 그 멀쩡한 도둑놈들―탐관오리, 그것들두 죄다 엮어 감옥소루 보낼 테죠?"

"엮어 보내구말구요. …… 지끔두 연방 붙잡히잖어요? 여니 관리들은 새려 이번 참엔 즉참,[6] 헌다헌 경찰관이 다 들려났나 봅다. 노虛 무엇이라구, 수도경찰청 무슨 과장이라드냐……."

"노덕술이 말씀인감? 그 사람은 독직 사건은 독직 사건이라두, 뇌물 먹은 독직이 아니라, 사람을 붙들어다 고문을 해 죽인 사건이랍디다."

"그래요? …… 그렇지만 그것두 죈 거죠. 뇌물 먹은 거허군 좀 달라두."

"공산당을 고문해 죽였대지, 아마?"

"공산당을요? 그렇다면 잘했죠. 잘했죠. 죽여예죠. 고문 아냐 찢어라두 죽여예죠. 그리구 노 씨 그인 상금을 줘서 당장 놔줘예죠. 공산당 때려 죽인 게 죄가 무슨 죕니까?"

닿으면 썩둑 베어질 만큼 졸지에 황주 아주머니의 기세는 맹렬한 것이 있었다.

"과히 염려하실랴 마시우. 본다 치면 대갠 앞문으루 묶어들여 뒷문으루 풀어놔주군 하니깐."

아버지는 그러고 나서 잠깐 사이를 떼었다 다시

"이왕 그 공산당 말이 났으니 말이지만, 나는 실상 금년허구 명년허구 이태만 지나구 나서 내명년쯤일랑 거, 공산당을 좀 해볼까 하는 참인데……."

"오온 말씀만이래두."

황주 아주머니는 기급을 하게 놀란다. 입에 국수를 듬뿍 문 채 야단스럽게 고갯짓, 눈짓, 손짓을 갖추 하며 아버지를 가로막으면서

"제발 덕분, 제발 덕분, 말씀이래두 그런 끔찍하구 숭헌 말씀

6 그 자리에서 목을 베어 죽임.

일랑 애야 입 밖에 내지두 마시우. 오온 글쎄, 어떡허시자구 세상에 그런. 세상에 그런."

"그야 낸들 어디 그, 내 토지 약간 조금 있는 걸 거저 뺏어설랑 촌 무지랭이 농사꾼눔들한테 노나주자구 드는, 멀쩡한 불한당패엘, 하 그리 탑탑해 참엘 하자구 들겠소만."

"그럼! 그러시다뿐이겠에요? 불한당허구두 그런 불한당이 어딨에요!"

"내가 금년엔, 이 집, 이걸 마저 팔아먹구. 명년엔 토지 이백석 거리 그걸 안 팔아먹구. …… 할 수 있나요. 집이래두 팔구, 논이래두 팔아 위선 당장 입에 풀칠을 해야죠. …… 그래, 그렇게 다 팔아먹구 난다 치면, 내명년쯤 가선, 한 푼 껀지 없는 가난방이가 될 판이어든요. 뺏길래 뺏길 거 없는 사람이니 공산당 두렬거 없잖아요?"

"공산당, 좌익, 빨강이. 그눔들 말만 들어두 난 치가 떨려요! 에이 불공대천지 원수. …… 그눔들은 내가 갈아먹어두 분이 아니풀려."

황주 아주머니는 과연 몸을 푸르르 떨었다.

눈에서는 곧 불이 튀어나오는 것 같았다.

아버지는 그냥 못 본 체

"그런데, 듣자니깐 공산당은 가난방이끼리 모여 부잣눔의 걸 우격으루 뺏어설랑 고루 노나 먹잔 노름이라구요. 집 팔아먹구 논 팔아먹구, 한 푼 껀지 없이 된 가난방이가 게라두 들어서 부잣눔의 걸 뺏어 노나 먹는 축에 끼면 조음 좋아요? 목구멍이 포도청이라구 않습디까?"

"거짓말예요. 새빨간 거짓말예요. 속임수루 마련해낸 새빨간 거짓말예요. 그눔들이 빨강이가 돼놔서, 새빨간 거짓말을 잘 지어내거든요. …… 아무럼 뺏기야 뺏지요. 있는 사람의 걸, 들이뺏구말구요. 그렇지만 고루 노나 먹는닷 소린 멀쩡한 거짓말예요. 노나 먹을 게 어딨에요. 저이끼리, 저이들 두목 서는 눔들끼리만 노나 가지구 저이눔들이 새루 부자질을 해요. 새루 부자질을……그러니깐 고루 노나 먹는다는 바람에, 속구 들어간 진짜 가난방이들은 그만 헷대릴 짚구 나가떨어지죠."

황주 아주머니는 단숨에 그리고 불을 뿜는 듯 죽 그렇게 이야기를 한다기보다도 고함을 치고 나더니, 조금 사이를 두었다 별안간 목소리를 뚝 떨어뜨려 지성스럽게

"아잰 그런 생각 저런 생각 하실랴 마시구 한국민주당이나 독립촉성회에 드시우. 그게 젤 숩네다."

"허어 낼모레 집두 터두 없는 가난방이가 될 사람이, 부잣 양반들끼리 모여 수군덕거리는 한국민주당이나, 독립촉성엔 들어 무얼 하나요? 가, 청지기나 살련다면 몰라두. …… 난 그 한 푼 껀지 없는 녀석들이, 한국민주당에 들어 어쩌구어쩌구 하는 녀석들, 천하 시러베 개아들 녀석들입데다. 없는 놈 한국민주당 하는 건 부잣놈이 공산당 하는 거보담두 더 소갈머리 빠진 짓야."

"아재네야 어째 가난방이우? 집이 있구, 전답이 있구."

"한국민주당두 소위 그 강령이란 걸 본다 치면, 토진 분배한다구 그랬습데다. 독립촉성은 별거겠소?"

"거저 뺏나요? 처억척 값을 주구 사서 농민한테 값을 받구 노나 준다는데요."

"땅값으루다 돈이나 몇십만 원 받으면, 그걸 가지구 평생 먹구 살아가나요? 원체 큰 부자루, 땅값이라두 몇천만 원 받는다면 몰라두."

"아따, 걱정 마시구 이승만 박사만 믿구 기세요. 오늘 그 으런 이 대통령으루 들어앉으셨으니깐, 다 사는 길이 생깁니다."

"이승만 박사가, 소작률 삼분지 일만 받든 걸, 삼분지 이루 올려받으란 영이나 내리기 전엔, 날 같은 사람은 온 살길이 트일까 싶지두 않습디다."

"그래두 인제 두구 보시우, 아재. …… 이승만 박사루 대통령이 났으니깐, 이내 곧 정부가 생기구. 이어서 독립이 되구. 그리군 국방경비대가 쏟아져 나가서 삼팔선을 뚜드려 부시구. …… 우리 영춘인, 이 박사께서 쳐랏, 호령만 내리시면 지금 당장이래두 뛰어가, 삼팔선을 무찌를 테라구. 저이 동간들허구두 늘 얘기하느니 그 얘기라구 비번날 집일 다니러 오는 족족 그리면서 벼른답니다. 아유, 난 그 원수의 공산당 그놈들 잡아 죽일 일을 생각하면, 사흘 아니 먹어두 배가 부르니."

다른 일에는 엄살과 허풍이 노상 없다고는 할 수가 없었으나, 황주 아주머니의 공산당—좌익에 대한 증오와 반감은 지금 보이는 분노 그대로였지, 조금치도 에누리가 없는 것이었다.

천구백사십오년 팔일오의 해방 바로 전 칠월달에, 나는 은율殷栗의 처가엘 다녀오던 길에 황주에도 들러, 이틀이나 묵으면서 눈으로 보고 하였지만, 황주 아주먼네는 소리치게 잘하고 살고 있었다. 그 전해 가을에도 어머니가 다녀와 잘하고 살더란 이야기를 하여 대강 짐작을 하기는 하였으나 실지로 보고는 깜짝 놀랐다.

넓은 터전에다 기와집을 상하채로 날아갈 듯 지어놓았다.

물자가 극도로 귀할 그 무렵에 그 좋은 재목하며 유리하며 고급의 도배지와 장판지며, 어디서 골고루 그렇게 구해다 썼는지 몰랐다.

방방이 들여논 조선식 서양식 일본식의 각종 가구며, 벽에 붙이고 걸리고 한 고전 미술이며 모두가 귀하고 값진 것이었다.

마침 붉은 벽돌로 빙 둘러 담을 쌓고 있는데, 흙 파다 쓰듯 흔하게 쓰는 시멘트를 보고, 나는 시멘트 한 됫박을 구하지 못해 부뚜막을 맨흙으로 바르고 지내는 우리 집을 생각하였다.

설탕, 상품의 왜간장, 옥 같은 입쌀밥, 생선, 고기, 맥주, 일본주, 나라 상감님이 구해 바치라고 하여도 구하기 어려운 물건만 물건만, 마치 예삿엣 것처럼, 그리고 풍부히 있었다.

고무신, 광당목, 순모의 양복천, 각종의 비단, 양말, 고급의 화장품, 또한 없는 것이 없었다.

이런 의복감이야, 아무려면 장롱 속을 열고 보았을까마는, 황주 아주머니가 자랑삼아선지 모두 구경을 시켜주었다.

그 끝에, 안주 항라로 아버지의 두루마기 한 감, 어머니의 치마 적삼 한 감, 나에게는 옥양목으로 와이셔츠 두 감, 이렇게를 선사로 주었다.

그 옥양목으로 만든 와이셔츠는 아끼고 아껴 지금까지도 나는 입고 있다.

아무튼 그렇게 황주 아주먼네는 일반으로 하여금은 양말 한 결레 제대로 얻어 신지 못하고, 비웃[7] 한 꽁댕이 반반히 얻어먹지 못하게 할 만큼 물자의 바닥을 내다시피 하는 그 전쟁이, 대체 어느 구석에서 전쟁 바람이 부느냐 할 지경이었다.

사과밭이, 박재춘이 결혼 때에 처재妻財로 탄 백 주짜리 말고도, 팔백 주짜리가 또 하나 있었다.

결실이 잘되었고, 모두 봉지를 지었고, 이른 종자는 오래잖아 딸 것도 있었다.

사과밭 외에 논이 고래실 상답으로 사천 평가량이나 되는 것이 있었다.

황주 아주머니의 설명을 들으면, 집과 새로 샀다는 사과밭과 논과 이런 것이 모두가 재춘이 처재로 탄 사과밭에서 나온 수입과, 재춘이 연말 상여금이니 출장 여비니 임시 수당이니 하는 월급 이외의 수입을 저축한 것과, 그리고 황주 아주머니가 서울서 내려오면서 뭉뚱그려 가지고 온 이천 원과 이렇게를 가지고 장만한 것이라고 하였다.

박재춘은 계미년癸未年(천구백사십삼년)에는 다시 경부보로 승차를 하는 동시에 중화경찰서로부터 겸이포경찰서로 전근하여, 햇수로 삼 년째 경제계 주임의 요직에 앉아 있었다.

창씨創氏를 박촌朴村이라 하였다.

박촌 경부보는 황주에다 집을 짓고 사과밭과 논을 사고 하여 영주의 근거를 장만하면서, 근무하는 겸이포에는 간단한 세간을 가지고 내외 양주만 가서 관사에 들어 살고 있었다.

박촌 주임은 내가 당도하던 날 소식을 듣고 석양에 자동차를

---

7 청어.

몰고 와 나를 데리고 겸이포로 가서, 큰 일본 요릿집에다 일본 기생, 조선 기생 많이 불러 크게 잔치를 배설하고 나를 환대하였다.

그 자리에서 술이 거나하니 취한 박춘 주임은, 이 몇 가지를 몇 번이고 강경하게 주장하고 맹세하고 하였다.

조선 사람은 일본과 떨어져 살지는 못한다는 것. 그러므로 조선 사람은 하루바삐 진심으로 일본 사람이 되어야만 그는 하루바삐 행복할 수가 있다는 것. 그리고 박춘 주임 자신은 서른세 살까지엔 기어코 경부가 되고 서른아홉 살까지엔 기어코 경시가 되고 한다는 것. 이런 것이었다.

때의 그의 나이 겨우 서른한 살이요 나보다 두 살이나 아래였다.

가을에는 전검시험[專門學校檢定試驗]을, 명춘 일찍이는 고문시험[高等文官試驗]을 칠 터이고, 준비는 다 되어 있노라는 말도 하였다.

그의 발랄한 재기와 영리함과 그리고 민첩한 수완과 넘치는 패기와에 나는 경복치 아니치 못하였다.

나이 두 살이나 위요, 명색이 전문학교까지 나왔으면서 아무런 광채도 야심도 패기도 없이 한낱 국민학교의 교원 자리에 만족하고 있는 나를 생각할 때에 한편으로는 부끄럽기도 했고, 그에게 비하여 어린아이 같기도 하였다.

잔치가 파하고 나서는 밉지 않게 생긴 일본 기생 하나를 자꾸만 나에게 떠안기려고 갖은 수를 부려쌌았다.

술은 먹기로 들면 쑬쑬히 먹는 편이나, 서른세 살의 나이가 되기까지 남의 계집이라고는 손목 한번 본 좋게 붙잡아본 일이 없는 나였다.

팔자에 없는 오입 대접을 모면하기에 한동안 땀을 빼었다.

둘째딸 춘자는 스물두 살이요, 그 전해에 고등여학교를 마치고 시방 결혼 준비를 하는 참이라고 황주 아주머니가 말하였다.

춘자는 다른 남매와 달라, 어머니를 닮지 않고 아버지 편을 닮아 본시도 예쁘장스런 얼굴이었다.

황주로 내려오던 열일곱 살 적에 갈리고 이번이 처음인데, 그동안 활짝 피어 좋은 신부감이었다.

그러나 무슨 일인지 몹시 침울한 기색을 드리우고 있었다.

나는 이 춘자가 무척 반가웠다.

그렇도록 춘자가 반가우리라고는 나 스스로도 생각지 못한 노릇이었다.

짧은 동안이었지만, 제일 많이 춘자와 사과밭을 거닐면서 이야기하고 놀고 하였다.

춘자도 나를 깜빡 반가워하였고, 나와 함께 있는 시간만은 그 침울한 기색이 가시고 명랑하게 웃으면서 이야기하고 놀고 하였다.

막내둥이 영춘은 그동안 벌써 나이 열일곱에 몰라볼 만큼 자랐고, 겸이포의 일본 사람 중학엘 통학하고 있었다.

영춘은 일본 사람 중학엘 다니게 하는 형 박촌 경부보에 대하여 나더러 불평 이야기를 하였다.

일본 아이들한테 갖은 구박을 받는 설움을 갖추 호소하면서…….

하여커나 그런 사소한 것은 말고, 이렇게 황주 아주머니는 네 남매가 다 잘 자라났고, 공부도 하고 하여 남의 축에 빠지지 아니

할 만큼 성장을 하였다.

그중에서도 맏아들 재춘은 겨우 서른에 그만한 지체에 올랐고, 앞으로 더욱 대성할 길이 환히 트여 있었다.

재산이 이루어졌다.

이 판국에 백만금을 누리는 부자로도 감히 생의치 못할 풍족한 생활을 하였다.

열여섯 해 전 기사년(천구백이십구년) 가을의 어느 날, 젖먹이 등에 업고, 세 아이 걸려가지고, 막막히 서울 거리에 서던 날의 일을 생각하면, 참으로 감개 없을 수 없는 노릇이었다.

오늘의 이 기초는, 그날로부터 시작하여 먹지 않고, 입지 않고, 자지 않고, 쉬지 않고, 심지어 한 지게 일 전 하는 물까지도, 등에다 아이 업은 머리로 여다 먹으면서 열 명이나 되는 남의 집 선머슴 아이들의 밥 심부름을 열두 해 동안 두고 하루같이 하여온 거기에 있는 것이었다.

그러한 노력과 고초를 기초로 하여 이루어진 바가 오늘이었음을 생각할 때에 황주 아주머니로서는, 오늘의 안정과 성취가 남달리 더 뜻이 깊고 소중하였을 것은 당연한 일이었다.

따라서 그것을 하루아침 꿈결같이 잃어버렸음에 대한 안타까움과 노염이 한결이나 컸을 것도 또한 당연한 인정일 것이었다.

황주에 최라고 하는 국민학교 적의 제자 하나가 있었다.

보통학교를 오학년부터 육학년까지 내가 맡아 가르쳤고, 중학이 내가 다닌 ××중학이요, 하여서 최 군은 나의 제자인 동시에 중학 후배 동창이기도 하였다.

그런 관계도 있고 하여 의가 서로 자별한 것이 있었다.

최 군은 본시 서울 태생이었으나, 최 군의 말로써 하면 일본 제국의 기만적인 폭압 정치—불합리하고 추악한 세상과 타협·굴종하기가 싫어 특히 학병學兵을 기피하기 위하여 병을 칭탈하고 전문학교를 중도에 폐한 후, 동무의 반연으로 황주에다 조그마한 사과밭을 마련해가지고 홀어머니와 함께 과수나 가꾸면서 죽은 듯 엎드려 독서와 사색으로 때를 기다리고 있는 청년이었다.

사과밭 가운데의 모종에서, 최 군은 뜻하지 아니한 나를 반가이 맞이해주었다.

조촐한 술상이 나오고, 손 닿는 사과나무에서 아직 맛이 덜 든 대로 사과를 따 소주잔을 주고받고 하면서, 오래 적조한 이야기로, 먼 소학교 시절의 회고담으로, 때의 시국에 대한 비판으로, 둘이는 시간 가는 줄을 몰랐다.

최 군은 독일이 패전을 하여 일본과의 동서호응작전東西呼應作戰의 전열로부터 떨어져 나간 것과, 그 영향 말고도 일본이 독자적으로도 지칠 대로 지친 여러 가지의 구체적인 실증과, 소비에트 러시아가 대일 작전에 참가할 것과, 이런 여러 가지의 사실을 기초로 일본이 머지않아 항복을 하고 말 것을 자신 있이 단언하였다.

최 군은 또 단지 소극적으로 세상을 피하여 과수 재배나 하면서 독서와 사색으로 무료히 세월을 보내고만 있거니 여겼던 것은 나의 잘못 짐작이었고, 실상은 그러한 카무플라주 밑에서 적극적으로 무엇인가를 일하고 있는 눈치가 보이는 것 같았다.

중국 연안延安에 독립동맹獨立同盟이라는 조선 사람의 적색 해방 투쟁단체가 있고, 조선 안에서는 여운형이 그와 기맥을 통하고 있다는 꿈같은 이야기를 나는 얼마 전에 서울서 들은 것이 있었다.

당시의 나에게는 별을 따려고 드는 사람들의 일같이 허황하고 부질없는 이야기였다.

최 군이 그런데, 역시 그 독립동맹에 대한 이야기를 하였다.

이야기를 하되, 들은풍월로, 제삼자적인 처지에서 이야기 삼아 옮기는 그런 것이 아니라, 어디라 없이 그 자신이 일맥의 간여가 없고는 그토록 절절하게 이야기를 할 수가 없을 아주 육체적인 것이 엿보였다.

나는 어젯밤 겸이포의 요정에서 이름 드날리는 경부보 박재춘의 앞에서와는 한 다른 의미에서, 이 최 군의 앞에서도 나 자신이 하잘것없는 위인임을 또한 뼈아프게 느끼지 아니치 못하였다.

최 군은 나의 제자요 후배요, 나이 십 년이나 어린 사람이건만, 시국과 세계 대세에 대하여 세밀하고도 예리한 관찰을 하는 밝음이 있고, 그것을 명석하게 판단 결론하는 정확한 판단력이 갖추어져 있었다.

거기에 대면 나는 맹추였다.

적의 군함을 몇 척을 깨트리고, 비행기를 몇십 대를 쏘아 떨어트리고, 몇백 명을 죽이고, 몇천 명을 사로잡고 하였고, 그리고 '아방의 피해 근소하다'고 하는 소위 대본영 발표를 그대로 곧이 듣는 멍텅구리였다.

최 군은 침략자 일본에 대하여 어떠한 정도의 힘인지는 모르겠으되, 가사 그것이 지극히 미약한 것이라고 하더라도 종시 부질없고 허황한 노릇이어서 성과에 기대를 둘 것이 못 되는 것이라고 하더라도, 그러나 아무튼 그는 민족의 해방을 위하여 한몫을 거들고 있는 사람인 것만은 사실이었다.

반대로 나는 조선의 어린 사람들에게 일본이 조선을 침략 정복한 것이 옳은 짓이라는 것을 가르치고, 조선말을 금하며 일본말을 쓰도록 나무라고, 조선 사람이기를 버리고서 일본 사람이 되기를 강요 혹은 유인하고, 매일같이 고고꾸신민노세이시[皇國臣民の誓詞]를 외우게 하고, 덴노헤이까반사이[天皇陛下萬歲]를 부르게 하지 아니치 못하는 한 비루하고 무력한 인간에 지나지 못하였다.

조선의 어린 사람들을 잘 가르치고 지도하고 하겠다는 그 관념은, 역사의 앞에 이미 그 내용의 발전을 구속하는 방해물로 전화가 되었건만, 그것을 뿌리치고 일어서지 못하는 것이 나의 타성적[隨性的]인 용렬스런 지아비임을 말하는 것이었다.

날이 어느덧 저물었고, 최 군의 집으로 들어가 저녁을 같이하면서였다.

최 군은 지날말처럼

"그 박 씨네완 가차운 일가신가요?"

하고 물었다.

나도 심상히

"두 집 마나님끼리 사이가 가차워 그렇지 나완 외가루 열오륙 촌이라니깐 무어……."

"그럼, 남이나 다름없군요?"

"그렇겠지."

"……."

최 군은 무엇을 생각하면서 잠깐 말이 없다가

"여러 날 묵으시나요?"

"내일 아침 차루 떠날 예정은 예정인데, 그 집에서 자꾸만 더

놀다 가라구 만류 해싸서…….."

"선생님?"

"응."

"눈칫밥 잡숫지 마시구 내일 아침 차루 떠나시죠."

최 군의 말에는 자못 단정적인 것이 있었다.

나는 뻔히 최 군을 건너다보다가 물었다.

"눈칫밥이라니? 설마 그 집에서……."

"설마 그 집에서 눈칠 할 리야 없을 테죠. …… 남들이 눈칠 합
니다."

"남?"

"며누리가 미우면 발꿈치가 달걀 같은 것두 숭이라구 아니합
니까? 이 황주, 중화, 겸이포 세 고장 사람들치구, 그 박 씨네가
밉지 아니한 사람이 없답니다. 박 씨네가 미우니깐, 그 집 일가나
손님으루 온 사람두 밉구요."

"오오!"

나는 비로소 깨칠 수가 있었다.

"아모리나 일가간이요, 큰사모님과는 사이가 가찹다시는 선생
님 면전에서 차마 박절합니다만서두, 박재춘이 그 사람, 잘못하
다 인제 와석종신하기 어려울 겝니다. 옛날 민××가 평양감사
루 와 하든 갈퀴질이, 어데 박재춘일 따릅니까? 신랄하구 악착하
구 광범위하구, 그리고 단작스럽구. …… 오죽해 순사 적엔 정거
장 앞에서 채밀⁸ 팔구 있는 채미장사 껄 다 갉아먹었대잖습니까?"

8 참외.

"……."

"그 집 사과밭, 큰 거 있는 것 보셨을 겝니다. 겸이포 사람의 것인데, 그 사람을 옭아넣군, 거저 빼앗다시피 했죠. 이 황주 바닥에서두 젤 치는 좋은 사과밭이죠. 정당한 매매라면 십만 원에두 내놓지 아닐 사과밭입니다. …… 대체, 매달 사십 몇 원의 월급이나 받구 처재루 탄 백 주짜리 사과밭, 그러나마 삼급, 사급밖에 아니 되는 그 백 주짜리 사과밭에서 나는 걸 가지구, 대관절 그런 흘란스런 집이 지어지며, 십만 원짜리 사과밭이 사지며, 일등 옥답으루 사천 평의 논이 사지며 합니까? 또 제왕두 어려운 그런 호화로운 식생활을 하며, 옷치레를 합니까?"

"……."

듣고 생각하니 미상불 그러하였다. 박재춘의 월급 수입과 처재로 탄 사과밭에서의 수입과 황주 아주머니의 이천 원과, 이것만으로는 도저히 흉내도 내지 못할 노릇인 것을 알겠었다.

"황주, 중화, 겸이포 세 고장 사람으루 박재춘이 좋다는 인간 녀석이 없습니다. 가슴에 칼을 머금구, 북북 이를 갈아대는 사람이 얼만지를 모릅니다. …… 겉으룬 다들 흔연하구 내색을 아니 합니다. 잘못하다 애꿎인 봉변을 할 테니깐요. 저두 실상, 종종 만나, 바둑두 두구 술두 먹구 보비위두 해주구, 명절 땐 잊지 않구 두둑이 선살 하구 하면서, 절친히 지나는 척합니다. 그리구 그 덕분에, 아직껏은 증용두 아니 가구, 주목두 아니 받구 무사히 지나긴 합니다. 그렇지만 박재춘이가 만일 그 집 그 전장을 지니구 늙두룩 편안히 살다 와석종신을 한다면, 그야말루 천도가 무심하죠. …… 박재춘이 별명이 이완용이 서잡[庶子]니다. 이완용이 똥

방자라구두 부르구요. 역적놈 이완용이가 일본다 나라 팔아먹은 뒷추릴 하는 녀석이래서 생긴 별명이죠. 조선말 절대루 아니 씁니다. 심지어 제 계집허구두 일본말루다 곧잘 지껄이는걸요. 일본이라면 덮어놓구 위대하구 좋구, 조선놈은 다 도둑놈이요, 나쁜 놈입니다.”

“……”

“이십여 일 전에, 평양 있는 친구한테서 편지가 왔어요. 박춘자의 집안에 관한 것을 정확 세밀히 알려달라구. 박춘자가 평양으루 혼인이 얼린다구 하더니, 아마 그 친구의 집안 누구던가 봐요. 처지가 퍽 곤란하겠죠. 해두, 거짓말을 했다, 남의 일생의 큰일을 그르쳐주어선 아니 되겠어서 사실대루 편질 했죠. 아마 그혼인 깨졌기 쉴 겝니다. 별양 큰 죄두 없는 박춘자 그 당자한테야 미안한 노릇이지만, 어떡헙니까?”

“연앨 했던가?”

나는 춘자가 결혼할 준비를 한다면서 몹시 침울하던 것을 생각하고 그렇게 물어보았다.

“연애나 했다면, 저두 차라리 덜 미안하죠. 연애하는 남녀 사이라면야 가정이 좀 무엇하더래두, 그래서 반대가 있더래두 저이끼리 우겨 혼인이 그런 대루 얼리는 수두 있으니깐요. …… 양편 집안에서 서둘러서 하는 혼인이던가 봐요. 맞선은 보았다드군요.”

이튿날 아침, 나는 황주 아주머니가 못내 섭섭해하는 것을 겨우 뿌리치고 예정대로 황주를 떠났다.

춘자와 동행이 되었다.

내가 행장을 수습하여 가지고 나서려니까, 춘자가 저도 마침 챙겨놓았던 모양으로, 보스턴백을 들고 양장으로 차리고서 따라 나섰다.

황주 아주머니는 잠깐 저마를 하더니, 데리고 가 집에 두어두고 한 달만 있다 내려보내라면서, 춘자의 가방에다 여비를 두둑이 넣어주었다.

춘자는 한 보름 우리 집에서 있다 나와의 그 편지 사단이 있던 날 우리 집을 나가 어디론지 가버렸다.

가슴에 울화를 품은 처녀를 함부로 지향 없이 나가게 하기가 조심이 되고 황주 아주머니한테 민망한 노릇이었으나, 그렇다고 부둥부둥 나가는 사람을 허리 매어두는 수도 없었다.

며칠 있다 팔일오의 해방이 오고, 삼팔 '방해선'이 생기고 하였다.

서울서 사는 송자가 하루 걸러큼씩 와서 고향집 소식을 몰라— 모른다기보다도 어떤 불길한 예감에 울며불며 조바심을 쳤다.

이윽고 소식이 들려오기 시작하였다.

정확성도 없고, 겸해서 먼저 소식과 나중 소식 사이에 공통성이나 연락성도 없고 한 것은 한 것이었으나, 심히 상서롭지가 못하다는 한 점에는 일치가 되었다.

나는 아무에게도 입 밖에 내지는 아니하였으나 무시로 최 군이 하던 말

'박재춘이가 와석종신을 한다면…….'

하던 그 말이 머리에 떠오르면서 참담한 광경이 눈에 선히 밟히곤 하였다.

박재춘은 양주가 겸이포에서는 요행 무사히 몸을 빠져나왔으

나 황주로 오기가 잘못이어서, 황주 경내의 어떤 동네에서 형체를 분간키 어려울 만큼 참혹한 죽음을 당하였다는 구체적이요 자상한 경위는 이듬해 봄 황주 아주머니가 영춘을 데리고 서울로 올라와 직접 이야기를 하여서야 비로소 알았다.

황주 아주머니는 산산이 부서진 바 된 집에서 그래도 집과 전장을 부둥켜 잡고 늘었으나, 재산을 몰수하고 추방을 시킨다는 강제 명령의 앞에서는 어떻게 하는 도리가 없어, 집에다 두었던 현금 십만 원만 지니고 영춘과 함께 월남을 해 온 것이었다.

사람이란 대개가 자신이 저지른 바 원인으로 하여 그 필연적인 보과報果를 받음에 있어서, 그 저지른 바 원인일랑 고려에 넣지를 아니하고, 받는 바 보과만을 억울타 하는 약점을 가지도록 마련인 듯싶어, 황주 아주머니도 그 테를 벗어나지 못하는 이였다.

황주 아주머니는 어찌해서 박재춘이 양주가 함께 그처럼 참혹한 죽음을 당하였으며, 어찌해서 재산을 적몰을 당하고 쫓기어 왔으며 하였다는 그 원인에 대하여는 전혀 참작함이 없었다.

다만 생때같은 아들이, 애탄가탄[9] 길러 그만큼이나 성장을 하였고, 앞으로 더욱 발신이 될 훌륭한 아들이 난민의 손에 참살을 당한 것이, 이것만이 원통하고 분할 따름이었다.

평생 두고 잘살고 대대손손 물려가며 잘살 수 있는 재산을, 온갖 신고를 다 하던 끝에 겨우 그만큼이나 이루어논 재산을, 하루 아침 꿈결같이 빼앗겨버린 것이, 그것만이 미련겨웁고 안타깝고 절통하고 한 것이었다.

---

9 힘에 겨운 일을 이루려고 온 힘을 쏟는 모양.

그리고 그리하여 공산당은, 좌익은, 빨갱이는 황주 아주머니와는 하늘을 더불어 일 수 없는 원수요, 갈아먹어도 분이 풀리지 않는 원한의 과녁이요 한 것이었다.

4

사흘인가 지나서였다.

점심 후 진고개[舊本町通]의 헌 책사를 들러 명동 거리를 내려오다 국방경비대의 소위의 복장으로 차린 영춘을 퍼뜩 만났다.

반가워하면서, 그러지 않아도 상의할 말이 있어 일간 나를 한 번 찾아오려던 참이라고 하여, 골목 안의 조용한 다방으로 데리고 들어갔다.

손위로 형도 없거니와 손아래로 동생이 없는 나는 이 영춘을 친동생처럼 귀애하였고, 영춘도 나를 잘 따르고 신뢰를 하고 하였다. 더러 복잡한 일이 있든지 하면, 나를 찾아와 상의를 하곤 하였다.

탁자를 사이에 두고 마주 앉아 나는 곰곰이 영춘을 바라다보았다.

키가 후릿하고 살이 알맞추 있고 표정은 분명하였다.

이 알맞은 살과 분명스런 표정은 삼 년 동안의 군대적인 강력한 훈련으로 다져진 것이었으리라.

체격과 기상은 그렇게 좋고, 국방경비대의 소위에 나이는 이십…… 거동은 그러나 나이보다 훨씬 어른스러웠다.

이렇게 어느덧 헌헌장부가 된 영춘이, 지금으로부터 열아홉 해 전 겨우 첫돌이 지난 젖먹이의 유아로 삐악삐악 울면서 어머니인 황주 아주머니의 등에 업혀 고향 황주로부터 살길을 찾아 막막히 서울 거리에 나타나던 그 영춘이던가 하면, 희한도 하려니와 일변 감회 깊은 것이 없지 못하였다.

이십이라는 어린 나이로는 흔치 못한 곡절의 연속이었다.

첫돌에 아버지를 여의고, 홀어머니의 등에 업혀 막막하고 고달픈 생애를 출발하였다는 것이 벌써 심상치 아니한 운명이었다.

열두 해를 가난과 고로苦勞와 싸우는 어머니 밑에서 찬밥덩이를 먹고 누더기를 걸치고 함께 고초를 겪으면서 자랐다.

고향 황주로 돌아가 살던 해방까지의 다섯 해 동안은 경제적으로는 매우 윤택하게 지낼 수 있는 시절이었다.

그러나 우울하고 늘 불안한 날을 보내야 하던 시절이었다.

형 박재춘이 일본인 소학교에다 전학을 시켰고, 중학도 일본인 중학에 입학을 시켰고 하였기 때문이었다.

일본 아이들은 '센징', '요보'를 텃세하고 구박하였다. 함께 휩쓸려 놀아주지를 않고 돌려놓았다.

마늘 냄새가 난다고 '센징구사이'[10]하다면서, 옆에 가까이 오지도 못하게 하는 아이까지 있었다.

숙제 같은 것을 잘하여 선생의 칭찬을 받는다 치면 시새워 한결 더 구박을 하였다.

한 아이와 시비가 나면, 먼저 잘못이야 어느 편에 있든지 동족

---

10 '조선인, 더러운 놈아!'란 뜻의 일본어.

인 일본 아이의 편역을 들어 여러 놈이 몰매를 때리곤 하였다.

해방되던 해요, 중학 삼년급에서 사년급으로 진급하던 무렵이었다.

그날 치 한 학과에 예습이 미흡한 것이 있어 통학하는 차중에서 노트에 적기를 하다 연필심이 분질러졌다.

둘러보는데 마침 저편짝 구석 자리에서 역시 통학생인 일본인 고등여학교 생도 하나가 연필을 깎고 있었다.

열서너 살이나 되었을까 한 소녀였다.

영춘은 가 칼을 빌려다 연필을 깎고는 이내 돌려주었다.

이날 학교가 파하여 정거장으로 오는 길에서, 영춘은 여남은이나 되는 일본인 생도들에게 으슥한 곳으로 끌려가 늑신 매를 맞았다.

표방하는 죄목은, 중학생 녀석이, 더구나 주둥이가 새파란 녀석이 벌써부터 그런 풍기 아름답지 못한 거동을 하니 괘씸하다는 것이었다.

저희들은 아주 노골하고 심각한 장난을 여생도들과 하면서…… 그러므로 풍기 어쩌고 하는 수작은 억지엣 구실일 따름이었다.

두들겨 패면서 그들은 연방 "센진노 구세니, 나이찌진노 죠세이도니 모숑오 가께루난떼 나마이끼'라고, "요보노 구세니, 붕기오 시라나이 야쓰"[11]라고 하였다.

정히 민족적인 집단성을 띤 성적性的 질투였다.

---

11 '조선놈 주제에 일본 여자에게 감히 그런 행동을 하다니, 건방진 녀석아!', '조선놈 주제에 예의를 모르는 놈'이라는 뜻.

영춘은 억울한 매를 맞고도 분함을 꿀꺽꿀꺽 삼켜야 하였다.

형 재춘더러 말을 하면 그야 분풀이를 하여주기는 할 것이었다. 그러나 그 대신 영춘은 형에게 못생긴 녀석이라는 가혹한 꾸지람과 무서운 매를 맞아야 할 것이매, 차라리 혼자 꿍꿍 참고 말기만 못한 노릇이었다.

처음 입학하던 일년급 때에 일본 아이들한테 몰매를 맞고 돌아와 형에게 일렀다 사정없는 꾸지람과 매를 맞은 전감[12]이 있었기 때문이었다.

아무튼 그리하여 소년 영춘은 학업이 싫은 바는 아니면서도 학교가 싫어 우울하고 늘 불안한 마음을 놓지 못하였다.

팔일오의 해방이 왔다.

영춘은 해방의 고마움을 살이 아프도록 느낀 사람 가운데 한 사람이었다.

그 기승스럽고 야속히 굴던 일본 아이들이 그만 풀이 꺾여버리는 것이며, 죽은 소리도 못하고 봇짐을 싸는 것이며…… 주먹덩이 같은 것이 여러 해 동안 뭉쳤던 가슴이 단박에 후련히 씻겨내려가는 것 같았다.

해방의 기쁨은 그러나 순간이었다. 형 박재춘이 형수와 함께 참살을 당하였다.

현장에 가 시체를 거두어 올 엄두조차 못하고 있는데 군중이 집을 습격하였다.

모자가 피하여 산에서 이틀을 지내고 내려왔을 때는 집은 지

---

12 거울로 삼을 만한 지난날의 경험이나 사실.

붕과 기둥만 앙상하니 남아 있었다.

사람은 없고 맹수만 시글시글한 고장에 있는 듯싶은 공포와 불안 속에서 해가 바뀌고, 이듬해 이월에는 재산의 몰수와 추방 명령이 내렸다.

모자는 꿈에도 뜻하지 아니한 고달픈 남행南行을 다시 한 번 해야만 하였다.

영춘은 타고난 천품도 천품이었지만, 아울러 일찍부터 그러한 생활상의 신고와 곡절을 유난히 치른 것으로 하여, 그는 이십이라는 나이보다 훨씬 어른스러워진 것이 있던 것이었다.

영춘은 월남하여 와서 이내 국방경비대에 들었다.

돈이나 조금 가지고 왔다곤 하지만, 그것을 장대고[13] 배포 유하게 공부나 하고 앉았을 수도 없고, 그렇다고 취직을 하자 하니 중학도 미처 마치지 못한 이력이매 우난 직업 자리가 얻어질 리가 없고, 그래서 차라리 군인이라도 될까 하는데, 형님은 의견이 어떠시오 하고 나에게 상의를 하였다.

나는 그렇더라도 학업을 계속하는 편이 옳겠다고 하였으나, 고쳐 생각하겠노라고 하더니, 역시 경비대엘 들어가고 말았다.

삼 년 반이나마 중학을 다닌 기초가 있고, 체격이 좋고, 다부진 구석도 있고 한 것으로 연해 술술 승차를 하더니, 오늘은 본즉 소위였다.

시원한 차를 마시면서 피차의 집안 안부를 묻고 그러고는 시국 돌아가는 이야기도 하고, 훨씬 그런 뒤에 영춘은 비로소 애틋

13 마음속으로 기대하며 잔뜩 벼르고.

한 황해도 사투리와 악센트가 섞이는 말로

"형님을 좀 뵙자든 것은 다름이 아니구요……."

하고 상의옛 말이라는 것을 꺼내었다.

"전 아무래두 집에서 나와야 할 거 같애요."

"……."

모친 황주 아주머니와 뜻이 와락 맞지를 않아 가끔 의견의 충돌이 있고 한 줄은 나도 알고 있었다.

나는 잠자코 다음 말을 기다렸다.

"첨에 제가 경비대에 들어간 것은, 형님두 아시다시피 뚜렷한 목적이나 어떤 신념이 있어가지구 그랬던 거가 아니라, 막연히 그저 들어가 보았던 게 아니나요? …… 했던 것이 지끔 와선 저두 조금은 철두 들구, 또 군인이라는 것에 대한 인식이라든지 자각이라든지가 그동안 서진 것이 있구 해서, 전 제 한 몸을 군인으루서 나라에 바치겠다는 굳은 각오가 생기구 말았어요. 그런데 오마인 글쎄 자꾸만 절더러 경비댈 고만두구 나오라구 조르구 성활 대시느만요."

"어머니가?"

나는 부지중 이마를 찡그리면서 되물었다. 엊그저께 황주 아주머니가 와 칼국수를 자시면서

'……이승만 박사루 대통령이 났으니깐, 이내 곧 정부가 생기구, 이어서 독립이 되구, 그리군 국방경비대가 쏟아져 나가서 삼팔선을 뚜드려 부시구. …… 우리 영춘인, 이 박사께서, 처랏 호령만 내리시면 지끔 당장이래두 뛰어가서 삼팔선을 무찌를 테라구. 저이 동간들허구두 늘 얘기라느니 그 얘기라구, 비번날 집일

다니러 오는 족족, 그러면서 벼른답니다……'

하던 말로 미루어 아들 영춘이 국방경비대로 있는 것을 은연중 자랑도 스러워하는 눈치였지, 마땅치 않아하는 기색은 전혀 없지 않았던가.

"오마이 말씀은 이거야요. 오래잖아 인제 국방경비대가 북조선을 치게 될 텐데, 네가 만일 나갔다 죽기나 한다면 나는 누구를 바라구 살더란 말이냐? 그러니 일찌감치 지끔 나오구 말게 해라, 이거야요."

"어머니의 처지루 생각한다면 그럭허시는 것두……."

"형님……."

영춘은 급히 말을 가로막으면서

"전 오마이 생각과 태도가 대단히 불순하다구 보아요. 오마인 늘 말씀이, 어서 바삐 이승만 박사께서 북조선을 처라 하는 영을 내리서야 우리 국방경비대가 삼팔선을 직처 넘어가서 그놈들 공산당―살인강도놈들을 모주리 처 죽여, 형의 원술 갚구 우리 재산을 도루 찾구 하느니라구, 머 노래 부르듯 하신답니다. 그리시면서두 절더런 북조선을 치다 죽으면 안 되겠으니, 슬며시 지끔 빠져나오라구 졸라대시니, 말씀이죠, 형님. 나는 위험한 데서 빠지구, 남이 피 흘려가면서 일해놓는다 치면, 가만히 앉았다 그 덕이나 보자는 교활한 타산이 아냐요? 그렇잖아요, 형님?"

"……."

"그것이 우리 오마이뿐만 아니라, 우리 조선 사람들의 아주 나쁜 버릇이야요. 나는 안전한 곳에 편안히 앉아 구경이나 하다, 나중 가서 떡이나 얻어먹자구 드는 심보. 그거가 나랄 망해먹은 장

본예요. 조선 사람이, 그 버릇 그 심보, 내다 버리기 전엔 독립이 돼두 이내 또 망하죠. 대체 희생정신과 민족 관념이 없는 민족이 어떻게 자주 독립을 길게 지탱하나요?"

"……."

"오마인 불순한 것이 또 있어요. 오마인, 남조선이 북조선을 치게 되면, 공산당을 모조리 잡아 죽이구, 그래서 죽은 형의 원술 갚구, 그리구 뺏긴 집이랑 사과밭이랑, 논이랑 다 도루 찾구 할 테니깐, 그래 오마인 밤이나 낮이나 앉아서 어서 바삐 북조선을 들이쳐야지 하구, 노래 부르듯 하는 거야요. 그러니깐 오마인, 남조선이 북조선을 친 그 결과를 관심하는 거지, 아들의 원술 갚구, 뺏긴 재산을 도루 찾구 한다는 것이 문제의 중심이지, 남조선이 북조선을 치는 사실 그 자체에 대해선 아무런 관심두 흥미두 없거든요. 또 남조선이 북조선을 치는 것이 옳으냐, 옳지 못하냐 하는 것두 전혀 오마이한텐 문제가 아니구요…… 그러니깐 오마인 결국 남의 불에 겔[蟹] 잡자는, 아조 게으르구 이기적인 그런 타산이 아냐요? 내 아들은 죽을까 무서니깐 슬며시 빼돌리구, 남이 필 흘려주길 기대려 가만히 앉았다 원술 갚구, 재산을 도루 찾구 하는, 덕만 보자는 교활하구 이기적인…… 그렇잖아요, 형님? 형님은 오마이의 그런 망상과 행동에서, 조선 사람 전체에 배 있는 망국 민족의 기질을 발견하신다구 생각지 않으시나요?"

"……."

"물론 전 명령 일하에 총을 잡구 나설 테야요. 삼팔선을 무찌르구, 북조선을 치구 할 테야요. 그렇지만 지가 북조선을 치는 데에 흔연히 참가하는 건, 그것이 통일 독립이라는 우리 조선 민족의 지상 명령, 그 지상 명을 실현하는 수단이라는 걸 잘 알구 있기 때문야요. 다른 건 없어요. 형의 원술 갚는다던가, 그런 건 저한텐 문제가 아냐요…… 그야 저두 사람인 이상…….”

영춘은 부지중 흥분하였던 음성을 착 가라앉히면서, 곰곰이

“필 노눈 형이 그런 악착스런 죽엄을 당한 것이 분하기두 하구 애처로운 맘두 없지 않아 있구 하긴 해요. 해두, 전 복술 할 생각은 없어요. 도대체 형이 잘못을 했으니까요. 너무 무도한 짓을 했으니까요. 방법이 좀 잔인했을 따름이지, 형은 자기가 저지른 죄과의 당연한 대가를 치른 거야요. 제가 그 고장 사람들이라구 하더래두, 도저히 박재춘일 용서하구픈 도량까지는 나질 않았을 거야요. 재산은 더구나 말할 것두 없어요. 정당한 재산이라구 한다면, 형이 처가에서 탄 백 주짜리 사과밭 한 뙈기허구, 오마이가 서울서 가지구 내려가신 돈 이천 원허구 그것뿐야요. 월남할 때 현금 십만 원 가지구 왔으니깐, 그 두 가지만큼은 넉넉히 찾은 심이 아냐요? 그 밖에 집이라든지 논이라든지 큰 사과밭이라든지는 다시 찾구퍼 하는 맘부터가 벌써 죄야요. 이다음 그것이 우리 것으루 돌아올 기회가 있다구 하드래두 전 절대루 그걸 받지 않을 테야요, 절대루.”

“으음…….”

나는 저절로 이런 탄성이 흘러나오면서 몇 번이고 고개를 끄덕였다. 영춘을 좋게 본 나의 눈이 무디지 않았음이 기뻤다.

일변, 그러나 나는 마음이 문득 어두워지는 것이 있었다.

‘남조선이 북조선을 치는 날이면?’

혹은 북조선에서 남조선을 먼저 칠는지도 모르는 것인데, 한

번 사단이 이는 날 우리는 남북을 헤아리지 않고 대규모의 동족 상잔, 골육상식이라는 피의 비극 속에 휩쓸려 들고라야 말 것이었다. 제주도의 사태가 전 조선적인 규모로 확대가 되는 것이었다.

"영춘아?"

"네?"

"너허구 나허구쯤 백날 앉아서 그런 걱정을 한댔자 아무 소용두 없는 노릇은 노릇이지만서두, 그 남조선이 북조선을 친다는 것 말이다. 그런 수단이 아니군 달린 남북통일을 할 도리가 없을거냐? 동족 동포끼리 서루 죽이구 필 흘리구 하질 말구서 말이야."

"그야 슬픈 일이죠. 허지만 그 밖엔 아무 도리가 없을 땐 그렇게라두 해서 남북은 통일을 해놓아야 할 게 아니겠어요?"

"남북이 반드시 통일이 돼야만 한다는 건 나두 절대 주장이지만, 아무래두 필 흘려야만 된다?"

"전, 최고 지도잘 믿습니다. 이승만 박살 믿습니다. 평화적인 방법루다 하다하다 못하는 날이면, 그때 비로소 비상수단을 취한다는 어짐과 총명이 있을 줄 믿습니다. 그리구 그러니깐 전 명령이 나리는 날이면, 이건 어쩔 수 없는 최후의 수단, 피치 못할 막다른 수단인 걸루 전적 신뢰를 하구서 총 잡구 삼팔선으루 달려간다는 것뿐입니다. 핀 흘리드래두, 통일을 하는 편이 차라리 나을 테니깐요."

"……."

"형님은 어떻게 생각하시나요?"

"영춘아?"

"네?"

"남조선이 북조선을 치다 만약 불행해서 실팰 하는 날이면?"

"글쎄요. 전 그럴 리가 없다구 생각합니다만……."

"무슨 근거루? …… 미군이 남조선에 그대루 주둔해 있을 테란 걸루?"

"형님?"

부르는 영춘의 기색은 문득 강경한 것이 있었다.

"형님은 우리 남조선에 미군이 앞으루 언제까지구 주둔해 있길 희망하십니까? 정부가 서구, 독립이 되구, 국제적으루 승인을 받구, 그런 독립국가 조선에 말씀야요. 형님은 미군이 그대루 주둔해 있길 희망하십니까?"

"희망토록은 아니지만…… 희망이라느니보다두, 지끔 형편 돌아가는 눈치가 어쩐지……."

"외국 군대가 주둔해 있는 독립두 그것두 독립이나요? 보호국이지, 독립국은 아닌 거 아냐요?"

"그야 물론……."

"이승만 박사께서, 미국 신문기자한테 남조선에 독립정부가 서드래두, 미군은 눌러 그대루 주둔해 있어달라구 할 테라구 말씀을 하셨다는 신문 기살, 허긴 저두 보긴 봤습니다. 그렇지만, 전 이승만 박살 믿는 만침, 그 으런이 절대루 그런 말씀을 하셨으리라군 믿구 싶질 않어요. 그 으런이 그런 생각을 가지구 기실 이치가 없어요. 아마 미국 자신이 어떤 정치적 필요에서, 의식적으루 꾸며낸 정치적 제스추어기 쉴 겁니다."

"그럴까?"

"소위 북조선 인민해방군이 남조선을 친다는 걸 가상하구서

난 말인 것이 분명한데 말씀이죠. …… 형님, 가사 그런다구 합시다. 그런다구 하드래두 우린 사상이나 정치 노선은 상극이라두, 다 같은 우리 조선 사람한테 압박이면 압박, 창피면 창필 받구 살아야 합니까? 내 땅을 외국 군대가 차지하구 있는 총칼 밑에서, 이름만 독립이요, 실상은 보호국 노릇을 하구 살아야 합니까? …… 전 노골한 말이지, 요새두 연방 북조선에서 남조선으루 오구 있는 사람들더러, 저 독도 사건을 비롯해서 개인적인 살인, 강도질, 강간, 천시, 모욕, 비방, 중상, 이런 갖추갖추의 우릴 개도야지만큼도 못 여기는 그런 밑에서 살기와, 북조선에서 노동자 농민에 의한 독재 밑에서 핍박 받구 살기와 그 어느 편이 더 괴롭구 원통하구 섧구 하느냐구, 전 그 월남해 오는 북조선 동포들더러 한번 물어보구파요."

"……."

나는 영춘의 말이 노상 편협한 감정인 것이라고만 볼 수는 없었다.

"그러니깐 이상적으루야 외국 군대가 물러가구, 남조선이 자력으루 북조선을 쳐 뻐젓하게 남북통일을 해치우구 하는 게 이상적이긴 이상적인데 말이다. 그러니깐 우선 그럼, 미국 군대가 물러갔다구 가정을 하자꾸나. 하구서, 남조선이 북조선을 치는데…… 치다, 그만 불행해서 실팰 하는 날이면 어떡헌다?"

"그런 것두 한 번은 생각을 해봄직한 일은 일이죠만, 전 자신이 있습니다."

"넌 군인이니까 신념이 그래야 할 것이지만, 전쟁이란 실력으루 승패가 결정 나는 거지, 감정이나 희망으루 되는 건 아니니깐.

너나 나나 남조선이 북조선을 쳐 승릴 하길 바라구 또 그래야만
하긴 하지만, 지끔 남조선의 실력두 미지수, 북조선의 실력두 미
지수, 따라서 승패두 미지수가 아닌가? 그러니 불행히 북조선을
쳤다 실팰 하는 날이면…… 이것두 한 번은 생각해볼 문제가 아
니냔 말야?"

"남조선이 승릴 하면, 남조선 정부의 호령이 압록강 두만강까
지 미칠 테구, 실팰 하는 날이면 북조선 정권이 제주도까지 미치
구 할 테죠. …… 남북 사이에 전단이 이는 날이면 그날루 삼팔선
이란 건 아무튼지 없어지구서, 다신 유지되진 못할 테니깐요. 미
국의 남북전쟁이 그랬구, 신라의 백제에 대한 통일 전쟁이 그랬
구 한 것처럼, 이번의 남북통일 전쟁두 둘 중에 하나가 결정적으
루 쓰러지구 마는 그날까지 계속이 될 것이지, 그래서 남조선이
없어지거나 북조선이 없어지거나 하구서, 단지 조선이 남구 말
것이지, 절대루 둘이 다시 남아 있겐 아니 될 게 아니겠어요?"

"당연히, 북조선이 없어질 것이요, 그러길 우리는 희망하구 있
지만, 아차 해서 북조선의 정권이 제주도에까지 미친다면? ……
생각만 해두 안타까운 노릇이 아냐?"

"그렇드래두 통일은 된 거 아냐요?"

그러면서 영춘은 딴속 있이 벌쭉 웃는 것이었다.

그리고는 내가 퍼뜩 놀라 짯짯이 저의 얼굴을 건너다보는 것
을 보고는 또 한 번 벌쭉 웃으면서

"염려하실 거 없어요. 빨갱이가 된 건 아니니깐요. 전 공산주
원 절대루 싫어요."

하고 잠깐 말을 끊었다가 다시

"그렇지만, 형님. 제가 공산주의가 싫다는 것과 대세완 다르지 않어요? 가령 여름날이 더워서 더운 것이 육체상으루 고통이요 싫다는 것과, 그러나 여름이란 더웁기루 마련이라는 것과 즉 더운 것이 대세라는 것과는 다르드끼 말씀야요. 저 한 사람이 공산주의가 아무리 싫다구 하드래두 북조선 정권이 제주도까지 오는 것이 모든 조건에서 대세란다면 전 그것을 적어두 이론상으룬 승인을 해야 하는 거라구 생각해요."

"......"

나는 그것을 부인할 아무런 조건도 가진 것이 없었다.

"그러니깐 형님. 전 불행히 북조선 정권이 제주도까지 온다면, 감정상으룬 싫겠지만 이론상으룬 승인을 하긴 하겠지만 한 가지 조건이 있어요. …… 소련의 위성국가루서의 조선인민공화국이 아니라, 어떤 방면에 있어서두 소련방의 간섭이나 그 제압을 받지 않는 완전 자주 독립의 조선인민공화국이란 조건에서 승인을 하겠어요."

"......"

"그리구 말씀예요, 형님. 전 비단 북조선 정권에 대해서만 그리는 것이 아니라, 이 남조선, 대한민국에 대해서두 마찬가지야요. 옛날 비율빈[14]처럼, 실권은 여전히 미국 재벌이 쥐구 앉었는 그런 독립은 일없어요. 일제시대의 만주국 독립 같은 그런 독립은 일없어요. …… 만일 어떤 놈이구 간에 그따위 정불 만들어가지구 내용으룬 외국에다 나라와 민족을 팔아먹으면서 수염을 쓰

14 필리핀.

다듬구 앉어선 독립을 했습네 하구 국민을 호령하는 놈이 있다면, 전 그런 놈 먼점 때려 죽이구서 북조선을 치러 갈 테야요, 단연코 용설 안 해요."

탁자 위에 놓였던 주먹을 하마 터질 듯 불끈 쥐면서 푸르르 떨었다. 눈은 불이 활활 타는 것 같았다. 그러면서 덧붙여 하는 말이었다.

"제가 만일 일한합병 때 나서 있었다면, 이완용이, 이용구, 송병준이 그런 놈들을 살려두질 않아요."

차를 다시 가져오게 하여 마시면서 오래도록 서로 말이 없었다.

나는 여기서도 '무서운' 후진을 봄과 아울러 범속하고 용렬한 나 자신을 다시금 발견하였다.

훨씬 만에 영춘은 조용한 음성으로 새로운 말을 꺼내었다.

"춘자 누나를, 걸 어떻게 했으면 좋아요?"

"……."

춘자라면 나는 여러 가지 착잡한 감정이 일지 아니할 수가 없었다.

"동기간 의리에 불쌍하다군 생각을 해요. 그렇지만 차라리 전 청산가리 같은 거라두 앵겨주구파요."

"……."

"인전 도저히 헤어날 수 없는 데까지 타락이 되구 말았어요."

"……."

"해방되든 해 형님이 황주 오셨을 때, 제가 왜놈의 학교엘 다니면서 온갖 구박과 설움 받는 이애기하지 않았어요? 그리구 통학 열차에서 일본 계집아이한테 칼을 빌려 쓰군, 왜놈의 아이들한테 무리멜(몰매) 맞인 이애길 했죠? 들으셨죠?"

나는 잠자코 고개를 끄덕였다.

"전 그때, 왜놈의 아이들이 절 그렇게 몹시 때린 심정이 지금야 이해가 되는 것 같아요. …… 대체 연애면 연애, 유희면 유흴, 조선놈허구나 한다면 구태라 누가 무어래겠어요? …… 어째서 그 ××놈들허구……."

춘자가 바람이 나기는 재작년 겨울부터였다.

미국 사람과 팔을 끼고 거리를 걸어오는 춘자와 딱 마주친 일이 있었다. 나는 알은체를 해야 옳을지, 모른 체해야 옳을지를 몰라 주춤주춤하는데, 춘자는 보아란 듯이 고개를 꼿꼿이 쳐들고 지나가버렸다.

미국 사람과 지프차에 앉아 달리는 것도 두세 차례 보았다.

춘자네 집 아래 지프차가 놓여 있는 것을 보았다는 사람이 종종 있었다.

마침내 지나간 유월인가는 춘자가 아이를 뱄다는 소문이 좍 퍼졌다.

그 소문이 퍼지면서, 춘자의 그림자는 거리에서 보이지 아니하였다. 나도 그 뒤로는 만나지 못하였다.

춘자가 타락이 되고 만 데는 그 책임이 한 부분은 나에게 있다면 있을 수가 없지 아니할 내력이 있었다.

황주서 맞선까지 보았다는 그 평양 청년과의 혼인이 깨어진 것은 춘자에게 커다란 타격이었음일시 분명하였다.

연애는 없었다고 하더라도 맞선까지 보았고, 저편은 모르겠으나 적어도 춘자만은 그 사람이 마음에 들었던 모양이고, 혼담이 상당히 익었고 했던 것을, 남자 편에서 파혼을 선언하였으니, 셈들 대로 다 든 숫처녀로서 당하기엔 견딜 수 없는 실망이 아닐 수 없을 것이었다.

나를 따라 서울로 올라와 한 보름 동안 우리 집에 있으면서 차차로 나에게 하는 태도가 매우 자연스럽지 아니한 것이 있었다. 생각컨댄 한 잠자던 감정이 문득 파혼의 앙앙한 반감과 절망에서 오는 하나의 자포적이며 의식적인 반동으로 인하여, 그것이 비로소 불붙어 오른 것일는지도 몰랐다.

우리 집에서 나가던 바로 그날 아침이었다.

아내는 여느 때대로 부엌에서 어멈과 함께 조반 분별을 하였고, 나만 건넌방에서 혼자서 책을 읽고 있는데, 그러자 앞문 밖에서 춘자의 음성으로

"오빠, 나 어제 신문 좀 주세요."

하였다. 그러면서 앞 미닫이가 손 하나 드날 만큼 바깃이[15] 열렸다. 그 열린 사이로, 툇마루에 가 모로 걸터앉았는 춘자의 소매 짧은 폴로셔츠 소매 아래로 포동포동 드러난 팔이 내다보였다.

처음 보는 바도 아니었으면서, 그렇게 보는 춘자의 팔은 그날 아침 따라 심히 매혹적인 것이 있었다.

책상 위에서 신문을 집어 열린 문 사이로 내밀어주는 신문과 바뀌어 무엇이 문턱 안으로 사풋 떨어졌다.

배 볼록한 하얀 각봉투였다.

15 비스듬히.

나는 가슴이 울렁거리고 피가 와락 얼굴로 쏟혀 올랐다.

얼른 미닫이는 닫혔으나, 편지─각봉투는, 기쁘면서도, 일변 방바닥에 흘린 숯불덩이같이 뜨거울 것이 무서워 손이 옴츠러들었다.

아까 춘자의 폴로셔츠를 입은 드러난 팔이 매혹적이어 보인 것이나, 시방 그 편지를 바라다보면서 기뻐하는 것이나, 그것은 한가지로 나의 가슴속에서 진작부터 움터가지고 있던 어떤 특수한 한 개의 감정 상태에서 우러나는 것이었다. 일컬어 연애라고 하는 것이었다.

세상에 난 지 삼십삼 년에 처음이었다.

나는, 그리고 춘자보다도 내가 먼저 춘자에게 연애를 하고 있었던 것이 속일 수 없는 사실이었다.

천구백사십오년 여름, 황주에 갔을 때 그때부터였던지 모른다. 아니, 그보다도 더 멀리 춘자가 서울서 황주로 내려가던 열일곱 살 적, 햇물의 은어처럼 발랄하고 귀염성스럽고, 나를 따르고 하던 그 춘자 적부터였을는지 모른다.

나는 떨리는 손으로 편지를 집어 들었다. 앞에다 '송 선생님' 뒤에다 '춘' 이렇게 썼다.

나는 편지를 뜯을 용기를 문득 내지 못하였다.

그 속에는 내가 일찍이 들어가본 적이 없는 화려한 세계가 담겨 있을 터였다. 그러나 그것은 동시에 무서운 세계이기도 한 것이었다.

나는 눈을 감았다.

나는 나 스스로가 몸을 단정히 가져, 나의 어린 사람들에게 본

받이가 되어야 할 직책에 있는 사람이었다. 의 아닌 행동을 하면서 어린 사람들을 가르친다는 것은 양심의 자살이었다.

나는 아내가 있는 사람이었다.

나의 아내는 연애를 한 것도 아니요, 도타운 애정이 서로간 있는 바도 아니었다. 보통학교를 겨우 마쳤을 뿐이니, 속에 든 것도 없고 인물도 별반 보잘 것이 없었다.

그렇지만 그는 나의 아내임에 틀림이 없고, 나는 그의 남편임에 역시 틀림이 없었다. 좋으나 낮으나, 아내가 있는 사람이 한 다른 여자와 연애를 하고 어쩌고 한다는 것은, 나의 윤리로는 허락할 수 없는 패덕悖德이었다.

고운 장미꽃을 완상하기 위하여, 꽃에 달린 가시에 살을 찔려야 하느냐, 꽃을 내다버려야 하느냐 하는 것을 가지고, 비록 삼십 분에 지나지 못하는 시간이었으나 심각하기로는 다시없이 심각한 암투를 치러야 하였다.

나는 편지를 종이에 싸가지고 춘자가 거처하는 뜰아랫방으로 내려갔다.

춘자는 내가 대뜰에 서는 것을 보더니 고개를 폭 숙이고 들지 못하였다. 옆 볼때기로, 귀로 부끄럼이 새빨갛게 달아올라 있었다.

나는 그 고개를 폭 숙이고, 볼때기와 귀밑이 새빨개서 앉았는 이때처럼 춘자가 어여뻐 보인 적이 없던 것 같았다.

"왜 쓰잘 데 없는 장난을 하는 거야?"

낮은 음성으로 나무라면서 나는 종이에 싼 편지를 들여뜨리고 돌아섰다.

나는 나의 음성과 말씨가 내가 들어도 몹시 매섭고 얼음같이

찬 데에 스스로 놀랐다. 결코 그다지 냉혹하게 말을 할 생각인 것
은 아니었는데 말이었다.

남들도 그런지는 몰라도 연애란 이상한 물건이었다. 그렇게
드는 칼로 베듯 선 자리에서 잘라버렸으면서도, 그날 그 시각 이
후로 춘자의 영상은 나의 가슴에 지진 듯 박혀지고 말았다.

나 혼자서 나 자신도 모르게 연애를 하고 있던 연애에다 춘자
가 비로소 그런 모션을 보인 것으로 하여 불에다 기름을 부은 소
치라고나 할 것인지.

잊으려고 하나 잊혀지지가 아니하였다. 무시로 불현듯 생각
이 나고, 심한 때는 좌우간 얼굴이라도 좀 보았으면 싶을 적도
있었다.

늘 거취가 궁금하고 행동이 염려스럽고 하였다.

타락한 줄을 알았을 때는, 나는 울기까지 하면서 일변 가슴 아
프게 책임도 느꼈다.

조반을 먹었는지 아니 먹었는지, 춘자는 행장을 챙겨가지고
우리 집을 나갔다. 우리 집에서 나간 춘자는 일자로 발걸음을 끊
었다.

그 뒤, 황주 아주머니가 월남하여 와 살면서부터는 종종 만날
기회가 저절로 있고 하기는 하였다.

춘자는 가족이나 아는 이가 있는 자리에서는 인사도 하고 이
야기도 하면서 내색을 아니하였으나, 혹시 나와 단둘이 만나는
때는 뾰로통해가지고 인사도 변변히 하지 않았다. 겨우 마음 내
켜야 한단 소리가, 피 도덕군자님 행차시군이었다.

5

이승만 박사로 대통령이 선거가 되고, 황주 아주머니가 마침 왔다 칼국수를 자시면서 믿고 기다렸던 대로 이승만 박사가 대통령으로 들어앉았은즉, 인제는 조선이 독립이 되는 정부나 조직이 되고 하면, 그때는 조선 사람도 살길이 나서느니라고 말만 들어도 갈증이 개는 푸짐한 이야기를 한바탕 늘어놓고 간 것이 칠월 스무날.

이어서 며칠 있다 국무총리가 나고, 달이 바뀌어 팔월이자 바로 이틀 사흗날에는 조각이 발표되었고.

십삼일은 미국과 중국이 우리 대한민국 정부를 승인하였고.

그리고 해방 기념일인 팔월 십오일의 복날을 날 받아, 일본 동경으로부터 온 맥아더 장군까지 참석한 자리에서, 대한민국 정부는 국민과 외국에 대하여 정식으로 한국의 독립을 선포하는 성대한 식전을 거행하였다.

이로써 우리 조선은 위선 남쪽 한 토막이나마 우리의 정부를 가진 독립국이 된 것이었다.

한편 북조선에서는, 거기서도 팔월 이십오일 날 총선거를 할 것을 선포하였다. 이 북조선의 총선거는 북조선에만 실시하는 것이 아니다. 남북 조선의 전체적인 선거로 하기 위하여 남조선에서는 소위 지하선거地下選擧라는 비밀 선거를 한다고 하였다.

그러는가 하면, 삼남 지방에서는 큰비가 와 논밭이 휩쓸리고, 집이 떠내려가고 사람이 많이 상하고 하였다. 범위의 넓고 또한 큰 품이 근년에 드문 재앙이었다.

그리하여 이래저래 세상과 감격과 아울러 인심은 겉으로 혹은 속으로, 한결 더 심각한 갈등과 긴장과 소란과 초조와 불안 가운데서 용솟음치고 있었다.

나는 팔월 십오일 날 일찌감치 학교의 아이들께 태극기를 들려 데리고 기념식장에 나아가 해방과 대한민국의 탄생을 함께 축하하는 축하를 진심으로 축하하였다.

누가 무어라고 하건 나에게는 뜻 깊고 감격의 날이었다.

석양녘에는 어머니의 전갈을 가지고 황주 아주먼네 집엘 갔다.

장충단공원을 가까이 끼고, 조촐한 정원을 가진 아담스런 일산 주택이었다.

위치, 정원, 집 재목과 모든 꾸밈새, 이런 것들에 고비샅샅이 집을 지은 주인의 알뜰한 마음성이 깃들어 있는 주택이었다.

누구였던지는 모르겠으나 정복한 이 땅에서 이 집을 지니고 백년 천년 살 마음으로 집도 이렇게 정성을 들여 오밀조밀 잘 지어놓았던 것이거니 하면, 인사의 영고榮枯가 문득 감회스럽기도 하였다.

황주 아주머니는 재작년 봄, 이 집을 권리금으로 삼만 원을 주고 물려받았다.

십만 원 지니고 온 것에서 삼만 원으로는 집을 장만하고 한 칠만 원 남은 걸 가지고 금년 봄까지 그럭저럭 살아나왔다.

황주 아주머니쯤의 규모와 억척으로 하다못해 야미 보따리라도 싸 들고 나섬직한 노릇이지, 수중에 있는 돈을 곶감 빼먹듯 빼먹고만 앉았다니 모를 소리라고 하겠으나, 첫째로 황주 아주머니는 믿고 기다리는 것이 있었다.

오래지 않아 곧, 오래지 않아 곧, 삼팔선이 터지고 황주로 돌아가 빼앗긴 집과 전장을 찾아가지고 산다…… 이렇게 믿으면서 날이 날마다 그것만 기다리고 있었다. 그러하기 때문에 황주 아주머니는 가진 돈이 하루하루 졸아드는 것도 그다지 마음에 시장스런 줄을 몰랐다.

황주 아주머니는 일변 또 늙기도 하였다. 올해 쉰셋.

일찍이 네 아이들 데리고 맨손 쥐다시피 하고서 서울로 올라와 학생 하숙을 하면서 생활과 단판씨름을 하던 서른넷으로부터 마흔너덧, 그때와는 이미 다른 것이 있었다. 좀처럼 시방은 그럴 체력도 용기도 낼 기력이 없었다.

오늘내일, 이달 새달 하고 금년 봄까지 만 이태 동안을 기다리는 동안에 수중의 돈은 다 밭아[16]버렸다.

금년 봄부터는 큰딸 송자의 도움, 그리고 춘자의 소위 노린내 나는 수입으로 입에 풀칠을 하였다.

춘자는 그동안까지는 단순히 방탕을 위한 방탕이었다.

파혼과 뒤미처 다시 실연, 이 거듭하는 타격의 반동으로 생긴 실망과 자포자기, 그리고 천품의 불량성, 거기에다 호기심, 이런 것으로 인한 장난이요 방종이요 오입에 불과한 것이었다.

그러다 춘자는 생활이 절박하여지자 장난과 오입을 손쉽게 직업으로 바꾸었다.

미군의 옷, 피륙, 화장품, 담배, 설탕, 과자, 만년필, 약품, 이런 것들을 버터제[物物交換制]로 받아, 남대문 옆댕이와 배오개 장터의

16 말라붙거나 없어져.

소위 사설私設 피엑스꾼들을 불러 조선은행권으로 바꾸고 하였다.

이 노린내 나는 춘자의 수입은, 그러나 지나간 유월부터는 배가 너무 불러올랐음으로 하여 일단 수입이 막히지 아니치 못하였다.

황주 아주머니는 오로지 큰딸 송자의 가느다란 도움으로 겨우 연명을 해야 하였다. 막상 어려운 노릇이었다.

이런 군색한 사정이며 춘자에 대한 이야기는, 앞서 번 명동의 다방에서 영춘에게서 자상히 들어 안 것이었다.

황주 아주머니는 여전히 희망을 버리지 아니하였다. 여전히 오래지 않아 곧, 오래지 않아 곧, 삼팔선이 트이고, 트이는 그날로 공산당이 몰살을 당한 이북 땅 황주로 달려가, 집과 전장을 도로 찾아가지고 편안히 다시 살 것을 믿으며 기다리기를 마지아니하였다. 그것은 눈앞의 생활이 궁하여짐에 반비례하여 더욱 조급성을 띠고 강화되었다.

거기에다 겹쳐서, 객관적으로 남조선에 오·십 선거가 실시되어 국회가 생기고, 이승만 박사가 의장이 되어 헌법을 마련하고, 마침내 이승만 박사가 대통령으로 들어앉고 하는 것으로써 황주 아주머니의 희망과 기대는 드디어 움직여지지 않는 일종의 신앙이 되었다.

그러나 내일 황주로 가 떵떵거리고 살망정이라도 오늘을 굶을 수는 없었다.

그리하여 아쉬운 대로 우선 집을 팔아 작은 것으로 줄이든지, 이왕 오래지 않아 곧 서울은 뜨게 될 터인즉, 조그마한 사글세 집을 얻든지 하고서, 처지는 돈으로 한동안 생활을 지탱할 마련을 하기로 한 것이었다.

가회동 우리 집에서 한참 올라가 조그마한 집이 한 채가 사글세로 난 것이 있었다. 안방 간반, 부엌 간반, 마루와 건넌방이 각한 칸, 도합 다섯 칸짜리의 소꿉 같은 집으로, 육만 원 보증금에 월세가 삼천 원이었다.

납작한 고가에 마당은 손바닥만 하고, 수통은 멀고, 두루 마음에 어설프기는 하나 단출한 식구니 구태여 큰 집이라야 할 며리도 없고, 겸하여 전세나 아주 사는 것이 아니니, 아무 때라도 서울을 홀 떠나기에 집 처분으로 붙잡혀 앉히울 까닭도 없고 해 황주 아주머니한테는 차라리 제격이었다.

어제 오후에 어머니는 나를 데리고 가 집을 둘러보고 돌아오는 길에 이만한 자리도 쉽기가 어려우니 속히 서둘러 놓치지 말고 붙잡도록 하라고, 내일 부디 가서 전갈을 하여주라고 하였다.

시방 사는 집은 삼십만 원은 몰라도 이십오만 원이면 당장이라도 살 사람이 있다고 하였다.

이십오만 원 받아 한 삼만 원 들여 명의 변경시켜주고, 육만 원 보증금 주고, 이사 비발이 돈 만 원이나 날 것이고, 십오만 원은 고스란히 떨어질 것이다.

십오만 원 가졌으면 일 년은 견딜 터.

그 안에 삼팔선이 트이면 돈으로 가지고 가서 해로울 까닭 없는 것이고.

나는 황주 아주머니가 대한민국이 탄생하는 오늘을 누구보다도 희망과 기쁨으로써 맞이하였을 것이려니 하는 생각을 하면서 현관문을 열었다.

내가 현관을 열고 무심코 한 걸음 들어서는 것과, 안의 열려 있는 장지문 뒤로 좇아 알락달락한 원피스 안에다 둥근 청둥호박을 한 덩이 밀어넣은 것 같은 무서운 배가 불쑥 나오는 것과가 거의 동시였다.

배는 다음 순간 질겁을 하여 나오던 장지문 뒤로 도로 들어가 버리고.

나는 그 괴물 같은 배가 불쾌하기보다는 눈시울이 매우면서 가슴이 뿌듯하여 오름을 어찌하지 못하였다.

잠깐 진정을 하여

"아주머니."

하고 불렀다.

황주 아주머니의 대답 대신 춘자의 히스테릭한 음성이

"멋 허러 오는 거예요? 당장 가요!"

하였다.

망설이다가 나는 또 한 번 아주머니 하고 불렀다. 종시 황주 아주머니의 대답은 없고 일단 더 높은 춘자의 음성이

"괜히, 물 끼얹을 테니깐 알아 해요."

하였다.

황주 아주머니는 집에 있지 않은 모양이었다.

나는 저마를 하다가 구두를 벗고 올라갔다. 기다려서 황주 아주머니를 만나자 함이 아니었다. 춘자를 만나자 함이었다. 그러나 만나서 어떻게 한다는 것은 없었다.

내가 방으로 들어오는 것을 본 춘자는, 아까처럼 질겁하여 피하는 대신 똑바로 서서 나를 쏘아보면서 쌔근쌔근하였다.

춘자는 만삭 된 임부가 대개 그러하듯이 부석부석하고 광택을 잃은 얼굴은 삐뚤어지고, 눈시울은 틀어지고 하였다. 그 이쁘장스럽던 모양을 찾을 길이 없었다.

저 뱃속에서 시방 눈 새파랗고 머리터럭 노랗고 코 오뚝하고 한 것이 수만 리 태평양 저편짝을 향수鄕愁하면서 꿈틀거리고 있거니 할 때에 비로소 나는 견딜 수 없는 혐오와 추악감醜惡感이 솟아오르고, 하마 구역이 넘어오려고 하였다.

나는 전후를 생각지 않고 제풀에 말이 흘러나왔다.

"차라리 죽어버리구 말지!……"

탄식조의 착 갈앉은 구슬픈 음성이었다. 나는 의식하고서 그런 구슬픈 말로써 말을 한 것은 아니었다.

나의 눈에서는 눈물이 글썽거렸다.

춘자의 표정은 암상으로부터 잔뜩 시니컬한 것으로 돌변을 하였다.

"흥! 도덕군자님, 장하십니다. …… ××놈한테 ×× 했다구? ××놈의 자식 애 뱄다구? 그래 더럽다구? …… 흥, 더러우니 어쩔단 말씀이신구, 말씀이. 박춘자년이 더러운 양갈보면, 어떤 양반 출세 못하실 일 났나? 정가 맥히실 일 났나?"

"……."

"흥! 나더러 죽으라구? 더럽다구 죽으라구? …… 왜? 어째서 죽어? 더러울 게 어딨어? 이 세상 깨끗한 사람 별루 없습디다. 별루 없어."

"……."

"외국놈한테 정줄 팔아먹는 년이 더러면, 외국놈한테 절갤 팔아먹는 서방님네들은 무엇일꾸? 외국놈의 자식을 애 밴 년이 더러운 년이면, 제 뱃속으루 난 제 자식을, 외국놈을 만들 영으루 하는 서방님네들은 무엇일꾸? …… 말을 해봐요. 바루 터진 입으루 말을 해봐요."

춘자는 어느덧 다시 한 번 변하여 눈은 분노로 불타고, 사납게 들이욱박이었다.

"흥, 할 말이 없기두 할 테지. 그럼 내가 대신 말을 하지. …… 자기가 데리구 가르치는 철없는 어린아이들더러 왜놈이 되라구 시킨 건 누구신구? 조선말을 내다 버리구 왜말을 쓰라구 딱딱거린 건 누구신구? 하루두 몇 번씩 황국신민서살 외우게 하구, 걸핏 하면 덴노헤이까 반사일 불러준 건 누구신구? …… 그뿐인감? 왜놈이 물러가니깐 이번엔 왜놈 대신 온 ××놈한테 붙어서, 조선 아이들을 ××놈의 노예를 만드느라구 온갖 짓 다 하구 있는 건 누구신구?"

"……."

"난 양갈보야. 난 ××놈한테 정졸 팔아먹었어. ××놈의 자식 애 뱄어. 그러니깐 난 더런 년야. …… 그렇지만서두 난 누구들처럼 정신적 매음은 한 일 없어. 민족을 팔아먹구, 민족의 자손까지 팔아먹는 민족적 정신 매음은 아니했어. 더럽기루 들면 누가 정말 더럴꾸? 이 얌체 빠진 서방님네들아!"

생각하면 춘자의 공박도 노상 억지엣 공박은 아니었다. 차라리 지당한 말일 수가 있었다.

이조 초에 고려의 유신으로서 이 씨 조정에 벼슬을 한 한 사람이, 말을 아니 듣는 기녀妓女더러 동가식서가숙東家食西家宿하는 몸으로, 사람을 가릴까 보냐고 꾸짖었더니, 계집이 천연히 대답하기를, 왕 씨를 섬겼다 이 씨를 섬겼다 하기와 다를 거냐고 하여서, 그만 무렴을 당하였다는 이야기를 나는 생각하고 있었다.

"내가 잘못했으니 노염 풀구려."

진작부터 떨어뜨리고 섰던 고개를 들고 겨우, 폭 죽은 목소리로 이 한마디를 하고는 나는 돌아섰다.

춘자가 우르르 앞을 가로막았다.

눈과 눈이 마주친 채 한참 서 있었다.

춘자의 얼굴에서는 분노가 물 쓰이듯 가시면서 대신 조용히 슬픔이 퍼져 올랐다.

"무슨 원수라구, 두구두구 날 이다지 모욕이세요? 두구두구."

음성은 힘없이 착 갈앉은 음성이었다.

"편지 뜯어보지두 않구서 도루 집어 내던져주는 거, 숫기집애루 그런 부꾸럼이 또 있어요? 모욕이면 이만저만한 모욕예요?"

그것이 모욕이었으리라고는 나는 꿈밖이었다. 그러나 듣고 보니 또한 지당한 말인 것도 같았다.

눈물 글썽글썽한 눈으로, 똑바로 나의 눈을 보면서 넋두리하듯 말을 이었다.

"이 배만은 당신한테만은 보이구 싶잖었어요. 당신한테만은, 이 배만은. 당신은 더럽다구 죽으라구 했지만, 난 부꾸러서 죽어야 해요, 당신이 부꾸러서."

목이 메더니, 울음이 터지면서 두 손으로 얼굴을 싸고 그대로 접질려 쓰러지면서 흐느껴 울었다.

창자가 끊이는 듯 애달픈 울음이었다.

나는 울기조차도 못하여 등신처럼 망연히 선 채 있었다. 망연히 서서 열린 유리창 밖으로 보는 데 없이 눈이 가는 곳, 정원의 해당화 가지에 매달린 두어 송이의 시들고 퇴색한 월계꽃이 눈에 들어왔다. 넘어가는 햇살이 힘없이 그 위에 드리웠고.

우연한 일치였지만 심술스러운 부합이었다.

드르릉 현관문이 열렸다.

이어서 시끄럽게

"아유 더워, 사람이 곧 미치겠구나! …… 작은아이, 나와, 이거 좀 받아라. …… 대체 쌀 한 말에 일천오백 원이니, 이런 무도한 녀석에 세상이 있단 말이냐? 쌀장산 죄다 공상당인 게야, 분명……."

하고 떠드는 소리는 묻지 않아도 황주 아주머니였다.

매정스런 까마귀가 까옥까옥 지붕 위로 울고 지나간다. 시든 월계꽃에는 낙조가 마지막 가물거리고.

—《잘난 사람들》, 1948.

민족의 죄인

1

  그동안까지는 단순히 나는 하여간에 죄인이거니 하여 면목 없는 마음, 반성하는 마음이 골똘할 뿐이더니 그날 김金 군의 P사에서 비로소 그 일을 당하고 나서부터는 일종의 자포적인 울분과 그리고 이 구차스런 내 몸뚱이를 도무지 어떻게 주체할 바를 모르겠는 불쾌감이 전면적으로 생각을 덮었다. 그러면서 보름 동안을 싸고 누워 병 아닌 병을 앓았다.

2

항용 문필하는 사람의 마음 한가로움이라고 할까 누그러진 행
습이라고 할까, 가까운 친구가 간여하고 있는 잡지사고 출판사고
하면 일이야 있으나마나 달리 소간이 긴급한 때 외에는 그 앞을
그대로 지나치지는 않게 되고 들어가 앉아서는 신문 잡지도 뒤
척이고 많이 잡담하고 조금 문담文談하고 방담도 싫도록은 하고
하기에 세월을 잊고.

하는 것을 주인 편에서는 흔연히 맞이하여주고 같이 섭슬려
이야기하고 하되, 한결같이 폐로워하는[1] 법이 없고 출판사나 잡지
사의 사무실은 문필하는 사람에게 이런 이를테면 동네 쇠물방처
럼 임의롭고 무관함이 있어 김 군이 주간하는 P사도 나의 그런
임의롭고 무관한 자리의 하나였다.

하루 거리엘 나가면 그래서 출판사나 잡지사를 몇 곳씩은 자연
들르게 되고, 그날도 남대문 밖까지 나갔다 집으로 돌아오는 길에
역시 별 볼일이 있던 것이 아니요 지날 녘이고 해서 푸뜩 P사를
들렀던 것인데, 무심코 들르느라고 들렀던 것인데…… 김 군의
말마따나 일수가 매우 좋지 못했던 모양이었다.

점심나절부터 끄무룻까무룻하던 하늘이 정녕 보슬비라도 내
릴 듯 자욱이 다 흐려가지고 있는 사월 그믐의 저녁 무렵이었다.

남대문 거리의 잡답한 보도에서 가로수의 나붓나붓한 잎사귀
가 거리의 잡답함과는 대조적으로 조용히 무엇인지를 숙명처럼

---

1 성가시고 귀찮아하는.

기다리는 듯싶은 그런 가벼운 침울이 흐르는 시간이었다.

김 군의 P사는 바로 길옆의 빌딩이었다.

비둘기장처럼 사층 꼭대기의 한 방에 들어 있는 빌딩의 마흔 몇 개나 되는 층계를 숨차하면서 올라가다 마침 맨머리로 내려오고 있는 김 군과 마주 만났다.

"장차에 조선 출판계의 왕좌 될 꿈은 꾸면서 사무소가 이게 무어람? 사람이 숨이 차고 다리가 맥이 풀려."

인사 대신 이렇게 구박을 하는 것을 김 군은 그 커다란 눈과 코와 입과 얼굴과에다 한꺼번에 웃음을 터트리면서

"P사가 사무실이 가난한 것은 자네가 그 흔한 왜놈의 집 한 채 접술 못하구서 쓰러져가는 셋집살이 하는 것허구 내력이 어슷비슷하니 피차 막설하구…… 그러잖어두 기대리던 참인데 잘 왔네. 내 이 아래층에 가서 전화 좀 걸구 오께시니 올라가세나."

P사에는 먼저 온 손이 있었다.

윤ヰ이라고 나이는 나보다 두어 살 아래나 일찍이는 세대를 같이한 사람이었다.

나는 윤과 인사를 하면서 그의 눈치가 먼저 보여졌다.

윤은 내가 어려워하는 사람 가운데 한 사람이었다.

윤과 나는 친구는 아니었다.

길에서 만나든지 하면 서로 한마디씩

"안녕하십니까?"

"안녕하십니까?"

하고 마는 것이 고작이요 그렇지 않으면 아무 소리 없이 모자만 들었다 놓는 시늉하면서 지나쳐버리고 하는 그저 거기 어디 흔

히 있는 '아는 사람'의 하나일 따름이었다.

나는 윤이라는 사람을 아는 것이 별로 많지 못하였다. 일찍이 일본 동경서 어느 사립대학의 정경과를 마쳤다는 것, 학업을 마치고 돌아와서는 고향에서 잠시 동안 신문지국을 경영한 경력이 있다는 것, 중일전쟁中日戰爭이 일기 전후 이삼 년은 서울 어느 신문사의 정치부 기자로 있으면서 논설도 쓰고 하였다는 것, 그리고 그가 잡지에 발표한 당시의 구라파 정세에 관한 정치 논문을 두 편인가 읽은 일이 있고, 그 문장과 구성이 생경하고 서투른 혐의는 없지 못하나 사상만은 대단히 진보적인 것을 엿볼 수가 있었고, 대강 이런 정도의 것이었다. 그 밖에 사람이 성질이 어떠하다든가 가정이나 주위 환경이 어떠하다든가 하는 것은 알지를 못하였고 알 기회도 없었다. 공적으로 혹은 사사로이 생활상의 교섭 같은 것도 물론 없었다.

이렇게 나는 윤에게 대하여 아는 것도 많지 못하고 친구로서의 사귐도 없고 하기는 하지만 꼭 한 가지 매우 중대한 것을 잘 안다는 것을 나는 스스로 인정치 않아서는 아니 되었다. 윤은 대일협력對日協力을 하지 아니한 사람이라는 것이었다.

중일전쟁이 일던 아마 그 이듬해부터인 듯싶었다. 잡지나 또는 신문의 기명논설記名論說에서 윤의 이름은 씻은 듯 없어지고 말았다. 신문기자의 직업도 버려버리고 서울을 떠났는지 거리에서도 통히 볼 수가 없었다.

만일 윤이 무엇을 쓴다면 그의 전문에 좇아 정치와 시사에 관계된 것일 것이요, 정치와 시사에 관계된 것이면 반드시 세계 신질서 건설의 엉뚱한 명목으로 침략 전쟁을 일으킨 동서의 전체주의 파시즘을 합리화시킨 논문이 아니고는 용납을 못하였을 것이었다. 안으로는 내선일체를 승인하는 것이어야 하고, 밖으로는 추축군의 승리와 미영의 몰락의 필연성을 예단하는 것이어야 할 것이었다.

또 신문사원으로의 직업을 버리지 아니하였다면 신문이라는 대일협력체의 수족 노릇을 싫어도 하였어야만 할 것이었다.

윤은 그러나 일체로 붓을 멈추고 신문사원의 직업도 버리고 함으로써 대일협력의 조그마한 귀퉁이에도 참여를 하지 아니하였다. 아니한 것이 분명하였다. 이렇게 대일협력을 하지 아니한, 그래서 지조가 깨끗한 윤에 대하여 많으나 적으나 대일협력을 한 것이 있음으로 해서 민족 반역자 혹은 친일파의 대열에 들어야 할 민족의 죄인인 나는 그에게 스스로 한 팔이 꺾이지 아니할 수가 없고, 따라서 그가 어려운 사람이 아닐 수가 없던 것이었다. 동시에 죄지은 사람의 약한 마음이라고 할까, 섬뻑 그를 만나자니 눈치가 먼저 보이지 아니할 수가 또한 없던 것이었다.

과연 내가

"안녕하십니까?"

하는 인사에 같은 말로

"안녕하십니까?"

하고 대답하는 윤의 말 억양과 표정에는 역력히 경멸하는 빛이 머금어 있었다.

한참을 있다 윤이 뒤척이던 신문 축을 내려놓으면서 생각잖이 붙임성 있게

"오래간만입니다."

하여 나도 달가이

"퍽 오래간만입니다."

하였다.

미상불 우리는 퍽 오래간만이었다. 중일전쟁이 일던 그 이듬
해 윤은 문필 행동을 정지하고 신문기자의 직업을 버리고 하였
을 뿐만 아니라 서울 거리에서 자취마저 사라지고 말았기 때문
에 근 십 년 만에 오늘 이 자리가 처음이었다.

윤이 그러나 인사상으로만 오래간만이라는 말을 한 것이 아닌
것은 그다음 수작으로써 바로 드러났다.

"시굴루 소개疏開 가셨드라구."

"네."

"호박이랑 옥수수랑 많이 수확하셨습디까?"

그의 독특한 시니컬한 입초리로 빙긋 웃기까지 하면서 하는
아주 노골한 경멸과 조롱이었다. 생각하면 윤으로는 충분한 근거
가 있는 경멸과 조롱이었다.

지나간(천구백사십오년) 사월에 나는 소개를 하여 고향으로
내려갔다.

표면의 이유는 지방으로 소개를 하여 스스로 폭격을 피하며,
그리함으로써 소위 국토방위에 소극적 협력을 하기 위한 이른바
당국의 방침에의 순응이었지만, 실상은 구실이요 소개를 빙자코
도피행을 한 것이었다.

구라파에서 독일이 연합군의 육중한 공세를 바워내지[2] 못해 연

---

2 능히 견디거나 피해내지.

방 뒷걸음질을 치다 어느덧 독 안의 쥐가 되었을 때는 동쪽에 있어서 일본의 패전도 거의 결정적인 것이 된 느낌이었다. 거기에는 물론 일본이 패하였으면 하는 희망적 예측이 다분히 가미되지 아니한 것은 아니었으나 아무튼 일본이 질 날이 머지않을 것으로 나는 생각하고 있었다.

일본의 패전 그 뒤에 오는 것은?

나는 팔일오의 그런 편안한 해방을 우리가 횡재할 것은 전혀 생각지 못하였다. 일본이 눌러서 우리의 지배를 할 것이냐 혹은 새로운 지배자가 나설 것이냐, 또 혹은 우리가 요행 우리의 주인이 될 것이냐 이 판단은 막상 깜깜하였다. 그러나 오직 한 가지 일본이 패전을 하는 그날 그 순간부터 그동안까지의 치안과 사회 질서는 완전히 무능한 것이 되는 동시에 세상은 걷잡을 수 없는 혼란과 무질서의 구렁이 되고 말리라는 것 이것만은 확실한 것으로 나는 믿고 있었다. 하되 그것은 새로운 주권이 서고 새로운 질서가 생기는 그 기간까지는 제 마음껏 계속이 될 것이었다. 그 기간이라는 것이 한 달일는지 두 달 석 달일는지 반년이나 일년일는지 그 이상 더 오랠는지 그것은 짐작을 할 수가 없으나—.

일본이 패전을 하는 그날 그 순간부터 치안과 질서가 무능한 것이 됨을 따라 칼 찬 순사와 기관총 가진 패잔 일병과 주먹심 있는 평민과가 강도와 폭도질을 함부로 하고 일변 필연적인 사태로서 식량 부족으로 인한 대규모의 기근이 오고 하여 거리는 삽시간에 살육과 약탈, 능욕과 방화, 질병과 기아의 구렁으로 변하고 그 죽음과 공포의 거리에서 아무 구원의 능력도 주변도 없는 약비한 아비를 그래도 아비라고 떨면서 울고 매달리는 나의 어린것들을 데리고 서서 속절없이 죽음을 기다리기나 할 따름일 나 자신의 그림자를 환상할 적마다 나는 등골이 서늘함을 금치 못하였다.

대처[都市]가 그러한 데 비하여 고향은 차라리 안전하였다. 우선 당장은 각다분하겠지만 일을 당한 마당에서는 역시 고향이 나을 터였다.

누대 살아온 고향이요 일가친척이 여러 집이 있어 생소하지가 않았다.

사람들이 다 아는 사람들이 되어 난세를 당하여 제일 두려운 '사람' 그 '사람'을 두려워 아니하겠으니 좋았다.

박토나마 조금은 있으니 하다못해 감자 포기를 심어 먹어도 주려 죽기는 면할 수가 있으니 더욱 안심이었다.

나는 드디어 고향으로 내려갈 결심을 하였다.

나는 나만 그럴 뿐이 아니라 몇몇 친지들더러도 그런 소견과 실토정을 말하면서 반드시 서울에 머물러 있어야만 할 특별한 사정이 없는 바엔 각기 고향으로 내려가기를 권하기까지 하였다.

민족 해방의 돌발적인 변화를 겪고 난 지금에 이르러, 지금의 심경을 가지고 그때 당시의 나의 그러던 심경이나 행동을 곰곰이 객관을 하자면 지배자의 압력이 약하여진 그 계제에 떨치고 일어나 해방의 투쟁을 꾀할 생각을 적극적으로 하는 것이 아니고서, 오직 저 일신의 안전을 도모하는 데까지밖에는 궁리가 뚫리지 못한 것은 적실히 나의 약하고 용렬한 사람 됨됨이의 시킴이었음엔 틀림이 없었다. 그러나 나는 나 혼자만이 유독 그렇게 약하고 용렬하였는지, 혹은 대체가 개인적이며 소극적이요 퇴영

적이기가 쉬운 망국 민족의 본성의 소치였는지 그 분간은 막시 모르되, 하여간에 그처럼 약하고 용렬하였던 것이 사실이요, 겸하여 무가내한 노릇이었다. 그렇다고 시방은 제법 굳세고 용맹스러워졌다는 자랑이냐 하면 물론 아니었다. 지금도 여전히 나는 약하고 용렬한 지아비였다.

일본의 패전 그다음에 오는 혼란과 무질서에 대한 불안과 공포 이것 말고서 그 이전에 또 한 가지의 절박한 위협이 있었다.

나는 서울 시내에서 동쪽으로 삼십 리나 나간 경충가도京忠街道의 한강 기슭 광나루[廣津]에 우거하고 있었다.

광나루는 서울 시내로부터 소개를 하여 나오는 곳이지, 그래서 소개령이 내리자 집값이 연방 오르던 곳이지, 이곳으로부터 다른 곳으로 소개를 가도록 마련인 곳은 아니었다. 이것만 하여도 나는 실상 소개를 간다고 나설 터무니없는 사람이었다.

B29가 처음으로 서울 하늘에 나타나던 날이었다.

이날 나는 마침 시내에 들어가지 않고 집에 있다가 언덕의 솔숲을 거닐던 중에 공습 사이렌이 울었다.

산이라고 하기보다는 강가에 가 바투 오뚝이 솟은 조그마한 구릉이었다. 그 깎아지른 낭떠러지 바로 아래로는 시퍼런 강물이 바위를 스치고 흘러 흡사 평양의 청류벽을 연상함직한 곳이었다. 그뿐 아니라 강을 건너서는 편한 벌판이요, 벌판이 다한 곳에 먼 산이 암암히 그려져 있는 것일랑은 "대야동두점점산大野東頭點點山" 이라고 읊어낸 그것과 많이 비슷한 것이 있었다.

꼭대기에는 당집이 있고 주위로 솔과 참나무가 울창하여 그늘이 짙었다. 잔디도 좋았다. 그런 그늘 아래 앉아서 장강을 굽어보고 먼 산을 바라보면서 혹은 잔디에 누워 창공을 올려다보면서 끝없는 시간을 지우기란 울적하고 삭막한 나의 생활 가운데 만만치 아니한 위안의 하나였다.

그때 나는 마침 이조사李朝史를 읽다가 병자호란의 대문에 이르렀던 참이라, 병자란 당시에 조선군이 국왕과 함께 최후의 농성을 하던 남한산성이며, 그러다 국왕이 마침내 청병의 군문에 무릎을 꿇어 항복을 한 삼전도며, 그리고 양방의 수없는 장졸이 화살과 창끝에 고혼으로 쓰러진 풍남리의 토성이며를 멀리 바라보기가 이날따라 감개 적이 깊은 것이 없지 못하였다.

그러한 흥폐의 모양을 보았으면서 못 본 체 이날이 한결같이 유유히 흐르기만 하였으며 앞으로도 얼마든지 되풀이할 세상과 인사의 변천을 보면서, 그러나 못 본 체 몇천 년 몇만 년이고 유유히 흐르고만 있을 저 강 무심타고 할까 부럽다고 할까…… 이런 생각에 잠겨 있는 참인데 그 몸서리가 치이는 공습 사이렌이 별안간 울리던 것이었다.

나는 꿈에서 깨어난 것처럼 퍼뜩 정신이 들었다.

보나 마나 아내는 물통을 들고 쫓아나갔어야 했을 것, 어린것들이 걱정이 되어 집으로 달려갈 생각은 급하나 가던 중로에서 경방단 서방님네들한테 붙잡혀 부역을 하지 않으면 대피호로 끌려 들어가기가 십상일 판이었다.

초조하다 보니 잠자리보다도 더 적게 비행기(B29) 한 대가 흰 가스로 꼬리를 길게 쌍으로 끌면서 유유히 까마득한 창공을 날고 있었다.

그 호젓하고 초연함이라니. 그 고요하고 점잖스럼이라니.

좋은 완상玩賞거리일지언정 그가 털끝만치도 적의를 발산하는 것이 있다거나 항차 비행기의 폭격의 전주인 바야흐로 강렬한 위협과 공포감 같은 것은 전혀 느낄 수가 없었다.

덕분에 마음을 갈앉히고 기다리는 동안 이윽고 공습경보는 해제가 되었다. 나는 일종 섭섭한 마음이면서 한길로 내려왔다. 그러자 군용 화물차 한 대가 기운차게 달려오더니 동네 한복판인 한길 가운데에 가 멈추어 서면서 경기관총을 가지고 잔뜩 긴장한 이삼십 명의 길병이 차로부터 뛰어내렸다.

공습경보를 듣고 강 건너 송파의 병영으로부터 이 광나루 지구를 경계하러 온 일대였다. 그러나 그 경계라는 것은 그들이 가지고 온 무기가 하다못해 고사기관총도 아니요, 보통 산병전에 쓰는 경기관총인 것과 그것을 동네 복판에다 맞추어놓고서 대기를 하는 것과로 미루어 적기를 쏘자는 것이 아니고서 폭격의 혼란을 틈타 폭동이라도 일으킬 염려가 있는 주민―조선 사람을 약차하면 쏘아대자는 것임은 말하지 않아도 번연하였다.

나는 지휘하는 자를 비롯하여 병정들의 눈을 똑똑히 보았다. 곧 사람을 살상하여 마지않겠는 독기가 뻗쳐 나오는 눈들이었다. 나는 소름이 쪽쪽 끼쳤다.

공습을 당하면서 적기를 쏠 방비를 하여주기보다는 센징을 쏘아 죽일 채비를 차리는 그들의 앙심과 살기를 머금은 그 눈 눈 눈…… 앞에(B29)의 폭격이 있다면 등 뒤에는 일병의 기관총 부리가 있는 그 기관총을 또한 피하기 위하여서도 나는 하루바삐 비교적 안전한 곳으로 자리를 옮아앉아야 하였다.

나는 천구백사십오년 사월 마침내 집을 팔고―게딱지 같은 초가집이었으나 설리[3] 장만한 집이었다―그것을 헐값으로 팔아 넘기고 세간도 대부분 팔고서 짐 가벼운 것만 꾸려가지고 고향으로 소개랍시고 하여 오고 말았다.

나에게는 그러나 일본의 패전 그다음에 오는 것의 불안과 공포랄지, 눈에 살기를 머금은 일본 병정들의 등덜미를 겨누는 기관총 부리의 위협이랄지 이런 것 외에도 멀찍이 궁벽한 시골로 낙향을 하여야만 할 사정이 따로이 또 있는 것이 있었다.

천구백사십삼년 이월 황해도로 강연을 간 것이 나로서는 아마 대일협력의 첫걸음이라고도 할 만한 것이었다.

총독부와 총력연맹이 설도를 하여 경향의 종교·사상·예술·언론· 조고[4]·교육 등 각계의 사람 이백여 명을 그러모아 전 조선 각 군郡의 면面으로 하여금 제각기 면 단위로 열게 한 소위 미영격멸 국민총궐기대회에 몇 개 면씩을 찢어 맡겨 보내어 전쟁 기세를 돋우는, 그중에도 미영에 대한 적개심을 조발하는―강연을 하게 한 그 강사의 하나로 나도 뽑혔던 것이었다.

대일협력도 첫걸음이려니와 사십 평생에 여러 사람을 모아놓고 강연이라고 하는 것을 하여본 적이 도대체 없었다.

일어가 서툴러 못 나아가겠다고 하였더니 조선말도 무방하다고, 실상은 상대들이 시골 농민들인 만큼 '국어 상용'의 본의에는 어그러지나 조선말이 더 효과적일 것인즉 이번만은 되도록 조선말로 하게 하기로 이미 방침을 세웠노라고 하였다.

생후에 한 번도 연단에 서본 경험이 없어, 강연이 하여질 것

3 '서러이'의 사투리.
4 문필에 종사함을 이르는 말.

같지 않다고 하였더니, 경험은 없더라도 열熱 하나면 되는 것이라고, 생전에 한 번도 연단에 서보지 아니한 사람이 이 기회에 분연히 일어서서 강연을 하게 되었다는 그 사실이 벌써 청중을 감격케 할 사실이 아니냐고, 그러니 너야말로 빠져서는 아니 될 사람이라고 하였다.

그러거나 말거나 누웠고 나아가지 아니하였으면 그만일 것이었다. 나중이야 앙화가 와 닿겠지만 그 당장은 새끼로 목을 얽어 끌어내지는 못하였을 것이었다. 그러나 나는 내 발로 걸어 나갔다. 영을 어기지 아니하여야만 미움을 받지 않고 일신이 안전하고 한 것을 알기 때문이었다.

개성서 살고 있을 때요 태평양전쟁이 일던 전전해인 천구백삼십팔년이었던 듯싶다.

삼월 그믐인데 볼일로 서울에 왔다 삼사 일 만에 내려갔더니 가족들이 초상난 집처럼 근심에 싸여 있었다. 조금 전에 개성경찰서의 형사 두 명이 와서 내가 거처하는 방을 수색을 하고 서신과 몇 가지의 원고와 잡지 얼러 몇 가지의 서적을 가져갔고, 그러면서 물어볼 말이 있으니 돌아오는 대로 곧 고등계로 오도록 이르라는 부탁을 하더라는 것이었다.

그리고 그날 아침 ○○○군과 ×××군이 붙들려 갔다는 말을 하였다. ○○○군과 ×××군은 나한테를 종종 다니는 이십 안팎의 문학청년들이었다.

신경이 과민한 정비례로 무식하고 그와 반비례로 일거리는 없어 상관 앞이 민망하고 한 시골 경찰의 고등계 형사들이 정히 무료하다 못하면 더러 그런 짓을 하는 행투를 짐작치 못하지 않는

터라 치안유지법에 걸릴 아무 내력이 없는 것은 번연한 노릇이
요, 하여 설마 어떠랴고쯤 심상히 여기고 선 길에 경찰서로 가보
았다.

보기만 하여도 마치 뱀을 쭈쩍 만난 것처럼 섬뜩한 것이 경찰
서의 사람들이었다. 들어서기가 무엇인지 모를 무시무시한 것이
경찰서였다. 아무렇지도 않은 신고서 한 장을 들이러 가기에도
들어서면 벌써 눈 부라림과 호통과 따귀가 올라 붙거니만 싶어
덮어놓고 공포증과 불안을 주는 것이 경찰서요 그곳의 사람들이
었다.

그런지라 비록 치안유지법에 걸릴 아무 내력이 없다고는 하여
도, 그래서 심상히 여겼다고는 하여도 노상이 태연한 마음일 수
가 없었음은 물론이었다.

이윽히 기다리게 한 후에 일인 형사가—빼빼 야윈 몸과 얼굴
과 눈과 심지어 수족에서까지 사나움이 졸졸 흐르는 자로 얼굴
만은 진작부터 앎이 있었다—그자가 별실로 데리고 들어가더니
○군과 ×군과 나와의 상종에 대한 것을 묻는 것이었다. 언제부
터 어떤 반연으로 알았으며, 한 달이면 몇 번씩이나 찾아오며, 만
나서 하는 이야기와 하는 일은 무엇이며 하냐고.

만나기는 한 반년 전에 그들이 찾아와서 비로소 처음 만났고,
하는 이야기나 하는 일은 문학을 공부하는 초보에 관한 것으로
쓰는 공부는 어떻게 하며, 읽기는 어떠한 책을 읽어야 하며, 어떤
작가는 어떤 작품을 썼고 어찌해서 그것이 좋은 작품인 것이며,
또 그들이 책을 읽다가 이해치 못하는 대문이 있어 가지고 와 묻
는 것이 있으면 설명을 하여주기도 하고 하노라고 말썽 아니 될

범위에서 대답을 하였다.

"그것뿐인가?"

마지막 형사는 딱 어르면서 표독한 눈매로 눈을 부라렸다.

나는 속으로는 떨리나 태연히

"대강 그렇습니다."

"더 생각해봐."

"더 생각하나 마나 그렇습니다."

"정녕?"

"네."

"이 자식."

소리와 함께 따귀를 따악 거푸 따악 따악 따악 따악……

"꿇어앉어, 이 자식아."

걸상으로부터 내려가 꿇어앉았다.

"바른 대로 대지 못해?"

"바른 대로 댔습니다."

"너 이번 지나사변에 대해서 한 이야기두 있잖어?"

"지나사변의 어떤 이야기 말입니까?"

"너 일본이 아무리 무력으루는 한때 지나를 정복을 한다더래두 결국은 가서 실패를 하구 만다구 그런 말을 했잖었어?"

"그건 일본을 두고 한 말이 아니라 한민족漢民族은 이상한 동화력同化力을 가진 민족이 되어놔서 그동안 누차 변방 족속한테 무력정복을 당했으면서도 그런 족족 정복자를 문화적으로 사회적으로 동화·흡수를 하군 해서 어느 시간이 경과한 후에 가선 정복자요 지배자였던 변방 족속이 피정복자요 피지배자였던 한민족한테 먹히어버리고서 존재가 없어지고 존재가 없어지고 했느니라구 단순히 역사적 사실을 이야기한 일밖에 없습니다."

"그러니깐 이번 지나사변두 결국은 일본이 실패를 한다는 그 뜻으루다 한 소리가 아냐?"

"그렇게 억지루 가져다 댄다면 못 댈 것은 없지만서두 내 본의는……."

"요 앙뚱스런 자식 같으니로고. 네 따위가 어따 대구 고따위루……. 이 자식아, 대일본제국의 흥망이 달린 앞에서 너이 조선놈 몇 마리쯤 땅바닥으루 기는 버러지만치나 명색이 있을 줄 알아? 그런 것들이 어따 대구 감히 그런 발칙한 소릴."

이번에는 구둣발이 내 몸뚱이를 함부로 짓이긴다.

매는 미상불 아픈 것이었다.

"너 이 자식 좀 곯아봐."

인하여 나는 생후 두 번째로 유치장이라는 것을 들어가 보았다.

집어 처넣어놓고는 달포를 아무 소리 없이 저의 말대로 곯리기만 하였다.

그동안 ○군과 ×군과 그리고 또 한 사람 붙잡혀 들어와 있는 △군과 이 세 사람만은 가끔가다 하나씩 끌어내다가는 노글노글하게 매질을 하여 들여보내곤 하였다.

아무 소리도 없이 처박아두기만 하는 것은 당하는 사람으로는 무위한 유치장의 하루씩을 지우기의 답답하고 고통스러움과 일이 장차 어찌 되려는가의 불안 초조와 이런 것으로 하여 악형이야 당할값이라도 차라리 자주 끌려 나가기만 못한 노릇이었다.

정복자와 밑 그의 수족 노릇을 하는 일부 원주민으로 이루어진 지배자가 피정복자를 닦달함에 있어서 인간으로서 인간을 학대하기에 경찰서의 유치장 이상 가는 것은 아마도 없을 것이었다.

물통에다 냉수를 한 통씩 길어다 놓고 국자를 담가놓고 그 물을 떠 간수들이 저희들의 차도 달여 먹고 죄인들이 물을 청하면 한 국자씩 떠주고 하되 죄인들은 방방이 한 개씩 두어둔 양재기에다 물을 받아서 마시도록 마련이었다.

일 전 내기 투전을 하다 붙잡혀 들어온 촌 농부 하나가 있었다. 지극히 가벼운 죄인이요 또 생김새도 어수룩하게 생긴 젊은 친구였다.

가벼운 죄인이면 감방으로부터 불러내어 유치장 바닥의 비질도 시키고 죄인들의 잔시중—물을 떠준다거나 휴지를 들여준다거나 하는 심부름을 간수들 저네의 대신 시키기도 하였다.

일 전 내기 투전꾼은 유치장 바닥을 다 쓸고 나서 마침 목이 말랐던지 물통에서 국자로 물을 떠 벌컥벌컥 시원히 마시고 있었다.

그러자 별안간,

"고라, 이노무 자식이!"

하고 벽력같은 고함과 더불어 간수가 저의 자리로부터 쫓아 내려오더니 뺨을 치고 구둣발길로 걷어차고 하였다.

죄인은 국자를 놓치고 회삼물[5] 바닥에 가 쓰러져 미처 다 못 삼킨 물과 볼이 터져 나오는 피를 함께 흘리면서 연방 아이구머니 소리만 질렀다.

---

5 석회, 황토, 가는 모래를 섞어 반죽한 것.

간수는 죄인의 몸뚱이를 옆구리고 머리고 상관없이 픽픽 걷
어지르기를 그치지 않았다. 그러면서 꾸짖는 것이었다. 국자에다
왜 더러운 주둥이를 대느냐고. 요보는 도야지보다 더 더러운 놈
들이라고.

도야지보다 더 더러운지 어쩐지 그것은 막시 모르나 정복자란
것이 피정복자의 앞에서는 도야지만치도 명색이 없는 것만은 이
한 가지로 미루어서도 분명하였다.

나는 유치장에 들어가던 날의 첫번 식사인 저녁밥을 먹지 않
았다. 흥분이 되어 식욕이 없는 것도 없는 것이었지만 그다지 입
이 호강스럽지는 못한 나로서도 차마 그것을 밥이라고 입에 떠
넣을 뜻이 나지 아니하였다. 찌그러지고 오그라지고 시꺼멓게 때
꼽재기가 끼고 한 양은 벤또에다 골싹하게 담은 밥이라는 것은
쌀 알갱이는 눈 씻고 잘 보아야 하나씩 둘씩 섞였을 뿐의 노오
란 조밥이요, 찬이라는 것은 산에 가서 되는대로 그럴싸한 풀잎
을 뜯어다 슬쩍 데쳐서 소금을 뿌려 주물럭주물럭한 두어 젓갈
의 소위 산나물 한 가지로 하였다. 밥에는 그러나마 만주 좁쌀에
고유한 그 세모지고 얄따란 다갈색의 잔모래가 얼마든지 그대로
섞여 있고.

내 밥이 젓갈도 대지 않은 채 그냥 도로 나가게 된 것을 알자
옆에 있던 절도범이 혼잣말처럼

"그럼 내가 먹을까."

하고 슬며시 집어가더니 볼퉁이가 미어지도록 퍼넣는 것이었다.
그것을 여남은이나 되는 동방同房의 죄인 대부분이 너도나도 하
고 덤벼들어 단 한 젓갈이라도 빼앗아 먹으려고 다투고 불뚝거

리고 욕질을 하고, 거기에 밥에 대한 인간의 동물적인 싸움이 잠시 동안 벌어지고 있었다.

이튿날도 나는 온종일 먹지 아니하였다.

두툼한 솜바지 저고리에다 솜버선에다 차입한 담요까지 지니고 지내고 사식私食을 차입 받아먹고 하는 사기죄인—그가 이 오호 방에서는 제일 고참으로 열여섯 달째 되는 사람이었다. 그가 점심때에는 나더러 간수한테 말을 하면 사식을 들여주니 이따 저녁부터라도 받아먹도록 하라고 권고하였다.

나는 글쎄…… 하고 애매히 대답하고 말았다. 나는 한 끼에 일원 오십 전씩 하루에 사 원 오십 전이나 드는 사식을 들여 먹을 형편이 되질 못했다.

저녁 역시 나는 관식 벤또를 동방엣 사람들에게 그대로 내주었다.

사기죄인이 저의 사식에서 부연 쌀밥을 절반이나 덜고 굴비랑 군고기랑 곁들여 내 앞으로 밀어놓으면서,

"이거라두 좀 자시우. 보아허니 그렇게 함부로 지나든 아녀시든 분네 같은데, 그렇다구 사뭇 저렇게 굶기로만 들어서야 쓰겠수."

하고 권을 하는 것이었다.

미상불 나는 현기증이 나도록 시장하였다.

보드라운 흰밥과 맛있는 반찬이 어금니에서 신 침이 흐르고 회가 동하였다. 그러나 나는 세 번 네 번 권하여서야 겨우 두어 젓갈 밥을 뜨는 시늉을 하고 말았다.

사식은 들여 먹을 터수가 못되면서 입만 가져가지고 관식을

먹지 않고 앉아서 남이 덜어주는 사식 덩이를 멀쩡히 얻어먹다니 염치가 아니요 양반 거지의 주접이었지 갈데없는 짓이었다.

"그래두 자셔야지 별수 없습넨다. 노형두 지끔은 첨이라 다 심사두 편안치 않구 해서 그렇겠지만서두 인제 두구 보시우. 배고픈 걱정 외에 더 걱정이 없을 테니. 어서 나가구픈 생각 집안일 죄다 잊어버리구 거저 먹을 것 생각밖엔 나는 게 없는걸."

사기죄인은 이런 말을 하였다.

나는 설마 그러랴 하였으나 이레가 못 가서 그의 말이 옳았음을 나는 깨닫지 아니치 못하였다.

쌀 알갱이라야 눈 씻고 보아야 하나씩 둘씩 섞였을 뿐의 불면 알알이 다 날아갈 듯 퍼실퍼실한 노란 조밥, 씹으면 모래와 흙이 지금지금하는 그 알뜰한 조밥과 쓰디쓴 산나물이 아니면 시꺼멓게 썩은 세 조각의 짠무 조각 반찬이 어떡하면 그렇게도 입에 회회 감기고 맛이 나는지 삼십오 년의 반생을 두고 나는 일찍이 그런 맛있는 밥을 먹어본 적이라고는 없었다.

납작한 양은 벤또에다 골싹하니 푼 그 밥이 아무리 양이 적은 나에겔망정 양에 찰 이치가 없었다. 가에 붙은 좁쌀 한 알갱이까지 깨끗이 다 씻어 먹고 나쁜 젓갈을 놓으면 젓갈을 놓으면서 바로 배가 고프고 다음 끼니가 기다려졌다.

아침 일곱시면 밥 구루마가 떨걱거리면서 온다.

아침을 먹고 나서는 열두시 점심이 올 때까지 간수의 앉았는 등 뒤에 걸린 시계를 백 번도 더 내다보면서 떨걱거리는 밥 구루마 소리를 기다린다.

가까스로 점심을 먹고 나서는 이내 또 백 번도 더 시계를 내다

보면서 여섯시 저녁을 기다린다.

이렇게 오직 밥을 기다리기를 일삼으면서 하루하루를 지우곤 하던 것이었다.

내가 나를 생각하여도 천박하기 짝이 없었다. 하루 종일 먹을 것만 탐하는 도야지나 다름이 없는 성싶었다.

모처럼의 기회는 기회겠다, 가만히 앉아서 정신을 집중시켜 사색 같은 것이라도 하염직한 것이 아니냐고 스스로를 책망은 하여보나 첫째는 본시가 그런 유유스런 성격이 되질 못하였고 겸하여 형刑이 결정된 감옥의 죄수가 아니어놓아서 도저히 안존할 수가 없었다.

아무튼 조금은 자제력이 있다고 할 내가 그러할 제 여느 잡범들이야 말할 나위가 없었다.

누가 밥을 남기든지 통째로 안 먹는 것이 있든지 하면 서로들 먹으려고 다투는 양이란 차마 보기에 민망한 것이 있었다.

규칙이 남는 밥은 도로 내보내되 아무도 함부로 먹지 못하도록 마련이었고, 그래서 그 규칙을 범하였다 발각이 나면 죽을 매를 맞고라야 말았다. 그러므로 남는 밥은 몰래 먹어야 하였고 큰 모험이 아닐 수 없었다. 하건만 그들은 감히 모험하기를 주저치 아니하였다.

제삼호 방에 밥 하나가 더 들어간 것이 드러났다.

사월이라지만 유치장의 감방은 겨울 진배없이 추웠다. 간수는 제삼호 방에다 밥 하나를 더 먹은 벌로 물을 세 통이나 끼얹었다. 그리고 밥을 노나 먹은 네 사람은 창살 밖으로 손목을 묶어 매달아놓고 한나절이나 격검채로 두들겨 팼다.

해방 후의 경찰서와 그 유치장의 범절이 어떠한지는 막시 모르나 일본식 경찰은 피의자에서부터 이렇게 잔학하고 동물적인 대우를 하였다.

저네의 소위 '도야지울'에서 과연 도야지의 대우를 받으면서 나 자신 역시 도야지 이상이질 못하는 채 한 달을 무료히 썩었고 한 달 만에 비로소 취조실로 불려 나갔다.

그 몸과 얼굴과 눈과 심지어 수족까지 사나움이 질질 흐르는 일인 형사였다.

"독서회를 조직한 사실을 ○○○이가 자백을 했는데 너는 그래도 모른다고 버틸 테냐?"

형사는 쩡쩡 울리는 목소리로 이렇게 다잡았다.

"독서회를 조직했다구요?"

나는 섬뻑 무어라고 대답할 말이 없어 뚜렛거리다 반문하였다.

"그래 자백을 했어."

"나는 없습니다."

사실로 없었다.

모르면 몰라도 ○군이 매에 부대끼다 못해 허위의 자백을 하였거나 그렇지 않으면 그들의 상투수단인 넘겨짚기일 것이었다.

이날의 문초에서 나는 그들이 무엇을 꾀하고 있는가를 비로소 알아채었다.

여기에 좀 반지빨라[6] 보이는 녀석이 있어 그 주위에 역시 주의거리의 젊은 아이놈들이 모여 문학을 공부한답시고서 책도 노나

6 말이나 행동 따위가 어수룩한 맛이 없이 얄미울 정도로 민첩하고 약삭빨라.

읽고 의견도 교환하고 시국에 대하여 방자스런 방담을 더러 하는 모양이어…… 이만한 건덕지면 혹시 잘만 날뛰면 독서회쯤 사건 하나를 뚜드려 만들 수가 있을는지도 모르는 것이었다. 마치 대장장이의 망치가 뚜드리는 곳에 아무것도 아니던 녹슨 헌 쇳덩이가 삐젓이 도끼며 식칼이 되어 나오듯이 저 전라북도 경찰부가 뚜드려 만든 카프 사건도 그런 솜씨의 요술이었을 것이었다.

한 열흘 후에 나는 두 번째 끌려 나갔다. 그동안 ○군은

'독서회 일건은 절대 부인하시오. 그들은 저더러 선생님이 벌써 자백을 하였다고 하지만 저는 믿지 않습니다. 일기책을 뺏겼는데 거기에 더러 선생님한테 불리한 것을 쓴 것이 있어서 저는 그것만이 걱정입니다.'

하는 쪽지를 연필로 감방 휴지에 적어 보낸 것을 받았고 그것으로 나의 추측이 한편치가 틀리지 않았음을 알았다.

이번에는 그는 일인 형사의 짝패인 머리통이 엄청나게 크고 짧은 다리로 여덟팔자걸음을 아기작아기작 걷는 김金가라는 조선 형사였다. 사납고 가혹하기로 개성 일판에서 이름이 난 형사였다.

그런 김가가 뜻밖에 부드러운 얼굴로 공대하는 말까지 쓰면서 문초를 하였다.

"그 왜 고집을 부리구 생고생을 하슈?"

"고집이 아니라 없는 사실을 부르라니 어떡헙니까."

"독서회라는 이름은 짓지 않았드래두 독서회의 행동을 했으면 사건은 성립이 되게 마련인 법인 줄 알면서 그러슈?"

"무얼 독서회의 행동을 한 것이 있어야지요?"

"가사 또 사건은 성립이 아니 된다구 치더래두 당신이 시방 미움을 받구 있는 것만은 사실인데 미움을 주기루 들면 한정이 없는 걸 모르슈? 일 년이구 이태 삼 년이구 처가둬두구서 곯리면 곯았지 별수 있나?"

고문보다도 또는 감옥으로 가서 징역을 살기보다도 가장 두려운 악형은 민두룸히 그대로 경찰서 유치장에다 가두어두고 생으로 사람을 썩히는 것이었다.

사상 관계자로 붙잡혀 들어갔다 이렇다 할 사건도 없는 사람이면서 몇 해씩을 현재 그렇게 생으로 썩고 있는 사람이 전 조선의 경찰서 유치장을 턴다면 얼마든지 나올 수 있는 사실이었다.

또 사상 관계자만이 아니요 멀리 다른 곳에 실례를 찾을 것이 없이 당장 내가 갇혀 있는 한방에도 사기횡령으로 몰리어 붙잡혀 들어와 가지고 일 년과 넉 달이 되는 사람이 있지 않은가.

나는 무쇠의 탈을 쓰지 아니한 '무쇠탈'을 연상하고 속으로 전율하였다.

김가는 짐짓 부드러운 얼굴과 공순한 말로써 회유를 하는 한편 무형의 '무쇠탈'로써 은근히 위협을 하자는 심담인 모양이었다.

나는 없는 죄를 자백하고 가서 징역을 사느냐 경찰서 유치장에서 장차 얼마일지를 모를 세월을 썩느냐 두 가지 중에서 하나를 택하여야 하였다.

이때 나를 구원하여준 것이 생각지도 아니한 한 장의 엽서였다.

다시 열 며칠인가 지나서였다.

일인 형사가 끌어내 가더니 어인 셈인지 빈들빈들 웃으면서,

"나가구푼가?"

하고 물었다.

나는 섬뻑 무어라고 대답을 못하고 눈치만 보았고 했더니 재쳐

"나가구퍼?"

그제야 나도

"있구퍼서 있나요?"

"음……."

그러고는 한참이나 내 얼굴을 여새겨 보고 나서

"조선문인협회라구 하는 것이 있나?"

"있습니다."

"무엇하는 단첸구?"

"조선 사람 문인들이 모여서 문학으루 나랏일을 도웁자는 것입니다."

"어떤 반연으루 생긴 단첸가?"

"총독부와 민간의 유력한 내지인들이 서둘러 주었습니다."

"회원은 전부 센징이겠지?"

"찬조회원이나 명예회원은 내지인이 많습니다."

"조선문인협회에서 북지 방면으루 황군위문대를 파견한다구?"

"그렇습니다."

"이것이 그 통첩인가?"

그러면서 한 장의 엽서 편지를 내놓았다.

문인협회로부터 북지 방면으로 황군위문대를 회원 중에서 파견하고자 하는데 그 구체적 협의회를 아무 날 아무 곳에서 열겠으니 참석하라는 엽서가 지난번 서울을 가기 조금 전에 온 것이

있었다. 바로 그 엽서였다. 나중 놓여나가서 알았지만 내가 놓여
나가던 십여 일 전에 두 번째 와서 수색을 하였고, 그때에 잡지
틈사구니에가 끼었다 떨어지는 이 엽서를 가져가더라고 집안사
람이 말하였다.

"거기 보면 삼월 이십팔일인가 위문대 파견하는 협의회를 열
겠다고 했는데 참석했는가?"

"했습니다. 실상 지난번에 서울 간 것도 그 때문이었습니다."

"어떤 결정을 했는가?"

"회원 중에서 명망이 있는 사람으로 몇 사람을 뽑아 파견하기
로 했습니다."

"누구누구가 뽑혔는가?"

"그것은 전형위원에서 맡아 하기로 했습니다."

"비용은?"

"당국의 보조로 쓰기로 했습니다."

"음……."

그자는 이윽고 얼굴과 음성을 준절히 하여가지고

"이번 사건이 그대들은 암만 그렇게 부인을 해도 증거가 역
력히 있고 하니깐 성립을 시키자면 충분히 시킬 수가 있단 말
야, 응?"

"네."

"그렇지만 첫째는 고의로 그런 것이 아니라 무의식중에 그렇
게 된 모양 같고 또 일변 조사를 한 결과 그대는 조선문인협회의
회원으로 대단히 열심이 있는 사람이 판명이 되었고 해서 이번
일은 특별히 용서를 하는 것이니, 응?"

"네."

나는 실상 서울에 가 있었으면서도 그 협의회는 참석을 아니하였다. 회의 경과도 그래서 노상에서 우연히 ○○○를 만나서 이야기로 들었을 따름이었다.

또 형리는 조사를 해본 결과 어쩌고 하였지만 내가 그 뒤에 서울로 가서 알아본 것에는 개성경찰서로부터 문인협회서 나에 대한 신분의 조회 같은 것은 온 것이 전혀 없었던 모양이었다.

"또 다른 세 사람은 나이알라 아직들 어리고 한데 전과자의 신분을 가져서는 정상이 가긍할 뿐 아니라 장차 나라를 위해 일을 할 때에도 상치가 될 것이요 해서 십분 용서를 하는 것이니 응?"

"네."

"이홀랑 각별히 주의를 하고 더욱더욱 나랏일에 충성을 해야해."

"네."

"이다음 만일 무슨 불미한 일이 있으면 그때는 일호 용서 없다?"

"네."

돈의 힘으로 경찰서를 쥐락펴락하고 형사나 순사 나부랭이를 하인 부리듯 하는 개성 제일 갑부의 젊은 자제가 나의 가형과 친구의 청을 받고 그 두 형사를 불러 술을 먹이는 길에 이 껍지 같은 자식들아 할 일이 없거든 발바닥이나 긁고 앉았지 그 사람이 무슨 죄가 있다고 때려 가두어놓고는 지랄들이냐고 시퍼렇게 지청구를 해주더라는 소식을 놓여나와서 들었다.

그것이 보람이 있기도 하였겠지만 결정적인 것은 역시 문인협회의 한 장 엽서였던 듯싶었다.

문인협회에 대한 대답 가운데 요긴한 것은 임시로 그 자리에서 나에게 유리하도록 꾸며댄 대문이 많았으나 아무튼 대일협력이라는 주권株券의 이윤利潤이 어떠하다는 것을 실지로 배운 것이 이 개성 사건이었다.

나중 가서야 어찌 되었든 우선 당장은 나아가지 않더라도 새끼로 목을 얽어 끌어내지는 아니할 것이며 누워서 배길 수가 없잖아 있는 소위 미영격멸국민총궐기대회의 강연을 피하려 않고서 내 발로 걸어 나갔던 것은 그처럼 대일협력의 이윤이 어떻다는 것을 안 것이 있었기 때문이었다.

많은 수효의 영리한 사람들이 저의 이익과 안전을 도모하기 위하여 진심으로 일본 사람을 따랐다.

역시 적지 아니한 수효의 사람이 핍박을 받을 용기가 없어 일본 사람에게 복종을 하였다.

복종이 싫고 용기가 있는 사람은 외국으로 달리어 민족 해방의 투쟁을 하였다. 더 용맹한 사람들은 외국으로 망명도 않고 지하로 숨어 다니면서 꾸준히 투쟁을 하였다.

용맹하지도 못한 동시에 영리하지도 못한 나는 결국 본심도 아니면서 겉으로 복종이나 하는 용렬하고 나약한 지아비의 부류에 들고 만 것이었다.

3

눈이 쌓이고, 한참 춘 이월 초생이었다.

송화군에서 맡은 곳을 다 마치고 마지막 풍천읍에서의 길이었다.

강연을 마치고 나니, 다음 예정지로 가는 버스가 두 시간 후에 떠나는 것이 있었다.

주인 편의 여러 사람과 점심을 먹고 있는데, 밖에서 손님이 찾는다는 전갈이 들어왔다.

이 고장에 알 사람이라고는 없는데 하고 의아해하면서 나가보았더니, 초면의 두 청년이었다. 하나는 건장하고, 하나는 그와 정반대로 얼굴이 병적으로 창백하고 몸이 파리한 대조적인 두 사람이었다.

나는 그들이 모르는 사람인 것을 발견하는 순간 가슴이 더럭하였다. 그러나 한편으로는 반가웠다.

그동안 다섯 차례를 강연을 하였는데, 청중 가운데 밀끔밀끔하니 땟물이 벗고, 표정이 다부진 청년들이 한 패씩 들어와 있지 않은 자리가 없었건만, 내가 강연이랍시고 맨 멀쩡한 소리를 지껄이고 섰어도, 단 한 번인들

"개수작 집어치워라."

하고 고함치는 사람이 있는 것을 보지 못하였다.

황차, 밤 같은 때 사처로 달려들어 몰매질을 하고 하는 따위는 싹도 볼 수가 없었다.

안전과 무사가 물론 다행치 아니한 것은 아니었다. 그러나 젊

은 사람들까지가 이다지도 기운이 죽었는가 하면 적막하고 슬
펐다.

그러던 차라, 미지의 젊은 사람네의 찾음을 만나니, 가슴 더럭
한 것과는 따로이, 여기는 그래도 기개 있는 젊은이가 있는 것이
나 아닌가, 노백린盧伯麟[7] 씨의 생지가 그래도 다른가 보다 싶어, 그
래 반가운 생각이 들던 것이었다.

그러나 나는 그들이 너무도 적의가 없어 보이고, 말일랑이 공
순한 것이며, 또 몰매질을 하러 온 것으로는 단둘이라는 것이 과
히 단출한 것이며에 이내 도로 안심과 실망을 함께 느꼈다.

건장한 편이 노盧 군 창백하고 파리한 편이 이李 군이었다.

수인사가 끝난 후, 노 군이 물었다.

"선생님, 언제 떠나시죠?"

"이따, 오후 버스로 떠나기루 했습니다."

나의 대답에 둘은 문득 절망을 하면서 다시 노 군이

"웬만하시면 낼 아침 버스로 떠나시게 하시구서, 오늘 저녁 저
희들허구 좀 만나주셨으면……."

"예정이 있어놔서 그럽니다."

둘은 서로 보면서 못내 섭섭해하다가, 이 군이 이번엔 묻는다.

"정 그러시다면 단 한 시간이나 삼십 분이라두 여기서 점심이
끝나시는 대루 저희허구 좀."

"그럭허십시오."

주먹이 나올지 팥죽이 나올지 그것은 나중 보아야 할 일이요,

---

7 독립군을 양성한 유명한 독립운동가.

나는 나로서 지방의 젊은이들이 이 판국에 바야흐로 무엇을 생각하며 무엇을 바라며 하는지를 아는 것도 일종의 의무처럼 생색 있는 일이었다.

첩경 그러기가 쉽듯이, 점심자리가 술자리로 벌어지는 것을 속히속히 끝내게 하느라고 하기는 하였지만, 워낙 시간의 여유가 많지 못했던 소치로 젊은이들이 기다리는 자리는 가 앉았다 그대로 일어서야 할 만큼 시간은 촉박하였다.

사과와 과실과 차를 준비하여 놓은 자리에, 노 군과 이 군 외에 한 또래의 청년이 두어 사람과, 하나는 음악을 하나는 문학을 각기 좋아한다는 소녀도 둘이 와서 있었다.

다시 초면 인사를 하고, 둘러앉아서 한 잔씩의 차를 마시기가 바쁘게, 버스는 떠날 시간이 되었다.

노 군과 이 군이 서로가람,[8] 내일 아침에 떠나도록 하고, 하룻밤 자기들과 이야기를 하여주어 달라고, 지방에서는 선배들을 항상 그리워하는데 모처럼 기회를 그냥 놓치기가 여간 섭섭지 않다고 간곡히 만류를 하였다.

나는 그날 풍천읍을 떠나 송화온천까지 가 거기서 장연으로부터 나를 맞으러 오는 사람과 만나, 다음날 장연으로 가서 준비를 하여가지고 그 다음날부터 강연을 하기로 다 배비[9]가 되어 있었다. 그러나 나는 장연 편과 연락에 어긋이 나고, 가사 그래서 장연에서의 예정에 상치가 생기는 한이 있다더라도 이 젊은이들의 만류를 뿌리치고 일어설 수는 없었다.

8 서로.
9 배치하여 설비함.

밤에는 열둘인가로 사람이 더 불었다.

이십으로부터 이십사, 오 세까지의 대개는 중등 이상의 학력을 가진 모두가 준수한 젊은이들이었다.

한 청년이 말하였다.

"우리는 시방 앞날이 깜깜합니다. 자꾸만 비관이 됩니다. 어떻게 하면 좋을지 모르겠어요."

나는 단박에 대답이 막혔다.

그야 대답을 하기로 들면, 시원히 하여줄 말이 없는 것은 아니었다. 그러나 이십여 명 이상이나 모인 사람들이, 그 사람들은 막상 다 미더운 사람들이라고 하더라도, 내가 이 자리에서 한 말이 한 집 건너고 두 입 건너 필경엔 경찰의 귀에까지 들어가지 말란 법이 없다는 것을 어떻게 보장할 것인고.

명색이 선배라고 믿고서 그들은 진심엣 호소를 하던 것이었다.

모인 전부가 낮에 강연회에도 와서 들었다고 한다. 그러니 낮에 강연회에서 지껄인 소리는 본의가 아니고 할 수 없이 그런 것이요, 진심은 그렇지 않거니 이렇게 나를 믿고서 자기네도 진심을 토로함이었다.

소문이 퍼질까 저어하여, 경찰의 형벌이 두려워, 이 나를 믿고서 와 안기어 고민을 호소하는 젊은이들의 진심에 대하여, 한 가지로 진심이지 못하는 나의 비겁함 그 용렬스러움.

나는 나 자신이 야속하고 또한 슬펐다.

"너무 범위가 막연한데…… 가령 어떤 방면으루 말이지요?"

나는 아무려나 우선 이렇게 반문을 하였다.

"여기 모인 우린 태반이, 증병이나 학병으루 끌려 나가야 할 사람입니다. 끌려 나가서 개주검을 해야 합니까?"

나는 등에 찬물을 끼얹는 것 같았다.

여럿은 먹기를 멈추고, 긴장하여 나의 대답을 기다렸다.

"우리가 앞으로 살아 나가는 데 일본 사람과 꼭같은 권리를 주장하자면, 피도 좀 흘려야 아니할까요? 피를 흘리면 흘린 피의 대가를 요구할 권리가 생기지 아니합니까?"

"네…… 그렇지만……."

그는 불만한 눈치였다.

그 불만이어 하는 것이 만족해하느니보다 얼마나 다행스러운지 몰랐다.

이어서 다른 사람이 말을 하였다.

"도무지 차별 대우가 아니꺼워서 못 견데겠어요."

"차별 대우를 받지 않도록 우리두 실력을 가져야 하겠지요. 문화적으로나 경제적으로나, 그 사람네보다 떨어지지 않는 수준에 도달해야 하겠지요. 우리 전체가 노력을 해서, 그만한 실력을 가지는 다음에야 언감히 우리를 하시하겠습니까?"

"같은 학교를 같은 해에 일본 아이는 꼴지루, 조선 사람은 첫찌루 졸업을 했는데, 한날한시에 들어간 회사에서 월급이 우선 다르지요. 일본 아이는 조금 있으면 승차를 하는데, 조선 사람은 만날 그 자리지요. 실력두 별수가 없잖아요?"

"개인으로는 우리가 일본 사람보다 나을 사람이 있다지만, 전체로야 어디 그렇습니까? 우리 전체가 일본 사람 전체보다 나은, 적어도 같은 수준에 이르도록 실력을 가져야 하고, 그때를 기대려야 하겠지요."

이 실력론이나 먼저의 피의 대가의 주장론, 친일파 가운데에서도 제 소위 진보적이라고 하고, 내선일체주의자라는 이름으로 불리는 극단파에서 하는 주장이었다. 그러기 때문에 그들은, 친일파는 친일파이면서도 총독부와 군부의 미움과 주목을 받는 패들이었다.

나는 목마른 젊은이들이 바라는 한 그릇의 시원한 냉수를 주는 대신, 그런 친일파의 괴설을 빌려 결국 한 숟갈의 쓰디쓴 소태를 주고 만 셈이었다.

뼈다귀가 부러지거나 골병이 들도록 늑신 몰매를 맞느니보다도 더 아픈 마음을 안고 사관으로 돌아가 누웠다.

잠을 이루지 못해하는데 이 군이 혼자 찾아왔다.

"사람을, 이 사람 저 사람 너무 여럿을 오게 해서 선생님 퍽 거북하셨을 줄 압니다. 그러나 사람들은 다 안심할 수 있는 사람들입니다."

이 군은 두 무릎을 단정히 꿇고 앉아서 사과 겸 변명을 한 후에

"어떡허면 좋겠습니까, 선생님?"

하고 침통히 묻는 것이었다. 징병이며 학병에 대한 것이었다.

나는 서슴지 않고 대답하였다.

"되도록 나가지 말라고 권하고 싶습니다, 무슨 수단을 써서든지."

"……."

말없이 나를 보는 이 군의 그 창백한 얼굴은 빛났다. 눈에는 눈물이 고였다. 고인 눈물이 인하여 넘쳐흘렀다.

나도 눈가가 뜨거웠다.

"이왕 한마디 부탁이 있소이다. 꿋꿋한 정신을 길르구 지켜주십시오. 강한 자에게 굽혀 목전의 구차한 안전을 도모하는 타협 생활보다, 핍박을 받을지언정 굽히지 않고 도리어 그와 싸워 물리치겠다는 꿋꿋한 정신을 길르구 이겨주십시오. 우리가 과거 수천 년래 대륙 민족의 압제를 받은 것이나 오늘날 일본의 종노릇을 하게 된 것이나, 우리를 침해하고 우리를 억누르는 외적과 마조 싸워내는 꿋꿋한 정신이 모자랐기 때문입니다. 강한 자에게 굽히고 아첨하여 구차한 일시일시의 안전만을 도모하는 타협주의 이것이 우리 민족성의 큰 결함입니다. 오늘의 우리의 불행은 이 민족성의 결함에서 온 것이요, 그 결함을 고치지 않는 이상 우리는 민족적으로 멸망을 당하거나, 내일도 오늘처럼 영원히 불행할 것입니다. 시방 우리한테 특별히 젊은이들한테 절절하게 필요한 것은, 굴치 않고 싸워내는 꿋꿋한 정신입니다. 그렇지만 그것도 한 사람 한 사람이 따로따로이만 꿋꿋했자 아모 소용도 닿지 않습니다. 여럿이 모이는 데서 비로소 힘이 생기는 것입니다."

"……."

이 군은 머리를 수긋하고 듣고만 있었다.

나는 음성을 고치어 그다음 말을 하였다.

"그러나 조심하십시오. 첫째 서로 친하다는 것과 믿고서 속을 줄 수 있는 사람이라는 것과는 다른 것입니다. 둘째 혈기를 삼가시오. 혈기는 경솔과 상거가 항상 가차운 것이니까요."

"……."

"그리고 또 한 가지 내 소견을 말하라면, 시방, 이 야만된 폭력주의가 아무래도 인류 역사의 노말한 현상은 아닐 것입니다. 정넝 한때의 변조 같습니다. 과히 암담해하거나 실망들은 할라 마십시오. 수히 정상 상태로 돌아갈 날이 올 듯두 합니다."

"고맙습니다, 선생님. 하신 말씀 명심하겠습니다. 믿겠습니다."

이 군은 고개를 들고, 아직도 흐르는 눈물을 주먹으로 씻으면서 목멘 소리로 숨 가쁘게 그러던 것이었다.

이 밤에 나는 조금은 속이 후련하고 짐이 덜리는 것 같았다. 그러나 계속하여 뭇사람을 모아놓고 미국 영국은 나쁜 놈들이요, 일본이 옳고, 전쟁은 시방이 한 고패요, 조선 사람들은 어서 바삐 증산을 하고 저축을 많이 하고 하여 이 전쟁을 일본의 승리로써 빨리 끝내도록 협력해야 한다는 강연을 하고 다니는 사람—보기 싫은 양서[10]동물兩棲動物이 아니 되지 못하였다.

그 뒤 천구백사십사년 오월에는 작가 다섯 사람과 화가 다섯 사람을 추려 소설가 하나에다 화가 하나를 껴 다섯 패를 만들어 가지고, 전라남도 목포의 목조조선소木造造船所, 강원도 영월 무연탄광, 평안북도 강계의 무수알콜[無水酒精] 공장, 같은 평안북도 용천의 불이농장,[11] 역시 평안북도 양시의 알루미늄 공장 이 다섯 곳 생산 현장으로 그 한 패씩을 파견하는 한 패에 뽑히어, 나는 양시의 알루미늄 공장으로 갔다. 할 일이라는 것은, 가서 한 일주일가량씩 묵으면서 생산 현장의 실지 견문을 얻어가지고 돌아와 화가는 증산하는 그림을, 소설가는 증산 소설을 각각 쓰는 것이요, 주최와 발안은 총력연맹 문화과였다.

나는 다녀와서 이백 자 스무 장인가를 써 내놓았고, 일어로 번

---

10 물속이나 땅 위의 양쪽에서 다 삶.
11 회사 형태의 소작제 농장으로 소유주는 일본인.

역을 누구에겐지 맡겨서 시킨다고 하더니, 그대로 우물쭈물 발표
는 되지 않았다.

다시 그해 가을에는 강원도 김화金化로 전년의 황해도 적과 비
슷한 강연을 갔다.

이보다 조금 앞서, 〈매일신보〉에다 연재소설을 쓰기 시작한
것이 있었다.

검열이, 신문사의 편집자를 시켜 작자에게 다짐을 요구하였
다. 반드시 시국적인 소설이어야 할 것과, 소설의 경개를 미리 제
출할 것과, 그 경개대로 충실히 써나갈 것 등속의 다짐이었다.

유일한 생화生貨가 그때나 지금이나 매문賣文이요, 매문을 아니
하고는 이 합 이 작의 배급쌀조차 팔 길이 없는 철빈…… 요구대
로 다짐을 두고 쓰기를 시작하였다.

쓰면서 가끔 배신을 하다가, 두어 차례나 불려 들어가 검열
관—퇴직 순검한테 꾸지람도 듣고, 문학 강의도 듣고 하였다. 잘
하나 못하나 이십 년 소설을 썼다는 자가 늙마에 와서 순검한테
문학 강의의 일석을 듣고…….

그러나 일변 생각하면 받아 싼 욕이었다.

바이런인지는 자다가 아침에 깨어보니 제가 그렇게 유명해여
져 있더라고 하였다지만, 나는 하루아침 잠이 깨어 수렁(무저소
無底沼) 가운데에 들어섰는 나 자신을 발견하였다. 한정 없이 술술
자꾸만 미끄러져 들어가는 대일협력자라는 수렁.

정강이까지는 벌써 미끄러져 들어가 있었다. 그러나 시방이라
면 빠져나올 수 없는 것도 아니었다.

만일 이때에 빠져나오지 않는다면, 정강이에서 그다음 너벅다

리[12]로, 너벅다리에서 배꼽으로, 배꼽에서 가슴패기로, 모가지로 이마로, 그리고는 영영 퐁당…… 하고 마는 것이었다.

몸은 터럭이 있는 대로 죄다 곤두설 노릇이었다.

서울서 떠나 궁벽한 시골로 가 있기만 한다면 강연 같은 것을 하라고 불러내는 '곶감'의 미끼에 반겨 응하고 나설 기회가 태반 봉쇄될 것이었다.

시골로 가서 있으면 한 가락의 호미가 보리밥의 반량이나마 채워주어, 창녀 못지않은 그 매문질은 아니할 수가 있을 것이었다.

일본의 패전, 그다음에 오는 것의 불안과 공포랄지, 눈에 살기를 머금은 일본 병정들의 등덜미를 겨누는 기관총 부리의 위협이랄지, 이런 것 외에도, 멀찍이 궁벽한 시골로 낙향을 하여야만 할 또 한 가지의 다른 사정이란, 곧 이 대일협력의 수렁으로부터의 도피행 그것이었다.

그리고 그렇게 하였다.

그러나 결코 용감히 뿌리치고서 일어서고 하였던 바는 아니었다. 역시 나답게 용렬스런 가만한 도피행일 따름이었다.

새삼스럽게 무슨 지조가 우러나는 것이 있었음도 아니었다.

후일에 혹시 문죄問罪라도 당하는 날이 있을까 보아 그날에 벌을 가볍게 하자는 계책인 것도 아니었다.

지금까지의 행적을 사는 고장을 옮김으로써 남에게 숨기기라도 하는 것은 더욱이 아니었다. 그런 점으로는 차라리 객지인 광나루가 더 유리하였다.

---

12 '넓적다리'의 사투리.

오직 그 대일협력이라는 사실에서 풍겨 나오는 악취 그것이 못 견디게 불쾌하였고, 목전에 그것을 면하고 싶은 지극히 당면적인 간단한 욕망으로서일 뿐이었다.

아무리 정강이께서 도피하여 나왔다고 하더라도, 한번 살에 묻은 대일협력의 불결한 진흙은 나의 두 다리에 신겨진 불멸의 고무장화였다. 씻어도 깎아도 지워지지 않는 영원한 '죄의 표지標識'였다. 창녀가 가정으로 돌아왔다고 그의 생리生理가 숫처녀로 환원되어지는 법은 절대로 없듯이.

또 정강이께서 미리 도피를 하여 나왔다고 배꼽이나 가슴패기까지 찼던 이보다 자랑스럴 것도 없는 것이었다. 가사 발목께서 도피를 하여 나오고 말았다고 하더라도 대일협력이라는 불결한 진흙이 살에 가 묻었기는 일반인 것이었다. 그러므로 정강이까지 들어갔으나 발목까지만 들어갔으나 훨씬 가슴패기까지 들어갔으나 죄상의 양에 다소는 있을지언정 죄의 표지에 농담濃淡이 유난히 두드러질 것은 없는 것이었다.

4

소개랍시고 고향으로 내려오기는 하였으나 막막하기 다시없었다.

사월이면 여느 때에도 춘궁이니, 보릿고개니 하여 넘기가 어려운 고패인데, 지나간 해가 연사13가 좋지 못하였다. 그런데다 거두지도 못한 벼를 공출로 닥닥 긁어갔다.

그리고는 명색이 배급입네 환원미입네 하고 한 달이면 한 집에 쌀 한두 되에다 썩은 강냉이 몇 되씩을 약 주듯이 주고 있었다.

백성들은 태반이 하루 한때 풀잎죽으로 아사를 면할락 말락 하면서 누렇게들 떠가지고 춘경이 돌아왔건만 파종할 기운을 내지 못하고 있었다. 우환 중에 보리가 흉년이었다. 백성들은 장차 시월까지 이 봄과 여름을 살아나갈 방도가 막연했다. 나의 고향 집에는 팔십 넘은 노모와 육십의 장형 내외가 있었다. 거기에다 나에게 딸린 가솔이 넷.

이 여덟 식구를 나는 내가 책임을 져야만 하였다.

쌀은 사기도 어려웠거니와 내가 뭉뚱그려가지고 내려간 삼천 원의 돈으로 쌀을 사서 먹자면, 한 달을 지탱할까 말까 한 것이었다. 그러나마 나는 그 돈 삼천 원으로 농자農資를 삼아 금년 농사를 지어야 하였다. 붓을 꺾어버린 이상, 서울서처럼 원고료의 수입은 전혀 없을 터였다. 죽으나 사나, 농사 한 가지에다 생도生途를 의탁하는밖에 없고, 그리하자면 그 돈 삼천 원을 당장 아쉽다고 먹어 없애는 수는 없었다. 나는 하릴없이 팔십 넘은 노모를 그림자 보이는 나물죽을 드렸다.

배탈이 난 네 살배기 어린놈을, 썩은 배급 강냉이밥을 먹였다.

논(수전水田) 농사는 숙련된 기술과 나로서는 감당치 못할 울력이 드는 것이라 부득이 비싼 삯꾼을 사 대어야만 하였지만, 밭 농사는 아내와 함께 둘이서 하기로 하였다.

가을에 논의 신곡이 날 때까지 보태어 먹을 것으로 서속[14]도

13 농사가 잘되고 못된 형편.
14 기장과 조.

심고 감자도 심었다. 밭벼(육도陸稻)도 심었다. 채마[15]도 가꾸었다.

그런 중에도 제일 빨리, 제일 손쉽게 먹을 수 있는 것으로 강냉이와 호박을 구석구석에 돌아가면서 많이 심어놓았다.

아내나 나나 일찍이 하여보지 못한 노릇이라 대단히 힘에 겨웠다. 일쑤 코피를 쏟았다. 가끔 몸살이 나 앓기도 하였다.

몸 고단한 것보다도 더 어려운 것은 시장이었다.

조반은 뜨는 둥 마는 둥, 점심은 없는 날이 많았다. 사오월 기나긴 해를 허리띠 졸라매어가면서 땅을 파고 풀을 뽑고 하노라면 석양 때에는 깜박 현기증이 나곤 하였다.

그렇지만 편안히 있다 굶어 죽느냐, 밭고랑에 쓰러져가면서라도 심고 가꾸어 먹고 살아가느냐 하는 단판씨름인지라, 괴로움을 상관할 계제가 아니었다.

오월로 들어 일이 조금 너끈한[16] 틈을 타 서울 걸음을 하였다. 짐을 꾸리어 남의 집에다 맡겨둔 채 내려오지 못한 것을 가 운송편으로 띄우고자 함이었다.

매일신보에 들렀더니, 사회부원이 마침 잘 만났다면서 소개를 가서 지내는 형편을 말하라고 하였다.

무엇보다도 식량 사정이 핍절하노라고, 내 손으로 강냉이를 삼사백 포기, 호박을 오륙십 포기 심어놓고, 그것이 자라서 열매가 열어서 익어서 마침내 시장한 배를 채워줄 날을 침 삼키며 기대면서 일심으로 매가꾸노라고 이런 의미의 대답을 하였다.

그다음 날 지면엔 '소개의 변辯' 제이회째던가로 나의 사진과

15 먹을거리나 입을 거리로 심어서 가꾸는 식물.
16 한가한.

함께 내가 소개를 가 붓을 드는 여가에 괭이를 들고 땅을 파며 강냉이를 삼사백 포기나, 호박을 오륙십 포기나 심고 하여, 시국 하 식량 증산 운동에 크게 이바지를 하는 동시에, 농민들에게도 모범을 보이고 있다는 요령의 기사가 잘 씌었다. 고마웠다. 그것 으로 징용도 면하고, 주재소의 주목 대신 '존경'도 받고 하였다. 윤의 그

   '호박이랑 옥수수랑 많이 수확하겠습디까?'

하고, 빙긋 웃기까지 하면서 하던 노골한 경멸과 조롱은, 이 〈매 일신보〉의 기사 '소개의 변'에다 두고 한 것이었다.

   그러므로 그것은,

   '이놈아, 이 민족 반역자야.'

   타매唾罵와도 다름이 없는 것이었다.

5

   주인 김 군이 돌아왔다.

   그는 출판을 하자면 선전 소용으로도 부득불 잡지를 조그맣 게나마 하나 가져야 하겠다는 것과, 그 첫 호를 쉬이 내고자 하니 누구보다도 자네들 두 사람이 편집 방침으로든지 원고로든지 적 극적으로 도와주어야 하겠다는 것을 간단히 이야기한 후에 나더 러 먼저

   "우선 자넬랑은 소설을 한 편 짤막하구두 썩 이쁘장스런 걸루 다 한 편, 기한은 이 주일 안으루…… 이건 '명령적 성질을 가진'

것야. 위반을 했단 괜히."

"어떻게 생긴 소설이 그 이쁘장스런 소설인구?"

나는 농 삼아서라도 이렇게 반문할밖에.

"가령 옐 든다면, 자네가 이번에 ××에다 쓴 〈맹 순사〉 같은 소설은 도저히 이쁘장스런 소설이 아니니깐."

"그렇다면 다른 사람더러 부탁하는 게 술걸."

"이왕 말이 났으니 말이지, 팔일오 이후 여지껏 침묵하고 있다 첫 작품이 그런 거라군 좀 섭섭하데이."

"재주가 그뿐인 걸 어떡허나?"

나는 차라리 그 자리에 윤이 있지 않았다면

'대작을 쓰느라구 침묵했던 줄 알았던감?'

하였을 것이었다.

"인전 소설두들 쓰기 편허죠?"

윤이 거들고 묻는 말이었다.

"노상 그렇지두 않은 것 같습니다. 검열이 없어지구 보니깐, 인력거꾼이 마라송[17]은 잘 못하듯기."

"아, 내선일체 소설들두 썼을랴드냐 지금야."

"……."

검열이 없어지기 때문에 긴장이 풀려서 도리어 쓰기가 헛심이 쓰인다는 말에 대한 반박이

'내선일체 소설도 썼을랴드냐.'

라니 당치도 아니한 소리였다.

17 마라톤.

자못 탈선이었다.

나를 욕하고 싶어 생트집을 잡는 노릇이었다.

나는 속에서 뭉클하고 가슴으로 치닫는 것을 삼키고 참았다. 아니 참고 대들었자 무엇 뀐 놈이 성낸다는 꼴이요, 치소나 더할 따름이었다.

험해지는 공기를 눈치 채고, 김 군이 얼른 말머리를 돌려놓는다.

"소설은 아무턴 그럭허기루 허구, 윤 군 자넬랑은 이걸 좀 써주겠나? 패전을 통해 본 일본인의 민족 기질."

"내 영역두 아니지만, 그런 게 무슨 제목거리가 되나?"

"삼기루 들면 크지. 난 그래 좌담회라두 열까 했지만 그럴 것 꺼진 없구. 아 학생들이 심지어 중학생꺼지두 십 년 후에 보자면서 요새 여간 긴장과 열심들이 아니래잖아? 그런데 한편으루 재밌는 모순은 딱 전쟁에 지구 나니간 그 홀개 빠지구 비굴하던 꼬락사닐 좀 보란 말야. 세상 앙칼지구 기승스럽구 도고허구 하던 거, 그거 일조에 다 어디루 가구서들, 그따위루 비굴하구 반편스럽구 겁 많구 하느난 말야. 난 사실 일본이 전쟁에 져 항복을 하는 날이면 굉장히 자살들을 하구 나가자빠지려니 했었는데, 웬걸…… 더구나 지도자놈들, 고런 얌체 빠지구 뻔뻔스럽다군. 그 중에서두 조선 나와 있던 놈들, 그 기염氣焰,[18] 그 교만, 다 어떡허구서…… 무엇이냐 고천古川 이놈은 함북지사루 갔다 게서 붙잽힌 채 경찰서 고쓰카이질을 하구 있더라구?"

"흥, 남 말을 왜 해."

[18] 불꽃처럼 대단한 기세.

윤은 그러면서 입을 삐쭉

"명색이 지도자놈들이 얌체 빠지구 뻔뻔스런 건 하필 왜놈들 뿐이던가? 조선놈들은 어떻길래?"

"조선 사람 문젠 그 제목엔 관계가 없으니깐 잠깐 보류하구……"

김 군이 나의 낯꽃을 살피면서 그러던 것이나, 윤은 묵살하고 그대로 계속하여

"왜놈들의 주구가 돼가지구 온갖 아첨 다하구, 비월 맞추구 하면서 순진한 청년 어리석은 백성을 모아놓군 구린내 나는 아굴지[19]루다 지껄인닷 소리가, 소위 예술가니 평론가니 하는 놈들은 썩어빠진 붓토막으루 끼적거려 낸닷 소리가, 황국신민이 되라 하기, 내선일체를 하라 하기. 미국 영국은 도둑놈이요 불의하구 전쟁에는 반드시 지구 멸망할 운명에 있구, 일본은 위대하구 정의요 전쟁엔 반드시 이기구 영원투룩 번영할 터이구 하다면서, 그러니 지원병에 나가구 학병에 나가구 증병에 나가 일본을 위해 개주검을 하라구 꼬이구 조르기. 굶어 죽더라두 농사한 건 있는 대루 죄다 공출에 바치라구 꼬이구 조르기. 가족은 유리하구 집안은 망하더라두 증용에 나가라구 꼬이구 조르기……"

"너무 과격해. 너무 과격해. 잡지 편집 회의룬 탈선야."

"개중에두 제 소위 소설가니 시인이니 하는 놈들……"

그러다 윤은 나를 힐끗 돌려다 보면서—그것은 차마 정시하기 어려운, 적의와 증오로 찬 얼굴이었다—그런 얼굴로 나를 돌려

19 아가리.

494

다 보면서

"비단 당신 하나를 두구서 하는 말이 아니니, 어찌 생각은 마
슈."

하고는 도로 김 군더러

"잘하나 못하나 소설이니 시니 해서 예술일 것 같으면 양심의
활동이요, 진리의 탐구와 그 표현이 아니냐 말야. 물론 소설가나
시인두 사람인 이상 입으룬 거짓말을 한다구 하겠지만, 붓으룬
거짓말을 하길 싫어하는 법인데, 또 해필 아니 되는 법인데, 그
래 멀쩡한 거짓말루다 황국신민 소설, 내선일체 소설을 쓰구, 조
선 청년이 강제 모병에 끌려 나가 우리의 해방에 방해되는 희생
을 하구 한 걸 감격하구 영웅화하는 걸 쓰구 했으니 그게 예술가
야? 예술과 예술가의 이름을 똥칠한 놈들이요, 뱃속에 가 진실과
선과 미를 찾아 마지않는 양심 대신, 구더기만 움덕거리는 놈들
이 아니구 무어야?"

"대관절 이 사람, 패전을 통해 본 일본인의 민족 기질을 써줄
심인가 말 심인가?"

"그랬거들랑 저윽히 인간적 양심의 반 조각이라두 남은 놈들
이라면, 팔일오를 당해 조금이라두 뉘우치는, 부끄러하는 무엇이
있어야 할 거 아냐? 제법 보꾹[20]에다 목을 매구 늘어지던 못한다
구 할값이라두, 죽은 듯기 아뭇 소리 말구 처박혀 있기나 했어야
할 게 아냐? 그런데 글쎄, 그러기는커녕 팔일오 소리가 울리기가
무섭게 정말 나서야 할 사람보담두 저이가 먼점 나서가지구 —

20 지붕 안쪽의 구조물.

진소위 선가船價 없는 놈이 배 먼점 오른다는 격이었다―그래가
지군, 바루 그 전날꺼지, 그 전날꺼지가 무어야, 그날 아침꺼지두
총독부루 군부루 총력연맹으루 쫓어댕기구 일본을 상전처럼 어
미 아비처럼 떠받치구 미국 영국을 불공대천지 원수루 저주 공
격하구, 백성들더러 어째서 황국신민이 아니 되느냐구, 어째서
증병이며 증용을 꺼려 하느냐구, 어째서 공출을 잘 아니 내느냐
구 꾸짖구 호령하구 하던 그 아굴지, 그 붓토막으루다, 온 아무리
낯바닥이 쇠가죽같이 두껍기루소니 몇 시간이 못 돼 그 아굴지
그 붓토막으루다 눌러 그대루, 악독한 우리의 원수 왜놈은 굴복
했다, 우리를 피 빨아먹던 강도 왜놈은 물러갔다, 우리의 민족정
신을 말살하려 황국신민이니 내선일체니 하던 기만의 통치와 지
배는 무너졌다, 강제 모병 강제 증용 강제 증발의 온갖 압박과 착
취의 쇠사슬은 끊어졌다. 자 해방이다, 사천 년의 유구한 역사와
찬란한 문화와 독자한 전통으로 빚어진 삼천만 겨레의 민족혼은
제국주의 일본과 삼십육 년 꾸준히 싸워왔다, 그리고 지금이야
삼천리강산에 해방이 왔다. 자 건국이다, 너두나두 다토아 건국
에 몸을 바치자. 그러나 친일파와 민족 반역자를 처단하라. 그놈
들은 왜놈에게 민족을 팔아먹은 놈들이다, 왜놈들이다. 왜놈보다
더 악독하게 우리를 괴롭힌 놈들이다. 오오, 우리의 해방의 은인
이 온다, 위대한 정의의 사도 연합군을 맞이하자. 이런 소리가 아
무려면 그래 제 얼굴이 간지라워서라두, 제 계집 자식이 면괴스
러워서라두 차마 지껄여지며 써지느냐 말야. 오늘은 이李가의 내
일은 김金가의 품으로 굴러댕기는 매춘부는 차라리 동정할 여지
나 있지. 고따위루 비루하구 얌체 빠지구 뻔뻔스런 것들이 그게

사람야? 개도야지만두 못한 것들이지. 도둑놈의 개두 제 주인은 섬길 줄은 안다구 아니해?"

"자, 인전 엔간치 막설하는 게 어때? 그만하면 자네란 사람이 얼마나 박절한 사람이란 건 넉넉히 설명이 됐으니."

김 군은 조금 아까부터 신문을 오려 스크랩에 붙이고 있었다.

김 군의 음성은 자못 준절하였다. 얼굴도 그러하였다.

김 군은 졸연히 흥분을 하거나 분노를 겉으로 드러내거나 하는 사람이 아니었다. 그러므로 시방 그만 정도의 준절한 음성과 얼굴은 다른 사람의 웬만치 성이 난 것이나 일반으로 보아도 무방하였다.

윤은 상관 않고 하던 말을 최후까지 계속한다.

"난 그러니깐, 그런 개도야지만 못한 것들이 숙청이 되기 전엔 건국 사업이구 무엇이구 나서구 싶질 않아. 도저히 그런 더러운 무리들과 동석은 할 생각이 없어."

"사람이 자네처럼 그렇게 하찮은 자랑을 가지구 분수 이상으루 남한테 가혹해선 자네 일신상두 이룹지가 못하구 세상에두 용납을 못하구……."

"무어? 하찮은 자랑이라구? 분수 이상이라구?"

윤은 퍼르등해서 대든다.

김 군은 일하던 것을 놓고, 두 팔로 턱을 괴고 탁자 너머로 윤을 마주 보면서 응한다.

"윤 군 자네, 나를 대일협력을 했다구 보나? 아니했다구 보나?"

"했지, 그럼 아니해?"

"적실히 했다구 보지? 그런데 자네 일찍이 조선 사람 지도자나 지식층에 대한 일본의 공세—총독부의 소위 고등정책이라는 거 말일세. 거기 대해서 반격을 해본 일이 있는가?"

"……."

"손쉽게, 총력연맹이나 시굴 경찰서에서 자네더러 시국 강연을 해달라는 교섭 받은 적 있었나?"

"없지."

"원고는?"

"없지. 신문사 고만두면서 이내 시굴루 내려가 있었으니깐."

"몰라 물은 게 아닐세. 그러니 첫째 왈 자넨, 자네의 지조의 경도硬度를 시험받을 적극적 기획 가저보지 못한 사람, 합격품인지 불합격품인지 아직 그 판이 나서지 않은 미시험품, 알아들어?"

"그래서?"

"남구루 치면, 단 한 번이래두 도끼루 찍힘을 당해본 적이 없는 남구야. 한 번 찍어 넘어갔을는지 다섯 번 열 번에 넘어갔을는지 혹은 백 번 천 번을 찍혀두 영영 넘어가지 않았을는지 걸 알 수가 없지 않은가?"

"그래서?"

"그러니깐 자네의 지조의 경도란 미지수여든. 자네가 혹시 그동안 꾸준히 투쟁을 계속해온 좌익운동의 투사들이나 민족주의 진영의 몇몇 지도자들처럼, 백 번 천 번의 찍음에 넘어가지 않구서 오늘날의 온전을 지탱한 그런 지조란다면, 그야 자랑두 하자면 하염즉하겠지. 그러지 못한 남을 나무랠 계제두 있자면 있겠지. 그러나 어린아이한테 맡기기두 조심되는 한 개의 계란일는지, 소가 밟아두 깨지지 않을 자라등일는지 하여튼 미시험의 지조를 가지구 함부루 자랑을 삼구 남을 멸시하구 한다는 건, 매양 분수에 벗는 노릇이 아닐까?"

"내가 무슨 자랑으루 그런대나?"

"의식적이건 무의식적이건…… 그리구 둘째루 자넨 자네의 결백을 횡재한 사람."

"결백을 횡재하다께?"

"자네와 나와 한 신문사의 같은 자리에 있다가 자넨 사직을 하구 나가는데 난 머물러 있지 않었던가?"

"그래서?"

"그것이 난 신문기자의 직업을 버리구 나면 이튿날버틈 목구멍을 보전치 못할 테니깐, 그대루 머물러 있으면서 신문을 맨들어냈구, 그 신문을 맨드는 데에 종사한 것이 자네의 이른바 나의 대일협력이 아닌가?"

"그렇지."

"그런데 자넨 월급봉투에다 목구멍을 틀었지 않드래두 자네 어룬이 부자니깐, 먹구사는 걱정은 없는 사람이라 선뜻 신문기자의 직업을 버리구 말았기 때문에 자넨 신문을 맨든다는 대일협력을 아니한 사람, 그렇지 않은가?"

"그래서?"

"그렇다면 걸 재산적 운명이라구나 할는지, 내가 결백할 수가 없다는 건 가난했기 때문이요, 자네가 결백할 수가 있었다는 건 부잣집 아들이었기 때문이요, 그것밖엔 더 있나? 자네와 나와를 비교·대조해서 볼 땐 적어두 그렇잖아? 물론 가난하다구서 절개를 팔아먹었다는 것이 부꾸런 노릇이야 부꾸런 노릇이지. 또 오늘이라두 민족의 심판을 받는다면, 지은 죄만치 복죄伏罪할 각오가 없는 배두 아니구. 그렇지만 자네같이 단지 부자 아버질 둔 덕분에 팔아먹지 아니할 수가 있었다는 절개두 와락 자랑거린 아닐 상부르이.”

“그건 진부한 형식논리요 결국은 억담. 월급쟁이가 반드시 신문사 밥만 먹어야 한다는 법은 있던가? 신문기자 말구 달리 얼마든지 월급쟁이질을 할 자리가 있지 않아?”

“가령? 은행원?”

“은행이든지, 보통 영리회사든지.”

“은행은 대일협력 아니하구서 초연했던가?”

“하다못해 땅은 못 파먹어?”

“……”

김 군은 어처구니가 없다고 뻔히 윤 군을 바라보다가

“철이 안직 덜 났단 말인가? 일부러 우김질을 하자는 심인가?”

“말을 좀 삼가는 게 어때?”

“진정이라면 나두 묻거니와 나랄지 혹은 그 밖에 자네와 가차운 친구루 불쾌한 세상을 버리구 시굴루 가 땅이라두 파먹을까 하구서 자네더러 얼마간의 토지를 빌리라구 했을 경우에, 선뜻 그것을 받아줄 마음의 준비가 있었던가?”

“누가 그런 계획은 했으며, 나더러 와 토질 달라구 한 사람은 있어?”

“옳아, 달란 말을 아니했으니깐, 주지 아니했다. 그럼 그건 불문에 넘기구, 자네 말대루 시골루 가 땅을 파…… 농민이 되는 거였다?"

"그렇지."

"신문기자가 신문을 맨드는 건 대일협력이구, 농민이 농사해
서 벼 공출해서 왜놈과 왜놈의 병정이 배불리 먹구 전쟁을 하게
한 건 대일협력이 아닌가?"

"지도자와 피지도자라는 차이가 있지 않아? 신문은 대일협력
을 시키구, 농민은 따라가구 한 그 차이가 적은 차일까?"

"농민들이 벼 공출을 한 것이나, 젊은 사람들이 지원병과 학병
에 나간 것이나 완전히 조선 사람 선배랄지 지도자의 말만을 든
구서 비로소 공출을 하구 병정에 나가구 한 거라면, 지식층의 대
일협력자만은 백이면 백, 천이면 천 죄다 목을 잘라야지. 그렇지
만 여보게 윤 군, 농민 만 명더러 일일이 물어본다구 하세. 구장
과 면직원의 등쌀에, 순사들이 들끓어 나와 뒤져가구 숨겨둔 걸
내놓으라구 유치장에다 가두구서 때리구 하는 바람에 공출을 했
느냐. 모모한 사람들이 연설루, 소설루 신문에서 공출을 해야 한
다구 하는 말을 듣구 그런가 보다 여기구서 자진해 공출을 했느
냐. 아주 곧이곧대루 대답을 하라구. 한다면 모르면 모르되, 나는
구장이나 면직원의 등쌀에, 순사와 형벌이 무서워서 억지루 공출
을 낸 것이 아니라 어떤 조선 양반의 강연을 듣구 옳게 여겨서,
어떤 소설을 읽구 감동이 돼서, 아모 때의 신문을 보구 좋게 생
각이 들어서, 그래 우러나는 마음으루 공출을 했소 대답할 농민
은 만 명에 한 명두 어려우리. 지원병이나 학병두 역시 같은 대답
일 것이구…… 도대체가 당년의 조선 사람들이, 더욱이 청년들
이 대일협력을 하구 댕기는 지도자란 위인들이 하는 소릴 신용

을 한 줄 아나? 신용은 고사요, 자네 말따나 개도야지만두 못 알았더라네. 그런 지도자 명색들의 말을 듣구서 공출을 했을 게 어딨으며, 지원병이니 학병이니 나갔을 게 어딨어? 왜놈이나 공관리들의 강제에 못 이겨 했기 아니면, 저이는 저이대루 호신지책으루 한 거지."

"자네 논법대루 하자면, 그럼 친일파나 민족 반역잔 한 놈두 없구 말겠네나그려?"

"지끔 이 방 안에만 해두 사람이 셋이 모인 가운데 둘이 민족 반역잔데 없어?"

"처단할 놈 말야."

"많지. 그렇지만 벌이라는 건 그 범죄가 끼친 영향을 참작하구 범죄자의 정상을 참작하구, 그리구 범죄 이후의 심리와 행동을 참작하구, 그래가지구 처단에 경중이 있어야 하는 법이지, 자네 같을래서야 삼천만 가운데 장정의 태반은 죽이자구 할 테니, 그 야말루 뿔을 바루잡으려다가 솔 죽이는 격이 아니겠는가?"

"웬만한 놈은 죄다 쓸어 숙청은 해야지, 관대했다간 건국에 큰 방해야. 삼팔 이북에서 하듯이 해야만 해. 그리구 난 누가 무슨 말을 하거나, 그 비루하구 얌체 빠지구 뻔뻔스럽구 한 인간성 그게 싫어. 소름이 끼치두룩 싫구 얄미워. 그런 것들과 조선 사람이라는 이름을 같이한다는 것꺼지두 욕스럽고 불쾌해."

김 군은 노상히 김 군 자신의, 일제시대에 신문이나 만들었다는 실상 문제 이하의 대일협력 사실을 구구히 발명하자는 의사라느니보다도, 하도 민망하던 나머지 그의 두루춘풍[21]식의 처세법을 잠시 훼절을 하고, 나를 위해 윤에게 싸움을 걸었던 것이었다.

그러나 김 군의 대일협력자에 대한 변호는 윤의 말이 아니라도, 억지에 형식 논리에 기울어진, 그래서 대체가 모두 옹색스럽고 공극[22]투성이였다.

가사, 완전히 변호가 되었다고 하더라도 피고격인 내가 우선

'아니, 검사의 논고가 옳고, 변호인의 주장은 아모 소용도 없어.'

이런 심리 상태인 데야 더욱 말할 나위도 없었다.

또 윤의 지조나 결백 문젠데, 이것은 더구나 문제가 아니었다. 윤의 지조가 아무리 미시험의 것이기로니, 결백이 재산의 덕분이기로니, 죄인을 공격할 자격이 없으란 법은 없는 것이었다.

이윽히 기다려도, 윤은 더는 말이 없었다.

나는 이 자리에서의 나의 의무를 다한 것으로 알고 김 군과 윤을 작별한 후 P사를 나왔다.

나의 얼굴의 한 점의 핏기도 없어지고 만 것을 나는 거울은 보지 아니하고도 진작부터 알 수가 있었다.

김 군이 뒤미처 따라 나와 아래층까지 배웅을 하여주었다.

"일수가 나빴나 보이."

김 군이 작별로 잡았던 손을 풀고 웃으면서 하는 말이었다.

나도 웃으면서 한마디 하였다. 그러나 김 군에게는 울음같이 보였을는지도 몰랐다.

"죽기만 많이 못한가 보이."

그랬더니 김 군은 고개를 가로 여러 번 저으면서

"이왕 깨끗했을 제 분사憤死를 못했을 바엔 때가 묻어가지구

21 누구에게나 좋게 대하는 일, 또는 그런 사람.
22 빈틈.

괴사愧死[23]라니 더욱 치사스러이."

들고 보니 적절하였다. 빈틈없이 적절하였다.

그 빈틈없이 적절한 말을 해버리는 김 군이 나는 문득 원망스러웠다.

"자네가 오히려 시어미로세."

거리에 나서니 가벼운 현기가 났다.

흐렸던 하늘에서는 어느덧 심란스런 비가 내리고 있었다.

사람과 건물과, 거리로 된 세상이, P사를 들르던 한 시간 전과는 어디인지 달라져 보였다.

6

집으로 돌아와, 병난 사람처럼 오늘까지 꼬박 보름을 누워 있었다.

조반보다도 점심에 가까운 나 혼자의 밥상을 받고 앉아서 아내더러 밑도 끝도 없이 말을 내었다.

"도루 시굴루 내려갑시다."

"⋯⋯."

아내는 놀라지 않는다.

아무렇지도 않게 출입을 나갔던 사람이, 별안간 죽을상이 되어가지고 돌아와, 처음엔 병인가 하였으나 보아하니 병은 아니

---

23 부끄러워서 죽음.

어, 그러면서도 여러 날을 앓는 사람처럼 누워 있어.

정녕 밖에서 무슨 사단이 있었거니 하였다. 그러자 불쑥 그런 말을 내어, 일변 해방 후로부터 더럭 동요가 된 심경은 모르지 않는 터이라, 그 사단이라는 것이 어떠한 성질의 것이었음을 짐작할 수 있었을 것이었다.

아내는 한참만에야 대답이다. 그는 언제고 나보다는 침착하고 현실적인 사람이었다.

"내려가얄 사정이면 내려가는 것이지만서두…… 내려가니, 가서 살 도리가 있어야 말이죠."

"……."

"낯모르구 아무 반연 없는 고장으룬 갈 수가 없구, 가자면 매양 고향 아녜요? 그 벽강궁촌에서 취직 같은 거래두 할 기관이 있어요? 천생 농사밖엔 없는데, 작년 일 년 지나본 배, 어디……."

작년 일 년 가 있으면서 농사라고 하여본 경험의 결론은, 우리 같은 사람은 도저히 농사를 해먹고 살 수 있는 사람이 아니라는 것이었다. 우리의 체력이 우리의 가족을 먹일 만한 농사를 해내기엔 너무도 빈약한 것이기 때문이었다.

우리 내외가 밭을 기를 쓰고 가꾸어도, 밭농사로 오백 평을 벗지 못한다. 밭농사 오백 평이면, 채마와 마늘, 고추, 호박 따위의 울안 농사에 불과한 것이다.

채마 등속의 울안 농사 외에, 보리니 콩이니 고구마니 하는 것은 순전히 농군을 사 대어야만 한다.

칠팔 명의 한 가족이 소작농으로서 일 년 계량의 벼를 확보하자면 적어도 삼천 평의 논을 소작하여야 한다.

이 삼천 평의 논농사와 보리며 콩 같은 밭농사를 하자면, 줄잡아 연인원 이백 명의 농군을 사 대어야 한다.

바로 최근 시세로 나의 고향에서 농군 한 명에 대하여 점심 저녁 두 때와 술 한 차례 먹이고, 무사히 하루 육칠십 원이다.

먹이는 것과 품삯을 치면 이백 명 삯꾼을 대는 데 이만오천 원이 든다.

그 이만오천 원이 있어야 나는 시골로 가서 농사를 하고 사는 것이다. 옛날 돈으로 이백오십 원이라고 하지만, 나에게는 이만오천 원이 결코 쉬운 돈이 아니다.

그러나마 금년에 이만오천 원의 농자를 들여놓으면 언제까지고 그것이 밑천으로 살아 있느냐 하면, 아니다. 명년 가서는 또다시 그만한 농자를 들여야 하는 것이다.

농사란 결국 제 가족이 먹을 것을 제 손발로 농사할 수 있는 사람—농민만이 하기로만 마련인 것이었다.

따스한 햇빛이 드리운 마루에서 다섯 살배기 세 살배기의 두 어린것이 재깔거리면서 무심히 놀고 있다.

오래도록 어린것들에 가 눈이 멎었던 아내는 한숨을 내쉬면서 말한다.

"정히 서울이 싫구 하시다면, 가 살다 못 살값이라두 가기가 어려우리까만, 저 어린것들이 가엾잖아요? 젤에 교육을 어떡허겠어요? 내명년이면 우선 하날 소학꼴 보내야 하는데 학교꺼지 십 리 아녜요? 일곱 살배기가 매일 십 리 왕복이 무리두 무리지만, 그렇게라두 해서 소학꼴 마쳐준다구, 중학 이상은 가량이 없잖아요? 무슨 수에 학잘 대서, 서울루던 공불 보내게 되진 못할 것이구…….”

“…….”

“시굴서 길러 소학교나 마쳐주구 만다면 천생 농민인데, 농민이 구태라 나뿔 며리야 없지만, 그래두 천품을 보아 예술 방면으루던 과학 방면으루던 재조가 있는 게 있다면, 그 방면으루 발전을 시켜주는 것이 어미 아비 도리가 아녜요?”

“…….”

“여보?”

“…….”

“우린 다 죽은 심 칩시다.”

“…….”

“죽은 심 치면 못 참을 건 있으며 못 견델 건 있어요?”

“…….”

“당신, 죄 지셨잖아요? 그 죄, 지신 채 그대루, 저생 가시구퍼요?”

아내가 나를 죄인이라 부르기는 처음이었다. 그는 울면서 그 말을 하였다.

나를 죄인이 아니라 여기려고 아니하는 이 낡아빠진 아내가, 나는 존경스럽고 고마웠다.

“당신야 존재가 미미하니깐 이댐에 민족의 심판을 받지두 못하실진 몰라두, 가사 받아서 벌을 당한다구 하더래두, 형벌이 죌 속량해주는 건 아니잖아요?”

“…….”

“이를 악물구, 다른 것 다 돌아볼랴 말구서 저것들 남매 잘 길러 잘 교육시키구, 잘 지도하구 해서 바른 사람 노릇 하두룩, 남의 앞에 떳떳한 사람 노릇 하두룩 해줍시다. 아버지루서 자식한테 대한 애정으루나, 죄인으루서 민족의 다음 세대에다 속죌 하는 정성으루나."

"……."

"어미 애비의 허물루, 그 어린 자식한테까지 미처가서야 어린 것들을 위해 너무두 슬픈 일이 아녜요?"

"……."

"원고 쓰실랴 마세요. 차라리 영리 회사 같은 데 취직이래두 하세요. 것두 싫으시거든 얼마 동안 집 안에 들앉어 기세요. 내가 박물 보퉁이래두 이구 나서리다."

"……."

"……."

"그런 것 저런 것을 모르는 배 아니오마는, 하두 인생이 구차스러 못하겠구려. 구차스럽구, 울분이 도무지 어따 대구 풀 길이 없는 울분이 가슴속에 가 뭉처가지구 무시루 치달아 오르구."

막 이러고 있을 즈음에 조카아이가 퍼뜩 당도하였다. ××서 중학 상급 학년에 다니는 넷째형의 아들이었다. 조카라지만 정이 자별하여 친자식이나 다름없는 조카였다.

일요일도 아닌데 올라온 연유를 물었더니, 주저하다가 대답이었다.

"아이들이 동맹휴학을 했대요. 전 그래 거기 들기두 싫구 해서 일 해결될 때꺼정 여기서 공부나 할 영으루……."

"동맹휴학은 어째?"

"선생 배척이래요."

"선생이 어쨌길래?"

"선생 하나가 새루 왔는데, 일정시대 서울 어떤 학교에 있을 적버틈 유명한 친일패였드래요."

"어떻게?"

"창씨 아니한 학생 낙제시키기. 사알살 뒤밟다 조선말 하는 거 붙잡아다 두들겨주기. 저이 학교루 와서두 연성 일본말루다 지껄이구, 머 여간만 건방진 거 아네요."

"그 선생이 적실히 친일파요, 그런 나쁜 짓을 했다는 건 어떻게 알았어?"

"그 학교 댕기던 아이가 몇이 전학을 해 왔어요."

"그 애들 말만 듣구?"

"그 애들 말 듣구서 다시 조살 했대나 봐요."

"그러면…… 너두 인전 나이 이십이요 중학 졸업반이니, 그런 시비곡직은 혼자서 판단할 힘이 있어야 할 거야. 없다면 천치구."

"……"

"그래, 그런 선생을 배척하는 학생 편이 옳느냐? 잘못이냐?"

"학생이 옳아요."

"옳은 줄 알면서 어째 넌 빠지구 아니 들어?"

"……"

"응?"

"낼모레가 졸업인데, 공불 해야 상급학교 입학시험을 치죠. 조행²⁴에두 관계가 될걸요."

"이놈아!"

아이 저는 물론이요, 옆에 앉았던 아내까지도 질겁해 놀라도록 나의 목청은 높았다. 가슴에 뭉친 그 울분의 애꿎은 폭발이었으리라.

"동무들이 동맹휴학이란 비상수단까지 써가면서, 옳은 것을 주장하는데, 넌, 그것이 번연히 옳은 줄 알면서두 빠져? 공부 좀 밀진다구? 조행에 관계된다구?"

"……."

"저 한 사람 조그만한 이익이나 구차한 안전을 얻자구, 옳은 일 못하는 거 그거 사람 아냐. 너 명색이 상급생이지?"

"네."

"반장이지?"

"네."

"아이들이 널 어려워하구, 네가 하는 말을 믿구 잘 듣구 그랬드라면서?"

"네."

"그래, 더구나 그런 놈이, 네가 나서서 주동을 해야 옳지, 뒤루 실며시 빠져? 넌 그러니깐 반역 행월 한 놈야. 그 따위루 못날 테거든 진작 죽어, 이놈아."

"……."

"옳은 일을 위해 나서서 싸우는 대신, 편안하구 무사하자구 옳지 못한 길루 가는 놈은, 공부 아냐 뱃속에 육졸 배포했어두 아무 짝에두 못쓰는 법야."

---

24 태도와 행실.

"……."

"학문은 영웅지여사 英雄之餘事란 말이 있어. 사람이 잘나야 하구, 학문은 그댐이니라. 인격이 제일이요, 지식은 둘째니라 이 뜻야. 공부보다두 위선 사람이 돼야 해. 옳은 일을 하기 위해선 불 가운 데라두 뛰어 들어갈 용기, 옳지 못한 길에는 칼을 겨누면서 핍박을 하더래두 굽히지 않는 절개, 단체를 위한 일이면 개인을 돌아보지 않는 의협, 그런 것이 인격야. 그러구서야 학문도 필요한 법야. 알았어, 이놈아."

"네."

"당장 가. 가서 겉이해. 퇴학 맞아두 좋다, 금년에 상급학교 들지 못해두 상관없어."

"네."

"비단 동맹휴학뿐 아니라, 어델 가 무슨 일에든지 용렬히 굴진 마라. 알았어?"

"네."

기회가 다른 기회요, 단순히 훈계를 하기 위한 훈계였다면 형식과 방법이 매양 이렇지도 않았을 것이었다.

내가 생각을 하여도 중뿔난 것이었고, 빤히 속을 아는 아내를 보기가 쑥스럽다.

그러나 그러면서도 한편으로 무엇인지 모를, 속 후련하고 겸하여 안심되는 것 같은 것이 문득 느껴지고 있음을, 나는 스스로 거역할 수가 없었다.

— 〈백민〉, 1948. 10, 1949. 1.

채만식 연보

1902년	전라북도 옥구군 임피면에서 아버지 채규섭蔡奎燮과 어머니 조우섭趙又燮 사이에서 6남 3녀 중 다섯 번째 아들로 태어남.
1910년	보통학교 입학.
1914년	보통학교를 졸업하고 이후 향리에서 서당 등을 다니며 한문을 배움.
1918년	사립 중앙고등보통학교 입학.
1920년	은선홍殷善興과 혼인.
1922년	중앙고등보통학교 졸업. 4월, 일본 와세다 대학 부속 고등학원 문과에 입학.
1923년	여름방학에 귀향한 뒤 복교하지 않음. 최초 중편 〈과도기〉를 탈고하나 검열로 인해 발표되지 못함.
1924년	강화의 사립학교 교원으로 취직. 〈조선문단〉에 이광수의 추천으로 〈세 길로〉 발표.
1925년	동아일보에서 정치부 기자로 근무.
1926년	동아일보 사직. 무정부주의와 사회주의 이론에 심취하며, 문학에의 길을 닦음.
1929년	개벽사 입사.
1932년	1년여에 걸쳐 동반자 작가 논쟁을 벌임.
1933년	〈조선일보〉에 장편《인형의 집을 나와서》발표.
1934년	단편 〈레디메이드 인생〉을 〈신동아〉에 발표하는 등 활발한 문예 활

동을 펼침. 이후 카프 2차 사건의 발생과 함께 일시적으로 작품 활동 중지.

1936년   개성으로 옮겨가 본격적인 전업작가 생활에 돌입. 《탁류》,《태평천하》등을 써내면서 문단에서의 입지를 굳힘.

1941년   《탁류》 재판 간행. 조선총독부의 3판 금지처분을 받음.

1945년   일제 말기에 서울 근교를 떠나 고향으로 낙향하였다가 해방이 된 후 서울로 다시 거처를 옮김.

1950년   6·25 전쟁을 눈앞에 둔 6월 11일 지병 악화로 타계. 전북 옥구의 선영에 안장됨.

12

채만식 대표작품집 2

레디메이드 인생

초판 1쇄 인쇄 2014년 9월 15일
초판 1쇄 발행 2014년 9월 22일

지은이 채만식
펴낸이 이범상
펴낸곳 (주)비전비엔피 · 애플북스

기획 편집 이경원 박월 윤자영 강찬양
디자인 김혜림 김경년 손은이
마케팅 한상철 이재필 김희정
전자책 김성화 김소연
관리 박석형 이다정

주소 121-894 서울특별시 마포구 잔다리로7길 12 (서교동)
전화 02) 338-2411 | **팩스** 02) 338-2413
홈페이지 www.visionbp.co.kr
이메일 visioncorea@naver.com
원고투고 editor@visionbp.co.kr

등록번호 제313-2007-000012호

ISBN 978-89-94353-56-2 04810

· 값은 뒤표지에 있습니다.
· 잘못된 책은 구입하신 서점에서 바꿔드립니다.

「이 도서의 국립중앙도서관 출판시도서목록(CIP)은 서지정보유통지원시스템 홈페이지(http://seoji.nl.go.kr)와 국가
자료공동목록시스템(http://www.nl.go.kr/kolisnet)에서 이용하실 수 있습니다.(CIP제어번호: CIP2014022297)」